U0139816

國家社科基金重大招標項目
國家古籍整理出版專項資助項目
北京師範大學中華文化研究與傳播學科交叉平臺項目

杜桂萍 主編

清代詩人別集叢刊

和瑛集

孫文傑 張亞華 輯校

人民文學出版社

圖書在版編目（CIP）數據

和瑛集 / 杜桂萍主編 ; 孫文傑, 張亞華輯校. --北京 : 人民文學出版社, 2023

(清代詩人别集叢刊)

ISBN 978-7-02-018281-7

Ⅰ. ①和… Ⅱ. ①杜… ②孫… ③張… Ⅲ. ①古典詩歌-詩集-中國-清代 Ⅳ. ①I222. 749

中國國家版本館 CIP 數據核字(2023)第 193481 號

責任編輯　**高宏洲**
裝幀設計　**黄雲香**
責任印製　**張　娜**

出版發行　**人民文學出版社**
社　　址　**北京市朝内大街 166 號**
郵政編碼　**100705**

印　　刷　**三河市中晟雅豪印務有限公司**
經　　銷　**全國新華書店等**

字　　數　**550 千字**
開　　本　**880 毫米×1230 毫米　1/32**
印　　張　**24.5　插頁 2**
印　　數　**1—1500**
版　　次　**2023 年 12 月北京第 1 版**
印　　次　**2023 年 12 月第 1 次印刷**

書　　號　**978-7-02-018281-7**
定　　價　**148.00 圓**

清代詩人別集叢刊總序

昔人謂『文以興教，武以宅功』。古時國家以興學崇教爲首務，議禮以定制度，考文以興禮樂，乃有文治彬彬稱盛。於今『文化强國』，亟需傳承弘揚中華優秀傳統文化。古籍整理作爲其中關鍵之一環，具有極爲重要的意義。近三十年來，古籍整理日趨興盛，已經成爲學術研究的時代熱點和文化傳承的日常内容。各類型的整理工作可圈可點，各維度的文獻整合則又增添了別樣的景觀。新世紀以來，明清文獻整理和研究異軍突起，引人注目，如今已成爲古籍整理領域的重頭戲。

相比於清代戲曲、小説文獻的整理，清詩文獻的整理工作開始並不算晚，幾乎與清詞文獻的整理同步啓動。可惜的是，儘管有好古敏求之士多次倡導，皆因時機不夠成熟而沒有形成規模和氣候。其中主要的因素，當與清詩數量巨大直接相關。據估算，清人各種著述總約有二十萬種，其中詩文集超過七萬種，存世約四萬種，有作品傳世的詩人約十萬家，有詩文集存世的作家當在萬人以上，詩歌作品近千萬首。皮藏情況尚需進一步調查，大量文獻尚散存於民間，以及相關文獻狀態駁雜不易辨析等，也是很多工作推進困難的重要原因。總之，難以一時彙爲全璧，始終是《全清詩》文獻整理不能全面展開的歷史與現實之惑。

儘管如此，相關的學術準備始終在進行著，且日見規模。譬如，上世紀开始由上海古籍出版社出版的《中國古典文學叢書》、中華書局出版的《中國古典文學基本叢書》（以別集論，前者約收一百二十種，後者約收九十種），都包含了一定數量的清代詩人别集（至二〇一六年，前者共收九種，後者共收四種）。新推出者新意頗多，如陳永正《屈大均詩詞編年輯校》（上海古籍出版社二〇一七年版），而一些修訂重版者則顯爲精進，如俞國林《吕留良詩箋釋》（中華書局二〇一五年初版，二〇一八年再版），皆以不同面相爲清代别集文獻的整理和研究提供了新的理念和視野。其他出版機構也在留意清人别集的整理和研究，如國家圖書館出版社影印出版《清代家集叢刊》（徐雁平、張劍主編）、鳳凰出版社陸續推出《中國近現代稀見史料叢刊》（張劍、徐雁平、彭國忠主編）等。人民文學出版社也在高度關注這一重要領域，先後出版《明清别集叢刊》、《乾嘉詩文名家叢刊》等，集中力量於明清文人别集的整理和研究，實有後來居上之勢。凡此也表明，學界和出版界皆已體現出高度的學術自覺，意識到清代詩文文獻的重要性。尤其是人民文學出版社，已不僅僅著眼於名家之作，對那些於文學史、文學生態結構中發生重要影響或特殊作用的文人及其文獻遺存也予以關注，這既符合文獻整理的基本原則，又有利於彰顯文學研究的開放性視角，進行多面向的學術路徑的拓展。

正是在這樣的學術語境中，由我擔任首席專家的國家社科基金重大招標項目《清代詩人别集叢刊》於二〇一四年獲批，有計劃的系統性的清代詩人别集整理工作得以展開。相關成果陸續成編，彙爲《清代詩人别集叢刊》，以奉獻給學界。

我們並沒有選擇原書影印的整理方式，而是奉行『深度整理』的基本原則。以影印方式整理，固然可以使研究者得窺作品之原貌，也有利於及時呈現和保護一些珍稀古籍版本，如上海古籍出版社出版的《清代詩文集彙編》、國家圖書館出版社出版的《清代詩文集珍本叢刊》等，都具有重要的學術價值。

不過，點校、注釋、輯佚等整理方式無疑更能體現出古籍整理的學術深度。事實上，隨著文化語境的改變和學術研究的深入，文獻整理的功能也在不斷拓展，不僅應提供基礎性的文獻閱讀，還應具有學術研究的諸多要素，即在學術史的視野中呈現文獻生成的複雜過程和創作主體的生命形態，而這正是《清代詩人別集叢刊》選擇『深度整理』方式的理念和前提。

『深度整理』指向和强調『整理卽研究』的古籍整理思想與學術精神。以窮盡文獻爲原則，以服務於學術研究爲目的，於整理過程中注入更明確、豐富且具有問題意識的科研內涵，使古籍整理進一步參與當代學術發展。也就是說，在一般性整理的基礎上，借助於多種方法的綜合運用，爬梳文獻，考證辨析，去僞存真，推敲叩問，完成既收羅完備、編排合理，又在借鑒以往成果基礎上推進已有研究、表達最具前沿性的科研創獲的詩人別集整理本。這既是古籍整理基本要義的延伸和拓展，也符合與時俱進的學術發展訴求，應是整理工作之旨歸所在。

如是，《清代詩人別集叢刊》突出了以下幾個方面的整理工作。

一、前言。『前言』的撰寫，不泛泛介紹作者生平和創作的一般狀況，而注重於文獻、文學、文化等視角，對著者生平進行考述，對著述版本源流加以梳理，對別集的文學價值、影響進行具有文學史意義的判斷。『前言』應是一篇具有較强學理性、權威性和前沿性的導讀佳作。

二、版本。別集刊刻與存世情況往往因人而異，或版本複雜，或傳本稀少。『必先定其底本之是非，而後可斷其立說之是非。』（段玉裁《與諸同志書論校書之難》）本叢刊堅持廣備衆本，謹慎比對，選出最佳的工作底本和主要校本，力爭使新的整理本成爲清詩研究的新善本和定本，爲學界放心使用。

三、輯佚。清代文獻去今未遠，除大量别集、總集外，清人手稿、手札、書畫題跋等近年時有發現，散存於方志、家譜的各類佚文亦在不斷披露中。故以求全爲目的，盡力輯佚，期成完帙，並合理編纂。務使每一種整理本成爲該詩人别集的全本，這也是提升整理本學術含量的重要舉措。

四、附録。附録豐富與否是新整理本學術含量高低的重要標志，實爲另一種形式的研究。如年譜簡編以及從族譜方志、碑傳志銘、評論雜記中勾稽出的相關研究資料等，對全景式展現詩人生命歷程、深入探究詩人乃至其時代的文學創作十分必要。有時文獻繁雜，需精心淘擇和判斷，强化『編纂』意識，避免文獻堆積，充分體現深度整理的學術含量。

古籍文本生成於歷史，負載了豐富的歷史文化信息。對於整理者而言，不僅應使古籍文本能夠被有效閱讀，還應借助閲讀活動等促其進入公共和現實視域，成爲當下文化結構的有機組成部分。也就是説，整理活動本身應始終處於在場的文化狀態，立足於學術史，並直面其所處之研究領域的一些難點、疑點和熱點問題，進而通過整理過程中的辨析、考論解決文學演進中的某一方面或幾個方面的問題，形成專題性研究，這是深度整理應達成的重要目的。所以，整理活動其實是一個思維創新的過程，指向的是知識和觀念整合的結果。考訂史實，發現文本之間的各種意義和多層面内涵，使之成爲當代人可閲讀的文學文本，並參與歷史與現實文化建設，其實也是在回答我們進入歷史的方式。

總之，以窮盡文獻、審慎校勘爲路徑，以堅實、充分的文獻史實研究爲基礎，通過對文獻的慎用和智用，借助歷史的、邏輯的思路甚至心靈的啓迪，系統、全面地收集、篩選史料，勾連、啓動其内在聯繫，從而將古籍整理與史實探析深度結合，强化了整理性學術著作的研究内涵，是一種真正包含了主體自由性的學術實踐活動。這種由專門研究完善古籍整理、由古籍整理深化專門研究的深度整理方式，對整理者的研究意識和整理本的學術含量都提出了更高的要求，不僅標示了整理觀念和方法上的更新，更是當代學術發展的必然訴求。我們願努力嘗試之，並推出一系列具有較高水準和重要學術意義的整理成果。

杜桂萍　二〇一八年十二月十六日

總目錄

前言

一

清代邊疆重臣和瑛（一七四一—一八二一），蒙古鑲黄旗人。原名和寧，後避道光帝旻寧諱，改『寧』爲『瑛』。乾隆三十六年（一七七一）辛卯科進士，以主事用，薦升員外郎。後任知府、道員、按察使、布政使等職。乾隆五十八年（一七九三），出任西藏辦事大臣，嘉慶六年（一八〇一）七月還京。十一月，授山東巡撫。七年（一八〇二），因『金鄉詩案』被指控，嘉慶帝以其『日事文墨，廢弛政務』[一]，交部嚴加議處。又因隱匿蝗災事，被革職貶謫烏魯木齊效力贖罪。和瑛於嘉慶七年十二月行至哈密，詔命其以藍翎侍衛充葉爾羌辦事大臣。八年（一八〇三）十一月，調任喀什葛爾參贊大臣。十一年（一八〇六），召爲吏部右侍郎，旋又於歸途復命爲烏魯木齊都統，於是反轡西域。十三年（一八〇八）十月回京。之後，又歷任刑部侍郎、盛京將軍、熱河都統，兵、禮、刑三部尚書，

〔一〕 趙爾巽等《清史稿》卷三五三《和瑛傳》，北京：中華書局，一九七七年，一一二八三頁。

軍機大臣等職。和瑛入仕爲宦凡五十年，屢遷屢謫，屢謫屢遷，足迹遍及大江南北。其間在藏八年，駐疆七年，任職邊疆的十五年是他整個仕宦生涯最爲重要的一章。作爲清朝著名的邊疆重臣，《清史稿》稱其爲『久任邊職，有惠政』〔一〕。同時，和瑛『嫻習掌故，優於文學』〔二〕，一生筆耕不輟，著述頗豐，被譽爲『除法式善外，影響面最廣的蒙古族漢文詩人』〔三〕，集文人與疆臣於一身。雖然和瑛對清代中期的邊疆政治與文學有著極爲重要的影響，但目前學界圍繞和瑛的相關研究不僅數量較少，而且還不夠深入，即使是對其最基本的姓名、生卒、行年等問題仍然不甚清晰，爭議頗多。

（一）和瑛姓名考辨

目前學界在和瑛姓氏、名、字、號等諸多方面均有多種説法，爭議較大。

一，姓氏。關於和瑛姓氏，目前主要有三種説法：

第一，額勒德特氏。持此説的史料與工具書有《國朝耆獻類徵初編·和瑛傳》、《清史稿·和瑛傳》、《清代駐藏大臣考》、《影印〈回疆通志〉前言》、《中國歷史大辭典·清史》、《新疆歷史詞典》、《中

〔一〕趙爾巽等《清史稿》卷三五三《和瑛傳》，一一二八四頁。

〔二〕趙爾巽等《清史稿》卷三五三《和瑛傳》，一一二八四頁。

〔三〕米彦青《清代邊疆重臣和瑛家族的唐詩接受》，《民族文學研究》二〇一〇年第二期，二五—三一頁。

國歷代人名大辭典》、《蒙古史詞典》，當前學界支持此説的論著有星漢《蒙古族詩人和瑛西域詩簡論》、阿拉騰奥其爾《清代新疆軍府制職官傳略》、星漢《清代西域詩研究》、高近《〈三州輯略〉版本研究》、王安芝《清代新疆文獻〈回疆通志〉考略》〔二〕。

第二，額爾德特氏。持此説的史料和論著有《額爾德特氏家譜》、《中國人名大辭典》，目前學界支持此説的較多，有趙相璧《歷代蒙古族著作家述略》、烏日罕《清代蒙籍漢文詩人——和瑛》、米彦青《清代蒙古族詩人和瑛與他的〈易簡齋詩鈔〉》、池萬興《和寧及其〈西藏賦〉》、米彦青《清代邊疆重臣

〔二〕 詳見［清］李桓《國朝耆獻類徵初編》卷一〇〇《和瑛傳》，揚州：廣陵書社，二〇〇七年，四〇三一頁；趙爾巽等《清史稿》卷三五三《和瑛傳》，一一二八二頁；張實存《清代駐藏大臣考》，蒙藏委員會，一九四三年，五四頁；沈雲龍《影印〈回疆通志〉前言》，［清］和瑛著、孫文傑整理《回疆通志》，北京：中華書局，二〇一八年，一頁；戴逸主編《中國歷史大辭典·清史》，上海：上海辭書出版社，一九九二年，三一六頁；紀大椿主編《新疆歷史詞典》，烏魯木齊：新疆人民出版社，一九九四年，四一二頁；張撝之主編《中國歷代人名大辭典》，上海：上海古籍出版社，一九九九年，一四九七頁；薄音湖主編《蒙古史詞典》，呼和浩特：内蒙古大學出版社，二〇一〇年，三三九頁；星漢《蒙古族詩人和瑛西域詩簡論》，《新疆師範大學學報》，一九八六年第二期，五九—六四頁；阿拉騰奥其爾《清代新疆軍府制職官傳略》，哈爾濱：黑龍江教育出版社，二〇〇〇年，一二八頁；星漢《清代西域詩研究》，上海：上海古籍出版社，二〇〇九年，六九—七一頁；高近《〈三州輯略〉版本研究》，《伊犁師範學院學報》，二〇一〇年第一期，五一—五五頁；王安芝《清代新疆文獻〈回疆通志〉考略》，《蘭州教育學院學報》，二〇一二年第五期，三〇—三一頁。

和瑛家族的唐詩接受》、孫福海《〈西藏賦〉版本考》〔二〕。

第三，博爾濟吉特氏。當代蒙古族學者白・特木爾巴根在《古代蒙古作家漢文創作考》有這樣一段論述：

> 清人文集對和寧的姓氏別有他説，如趙懷玉《亦有生齋詩鈔》，有兩首涉及和瑛姓氏的詩，分別是《博爾濟吉特撫部和寧觀麥東郊還，泛大明湖，集小滄浪，用東坡遷魚韻見示，奉和一首》、《博爾濟吉特撫部以濟南學宫磬音未調致書盧鳳觀察，得靈璧石磬二十四具，用備雅樂，作詩志盛，即次元韻》。此詩作於嘉慶七年，時和瑛任山東巡撫，趙氏稱和瑛姓博爾濟吉特氏。從一般情理上講，同僚與上司唱和斷不敢隨便書寫上司姓氏，趙氏或有所依據〔三〕。

〔二〕　詳見〔清〕和瑛《額爾德特氏家譜》，北京市西城區圖書館藏，道光三年鈔本； 方賓觀等編《中國人名大辭典》，北京： 商務印書館，一九九八年，五五〇頁； 趙相璧《歷代蒙古族著作家述略》，呼和浩特： 內蒙古人民出版社，一九九〇年，一二七頁； 烏日罕《清代蒙籍漢文詩人——和瑛》，《赤峰學院學報》，二〇〇五年第二期，二一—二二頁； 米彦青《清代蒙古族詩人和瑛與他的〈易簡齋詩鈔〉》，《內蒙古社會科學》，二〇〇七年第四期，一二八—一三一頁； 池萬興《和寧及其〈西藏賦〉》，《濟南大學學報》，二〇〇八年第四期，三一—三四頁； 米彦青《清代邊疆重臣和瑛家族的唐詩接受》，《民族文學研究》，二〇一〇年第二期，二五—三一頁； 孫福海《〈西藏賦〉版本考》，《西藏民族學院學報》，二〇一一年第一期，八七—八九頁。

〔三〕　白・特木爾巴根《古代蒙古作家漢文創作考》，呼和浩特： 內蒙古教育出版社，二〇〇二年，一五二頁。

綜上所述，和瑛姓氏爭議主要有額勒德特氏、額爾德特氏、博爾濟吉特氏三種，其中額爾德特，又作『鄂爾克特』。對滿洲姓氏研究頗有造詣的趙力先生曾云：『鄂爾克特氏（Er-ketHala），見於《清朝通志·氏族略·附載滿洲八旗姓》，又作額爾德特、鄂爾特，本蒙古達斡爾族姓氏，蒙古東方三部落之一，世居喀喇沁、黑龍江，後冠漢字姓傅、鄂。』〔一〕而遍檢《清朝通志·氏族略》均無『額勒德特氏』，僅卷七《氏族略七·附載滿洲八旗姓》作：『鄂爾克特氏布尼雅錫哩，鑲黄旗人，世居喀喇沁地方。』〔二〕印證了趙力先生『額爾德特』又作『鄂爾克特』之説。筆者向蒙古族學者舍敦扎布教授請教，獲知『額爾德特』與『額勒德特』在蒙語中並無區别，二者只是音譯不同。但對和瑛姓氏，我們應該尊重其本人及其家族意見，其詩集《易簡齋詩鈔》每卷下均冠以『額爾德特和瑛』，由和瑛親自參與修訂、其子壁昌作序的《額爾德特氏家譜》作『額爾德特氏』；同時，和瑛子孫著述及其家族齒録亦均作『額爾德特』〔三〕。因此，和瑛姓氏應爲『額爾德特』無疑。

〔一〕趙力主編《滿族姓氏尋根辭典》，沈陽：遼寧民族出版社，二〇一二年，三二一頁。

〔二〕［清］嵇璜《清朝通志》，杭州：浙江古籍出版社，一九八八年，五四頁。

〔三〕《道光十五年乙未科會試同年齒録》載和瑛之孫謙福時，亦作『謙福，額爾德特氏』。國家圖書館藏清刻本，索書號：/九八二三。

需要略作辨正的是上文中提到的趙懷玉《亦有生齋詩鈔》中『和寧』有和瑛與蔣和寧之別。而遍檢趙氏《亦有生齋詩鈔》，『和寧』共出現八次，其中六次明確是指蔣御史和寧、蔣君和寧。按，嘉慶前後擔任御史的官員確有蔣和寧者：『蔣和寧，字用安，號蓉龕，江蘇陽湖人。乾隆壬申科進士，由翰林院編修考選御史。』〔一〕武進與陽湖，在清代均隸屬常州府，故趙懷玉和蔣和寧既是同鄉，又屬同僚，二人在《亦有生齋詩鈔》中多次唱和，關係較爲熟稔。但是，趙氏在《亦有生齋詩鈔》提到『和寧』的八次中，没有確指的兩次却很可能爲和瑛。首先蔣和寧是漢人，和蒙古族没有絲毫關係；其次，蔣氏從未在山東做官，其擔任御史，爲湖廣道監察御史；再次，撫部是清代巡撫之別稱，蔣和寧從未擔任過巡撫之職，而彼時和瑛正在山東任事巡撫；最後，『觀麥東郊』是公務，如今日官員之視察調研，而查趙懷玉生平：『字億孫，江蘇武進人……（乾隆）四十五年（一七八〇），賜舉人，授内閣中書。出爲山東青州海防同知，署登州、兖州知府。』〔二〕此時趙氏也正在山東任職。但是，也絕不能據此即認爲博爾濟吉特爲和瑛姓氏。博爾濟吉特，『本蒙古姓氏，元太祖後裔』〔三〕，是成吉思汗後裔中的黄金家族，統轄諸部。因此，在很大程度上『博爾濟吉特撫部』大概是趙懷玉對和瑛的奉承之説，並非確指其真正

〔一〕［清］黄叔璥《國朝御史題名録》，不分卷，清光緒刻本。

〔二〕王鍾翰整理《清史列傳》，北京：中華書局，一九八七年，五九六六頁。

〔三〕［清］嵇璜《清朝通志》，四五頁。

姓氏。

二，名。關於和瑛名最主要的説法是：『和瑛，原名和寧，避宣宗諱改。』〔一〕目前《清史稿》、《清實録》等絶大部分史料與學者也均持此説。北京師範大學圖書館所藏和瑛嘉慶二十年（一八一五）著《熱河志略》鈔本，即有非常明顯的改『寧』爲『瑛』之痕迹〔二〕。和瑛之名，還有一種説法爲『和映』，有關論著目前僅見於丁實存《清代駐藏大臣考》：『和瑛（亦作映），原名和甯。』〔三〕考《古今人物別名索引》『和寧—和映（清）』〔四〕、《室名別號索引》『《易簡齋》，清蒙古和映』〔五〕，可知『和映』當爲『和瑛』之別名。

三，字號。關於和瑛字號衆説紛紜，目前學界尚無定論，主要有以下幾種説法：

第一，字潤平，號太庵，徐世昌《晚晴簃詩話》即持此説。當前學界持此説的論著有趙相璧《歷代蒙古族著作家述略》、雲峰《述諸邊風土補輿圖之闕——論和瑛及其詩歌創作》、《清代蒙

〔一〕趙爾巽等《清史稿》卷三五三《和瑛傳》，一一二八二頁。

〔二〕〔清〕和瑛《熱河志略》，北京師範大學圖書館藏，嘉慶二十年鈔本，索書號：九二七.五四/一七八四.一善，四頁。

〔三〕丁實存《清代駐藏大臣考》，五四頁。

〔四〕陳德芸編《古今人物別名索引》，北京：北京圖書館出版社，二〇一〇年，三八七頁。

〔五〕陳乃乾編《室名別號索引》，北京：中華書局，一九五七年，一〇三頁。

古族漢文創作及其儒學影響》、烏日罕《清代蒙籍漢文詩人——和瑛》、池萬興《和寧及其〈西藏賦〉》、馬强才《清華大學圖書館所藏清代杜詩學著作四種經眼錄》、孫福海《〈西藏賦〉版本考》〔一〕。

第二，字太庵（亦作泰庵、太菴）。持此説的論著有祝德麟《悦親樓詩集》、孫士毅《百一山房詩集》、成書《多歲堂詩集》、張維屏《國朝詩人徵略》、劉鳳誥《存悔齋集》、潘衍桐《兩浙輶軒續錄》、朱方增《求聞過齋文集》、沈惟賢《唐書西域傳注》、姚瑩《康輶紀行》、張應昌《彝壽軒詩鈔》、趙爾巽等《清史稿》、楊鍾義《雪橋詩話》、張伯英《黑龍江志稿》、沈雲龍《影印〈回疆通志〉前言》、星漢《蒙古族詩人和瑛西域詩簡論》、戴逸主編《中國歷史大辭典·清史》、方實觀等編《中國人名大辭典》、阿拉騰奧其

〔一〕　詳見〔清〕徐世昌《晚晴簃詩話》，上海：　華東師範大學出版社，二〇〇九年，六七八頁；　趙相璧《歷代蒙古族著作家述略》，一二七頁；　雲峰《述諸邊風土補輿圖之闕——論和瑛及其詩歌創作》，《烏魯木齊職業大學學報》，一九九三年一—二期，五四—五八頁；　雲峰《清代蒙古族漢文創作及其儒學影響》，《中央民族大學學報》，二〇〇四年第四期，一〇四—一一二頁；　烏日罕《清代蒙籍漢文詩人——和瑛》，《赤峰學院學報》，二〇〇五年第二期，二一—二二頁；　池萬興《和寧及其〈西藏賦〉》，《濟南大學學報》，二〇〇八年第四期，三一—三四頁；　馬强才《清華大學圖書館所藏清代杜詩學著作四種經眼錄》，《杜甫研究學刊》，二〇一一年第一期，八三—八八頁；　孫福海《〈西藏賦〉版本考》，《西藏民族學院學報》，二〇一一年第一期，八七—八九頁。

爾《清代新疆軍府制職官傳略》、星漢《清代西域詩研究》、薄音湖主編《蒙古史詞典》〔一〕。

第三，字太莽，號太庵（亦作泰庵）。持此説的論著有成瓘《（道光）濟南府志》、米彦青《清代蒙古族詩人和瑛與他的〈易簡齋詩鈔〉》、《清代邊疆重臣和瑛家族的唐詩接受》〔二〕。

首先，『太莽』與『太庵（泰庵）』意義完全一樣，不太可能作爲字、號同時存在，和瑛字太莽、號太庵

〔一〕 詳見〔清〕祝德麟《悦親樓詩集》，清嘉慶二年姑蘇刻本，卷二七、二八、二九；〔清〕孫士毅《百一山房詩集》，清嘉慶二十一年刻本，卷一一；〔清〕成書《多歲堂詩集》，清道光十一年刻本，卷三；〔清〕張維屏《國朝詩人徵略》，清道光十年刻本，卷五六；〔清〕劉鳳誥《存悔齋集》，清道光十七年刻本，卷一八；〔清〕潘衍桐《兩浙輶軒續錄》，清光緒刻本，卷二五；〔清〕朱方增《求聞過齋文集》，清光緒二十年刻本，卷三；〔清〕沈惟賢《唐書西域傳注》，清光緒二十四年刻本；〔清〕姚瑩《康輶紀行》，清同治刻本，卷一、三、四、五、八、九、一五；〔清〕張應昌《彝壽軒詩鈔》，清同治二年西昌旅舍刻增修本，卷五；趙爾巽等《清史稿》卷三五三《和瑛傳》，一一二八二頁；楊鍾羲《雪橋詩話》，民國求恕齋叢書本，卷七、八、九、一〇；張伯英《黑龍江志稿》，一九三三年，卷六一《藝文志》；沈雲龍《影印〈回疆通志〉前言》，〔清〕和瑛著、孫文傑整理《回疆通志》，一頁；星漢《蒙古族詩人和瑛西域詩簡論》，《新疆師範大學學報》，一九八六年第二期，五九—六四頁；戴逸主編《中國歷史大辭典·清史》，三一六頁；方寶觀等編《中國人名大辭典》，五五〇頁；阿拉騰奧其爾《清代新疆軍府制職官傳略》，一一八頁；星漢《清代西域詩研究》，六九—七一頁；薄音湖主編《蒙古史詞典》，三三九頁。

〔二〕 詳見〔清〕成瓘《（道光）濟南府志》，清道光二十年刻本，卷二九；米彦青《清代蒙古族詩人和瑛與他的〈易簡齋詩鈔〉》，《內蒙古社會科學》，二〇〇七年第四期，一二八—一三一頁；米彦青《清代邊疆重臣和瑛家族的唐詩接受》，《民族文學研究》，二〇一〇年第二期，二五—三一頁。

（亦作泰庵）之説首先排除。其次，徐世昌作爲和瑛曾孫錫珍之學生，他一生與額爾德特氏家族往來密切，他認爲和瑛號『太庵』可信度也較高〔一〕。再次，最有説服力的是和瑛本人著述，其多部著述均署爲『太葊和瑛（寧）』，比如刻本《三州輯略》爲『太葊和瑛』，刻本《讀〈易〉匯參》作『額爾德特氏泰庵和瑛』，鈔本《讀〈易〉擬言》作『太庵和寧』。根據古人行文習慣，『太葊』是不可能作爲字出現在名之前的，只能是和瑛之號。

至於和瑛之字，與和瑛家族關係密切的徐世昌在《晚晴簃詩話》中明確提出其『字潤平』，較爲可信。由和瑛手定、其子壁昌作序的《額爾德特氏家譜》亦作『字潤平』〔二〕。同時，筆者在國家圖書館查和瑛著述時進一步得到直接證據，其《經史匯參補編》稿本扉頁有『潤平號太葊』印章〔三〕，其《讀〈易〉擬言》鈔本扉頁亦有『潤平號太葊』之印〔四〕。這進一步證明，和瑛字、號是：『字潤平，號太葊。』

（二）和瑛生年考辨

對於和瑛卒年，諸書均作卒於『道光元年』（一八二一），毫無爭議。但當前學界對其生年尚無定論，且爭議頗多，主要有以下三種説法：

〔一〕詳見〔清〕徐世昌《晚晴簃詩話》，六七八頁。

〔二〕〔清〕和瑛《額爾德特氏家譜》，道光三年鈔本，不分卷。

〔三〕〔清〕和瑛《經史匯參補編》，國家圖書館藏稿本，索書號：／六七三七一。

〔四〕〔清〕和瑛《讀〈易〉擬言》，國家圖書館藏鈔本，索書號：／六七三七二。

第一，和瑛生年不詳。當前持此説的學者與論著較多，阿拉騰奥其爾《清代新疆軍府制職官傳略》、戴逸主編《中國歷史大辭典・清史》、張撝之主編《中國歷代人名大辭典》、張忠綱等編著《杜集叙録》、薄音湖主編《蒙古史詞典》、紀大椿主編《新疆歷史詞典》、張力均《八旗人物的治邊理念》等均持此説〔一〕。

第二，和瑛生於乾隆五年（一七四〇）。持此説的論著有星漢《蒙古族詩人和瑛西域詩簡論》、《清代西域詩研究》、高近《〈三州輯略〉版本研究》、江慶柏編著《清代人物生卒年表》，另有雲峰《清代蒙古族漢文創作及其儒學影響》謹慎地認爲和瑛生年可能爲一七四〇。

第三，和瑛生於乾隆六年（一七四一）。持此説的論著有池萬興《和寧及其〈西藏賦〉》、王安芝《清代新疆文獻〈回疆通志〉考略》、米彦青《清代蒙古族詩人和瑛與他的〈易簡齋詩鈔〉》、《清代邊疆重臣和瑛家族的唐詩接受》、金文偉《渡河觀山邊塞情——讀和瑛的兩首詩》〔二〕。

以上諸説中，乾隆五年（一七四〇）之説主要是據星漢《蒙古族詩人和瑛西域詩簡論》觀點而來，星漢先生觀點則是根據《易簡齋詩鈔》中和瑛外侄吴慈鶴所作《易簡齋詩鈔序》推論而來〔三〕，而《易簡

〔一〕張忠綱編著《杜集叙録》，濟南：齊魯書社，二〇〇八年，四一四頁； 張力均《蒙古八旗人物的治邊理念》，《内蒙古大學學報》，二〇〇九年第二期，二一一—二一五頁。

〔二〕金文偉《渡河觀山邊塞情——讀和瑛的兩首詩》，《西域文學論集》（會議論文集），一九九七年，三一二—三一七頁。

〔三〕星漢《蒙古族詩人和瑛西域詩簡論》，《新疆師範大學學報》，一九八六年第二期，五九—六四頁。

齋詩鈔序》言及和瑛年齡的語句僅有：『魚通萬里，鷲嶺八年，暫臨東維，遽撫西域，七十歸朝，仍莅遼藩。』[一]作爲和瑛外任，吴慈鶴對和瑛生平應該比較熟悉，所言較爲可信。關於和瑛自西域回朝時間，《清史稿》有載：『（嘉慶）十四年（一八〇九），授陝甘總督，坐前倉場失察盜米，降大理寺少卿。十六年，遷盛京刑部侍郎。』[二]因古人論及年齡並無周歲之説，僅論虚歲，由嘉慶十四年（一八〇九）前推六十九年，和瑛時年虚歲正值七十，此説似乎正確。

但和瑛回京時間却非嘉慶十四年（一八〇九）。李桓《國朝耆獻類徵初編》：『（嘉慶）十四年（一八〇九）正月，署陝甘總督，五月實授。六月，以前在倉場侍郎任内失察倉書私出黑檔盜領米石，降五品京堂。十五年，補授大理寺少卿。』[三]實際上，和瑛在嘉慶十五年（一八一〇）纔回到朝中擔任大理寺少卿，時和瑛年七十，由此逆推六十九年，他的出生時間應是乾隆六年（一七四一），而非乾隆五年（一七四〇）。《國朝耆獻類徵初編》另有一段記載：『（嘉慶）二十五年（一八二〇）正月，諭曰尚書和瑛年已八旬，著於本管部旗直日之期照常來園，其餘加班奏事引見之日，俱不必來園，用示朕優養耆年至意。』[四]嘉慶二十五年（一八二〇），和瑛已八旬，由此而推，和瑛生年應晚於乾隆五年（一七四

[一]［清］和瑛《易簡齋詩鈔》，《續修四庫全書》影印本册一四六〇，上海：上海古籍出版社，二〇〇二年，四五三頁下。

[二]趙爾巽等《清史稿》卷三五三《和瑛傳》，一一二八三頁。

[三]［清］李桓《國朝耆獻類徵初編》卷一〇〇《和瑛傳》，四〇三一頁。

[四]［清］李桓《國朝耆獻類徵初編》卷一〇〇《和瑛傳》，四〇三二頁。

〇）。

另外，和瑛所著詩歌對其年齡也多有叙述，且均指向其生於乾隆六年（一七四一）。和瑛作於嘉慶元年（一七九六）的詩歌《高慎躬解元寄中秋見懷詩，冬至日始到，遂次韻答和》：『五十六秋狂客月，萬三千里梵王天』〔一〕，論及其時年五十六；作於嘉慶五年（一八〇〇）的《札什倫布六十初度二首》〔二〕，詩題中説其時年六十；按和瑛作詩時年齡分別逆推，均可推斷出和瑛生於乾隆六年（一七四一）。當然，關於和瑛生年，最具説服力的還是由其曾親自參與修訂的《額爾德特氏家譜》：『五世和瑛，乾隆六年（一七四一）辛酉七月二十七日酉時生。』〔三〕

綜上可知，和瑛生於乾隆六年（一七四一），卒於道光元年（一八二一）。原名和寧，避清宣宗諱改和瑛（亦作映），字潤平，號太葊（亦作庵），額爾德特氏，蒙古鑲黄旗人。

二

如前所揭，任職新疆的七年是和瑛整個仕宦生涯的重要一章。作爲其政治生活的餘事，他以詩歌

〔一〕〔清〕和瑛《易簡齋詩鈔》，四八八頁上。
〔二〕〔清〕和瑛《易簡齋詩鈔》，五〇一頁上。
〔三〕〔清〕和瑛《額爾德特氏家譜》，道光三年鈔本。

方式所記錄的新疆，非常值得我們去探究〔一〕。

有清一代，無論是以哪種方式去過西域的文人〔二〕，大多都創作了與新疆相關的文學作品。而集文人與邊疆重臣於一身的和瑛，面對遼闊的西北邊陲，整個西域的一切，無論是塞外風物，還是邊疆政事，都時刻激發著他的創作靈感，他也用詩歌記錄了他的全部情感。

（一）居處塞外，描摹風物

『西陲靖戎馬，那用帶吴鈎』〔三〕。和瑛任職新疆期間，大小和卓叛亂已平定多年，是一個相對安定的時期。這也使和瑛能夠『日事文墨』〔四〕，留下數量可觀的西域詩。

西域風物與內地截然不同，大漠浩瀚，山水雄奇。因此，與來自中原內地的許多文人一樣，和瑛常

〔一〕目前研究和瑛詩歌相關的論著有星漢《蒙古族詩人和瑛西域詩簡論》，《新疆師範大學學報》，一九八六年第二期，五九—六四頁；烏日罕《清代蒙籍漢文詩人——和瑛》，《赤峰學院學報》，二〇〇五年第二期，二一—二二頁；星漢《清代西域詩研究》，六九—七一頁；米彦青《清代蒙古族詩人和瑛與他的〈易簡齋詩鈔〉》，《內蒙古社會科學》，二〇〇七年第四期，一二八—一三一頁；米彦青《清代邊疆重臣和瑛家族的唐詩接受》，《民族文學研究》，二〇一〇年第二期，二五—三一頁。以上論著主要從文學史、思想內容、藝術特色等角度研究和瑛詩歌特點。

〔二〕清代新疆詩人大致可分爲：從征型軍旅詩人、宦游型官吏詩人、使者型詩人、謫戍型詩人、投邊型詩人五類。詳參趙宗福《論清代西部旅行詩歌及其民俗影響》，《西藏大學學報》，二〇〇〇年第四期，七四—八一頁。

〔三〕〔清〕和瑛《宿安西贈胡雪齋刺史》，《易簡齋詩鈔》，五一一頁上。

〔四〕趙爾巽等《清史稿》卷三五三《和瑛傳》，一一二八三頁。

常將詩人的目光投向西域特有的風俗物産，用其獨特的筆觸描寫了這些奇異的景象。通過他的詩歌，我們可以看到新疆特有的風物對詩人創作之影響，以及他對新疆的特殊感情：

西母嗛山雪，平鋪瀚海遥。吻疑嘗醴潤，渴似望梅消。風味欺陶穀，詩情勝灞橋。自憐冰氏子，肯向冶鑪招。〔二〕

此詩爲詩人於嘉慶七年（一八〇二）出嘉峪關後所作。他用了大量的典故來描寫戈壁瀚海上迎面而來的茫茫大雪。一般來説，在茫茫無涯的戈壁上行走，如果遇到漫天大雪，一定會給西出陽關的行人心理蒙上陰影，更何況是流放西陲的詩人。但和瑛反以昂揚樂觀的精神高度讚揚戈壁大雪，顯示出詩人對將前往的新疆充滿信心。

嘉慶七年（一八〇二）十二月，當詩人行至哈密時，接到朝廷詔命其以藍翎侍衛充葉爾羌辦事大臣的消息。到比烏魯木齊更爲荒凉、偏遠的地區任職，詩人並不消沉，而是爲自己以六十三歲的高齡能夠在新疆一展身手而興奮。塞外惡劣的自然環境，反而激發了他的鬥志，以更加輕鬆樂觀的心態面對即將赴任的回疆：

〔二〕［清］和瑛《戈壁喜雪》，《易簡齋詩鈔》，五一一頁上。

祁連巘業駐冰顔，詩版遥摹霄漢間。驛客停驂弦月皎，羌兒叱犢戍樓閑。不觀海市遊沙市，纔別金山到玉山。六十年來風景換，陽春萬里出陽關〔二〕。

此詩前四句以視覺器官的强烈刺激，逼真地刻畫出了塞外奇異風光以及詩人的感受：白日天山銀裝素裹，巍峨聳立，引起詩人無限的創作激情；黄昏時分弦月皎潔，清輝照大地，歸來牧童穿梭於碉樓之間，形成特有的塞外田園風光。後四句首先勾勒出南疆特有的風沙、雪山景色；面對如此惡劣的自然環境，詩人也没有畏縮不前，而是表現出一種輕鬆的『陽春萬里出陽關』的態度。西域塞外風物給詩人帶來的不僅僅是雄奇、豪放之感，塞外荒寒艱辛的環境也很快給詩人帶來了深刻印象：

大塊有噫氣，一息千里通。巽五撓萬物，折丹神居東。風穴地軸裂，風門天關衝。奇哉風戈壁，勃發乾兑冲。當夫初起時，黑靄蟠虬龍。焚輪瞬息至，萬騎奔長空。石飛輕於絮，輜重飄若蓬。靈駝識猛烈，一吹無停從。我度瀚海來，屈指輪臺中。忽傳伊吾廬，朵雲下郵筒。恩命撫娑軍，兼馭于闐戎。泥首天山陽，聖慈感惝懞。改轍土番道，行李戒僕僮。鹻燒絶滴水，漱我湃泉豐。雪瘴淩氣海，鼓我泰乔充。天罡不可敵，默禱馮夷公。叵料驅車日，太清無纖蒙。野寮星月

〔二〕［清］和瑛《鴨子泉和常中丞原韻》，《易簡齋詩鈔》，五一一頁下。

朗，白鳳棲梧桐。支炷不暇炊，忍飢馱驥驄。坐生已度想，闢展變春融。乃知廣莫候，太乙叫蟄宮。履道獲坦坦，無乃憐吾窮。原筮西南利，努力往有功。蜚廉不我戲，此意感蒼穹。〔一〕

此詩係詩人嘉慶七年（一八〇二）赴任葉爾羌辦事大臣途次吐魯番時作。和瑛首先圍繞『風』字著筆，描寫出行環境的險惡。『當夫初起時』，由暗寫轉爲明寫，夜晚的風聲替代了白天的風色，狂風呼嘯。緊接著側面描寫風的狂烈。在這種嚴酷的環境中，詩歌由造境轉而寫人，『恩命撫娑軍，兼馭于闐戎。泥首天山陽，聖慈感帲幪』。詩人由流放而任官，命運發生了改變，但路途的艱苦也增加了：『鹻燒絕滴水，漱我添泉豐。雪瘴淩氣海，鼓我泰夰充。天罡不可敵，默禱馮夷公。』詩人抓住戈壁冒風行進的困難進行細緻的刻畫，充分渲染了塞外的苦寒，同時巧妙地利用了『精神勝利法』，淋漓盡致地表現出自己鬥風傲飢之激情，從而引出最後四句詩歌，料想自己治理回疆必將成功。全篇奇句豪氣，風發泉湧，由於詩人有邊疆生活之體驗，因而是詩能夠奇而入理，真實動人。

清代是玉器發展的鼎盛期，由於社會對玉石的需求急劇增加，新疆玉得到大規模的開采。詩人對此也多有描述，如《河干采玉》：

〔一〕［清］和瑛《風戈壁吟》，題下詩人自注：『自梧桐窩十三間房至齊克騰木臺，四百餘里，春夏間多怪風。』《易簡齋詩鈔》，五一二頁上。

西極崑崙産，琳琅貢紫宸。千斤未爲寶，一片果何珍。幟颺青雲杪，人喧白水濱。惰蘭齊攫拾，伯克競游巡。自分澄心滓，還須洗眼塵。琢成和氏璧，良璞免沈淪。[一]

是詩嘉慶八年（一八〇三）作於葉爾羌。『惰蘭』，是對維吾爾族人的概稱，並無貶義。在內地小小玉石彌足珍貴，但是在新疆，民衆竟然能在玉河邊隨意『攫拾』，縱是千斤巨玉也不甚稀奇，那是何等壯觀。

和瑛在疆爲官七年，創作了大批反映邊疆山川風物、生活習俗的詩歌，如上所述，因爲詩人自身對新疆奇異景象的熱愛，從而使這些風物的描寫也都具有了昂揚嚮上、美好可觀的品質。

（二）身在邊疆，心繫統一

隨著清朝統一西域戰爭的結束，西域進入了一個比較長的穩定發展時期。嘉慶七年（一八〇二），和瑛進疆沿途親眼看到平定大小和卓叛亂的舊戰場，對清政府一統西域充滿驕傲，同時也期待著西北人民能夠樂業安居。行至吐魯番時，頗有感慨，寫下《小歇吐魯番城》：

戰績侯姜説有唐，西州名改舊高昌。而今莫問童謠讖，日月長年照雪霜。[二]

[一] ［清］和瑛《易簡齋詩鈔》，五一四頁上。

[二] ［清］和瑛《易簡齋詩鈔》，五一二頁上。

唐朝初年高昌國始與唐交好，後則反復不定，且劫掠西域入唐使及商人。貞觀十四年（六一〇），唐太宗命侯君集爲交河道行軍大總管，姜行本副之，率軍討伐高昌。詩人用此唐典，實際上是對清朝統一新疆的讚美。嘉慶十一年（一八〇六），和瑛被朝廷召爲吏部右侍郎，回程至涼州時，又被命爲烏魯木齊都統。在詩人返轡西域途經巴里坤時，寫下《題巴里坤南山唐碑》復咏此事：

庫舍圖嶺天關壯，沙陀瀚海南北障。七十二盤轉翠螺，馬首車輪頂踵望。高昌昔並兩車師，五世百年名號妄。雉伏於蒿鼠嗟穴，驕而無禮不知量。寒風如刀熱風燒，易而無備胥淪喪。賢哉柱國侯將軍，王師堂堂革而當。吁嗟韓碑已仆段碑殘，猶有姜碑勒青嶂。豈知日月霜雪今一家，俯仰騫岑共惆悵。〔一〕

庫舍圖是連接天山南北地區的主要通道，屬巴里坤。詩人在詩中首先論述侯君集、姜行本征平高昌事，進一步説明『日月』必照『霜雪』，證明歷代中原王朝對西域的經營、管理以及民族之間的融合是大勢所趨。此外，詩人還提到『韓碑』、『段碑』、『張騫碑』、『裴岑碑』等漢唐平叛紀功碑，來説明歷朝歷代的反叛勢力均遭到中央政府的强力打擊，任何分裂行爲均不可能取得成功。更希望在清代已實現國

〔一〕［清］和瑛《易簡齋詩鈔》，五一八頁下。

家統一、民族融合的背景下，中央政府和邊疆諸少數民族能和諧共處，共同維護國家統一，免得給人民帶來巨大的災難和痛苦。

葉爾羌是清政府平定大小和卓叛亂的主戰場之一，和瑛抵任葉爾羌辦事大臣之後所作的七律《葉爾羌城》，即是吟詠清政府平定大小和卓叛亂比較具有代表性的詩歌：

羌城古塔綠陰屯，名迹曾探和卓園。百戰風霜沉義塚，九霄霜月護忠魂。呼鷹盡出桑麻里，戲馬閑看果蓏村。鎮撫羌兒高枕臥，雙岐銅角聽黃昏。〔二〕

是詩嘉慶八年（一八〇三）作於葉爾羌。詩句下多有自注，如『羌城』句：『塔高二十餘丈。』『名迹』句：『節署乃回酋大和卓木舊居。』『百戰』句：『城東五十里，官兵陣亡合葬二塚，清明致祭。』『九霄』句：『都統納木扎勒、參贊三泰盡節於此。敕建顯忠祠，並御製雙義詩勒石。』『雙岐』句：『回俗，每於日入時鼓吹誦經，其銅角雙歧兩口。』〔三〕『羌兒』，代指南疆各少數民族。詩人時任葉爾羌辦事大臣，因其辦公衙署即是大小和卓舊居，當然感觸良多。是詩首聯描寫葉爾羌城的突出特色，頷聯承上啟下，傷悼在平定大小和卓叛亂時爲國捐軀的將士。頸聯，詩人筆鋒一變，轉寫如今葉爾羌城的一

〔二〕［清］和瑛《易簡齋詩鈔》，五一三頁上。

〔三〕［清］和瑛《易簡齋詩鈔》所錄該句下無注，此據引和瑛所編《三州輯略》卷九。

片祥和。尾聯以祈盼邊疆和平、民族敦睦作結，全面表現了平叛戰爭的意義和葉爾羌可以期盼的盛世景象。

除上述詩歌外，和瑛反映新疆統一的詩歌還有很多，在其多次提及平定大小和卓叛亂的詩歌中，《英吉沙爾》是較有特色的一首：

斗大孤城四面開，能量千萬斛牟來。地傳依耐虛遷國，河繞圖書任剪萊。萬馬悉從葱嶺度，百花今傍柳泉栽。羌登衽席歡無比，婁鼓年年鬧古臺。〔一〕

清政府平定大小和卓叛亂時，因英吉沙西通拔達克山部，大兵由此經過。此詩末句下詩人自注：『城南四十里兆公臺，回人四月間繞臺歌舞。』『兆公』，即兆惠。今莎車城南十里有墩臺一座，相傳爲乾隆二十三年（一七五八）將軍兆惠進兵時安營於此，故名兆公臺〔二〕。此詩在結句强調維吾爾族民衆對清軍平叛將領的懷念，表達維吾爾族民衆對清政府平定大小和卓叛亂的擁護。

在大小和卓叛亂之際，絶大多數少數民族首領勇敢地站出來參與平叛戰爭，和瑛創作了許多詩歌哀悼爲國捐軀的少數民族首領，如《哀葉爾羌阿奇木阿克伯克》七絶二首：

〔一〕〔清〕和瑛《易簡齋詩鈔》，五一三頁下。

〔二〕〔清〕和瑛著、孫文傑整理《回疆通志》，一六〇頁。

玉水冰山戰績存，傷心矍鑠老花門。獨憐白塚春原草，不及功成一吊魂。

束帛牽羊望夕曛，憑教祆正慰忠魂。渠莎城畔摩尼寺，添個西濛效順墳。[一]

此詩嘉慶九年（一八〇四）作於喀什噶爾。阿克伯克是回疆少數民族首領，乾隆二十年（一七五五），參與平定準噶爾的戰爭；二十二年，參與平定阿睦爾撒納叛亂；二十三年，參與平定大小和卓叛亂；後任葉爾羌阿奇木伯克，嘉慶九年（一八〇四）去世[二]。和瑛高度讚揚了爲國屢次立勛的阿克伯克，認爲他是爲國效忠，詩人以其守邊大吏的身份對阿克伯克給予嘉獎，在各族民衆之間無疑會産生積極的影響。

（三）守官西陲，志在經營

清政府平定大小和卓叛亂後，一統天山南北，造就了『拓疆萬里，中外一統』的空前盛况[三]，『春度

[一]［清］和瑛《易簡齋詩鈔》，五一五頁上。

[二]事見［清］和瑛著、孫文傑整理《回疆通志》，三八五頁。

[三]《清實錄》卷六二五《高宗實錄》，北京：中華書局，一九八六年，一〇二七頁。

玉門關外滿，不須聽作戰場聲』〔一〕。但不久却發生了『烏什事變』〔二〕。『烏什事變』暴露了新疆官員軍政素質低下、辦事能力差、不能盡心效力等弊端〔三〕。和瑛調任喀什噶爾參贊大臣，於嘉慶十年（一八〇五）巡查各城至烏什時，便寫下《烏什城遠眺》一詩：

百戰經營漫負嵎，尉頭幾換古名區。泉開楊柳枝頭水，城抱驪龍頷下珠。絕國牛羊今受牧，降王雞犬昔全屠。叮嚀旌節花開處，長使春暉入畫圖〔四〕。

和瑛在此詩的開頭描寫烏什作爲塞外明珠，山水環抱，風景秀麗，但因孤懸塞外，一直是兵家必爭之地，詩人以『叮嚀旌節』的囑咐，來要求管理者努力維持邊疆地區的安寧祥和，從而『長使春暉入畫圖』。

作爲清政府邊疆政策的實施者和執行人，和瑛在履任喀什噶爾參贊大臣後，在執行清政府『因俗而治』的基礎上，提出治理和經營方式必須吸收歷代中央王朝邊疆管理的經驗和教訓，《孤舟釣雪》即

〔一〕［清］和瑛《聞城上海螺》，《易簡齋詩鈔》，五一七頁下。

〔二〕孫文傑《從滿文寄信檔看『烏什事變』中的首任伊犁將軍明瑞》，《新疆大學學報》，二〇一七年第一期，六六—六九頁。

〔三〕孫文傑《從滿文寄信檔看『烏什事變』真相》，《雲南民族大學學報》，二〇一六年第六期，一二八—一三五頁。

〔四〕［清］和瑛《易簡齋詩鈔》，五一六頁下。

是這一思想的體現：

昔聞溯清流，餌魚鈎莫上。渺兹丈尺水，萬斛誠難放。官聲慕梁毗，邊策戒任尚。淪予冰雪甌，充君書畫舫。〔一〕

梁毗，隋代大臣，在西南民族地區任刺史十一年，言傳身教，所轄地方安寧，其剛正、清廉的品格爲後人所傳誦〔二〕。任尚，東漢永元中代班超爲西域都護，希望班超對他治理西域有所忠告，班超以『寬小過，總大綱』相贈，而任尚不能借重班超的經驗，以嚴急苛虐而失邊和，以罪被徵〔三〕。詩人從梁毗、任尚的經驗教訓中總結治理邊疆的方法。

和瑛有關治疆理念的詩歌比較有代表性的是《寄別湘浦將軍、瘦石參贊四首》其一：

郭李同聲世所罕，守邊叔子惟輕緩。古賢志在推車行，别贈一言勝撲滿。〔四〕

〔一〕［清］和瑛《易簡齋詩鈔》，五一五頁下。
〔二〕事見［唐］李延壽《北史》卷七七《梁毗傳》，北京：中華書局，一九七四年，二六二〇—二六二二頁。
〔三〕事見［南朝宋］范曄《後漢書》卷四七《班超傳》，北京：中華書局，一九六五年，一五八六頁。
〔四〕［清］和瑛《易簡齋詩鈔》，五一七頁上。

嘉慶十一年（一八〇六），和瑛被朝廷召爲吏部右侍郎，此詩即爲詩人離疆前夕贈別友人之作。湘浦，松筠字，時任伊犁將軍；瘦石，達慶字，時爲塔爾巴哈臺參贊大臣。郭李，指唐代名將郭子儀與李光弼。安史之亂爆發後，郭李二人緊密配合，多次擊敗叛軍，爲恢復唐朝中央政權、穩定社會秩序、維護邊境和平做出了重要貢獻〔一〕。守邊叔子，用晉羊祜治邊典故，羊祜坐鎮襄陽、都督荊州軍事的十餘年間，一方面屯田興學，以德懷柔，深得軍民之心；另一方面繕甲訓卒，廣爲軍備，做好了統一江南的軍事和物質準備〔二〕。古賢推車，用周文王對姜子牙禮賢下士、求賢若渴的民間故事。撲滿，陶製蓄錢之器，有入孔而無出孔，錢滿則撲破取出，故名撲滿。和瑛在這首詩歌中多次引用古代先賢治理國家的經驗和思想，進而指出，作爲守疆大吏的同僚們首先必須精誠一致，團結協作；其次，則要學習羊祜守邊的經驗；最後，治理邊疆最重要的是要提高官員自身素質和執政能力，能夠尊重人才、禮賢下士，只有充分借鑒歷代王朝治理邊疆的經驗和教訓，纔能實現『何當力挽滄浪水，澆遍西濛旌節花』的宏圖大略〔三〕。

和瑛效力贖罪新疆並在這裏起用任職，最可貴之處，是他没有沉浸在遭受流貶的愁苦之中。即使是嘉慶十一年（一八〇六）詩人被召回京任吏部右侍郎，回程至涼州又命爲烏魯木齊都統時，仍然表現

〔一〕事見〔宋〕歐陽脩等《新唐書》卷一三七《郭子儀傳》，北京：中華書局，一九七五年，四五九九頁。

〔二〕事見〔唐〕房玄齡等《晉書》卷三四《羊祜傳》，北京：中華書局，一九七四年，一〇一三—一〇二五頁。

〔三〕〔清〕和瑛《寄別湘浦將軍、瘦石參贊四首》其四，《易簡齋詩鈔》，五一七頁上。

出義無反顧的精神，並對經營新疆充滿了强烈的信心：『玉門重出感殘年，都護恩綸降自天。遥指北庭心膽壯，再嘗苦水是甘泉。』〔一〕

作爲清朝著名的邊疆重臣，和瑛爲宦回疆，先後主政葉爾羌、喀什噶爾、烏魯木齊，極爲熟悉回疆政務、吏治、民生等諸多方面，《清史稿》稱其『久任邊職，有惠政』〔二〕，即是充分肯定了他在邊疆的貢獻。

三

和瑛一生筆耕不輟，著作頗豐〔三〕，其孫恒福之婿盛昱曾親見他多部稿本，並感嘆：『簡勤手纂稿本盈箱累架，著錄不下千卷，盖其撰著之未刊行者多矣。』〔四〕僅現存詩集即有《太庵詩稿》、《太庵詩

〔一〕［清］和瑛《自涼州返轡，出關馳驛，再宿苦水驛》，《易簡齋詩鈔》，五一七頁下。

〔二〕趙爾巽等《清史稿》卷三五三《和瑛傳》，一一二八三頁。

〔三〕據筆者統計，和瑛著作有《讀〈易〉匯參》、《經史匯參》、《經史匯參補編》、《古鏡約編》、《讀〈易〉擬言》、《竊心經》、《易貫進思錄》、《杜律精華》、《易簡齋詩鈔》、《太庵詩稿》、《西藏賦》、《回疆通志》、《續〈水經〉》、《三州輯略》、《熱河志略》、《風雅正音》、《鐵筆圍錄》、《和瑛叢殘》、《山莊秘課》等十數種之多，可惜大多未能刊行。

〔四〕楊鍾羲《雪橋詩話初集》，《近代中國史料叢刊續編》第二十二輯，臺北：文海出版社，一九七四年，四九四頁。

集》、《太庵詩草》、《衛藏詩集》、《灤源詩集》、《衛藏和聲集甲寅》、《易簡齋詩鈔》七種。

其中，《太庵詩稿》有吴興劉承幹嘉業堂藏嘉慶十五年稿本，今藏復旦大學圖書館。不分卷，詩編年，録甲寅至丁巳、丙午至丁未、壬子至癸丑等時期詩一千六十首，卷首有嘉庆十六年作者自序。惜蟲損嚴重，亟待修復，今已不得見[一]。

《太庵詩集》、《太庵詩草》和瑛自訂稿本，今藏廣東省立中山圖書館。原書版高二百二十毫米，寬一百五十八毫米。不分卷，詩編年，红线网格，废纸背面精工楷書鈔寫。半葉八行，滿行二十字，小字雙行，行字同。一函三册。其中多有朱筆圈注、批點、注釋，並朱筆行楷增減、删改痕迹。《太庵詩集》詩歌按創作時間先後順序編排，開篇之作《揚州舟次》作於乾隆五十一年（一七八六）詩人赴任天平府知府途中，最後一篇《奉和芝軒中丞聽雨詩元韻》則作於乾隆五十七年（一七九二）陝西布政使任上。經比勘，有十四題三十六首詩爲其與《易簡齋詩鈔》卷一所共收，有十五題二十九首詩爲《易簡齋詩鈔》所未收。《太庵詩草》詩歌亦按創作時間先後順序編排，開篇之作《咸陽令》作於乾隆五十七年（一七九二）詩人於陝西布政使任上赴咸陽、長安、武功等地賑災途中，最後一篇《送别范六泉明府》則作於嘉慶二年（一七九七）駐藏幫辦大臣任上。經比勘，有八十九題一百一十二首詩爲其與《易簡齋詩鈔》卷一、卷二所共收，有一百三十一題二百一十五首詩爲《易簡齋詩鈔》所未收。

《衛藏詩集》、《灤源詩集》嘉慶間稿本，現藏中國台灣傅斯年圖書館，均未見其他圖書館及各家書

[一] 多洛肯《和瑛文學家族詩集》，上海：上海古籍出版社，二〇一八年，四頁。

目著録。原書版高二百六十五毫米，寬一百八十三毫米。不分卷，詩編年，无行格，精工行楷書寫。半葉八行，滿行二十一字，小字雙行，行字同。《衛藏詩集》詩歌按創作時間先後順序編排，開篇之作《打箭爐》作於乾隆五十九年（一七九四）詩人赴任駐藏幫辦大臣途中，最後一篇《贈薩迦呼圖克圖》則作於嘉慶元年（一七九六）九月於駐藏幫辦大臣任上巡邊畢返後藏途次薩迦廟時。經比勘，有二十七題三十一首詩爲其與《易簡齋詩鈔》卷二所共收，有二十八題四十首詩爲《易簡齋詩鈔》所未收。《灤源詩集》詩歌按創作時間先後順序編排，開篇之作《珍珠泉恭和高宗純皇帝御製詩》作於嘉慶六年（一八〇一）山東巡撫任上，最後一篇《題鍾馗畫扇，次吴巢松公子韻》則作於嘉慶七年（一八〇二）六月山東巡撫任上。經比勘，有二十一題二十八首詩爲其與《易簡齋詩鈔》卷三所共收，有二十七題二十九首詩爲《易簡齋詩鈔》所未收。

《衛藏和聲集甲寅》清鈔本，一卷，今藏廣東省立中山圖書館。原書版高二百二十毫米，寬一百五十八毫米。詩編年，无行格，精工行楷書寫。半葉八行，滿行二十字，小字雙行，行字同。爲乾隆五十九年（一七九四）時任駐藏大臣和琳與時任駐藏幫辦大臣和瑛唱和之作匯集。詩歌按創作時間先後順序編排，開篇之作《宿宜黨寄懷》，爲和琳於乾隆五十九年（一七九四）三月自拉薩啟程巡視後藏至宜黨時作；和瑛時授内閣學士兼禮部侍郎，仍兼副都統留藏辦事，和作《答寄懷元韻》。最後一篇爲和琳《致意太庵由後藏回署》，作於乾隆五十九年（一七九四）十二月調任四川總督離藏前夕；時和瑛巡視僵里、巴則嶺、宜椒等地返前藏途次春堆，和作《次希齋韻》。《衛藏和聲集甲寅》共收録和瑛詩五十六題一百三十二首，經比勘，全部詩歌均爲其與《太庵詩草》所共收。其中，有十二題三十一首詩爲其與《太庵詩草》、《易簡齋詩鈔》所共收。

《易簡齋詩鈔》四卷，道光三年（一八二三）刻本，現藏復旦大學圖書館。一函二册，卷首有『浙西六家』之一的吴慈鶴序文。原書版高二百七十二毫米，寬一百七十一毫米，半葉九行，行十八字，小字雙行，行字同。白口，四周雙邊，單魚尾。《易簡齋詩鈔》全書按照詩歌創作年代順序編排，開篇之作《太平府廨八咏》作於乾隆五十一年（一七八六）詩人任職太平府知府時，最後一篇《春分前一日雪》則作於道光元年（一八二一），全書共收詩人歷時三十五載所作詩歌五百七十六首。其中涉及西域的即有二百九十二題三百二十八首，占到全詩總數的近三分之二，而且《易簡齋詩鈔》中最具文學價值和特色的也正是這一部分詩歌。可見在和瑛筆下，即使是其歷時三十五載而成的詩集，詩人的邊疆意識、作品的西域元素仍然極其鮮明。

要特別説明的是，《太庵詩集》、《太庵詩草》、《衛藏詩集》、《灤源詩集》、《衛藏和聲集甲寅》五書，不僅有許多詩歌爲《易簡齋詩鈔》所未録，而且所共收詩歌在題名、字句等方面亦多存差異，反映了在《易簡齋詩鈔》刊行前詩人對相關内容進行節選及修飾的動態過程。但目前無論是和瑛相關詩集所收録詩歌的數量與質量，還是就其詩歌風貌與價值而言，則還當首推其詩歌集大成之作《易簡齋詩鈔》。

凡例

本書内容包括和瑛《易簡齋詩鈔》、《太庵詩集》、《太庵詩草》、《衛藏詩集》、《灤源詩集》、《西藏賦》、《草堂寤》七種著述以及《三州輯略·藝文志》和瑛自收詩文，并附録年譜等資料。有關體例，有以下幾點説明：

一，《易簡齋詩鈔》以復旦大學圖書館藏道光三年（一八二三）刻本爲底本，以廣東省立中山圖書館藏《太庵詩集》、《太庵詩草》和瑛自訂稿本、中國台灣傅斯年圖書館藏和瑛《衛藏詩集》、《灤源詩集》嘉慶間稿本、廣東省立中山圖書館藏《衛藏和聲集甲寅》清鈔本、北京大學圖書館藏《三州輯略·藝文志》刻本爲參校本，進行校勘與整理。其中，底本與參校本共收録之詩文，參校本僅存其目。

二，《西藏賦》以天津圖書館藏嘉慶二年（一七九七）刻本爲底本，以李光廷《反約篇》叢書、張丙炎《榕園叢書》、王秉恩《元尚居匯刻三賦》、黄沛翹《西藏圖考》、盛昱《八旗文經》等收録《西藏賦》爲參校本，進行校勘與整理。

三，《三州輯略》以北京大學圖書館藏嘉慶十年（一八〇五）刻本《藝文志》和瑛自收詩文爲底本，進行整理。

四，《草堂寤》以北京大學圖書館藏成寯抄本爲底本，進行整理。

五，整理本正文按古籍定本格式處理：凡底本文字明顯脱訛者，均於正文中徑作改正、添補；

整理本欲刪除之文字，或者欲增補之内容，均直接於原文徑改，以上改動均出校記説明。原文雙行夾注，本整理本改爲單行夾注。其他校勘、考辨類文字也均在校記中予以説明。

六，在不影響原意的情况下，内容一般使用規範字與新字形，如犁—犂、刼—刦/刧、祕—秘、回—迴/囬/囘、略—畧、蓋—葢/盖，皆以連字符前爲準； 武周新字、清代避諱字均作回改（如歷書改曆書、宏治改弘治、商邱改商丘、元霜改玄霜等）； 刻本之『己』、『已』、『巳』，『毋』與『母』，『戍』與『戌』，或偏旁如『卩』與『阝』、『扌』與『木』等，往往混淆，兹亦據其文意及所引原書糾正，以上改動一般不出校記。惟和瑛著作行文有注重文字、修辭者，故其刻意之異體、通假字，以及專名用字如『燉煌』『阜窪勒』等，亦視具體情况予以保留，不强求一律。

七，引文刪节係古人撰述之通例。整理本除對和瑛引文據原書核對、舛誤處出校記説明，一般不作改動； 但爲區分引用内容與作者考論文字之差別，對經其刪改之引文亦多用引號標示； 讀者二次引用，應以原書爲準。

八，底本中的敬空格式都改爲常式； 底本原文在不易斷句之人名、地名末，有小字夾注『句』字，今既作標點，也概作省略。年月等古代干支亦括號標注公曆等以便理解（相同之年號僅在同一綱目文字下第一次出現處標示公曆）。

九，部分具有時代性的字詞，如『纏回』、『愚回』、『纏民』等，代表了當時的社會情形與作者觀念，從存真角度考慮，保留原貌。

十，《易簡齋詩鈔》之編年，原爲和瑛之子壁昌、奎昌校定，其外侄吴慈鶴編纂並爲之序； 《太庵詩集》、《太庵詩草》和瑛自訂稿本，《衛藏詩集》、《灤源詩集》爲嘉慶間稿本；諸本詩文編年較爲可信，本整理本仍按之。

十一，本整理本附録《和瑛年譜簡編》、《〈清實録〉和瑛資料彙編》、《中國第一歷史檔案館藏硃批和瑛奏摺選輯》。

目錄

癸丑

甲寅

易簡齋詩鈔卷二

乙卯

戊午

易簡齋詩鈔卷三

癸亥

甲子

乙丑

易簡齋詩鈔卷四

辛未

太庵詩集

太庵詩草

壬子

癸丑

丁巳

衛藏詩集

甲寅

乙卯

丙辰嘉慶元年

灤源詩集

衛藏和聲集甲寅

和瑛詩文輯録

易簡齋詩鈔

易簡齋詩鈔序

在昔耶律文正以間世之才崛起龍朔，功在王室，學爲儒宗，六百年間音采未沬。景行前哲，方待偉人。如我簡勤和公者，際累洽重熙之聖，不必以戡難禦侮爲功；備喉舌心膂之臣，不必以決奇制勝著績。然而，書破萬卷，學窮百家，强識博聞，敦行不怠，抑亦文正之流亞歟？

公挺河岳之英，應璣衡之曜，有模楷之範，爲宗棟之資，孜孜窮年，娓娓好學。其始也，雖名冑華閥，而惟事縹緗；其繼也，雖南北東西，而必攜鉛槧；其允升也，雖高牙大纛，不廢雅歌；其耆艾也，雖黄髪兒齒，猶事綈素。可謂聿修厥德、終始於學者矣。溯其登進士、歷農司，行春頒朔，遍江皖之區；布雨宣風，慰秦蜀之壤。然而魚通萬里，鷲嶺八年，暫臨東維，遽撫西域，七十歸朝，仍莅遼藩。地窮天盡，夏雪春霜，經行者，身毒頭痛之區；撫循者，吞刀吐火之俗。西則雷音天竺、蘇祿罽賓，東則玄菟帶方、鴨江魚海。莫不布朝廷之恩信，問絶俗之痌瘝。籌渠澮以阜邊氓，開屯田以裕軍食。馬如羊不入於廄，金如粟不納於懷。遂使東澨永清，西戎即叙，佉盧就譯，侮食輸賓。固已圖像營平，生祠定遠，報太僕而指心，城拂雲而息燧，功德所被，偉矣遠矣。迨躋大耋，爰佐樞衡，爲虞臯陶，若周申甫。不言温室，而丹青炳如；密補衮職，而黼黻斯燦。更歷三朝，夷蹇一節。雖梁木其壞，而遺馨益昌，是謂老成，是謂國紀。

平居所學，邃於韋編，著有易説，弆藏家衖。若夫城名小録、地理新書，等桂海之虞衡，擬鐸椒之檮杌，皆可備隸首之紀，綴山海之圖。至於範水模山，感時體物，顯緝雅頌，擷掖風騷，乃歐、梅之替人，奪蘇、黃之右席。既能思精體大，亦復趣遠旨超，自成一家，何有餘子？篋衍殊富，以約斯鮮。

今《易簡堂詩鈔》四卷，手所定也。鶴少侍先府君蕃宣齊魯，適公式是東邦。披扇底之數言，割牛心之幾片，謂其造詣所到，不減竹垞老人。施曲木以朱藍，賁龍章於卉服，獎蹴逾分，顏汗至今。及公暮年，嘗以暇日置酒相酌，從容曰：『予詩數卷，他日子爲我輯之。』遺言在斯，寢門已哭，安放安仰，焚如惄如。屬奉使兩河，公之子文甫太守、星泉刺史以是編相授，曰：『是先子之命也，子不可辭。』嗚呼！星落麟亡，氣已還於箕尾；芝焚蕙嘆，感無間於玄壚。謹抽自公之暇，讎其亥豕。既已卒業，綴言於首。若夫立朝之節，方面之勛，具有國史；根本之行，忠孝之悃，盡在家範。遠則彌耀，茲不備書。

道光三年歲次癸未孟秋之吉，東吴姪吴慈鶴頓首拜序

易簡齋詩鈔卷一

丙午

太平府廨八詠〔一〕

門對青山府治爲晉桓温故居，青山在其南，謝宣城、李青蓮遺迹尚存〔二〕

姑溪城郭隱蒼灣〔三〕，五馬門高夜不關。競説袁桓留勝迹，更逢謝李共名山。登樓覓句人皆古，拄笏看雲政自閑。此郡太平真有象，大江波湧碧如環〔四〕。

堂開翠柏堂燬於明季，國朝重葺。翠柏數百株，相傳爲漢晉間所植〔五〕

笑問堂前柏子禪，霜皮黛葉幾多年。人閑似鶴衙同放，州冷如村石可鐫。鐵幹直留千古月，綠雲深鎖四時天。定知燕雀難巢此，應著蓬萊最後仙。

桂苑秋香〔六〕寅恭堂之北有柏山亭，其北有桂二株〔七〕

聯翩秀色覆西堂，不記歐顔記沈郎。天上名仙攀紫府，月中閑地屬丹陽。風霜摇落花能獨，桃李紛披樹已蒼。倩語主人勤護惜，年年留取出輪香。

桐林月影雙桂軒之西曰自公堂，其北桐樹三株〔八〕

龍柯繞屋碧幢幢，報我新秋一葉降。入夜寒蟬飄露瓦〔九〕，倚天韶韻響風窗。閑亭似照青鸞舞〔一〇〕，怪石疑留白鶴雙。主領青光憑記取〔一一〕，姑溪繁浦共蕪江。

明樓遠眺府治後，宋時郡圃，有小東山。明祝咏建明遠樓，題云『曠覽遥青』〔一二〕

傑閣觚棱足臥遊，公餘倚檻自舒眸。遥臨古巷空懷謝〔一三〕，近背名山恐笑歐。白紵長懸明月照，翠螺空指大江流。齊雲遠景無多記，合記平南清德樓。

射圃閑情宅東北隅建亭，南向，予題額之『無爭』，聯云『正己而後發，反求諸其身』〔一四〕

映緑含青圃半蕪，繞牆少竹喜多蘆。移花不問輪蕉户，沽酒何勞索蟹夫。別有閑情懸一鵠，敢誇絶技中雙鳧。此亭聊取無爭耳，射者由來有似乎。

古樹晨烟亭東船廊名『坐樹軒』，其樹松、柏、楸、杉、槐、榆、梅、梧、冬青數十種〔一五〕

平林東護鵲巢廳，占得風烟歲屢經。雨足閑雲鋪夏緑，日高湛露滿冬青。清虚散步塵心洗，沆瀣朝餐睡眼醒。從古樹人同樹木，好將豐樂以名亭。

石臺夕照園之艮維，有石臺，高倍尋，相傳爲桓温將臺，又云周瑜舊迹〔一六〕

魄凸深凹俯郡譙，竹兄梅弟映團蕉〔一七〕。林間暮景疑催鳥，江上殘霞似捲潮。十萬軍容沈采石，三千歌舞靜淩歊。登臺自古難堪此，不獨英雄恨六朝〔一八〕。

【校記】

〔一〕詩題：《太庵詩集》作『太平府署八景詩八首』。

〔二〕自『府治』至此：《太庵詩集》作『府治，乃晉桓温帥府故址。宋太平興國年，建署門譙樓，即温子城南門旁。樓圮，中樓屹然獨立，相傳有宋製銅壺滴漏，今無存。然古壁藤蘿，蔓延蒼翠。登斯樓也，則青山秀麗一覽無餘。舉謝宣城、李翰林舊宅風景，得諸蒼茫指顧間，不獨裴敬題詩已也』。

〔三〕隱蒼灣：《太庵詩集》作『穩滄灣』。

〔四〕大江：《太庵詩集》作『澄江』。

〔五〕自『堂燬』至此：《太庵詩集》作『堂燬於明洪武間，重建於正德、嘉靖，復燹於崇禎。國朝順治年，郡守張公重修，榜曰「阜成」，自作記焉。堂前柏樹數十本，大數圍或合抱，鐵幹虬枝，猙獰倚側，支撑拳曲。傳爲漢晉間植，依然翠碧參天，烟雲滃鬱，乃有感於堂之興廢云』。

〔六〕詩題：《太庵詩集》作『桂院秋香』。

〔七〕自『寅恭』至此：《太庵詩集》作『寅恭堂之北，舊有柏山亭，今存其址。又北有桂樹二本，大皆合抱，高二丈許，接葉交柯。盛夏則翠幄排空，清秋則天香入座。小屋三楹，前守沈既堂題曰「雙桂軒」。未詳手植何年，要亦茂舍甘棠之意耳。』

〔八〕自『雙桂』至此：《太庵詩集》作『雙桂軒之西曰自公堂，又北有桐樹三本，密茂若深林垂蔭。郡守錢南浦起窗軒曰「靜寧室」。樱竹館居其後，安石榴、書帶草環映左右，宜風宜雨，宜夏宜秋。獨明月穿林，朗朗布窗前影，有午夜清省之趣焉。』

〔九〕寒蟬：《太庵詩集》作『寒輝』。

〔一〇〕閑亭：《太庵詩集》作『閑庭』。

〔一一〕憑：《太庵詩集》作『誰』。

〔一二〕自『府治』至此：《太庵詩集》作『《志》載，府後寬地即宋郡圃，有小東山土埠，明祝咏建明樓。其南，今不可考。惟康熙二十二年，郡守吳公重修署樓而擴之，廠其楹爲後托，存石記焉。余設榻其下，偶一登臨，則黄山、白紵、浮丘、藏雲排闥而來。督學雙旭園前輩題曰「曠覽遥青」，真先得我心者。』

〔一三〕空：《太庵詩集》作『同』。

〔一四〕自『宅東』至此：《太庵詩集》作『内宅東北隅，平曠軒朗，舊建廠亭，南面，曰「關德前郡守諸公習射之所也」。丙午夏，余因修葺飾惡之，名其亭曰「無爭」。聯其楹曰「正己而後發，反求諸其身」。公餘，設正鵠，挾弓矢。其間，藉以自警，非敢以簡僻示暇逸也』。

〔一五〕自『亭東』至此：《太庵詩集》作『舊傳含青、映綠二園居衙堂之東，蕪而不治。前郡守沈公建船廊觚亭，郡公題曰『坐樹軒』。其樹則松、柏、楸、杉、槐、榆、梅、桃、梧、楝、楮、柏、冬青數十種，槎枒映帶，且花畦芝徑，籬竹虬藤，環繞其間。晨興散步，淡烟四合，乃知舍青、映緑初未蕪也』。

〔一六〕自『相傳』至此：《太庵詩集》作『相傳爲桓温將臺也。登其臺，則城市燎然指掌，稻畦界如擘蕉，竹樹平若鋪罽，况當落日空林，炊烟四起，辨桑麻雞犬於蒼霞瑞靄中，真所謂太平有象云爾』。

〔一七〕蕉：《太庵詩集》作『焦』。

〔一八〕英雄：《太庵詩集》作『風流』。

贈雲在上人〔一〕

白社逢高衲，閑題四壁詩。向空心已淡，於我意俱遲〔二〕。夢覺澄江遠，仙凡野竹迷。山蔬風味好，聊可話心期〔三〕。

【校記】

〔一〕詩題：《太庵詩集》作『贈雲在和尚』。

〔二〕『向空』二句：《太庵詩集》初作『於人心不礙，共我意俱遲』，後墨批如是。

〔三〕心期：《太庵詩集》作『襟期』。

五溪橋望九華山〔一〕

驛路青陽比蜀難，五溪橋畔想征鞍〔二〕。分明坡老壺中景，馬上於今面面看。

【校記】

〔一〕詩題：《太庵詩集》作『五溪橋望九華山二絶』。

〔二〕想：《太庵詩集》作『憩』。

黄湓浦渡江遇風〔一〕

遠檣出没隔蓬島，駛如點翅蜻蜓巧。金龍有靈施無患，奔流遠稱帆力飽〔二〕。須臾震起吸江風，浩浩黄湓渡杯小〔三〕。起視童奴面色青〔四〕，滅燭危坐意悄悄。乾坤一噫本偶然，戲我何如戲坡老。樓船六丈萬頃波〔五〕，我覺身輕如過鳥。

【校記】

〔一〕詩題：《太庵詩集》作『黄湓渡江遇風』。

〔二〕遠：《太庵詩集》作『幸』。

〔三〕『浩浩』句：《太庵詩集》作『黄湓浩浩渡杯小』。

〔四〕童奴：《太庵詩集》作『童僕』。

〔五〕波：《太庵詩集》作『空』。

宿三里甸再贈雲在上人〔一〕

燒炬名蘭歇，山谿一徑通。炎涼隨地隔〔二〕，苦樂獨君空。五字真成偈，三乘著永豐。夜闌禪榻共〔三〕，啜茗意何窮。

借問雲何在，那從色相尋。人歸幽洞曉，日薄大江陰。豈有爲霖志，而無出岫心。浮雲看富貴，岑寂此山深。

【校記】

〔一〕詩題：《太庵詩集》作『再贈雲在和尚』。

〔二〕隔：《太庵詩集》作『割』。

〔三〕夜闌：《太庵詩集》作『會須』。

鍾山靈谷寺八咏〔一〕

蒼池松影寺前八功德池，蒼松環映〔二〕

靈谷池中影，亭亭寫照松。禪枝龍虎迹，梵葉雪霜容〔三〕。路轉雙林古，雲藏百丈濃。定知栽佛手，冰鑑更淩冬。

鼓殿鐘聲殿無棟梁，制如城洞，擊鼓，聲洪似鐘〔四〕

無量齊雲殿，赬廊四築墉。雷音知伐鼓，霜信似聞鐘。午夜憑虛應，高秋發響重〔五〕。兩般醒世意，併作一枹舂〔六〕。

銀杏棲霞殿後白果樹高數丈，結果極繁〔七〕

鴨脚何年植〔八〕，離離綴似櫨。盤堆銀蚌裹，手擘緑晶拏〔九〕。佐以木魚子，清於玉版芽。茗禪留齒慧，味足老烟霞。

空階應掌靠山石階數十級，合掌拍之，萬谷皆應〔一〇〕

十地本圓通，靈巖鎮發蒙。自來虚響捷，乃得妙音同。偈悟拳頭識，禪參棒喝通〔一一〕。我來頻拍掌，喧静兩皆空。

浮屠秋月寺後浮屠有寶誌菩薩肉身〔一二〕

寶誌瞻遺像，無生世界留。千年山塔月，萬劫木巢秋。不礙雲閑住，還宜水曲流。臺城誇幻術，餘得鱠殘不〔一三〕。

鍾阜晴雲鍾山，即蔣山，江寧府城東北〔一四〕

白下鍾山秀，龍蟠足卧雲〔一五〕。濃依松徑石，薄透竹牆曛〔一六〕。氣爽鳩呼侣，秋高雁入群。六朝烟景地，樓閣幾紛紜。

曲水流觴八功德水，繞流入寺中齋厨〔一七〕

上界清涼地，寒流曲曲香。覺花隨意轉，活水到時忙。似咒楞伽頂，能傳般若湯。醉僧方是醒，孰與藉飛觴〔一八〕。

清泉咽竹泉水自竹廓中流出〔一九〕

卓錫飛泉古〔二〇〕，蜿蜒竹廓收。空心無礙物，直節出清流。底是洗塵念〔二一〕，兼之醫俗儔。茗禪風味別，濁劫不須愁。

【校記】

〔一〕詩題：《太庵詩集》作『靈谷寺八景詩八首』。

〔二〕環映：《太庵詩集》作『周匝』。

〔三〕梵葉：《太庵詩集》作『曇葉』。

〔四〕自『殿無』至此：《太庵詩集》作『殿無樑棟，擊鼓似鐘聲』。

〔五〕發：《太庵詩集》作『度』。

〔六〕枹舂：《太庵詩集》作『抱搒』。

〔七〕『殿後』二句：《太庵詩集》作『殿後白果樹極茂盛』。

〔八〕『鴨脚』句：《太庵詩集》作『白果何年樹』。

〔九〕拏：《太庵詩集》作『挐』。

〔一〇〕自『靠山』至此：《太庵詩集》作『靠山有階數十級，以掌拍之，萬谷齊應』。

〔一一〕『偈悟』二句：《太庵詩集》作『白業蓖除膜，禪關棒喝聾』。

〔一二〕『寺後』句：《太庵詩集》作『寺後寶塔有寶諦菩薩像』。

〔一三〕『餘得』句：《太庵詩集》作『剩得鱠錢不』。

〔一四〕自『鍾山』至此：《太庵詩集》作『鍾山蜿蜒城東北，極秀麗』。

〔一五〕臥雲：《太庵詩集》作『眺雲』。

〔一六〕『濃依』二句：《太庵詩集》作『濃遮松逕暗，斜透竹牆曛』。

〔一七〕『流入』：《太庵詩集》作『注』。

〔一八〕孰與：《太庵詩集》作『聊可』。

〔一九〕『泉水』句：《太庵詩集》作『泉水自竹中宛轉而出』。

〔二〇〕卓錫：《太庵詩集》作『杖錫』。

〔二一〕底：《太庵詩集》作『格』。

丁未

潁州府試院賦贈諸廣文〔一〕

昔聞歐陽守〔二〕，佳士來如積。流風數千年，詩書誦餘澤。乃知化民成，俗始膠庠明。經造士，師之責，儒林所貴苦砭針，如御狂馬不釋策。自古百川學至海，未必盡擬丘陵畫。我來順昌唯拙守，棘闈敢試量才尺。崢嶸頭角總能文，屈宋難逢豔高摘。幸茲學席諸君子〔三〕，五經重仰叔陵作。諸君莫厭官閑冷，我亦三條燭下客。居官共矢玉壺冰，掄才明月倒海索。他年快意稱無私〔四〕，華萼樓前無曳白。舉觴雅會聚星堂〔五〕，西望西湖感芳迹〔六〕。

【校記】

〔一〕詩題：《太庵詩集》作『潁州府試院即事贈諸廣文』

〔二〕『昔聞』句：《太庵詩集》作『昔聞歐陽守此郡』。

〔三〕學席：《太庵詩集》作『學筵』。

〔四〕意：《太庵詩集》作『憶』；稱：《太庵詩集》作『秤』。

〔五〕雅：《太庵詩集》作『玆』。

〔六〕感芳迹：《太庵詩集》作『嘆陳迹』。

四月十日，城北劉秀才勺園牡丹盛開，阜陽張松泉大令攜榼邀賞。坐未定，暴風大作，遂罷燕還，賦絕句四首〔一〕

北郭名園甲潁中〔二〕，家餘四壁錦千叢。倘邀康節先生卜，綉幄應防料峭風〔三〕。

小圃松杉繞短籬，淺紅深紫鬬妍姿。阿嬌悔不藏金屋，免妒殘春十八姨。

撲面黃雲走白沙，百忙爭渡潁之涯。天公戲我清貧守，恐戀人間富貴花。

佩犢循聲繼者難，花時强我盡餘歡。他年烏牸門前繫，再看劉家黑牡丹。

【校記】

〔一〕詩題：《太庵詩集》作『潁州劉秀才勺園牡丹盛開，攜榼邀賞。會大風作，席未終，戲成四絕』。僅錄第一首。

〔二〕潁：《太庵詩集》作『洛』。

〔三〕應：《太庵詩集》作『須』。

陳烈婦詩二首〔一〕

結褵同穴本天成，把玦天涯雁偶驚。陵王百年，妻把玦哀號，不食，月餘死。李亦以餓自盡〔二〕。半世冰霜歸俠烈，此心鐵石見完貞。扶孤事已呼將伯，奉母人還倚阿兄。夫子隔生緣未了，肯隨温飽逐餘生〔三〕。

重義輕身舊祀桓，未甘貞順待題門。投棺痛灑淄川淚，合塚長留潁水魂。七字詩成應作傳，千金璧瘗豈虚論。不徒絶粒酬芳俎，旌節還欽詔語温。

【校記】

〔一〕詩題：《太庵詩集》作『旌烈婦陳佑亭元配李儒人』。

〔二〕『李亦』句：《太庵詩集》無。

〔三〕逐：《太庵詩集》作『乞』。

六月二日，郡民報飛蝗僵死於秫上，持稭以獻，因賦詩自警二首〔一〕

民艱粒食萬畦開，歉後難堪螟螣災。但使普天皆化蜨，潁川何必鳳凰來。

擊鼓鳴金逐隊開，介蟲聊幸不爲災。僵頭抱葉休稱賀，須記飛曾入境來。

【校記】

〔一〕詩題：《太庵詩集》作『六月二日，郡中野人報蝗僵死秫上，持獻，書以志喜二首』。

清潁書院課士畢，偕張松泉、裴西鷺兩明府勸農西湖上，燕集會老堂，即席賦詩〔一〕

士居四民首，造若弓受檠。農爲八政先〔二〕，穫若身隨影〔三〕。我來一麾守，春迎太平景〔四〕。量移汝陰丘〔五〕，開田及望杏〔六〕。所幸雨暘時，麥稔甲全省。秫穀暢茂均，秋熟冀堅穎〔七〕。奇哉黑頭蝗，天教儒吏警。民膏供一喝〔八〕，令人怒生癭。勿報集田間〔九〕，枯死黏秫梗。又見飛如織，相銜群出境。禾稼雖未害，終夜殊耿耿。乃知神力威，不愧將軍猛。江南北劉猛將軍，驅蝗最靈，廟祀之〔一〇〕。我來西湖上，勸農親邑井。聞風襁負至，人人鎛趙秉。酬爾耕耨苦，羅拜掬果餅。暑扇示清涼，老弱頗歡幸。徘徊松柏間〔一一〕，會老書題冷。宴呂治兹郡，循聲竹册炳。醉翁幹濟才，垂老歸期請。東坡老居士，鬚眉曾泛潁。葆祠禮四賢，湖上文忠併。而今湖水涸，歷歷阡陌整。水肥犍没蘆，水淺兒戲荇。戒勿開池沼，多事不如省。滄海變桑田，盈虛理足憬。賢宰賴張儉，墾田六千頃〔一二〕。亳田尚多荒，牧仗裴清領。游惰胥懲斥，强悍貴綏靖。農桑係勤嬉〔一三〕，士氣重骨鯁。黜申韓峻刻，蔑老莊清淨〔一四〕。水火兩能濟〔一五〕，夙夜愧短綆。舉觴賦長篇，庶共勵修身〔一六〕。

【校記】

〔一〕詩題：《太庵詩集》作『清潁書院課士畢，偕張松泉、裴西鷺兩明府勸農西湖，燕集會老堂三十二韻』。

〔二〕八政：《太庵詩集》作『百政』。

〔三〕若：《太庵詩集》作『如』。

〔四〕『春迎』句下：《太庵詩集》詩人自注『余守丹陽，迎春日適調潁奏至』。

〔五〕量移：《太庵詩集》作『來耕』；丘：《太庵詩集》作『邨』

〔六〕『開田』句下：《太庵詩集》詩人自注『三月涖潁，即舉行耕藉禮』。

〔七〕潁：《太庵詩集》作『潁』。

〔八〕喝：《太庵詩集》作『噶』。

〔九〕勿：《太庵詩集》作『忽』。

〔一〇〕『廟祀』句：《太庵詩集》無。

〔一一〕間：《太庵詩集》作『侶』。

〔一二〕墾田：《太庵詩集》作『勸墾』。

〔一三〕農桑：《太庵詩集》作『農業』。

〔一四〕『黜申』二句：《太庵詩集》作『申韓崇峻刻，老莊尚清淨』。

〔一五〕兩能：《太庵詩集》互乙。

〔一六〕共：《太庵詩集》作『足』。

題醉翁亭二首〔一〕

西湖曾宴四賢廳〔二〕，又到滁陽訪舊亭。名醉名賢同不朽，誰知翁醉是翁醒〔三〕。

淮北江南試一官，太平豐樂共閑閑〔四〕。何當六一先生照，寫入環滁雪滿山。

【校記】

〔一〕詩題：《太庵詩集》作『滁陽懷歐陽文忠公二絶』。

〔二〕『西湖』句下：《太庵詩集》詩人自注『余守順昌，勸農西湖上，遂宴集焉』。

〔三〕『名醉』二句：《太庵詩集》作『賢醉兩名齊不朽，要知醉翁是長醒』。

〔四〕『太平』句下：《太庵詩集》詩人自注『余太平八景詩，有「好將豐樂以名亭」之句』。

戊申

壽鳳陽太守谷竹村並序

正月廿日，乃竹村壬寅歲河決落水之期，著《餘生紀略》，遂以是日爲生日，作詩壽之。

神仙誰道隔蓬瀛，忠信衝波險自平。崧嶽喜逢申再降，禹門恰值浪初驚。槎疑織女機邊渡，珠向驪龍頷下擎。從此春秋應續鶴，重生生日紀餘生。

魯研川廣文送別，賦詩二首，次韻並留別諸君子

拙守澄江又潁川，政無鐺脚可追前。濠梁早悟魚非我，雲棧欣逢路近天。千里江淮縈蜨夢，三春花柳喜鶯遷。送予此地官心鐵，恐負廉州有道編。

小小青雲路許攀，而今真作地行仙。三千里外遊江渚，十五年前入劍關。癸巳，督餉入蜀，今還蜀臬，剛十五年。快我車書來塞上，輸人金穴落凡間。民懷吏畏都虛語，祇此丹誠解聖顏。

己酉

成都題《雞雛待飼圖》呈李雲巖制府

啅菴翻初長，生全在餉之。畫師摹待哺，聖製廑由饑。桴鬻春臺景，郵傳蔀屋思。恤民千古鑒，願勖小臣司。

林西崖觀察招遊杜少陵草堂，放船錦江，訪薛濤井，登同慶閣晚酌四首

草堂風物竟何如，花徑蓬門到此初。唐代詞臣真國士，漢家名相老鄰居。北距武侯祠三里許。階前拜石頻驚馬，竹裏敲雲且駐車。更有殘僧邀佛寺，黄衫朱履話徐徐。

指點城南萬里橋，清江新漲快蘭橈。酒逢知己忘爲客，話到搜神不記朝。還岸花披晴雪遠，隨舟鳥聽畫眉嬌。春江不似秋江景，未許遊人憶洞簫。

美人宛在水之涯，乘興來尋竹徑斜。古井無瀾心可印，好箋有句筆生花。溪頭薄照疑舒錦，樹杪輕烟似浣紗。不識元和老使者，當年幽夢寄誰家。

豆花歷落菜花濃，樂世人歌樂土逢。十里江城喧晚渡，萬家烟火聽初鐘。登臨閣上胸尤闊，笑語燈前酒未慵。自昔遨頭難勝此，幾人冠盖訪喬松。

三月六日，雨中代制府耕耤東郊四首

播穀重明禋，東郊翠幕陳。好逢三月雨，先飽一犁春。田野膏流麥，千溪麴漲塵。定知田畯喜，優渥遍江岷。

濯錦溪頭路，烟籠竹四圍。馬嘶前弩靜，犬吠遠村微。旬液連蕢袂，靈膏滿綉衣。澤民叨己任，此日應春祈。

負耒經生慣，今勞社鼓催。鞭絲垂柳重，畦印落花開。江上薛家紙，籬邊杜老杯。何當助清興，賀雨亦雄哉。

憶昨歡遊地，棼春冒雨歸。江南鳩婦醉，淮北鼠姑肥。蜀道行何易，名園見亦希。桐花開正好，么鳳且于飛。

御製題明皇試馬，恭次元韻

益州古迹明月觀，孤鶴飛傳沙苑箭。青城道士識仙機，騏驥驊騮何足羨。試馬不試華清宮，百匹銜杯舞侑宴。畫馬不畫開元年，望若雲錦能教戰。韓幹作此幸蜀圖，執鞚挽韁情戀戀。鳥啼花落入劍門，譜出淋鈴曲一段。御翰題成金鑑錄，足使臣工增感歎。

奉和李雲巖制府留别元韻四首

盛世耆英感契投，芙蓉舊護錦城頭。瞻韓北苑施行馬，借寇南江築節樓。丙午，予初守江南，公五月入覲圓明園，調兩江總督。到處如攜千里纊，此身常著卅年裘。濠梁一别情懷邈，藥籠相將未肯留。丁未冬，予觀察鳳廬，適公移節西蜀。送别時，僚屬饋遺悉屏辭不受，時論以爲叉手上車，不取藥籠，有趙都督廉介之風。

溯古名言治蜀難，塵銷六纛萬民觀。星霜昔閲魚通苦，公金川軍營督餉五年。老健重禁僰道寒。戊申冬，征巴爾布，公駐打箭爐。且喜放衙開菊杞，每逢入室有芝蘭。名齊若谷真師範，四字官箴學未殫。

禪關坐闢萬緣空，問政商才本曲衷。匝地流光江駛裏，兩川景物月明中。霜枝秋老香何礙，詔語春温意不窮。此去上林花正好，蕭然鳩杖引清風。

三至碑傳事豈違，他年翹秀托餘菲。元同卦象留青史，伯始科名勝紫緋。公孫，賜進士出身。自信臣心如止水，却勞天使駐征騑。冬，詔遣御醫視疾。春臺耋壽虚前席，未許南山臥釣磯。

庚戌

咏史十七首

趙上卿藺相如

大勇充浩氣，威聲壯邯鄲。碎首睨秦柱，趙璧歸能完。濺血進秦缶，趙瑟不空彈。肉袒廉將軍，照人惟膽肝。

淮陰侯韓信

國士信無雙，拜將一軍驚。傳檄定三秦，首策孰與爭。木罌襲安邑，赤幘拔趙城。臥內奪符印，兆茲疑釁萌。東下定臨淄，遂使食其烹。濰水龍且死，垓下項羽阬。大王功不世，數蒙震主聲。親信不背義，猶豫不忍情。一則謝武涉，再則拒蒯生。不反王齊日，而結陳豨兵。至愚不出此，況乃械都京。當夫載後車，待罪肉袒明。胡爲羞同列，怏怏鳴不平。保身在明哲，召禍惟驕盈。惜哉淮陰烈，紿死鴻毛輕。昌黎拘幽草，爲子改弦庚。

飛將軍李廣

隴西飛將軍，太守歷王郡。石虎中偶然，猿臂乃天分。射雕生致勇，縱馬烏可訓。數戰竟無功，陷虜果誰愠。降卒阬殘暴，醉尉斬私忿。何恨不封侯，徒勞王朔問。

大樹將軍馮異

公孫奉牛酒，始遂歸身願。蕪蔞上豆粥，南宫進麥飯。曉軼罷爭鋒，降衆動成萬。破鮪詣鄗城，諸將尊號獻。華陰赤眉平，澠池桑榆健。上林威震主，咸陽嫌可遠。奇兵栒邑出，餘勇落門困。謙讓有儒風，大樹將軍勸。

好時侯耿弇

伯昭合兩郡，突騎無延緩。南首鼠輩譁，北道主人款。温明批赤心，臨淄效忠膽。有志事竟成，下詔嫌疑坦。

雍奴侯寇恂

子翼備文武，仲華識儒將。奪印叱還守，氣吞懷璧壯。委君以河内，任比關中相。留潁著仁聲，避復恢宏量。誅文畯亡膽，西土賴保障。

伏波將軍馬援

不作守錢虜，蔑視井底蛙。去就臣擇君，洛陽早移家。盜固憎主人，破囂聚米沙。先零資鎮撫，參狼靖邇遐。浪泊嘆飛鳶，烏桓武空加。乃乞蠻溪行，據鞌矍鑠誇。終困壺頭路，交讒薏苡車。高義雲陽疏，千古空悲嗟。

節侯來歙

解衣衣君叔，方略思西立。伏節隗囂驚，開山略陽襲。金城破諸羌，隴右費安集。烈烈抽刃書，不作兒女泣。雲臺廿八將，姓字竟無歙。

虎威將軍趙雲

子龍介於石，桂陽婚未允。兩護弱主還，忠貞殊不窘。田園復益民，早圖國賊殞。一身都是膽，君知臣未盡。

晉太傅羊祜

叔子美髯鬚，奕見而心醉。大信布吴人，緩帶輕裘治。墾田八百頃，軍糈十年積。順流委阿童，忠謀過人智。敵國號羊公，仁勇全古義。恩不謝私門，功豈必己立。葉。賢哉師疏廣，盛滿憂重位。噫嘻折臂公，峴山碑墮淚。

文貞司空魏徵

嫵媚魏玄成，不愧身許國。君明臣願良，主聖臣行直。大義均一體，行迹豈存匿。至公貸隱巢，辰嬴恐累德。申理房杜斥，告訐權李劾。人苦不自知，理屈聞言克。封禪罷東山，朝覲止西域。養虎害機貽，置州悔初惑。竭澤魚易枯，焚林獸難殖。眊昏望昭陵，諦玩慶善樂。欲治鬼魅少，不信人情塞。吁嗟人義效，恨少封公識。十思格心非，十慚修隱慝。酬勛賜佩刀，獻納忠讜力。一鑑人云亡，西樓目空拭。猶有半槀書，記笏勖群職。

梁國公房玄齡

孝基識房郎，國器終昂霄。杖策謁軍門，人物收幕僚。申結盡死力，此計尤賢蕭。得士仲華倫，絶勝子房鑣。故知創業難，守成煩憂焦。高麗一諫疏，直哉史魚標。

鄭國公李光弼

安史撥亂臣，鄭公軍政肅。慢使斬以徇，露齒酹而哭。匕首納鞾中，三麾戰何速。牝馬繫乳駒，火般叉巨木。建茲不世功，汾陽實推轂。奉詔胡遷延，憂讒終碌碌。

鳳閣侍郎張柬之

文章誠齷齪，蘇李備羽儀。與成天下務，安得一士奇。柬之七十翁，獨奪鳳凰池。天津梟二張，功烈鸞臺垂。

白衣山人李泌

方圓動靜咏，頭角已嶄然。宰相喜軟美，曲江友忘年。不録休甯怨，孝思感性天。家事宜待命，晨昏戀足賢。載咏黃臺瓜，一言骨肉全。蜀表乃卿力，長嘯衡山巔。

起居郎褚遂良

有星孛太微，天心誠未合。載筆舉必書，捄源資獻納。德器務養成，忿兵苦騰踏。還笏殿階前，顧命殊恩答。

文貞太傅崔祐甫

貓鼠會同乳，可吊不可賀。法吏邪罔觸，疆吏敵未剉。治復貞觀初，時議貽孫大。

馬道驛口占

怪底山中木，淩冬葉不凋。烟浮深淺綠，日麗短長條。宴罷英雄壯，馬道驛，爲樊噲故里。功成相國勞。蕭何追韓信至此。樹人千古迹，此地合題蕭。

題煎茶坪吾泉

廉泉飲者廉，貪泉飲者貪。水能易人性，怪此不經談。請看涇水流，入渭濁如泔。一石泥八斗，澄之清涵涵。世言渭本濁，未向源頭探。我來陳倉道，煎茶且停驂。碌碌風塵中，吾泉倚翠嵐。兹泉以吾名，乃悟大道含。相彼三尺甃，有如百丈潭。凡襟勞一漱，胸吻餘芳甘。造物本無私，能令飲者慚。鑒此吾泉水，貪廉名自諳。

韓侯嶺遇安邑山長王恭壽孝廉

蕙雨蘭風記少游，而今花上老人頭。定知鶴算遥添日，百歲平分我一籌。

辛亥

嘉平月護送參贊海公統軍赴藏四首

萬里烏斯藏，千層拉薩招。班禪參妙喜，達賴脱塵囂。叩額諸番控，雕題百貊朝。家家唐古持，別蚌屬庭梟。

化雨真無外，三汗舊獻琛。巴爾布舊有三部，酋長一曰布延汗，一曰葉楞汗，一曰庫庫木汗。康熙年間納貢，爲三汗，與藏地通貿易。穴爭同鼠雀，蠻觸起商參。未許千鍰贖，何難一戰擒。五十三年，巴爾布乞降，遣頭人納貢。聖朝同覆幬，黑子已輸忱。

青海諸番道，兼衣夏月過。冰天無汗馬，雪嶠有埋駝。地險達般嶺，天通穆魯河。噶達蘇屹老，過此即西藏界。超碟快如何。

百騎巴圖魯，千員默爾庚。琱弧隨月滿，長劍倚霜鳴。失策憑垂仲，喇嘛能卜者，名垂仲。拋戈恥戴綳。番目領兵者，名戴綳。由來古佛國，持護仗天兵。

壬子

次韻秦芝軒中丞聽雨〔一〕

黄封下廩賑〔二〕，赤印懸租寬。蚩氓趁之戊，布種肉已剜。瀟瀟連夜雨，聽之鼻觀酸。甘津令人飽，望梅止渴難。自古重備虞，下策慚素餐。潤兹池魚涸，捕彼倉鼠奸。政去害民者，驅鱷宜師韓。

【校記】

〔一〕詩題：《太庵詩集》作『奉和芝軒中丞聽雨詩元韻』。

〔二〕賑：《太庵詩集》作『振』。

閲賑道中作雜詩九首〔一〕

咸陽令

問政先於五日官〔二〕，均荒良策仗公完。懷民不敢重懷古，雙筆才如李嶠難。

興平令〔三〕

簇擁籃輿愧若何，書生習氣肯消磨。一餐十户中人賦，足飽饑年百户多。

興平粥廠

瘦女羸童趁遠村，紛紛倒甑且翻盆。日斜得粥匆匆去，家有衰年餓倚門。

武功令

平糴虚張策尚存，仲游誰笑腐儒餐。煩君快指三千斛，勝我愁酣五石樽〔四〕。

醴泉令〔五〕

計口持籌動萬千，半施饘粥半施錢。定知颓舍重相語〔六〕，無竈何論竈滅烟。

韓城謁太史公墓

芝川烟雨幕平廬〔七〕，司馬坡前拜漢墟。蠶室衹令遺恨在，龍門終古大名餘。翼經左氏堪爭席〔八〕，續傳班生敢近居。河有波瀾史有筆，世間多少未成書。

訪三原山長王恭壽孝廉〔九〕

小酌高軒興未央，盤餐市遠味偏長。不徒貧冷儲佳釀〔一〇〕，猶有雙螯饋孟光〔一一〕。古畫宣瓷酒一鴟，半添行李半添詩。端溪惠我尤稱雅，墨會磨人老不知。

宿上漲渡民家咏白菊花〔一二〕

最喜陶家徑未荒〔一三〕，數叢冷蕊過重陽。凝暉不怕遭梅妒〔一四〕，未到霜時已傲霜。寒生虚室露華流，坡老書中墨漬收〔一五〕。人淡喜逢秋色淡，此花應上老人頭。

寶雞懷古〔一六〕

落日辨陳倉，山河意渺茫。祀雞空有霸，哀鳥竟無良。雪挂茶坪白，沙分渭涘黃。晚烟斜口路，火炬昜淒涼〔一七〕。

【校記】

〔一〕詩題：《太庵詩草》作『查賑道上雜詩』，並題下自注『壬子九月至十月』。

〔二〕先：《太庵詩草》作『偏』。

〔三〕詩題：《太庵詩草》作『興平令二首』。

〔四〕勝我：《太庵詩草》作『却勝』。

〔五〕詩題：《太庵詩草》作『禮泉』。

〔六〕『定知』句：《太庵詩草》作『懸知頳舍蟲相語』。

〔七〕幕：《太庵詩草》作『冪』。

〔八〕席：《太庵詩草》作『座』。

〔九〕詩題：《太庵詩草》作『訪王恭壽山長留酌三首』。

〔一〇〕徒：《太庵詩草》作『關』。

〔一一〕『猶有』句：《太庵詩草》作『更有霜螯饋孟光』。

〔一二〕詩題：《太庵詩草》作『宿上漲渡民舍見白菊花四首』。

〔一三〕最喜：《太庵詩草》作『底事』。

〔一四〕不怕：《太庵詩草》作『却恐』。

〔一五〕書中：《太庵詩草》作『詩中』。

〔一六〕詩題：《太庵詩集》作『寶雞懷古詩二首』。

〔一七〕勗：《太庵詩集》作『最』。

喜聞廓爾喀投誠，大將軍班師紀事〔一〕

無量浮屠國〔二〕，巖疆震廓酋〔三〕。一年陳勁旅〔四〕，萬里饋軍籌。白飯珠量少，青芻桂束售〔五〕。宴何豐僦運〔六〕，佛汗不須流〔七〕。

齋斧諳奇正，披圖廟算嚴。鑿開山聚米，采入雪堆鹽〔八〕。閫外知枚卜，師中以律占。傳餐剛列陣，姓字聳翹瞻。

絶壁垂徽引，軍懸咫尺鷹。援枹纔一鼓，束馬會超乘〔九〕。夜冒天梯雨，山推月窟冰〔一〇〕。元戎最神速，翊贊矧機庭〔一一〕。

免胄投槍日，群酋拜泣難。葛羅心膽落，僕固齒唇寒〔一二〕。帝力敷天有，臣功薄海刊。戢兵丹鳳下，叩額數仍寬〔一三〕。

法門原不二，身毒半袈裟〔一四〕。國史傳宗卡〔一五〕，元僧衍薩迦〔一六〕。未教過玉壘，那許渡金沙〔一七〕。木石看燒却，懷荒更逐邪。紅教喇嘛沙瑪爾巴，搆衅伏誅。其寺在陽巴井，事定後，毀其寺，遷其徒衆〔一八〕。

西海饒珠錯，鞮韈樂部諳〔一九〕。野心温語革，殊俗寵恩覃。瑪甲巢雲嶺〔二〇〕，孔雀名瑪卜甲〔二一〕。郎伽出日南〔二二〕。象名郎卜伽〔二三〕。堯階習干羽，儀舞備陳堪〔二四〕。

【校記】

〔一〕詩題：《太庵詩集》作『聖仁廣被西藏，廓爾喀投誠，召大將軍班師，恭紀五律八首』。

〔二〕無量：《太庵詩集》作『衛藏』。

〔三〕巖疆：《太庵詩集》初作『桑鳶』，後墨批如是，並詞下自注『寺名，在前藏』。

〔四〕勁旅：《太庵詩集》作『旅勩』。

〔五〕『青芻』句下：《太庵詩集》詩人自注『藏地皆食青稞糌粑，無大米，牲畜飼秣尤爲艱貴』。

〔六〕『宴何』句下：《太庵詩集》詩人自注『壬子夏，大學士署四川總督孫馳赴察木多，至前藏督運糧餉，欽差大司空都統和自衛藏至軍營督催轉運，由是軍儲不匱，兵食豐衍』。

〔七〕『佛汗』句下：《太庵詩集》詩人自注『《唐書·劉玄佐傳》：汴有相國寺，或傳佛軀汗流，玄佐自往大施金帛。於是，商賈輸金錢恐後，玄佐乃籍所入得巨萬以贍軍』。

〔八〕采：《太庵詩集》作『宷』；『采入』句下：《太庵詩集》詩人自注『《西藏志·地理圖》所載雪山、鳥道各程途最悉』。

〔九〕『東馬』句下：《太庵詩集》詩人自注『夏六月，大將軍收復宗喀聶拉木濟曨後，自擦木進兵，皆懸崖峭壁，我軍悉步行攀援引絙而過』。

〔一〇〕推：《太庵詩集》作『摧』。

〔一一〕[illegible]：《太庵詩集》奪。

〔一二〕『僕固』句下：《太庵詩集》詩人自注『《通鑑》：唐代宗時，回紇與吐番合兵圍涇州，郭子儀使人傳呼曰：「令公來。」回紇大驚，藥葛羅立陣前，子儀免冑投槍而進，諸酋長皆下馬羅拜。子儀責以負約，藥葛羅曰：「吾爲僕固懷恩所誤，負公誠多，今請盡力。」謝過，遂大破吐番。廓爾喀與唐古忒搆釁，乃紅帽喇麻沙瑪爾巴唆使，大將軍檄按得實，數罪進討。該部長拉特納巴都爾悔罪輸誠，情詞哀迫，且將沙瑪爾巴骨殖及徒弟、妻室送出，遣使噶箕第烏達特塔巴賫表乞降』。

〔一三〕『叩額』句下：《太庵詩集》詩人自注『秋八月，廓爾喀籲懇班師，併乞五年一次朝貢。詔許之』。

〔一四〕『身毒』句下：《太庵詩集》詩人自注『《索隱》：身音乾，毒音篤。身毒國，即天竺浮圖國也』。

〔一五〕『國史』句下：《太庵詩集》詩人自注『《西藏志》：拉撒東有甘丹山，乃宗卡巴成佛處，爲黄教喇麻發源之地，自敦珠巴轉六世，皆稱達賴喇麻，主持黄教』。

〔一六〕『元僧』句下：《太庵詩集》詩人自注『《西藏志》：薩迦寺，在札什倫布境内，即元帝師八思巴，後爲紅帽喇麻之宗。其教，喇麻娶妻育子生子後，不近室家，始登法座。其尊崇，與班禪、達賴同』。

〔一七〕『那許』句下：《太庵詩集》詩人自注『自衛藏至察木多以東，皆行黄教，紅帽喇麻之教不行』。

〔一八〕自『紅教』至此：《太庵詩集》作『欽差和大司空具奏：毁其寺，遷其像，没其貲，趣其徒衆，悉皈依黄教。按，沙瑪爾巴係班禪額爾德尼之兄，仲巴胡圖克圖之弟，輒敢鈎通外夷，興戎内犯。盖欲剪除黄教，煽興紅教。戰，則收鷸蚌之利；和，則居調處之功。背天滅理，佛戒蕩然，實罪之魁、惡之首也。乃倖逃顯戮，僅伏冥誅。廓夷藉以輸誠，衛藏得以綏靖。紅教之滅，何足惜哉』！

〔一九〕『鞮鞻』句下：《太庵詩集》詩人自注『拉特納巴都爾率伊叔巴都爾薩野，遣噶箕恭進貢品：樂工一部，馴象、番馬、孔雀，甲噶爾所製涼暖橋、珍珠佩、寶石、珊瑚珠，金、銀絲緞，金花緞呢、氈、象牙、犀角、孔雀尾、番鎗，番刀、叉及花露、肉桂、紅花、檳榔、丁香、草豆蔻等方物』。

〔二〇〕「瑪甲」句：《太庵詩集》作「卯甲巢雲外」，且在「卯甲」詞下自注「番言孔雀」。
〔二一〕「孔雀」句：《太庵詩集》無。
〔二二〕郎伽：《太庵詩集》作「伽那」，且在「伽那」詞下自注「番言象也」。
〔二三〕「象名」句：《太庵詩集》無。
〔二四〕詩下：《太庵詩集》詩人自注「壬子嘉平月」。

癸丑

渡象行

馴象來從廓爾喀，困頓深山迹茸闒。蠻酋百計出巉巖，道兑款誠喇特納〔一〕。廓爾喀王名〔二〕。憶其初出陽布城〔三〕，臥雪啖冰倦騰踏。蹣跚努力達兩招，札什倫布布達拉〔四〕。慳夷安得佳飼秣，忍飢且狎黄毳衲。礌磙日行三十里，笮馬屈足空駊騀。金江黑水勢洶湧，索橋皮船濟紛沓〔五〕。水草惡劣走踉蹌，時炒未必飽升合。木魯烏蘇濟無患〔六〕，青海已過歡颯颯。噫嘻黄河之水天上來，象經徼外幾周匝〔七〕。皋蘭風定不揚波，供張中原彩棚搭〔八〕。潼關我見數番奴，身氍毹兮足革踏〔九〕。風陵謀渡崑崙水，渡吏怕驚波浪沓。方張布帆趣象登〔一〇〕，欸乃一聲穩如榻。奇哉象解侏儒語〔一一〕，此去朝天趨鳳閣〔一二〕。豈知聖主齊堯年，所寶惟賢風雲合。西旅貢獒越裳雉〔一三〕，珍奇那貴昇平答〔一四〕。况此馴象富都中〔一五〕，對對充坊數盈卅〔一六〕。稭稻萬束粟千鍾〔一七〕，不比尋常餵莝荅〔一八〕。有時待漏金馬門，仗下亭亭守風鱲。錦韉玉轡駕五輅，背上寶瓶高似塔。退食偶浴城南溪，鮫室鼉宮震喧雜。噫嘻象身幸不爲齒焚，脱離蠻瘴遊閶闔。太平有象樂優游，祿享天庾慶朋盍。

【校記】

〔一〕喇：《太庵詩草》作「拉」。

〔二〕「廓爾」句：《太庵詩草》無。

〔三〕陽布城：《太庵詩草》作「聶拉木」。

〔四〕札什倫布：《太庵詩草》作「扎什倫卜」。

〔五〕索橋：《太庵詩草》作「鐵索」。

〔六〕濟：《太庵詩草》作「施」。

〔七〕經：《太庵詩草》作「從」。

〔八〕「供張」句：《太庵詩草》作「供帳所經彩棚搭」。

〔九〕「身氍」句：《太庵詩草》作「身裹氍毹足革踏」；氍毹：《太庵詩草》初作「氍氀」，後墨批如是。

〔一〇〕方張布帆：《太庵詩草》作「方舟布障」。

〔一一〕「奇哉」句：《太庵詩草》作「奇哉象能解語聽侏㒧」。

〔一二〕朝天：《太庵詩草》作「天朝」。

〔一三〕貢獒：《太庵詩草》作「底獒」。

〔一四〕那：《太庵詩草》作「不」。

〔一五〕『况此』句：《太庵詩草》作『况茲馴象富都下』。

〔一六〕『對對』句：《太庵詩草》作『充坊隊隊幾盈卅』。

〔一七〕稭稻：《太庵詩草》互乙。

〔一八〕不比：《太庵詩草》作『豈比』。

揚州陳老人贈竹雕壽星，賦詩以謝

南極老人星，羅浮此君竹。千年亘河漢，直節傲巖谷。似有天緣巧，刻肖真面目。翁本揚州鶴，臞仙名耳熟。我遊終南山，與翁偶信宿。筵開止酒陶，座話顛茶陸。喜聽白下歌，笑顧秦中筑。多情倍少壯，陳迹了無蓄。靜默足延年，勝彼黄精服。得壽仁者徵，愛竹君子獨。綴以百二言，寫照爲翁祝。

九日還都省墓二首〔一〕

報政歸來日，冠裳近上台。還鄉仍作客〔二〕，埽墓更嗜哀〔三〕。楊葉堪成雨，松濤待轉雷。諸孫十年計，佳木勉滋培。

一點思親淚，量應斗斛多。斷雲横塞影，寒日透林柯。萬里心懸旆，三年腹飲河。荒丘空酹酒，雞黍恨如何〔四〕。

【校記】

〔一〕詩題：《太庵詩草》作『掃墓二首』。

〔二〕作：《太庵詩草》作『是』。

〔三〕『埽墓』句：《太庵詩草》作『入墓更思哀』。

〔四〕恨：《太庵詩草》作『逮』。

旅夜懷西安徐琴客〔一〕

欲洗箏琶耳〔二〕，全憑太古音。悠然流水意，默爾遠鴻心。月淨窗前影，風停竹外吟。何當孤館夜〔三〕，爲我滌塵襟。

【校記】

〔一〕詩題：《太庵詩草》作『懷徐琴友』。

〔二〕琶：《太庵詩草》初作『笆』，後墨批如是。

〔三〕孤：《太庵詩草》作『旅』。

冬至月，奉命以内閣學士兼副都統充駐藏大臣，恭紀〔一〕

一劍霜寒興不群，新綸拜仰列星文。黑頭方伯虚談政，白髮儒生壯統軍。敢信文章誇異俗〔二〕，漫勞弓矢建殊勛。冰銜此去清涼界，天語回春入梵雲〔三〕。

【校記】

〔一〕詩題：《太庵詩草》作『冬至日，奉命以副都統銜出使衛藏，嘉平望前二日，復蒙恩旨除内閣學士兼禮部侍郎，恭紀』。

〔二〕誇：《太庵詩草》作『匡』。

〔三〕『冰銜』二句：《太庵詩草》作『酬恩此去招提境，口諭天慈入梵雲』

孫補山相公招飲絳雪書堂〔一〕

指點雲根遶舞筵，歡逢儒相借平泉。一胸丘壑開心賞〔二〕，半畝林塘續舊賢。楊升庵先生舊宅〔三〕。
看竹却憐抽笋日，折梅剛及放花天〔四〕。草堂未許嘉名獨，更有書堂錦里傳。

【校記】

〔一〕詩題：《太庵詩草》作『補山相國招飲絳雪書堂』。

〔二〕開心：《太庵詩草》作『開新』。

〔三〕舊宅：《太庵詩草》作『故居』。

〔四〕折梅：《太庵詩草》作『憶梅』。

林西崖廉訪餞席志别〔一〕

竹圃桐軒憶舊遊，臬署且園〔二〕。小山依樣疊嵐幽。懷人爽道成陳迹〔三〕，西崖前歲從戎衛藏〔四〕。送客蓉城得少留〔五〕。柳往雪來家萬里，花朝月夕夢三秋。何當西社靈幺鳳〔六〕，也集楞伽頂上頭。

【校記】

〔一〕詩題：《太庵詩草》作『林西崖廉訪招飲且園即事』。

〔二〕『臬署』句：《太庵詩草》無。

〔三〕『懷人』句：《太庵詩草》作『懷人詩罷無多語』。

〔四〕『西崖』句：《太庵詩草》作『西崖從戎衛藏，曾有詩見寄』。

〔五〕『送客』句：《太庵詩草》作『送别筵開得少留』。

〔六〕靈：《太庵詩草》作『飛』。

留别聞鶴村、徐玉崖兩同年〔一〕

古香檐外茁寒梅〔二〕，藩署亦園〔三〕。檢點霜根手自栽。蘭譜重逢人漸老，花時一醉歲仍催。酪酥舊識邛籠出，翰墨從教庫露開〔四〕。最喜魚通平似席，郵傳和仲宅西來。

【校記】

〔一〕詩題：《太庵詩草》作『聞鶴村、徐玉崖兩同年招飲亦園』。

〔二〕『古香』句：《太庵詩草》作『古香檐額襯寒梅』。

〔三〕『藩署』句：《太庵詩草》無。

〔四〕庫露：《太庵詩草》互乙。

城南道上〔一〕

萬里橋西芝徑斜，水村遥起倦飛鴉〔二〕。竹參鳳尾晴添翠，豆種蛾眉臘放花。懷古風雲通八陣，化民劍犢首三巴。自慚竹馬難題句〔三〕，惆悵前溪子美家。

【校記】

〔一〕詩題：《太庵詩草》作『城南野望』。

〔二〕倦飛：《太庵詩草》作『暮林』。

〔三〕竹馬：《太庵詩草》作『卓馬』。

過嚴君平故里〔一〕

術也通乎道，先生道術全。能猜天上石，却下日中簾。康節遺經古，東方譎諫賢。誰知君賣卜，揚子得薪傳〔二〕。

【校記】

〔一〕詩題：《太庵詩草》作『嚴君平故居』。

〔二〕揚子：《太庵詩草》作『楊子』。

望蒙山

蒙頂仙茶種，最高峰産仙茶，名觀音茶。陽春受氣全〔一〕。高承甘露液，山頂時降甘露〔二〕。低覆梵音泉。山麓懸瀑布，名梵音泉〔三〕。鐵壁鈎雲外，銀瓶貢火前。每歲清明前，貢觀音茶〔四〕。此山龍虎守，那許陸生顛。

【校記】

〔一〕受氣：《太庵詩草》互乙。

〔二〕『山頂』句：《太庵詩草》作『山多甘露』。

〔三〕『山麓』二句：《太庵詩草》無。

〔四〕『每歲』二句：《太庵詩草》無。

除日抵雅州度歲〔一〕

一覽金雞口〔二〕，前旌入雅安。年華驚歲杪，行李半雲端。蔡旅横蒼壁〔三〕，平羌吼急湍。江山壯如此，除日等閑看。

【校記】

〔一〕詩題：《太庵詩草》作『除日雅州道上』。

〔二〕覽：《太庵詩草》作『攬』。

〔三〕蔡旅：《太庵詩草》互乙。

甲寅〔一〕

【校記】

〔一〕甲寅：《太庵詩草》無。

大關山

初識關山險〔一〕，人爭脚馬拖。土人以鐵齒束足底，名脚馬〔二〕。玉華高綴樹，冰乳倒垂蘿。氣迓肩輿逼，光疑目鏡訛。雲天連一色，不辨路嵯峨。

【校記】

〔一〕初識：《太庵詩草》作『初試』。

〔二〕『土人』二句：《太庵詩草》無。

相公嶺〔一〕

蜀相名傳嶺，摩空雪嶠盤〔二〕。動摇銀海眩，呼吸絳宫寒。磴滑人頹綆，梯危馬脱鞍。更從峰頂望，萬頃玉闌珊。

【校記】

〔一〕詩題：《太庵詩草》作『相嶺』。

〔二〕嶠盤：《太庵詩草》作『嶠蟠』。

飛越嶺

天險設雄關，巴西控百蠻。雲門高不鎖，雪海静無瀾。馬喘危欄角〔一〕，人驚缺磴彎。籃輿輕一葉，拽⿱竹忩我航山〔二〕。

【校記】

〔一〕馬喘：《太庵詩草》作「馬惴」。

〔二〕我：《太庵詩草》作「欲」。

頭道水瀑布次孫補山相公韻〔一〕

水晶簾挂影重重，鶴駕瀛洲第幾峰。山澤氣通泉出石，地天交泰雨飛龍。但希題壁留青眼，何礙層雲盪素胸。潤到前川流不斷〔二〕，尋源此日翠崖逢〔三〕。

【校記】

〔一〕詩題：《太庵詩草》作「頭道水觀瀑，步孫補山相國、惠瑶圃制軍壁間元韻二首」。

〔二〕前川：《太庵詩草》作「全川」。

〔三〕崖：《太庵詩草》作「巖」。

次建昌觀察徐玉崖同年韻二首〔一〕

雲檣月舫小平樓，百尺寒光一劍收。忽仰天池詩挂壁〔二〕，綣情同日到瀛洲。

憑誰咒嶺出飛泉，鎮日懸流吼屋前〔三〕。但挽銀河洗兵甲，一牀風雨總安眠。

【校記】

〔一〕詩題：《太庵詩草》作『再次徐玉崖觀察同年元韻四絶』。

〔二〕『忽仰』句下：《太庵詩集》詩人自注『徐渭號「天池生」，又自稱「田水月」』。

〔三〕吼：《太庵詩草》作『繞』。

出打箭爐〔一〕

潼關以河雄〔二〕，劍閣以山壯。在德不在險，何乃爭扼吭〔三〕。嗟此彈丸城，矗叢列屏障〔四〕。四壁森巑岏〔五〕，魚通激奔浪〔六〕。羌髳鳴其雄〔七〕，地利乃足仗。我朝聲教敷〔八〕，無遠弗内向。宣使甲爾參〔九〕，繼絶本阿旺。所部三萬户，輸糧兼供帳。漢番左語通〔一〇〕，浮圖俗習尚〔一一〕。市集販茶布，富與都邑抗。北達青海風〔一二〕，南接蠻嶺瘴〔一三〕。外户此發軔，西指康衛藏〔一四〕。猶聞郭將軍〔一五〕，血食致惆悵〔一六〕。郭達鑄劍於此，祠廟尚存〔一七〕。

【校記】

〔一〕詩題：《太庵詩草》作『打箭爐』；傅斯年圖書館藏和瑛《衛藏詩集》嘉慶間稿本（以下簡稱《衛藏詩集》）亦作『打箭爐』，並題下自注『成都西南千里，西距前藏七千里』。

〔二〕河：《太庵詩草》、《衛藏詩集》均作『土』。

〔三〕『何乃』句：《太庵詩草》、《衛藏詩集》均作『千古齊得喪』。

〔四〕『鬣叢』句：《太庵詩草》作『舊列鬣叢障』，《衛藏詩集》作『西列鬣叢障』。
〔五〕森：《太庵詩草》、《衛藏詩集》均作『拱』。
〔六〕激：《太庵詩草》、《衛藏詩集》均作『中』。
〔七〕『羌髳』句：《太庵詩草》、《衛藏詩集》均作『羌髳各爭長』。
〔八〕敷：《太庵詩草》、《衛藏詩集》均作『溢』。
〔九〕『宣使』句：《太庵詩草》、《衛藏詩集》均作『宣司甲勒參』。
〔一〇〕漢番：《太庵詩草》、《衛藏詩集》均作『番漢』。
〔一一〕『浮圖』句：《太庵詩草》作『俗習浮圖尚』，《衛藏詩集》作『俗習浮屠尚』。
〔一二〕『北達』句：《太庵詩草》、《衛藏詩集》均作『北路達青海』。
〔一三〕『南接』句：《太庵詩草》、《衛藏詩集》均作『南嶺接蠻瘴』。
〔一四〕『西指』句後：《太庵詩草》有『噫嘻三國時，盡瘁緬蜀相。王業不偏安，生瑜又生亮。並力窺中原，未暇計西望』句；《衛藏詩集》有『噫嘻三國時，盡瘁緬蜀相。王業不偏安，生瑜又生亮。並力窺中原，未遑計西望』句。
〔一五〕聞：《太庵詩草》、《衛藏詩集》均作『有』。
〔一六〕致：《太庵詩草》作『空』。
〔一七〕『郭達』二句：《太庵詩草》無；《衛藏詩集》作『武侯命郭達鑄箭於此，故名打箭爐，郭將軍廟最稱靈應』。

東俄洛至臥龍石〔一〕

朝發東俄洛〔二〕，山坳布群髳。迢迢大雪山，萬頂覆銀甌〔三〕。皎然無黑子，寒光射酸眸〔四〕。絕頂矗鄂博，哈達紛垂旒〔五〕。乃有高日僧，踏雪迎道周。敦多伽木嵯〔六〕，紅帽薩迦流。巉帷獻酥茶，聊以金帛酬。西南循鳥道，玉沙畫而修。前驅烏帽没，乃知下危溝〔七〕。蒼松密排拶，萬幢懸碧油。峭壁五色燦，連岡四面幽。宿宿臥龍石，夜半魂夷猶。

【校記】

〔一〕東俄洛：《太庵詩草》作『東俄落』。

〔二〕東俄洛：《太庵詩草》作『東俄落』。

〔三〕萬頂：《太庵詩草》作『萬頃』。

〔四〕射酸：《太庵詩草》作『酸射』。

〔五〕紛：《太庵詩草》作『挂』。

〔六〕伽木嵯：《太庵詩草》作『嘉木磋』。

〔七〕乃：《太庵詩草》作『遥』。

中渡至西俄洛〔一〕

朝渡雅隆江，浮梁乃舟造。山谷爲我廬，又入西南奧。深林蔽天日，人迹真罕到。凛冽刺毛骨〔二〕，蝟縮馬牛踔。小憩麻盖中，有如出冰窖。誰知鏡海上，雪比琉璃曜。日華眩素彩，護眼青絲罩。卅里波浪工，白霓愁遠嶠。所欣陰曀合，絶頂快覽眺〔三〕。四圍山臥平，萬叠雲垂倒。僕從忙戒巖〔四〕，此間多劫盜〔五〕。潛居黑帳房〔六〕，長年無井竈。弓箭各在腰，刀劍時懸鞘。斯言咄可怪，我乃粲一笑。飢户守荒山，荒山多虎豹。呼取來填來〔七〕，爲我作嚮道〔八〕。

【校記】

〔一〕西俄洛：《太庵詩草》作『西俄落』。

〔二〕刺：《太庵詩草》作『刺』。

〔三〕覽：《太庵詩草》作『攬』。

〔四〕忙：《太庵詩草》作『忽』。

〔五〕劫：《太庵詩草》作『鼠』。

〔六〕潛：《太庵詩草》作『所』。

〔七〕來填：《太庵詩草》作『夾填』。

〔八〕道：《太庵詩草》作『導』。

宿頭塘〔一〕

阿喇柏桑西，喜宿頭塘早。罡風摇板廬，孤枕雪壓腦。挑燈不成寐，默坐紆懷抱。硯凍墨不濡，指直筆攲倒。今夜莫吟詩，吟詩定郊島〔二〕。呼童麿復眠，起視漫天縞。郵番促晨裝〔三〕，長縴牦牛套。且去問前途，冰鏡滑如埽。

【校記】

〔一〕詩題：《太庵詩草》作『頭塘』。

〔二〕吟詩：《太庵詩草》作『有詩』。

〔三〕晨裝：《太庵詩草》作『晨征』。

小歇松林口〔一〕

曉渡三壩山，俯仰如桔槔。兀坐籃輿中〔二〕，冰珠生睫毛〔三〕。忽下仇池底〔四〕，別有洞天高。仙掌岫千仞，佛幢松萬旄。泠泠澗泉響，而無鳥雀嘈。革橐出腊脯，銀瓶傾玉醪。小酌據胡牀，亦足以自豪。幽人快奇興〔五〕，莫當寒蟲號〔六〕。

【校記】

〔一〕詩題：《太庵詩草》作『松林口』。

〔二〕中：《太庵詩草》作『裏』。

〔三〕睫毛：《太庵詩草》作『睫毫』。

〔四〕『忽下』句：《太庵詩草》作『忽入仇池穴』。

〔五〕快：《太庵詩草》作『發』。

〔六〕莫當：《太庵詩草》作『且作』。

大雪封瓦合山，阻察木多寺

虎踞龍蟠地，西天第一門。康、衛、藏爲三藏，察木多，康也，爲三藏之一。雙橋環古寺，左四川橋，右雲南橋。半載訪真源。信宿登雲路，羈遲臥旅魂。開山三月暮，冰雪丈尋屯。

雪後度丹達山

丹達寒山暮，青燈古廟存。小心驚旅夢，好語慰忠魂。予作《丹達山神贊》懸於廟。雪頂千迷道，冰城一線門。扶笻安穩度，天險不須論。

三月抵前藏，渡噶爾招木倫江即藏布江，源出阿耨達山，前藏東門户也

百川盡東注，此外獨西流。鷲嶺千年雪，恒沙萬里洲。吐龍知冷暖，渡象辨沈浮。悟到朝宗意，乾坤海一漚。此水入南海。

大招寺

北轉三輪地，西來五印天。雪飄金殿瓦，風靜鐵門簾。古柳盟碑在，唐柳、唐碑。曇雲法象傳。唐家外甥國，贊普迹蕭然。

小招寺唐公主思念長安，故造小招。東向，内金殿一

左計悲前古，和親安在哉。烏孫魂已斷，青塚骨成灰。獨有金城座，長留玉殿隈。大招今有唐公主像。千年香火地，應作望鄉臺。

布達拉

佛閣上層霄，横枝法嗣遥。南浮炎海日，東下浙江潮。布達，普陀也；拉，山也。天下普陀有三：一在甲噶爾南海中，即厄訥特克國；一在浙江南海中；一在烏斯藏。皆觀音大士化現之所也。自在除煩惱，真空鎖寂寥。干戈無限意，那復問銀橋。上有銀橋，唐公主造。兵火後，久無存。

木鹿寺經園

華夏龍蛇外，天西備六書。唐古特字、甲噶爾字、廓爾喀字、厄訥特克字、帕兒西字，合之蒙古字，重譯六書。羌戎刊木鹿，儒墨辨蟲魚。寺建青鴛古，經馱白馬初。何如蒼頡字，傳到梵王居。

第穆呼圖克圖園中牡丹將謝，遂不果遊〔一〕

喜園樂樹飽霜風〔二〕，渺渺禪棲韻不同。身作天香花作相，要知無相是真空。

【校記】

〔一〕詩題：《太庵詩草》、廣東省立中山圖書館藏《衛藏和聲集》（以下簡稱《衛藏和聲集》）均作『第穆園牡丹將謝，遂不果遊』。

〔二〕飽霜風：《太庵詩草》、《衛藏和聲集》均作『耐寒風』。

金本巴瓶簽掣呼畢勒罕〔一〕

古殿金瓶設〔二〕，祥晨選佛開。誰家聰令子，出世法門胎。未受三塗戒，先憑六度媒。善緣生已定〔三〕，信我手拈來。

【校記】

〔一〕詩題：《太庵詩草》、《衛藏和聲集》均作「大招掣胡圖克圖即事」。

〔二〕金瓶：《太庵詩草》、《衛藏和聲集》均作「奔巴」。

〔三〕生：《太庵詩草》、《衛藏和聲集》均作「昇」。

前藏書事答和希齋五首〔一〕

梵閣淩空起，豐碑表更華。十全垂翰藻，萬古老烟霞。信有園遊鹿，虚無鉢咒花。請看西嶺雪，絶頂不飛鴉。

奇哉天地葬，絶少中心泚〔二〕。未解化凶殘，云何參妙喜。掩葘教始興，刻木風期美。安穩便蒼生〔三〕，是爲真佛理。

婆心敦素風，法性寬愚俗。歲祝麥禾黄，村謳山水緑。滅汝佛盧征〔四〕，爲渠平屋足。所幸人熙熙〔五〕，長年無折獄。

戒殺不談兵，疆埸誰用命。灞上兒戲軍，閫外書生令。魚陣布森嚴，柳營看峭正。樓居千萬家，得養雞栖性。

萬里巖疆重，皇家設教神。空瓶開善種，堅壁走强鄰〔六〕。解語花應笑，忘機鳥亦親。百年如寄耳，雲路悟前因。

【校記】

〔一〕詩題：《太庵詩草》、《衛藏和聲集》均作『夏日遣懷即事，以少陵「燈花何太喜，酒綠正相親」爲韻五律十首』。

〔二〕絶少：《太庵詩草》、《衛藏和聲集》均作『竟少』。

〔三〕便：《太庵詩草》、《衛藏和聲集》均作『遍』。

〔四〕佛廬：《太庵詩草》、《衛藏和聲集》均作『拂廬』。

〔五〕幸：《太庵詩草》、《衛藏和聲集》均作『樂』。

〔六〕『堅壁』句：《太庵詩草》作『客宦門强身』。

挽李雲巖制軍二首〔一〕

夫子真廉靜，繁華一洗空。官箴欽若谷，易卦仰玄同〔二〕。白髮抽身早〔三〕，青山別夢中。雲西風燭淚，冷照耋齡終。

萬里驚沙客，難禁哲萎悲。予癸丑駐藏。甲寅夏，始聞先生卒〔四〕。全歸尊宿老，舉世失心師〔五〕。吊鶴無緣爾，騎龍信有之。兩行知己淚，不盡寫哀詩。

【校記】

〔一〕詩題：《太庵詩草》作『挽雲巖李大司馬四首』，《衛藏和聲集》作『挽雲巖李司馬四首』。

〔二〕『易卦』句下：《太庵詩集》、《衛藏和聲集》詩人均自注『李若谷教其門人以居官當「清、慎、勤、緩」，邵玄同嘗作「忍、默、恕、退」四卦揭之，坐隅先生兼而有之，故舉似焉』。

〔三〕早：《太庵詩草》、《衛藏和聲集》均作『後』。

〔四〕自『予癸』至此：《太庵詩草》、《衛藏和聲集》均作『余癸丑冬奉命駐藏。甲寅夏，始聞先生仙逝』。

〔五〕『全歸』二句：《太庵詩草》、《衛藏和聲集》均作『心師懷宿老，人世嘆全歸』。

色拉寺題喇嘛諾們罕塔〔一〕

叢林百丈開〔二〕，几案羅金玉。笑問塔中僧，可曉傳燈録〔三〕。僧食肉流骨，肉山徹骨俗〔四〕。肉僧骨已枯〔五〕，骨山藏活肉。我輩受孔戒，護汝十萬禿。塔僧若有靈，可鑒前車覆〔六〕。天威薄海西，絶徼少飛鏃〔七〕。文令需可人，武滿何曾黷。半藏我聊轉〔八〕，全峰老猶矗〔九〕。悠謬青石梯，荒唐白玉局。舉觴漫問天，且作長城築。

【校記】

〔一〕詩題：《太庵詩草》作『扎什城大閲番兵，希齋司空招遊色拉寺，小酌即事四十韻』，《衛藏和聲集》作『札什城大閲番兵，遊色拉寺，書事四十韻』。

〔二〕『叢林』句前：《太庵詩草》、《衛藏和聲集》均有『膽勇壯寒酸，羽騎發平屋。迢迢扎什城，路轉溪橋曲。晨風吹面凉，波漾青疇緑。指點魚麗營，紛沓馬蹄蹴。白徒農家聚，赤老師教夙。卒伍數盈千，土團攢矗矗。飛旗散碧霞，畢拱中軍纛。渾然擊節鼓，戴琫先起肅。如琫甲琫流，各各腰弭菔。引彊爭命中，偶失顏增恧。火陣九子連，鴞隊平分六。疾雷奮炮雲，齊止快轉轆。一作氣撼山，利趾飄風速。絳頭聲啞嚇，走戟誇角逐。豈知座上人，閫外春秋熟。豹篇久生塵，健兒盡跧伏。口手兩不滿，胡以督力勸。促然賃市傭，渙焉離倏倏。偉哉振節麾，趨茲番落族。練鋭術無他，渴賞成心腹。銀牌挂離離，帛端堆簇簇。茶布與牛羊，旅奠壓平陸。犒賞欣有差，劣者施鞭扑。騰笳陣雲卷，虎螭余勇足。控制萬里豪，軍中兩儒服。放懷興不淺，北指山之麓。色拉寺中來，佛閣行厨沃。刲羊燒炙香，杯酒抒心蓄。凭窗列岫明，燦若銅生綠」句。

〔三〕可：《太庵詩草》、《衛藏和聲集》均作「似」。

〔四〕「僧食」二句：《太庵詩草》、《衛藏和聲集》均作「飢僧本骨人，肉山未免俗」。

〔五〕「肉僧」句：《太庵詩草》、《衛藏和聲集》均作「肉僧成朽骨」。

〔六〕可鑒：《太庵詩草》、《衛藏和聲集》均作「胡睹」。

〔七〕少：《太庵詩草》、《衛藏和聲集》均作「無」。

〔八〕聊：《太庵詩草》、《衛藏和聲集》均作「已」。

〔九〕「全峰」句：《太庵詩草》作「全鋒君未露」。

中元夕書懷〔一〕

北斗臨鄉國〔二〕，中元憶少齡。荷燈千葉月，火樹一林星。花果空王獻，盂蘭法會靈〔三〕。十年虛埽墓，風雨故園聽。

【校記】

〔一〕詩題：《太庵詩草》、《衛藏和聲集》均作『中元夜感懷』。

〔二〕臨鄉國：《太庵詩草》、《衛藏和聲集》均作『京華望』。

〔三〕法會：《太庵詩草》、《衛藏和聲集》均作『祀事』。

和希齋贈橄欖並放生青羊致謝二首〔一〕

維摩示病愧如來〔二〕，時小恙方愈〔三〕。木叩金鳴總未開。忽湧潹泉憑諫果〔四〕，果然此味美於回〔五〕。

巫俗𦫳羝本異鄉，誰知豢熟有靈腸。儻逢煮鶴燒琴手，一飽何論未見羊〔六〕。

【校記】

〔一〕詩題：《太庵詩草》、《衛藏和聲集》均作『小恙頓愈』。

〔二〕愧：《太庵詩草》、《衛藏和聲集》均作『近』。

〔三〕『時小』句：《太庵詩草》、《衛藏和聲集》均無。

〔四〕『忽湧』句：《太庵詩草》、《衛藏和聲集》均作『靈液似泉憑諫果』。

〔五〕『果然』句下：《太庵詩集》詩人自注『希齋見惠橄欖膏，含之嗽止』，《衛藏和聲集》詩人自注『見惠橄欖膏，含之嗽止』。

〔六〕『一飽』句下：《太庵詩集》、《衛藏和聲集》詩人均自注『以畜羊留贈，爲不忍殺也』。

出巡後藏夜宿僵里〔一〕

萬里客中客，初登聶黨程〔二〕。河山環野暗，霜月帶沙明。別寨燈燃夢，婪杯酒繫情。五更風定後，落葉枕邊聲〔三〕。

【校記】

〔一〕詩題：《太庵詩草》、《衛藏和聲集》均作『夜抵僵里』，並均題下自注『十一月初十日』。

〔二〕登：《太庵詩草》、《衛藏和聲集》均作『貪』。

〔三〕『五更』二句：《太庵詩草》、《衛藏和聲集》均作『一年經兩別，胡以慰平生』。

過巴則嶺〔一〕一名西崑崙〔二〕

曳罷牦牛縴，聲聲舁老竿。石林穿有徑〔三〕，江涘俯無瀾。坡仄群羊叱〔四〕，天空一鶚寒。世途多險隘〔五〕，行路豈知難〔六〕。

【校記】

〔一〕詩題：《太庵詩草》、《衛藏和聲集》均作『過巴則山』。

〔二〕「一名」句：《太庵詩草》作「山極險峻」，《衛藏和聲集》無。

〔三〕有徑：《太庵詩草》、《衛藏和聲集》均作「有路」。

〔四〕坡仄：《太庵詩草》、《衛藏和聲集》均作「野闊」。

〔五〕多險隘：《太庵詩草》、《衛藏和聲集》均作「經險巇」。

〔六〕豈知：《太庵詩草》、《衛藏和聲集》均作「不知」。

宜椒道上〔一〕

一劍寒暄割，西風撲面驕。冰堅銀闕聳，雪捲玉塵消。驛騎經時少，人烟著處遥。漫爭馳快馬，前路有危橋〔二〕。

【校記】

〔一〕詩題下：《太庵詩草》詩人自注「此地峻寒」。

〔二〕有：《太庵詩草》、《衛藏和聲集》均作「怕」。

抵後藏宿札什倫布〔一〕

竺國羈臣肅，天涯拜聖顔。口傳温語詔，心度化人關。梵唄空中放，神光到處攀。西南千里目，喜眺塞雲閑。

【校記】

〔一〕詩題：《太庵詩草》、《衛藏和聲集》均作『札什倫布』，《太庵詩草》題下自注『班禪額爾德尼住錫之所』。

晤班禪額爾德尼〔一〕

十四年前佛，童男幻作真。年甫十二〔二〕。劫來逢隔世，猶是悟前身〔三〕。庚子，予在京師，曾會前輩班禪〔四〕。慧業聊應爾，靈根信不泯。莫嫌予強項，千佛轉隨人。

【校記】

〔一〕詩題：《太庵詩草》、《衛藏和聲集》均作『班禪額爾德尼』，《太庵詩草》題下自注『京師曾睹前輩班禪，現在者年甫十三歲』。

〔二〕『年甫』句：《太庵詩草》、《衛藏和聲集》均無。

〔三〕悟：《太庵詩草》、《衛藏和聲集》均作『晤』。

〔四〕自『庚子』至此：《太庵詩草》、《衛藏和聲集》均無。

望多爾濟拔姆宮寺在海中，相傳斗母化現之地，住女呼圖克圖〔一〕

摩利支天迹，流傳拔姆宮。斗移星野外〔二〕，豕化博蠻中〔三〕。昔藏地遭亂，斗姥化豕逐賊，遁去。拔，番語豕也〔四〕。弱水飛難渡，靈仙入望通〔五〕。未知嫫女性〔六〕，結習可曾空。

【校記】

〔一〕自『寺在』至此：《太庵詩草》作『在海子中，山樹即女呼圖克圖所居，舊傳爲斗母化現之地』，《衛藏和聲集》無。

〔二〕『斗移』句：《太庵詩草》、《衛藏和聲集》均作『斗涵分野外』。

〔三〕博：《太庵詩草》、《衛藏和聲集》均作『百』。

〔四〕自『昔藏』至此：《太庵詩草》、《衛藏和聲集》均無。

〔五〕靈仙：《太庵詩草》、《衛藏和聲集》均作『神山』。

〔六〕嫫女性：《太庵詩草》、《衛藏和聲集》均作『瑛女行』。

古柳行曲水江岸〔一〕

柏生兩石間，鬱鬱不得長。高岡有梧桐，鳳凰鳴下上〔二〕。物生各異地，同歸大塊壤〔三〕。嗟此古柳樹〔四〕，杈枒根崛强。兩幹倚崖畔〔五〕，蔭可十畝廣。一幹臥江干，水面浮槎瀁。薄植落蠻鄉，盤錯千年奘〔六〕。緬我中原道〔七〕，簡書閱來往。作絮任飄零，繫馬遭囓癢。城市供勞薪，斫削等榛莽〔八〕。造物無棄物，因材篤豈枉。仙人木瘿瓢，太乙青藜杖。苟足適於用，取資定不爽〔九〕。兹柳生不材，臃腫拳曲像〔一〇〕。雨露幸無私，枝葉久培養〔一一〕。托根井鬼方，上列柳宿像〔一二〕。古柳古柳兮，作歌慰慨慷〔一三〕。不爲枯樹悲，無取假山賞。夭矯若游龍，生意空摩盪。汝壽全天年，江山獨俛仰〔一四〕。

【校記】

〔一〕『曲水』句：《太庵詩草》作『曲水崖下，臨江，極大』，《衛藏和聲集》無。

〔二〕凰：《太庵詩草》、《衛藏和聲集》均作『皇』。

〔三〕『同歸』句下：《太庵詩草》、《衛藏和聲集》詩人均自注『一解』。

〔四〕嗟此：《太庵詩草》、《衛藏和聲集》均作『嗟哉』。

〔五〕崖畔：《太庵詩草》、《衛藏和聲集》均作『巖畔』。

〔六〕千年：《太庵詩草》、《衛藏和聲集》均作『千秋』；『盤錯』句下：《太庵詩草》、《衛藏和聲集》詩人均自注『二解』。

〔七〕緬我：《太庵詩草》、《衛藏和聲集》均作『緬彼』。

〔八〕等：《太庵詩草》、《衛藏和聲集》均作『如』；『斫削』句下：《太庵詩草》、《衛藏和聲集》詩人均自注『三解』。

〔九〕『取資』句下：《太庵詩草》、《衛藏和聲集》詩人均自注『四解』。

〔一〇〕『臃腫』句下：《太庵詩草》詩人墨批『此似達賴喇嘛小照』。

〔一一〕久：《太庵詩草》、《衛藏和聲集》均作「滋」。

〔一二〕柳宿：《太庵詩草》、《衛藏和聲集》均作「星精」；「上列」句下：《太庵詩草》、《衛藏和聲集》詩人均自注「五解」。

〔一三〕慰：《太庵詩草》、《衛藏和聲集》均作「寓」。

〔一四〕「江山」句下：《太庵詩草》、《衛藏和聲集》詩人均自注「六解」。

送別和希齋制軍之蜀十首〔一〕

自度魚通水〔二〕，巉巖萬古稀。冰餐鴉攫肉，雪臥犬牽衣。夜怖楓人度，朝看颶母飛。暮春投館後〔三〕，邊日靜寒暉。

岡洞聲無賴〔四〕，喇嘛吹人脛骨〔五〕。晨喧大小招〔六〕。磨盤江活活，箳硐柳蕭蕭〔七〕。狖馬馳青坂，籃輿走碧橋。幾回明月夕〔八〕，平閣舉杯邀。

蹇步追攀興，清談快隔晨〔九〕。異方歡處少，鄉味共時親。儻蕩遺今古，掀豗忘主賓。天涯風雨夜，巧遇對牀人。

西向軒臺射，分朋束矢抽。豈爭王濟駮，聊試魏舒籌。地闊千年雪〔一〇〕，人披萬里裘。百蠻觀似堵，那獨爲防秋。

達賴勤人事，寒暄問早衙。盤蒸雲子飯，壺瀉乳酥茶〔一一〕。毳衲還虛寂，籠官靖諜譁。北山三藏迹，誰見曼陀花〔一二〕。

五竺皇仁普，千秋樂止戈。銜刀觀市舞，踏地聽林歌。蠻女招松石，番僧鬭海螺。天慈勞口喻，高枕在人和〔一三〕。

此別堪稱賀，臨歧轉黯然。遥岑添瘴雪，落日暗蠻烟。離緒千鐘洗，鄉心竟夕燃。寸懷山岳重，不盡浣溪箋。

諸葛勛名地，流傳治蜀嚴。巴渝占坎習，邛筰苦山兼。有木皆交讓，無泉不飲廉。化行頑梗俗，休負萬民瞻。

釜底看城郭，迢迢玉壘關。更穿千丈雪〔一四〕，又出萬重山。信美非吾土，懷歸想別顔。飛車如可到，何苦夢中還。

轉燭三秋客，成都把酒杯〔一五〕。閏桐他日老，慈竹舊時栽。行李冰霜重，鬢眉電露催。幸無多酌我，留醒看紅梅。

【校記】

〔一〕詩題：《太庵詩草》、《衛藏和聲集》均作『希齋司空』，並均題下自注『奉命節制全川將東歸，爲賦韻詩三十首，述事志別』。

〔二〕度：《太庵詩草》、《衛藏和聲集》均作『渡』。

〔三〕後：《太庵詩草》、《衛藏和聲集》均作『候』。

〔四〕洞：《太庵詩草》、《衛藏和聲集》均作『凍』。

〔五〕『喇嘛』句：《太庵詩草》、《衛藏和聲集》均無。
〔六〕招：《太庵詩草》、《衛藏和聲集》均作『昭』。
〔七〕硐：《太庵詩草》《衛藏和聲集》均作『洞』。
〔八〕幾回：《太庵詩草》、《衛藏和聲集》均作『記曾』。
〔九〕清談：《太庵詩草》、《衛藏和聲集》均作『劇談』。
〔一〇〕地闊：《太庵詩草》作『地闢』。
〔一一〕瀉：《太庵詩草》作『洩』。
〔一二〕自『牀人』至此：《衛藏和聲集》無。
〔一三〕在：《太庵詩草》、《衛藏和聲集》均作『爲』。
〔一四〕雪：《太庵詩草》、《衛藏和聲集》均作『穴』。
〔一五〕把酒杯：《太庵詩草》、《衛藏和聲集》均作『重把杯』。

易簡齋詩鈔卷二

乙卯

上元春燈詞二首〔一〕

彩勝花幡色色新，三饒初教賀芳辰。誰知趙歐傳新曆〔二〕，猶是嘉平月半春。是日立春，猶爲藏曆臘月〔三〕。

樂行苦住果何憑，皎潔嬋娟悟上乘。齋客今宵須放眼，佛燈叢裏看花燈。

【校記】

〔一〕詩題：《太庵詩草》作『上元立春，以齋西隙地爲太平街燈市，縱番民遊觀，如三夜放燈之制，以「春燈」二字爲韻，賦詩十五首，以紀其盛云』；《衛藏詩集》作『上元立春，以齋西閑地爲太平街燈市，縱番民遊觀，如放夜之制，以「春燈」二字爲韻』。

〔二〕新曆：《太庵詩草》作『荒曆』，《衛藏詩集》作『蠻曆』。

〔三〕『是日』二句：《衛藏詩集》作『是月，爲朱爾亥臘月』；《太庵詩草》作『是月，乃藏中臘月』。

以詩索裘靜齋墨梅畫幅〔一〕

誰把羅浮影，移來五竺天。毫端霜萼染，紙上雪衣聯〔二〕。生意超千界，空花出寸田。高宜斜籠月，低合淡含烟。墨竹堪成友，緗桃未足賢。色香真寂靜，留取伴餘年。

【校記】

〔一〕詩題：《太庵詩草》作『靜齋架上墨梅攜歸，再用前韻』；《衛藏詩集》作『靜齋架上墨梅攜歸，再賦前韻』。

〔二〕聯：《太庵詩草》、《衛藏詩集》均作『翩』。

和松湘浦司空咏園中雙鶴元韻〔一〕

鶴本天仙姿，性愛雲山駐。受養不受羈，可招不可捕。我學張雲龍〔二〕，來馴雅園素〔三〕。清神警夜半，雪氅披春煦。俯仰如桔槔，爭識高間度〔四〕。萬里修羽毛〔五〕，庶免群雞妒。有如德不孤，應此青田數。時作九皋鳴，自足驚野鶩。

【校記】

〔一〕詩題：《太庵詩草》作『答松湘浦咏園中雙鶴元韻』，《衛藏詩集》作『答松湘浦咏園中雙鶴韻』。

〔二〕張雲龍：《太庵詩草》作『張道人』。

〔三〕「來馴」句：《太庵詩草》作「來馴前緣素」，《衛藏詩集》作「馴致前緣素」。
〔四〕爭識：《太庵詩草》作「未失」，《衛藏詩集》作「未識」。
〔五〕修：《衛藏詩集》作「養」。

擬白香山樂府三十二章

周雅咏棠華親兄弟也

周雅咏棠華，陳思嘆萁豆。同氣篤親愛，三姜世罕覯。一室共被臥，梁代韋張又。五歲李平丘，良能殆天授。忍飢不別食，一片衣領袖。瓜果待相嘗，書文共研究。家貧茹蔬菜，穀炊仲子候。脂燭供無缺，學業終成就。奉兄如嚴親，夏衣不私售。危坐敬如賓，冠帶謹屋漏。兄弟並斑白，兒女讓昏媾。百口無閑言，雍睦家聲舊。燃鬚仍進粥，姊弟憐老壽。公堂徹已饌，餉男笑鄙陋。鼠壤有餘蔬，却被莊生詬。

精感動草木

精感動草木，鬱鬱田氏荊。議分樹憔悴，感合樹重榮。閉户彤自撾，翩反改弓騂。婦逐圖分箸，誼敦骨肉情。叔食糠核肥，杜絶離間萌。子威既爲侯，田園諸弟幷。鮦陽佩印綬，儒術修身明。奴婢取老弱，圖書千卷清。牧羊十餘年，與弟重經營。痼疾養終身，但聞紡織聲。不受公府辟，推賢鍾季明。矯令病陽狂，讓爵韋玄成。佯喑兄被命，托疾弟就名。楚金與越石，雙雙舉帝京。許武割財産，自冒貪婪名。他年爭三倍，榮利兩無爭。

載咏鶺鴒詩

載咏鶺鴒詩，兄弟孔急難。齊義二子爭，母言竟得道。投箋與河伯，君儒執浮岸。兄弟生不辰，會遭一方亂。禮瘦孝則肥，兄羸萌則健。爲脯琳自縛，兩釋季江扞。裦融義爭死，北海名獨冠。文季果能報，文叔縊可嘆。中矢授以馬，萇襄均無患。

鉅鹿甘粗糲

鉅鹿甘粗糲，井竈鄉里羨。二方海内稱，史奏德星見。蔡桑並寇吴，白首饘粥便。合爨有六人，擊鼓會八院。張公九世居，表閭賜帛絹。陳家七百口，義犬傳里諺。

却缺耕於野 敬夫婦也

却缺耕於野，妻饁敬如賓。舉案光齊眉，梁鴻非傭人。婢問牀下拜，乃驚太丘陳。篤疾妻省視，扶起加幘紳。止酒正衣冠，一歲再三巡。早起希見面，遇禮嚴君臣。

重德不重色

重德不重色，喜舊不喜新。黄頭承彦女，臥龍結良姻。四德阮一欠，百行允未純。彦雲尚難匹，公休良足臻。

少姣固早托

少姣固早托，老惡胡晚嗔。糟糠不下堂，一言廊廟珍。勿以患難故，没齒情乖泯。千金購皇甫，鞮履三十春。吐番祿東贊，堂下信義伸。守道不篤者，黄允遺笑嚬。手持長麈尾，驅彼短轅輪。誰撰螽斯詩，波揚妒婦津。

世稱知己交信朋友也

世稱知己交，夷吾與叔牙。落落分金亭，千古潁之涯。解驂越石父，尊譙禮有加。王貢取舍同，雷陳漆膠誇。結侶往中山，乃遭王丹撾。交道不易言，昱拜忙下車。刎頸凶其終，勢利爭紛拏。結綬隙其末，權力攻瘢瑕。剖心刺血流，輕落漫咨嗟。

聖戒小不忍

聖戒小不忍，兩虎難俱生。相如篤忠信，將軍廉負荊。登牀把臂責，真諒驕矜傾。蘇張迭翦髪，堂下激功名。莫侮牛醫兒，千頃波澄清。折節慕公瑾，若飲醇醪醒。方領矩步人，既貴可相輕。一龍號三友，割席終堅貞。

貧賤交易忘

貧賤交易忘，堂高燕雀賀。四海雲同車，客星光犯座。府士飲入廄，小吏語越坐。杵臼堪定交，氈席可分剉。易衣張軌出，鳴騶到溉臥。信義苟不渝，那用雞犬佐。

富貴交營私

富貴交營私，寡矣先國憂。我思炎漢佐，博陽高平侯。王識公輔器，杜斷喬孫謀。軍中有韓范，遂起西羌謳。乃知魏無知，卓識文安儔。

患難不相顧

患難不相顧，面朋義鶻羞。伯桃入樹死，巨伯空郡留。赦膺賈彪往，哭融脂習收。救善不及飡，君子恥寡儔。成托六尺孤，賣卜近酒樓。政抱三歲兒，貫箭銜旄頭。爭多金蘭簿，烏集談交遊。

韓仇報先德顯忠良也

韓仇報先德，漢業酬知己。所志無一欠，紫柏雲霄裏。安劉者必勃，内言決牀笫。早知木彊人，力足制吕氏。博陽閉獄時，斯意固天使。絶口不道恩，問喘安足齒。西漢。駐節鄧將軍，老弱暱孔邇。勖名竹帛垂，尤羡十三子。東漢。峩峩定軍山，活活沔江水。曾讀墓上碑，三字誰云死。後漢。擊鳳酒一杯，討峻書一紙。紳謀敦不疑，忠肝侃應恥。晋。祔姑片言定，占夢二子起。滄海得遺珠，斗南一人耳。唐。垂簾係安危，撤簾關泰否。大星五色雲，閑氣爲終始。宋。

耿恭傳東漢

耿恭傳東漢，單兵守孤城。鑿山得井水，煮弩如炊秔。逾月更連年，九死乃一生。歸餘十三人，丹心苦節幷。衣履盡穿敝，形容苦紫荊。事類典屬國，續志爲忠旌。

師古五世孫

師古五世孫，常山守杲卿。兵弱力難拒，僞共履謙迎。那肯著金紫，義奮謀舉兵。初斬段子光，欽湊首傳京。王師二十萬，傳檄河北驚。曳柴以揚塵，乃走張獻誠。祿山勢猖獗，付賊史思明。修繕未完備，六日乃陷城。加刃於少子，降活誓不更。營州牧羊奴，義烈駡瞋睛。啖肉天津橋，斷舌慘吞聲。一門三十人，死節邀褒旌。

魯公國元老

魯公國元老，盧杞忍排傾。君命不可避，豈畏希烈烹。就館僞上疏，怒叱李元平。委任不致命，戮汝苦無兵。四兄何爲王，杲卿乃吾兄。豈受鼠輩脅，守節死無更。積薪起赴火，掘坎自投阬。老臣耄無狀，殺身仁乃成。

南陽張中丞

南陽張中丞，意氣干雲霄。拜哭元元廟，畫像軍士朝。起兵入雍丘，乃拒令狐潮。膏芻百樓焚，鹽米百斛燒。縛藁夜縋城，羽箭萬束招。傅堞雲梯拄，攻城木馬消。射目識子奇，走白矢剡蒿。食盡茶紙杵，馬盡鼠雀鐃。鎧弩亦堪煮，老弱悲鼎調。愛妾豈足惜，童奴兼充枵。守死竟勿去，江淮保障遥。嗚呼臣力竭，厲鬼志擒梟。

人面中六矢

人面中六矢，不動雷將軍。斷指以示信，哀哉南霽雲。獨食不能下，賀蘭憂未分。一箭中浮圖，志吞犬彘群。男兒義不屈，三十六人焚。

中丞入睢陽

中丞入睢陽，許遠困伶仃。軍糧與戰具，專治一經生。致走洛陽道，偃師喪忠靈。勿以後巡死，私議別渭涇。幽憤動鬼神，簡書燦日星。昌黎傳後叙，刻畫勝丹青。

天地塞其體

天地塞其體，正氣鍾文山。童年謁忠節，遂慕俎豆間。一揮萬言策，得人賀考官。龜鑑懸古誼，鐵石披忠肝。斬董人心一，釁吕將士觀。當時捧檄初，涕泣結峒蠻。亦知烏合衆，驅羊縛虎難。重念養育恩，悼痛撫几盤。父母有疾病，下藥兒心安。自古誰無死，汗青照心丹。凛凛正氣歌，字字珠淚酸。坐臥一小樓，志豈有黄冠。求生害仁易，舍生取義難。先生衣帶讚，所學良不刊。

黄雀雙玉環勵清操也

黄雀雙玉環，厥兆三公職。昌邑畏四知，太尉祛三惑。清白吏子孫，貽謀緜燕翼。至今潼亭旁，夫子賢名刻。子况兼文武，市吏庸沈抑。舉賢感延年，知人號定國。不敢干以私，門庭脱荊棘。河南折轅車，珍寶絶封殖。車萊大驪馬，軍容無苟得。是遵何道與，一生簠簋飭。烏合世宦場，撲面勢叵測。數會人易狎，受饋道難直。林邑璧久藏，姑臧劍瑩拭。梁瓜終不剖，庭魚留久憶。世人愛美官，肥瘠論疆域。沈黎往者廉，合浦貪者息。俸薄儉能足，侅弱欲曷極。彤無兼副衣，虞無兼肉食。井水清且苦，李令泉足式。更有羅彦輔，姑溪况清德。之官琴鶴隨，歸舟土石塞。胡牀挂壁間，藥籠委道側。砧非來時物，犢乃爾土力。脂膏不自潤，達哉君魚識。

下吏事長官戒逢迎也

下吏事長官，耳目心思竭。民膏供豆觴，儲峙盡乾没。不見何易于，嘉陵自腰笏。暮春划閑船，蕭結批符歇。餅惡鞭驛吏，少逸達金闕。言語不易出，作緣烏可忽。錦幕易靜江，彩席撤節鉞。飲馬錢投水，取芋縣挂樾。闇昧果不欺，福星一路謁。試看柴車旁，良璞終發越。

天府富四海禁侵漁也

天府富四海，任土古作貢。無乃貪墨流，苞苴藉巧弄。采竹宦者暴，蚶菜嶺南恫。敢絶翠羽索，豈願牛黄衆。道州民盡矩，幾許侏儒送。持研涴清名，罷柑勒箴諷。斂怨餌霽顔，幻同蕉鹿夢。

妻子歷官舍絶私蓄也

妻子歷官舍，易啟奢縱媒。苟能甘藜藿，白璧無點埃。布裳不加緣，既貴含餘哀。豈知執爨苦，未見曳柴回。入府行貲藏，敝衾鹽麥堆。自奉已若此，緼袍舉可推。田禾將軍子，白衣步擔來。袁宏不乘車，闔郡無人猜。黄柑餉一奩，珠璫上百枚。子女絶私賂，遑問囊中財。

地道不愛寶重民事也

地道不愛寶，天心溥美利。生民衣食源，所貴農桑治。渤海樹藝興，佩犢循聲記。潁川稱神君，應時威鳳至。露宿邵父勤，修陂杜母瘁。况之冬日愛，譬之春陽遂。李冰鑿離堆，不徒沫患避。沃野千里開，陸海萬民惠。九真號獷悍，弋獵以爲事。課創免飢寒，生子名任字。牛耕省其力，水槖造其器。拔茶蠶事興，賣儲織具備。蒲陽田再熟，著作林含翠。乃歌五袴惠，亦頌兩歧瑞。恤隱豈沽名，達道本求志。師古迹不遠，訓彼牛羊吏。

天災古代有救災荒也

天災古代有，盛世籌艱虞。荒政十有二，救民憂患蘇。常平公私利，封樁緩急需。持節以發粟，事豈繩墨拘。開倉舍都亭，東郡比戇儒。鄭公活萬人，中書令所無。義穀贍全部，大倉儲九區。烏有燕子田，會上流民圖。困役罷黄河，代賑修蠡湖。買絹晝良策，市牛真奇謨。所怪壅上聞，牧守成盜竽。請看武陽尉，刺史無乃愚。且學明山賓，損耗甘追逋。一身甘獲罪，無使飢寒呼。

文翁化巴蜀興教化也

文翁化巴蜀，石室祀先師。配以顔曾賢，風俗齊魯移。延壽治潁川，皮弁學禮儀。遂棄偶車馬，彬彬三代遺。鳴梟哺所生，鸞鳳巢高枝。持衣詣閤首，化同魯恭奇。良夫絃歌雅，俗吏惡能爲。雲定虎尾誡，儒者差詭隨。莫笑戴帽餳，治理殊相歧。一觀伯瑜像，此感深銘肌。

書扇鬼泣訴慎刑獄也

書扇鬼泣訴，吏甚大暑酷。達人鑒斯言，筆勾一路哭。豺狼豈本性，藥石治忿欲。胡爲肉鼓吹，横恣箠楚毒。渭橋議罰金，高廟決盜玉。廷獄處其平，法當如是足。况乃惠文冠，怨興畫地獄。莫嫌銜轡緩，但示蒲鞭辱。殺人以媚人，敲扑恥迎俗。拂衣委手板，千古金石録。

易繫雷電卦寬法律也

易繫雷電卦，威照期並行。聽辭惟簡孚，質刑乃允明。文史習律吏，古法決儒生。耳剽前世事，意覆處其平。考一連十百，寒朗昔廷爭。陳咸三世昌，議法惟以輕。駟馬容閭門，因之字升卿。株罣綉衣活，策算平陵榮。鬻貨儆天罰，峻刻少令名。若水真仙骨，希賞遠俗情。

聽訟吾猶人明聽斷也

聽訟吾猶人，片言折獄難。仲子有奇氣，豈獨峩雄冠。眉睫以辨盜，哭泣以知奸。馬血鍛刃青，無影兒畏寒。聲色固神渺，博雅稱粗官。次之鈎距術，妙緒披靈竿。解牛市鹿脯，鞭絲飼飛翰。主名郭門削，婦窺井中瀾。截蘆與捫鐘，伎倆窮一端。幽感櫜庭魂，明少犴獄嘆。重關日洞開，餅餌懷門關。告我白鬚公，一一洗肺肝。齧肩飲乳高，肉袒閉閤韓。吁嗟鷹鸇威，何如棲鳳鸞。

牧羊去敗群除豪奸也

牧羊去敗群，地瘠羊可肥。養禾鋤螟螣，農勤歲少飢。黠馬利銜轡，柱後惠文依。勿以賣菜翁，遂令啼雞微。破柱壯李膺，擊劍賢翁歸。濟南蒼鷹鷙，夏門臥虎威。側目任列侯，强項標禁闈。丁剛不可屈，千載愧脂韋。

化盜稱郅治弭盜賊也

化盜稱郅治，弭盜急時務。衣裾赭污痕，市里彩縫露。枹鼓竟稀鳴，且恃三科募。京兆與朝歌，屏盜碑堪樹。我聞定襄守，下車吏民懼。耆老延滿堂，亡匿錄無數。又聞渤海公，移書罷擒捕。教令棄兵弩，鈎鋤把農具。何用疾雷將，齒積府門路。

再遊羅卜嶺岡〔一〕

達賴天西自在人，祇園此日速嘉賓〔二〕。茶寮飯鉢閑中趣，意樹心花物外春。且向空門看活水，漫勞彼岸渡迷津〔三〕。達賴步行，導遊園景一匝〔四〕。問君離垢年年洗，要洗清涼幾世身〔五〕。

【校記】

〔一〕詩題：《太庵詩草》、《衛藏詩集》均作『達賴喇嘛邀遊羅卜嶺岡浴塘』。

〔二〕祇：《太庵詩草》、《衛藏詩集》均作「喜」。
〔三〕渡：《太庵詩草》作「導」。
〔四〕「達賴」二句：《太庵詩草》作「達賴步行，引遊園徑一匝」；《衛藏詩集》作「達賴步行，引遊園景一匝」。
〔五〕世：《太庵詩草》、《衛藏詩集》均作「度」。

九月望，登布達拉朝拜聖容，禮畢，達賴喇嘛禪室茶話二首〔一〕

羅此三千界，秋光放眼賒。自遊唐代寺，不數漢時槎。路轉青螺迴，門迎赤幘斜。天顔瞻拜肅，萬里思無涯。

饒舌吸西江，傳燈續曉釭〔二〕。法門原不二，國士豈無雙。塔靜相風鐸，樓喧愛日窗。化工無語偈，達賴已心降。

【校記】

〔一〕詩題：《太庵詩草》作「九月望日」，並題下自注「布達拉朝拜聖容，謁達賴喇嘛禪座，再疊前韻」；《衛藏詩集》作「九月望，布達拉朝拜聖容，訪達賴禪座」。
〔二〕曉釭：《太庵詩草》、《衛藏詩集》均作「曉缸」。

馬銜魚歌〔一〕

我有戴星馬，蹀躞來成都。伯樂未肯顧，九方難借譽〔二〕。忍飢嚙醉草，巴塘迤西，山多醉馬草，馬嚙之，輒乏〔三〕。雪嶂苦奔蹫〔四〕。騍突興不減〔五〕，踶趹聊嬉娛。浴之藏寺江〔六〕，日日毛鬣濡。瘢者鎮洗淨〔七〕，八尺皖然軀。群僕等駑駘，屈彼爲前驅〔八〕。忽焉入水吁可怪〔九〕，破浪似探眠驪珠。撥刺滿吻噴雪沫〔一〇〕，吐地潑潑銀鱗魚〔一一〕。意者此馬信龍種〔一二〕，鼇宮寄到尺素書。不然此魚本鯤鯨〔一三〕，吞舟西海殘鮒鰅。世無斬蛟驅鱷手，天公收縮生神駒〔一四〕。噫嘻馬之顯晦在所遇〔一五〕，魚之禍患出不虞。作歌咄咄志怪事，使人千載常欷歔。

【校記】

〔一〕詩題：《太庵詩草》作『九月既望，浴馬於藏江，馬銜巨魚擲岸，僮攜以歸，戲賦長篇，以志其事云』，《衛藏詩集》作『浴馬藏布江涘，馬銜巨魚擲岸上，僕攜以歸，戲賦長篇，以志其異』。

〔二〕難：《太庵詩草》、《衛藏詩集》均作『那』。

〔三〕自『巴塘』至此：《太庵詩草》、《衛藏詩集》均作『巴塘迤西，有醉馬草，馬食之，輒疲乏』。

〔四〕苦：《太庵詩草》作『勞』。

〔五〕興：《太庵詩草》、《衛藏詩集》均作『性』。

〔六〕『浴之』句：《太庵詩草》作『浴之機楮江』，《衛藏詩集》作『浴之機楮』。

〔七〕瘕者：《太庵詩草》、《衛藏詩集》均作「瘕耆」。

〔八〕「屈彼」句：《太庵詩草》作「屈以備前驅」，《衛藏詩集》作「屈足充但驅」。

〔九〕怪：《太庵詩草》作「愕」。

〔一〇〕刺：《太庵詩草》、《衛藏詩集》均作「剌」。

〔一一〕銀鱗魚：《太庵詩草》、《衛藏詩集》均作「烏鱗魚」。

〔一二〕信：《衛藏詩集》作「本」。

〔一三〕本：《衛藏詩集》作「屬」。

〔一四〕生：《太庵詩草》、《衛藏詩集》均作「付」。

〔一五〕「噫嘻」句：《太庵詩草》、《衛藏詩集》均作「噫嘻馬有遇不遇」。

秋閱行

邊風獵獵霜天高，色拉山下熊羆嗥。司空風度羊叔子〔一〕，書生説劍良足豪〔二〕。當夫一鼓作軍氣〔三〕，雙甄飛翼張旌旄〔四〕。瞎巴上馬詡神速〔五〕，籠官鞘篦齊懸腰。志目中眉射者笑〔六〕，騈頭赤幘闞烏號〔七〕。火陣豐隆走列缺，鐵圍震叠江翻濤。更有步卒賈餘勇，勃廬跳盪轉猿猱〔八〕。吁嗟自古吐蕃稱强族，盍稚百種西陲驕。東魚通兮南六詔〔九〕，北達青海連河洮。往代控馭失其道，盟碑建樹拉薩招〔一〇〕。我朝聲教暨瀛海〔一一〕，版圖隸極坤維交。蠻碉椎髻皆赤子，皈依象教投漆膠。折慢幢遮忍辱鎧〔一二〕，摩頂立地拋屠刀〔一三〕。教以孱弱數百載〔一四〕，虎皮羊質逢豺慅。金剛振臂兼督瞅，黎軒善眩驚愚瞭。烏鬼蠻俗固應爾〔一五〕，但恨取民如繭繅。而今坐鎮兩儒服，柔坯剛甈歸甄陶〔一六〕。籌邊那徒振軍旅〔一七〕，要使普陀無屯膏。口錢賓布減拂盧〔一八〕，荒陬絶徼無鳴鼙〔一九〕。庶幾仁義爲干櫓，保障勝於窮六韜。昨日廓使初入境，叩關脱劍齊垂橐〔二〇〕。海隅重譯朝天去，厎貢遠邁西旅獒〔二一〕。獨有五溪槃瓠種〔二二〕，釜魚尚痒賢韋皋。時湖廣苗匪作亂〔二三〕。閱武歸來獨俯仰，摩圍閣望雲山遥〔二四〕。

【校記】

〔一〕風度：《太庵詩草》、《衛藏詩集》均作『丰度』。

〔二〕良：《太庵詩草》、《衛藏詩集》均作『亦』。

〔三〕作軍氣：《太庵詩草》、《衛藏詩集》均作『軍氣作』。

〔四〕『雙甄』：《太庵詩草》作『雙甄張翼飛旌旄』。

〔五〕『瞎巴』句：《太庵詩草》作『巴兒上馬誇神速』，《衛藏詩集》作『瞎巴上馬誇神速』。

〔六〕『志目』句：《太庵詩草》、《衛藏詩集》均作『射者志笑目中眉』。

〔七〕闗：《太庵詩草》、《衛藏詩集》均作『挽』。

〔八〕轉：《太庵詩草》、《衛藏詩集》均作『輕』。

〔九〕『東魚』句：《太庵詩草》、《衛藏詩集》均作『東接魚通南六詔』。

〔一〇〕『盟碑』句：《太庵詩草》作『盟碑建豎拉撒招』，《衛藏詩集》作『盟碑建樹拉撒招』。

〔一一〕『我朝』句：《太庵詩草》作『聖朝聲教環瀛海』，《衛藏詩集》作『我朝聲教環瀛海』。

〔一二〕折慢：《衛藏詩集》作『折幔』。

〔一三〕抛：《太庵詩草》、《衛藏詩集》均作『放』。

〔一四〕載：《太庵詩草》、《衛藏詩集》均作『年』。

〔一五〕烏鬼蠻俗：《衛藏詩集》作『烏蠻鬼俗』。

〔一六〕歸：《太庵詩草》、《衛藏詩集》均作『費』。

〔一七〕徒：《衛藏詩集》作『獨』。

〔一八〕滅拂廬：《太庵詩草》作『拂廬滅』。

〔一九〕無：《太庵詩草》作『少』。

〔二〇〕齊垂：《太庵詩草》作『請垂』，《衛藏詩集》作『請捶』。

〔二一〕底貢：《衛藏詩集》作『底貢』。

〔二二〕槃：《太庵詩草》作『盤』。

〔二三〕『時湖』句：《太庵詩草》無，《衛藏詩集》作『時湖南苗匪作亂』。

〔二四〕『摩圍』句：《太庵詩草》作『摩圍閣望雲山迢』，《衛藏詩集》作『摩維閣望雲天遥』。

丙辰嘉慶元年

上元觀番童跳月斧，次楊覽亭韻〔一〕

天槍耀中垣，影落井鬼旁。化爲儀鍠舞，月斧流奇光。鼓動閶闔風，金氣協金剛。折腰效鸛鴿，翹足俄商羊。白帢稱錦纈〔二〕，又如鸞鶴翔。僸佅始何年，云傳甲蠵方〔三〕。宮商曲三叠，音勝岡洞長〔四〕。簫管嫋嫋中，雷門節低昂。不作侏離樂，曷爲都護羌〔五〕。聊聚四海人，天末樂未央〔六〕。選官兼選佛，作戲偶逢場。緬懷九功舞，玉戚彤庭揚。不怒而民威，澤沛髠山陽。同子斫桂手，謂楊覽亭同年〔七〕。萬里此頡頏。清詩少鑿痕，神工巧乃藏〔八〕。慚非杜武庫，弄門夫何傷〔九〕。元宵靜斯歡〔一〇〕，快勝歌霓裳〔一一〕。夜闌文昌下，天鉞星堂堂。

【校記】

〔一〕詩題：《太庵詩草》作『上元燕集山莊，觀番童跳月斧，次楊覽亭同年韻』，《衛藏詩集》作『上元山莊燕集，觀番童跳月斧，次楊覽亭韻』。

〔二〕帢：《衛藏詩集》作『袷』。

〔三〕甲蠵：《太庵詩草》、《衛藏詩集》均作『甲噶』。

〔四〕『音勝』句下：《衛藏詩集》詩人自注『岡洞人脛骨也，喇嘛吹之，其音直而悲』。

〔五〕曷：《太庵詩草》作『胡』。

〔六〕天末：《太庵詩草》、《衛藏詩集》均作『天涯』。

〔七〕『謂楊』句：《太庵詩草》、《衛藏詩集》均無。

〔八〕『神工』句：《太庵詩草》、《衛藏詩集》均作『神工思乃臧』。

〔九〕夫：《太庵詩草》、《衛藏詩集》均作『復』。

〔一〇〕靜：《太庵詩草》、《衛藏詩集》均作『盡』。

〔一一〕快勝：《太庵詩草》、《衛藏詩集》均作『快絶』。

暮春大雪四首〔一〕

怪煞三冬少集霰〔二〕，却交婁尾春寒變〔三〕。擁爐釋子閉碉樓〔四〕，露寢番黎無瓦片〔五〕。

離居誰遺贈瑶華，灑到髡山冷萬家〔六〕。雪竇禪師休説法，苾芻生怕出天花〔七〕。

六出漫山影未晞〔八〕，曉窗過隙尚霏霏。此邦此月人稱賀〔九〕，我當中原柳絮飛。

錦霞簇簇野桃新，更倩瑶池灑玉塵〔一〇〕。如此韶光三次過〔一一〕，天梯山外我同春〔一二〕。

【校記】

〔一〕詩題：《太庵詩草》作『暮春大雪，謾成七絶，以「一片花飛減却春」爲韻』，《衛藏詩集》作『暮春大雪七絶』，並題下自注『以「一片花飛減却春」爲韻』。

〔二〕少：《太庵詩草》作『無』。

〔三〕『却交』句：《太庵詩草》作『恰逢婁尾寒暄變』，《衛藏詩集》作『却逢婁尾寒暄變』。

〔四〕碉樓：《太庵詩草》、《衛藏詩集》均作『高樓』。

〔五〕番黎：《太庵詩草》、《衛藏詩集》均作『番氓』。

〔六〕髡山：《太庵詩草》、《衛藏詩集》均作『西崑』。

〔七〕出：《太庵詩草》作『散』；『苾芻』句下：《太庵詩草》詩人自注『番人畏出痘，故云』；《衛藏詩集》詩人自注『唐古特老少俱怕出痘』。

〔八〕六出：《太庵詩草》、《衛藏詩集》均作『白髭』。
〔九〕人稱賀：《太庵詩草》作『咸稱賀』，《衛藏詩集》作『咸稱瑞』。
〔一〇〕『更倩』句：《太庵詩草》作『開遍瑤池落玉塵』。
〔一一〕『如此』句：《太庵詩草》作『遮莫韶光堪記取』，《衛藏詩集》作『如此韶光煩記取』。
〔一二〕同春：《太庵詩草》、《衛藏詩集》均作『三春』。

四明樓吟〔一〕

湘浦司空築土樓三楹，折如磬，曲如矩，四面窗牖一覽山光，予名以『四明』，爲賦長篇〔二〕。

君不見，名家豐屋湜木妖，齊雲落雁朱甍雕〔三〕。銅陵金穴欲未厭，千古零落風蕭蕭。何如空門覺悟日念卄〔四〕，大家團圞棲荒寮〔五〕。我來面壁屆三載〔六〕，了無文字留鑾椒〔七〕。無奈山莊挹蒼翠〔八〕，花畦蔬圃生意饒〔九〕。司空見慣興不淺，築此蝸盤磬折之平碉〔一〇〕。去梯刻志讀經史〔一一〕，雅客爭許蘭奢招〔一二〕。書畫挂牆洗塵俗，案頭春色桃夭夭。入手楸枰布星斗，舉觴白墮欺黃嬌。噫嘻酒酣何以慰鄉愁〔一三〕，爲君高唱平生遊。臥雪白溟鵬展翅〔一四〕，乘風渤澥鼇吞舟〔一五〕。浙江潮湧滄海日〔一六〕，岳陽波撼洞庭秋〔一七〕。西入普陀更放眼，那圖邏逤取封侯。捉詩莫笑狂副使，四明檐額名齊留〔一八〕。君家無地起樓臺〔一九〕，請摹多景於斯樓。

【校記】

〔一〕詩題：《太庵詩草》、《衛藏詩集》均奪。

〔二〕自『湘浦』至此：《太庵詩草》作『湘浦大司空築土樓三楹，折如磬，曲如矩，余既名以「四明」，爲之記。上巳落成，招飲，爲賦長篇以致賀』；《衛藏詩集》作『湘浦新築土樓於西北隅，凡三楹，折如磬，曲如矩，予名曰「四明樓」，爲之記。上巳落成，爲賦長篇』。

〔三〕落雁：《太庵詩草》、《衛藏詩集》均作『射雁』。

〔四〕何如：《太庵詩草》作『不如』。

〔五〕荒寮：《太庵詩草》作『僧寮』。

〔六〕届三載：《太庵詩草》作『今二載』，《衛藏詩集》作『足二載』。

〔七〕留蠻椒：《太庵詩草》、《衛藏詩集》均作『生蠻嶠』。

〔八〕挹：《太庵詩草》作『攬』；『無奈』句下：《衛藏詩集》詩人自注『予築瓦屋三楹於射圃，名曰「挹翠山莊」』。

〔九〕『花畦』句：《衛藏詩集》脱。

〔一〇〕『築此』句：《太庵詩草》作『築此盤蝸之平碉』，《衛藏詩集》作『築茲盤蝸之平碉』。

〔一一〕刻志：《太庵詩草》、《衛藏詩集》均作『刻意』。

〔一二〕爭許：《太庵詩草》作『不須』。

〔一三〕何以：《太庵詩草》、《衛藏詩集》均作『胡以』。

〔一四〕白溟：《太庵詩草》、《衛藏詩集》均作『北溟』；『臥雪』句下：《衛藏詩集》詩人自注『湘浦駐庫倫七載』。

〔一五〕吞舟：《太庵詩草》作『吞鈎』；『乘風』句下：《衛藏詩集》詩人自注『奉使吉林』。

〔一六〕『浙江』句下：《衛藏詩集》詩人自注『奉使浙江』。

〔一七〕『岳陽』句下：《衛藏詩集》詩人自注『奉使湖廣』。

〔一八〕齊留：《太庵詩草》作『同留』。

〔一九〕『君家』句：《太庵詩草》、《衛藏詩集》均作『君家樓臺起無地』。

咏喇嘛鴛鴦〔一〕

火宅僧邊鳥，靈根覺有情。分明金縷伴，獨被紫衣名。水宿優婆影，山呼法喜聲。在家菩薩玩，來度化人城。

【校記】

〔一〕詩題：《太庵詩草》、《衛藏詩集》均作『喇嘛鴛鴦』，《衛藏詩集》題下自注『大如鵝，色黄，飛宿必雙，故名』。

皮船渡江〔一〕

淼淼長江水，皮船一勺登。輕於浮笠漢，閑似渡杯僧。竹葉圖中泛，仙槎日下乘。此船成大願，那用挽金繩。

【校記】

〔一〕詩題：《太庵詩草》、《衛藏詩集》均作『渡江』。

咏鐵索橋〔一〕

鎖結罘罳葦〔二〕，淩空一木懸。不愁江面闊，只恐脚跟偏。

【校記】

〔一〕詩題：《太庵詩草》作『鐵鎖橋』，《衛藏詩集》作『鐵索橋』。

〔二〕鎖結：《太庵詩草》作『鎖挂』，《衛藏詩集》作『索挂』。

宿春堆寨〔一〕

清和月過半〔二〕，不見春堆春。壓帳霜如雪，窺簾月似人。

【校記】

〔一〕詩題：《太庵詩草》、《衛藏詩集》均作『宿春堆』。

〔二〕過：《太庵詩草》、《衛藏詩集》均作『已』。

札什倫布朝拜太上皇帝聖容〔一〕

金粟如來寫御真，天涯咫尺拜揚親〔二〕。堯年初授逢嘉慶，花甲重周紀丙辰〔三〕。春滿上方朝萬佛，化行竺國仰三身〔四〕。臣年近老卿猶少，勉竭丹誠解正因〔五〕。

【校記】

〔一〕詩題：《太庵詩草》作『札什倫布朝拜太上皇帝聖容恭紀』，《衛藏詩集》作『札什倫布朝拜聖容恭紀』。

〔二〕揚親：《太庵詩草》作『颺親』，《衛藏詩集》作『瞻親』。

〔三〕重周：《太庵詩草》、《衛藏詩集》均作『重開』。

〔四〕『化行』句下：《太庵詩草》詩人自注『《傳燈錄》六祖云：清淨法身，圓滿報身，千百億化身，若悟三身，即名四智』；《衛藏詩集》詩人自注『六祖云：清淨法身，圓滿報身，千百億化身也』。

〔五〕『臣年』二句：《太庵詩草》作『臣卿尚少年非老，祇此丹誠解正因』。

班禪額爾德尼共飯〔一〕

方丈伊蒲饌，傳餐日可中。安排衆香鉢，供養老黃童。團墮欺侁飯，氈根勝臭銅。世間多夢飽，真飽亦虛空。

【校記】

〔一〕詩題：《太庵詩草》作『班禪額爾德尼共食』。

佛母來謁〔一〕

佛法無多子，燈傳阿練真。眼同舍利鳥〔二〕，身是錦襠人。菩薩皈依法，摩耶嗣續因。安心千偈誦〔三〕，兜率淨根塵〔四〕。

【校記】

〔一〕詩題：《太庵詩草》作『佛母』，並題下自注『班禪坐牀後，母即剃度爲尼，皈依黄教』；《衛藏詩集》作『佛母』，並題下自注『剃度爲尼，皈依黄教』。

〔二〕同：《太庵詩草》、《衛藏詩集》均作『如』。

〔三〕千偈誦：《太庵詩草》、《衛藏詩集》均作『誦千偈』。

〔四〕兜率：《太庵詩草》作『兜律』。

遊拉爾塘寺〔一〕札什倫布西三十里〔二〕

掛錫阿羅漢，伽蘭此地開〔三〕。經留前藏轉〔四〕，樹訝貝多栽〔五〕。全藏金板悉貯於此〔六〕。舍利緘金塔〔七〕，小銅塔内藏舍利，長寸許，如牙，金黄色〔八〕。優曇轉法雷〔九〕。古銅鉢，徑尺餘，摩之，聲如長號〔一〇〕。誰將般若眼〔一一〕，化作水晶胎。水晶拄杖，高四尺餘，相傳羅漢所御〔一二〕。隻履無生滅，雙鳧有去來。羅漢皮履一隻〔一三〕。更遺行脚印，羅漢足印，以金妝之〔一四〕。擔夯亦艱哉。

【校記】

〔一〕詩題：《太庵詩草》、《衛藏詩集》均作『拉爾塘寺』。

〔二〕『札什』句：《太庵詩草》無。

〔三〕『伽蘭』句下：《太庵詩草》詩人自注『古羅漢住此，始建此寺』；《衛藏詩集》詩人自注『古羅漢住此』。

〔四〕『經留』句：《太庵詩草》作『經留全藏轉』，《衛藏詩集》作『法留全藏轉』。

〔五〕樹訝：《太庵詩草》作『板勝』，《衛藏詩集》作『經寫』。

〔六〕『全藏』句：《太庵詩草》作『全藏經板貯此寺，各部落刷印經者，悉資取焉』，《衛藏詩集》作『全藏經板貯此』。

〔七〕金塔：《太庵詩草》、《衛藏詩集》均作『層塔』。

〔八〕自『小銅』至此：《太庵詩草》作『小銅塔高五六寸，内藏舍利，斜長寸許，如牙，金黄色』，《衛藏詩集》作『小銅塔藏舍利，如牙，金黄色』。

〔九〕轉法雷：《衛藏詩集》作『響法雷』。

〔一〇〕自『古銅』至此：《太庵詩草》作『古銅鉢，徑尺餘，高六七寸，以手摩周遍，聲甚洪亮，如吹長號』，《衛藏詩集》作：『古銅鉢，以手摩之，聲如雷。』

〔一一〕般若眼：《太庵詩草》、《衛藏詩集》均作『波若眼』。

〔一二〕自『水晶』至此：《太庵詩草》作：『水晶拄杖，高四尺餘。又有玳瑁、象牙杖各一。土人云羅漢所常御也，寺僧寶之。』《衛藏詩集》作『水晶拄杖』。

〔一三〕『羅漢』句：《太庵詩草》作『羅漢皮履一隻，又古修行得道番僧鞋五六兩』，《衛藏詩集》作『羅漢履』。

〔一四〕『羅漢足印』二句：《太庵詩草》作『羅漢足印二，刻於柱，金妝』，《衛藏詩集》作『羅漢足印刻於柱』。

曉發彭錯嶺

一枕寒溪夢，惺惺百丈林〔一〕。覺關開虎踞〔二〕，倦馬聽龍吟。鑿空去聲〔三〕。巒程杳，離鄉客思深。恁多鸚鵡背，懸崖仄逕名鸚鵡背者五處，最險隘〔四〕。爭怵鳳凰心。

【校記】

〔一〕『惺惺』句下：《太庵詩草》詩人自注『嶺下喬木蓊鬱，活活泉流，支帳其下，有夢溪光景』。

〔二〕開：《太庵詩草》、《衛藏詩集》均作『看』；『覺關』句下：《太庵詩草》詩人自注『陡壁臨江，仄通鳥道，亦險隘也』。

〔三〕去聲：《太庵詩草》、《衛藏詩集》均無。

〔四〕『懸崖』二句：《太庵詩草》作『過此，尚有懸崖仄逕名鸜鵒背者五處，最險』，《衛藏詩集》作『縣崖仄逕名鸜鵒背者五處』。

轄載道上口占〔一〕

野鳥淩晨鬧〔二〕，平沙驛騎催。江流金氈水，石點赤錢苔。步步闌干密，蠻語，闌干密，看道也〔三〕。聲聲亞古擡。用力曳縴〔四〕。跕波蠻隊唱，音似斷猿哀〔五〕。

【校記】

〔一〕詩題：《太庵詩草》、《衛藏詩集》均作『轄載道上』。

〔二〕野鳥：《衛藏詩集》作『野雀』。

〔三〕『蠻語』二句：《太庵詩草》、《衛藏詩集》均無。

〔四〕『用力』句：《太庵詩草》作『番語，闌干密，看道也； 亞古擡，用力曳縴也』，《衛藏詩集》作『唐古特語，闌干密，看道也； 亞古擡，好好用力曳縴也』。

〔五〕音似：《太庵詩草》作『聲似』。

甲錯嶺風雪凜冽，瘴氣逼人，默吟〔一〕

甲錯天摩頂，清涼篋以加。罡風吹不斷，白日冷無華。雪柱思岡底〔二〕，河源問殑伽〔三〕。寒暄變如此，何處覓飛鴉。

【校記】

〔一〕詩題：《太庵詩草》作『甲錯山』，並題下自注『極高，風雪凛冽，瘴氣逼人』；《衛藏詩集》作『甲錯嶺』，並題下自注『山極高，平遠，瘴氣逼人』。

〔二〕『雪柱』句下：《衛藏詩集》詩人自注『岡底斯，在後藏西北，即佛書阿耨達山也』。

〔三〕『河源』句下：《衛藏詩集》詩人自注『番語，天堂也』。

咏山花〔一〕

簇簇花毬錦作堆〔二〕，渺兹蓓蕾見寒梅〔三〕。不應天女偷閑久〔四〕，故遣曼陀貼地開〔五〕。

【校記】

〔一〕詩題：《太庵詩草》作『野花』，並題下自注『花無枝葉，五出，似梅，小如豆，貼石迸出』；《衛藏詩集》作『野梅』，並題下自注『無枝葉，貼石出，小如豆』。

〔二〕錦作堆：《太庵詩草》作『錦萬堆』，《衛藏詩集》作『氍萬堆』。

〔三〕『渺兹』句：《太庵詩草》作『眇兹軀幹小寒梅』，《衛藏詩集》作『渺兹軀幹認寒梅』。

〔四〕不應：《衛藏詩集》作『固知』。

〔五〕故遣：《衛藏詩集》作『特遣』。

端陽書懷，寄前藏湘浦司空二首〔一〕

三月反裘客〔二〕，霄撐石窟眠〔三〕。雪埋羊胛熟，風逐馬頭偏〔四〕。紫椹真烏有〔五〕，紅櫻不見鮮〔六〕。囊珠二千里〔七〕，解粽亦欣然。

共話關心事，瀟湘萬里雲。看星占福將，臥月夢和軍〔八〕。

福敬齋、和希齋時統軍湖廣〔九〕。

小別天中節，同懷冀北群。九重宣露布，絕徼幾時聞〔一〇〕。

【校記】

〔一〕詩題：《太庵詩草》作『端陽述懷，奉簡松湘浦大司空』，《衛藏詩集》作『端陽後二日，松湘浦寄到角黍，賦答書懷』。

〔二〕『三月』句：《太庵詩草》、《衛藏詩集》均作『五月披裘客』；『三月』句下：《太庵詩草》詩人自注『甲錯山頂，重裘尚覺寒噤』。

〔三〕霄撐：《太庵詩草》作『霄崢』，《衛藏詩集》作『撐霄』。

〔四〕馬頭偏：《太庵詩草》、《衛藏詩集》均作『馬頭旋』。

〔五〕烏有：《太庵詩草》、《衛藏詩集》均作『稀有』。

〔六〕『紅櫻』句：《太庵詩草》、《衛藏詩集》均作『朱櫻絕少鮮』。

〔七〕二千里：《太庵詩草》、《衛藏詩集》均作『千里貺』。

〔八〕『臥月』句：《太庵詩草》作『尋友夢和軍』，《衛藏詩集》作『尋夢憶和軍』。

〔九〕『福敬』句：《太庵詩草》作『韓魏公云：智將不如福將。又，軍門曰：和，盖指敬齋、希齋二公也』；《衛藏詩集》作『時，福』。

〔一〇〕自『敬齋』至此：《衛藏詩集》無，且錯簡於《曉出提茹山頂》詩後。

宿脅噶爾寨〔一〕

寶盖香爐迓帛和，此邦操刺屬頭陀〔二〕。前廓匪入寇，喇嘛擊之，遁〔三〕。貧婆絶頂風霜古，澀浪懸崖埤堄多。自有三衣遮法座，不須一箭過新羅。闍黎盖膽毛如蝟，墨守强於狐兔訛。

【校記】

〔一〕詩題：《太庵詩草》作『脅噶爾』，並題下自注『平地孤起一峰，上有喇嘛寺、營官寨，極高峻，壁壘森然，最爲險固。乾隆五十六年，廓爾喀入寇，寺中喇嘛三百餘衆，力戰堅守，賊乃遁去』；《衛藏詩集》作『脅噶爾』，並題下自注『僧寺營寨，最爲險固。廓爾喀入寇，番僧三百餘衆，力戰堅守，賊乃遁去』。

〔二〕刺：《太庵詩草》、《衛藏詩集》均作『剌』。屬：《太庵詩草》作『有』。

〔三〕自『前廓』至此：《太庵詩草》、《衛藏詩集》均無。

定日營書事〔一〕

第哩浪古寨，孤戍鎮荒涼。活活銀沙水，層層玉雪岡〔二〕。雲間無度鳥〔三〕，歧外易亡羊〔四〕。自復三摩地，都無兩面羌。莫闌人牧馬，切慎女爭桑。月竄諸蕃責，而今樂遠將。

【校記】

〔一〕詩題：《太庵詩草》作「定日書事」，並題下自注「平地孤起高岡，上建平房，爲防兵住址。四面雪山環繞，白水奔流，洲分沙磧。北通聶拉木宗喀，南通絨轄、噶爾，達干壩等寨。又名第哩浪。古通各邊之總匯也」；《衛藏詩集》作「定日書事」，並題下自注「極邊之鎮」。

〔二〕玉雪岡：《太庵詩草》作「白雪崗」。

〔三〕無：《太庵詩草》、《衛藏詩集》均作「難」。

〔四〕歧：《太庵詩草》、《衛藏詩集》均作「岐」。

聞項午晴刺史抵前藏糧臺任寄贈〔一〕

文星何事聚坤隅，猶憶琴堂問政餘。太守昔曾聞索蟹，使君今得見懸魚〔二〕。不妨棋局消長夏〔三〕，更有詩壇好唱予。佛不佞人人佞佛，安邊須讀古人書。

【校記】

〔一〕詩題：《太庵詩草》作『贈項午晴刺史抵前藏任』，《衛藏詩集》作『聞項午晴刺史抵前藏任』。

〔二〕懸：《太庵詩草》作『縣』。

〔三〕長夏：《太庵詩草》作『長日』。

宿薩迦廟〔一〕

香焚螺甲淨禪棲〔二〕，丈六金身古殿齊。柱石不妨真面目〔三〕，棟梁無恙長菩提。殿柱皆古樹，高三四丈，三人合抱。其皮節、文理如生樹然〔四〕。聲聞客試觀音貝，寺有海螺，白如玉，左旋吹之，背現觀音影〔五〕。戒律人隨法喜妻。薩迦有妻室〔六〕。更有北山樓萬疊，不知何處是青梯〔七〕。

【校記】

〔一〕詩題：《太庵詩草》作『薩迦廟』，《衛藏詩集》作『薩迦呼圖克圖寺』。

〔二〕淨：《太庵詩草》作『入』。

〔三〕不妨：《太庵詩草》、《衛藏詩集》均作『不凡』。

〔四〕自『殿柱』至此：《太庵詩草》作『殿柱皆古樹，三人合抱，高數丈，不加雕飾，皮節、文理如生樹然』，《衛藏詩集》作『殿柱皆古樹，高三丈，三人合抱，不加修飾，皮節、文理如生樹然』。

〔五〕自『寺有』至此：《太庵詩草》作『廟中有海螺，堅白如玉，左旋吹之，背現菩薩像，乃神物也，寺僧寶之』，《衛藏詩集》作『寺有海螺，堅白如玉，左旋文吹之，背現觀音像，乃神物也』。

〔六〕『薩迦』句：《太庵詩草》、《衛藏詩集》均無。

〔七〕『不知』句下：《太庵詩草》詩人自注『廟北，依山梵樓不下萬餘，又有浮圖金殿供佛，皆紅帽喇嘛所居也』。

班禪額爾德尼燕畢，款留精舍茶話〔一〕

法筵肅肅開雁堂，飣坐目食盤成行。葡萄庵羅兼糖霜，饆饠陳黯餘頭僵。藤根割割刲乾羊，鳩盤茶杵牛酥漿。龍腦鉢盛雲子糧〔二〕，麥炒豆踖盂釜量〔三〕。金藕榻並獅子牀，有如嵫景對若光。須臾樂奏鼓鎌鏜，火不思配簫管揚。侲童十人錦彩裳〔四〕，手持月斧走跳踉〔五〕。趻踔應節和鏘鏘，和南捧佛幣未將。哈達江噶加縹緗，花毬霞氍兜羅黃。槃蒲伊蘭螺甲香，主人顧客樂未央。願聞四果阿羅方，客曰養心妨虎狂〔六〕。孔戒操存舍則亡，出入無時慎其鄉。佛傳心燈明煌煌，瓶穿羅縠雀飛揚。儒墨相鰲理相當，定靜止觀歸康莊〔七〕，即心是佛真覺王。主人笑指河汪洋，我鑽故紙君吸江。

【校記】

〔一〕詩題：《太庵詩草》作『班禪額爾德尼設宴畢，精舍久談，爲賦長篇以志其事』。

〔二〕雲子糧：《太庵詩草》作『雲子粱』。

〔三〕麥炒：《太庵詩草》作『麥麨』。

〔四〕侲童：《太庵詩草》作『倀童』。

〔五〕走：《太庵詩草》作『足』。

〔六〕妨：《太庵詩草》作『如』。

〔七〕『儒墨』二句：《太庵詩草》作『定靜止觀理應當，儒墨相顰歸康莊』。

留別班禪額爾德尼

本覺還今覺，完然淨覺胎。菩提萌樂樹，明鏡拭靈臺〔一〕。未入三摩地〔二〕，先修七聖財。《報恩經》：一信，二精進，三戒，四慚〔三〕，五閑捨，六忍辱，七定慧。七者能資用成佛，名七聖財。一端金色氎，奉上小如來〔四〕。

【校記】

〔一〕『明鏡』句下：《太庵詩草》詩人自注『余教以養心，班禪頗樂聞』。

〔二〕『未入』句下：《太庵詩草》詩人自注『觀世音云：聞思修，入三摩地』。

〔三〕四慚：《太庵詩草》作『四慚愧』。

〔四〕『奉上』句下：《太庵詩草》詩人自注『出《賢愚經》』。

不寐

惱切還鄉夢，寒流枕上喧。兵戈銷外徼，烽火憶中原。耳熟萑蒲逞，心聾岳牧尊。履霜非一日，百戰感軍門〔一〕。

【校記】

〔一〕感：《太庵詩草》作『擁』。

送別劉慕陔、鄒斛泉中表東歸六言詩三首〔一〕

嶺上白雲東去，門前綠水西流。落落雲容水態，都忘別恨離愁。

之子同懷異姓，居然棠棣聯碑。樂些一場春夢〔二〕，肩頭扛佛旋歸。

雁美鱸肥心事，東還鹿馬雙雙。竹葉舟登寰海，梅花信寄南江〔三〕。

【校記】

〔一〕詩題：《太庵詩草》作『送別劉慕陔、鄒斛泉中表東歸，即席賦六言』，並題下自注『三首』。

〔二〕樂些：《太庵詩草》作『邏逤』。

〔三〕寄南江：《太庵詩草》作『憶吴江』。

喜雪次湘浦韻〔一〕

人間白雪歌，天上陽春好。景物逼我來，不怕青山老。琉璃合眼看，林圃映華皓。添料鶴狎童〔二〕，飼芻鹿趁保。鳥獸與同群，亦足行吾道。不知肉山僧，念吽何所禱。嘻吁瑞兆兮，無私歸大造。

【校記】

〔一〕詩題：《太庵詩草》作『湘浦大司空喜雪元韻』。

〔二〕童：《太庵詩草》作『僮』。

手煎白菜羹餉湘浦，並致以詩〔一〕

小圃霜菘劚，調羹淡不妨。瓢兒甘讓美，瓜子味兼芳〔二〕。世羨揚湯沸，人酣啜汁忙。與君多古意，白水菜根香。

【校記】

〔一〕詩題：《太庵詩草》作『以自煎白菜羹饋湘浦司空』。

〔二〕瓜子：《太庵詩草》作『蝦子』。

高慎躬解元寄中秋見懷詩，冬至日始到，遂次韻答和〔一〕

光陰書劍兩懸懸，弱冠交情鎮可憐。五十六秋狂客月，萬三千里梵王天。人當臥雪羞言老，詩爲搴雲不計篇〔二〕。寄到瑤箋誰印可，烏斯塔影正高圓。

【校記】

〔一〕詩題：《太庵詩草》作『慎躬中秋寄懷元韻』。

〔二〕搴雲：《太庵詩草》作『攘雲』。

祭竈書懷二首

憶昔躭經史，三冬媚竈寒。余寓成賢街竈君廟讀書，三年不出〔一〕。暮年貪佛日，今夕拜儒官。黑突依僧墮，青衣別我歡。岳山廟竈神最靈，墮和尚以杖敲竈，咄曰：『只是泥土合成，聖從何來？』竈突乃墮落。須臾一青衣拜師曰：『我竈君蒙師説法，得脱此處，特來致謝。』見《傳燈録》〔二〕。升霄達好語，聽卜到更闌。

神赴四天供，人思萬里家〔三〕。黄羊虔婦子，白鳳感年華。天末友朋聚，歲除詩酒賖。夢中回首處，烽火憶三巴〔四〕。

【校記】

〔一〕年：《太庵詩草》作『載』。

〔二〕自『岳山』至此：《太庵詩草》作『《傳燈録》：岳山廟竈神最靈，遠近祭祀，墮和尚以杖敲竈，咄曰：「只是泥土合成，聖從何來？」竈突乃墮落。須臾，一青衣拜師曰：「我竈神蒙師説法，得脱此處，特來致謝也。」』

〔三〕人思：《太庵詩草》作『心歸』。

〔四〕憶：《太庵詩草》作『息』。

謝范六泉饋火鉆〔一〕

一篋嘗兼味，居然撥火鐺。憑將炙手戒，消却熱中情。掘勝盤游飯，調輸骨董羹。鹽梅聊小試，漫作五侯鯖。

【校記】

〔一〕詩題：《太庵詩草》作『六泉明府饋火鉆』。

除日，時憲書不至，寄蜀中諸友〔一〕

羲和古命官，欽哉授人時。我雖宅昧谷，忝共璣衡推。胡爲紀數書，不到天一涯。無那郵筒蹇，浮沈冰雪池。坐使渾沌客，枉掣修蛇悲。年華早變鬢，燈光補重離。嗟哉珠爾亥〔二〕，晦朔恒愆期〔三〕。隨月絶蓂莢，占閏無桐枝。仰慕燕鵲智，能避巢與泥。爰作甲子圖，循環布星棋。正月朔旦始，壬寅紀干支。塗抹過半載，三點盡成伊。作札錦官友，夙好敦無遺。倘惠一卷書〔四〕，奉之如靈蓍。

【校記】

〔一〕詩題：《太庵詩草》作『除夕，時憲書不至，感賦長篇』。

〔二〕珠爾亥：《太庵詩草》作『朱爾亥』。
〔三〕『晦朔』句下：《太庵詩草》詩人自注『唐古特曆書名朱爾亥，其減日、閏日不與中華同』。
〔四〕一卷書：《太庵詩草》作『一卷曆』。

丁巳

梵楼遣興二首

天地無棄物，萬象游鴻蒙。小千大千中，一任談虚空。吾儒重現在，百年責當躬。過去未來想，佛法誰與窮。林間坐三白，面壁帛和同。以思不如學，莫問松枝東。

止觀上乘義，近似乎知止。定靜固生慧，所欠能慮耳。繹彼塵根識，物交物而已。瓦投地上水。天君果泰然，却勝鑽故紙。

山莊落成，題曰『挹翠』，用杜少陵《遊何將軍山林》韻賦詩十五首

機渚禪關路，琉璃碧瓦橋。祇陀登彼岸，布達隱重霄。溪虎曾聞嘯，雲龍早見招。那知天末客，幽

趣六逍遥。

不用千章木，南山夏雪清。草茵看宿鹿，林屋聽遷鶯。地僻留殘客，門閑止沸羹。更從江北望，陸地負船行。皮船負而曝之。

茂叔青林社，西來鎮赤氐。鷲溪連月窟，丹井出天池。亭合名三笑，堂還作五知。惹僧詩句少，黄衲枉來披。

畦種蛾眉豆，纏頭小院花。喧豗無白鳥，灑埽有青蛇。館築爭春俗，園開獨樂賒。儘教書籍賣，敢近梵王家。

佛場金剎闊，詩思鐵圍開。蘆笋占叢竹，桃葩認早梅。不愁花信晚，可喜雁書來。雨洗塵霾靜，沾衣坐碧苔。

鹿角翻蚩穴，龍門鑿淈泉。浪團花作雪，風約絮成緜。幾費黄嬌酒，頻投白選錢。舊園多古意，高枕憶全川。

入室芝蘭臭，迎風馬藺香。有空宜宦冷，無暑自心涼。未雨蜻蜓出，聞聲蛙黽藏。浣花溪畔月，萬里共蒼蒼。

水分功德久，灌溉仰方池。曲曲盈蹊壑，潺潺響羃羅。流斛煩麴子，抱瓮有羌兒。豈爲江湖興，天教渥澤隨。

筆落千年雪，囊開一握雲。詩編哦李杜，易策衍羲文。法任枝横出，流參末益分。有無三語椽，饒舌枉紛紛。

超然騎屋輿，一覽快如何。薄宦羈身毒，浮塵走杜多。春擔花市女，醉踏柳林歌。不怕書生詎，由他禪將過。

戲斬三邛竹，蝸涎葉上書。慈根分野寺，生意壯吾廬。放梵林喧貝，翻經壁走魚。亭亭清興足，那獨好樓居。

華峰南北路，琴鶴兩遷移。此日門園子，當年竹馬兒。霜催元亮圃，雨足少陵陂。却對新栽柳，戎拶碧籬。

側耳風聲木，干戈響寂時。安心頻續夢，説偈好吟詩。飲食銷鋒鍔，年華攬鬢絲。武陵村社住，且莫理歸期。

冷暖閑棋子，能消夏日長。酒緣拋黍麥，茶品論旗槍。偶掬庵羅果，間蒸海嶠粱。華胥如可到，子細答軒皇。

寒木春華性，山中樂養年。雁堂淹歲月，猘坐味林泉。白下瓢兒菜，青門燕子田。十年歌偃息，回首意悠然。

署圃雜感五首

天藏烏斯池，花馬棲蘭省。奇絶巴蜀國，汲鹵出鹽井。山隈沙草白，鑿空錐脱穎。下鹹而上淡，開閉提竹綆。誰將東海鹽，轉運地中騁。乃知造物公，亭毒非私請。遂使巉巖間，民無淡食警。

火井咄可怪，穿口如畫餅。挹注煎水晶，青烟裊萬井。諸葛一窺時，炎漢餘光炳。至今三千年，女丁出穴丙。豈惟巴蜀利，艫轉荊湘境。堆阜計斗斛，售直賤淮潁。皇天惠不費，五行土所秉。明無膏煎患，化使薪爇省。橐籥鼓洪爐，陽精耀外景。由來既濟功，千古明夷省。

蜀翁八百年，壽與籛鏗匹。休咎不挂口，鬚眉卜其吉。冒馬名李寬，咒水能醫疾。遂使成都民，衒幻傳此日。乾坤納海岳，風雨好箕畢。孟子曰無傷，是乃仁之術。

梅山槃瓠種，開自熙寧年。高辛得畜狗，犬戎頭可搴。子孫乃蕃息，溪洞蒼崖顛。鬼方克殷高，虎旅振周宣。貌癡而情黠，安土延荊滇。黃茅竹箭窟，處處攢瘴烟。守險類鼠穴，驊騮惡得前。吁嗟章惇議，誰知無咎賢。

東瀛古海島，梟寇如魚多。鮫人不敢出，蜑户思沈波。乃有斬蛟手，虔劉沃焦阿。拾卵禁鯤鯢，無以干天和。昔聞海府吏，闌禁苦留苛。海盜生有種，受賕乃媒囮。荀子之不欲，聖言烏可磨。

七夕濃陰〔一〕

江濤寂寂魚龍秋，有客欲登竹葉舟。今夕何夕問河鼓〔二〕，密雲低下南山幽。停機飲渚事悠謬，火炬我照薰天愁〔三〕。安得倒挽銀河水，一洗巴峽荊門流〔四〕。太清滓污君莫恨，萬里無心看女牛。

【校記】

〔一〕詩題：《太庵詩草》作『七夕濃陰述懷』。

〔二〕河鼓：《太庵詩草》作『荷鼓』。
〔三〕我：《太庵詩草》作『不』。
〔四〕一洗：《太庵詩草》作『一瀉』。

馬挏酒歌〔一〕蒙古名氣格〔二〕

房星之精天駟光，渥洼青海名駒場。飢食雪山草，渴飲天池水，化爲剛中柔順之潼漿。潼漿生不入烟火〔三〕，蒸雲沃雪羞杜康〔四〕。清於醍醐，冽於泉釀〔五〕。蜜縮頭，甘醴藏。麴生風味豈不好，用物終嫌謀稻粱。身處脂膏不自潤，屏絶麥黍頭低昂〔六〕。聖賢中之聊爾耳，井花冰液足清涼。清涼却走丹田暖〔七〕，春風入髓筋骨强。東坡真一過釃烈〔八〕，洞庭春色名虚張。飲中八仙儻得此，當年肯入無功鄉。

【校記】

〔一〕詩題：《太庵詩草》作『阿爾湛酒歌』。
〔二〕『蒙古』句：《太庵詩草》無。
〔三〕生不：《太庵詩草》作『百沸』。
〔四〕羞杜康：《太庵詩草》作『欺杜康』。
〔五〕『冽於』句：《太庵詩草》作『淡如水釀』。

〔六〕麥黍：《太庵詩草》互乙。
〔七〕走：《太庵詩草》作「下」。
〔八〕飂烈：《太庵詩草》作「飂洌」。

飼池魚〔一〕

方塘青見底〔二〕，瀺灂快纖鱗。欲飽波心鮒，看浮水面蘋〔三〕。唼花空自逐，縱壑渺難伸。體具含生性，功施發育仁。不驚殘月鈞，肯上巨鼇綸。柳子文章在，莊生笑語頻。會心知爾樂，得意向人親。帝澤涵無外，忘機任小臣。

【校記】

〔一〕詩題：《太庵詩草》作「賦得飼池魚」。
〔二〕青見底：《太庵詩草》作「清見底」。
〔三〕看浮：《太庵詩草》作「爭浮」。

項午晴和前詩，賦四韻答之〔一〕

海鷗時狎客，山獸解隨人。自飽池中物，知無化外民。我慚驅鱷手，君試釣鼇緡。回首巴江上，應懷撫字仁。

【校記】

〔一〕詩題：《太庵詩草》作『見和飼魚詩，答午晴刺史』。

中秋玩月，簡後藏湘浦司空二首〔一〕

問月月無語，停杯對影三。朗開無我抱，清共太虛涵。勿醉謫仙酒，聊觀摩詰龕〔二〕。廣陵空有曲，漫聒老瞿曇。

四海漫相識〔三〕，西風嘆聚蚊。偶尋袁粲竹，還讀謝莊文。獨憶人千里，關心月十分。最高峰頂宿，身外是浮雲。

【校記】

〔一〕詩題：《太庵詩草》作『八月十五日夜』，並題下自注『小集同人玩月，並簡湘浦司空』。

〔二〕聊觀：《太庵詩草》作『聊同』。

〔三〕漫：《太庵詩草》作『謾』。

簡裘靜齋、范六泉二首〔一〕

到處清光滿一輪，那關千里悟三身。天涯行住皆爲客，明月依依當主人。

鳳山嵩岳兩茫茫，玉宇瓊樓説上方。料得遊仙枕上夢，不知客裏又他鄉。

【校記】

〔一〕詩題：《太庵詩草》作『中秋玩月有懷』，並題下自注『靜齋先生、六泉明府』。

九月三日迎霜降〔一〕

菊傲東籬百草腓，迎來霜信整戎衣〔二〕。令知是月關兵氣，心到中原憫殺威〔三〕。時川楚教匪未平〔四〕。孤鶴依人聽月唳，蒼鷹得路刷雲翬。自憐華鬢猶看劍，莫遣寒芒達紫微。

【校記】

〔一〕詩題：《太庵詩草》作『九月初三日迎霜降』。

〔二〕戎衣：《太庵詩草》作『戎騑』。

〔三〕『心到』句：《太庵詩草》作『忍見中原表殺威』。

〔四〕『時川』句：《太庵詩草》作『《春秋感精符》：霜，殺伐之表』。

傷艾夔庵孝廉〔一〕

皓首悲千子〔二〕，青燈共兩人。五年欽長我，九月記生辰〔三〕。夢路㝵山外，文名薊水濱。不知心挂劍，何日過車輪。

【校記】

〔一〕詩題：《太庵詩草》作『艾夔庵孝廉』。

〔二〕『皓首』句下：《太庵詩草》詩人自注『以時藝著名，力追先正』。

〔三〕『九月』句下：《太庵詩草》詩人自注『初五日，乃其生日也』。

重陽九咏

夢高

夢裏雲霄客，身輕一羽毛。游仙守舠髕，音爐玉，太上《亳州碑》：身中陰陽，既濟爲舠；人身精氣不散爲髕。梯佛御輪尻。自覺龍山小，誰言鳳嶺豪。去天纔一握，無日不登高。

聞梵〔一〕

我無牛飼病〔二〕，日把誦經珠。曲少文峰尹，《江南野史》：永新尹氏女，善歌。重陽登南山文峰，歌一曲，聲傳十里〔三〕。談無博士胡。《搜神記》：吴中有皓首書生，稱胡博士。九月九日士人登山，聞講書聲，乃老狐也。振鐃喧柳岸〔四〕，吹角鬨雲衢〔五〕。噫唱黄金萼〔六〕，九日拜斗詞〔七〕。今成老柏塗〔八〕。

架菊

菊盆三百本，結架近危樓〔九〕。不到風霜肅，安知雨露周。人依仙圃淡，花動木山秋〔一〇〕。勝寄東籬下，凋殘號隱流。

攜酒

桑落中華實，攜瓶偶一開。況逢黄菊節，絶少白衣來。臍暖千山雪，腸消九日杯〔一一〕。自防他席醉，恐上望鄉臺。

饋餌

糗餌酬佳會，劉郎詩思勞。我來金刹地，題作寶階糕。《松漠紀聞》：金史，重陽作寶階糕。粔籹羞陳黯，醍醐擬沃膏。遥傳祝兒女〔一二〕，百事莫名高。《吕公記》：九日，以糕搭小兒頭，祝曰『願女願兒百事皆高』〔一三〕。

煎茶

解箬蒙崖頂〔一四〕，喧鐺沫餑湯〔一五〕。鶴移三徑遠，泉注八池香。偶試騂酥點，時兼麥引嘗。皎然同陸羽，到此也徜徉。

嘲射

憶昔歐陽子，嘲詠拙射蕭。《太平廣記》：唐蕭瑀不解射，九日賜宴，較射矢，俱不中。歐陽詢嘲以詩〔一六〕。六鈞難志彀，百發不穿綃。鵠亂雲中雁，風摶海上潮。將軍曾射虎，没羽是前宵。是日，有善射不中者〔一七〕。

聽棋

學禪人默默，十九路迷離〔一八〕。布陣神光費，觀場眼力疲。聲聞堪入妙，耳順復何思。似戰長楊雨，紛紛落葉時。

望江

禹力不能到，江流獨向西〔一九〕。恒沙出阿耨，藏布護招提。客宦南溟近，京華北斗齊。波濤澄似練，秋色正淒淒。

【校記】

〔一〕詩題：《太庵詩草》作『晤梵』。

〔二〕餇：《太庵詩草》作『餇』。

〔三〕『聲傳』句：《太庵詩草》作『聲傳數十里』。

〔四〕振鐃：《太庵詩草》作『念吽』。

〔五〕閴雲衢：《太庵詩草》作『振雲衢』。

〔六〕噫唱：《太庵詩草》作『憶唱』。

〔七〕『九日』句：《太庵詩草》無。

〔八〕『今成』句下：《太庵詩草》詩人自注『余少時，曾禮斗，九月朔至九日齋，其清詞云「淺淺黃金蕚，勻勻白玉英。散花林，來滿道場」，迄今已三十年矣』。

〔九〕近危樓：《太庵詩草》作『對危樓』。

〔一〇〕『花動』句下：《太庵詩草》詩人自注『蘇老泉有《木假山記》』。

〔一一〕『腸消』句下：《太庵詩草》詩人自注『燒酒名消腸酒』。

〔一二〕遥傳：《太庵詩草》作『傳言』。

〔一三〕『皆高』詞下：《太庵詩草》詩人自注『作三聲』。

〔一四〕崖頂：《太庵詩草》作『崖犇』。

〔一五〕『喧鐺』句下：《太庵詩草》詩人自注『陸羽《茶經》：凡酌，置諸盌，令沫餑均。注：沫餑，湯之華也』。

〔一六〕自『太平』至此：《太庵詩草》作『《太平廣記》：唐蕭瑀不解射，九日賜宴，校射矢，俱不著鵠。歐陽詢戲詩云：急風吹緩箭，弱手御强弓。欲高翻復下，應西還更東』。

〔一七〕『是日』二句：《太庵詩草》無。

〔一八〕『十九』句下：《太庵詩草》詩人自注『法遠禪師因棋説法，云：從前十九路，迷悟幾多人』。

〔一九〕『江流』句下：《太庵詩草》詩人自注『用周朴詩語』。

放魚用東坡韻〔一〕

鹿角優游一勺水，不愁理會蝌蚪尾。凭欄時見人影親，方壺疑有蛟龍起。鸜鵒不堪供匕箸，鯤鮞豈中佐酒醴。憶昔坡老遷池魚，未許潛師得專美。君不見，天寒冰凍池水涸，困於泥沙絶流泚。不如放之大江中，免嘆遊魂沈釜底。

【校記】

〔一〕詩題：《太庵詩草》作『放魚詩用東坡韻』。

送別范六泉秩滿還蜀〔一〕

送客仙陀望益州，岷江源過水東流。慈根舊竹煩青眼，年景新花感白頭。利馬佛添行李壯，棘林香東別情幽。成都歸去如相問，一卷詩輕萬户侯。

【校記】

〔一〕詩題：《太庵詩草》作『送别范六泉明府秩滿還蜀二首』。

戊午

雜感五首

子方贖老馬，巴西不忍麑。矢此安懷願，擴之物我齊。
翳桑有餓夫，結草有老人。利物在一念，險難保其身。
作吏勿太剛，太柔復折傷。威行濟以恩，善後得其方。
治民法然明，治吏師蘇章。不見皇甫嵩，安居歌冀陽。
居無赫赫名，去後常見思。請看麴信陵，何如青石碑。

署圃雜咏十八首

桃源

晨下摩維閣，兀坐大樹根。不舟亦不車，以步尋桃源。桃源本烏有，作記子虛論。也如蟠桃核，安得齊崑崙。人生在所樹，咄嗟開芳園。春華更秋實，聊勝蒺藜繁。

射圃

昔聞二巴郡，復夷名弜頭。能作白竹弩，射殺白班彪。近聞川虊苴，披猖夭鳥流。安得枉弓矢，取象懸巢頭。我老賈餘勇，擬壯天山猷。一箭新羅去，射圃空夷猶。

青社

遠公白蓮社，濂溪獨名青。窗前生意滿，理足補《西銘》。取泥放蚯蚓，埋珠宥蜻蜓。理會螻蟻穴，修養黃雀翎。斯事近佛理，度厄鳴鐘聽。俗緣未盡者，莫漫叩吾扃。

草亭

林間止九白，聞之廿四祖。我雖階下漢，梵歷住經五。佛告營比丘，鳥獸惜毛羽。多欲復多求，世人無乃苦。南陽抱琴廬，西蜀浣花圃。落落一草亭，風流足千古。

謙井

陰家千尺井，崇朝通佛仙。何獨有爲者，掘井不及泉。酒醴世所用，丹砂古空傳。鑿井勝寄汲，勿令潤澤潛。借問井何名，漏汋斟溪兼。水流而不盈，變盈而流謙。

蔬畦

陽春不擇地，學圃超鶱英。石田數十席，朝朝勞目耕。磽确變膏腴，雨甲烟苗榮。綠菘間紅藍，土蔬雜蕪菁。擷此書生味，調我黑鬢羹。莫采鍾馗菌，異味防傷生。

泂瀑

自過頭道水，沛然湧文思。酌潦竭智井，決湍瀉漏卮。挹彼智慧泉，注茲功德池。池中何所有，白萍活即師。黏塊不早慮，泂轍良足悲。左右逢其源，川上嘆如斯。

鷲溪

水源耆闍崛，鷲溪乃其流。方諸印月明，手談涵星幽。俗僧元陰池，蛙黽噪寒湫。敲詩紫石潭，蛟龍起滄洲。溪水無容心，一片天光收。持此問維摩，解悟水因不。

柴扉

朱門信華盖，如市復如海。次公醒而狂，歎彼輪焕采。寂寂此柴扉，獨掩南山嵬。中有康衢老，雪毫霜刺改。剝啄喜聞聲，家賓鬧花蕾。寄語熱宦流，埽徑天西待。

柳壁

釋家重面壁，聖門戒面牆。吾以柳爲之，儒墨兩不妨。動揺風月入，咫尺雲天長。匡衡鑿窮廬，達摩坐雪岡。叩我琅玕叢，更有空花揚。惜哉帛和禪，未見大文章。

月户

神仙槎月術，不識月中梯。梯上清虚臺，臺與廣寒齊。雖無蟾桂影，下見山河低。貼紙光欻窄，貫槎歲時稽。玉飯襆被裹，瓊漿曼都詆。得此甘露門，天尺度千迷。

雪臺

東坡繪雪堂，藩外藏身固。何如天然臺，寫照寒光素。長空笑雲倚，大江嘆波注。流連一物耳，魚鳥何所慕。峨峨普陀山，藹藹長生樹。欲揩望鄉眼，早辨朝天路。

菊徑

菊婢不足數，仙苗助幽興。精舍五柳陰，未肯荒陶徑。陽春行有脚，華秋爭没脛。朵朵老僧衣，雅與逸客稱。勿使美人妝，亂我枯禪定。猶有傲霜枝，踏去蓬蒿勝。

苔茵

石髮染山翠，水衣濯江流。唯此地上錦，坐卧襟懷幽。映日鋪翠氈，帶露團花毬。莊生栩栩幻，王孫依依愁。矢此寸草心，點綴江南留。何必沙石篆，夢挾風雅輈。

茶罏

天上有酒星，地下有酒泉。天地不愛寶，最後《茶經》傳。陸羽竈邊陶，樵青竹裏煎。嗜茶君謨老，止酒淵明賢。我亦學把玩，鑿落數盈千。築此烹茶罏，鳩盤談茗禪。

花塢

朝過綉衣偶，暮對麒麟楦。嗟彼爭妍輩，有似范靡曼。我作藏花塢，普度春光褪。春光鎮可留，要在根柢健。秋霜可以傲，冬雪亦無怨。護花花解語，歲歲錦堆萬。

書架

春音惑鐘鼓，流丸止甌臾。士貴曉今古，不作鬼董狐。我有捫虱庵，六經爲庖厨。旁行畫革流，庫露鷩連珠。矻矻辨魯亥，聊吾歲月娱。何當菁山生，告以衆説邪。

詩囊

梁園杜荀鶴，一杴泥可嘆。更擬香山老，欒地黄居難。數數訡癡符，詩名怕野干。果稱詩壇將，何獨師黄韓。搜我乳酪腸，陶洗有餘歡。括囊庶無咎，聊足償粗官。

咏白牡丹

自入琉璃界，戎葵不校芳。折摇琪樹影，插映玉盤光。佛國全無色，禪天别有香。任開花萬萬，冷淡屬空王。

再用前韻

瑶池仙種別，夏雪湜孤芳。桃李漫山俗，盤盂拂案光。染根猶是色，衆妙自無香。富貴天西獨，花中白淨王。

哭圖謙齋太守

一諾千金義薄雲，風塵物色感逢君。十年風雨人尋夢，萬里關山雁失群。鸚鵡洲前虚問政，漢陽江上枉從軍。春明門近天涯遠，應悔當初出守勤。

中秋和裘梅亭寄懷元韻

西南朋利蹇，君子貴貞幽。况復五年長，賢如二仲流。冷官雲淡淡，熱宦路悠悠。却老青燈業，投閑赤子憂。一輪天畔月，千里客中秋。禪座留金刹，冰銜挂鳳樓。假年吾所願，寡過子其儔。獨念巖疆重，皇恩少寸酬。

己未

園中桃熟

那費三千歲，窺園結實繁。蟠枝防鳥啄，絡葦護風翻。不羡凡花色，常培自在根。三巴春萬樹，何處問桃源。蜀中有桃源二，一在簡州，一在叙州。舊有耕者得銅牌一，曰小桃源。有詩云：綽約去朝真，仙源萬木春。要知竊桃客，應是會稽人。

對月懷湘浦制軍

白髮悲秋夕，黄冠解夏逢。西來萬里月，東向一枝松。皎潔山河壯，高寒雨露濃。曠懷無我照，誰與化妖烽。

七月二十五日奉詔敖茶使至，恭紀五律

節使來丹闕，星軺税賀州。十年重會老，格勒克那木喀喇嘛，戊申使藏過成都，今年七十三。百戰舊封侯。侍衛霍寧額，襲其兄和隆武侯爵。節感盂蘭獻，天寒草木幽。萬方悲遏密，聖孝矧多憂。

中秋對月書懷二首

一點圓通界，秋光老更新。側寒蠻嶺外，清切楮江濱。久客離情少，忘家異姓親。張弓憶秦蜀，多少月中人。

蜀棧頻通塞，秦關及亂離。往時迎竹馬，此日逐林麋。幾度關山怨，無端子夜悲。軍門聽永夕，報國恨遲遲。

八月聞軍中小捷，賦雷始收聲

百八陽潛伏，收聲靜化原。豐隆息仙火，霹靂暗神旛。疾將功成日，天威斂不言。根荄從孕毓，切莫起金門。

對菊書懷，送項午晴秩滿還蜀八首

白社青雲路，華夷正色同。精英舒氊土，根柢費春風。九畹佳蔬供，三山良藥充。元和老居士，底事憶南宮。

宿命金行客，天西不厭高。節花同苦意，晚實並甘桃。菊花似薏苡，菊甘薏苦，世稱薏苡花爲苦如意。丹合劉生術，香餐屈子騷。回看紅紫豔，摇落小平皋。

十八香中冷，王十朋取莊園花爲十八香，菊號曰冷香。依依太瘦生。浪傳升玉笥，雅興采金英。富貴春婆夢，蕭閑瞟子情。天涯無熱宦，切莫擠淵明。陸平泉初入史館，與同館諸公以事謁分宜。衆皆競前呈身，遂至喧擠。時，庭中盛陳菊花，公徐却步曰：『諸公且從容，莫擠壞陶淵明。』聞者大慚。

茂叔護門草，陶公潤筆花。此亭風月淡，得句歲年賒。混俗常依柳，逃禪却助茶。釋皎然詩：『俗人知泛酒，誰解助茶香。』芙蓉千萬樹，爭比地仙家。

布地黄金滿，飄零惜戰場。揭來參靜妙，難得擷幽香。夏倚南山雪，秋聽北雁霜。感時頻濺淚，不獨斷離腸。

豈恨花時晚，寒梅發更遲。寄人籬下俗，得地月中奇。囊可三冬枕，香團一局棋。歸期憑寫照，黄色起雙眉。

佛頂靈峰換，黄菊中有名佛頂菊者。纏頭異卉催。鴿書何日到，雪鬢此心開。信有含章美，知無在野材。紫微新苑裏，近日取霜栽。見李義山《野菊》詩。

應夢花娘子，《夷堅志》：成都府學有神曰菊花娘子，相傳漢宫女飲菊花酒者。土人祈夢，有靈應云。聽經紫道人。亳社吉祥寺有僧誦《華嚴經》，忽一紫兔自至，馴伏不去。聽經，惟餐菊花，飲清泉，衆呼菊花道人。共傳迎戊已，及代守庚申。藏中女巫及靈呼圖克圖同卜：子明春還里，今則已未也。萬選錢應富，千堆錦未貧。不愁鑾閏厄，九月，乃藏曆八月。霜節暖如春。

紀遊行有序

山廬寂靜，梵閣清寒，偶憶丙午至己未，遊十四載，山川風景，如在目前。爰效玉谿生轉韻體，作紀遊一百七十六句。

一麾五馬守丹陽，落落琴鶴古柏堂。青山采石傳謝李，不聞人去吊周郎。五溪橋畔九華主，地藏仙人餐白土。夜半長江一葉舟，拋天脅月黄溢浦。海門第一舊舒城，皖口曾傳博士名。記得黄荊塔畔句，一根除靜六根清。翠螺佳蔚文峰嵷，譽髦不讓梁江總。擔經挾策半載餘，太守慚非鑄顏孔。東下平江是潤州，玉皇閣畔景陽樓。六千君子齊攀桂，却笑吴剛早白頭。鍾阜龍蟠靈谷寺，比丘也學探奇字。半山明月一樓雲，不管人間興敗事。寒飆信宿毗盧庵，禪師默默漏䶩䶩。清腴初食雪裏鬒，書生沈味十分甘。雪堂初試量才尺，冬郎小友爭前席。花燈不看看青燈，得意三條燭下客。丙午夏，守太平，遊池、寧、安、江寧諸府。黄霸循聲清潁中，帶牛佩犢祛豪風。分金亭側耕春藉，四賢廳前勸老農。歐先蘇後風調古，聚星百戰黄堂府。龍華佛會萬人觀，翰墨翹關聽拔取。爲愛劉家黑牡丹，勺園風起花催殘。富貴不能成一事，未許清貧太守看。天上黄河決譙亳，白圭治水鄰爲壑。哀哉萬姓哭懷襄，禾黍芃芃未及穫。莊生廟裏動波濤，頳堤露宿敢言勞。批牒未回先發粟，千邨雁户哺嗷嗷。丁未，移守潁州。六月，督賑水災。鶴頭書下天章閣，三十六州齊錯愕。何武居無赫赫名，濠梁惠子觀魚樂。秋八月，督賑畢，升鳳廬觀察使。六蓼農桑富阪田，廬江烟雨碧連天。偃月堤名太安壩，桑田比户真巢仙。大江以北天門峙，八公山憶淮南子。華陽古洞可梯仙，只是不容凡骨耳。滁陽名著清流關，三亭灑灑雪滿山。清詩餉我觀雲海，醉翁泉注醒心灣。雲龍山人張天驥，放鶴亭子東坡記。巋然石佛出頭難，何論土泥居士輩。百八珠曹十五年，小車此日駛朝天。江淮作吏廢樂事，無援進序歲三遷。戊申春，遊廬、六、無爲、和、滁、宿、徐諸州。臨淮祖帳攀轅晚，石棧雲梯天未遠。不愁子胥十丈濤，豈怕王尊九折阪。四月，遷蜀臬使。我讀孟昶石戒銘，爾畏爾謹常惺惺。且園清興了無事，玉蘭花映雙冬青。官舍僧房師點點，教人以約失者鮮。行年五十可知非，宦意文情殊不淺。浣花谿畔竹闌干，草堂數數追餘歡。世上多吟六快活，何如子美主詩壇。不枕文君壚上麴，不問君平簾下卜。養生四印個中提，非向三山定五竺。三年臥閣錦官城，蠶市仙橋夜不驚。他年若遇歐陽子，故應高唱益昌行。祝鼇策馬灤陽道，巷舞衢歌氣皥皥。報政惶恐下下科，帝曰關中汝其保。庚戌春，遷安藩司，未之任，調蜀藩。冬，調陝藩。舊尹森森大華蓮，涇清渭濁分流傳。赤脚老人脚無垢，開心符等驪山泉。濃薰班馬標蘭閣，振以斯文在斯鐸。風檐起建六千廈，從此不愁雨淋鶴。兩秋無麥又無禾，使君空報雨滂沱。庭樹青青枝葉滿，惠歸一尉悔如何。計口授粟勤荒政，金帶解腰濟民病。鄭公曾活萬人來，勝廿四考中書令。將軍大旆指西南，羽林千騎齊分甘。席地不供潁王錦，惡餅誰撻驛亭男。一歲功成廓爾喀，迢迢萬里西琛納。風陵象馬渡黃河，月竁鸞皇集紫閣。煌煌天語靖戎韜，坤隅絕徼無屯膏。柱天都部轉金藏，腐儒叨佩赫連刀。癸丑冬，遷內閣學士兼副都統，奉命駐藏。跋馬魚通風土惡，背枕寒燈苦瘴藥。冰城雪窖走六千，越見蘭臺瑩且博。烏斯使者來真丹，旃頭倀子驚飛翰。我笑青蓮眼界窄，枉說當年蜀道難。兜率天邊彌勒壽，不離生滅智無漏。布達札什法門同，毳褐强於銅乳臭。崑崙耳燒螺甲香，酥茶潼酒涴詩腸。木馬能嘶泥牛吼，誰云難馴疲津梁。維摩鎮日槖駝坐，酌史炊經自印可。四禪天上伍喬星，雪竇雲門指老我。側聞猺狫舞木枕，五溪鼎沸崑岡炎。承流啜汁盡孫吕，土偶桃梗乖西殲。荊楚沐猴川蟲苴，烽郵羽檄四寒暑。高門塞誤涿耶山，智將福將不違處。天西寂靜罕車星，但吹氐厭費叮嚀。三軍掉戰誰氏子，儒冠虎乙團三丁。羯雞婁鼓終日譟，布母縛亞花練帽。臨江之麋黔之驢，可喜訊方無雄鷙。我心懸旆鹿馬東，歲寒不凋摩頂松。林間六白決耳牖，照天蠟燭夢蒼穹。安得越巂蛇亞子，一麾如意萬軍起。又如罔堅騾天王，一劍脱手千賊亡。

庚申

札什倫布六十初度二首

十五年前壽，溢江夜酌曾。丙午生日，值夜泛舟皖江。昔成雲水夢，今作雪山僧。野供千夫膳，樓開百丈燈。不嫌馬齒落，逸驥總驍騰。

甲子人間世，吾過七五周。按：甲子紀元，乾隆甲子乃第七十五。壺中看日月，天外度春秋。博望槎猶繫，班生筆未投。百蠻碑到處，黄卷足忘憂。

柳泉浴塘邀班禪額爾德尼傳餐閲武二首

十里旃檀海，秋光壓帳寒。四陪無上座，一飽可中餐。甲寅、丙辰、戊午、庚申，四巡後藏。悟水觀童皺，貪山問懶殘。會逢離垢院，香界好盤桓。

小試有爲法，軍門共一噸。靈根青佛子，班禪年十九。慧業老文人。百丈僧傳偈，是日，班禪集僧百八誦經爲吾壽。三千劫轉輪。願將無量壽，班禪手遞無量壽佛。萬里祝楓宸。

擦曨道上口占

曲奪連江犖，二山名。層層石疊關。雪流天上水，雲起地中山。白髮卿能少，黄冠女作蠻。日晡開弈局，心陣自閑閑。

定日閲兵得廓王信，有懷松湘浦赴伊江二首

一線通陽布，荒酋泰道登。省勞吾免胄，忍教爾懸絙。廓王遣使越境來迎，遂諭止之。午振驅山鐸，宵燃照魅燈。西南占蹇利，不禁憶良朋。

五載共聲名，羌無兩面更。西天傳法嗣，金奔巴掣呼畢勒罕十三人。南海授門生。廓番遣番人四名，授經書，識漢字。齊政休移俗，攻心勝築城。玉門班定遠，魚水策平平。

薩迦呼圖克圖遣使謝過書事

下坂流丸止，千迷一轉通。羃天喧硬雨，蔫地足罡風。叵信聞鈴語，爭叨餪酒功。薩迦前以妖言見惑，遂嚴斥之。問僧行大定，孰與脱龜筒。

帖紙中秋月，靈珠易餅回。以萬靈丹贈余，答以月餅。未除慳吝性，枉住淨明臺。惑以妖言者，欲止予過其境，避差徭，故云。如意丹爲寶，長春樹好培。即心原是佛，那復獻如來。

脅噶爾寨

札古天然畫，雲程暫解顔。銀光清濟水，墨色米家山。寺穩雞窠衲，邊清蝸角蠻。厨人喧夜語，北斗指鄉關。

立秋日觀稼工布塘

爽氣初迎日，神龍放曉晴。使星過六甲，霖雨足三庚。客話邊廬靜，心懸戍鼓驚。百蠻歡若此，楚蜀訪輿情。

賦得鶡旦不鳴 鶡鳥似雉而大，有毛。角鬬，死方已，古人取爲勇士冠。陽鳥，感六陰之極，故不鳴

毅勇司陽鳥，重陰却畏寒。蒙蘇羅可致，《史記》：『蒙鶡蘇，蘇鳥尾。』啞瑞獻無端。《清異録》：有獻錦雉者，于頔曰：『鳴不中律，亦啞瑞耳。』張敞舍，鶡飛集，以爲瑞。靜掩神兵幟，《列子》：『黄帝與炎帝戰，以雕鶡爲旂幟。』空慚武士冠。《續漢書》：『虎賁武士皆鶡冠。』乾剛如作氣，王粲《鶡鳥賦》云：『服乾剛之正氣。』挑敵見心丹。曹植賦：『若有翻雄駭逝，孤雌驚翔，則長鳴挑敵，鼓翼專場。』

少年行

壯老輕少年，談笑不挂齒。回思少年日，露鋒常過此。未知蘊葆光，英發烏可止。了了未必佳，毋乃輕量爾。華胄十年遥，世交叙孔李。小友一言驚，相公好軟美。拜牀梁伯孫，下車君房子。審知禍

福基，勞謙定無悔。

辛酉

五月還都，進打箭爐口，再賦爐城行

江南梅根冶，永州鐵罏步。實去而名存，千年尚流布。巉巖魚通口，西來三藏路。曷爲打箭名，地以人傳故。諸葛忠武侯，運策儲武庫。箭鏃千萬枝，此山命冶鑄。爾時征南詔，五月瀘水渡。歲務七縱擒，未遑勞西顧。箭成而不用，棄等槽矛數。洪爐没山坳，寥落孤烟戍。論功功烏有，行賞賞未注。司事者誰與，郭達荒祠塑。我今轉全藏，干戈新偃仆。風雲壯西海，廓番叩額附。瀉土歸流民，干闌絶驚怖。道場復光輝，普界天花雨。乃遊箭垛寺，山靈舊呵護。筈鏃作屋椽，武功標長住。星光決飛隼，霜氣迷狡兔。墮淚峴山碑，傷心泣雙柱。青簡貯淩烟，白骨埋荒墓。邏迯八霜人，升沈理從悟。用舍箭殊途，名實兩歧誤。爲語郭將軍，箭有遇不遇。

易簡齋詩鈔卷三

辛酉

濟南珍珠泉恭和高宗純皇帝御製詩元韻〔一〕碑在撫署泉上

乾坤氣交暢，七二名泉瀦。兹泉悟水因，活活如意珠。濁流不可求，澄淵乃見夫。濟源伏千里，勃發平原區。俯瞰甃底瀾，咳唾成江湖。晴波皺雨點，乍密旋乍疏。疑迸泣鮫淚，時捋眠驪鬚。去來等泡影，萬斛空相於。山澤氣固通，靈沼窺其餘。蒼生霖雨望，曾臣盍鑒諸。仁祖著堯典，康熙中〔二〕，御題『作霖』二字於泉上。純宗垂禹謨。寶賢賤珠玉，耕穫勤菑畬。還浦神乃爾，剖身愚蔑如。再拜聖言下，千古戒首濡。

【校記】

〔一〕詩題：傅斯年圖書館藏和瑛《灤源詩集》嘉慶間稿本（以下簡稱《灤源詩集》）作『珍珠泉恭和高宗純皇帝御製詩』。

〔二〕康熙中：《灤源詩集》作『康熙年』。

登城望千佛山

我轉千佛來，名山緣不淺。歷下古名區，二東茲冠冕。舜耕歷山，即此〔一〕。俯瞰濯纓湖，涵空地鏡衍。回首琉璃界，更覺塵襟遣。人生幾刹那，遇風一息喘〔二〕。雪嶠既閶闔，海隅又青兖。我本法無法，誠者微之顯。乃知即心偈，以一成千轉。

【校記】

〔一〕『舜耕』二句：《濼源詩集》作『山，即舜耕之歷山』。

〔二〕遇風：《濼源詩集》作『御風』。

珍珠泉上玩雪四首〔一〕

何事樓臺起，烟雲匝碧潯。作霖垂聖藻，似水鑒臣心。惠子魚知樂〔二〕，潛僧竹可吟。泉旁翠竹名吟碧山房〔三〕。一肩民社任，曷以答高深〔四〕。

水澤能甘節，均叨潤物功。不冰知地暖，得雪兆年豐。詩思祛塵外，民依挾纊中。一隅歌飯瓮，睿慮萬方同。

富貴何嘗幻，書生冷最腴〔五〕。天山曾刻玉，泉石更量珠。萬斛清還浦，千重彩徹壺〔六〕。願從瀛海上，錯落網珊瑚。

靈谷分靈雨，題成白鳳池。桔槔天地妙，呼吸鬼神知。翰墨遊將老，宮牆仰在兹。假年慚學《易》，更欲乞靈蓍。

【校記】

〔一〕詩題：《灤源詩集》作『珍珠泉喜雪』。

〔二〕『惠子』句下：《灤源詩集》詩人自注『余前任爲惠瑶圃』。

〔三〕『泉旁』句：《灤源詩集》作『吟碧山房多翠竹』。

〔四〕曷以答：《灤源詩集》作『胡以達』。

〔五〕『書生』句下：《灤源詩集》詩人自注『英夢堂《雪詩》有「冷到人間富貴家」之句』。

〔六〕千重：《灤源詩集》作『千尋』。

壬戌

登岱〔一〕

天地氣交山澤通，山獨名泰爲嶽宗〔二〕。左浮右拍涵衆象，伯仲崑崙低華嵩。醫巫閭脈跨海底〔三〕，主宰生氣轉鴻濛。經曰萬物出乎震，艮實成始而成終。我遊羲圖極否地，冰梯萬仞摩蒼穹。抽身已度化城裏，放眼今越扶桑東。黄河一線渺金沙，清汶百折流玉虹。世人登岱盡皮相，絶頂那覺凌罡風。乃知山川奠禹力，大陸既作稱兹雄〔四〕。虞周時巡紀典頌，肅肅瞻拜青帝宫。碧霞玉女漫深考，祈求霖雨宣元功〔五〕。萬仙千佛盡烏有，七十二代封臺空。獨存摩崖字如掌，龍蛇點綴驚神工。稽古帝王戒盈滿，開元此遊誇郅隆。珠玉錦綉焚殿角〔六〕，樂舞象馬還洛中。不如秦皇無字石，口碑付之千載公〔七〕。

【校記】

〔一〕詩題下：《灤源詩集》詩人自注「壬戌」。

〔二〕爲嶽宗：《灤源詩集》作「嶽稱宗」。

〔三〕醫巫：《灤源詩集》作「醫無」。

〔四〕稱兹雄：《灤源詩集》作「兹稱雄」。

〔五〕祈求：《灤源詩集》作「所望」。宣：《灤源詩集》作「代」。

〔六〕殿角：《灤源詩集》作「殿前」。

〔七〕「口碑」句：《灤源詩集》作「付之千載口碑公」。

泰山雜咏

漢柏

漢代乾封處，曾栽柏數株。輪臺頒詔後，王母再來無。

唐槐

夢似槐安國，披離古意多。不知西梵柳，唐史頌如何。

飛來石

南海飛靈杵，降魔已見猜。此山誰説法，頑石點頭來。

五大夫松

海上迎仙日，孤松拜爵優。若論功德懋，古檜早應侯。

無字碑

逐客忙何事，豐碑篆未遑。邊城多少字，萬里海天長。

泰安試院七柏一松歌，用少陵《古柏行》韻〔一〕

徂徠之松新甫柏〔二〕，堅貞性質如磐石。樹人樹木百十年，霜根合近量才尺。夭矯一松龍鱗老，七柏森森凡幾白。冠者六七侍師儒，樹猶如此堪珍惜。憶我出守皖江東，丹陽振鐸興黌宫。庭有參天柏千本，翠螺松濤響半空。繞屋盤桓剛半載，後凋知耐歲寒風。桃李公門世豈少，獨此喜同造士功。海岱英才蓄良棟〔三〕，宿老匠成品題重。文章不朽德不孤，門前立雪座上春風送。吁嗟太平泰安兩遇奇，鷹鸇信不如鸞鳳。良材得地快成林，髦士通經果足用。

【校記】

〔一〕詩題：《灤源詩集》作『七柏一松歌』。

〔二〕『徂徠』句前：《灤源詩集》有『趙鹿泉前輩督學山左，於泰安試署見七柏一松，爲之記，名其軒，遂勒石焉。沈舫西太守，其高弟也，感賦長篇。予和之，以志其事。蓋用《古柏行》韻云』序。

〔三〕良棟：《灤源詩集》作『梁棟』。

和沈舫西太守登岱元韻二首〔一〕

自飲中原水，胸無萬仞山。寸心皆佛界，絶頂亦塵寰。民務絲千縷，官聲豹一斑。黄堂能了事，半日且偷閑〔二〕。

萬壑松風靜，輕兜曲曲安。苦吟慚畏杜，默禱愧希韓。仙迹人間古，神靈達者觀。天門欣有路，呼吸白雲端。

【校記】

〔一〕詩題：《濼源詩集》作『和沈舫西太守登岱元韻』。

〔二〕且：《濼源詩集》作『共』。

金絲堂聽樂

宅壁無人壞，何緣出古經。金絲誰作響，笙磬我來聽。一洗囂塵耳，能通覺性靈。試尋夫子瓮，千古夢魂醒。

恭謁聖林

泗水西移岸，洙河北問津。崇封通古道，靈草示迷人。地軸天根壯，龍蟠虎踞真。秦松與漢柏，難得並長春。

謁顔子廟〔一〕

古廟環蒼柏，巍巍近聖尊。步亭思樂事，窺井見心源〔二〕。不遠經名復，無違聖與言。至今題陋巷，俗眼見朱門。

【校記】

〔一〕詩題：《灤源詩集》作『顔子廟』。

〔二〕見：《灤源詩集》作『得』。

題南池杜子美像〔一〕

名士風流那獨詩，南樓纔過又南池。一生憂喜關君國，地以人傳草木知。

【校記】

〔一〕詩題：《濼源詩集》作『南池杜子美像』。

望太白樓濟寧城上〔一〕

海上釣鼇豪乃爾，江邊捉月興何如。觀瀾亭畔今宵夢，怕聽相如賦《子虛》。

【校記】

〔一〕『濟寧』句：《濼源詩集》無。

宿黄河堤上

最喜西門豹，能消河伯災。一巫方骨没，三老已心灰。水勢金堤穩，官聲鐵柱推。治河今古策，無取白圭才。

雨中耕耤禮成志喜

耤圃祈年肅，東耕月正三。陌頭青幕會，空際黑雲曇〔一〕。嘉樹彌天潤〔二〕，䔽春匝地甘。烟籠千井暗，膏沃一犂酣。霡霂神爲咒，霑塗我正諳。莫愁牛背洗，自信馬鬉涵。吉亥優而渥，田庚樂且耽。爭看淋雨鶴，衣瓦尚知慚。

【校記】

〔一〕黑雲曇：《灤源詩集》作『墨雲曇』。

〔二〕嘉樹：《灤源詩集》作『嘉澍』。

丁方軒鹺使饋海鰕

雙檣十丈傳聞駭，負介昂藏戰渤澥。世上縱有釣鼇手，虹線月鈎定難紿。此蝦鉞鼻活盈尺，公從何處張網待。灤源城裏市蠶花，謝豹聲中詫奇彩。入場乍看琉璃赤〔一〕，對對盤蝸背折鎧〔二〕。誰家爽妙頡羹王，清腴純潔欺霜蟹。我若氊根駖駱俗〔三〕，東海晶鹽隔十載。蒲笋飣盤已足豪〔四〕，況試瓊膏藏府改〔五〕。君不見，客遊三島長鬚國〔六〕，龍宫月料供每每。駢頭佐饌秉天符，鐵鑊乞憐宥烹宰。愧予不省懸枯魚〔七〕，口腹一言百十醢。登庖幸非左顧蛤，要使詩腸潤滄海。

【校記】

〔一〕入場：《灤源詩集》作『入湯』。

〔二〕盤蝸：《灤源詩集》作『蟠蝸』。

〔三〕駖駱：《灤源詩集》作『駖酪』。

〔四〕豪：《灤源詩集》作「亳」。
〔五〕藏府：《灤源詩集》作「臟腑」。
〔六〕三島：《灤源詩集》作「七島」。
〔七〕枯魚：《灤源詩集》作「魚枯」。

五月朔，東郊觀麥，泛大明湖，燕集小滄浪，用東坡《還魚西湖詩》韻〔一〕

三春膏雨不破塊，麥秀昂頭粒綻背。黄雲匝地抵黄金，况有湖山作襟帶。行郊萬户樂且都，主人作意饗庖膾。水面笋厨競遥指，蘆灣曲曲琉璃碎。那須腰笏挽易于，划得閑船弄清籟〔二〕。座上高吟六快活，半日偷閑愧典外。自古陰陽與政通，五竺三山同兹會。百年今到滄浪洲，始信鐵船能渡海。

【校記】

〔一〕詩題：《灤源詩集》作「五月朔，東郊觀麥，泛大明湖，讌集小滄浪，用東坡還魚西湖韻」。
〔二〕船：《灤源詩集》作「舟」。清籟：《灤源詩集》作「清瀨」。

喜吟碧山房竹勝往年，次吴蠡濤方伯韻〔一〕

宜晴宜雨下疏簾，無暑清涼氣自嚴。雲石藏來觀止艮，珠泉穿處見流謙。參禪客伴榮枯脱，肉食人醫瘦俗兼。抽玉年年無剪伐，寒梅花放好巡檐。

【校記】

〔一〕詩題：《灤源詩集》作『吟碧山房修竹成林，笋勝往年，次螽濤方伯韻』。

盧鳳珠觀察寄到靈璧石磬廿四片，喜而賦詩〔一〕

大雅鎮可作，古調裁斯辰。皇皇起金奏，泠泠諧玉振。無取華原石，求諸泗水濱。墨玉鑑毛髮，浮石良足珍。磬氏度材美，相彼句倨真。鼓博去參分，旁耑摩六均。方函廿四具，設簴焕縣陳。地靈發天籟，未許秘璘玢〔二〕。歷下戀光政，戛月敲冰新。練響達清越，依聲和繹純。我心藏古器，宣風期化人。猥俗清其耳，大樂遇以神。成物夷則宫，瀛岱惴曾臣。開窗一理架，音調乃知民。

【校記】

〔一〕詩題：《灤源詩集》作『盧鳳珠觀察購靈石磬二十四枚，賚東雅樂大備，賦詩以志其盛』。

〔二〕璘玢：《灤源詩集》作『玢璘』。

夜雨書懷，用螽濤《西園夜月》韻〔一〕

夕覽平泉月，涵虚無盡燈。波明珠點點，藻暗翠層層。宿鳥嚶求友，游魚快得朋。三農歡未已，十雨信堪憑。乍覺囂塵洗，全銷烈暑蒸〔二〕。自朝神觀拜，薄暮岱雲升〔三〕。屋頂喧初寂〔四〕，檐牙溜若膺。豈勞僧咒鉢，却禁沼施罾。破夢心符熟，敲詩腹稿澄。覺花欹壓枕〔五〕，夜氣淨含冰。禪學拳頭識〔六〕，官慚鐺脚稱。蚊雷涼處歇，蠅陣熱時憎。涸鮒群遊釜，哀鴻遠避矰。詩歌懷杜甫，温飽戒王曾〔七〕。

【校記】

〔一〕詩題：《灤源詩集》作「夜雨書懷，和蠡濤《西園夜月》韻」。

〔二〕全銷：《灤源詩集》作「全消」。

〔三〕「薄暮」句：《灤源詩集》作「暮岱雲我」。

〔四〕初寂：《灤源詩集》作「初急」。

〔五〕欹壓枕：《灤源詩集》作「開欹枕」。

〔六〕「禪學」句：《灤源詩集》作「禪學拳頭」。

〔七〕「温飽」句下：《灤源詩集》有「聖帝惟垂拱，良醫幾折肱。有年民易撫，省月我難能。眼放真空界，心參最上乘。火炎書足儆，水懦傳其懲。近輔猶需澤，環瀛定普登。何當飛露布，金革厭驍騰」句。

題濟南太守德亘圃《寒香課子圖》〔一〕

渤海名門古道寒，一經佳處兩儒冠。松篁蔭繪屏山客，翰墨香餘閬苑官。作笑不忘孺子慕〔二〕，移中還卜此心丹〔三〕。低徊老鳳將雛日〔四〕，淚灑梅花展卷看。

【校記】

〔一〕詩題：《灤源詩集》作『題德亶圃太守《寒香課子圖》』。

〔二〕作笑：《灤源詩集》作『作孝』。

〔三〕移中：《灤源詩集》作『移忠』。

〔四〕低徊：《灤源詩集》作『低回』。

題亶圃《五峰禱雨圖》，用東坡《張龍公詩》韻〔一〕

我聞潭中叟，聽經得閑來。三春封江湖，吸硯爲公開。村童爭擊瓮，豈無術士陪。刑鵝固下策，噀酒傾空罍。厥惟東先生，靈感東五臺。神閔東海守，百里没脚埃。冉冉檀烟中〔二〕，淋淋油蓋回。以誠不以法，太守真賢哉。遂歌麥有秋，濟兗達青萊。白衣執公手，臥夢披圖猜。

【校記】

〔一〕詩題：《灤源詩集》作『題亶圃太守《五峰禱雨圖》，用東坡《張龍公詩》韻』。

〔二〕中：《灤源詩集》奪。

序《榮性堂詩集》，蠡濤以詩謝，次韻〔一〕

菩提樹養百年榮，四印提來萬卷輕。火覆觀心應有象，水因悟道却聞聲〔二〕。笙簧自任通儒墨，酒醴無緣縛性靈。綉佛長齋君悟早，蠡濤，一號曇綉〔三〕。不齋一日總虚明。

【校記】

〔一〕詩題：《濼源詩集》作『序《榮性堂詩集》，吴蠡濤方以詩致謝，答次元韻』。

〔二〕悟道：《濼源詩集》作『入道』。

〔三〕『蠡濤』二句：《濼源詩集》無。

題鍾馗畫扇，次吴巢松公子韻

世傳鍾葵厭朱紫〔一〕，道子寫真工幻此。胡爲虚耗除人間，金鼓瓶花命鬼侍。齫齫齧齧愁似笑，未許精靈沈窈窕。季英才筆語驚人，書扇鬼應泣蒼昊。沃盆持弩夫何讎，劫劫相纏三摩修。撚鬚拄笏漫回首〔二〕，陰崖夜鏧空啾啾。我怪猛虎飽山陬，倀鬼攫人如勾矛。鬼能餌人又啖鬼，辟邪定爲群鬼羞。食人食鬼兩無益，如賊化民民化賊〔三〕。滌瑕蕩穢德勝妖，地下鬼王少顔色。

【校記】

〔一〕鍾葵：《濼源詩集》作『終葵』。

〔二〕撚鬚：《濼源詩集》作『撚髯』。

〔三〕化賊：《濼源詩集》作『驅賊』。

飛蝗行

貪苛致蟲妖，犯法螟螣逞。雖有不爲災，麟筆猶書眚。殘孽東北來，黃雲駛高迥。絶眥西南域，切夢憂耿耿。驚傳齊魯間，平原岱麓併。脣齒竟波及，土偶嘲桃梗。彌天鳳皇食，鸛鵅一飽騁。薄翼空飛灑，有如旁不肯。劫來隴畝集，纍纍綴禾穎。婦子夜悲號，田庚忙帚梃。奇哉簸鍾王，辟穀戢千井。箝口信宿群，一鼓颺如綆。化墮三义島，長鬣供鑊鼎。乃知剗蟊賊，神力將軍猛。緬彼趙青州，退飛不落境。亦有魯中牟，三異詫巡省。寄語賢守令，識人蝗足警。何當毘耶靈，驅蜂遍秦嶺。

月令詩落職西役，途中雜咏

鴻雁來

霜信能先覺，西循七宿回。喜無矰繳避，那用荻蘆猜。羊祜江邊宿，蘇卿海上來。隴坻圍解未，翅竚別書開。

元鳥歸

八月司分鳥，歸飛客思齊。音書憑遠達，肥汁肯群棲。渡海愁雲路，辭山帶雪泥。舊巢春色好，樂住莫嫌低。

群鳥養羞

剝啄忙微雨，巡檐爲養羞。生無鸞鳳志，巧作稻粱謀。穴裏僵蟲聚，巢邊粃核收。禦冬欣一飽，風雪費綢繆。

水始涸

一氣元消長，秋遲涸水涯。海潮初達岸，江漲漸沈沙。白小黏池塊，紅丁落野槎。莫愁膏澤盡，泉動應飛葭。

鞠有黃華

百草俱腓日，亭亭菊放黃。延齡堪作客，正色獨淩霜。止酒留仙骨，顛茶助冷香。世間苦如意，甘谷一齋芳。

豺乃祭獸

肆獸山間祭，豺知報本心。方鋪殊水獺，肅殺應秋金。何處亡羊易，居然獻鹿忱。但無當道害，狐兔任渠擒。

草木黃落

草木毓靈性，繁華應候收。沙明千里月，風靜萬林秋。會得榮枯轉，當從剝復求。三陽萌動日，生意故根留。

雉入大水爲蜃

翟禽舒藻繪，仙蜃應珠胎。離坎交時見，飛潛變處猜。彰身憐錦綉，吐氣幻樓臺。不作沈淪想，凌空志未灰。

題印川和尚小照山西洪洞縣寺

何事拈花笑，無香得上乘。萬川同我照，印可是儒僧。

讀管韞山侍御遺稿二首有序

管韞山侍御，諱世銘，知名日下久，三屈副車。予戊子北闈同年也。辛卯，予成進士，分農曹，而韞山亦以戊戌進士，爲户部郎，同事九年。取人巨眼，無乖崖氣；讀書得間，無穿鑿語。自丙午別十七霜，而韞山宿草已四白矣。壬戌小春，予西役，道出咸陽，莊虛庵同年長嗣逵吉贈予韞山詩文全集，予愀然曰：『虛庵有序，予烏得無言。』爰綴以詩。

白首文壇將，青氈户部郎。炊經脱粟飽，酌句漱醪香。面隔艱尋夢，心盟易斷腸。公才過公望，遺稿爲神傷。

琢腎雕肝手，如椽筆獨能。茗柯人競許，蓬虆子羞稱。不重分金友，尤輕割席朋。一生真抱負，留取伴青燈。

渡涇河

合渭泥論斗，難言爾獨清。笄頭真面目，終古得分明。

經古浪峽

赤古紆冰峽，人烟古浪稀。忽傳城市裏，飯熟午雞微。

長至日宿水泉堡

最喜天心復，陽和動水泉。生生乾不已，虩虩震無邊。碩果終難剝，匏瓜非久懸。伍喬星氣朗，端合照羲編。

甘州歌〔一〕

朔風滭沷霜天高〔二〕，弱水凍澀流沙焦。行人到此縮如蝟，况復西指瀚海遥。老我崛强興不淺，夜半起舞聽雞號。欲寫胸中磊塊氣，挑檠炙硯濡冰毫〔三〕。古稱秦折天下脊，張兹臂掖傳嫖姚〔四〕。我朝幅幘邁往古，拓疆二萬神武昭。删丹合黎今内腹，削平版土蘇鹻燒。五十二渠盡沃壤，南蕃北部無喧囂。斯民衽席奠厥始，屈指旗常輝斗杓。聚米坪前孟心亭，埽除賀逆如燖毛。順治二年，賀錦據甘州，總督孟喬芳討平之。喬芳，字心亭〔五〕。聚米坪，在平涼，馬援據米爲山谷，畫策征隗囂處。次者喀喇巴圖魯，蜚熊更突八㧏軺。康熙四年，青海蒙古乞大草灘爲牧地，副將王進寶持不可〔六〕，謂大草灘甘涼扼要，若與之，藩籬撤矣〔七〕。乃白軍門，靖逆侯張勇遂乘八擱車突往止之〔八〕，蒙古乃退。進寶面黑，軍中號爲喀喇巴圖魯〔九〕。勇，字蜚熊。草灘以北無椓帳，黑河青海沈波濤。嘻吁乎，祁連東下數千里，終南直達川楚交。軍容十萬勞七載，三帥齊名淩烟標。愧予不能持寸鐵，八聲甘州歌刁刁。更聞屯圖能代夢，伊吾策馬鳴蕭蕭。

【校記】

〔一〕詩題下：《三州輯略》詩人自注『壬戌』。

〔二〕汳霜天：《三州輯略》作『犮天山』。

〔三〕亳：《三州輯略》作『豪』。

〔四〕傳：《三州輯略》作『霍』。

〔五〕『喬芳』二句：《三州輯略》作『心亭，喬芳字也』。

〔六〕持：《三州輯略》無。

〔七〕自『謂大』至此：《三州輯略》作『謂大草灘爲甘涼扼要，與之，不便』。

〔八〕『靖逆』句：《三州輯略》作『靖逆張勇遂乘八擱車往止之』。

〔九〕軍中：《三州輯略》無。

出嘉峪關

白日寒烟重，雄關黑水西。天倉真地寶，禹績限羌氐。

戈壁道上載水〔一〕

千里行軍匣養魚，壺漿那管萬人虚。閑情更著明泉譜，爭識西來一勺無。

【校記】

〔一〕詩題：《三州輯略》作『戈壁道上』。

戈壁喜雪

西母嵰山雪，平鋪瀚海遥。吻疑嘗醴潤，渴似望梅消。風味欺陶穀，詩情勝灞橋。自憐冰氏子，肯向冶鑪招。

宿安西贈胡雪齋刺史〔一〕

雄鎮大灣頭，鳴沙第一州。月氏秦漢迹，疏勒古今流。地水堪容衆，天山列建侯〔二〕。西陲靖戎馬，那用帶吴鈎。

【校記】

〔一〕詩題：《三州輯略》作『宿安西州贈胡息齋同年』。

〔二〕列：《三州輯略》作『利』。

哈密度歲簡胡雪齋〔一〕

驛路七千二，年華六十三。伊吾除舊歲，葉爾税征驂。適逢恩命大葉爾羌辦事〔二〕。戎俗春光鬧，勞人夜夢酣。五更羊胛熟，爆竹聽何堪。

【校記】

〔一〕詩題：《三州輯略》作『哈密度歲簡胡息齋』，並題下自注『癸亥』。

〔二〕『適逢』句：《三州輯略》作『適奉恩命，赴葉爾羌辦事』。

癸亥

鴨子泉和常中丞原韻有序

哈密西驛館壁，懸墨搨詩一首，乃乾隆壬戌大中丞常鈞官敦煌觀察時所題也。其詩云：『曾奏南薰解舜顔，敦煌祠廟白雲間。靈旗影裏銅烏靜，社鼓聲中鐵馬閑。萬里平沙開瀚海，一屏晴雪瑩天山。高城月落飛羌笛，又見春光度玉關。』遂次其韻。

祁連巘嶪駐冰顔，詩版遥摹霄漢間。驛客停驂弦月皎，羌兒叱犢戍樓閑。不觀海市遊沙市，關外平沙無極，淩晨，黄青二氣漫空撲地而來。問土人，云：『此沙市也。』纔别金山到玉山。衛藏山多産金，予辛酉七月還都。六十年來風景换，陽春萬里出陽關。

風戈壁吟 自梧桐窩十三間房至齊克騰木臺，四百餘里，春夏間多怪風〔一〕

大塊有噫氣，一息千里通。巽五撓萬物〔二〕，折丹神居東〔三〕。風穴地軸裂，風門天關衝。奇哉風戈壁，勃發乾兑冲。當夫初起時，黑靄蟠虬龍。焚輪瞬息至，萬騎奔長空〔四〕。石飛輕於絮，輜重飄若蓬。靈駝識猛烈，一吹無停從〔五〕。我度瀚海來〔六〕，屈指輪臺中。忽傳伊吾廬，朵雲下郵筒。恩命撫娑軍〔七〕，兼馭于闐戎。泥首天山陽，聖慈感帲幪〔八〕。改轍土番道，行李戒僕僮。鹻燒絶滴水，漱我渀泉豐。雪瘴淩氣海，鼓我泰介充。天罡不可敵，默禱馮夷公。叵料驅車日，太清無纖蒙。野寮星月朗，白鳳棲梧桐。支炷不暇炊，忍飢駃䮕驄〔九〕。坐生已度想，闢展變春融。乃知廣莫候，太乙叫蟄宫〔一〇〕。履道獲坦坦，無乃憐吾窮。原筮西南利〔一一〕，努力往有功。蜚廉不我戲，此意感蒼穹。

【校記】

〔一〕『春夏』句：《三州輯略》作『春多怪風』。

〔二〕巽五：《三州輯略》作「巽二」。
〔三〕居：《三州輯略》作「處」。
〔四〕騎：《三州輯略》作「奇」。
〔五〕從：《三州輯略》作「踪」。
〔六〕來：《三州輯略》作「半」。
〔七〕娑軍：《三州輯略》作「莎車」。
〔八〕感：《三州輯略》作「廣」。
〔九〕驖驄：《三州輯略》作「鐵驄」。
〔一〇〕叫：《三州輯略》作「叶」。
〔一一〕西南利：《三州輯略》作「利西南」。

小歇土魯番城〔一〕

戰績侯姜説有唐〔二〕，西州名改舊高昌〔三〕。而今莫問童謠讖，日月長年照雪霜〔四〕。

【校記】

〔一〕詩題：《三州輯略》作「吐魯番」。
〔二〕侯姜：《三州輯略》作「侯岑」。
〔三〕改：《三州輯略》作「易」。

〔四〕長年：《三州輯略》作『年年』。

題路旁于闐大玉〔一〕有序〔二〕

喀喇沙爾東一百八十里，烏沙克搭拉軍臺路旁有大玉三：大者，重萬斤，青色；次者，重八千斤，葱白色；小者，重三千斤，白色。置於地，臺弁云此玉運自葉爾羌西，將以入貢。嘉慶四年二月，奉旨截留，毋庸呈進。今四輪車亦毀於此，恭紀五律二首〔三〕。

詔棄于闐玉，埋輪蔓草蕪。來從西旅道，采自罽賓隅〔四〕。駕鼓勞天馬，投淵却海珠。何如此頑石，罷役萬民蘇。

不刻摩崖字，光明帝德昭。瑞同麟在野，喜見鵲來巢。崑璞依然古〔五〕，羌戎遜矣朝。鬼神牢守護，莫任斧斤招。

【校記】

〔一〕詩題：《三州輯略》作『喀喇沙爾大玉』。

〔二〕有序：《三州輯略》無。

〔三〕自『烏沙』至此：《三州輯略》作『烏沙克塔拉軍臺有大玉三塊：大者青色，重萬斤；次者葱白，重八千斤；小者白色，重三千斤。四輪車三輛，俱置於路旁。台弁云此玉運至葉爾羌西，臣將以入貢。嘉慶四年二月，奉旨停運京師，截留此臺，遂以土屋封蓋云』。

〔四〕采：《三州輯略》作『産』。
〔五〕依然：《三州輯略》作『完然』。

度海都河冰橋〔一〕喀喇沙爾城西〔二〕

天造輿梁穩，春冰迨末開。時正月廿八日，雨水〔三〕。馬騰銀漢上，人駕玉虹來。濡尾狐猶聽，潛波魚尚猜。兩驂忙叱馭，快似輾輕雷。

【校記】

〔一〕詩題：《三州輯略》作『海都河冰橋』。
〔二〕『喀喇』句：《三州輯略》作『喀喇沙爾城西南有海都河，俗名通天河。冬月，冰凍甚堅，車馬逕過，名曰冰橋』。
〔三〕雨水：《三州輯略》無。

宿庫車城〔一〕

萬里龜兹國，千層佛洞山〔二〕。壁經唐代古，佛洞中有觀音大士像，壁刻漢楷《輪回經》一部，相傳唐人所爲〔三〕。城壘漢時殘。城東十里，有土城〔四〕，漢時屯兵處。土甲榮奇木，回語奇木，廣大也，故其大頭目名阿奇木伯克〔五〕。田庚徙惰蘭。惰蘭，回人別種〔六〕，專爲酋長養鷹鷂者，今徙居此。天西無警燧，那獨柳陳安。

【校記】

〔一〕詩題：《三州輯略》作『庫車』。

〔二〕千層：《三州輯略》作『千尋』；『千層』句下，《三州輯略》詩人自注『城西六十里，山有大佛洞』。

〔三〕自『佛洞』至此：《三州輯略》作『洞有觀音大士像，壁刻漢楷《輪回經》一部，唐人所爲』。

〔四〕有土城：《三州輯略》作『有土城一段』。

〔五〕『故其』句：《三州輯略》作『故其阿奇木稱阿奇木伯克』。

〔六〕『惰蘭』二句：《三州輯略》作『惰蘭者，回人中別種』。

渡渾巴什河〔一〕阿克蘇城南〔二〕

地泝長虹渚〔三〕，天開冷玉峰。穆蘇融向日，源出穆蘇爾達巴海〔四〕。羅卜暗朝宗。河歸羅卜淖爾〔五〕。一水今如席，三軍昔若龍。乾隆年，大兵渡此河〔六〕。鑿冰千萬仞，懸渡正嚴冬〔七〕。冬月，諸將由伊犁南越冰山〔八〕。

【校記】

〔一〕詩題：《三州輯略》作『阿克蘇渾巴什河』。

〔二〕『阿克』句：《三州輯略》作『城西五十里，源出穆蘇爾達巴罕，乃冰山也。水自北來，西南折東南流，入蒲昌海』。

〔三〕地泝：《三州輯略》作『地坼』。

〔四〕『源出』句：《三州輯略》無。

〔五〕『河歸』句：《三州輯略》作『羅卜淖爾，即蒲昌海，周數千里，潛行地中，至星宿海復出，爲黃河源』。

〔六〕『乾隆』二句：《三州輯略》無。

〔七〕渡：《三州輯略》作『度』。

〔八〕『冬月』二句：《三州輯略》作『將軍自伊犁度冰山』。

葉爾羌城〔一〕

羌城古塔綠陰屯，塔高二十餘丈〔二〕。名迹曾探和卓園。節署乃回酋大和卓木舊居〔三〕。百戰風霜沈義塚〔四〕，城東五十里，官兵陣亡合葬二塚〔五〕，清明致祭。九霄霜月護忠魂。都統納木札勒、參贊三泰盡節於此，敕建顯忠祠，並御製《雙義詩》勒石〔六〕。呼鷹盡出桑麻里，戲馬閑看果蓏村。鎮撫羌兒高枕臥，雙岐銅角聽黃昏〔七〕。

【校記】

〔一〕詩題：《三州輯略》作『葉爾羌』。

〔二〕『塔高』句：《三州輯略》作『塔高十五六丈』。

〔三〕『節署』句：《三州輯略》作『節署即回酋和卓木舊園』。

〔四〕風霜：《三州輯略》作『風雲』。

〔五〕『城東』二句：《三州輯略》作『官兵戰没，合葬二塚，高丈餘，在城東五里』。

〔六〕自『都統』至此：《三州輯略》作『都統納木札勒、參贊三泰盡節於城中，敕建顯忠祠致祀，御製《雙義詩》勒碑記』。

〔七〕『雙岐』句下：《三州輯略》詩人自注『回俗，每於日入時鼓吹誦經，其銅角雙岐兩口』。

咏螻蟻

蛾子抛時術，夤緣苦爲何。無泉封任没，不雨穴空訛。路比穿珠巧，行逾渡竹多。此邦真蟻國，可許夢南柯。

洗箔城東七十里

當年黠虜逞妖氛〔一〕，衆志堅城義薄雲。欲訪黑河三捷處，逢人大樹指將軍。將軍兆惠被圍於此，掘得米窖，士卒堅壁以守。逆酋施放鳥鎗，悉中大樹，得鉛丸數萬。後援軍掩至，内外夾攻，賊衆大潰。今樹鎗痕尚在〔二〕。

【校記】

〔一〕黠：《三州輯略》作『默』。

〔二〕自『逆酋』至此：《三州輯略》作『逆酋放鳥鎗，悉中大樹，獲鉛丸數萬。後援軍至，賊衆大潰，内外夾攻。今樹創痕尚存』。

英吉沙爾〔一〕

斗大孤城四面開〔二〕，能量千萬斛牟來。地傳依耐虚遷國，古依耐國，回部附庸。河繞圖書任剪萊〔三〕。城西圖舒克塔什河〔四〕，回人賴其水利。萬馬悉從葱嶺度〔五〕，西通巴達克山部，大兵追剿大小和卓木〔六〕，由此嶺過。百花今傍柳泉栽。城南柳樹泉〔七〕，花果最盛。羌登衽席歡無比，婁鼓年年鬧古臺〔八〕。城南十里兆公臺，回人四月間繞臺歌舞。

【校記】

〔一〕詩題下：《三州輯略》詩人自注作『甲子』。

〔二〕四面：《三州輯略》作『兩面』。

〔三〕圖書：《三州輯略》作『圖舒』。

〔四〕『城西』句：《三州輯略》作『圖舒克塔什河由城西入境』。

〔五〕悉從：《三州輯略》作『昔懸』。

〔六〕『大兵』句：《三州輯略》作『我軍追和卓木』。

〔七〕『城南』句：《三州輯略》作『城南有柳樹泉』。

〔八〕婁鼓：《三州輯略》作『羯鼓』。

咏園中五雁

西度陽關返〔一〕，從風翼力微。寒經蒲海瘴，暖逐玉山暉。莫厭銜蘆瘦，行看飼粃肥。氐羌同化日，況是弋人稀。

四海心何壯，來賓大食城。葉爾羌，古稱大食國〔二〕。徘徊低顧影，嘹唳遠含情。陣結秦雲斷，行分蜀月驚。定知兵氣盡，安集少哀鳴。喜聞川陜大兵告捷〔三〕。

【校記】

〔一〕返：《三州輯略》作『迴』。

〔二〕『葉爾羌』二句：《三州輯略》作『古稱月氏大食國』。

〔三〕『喜聞』句：《三州輯略》作『喜聞川陜捷音』。

鷹

鳥雀翔空際，鋒稜欲墜縧。已憑拳有劍，何事吻如刀。春老頻憎眼，秋空却見毫。此心長捧日，萬里得霜豪。

河干采玉〔一〕

西極崑崙産，琳琅貢紫宸。千斤未爲寶，一片果何珍。幟颺青雲杪，人喧白水濱。惰蘭齊攫拾，伯克競游巡。自分澄心滓，還須洗眼塵。琢成和氏璧，良璞免沈淪。

【校記】

〔一〕詩題：《三州輯略》作『玉河采玉』。

觀鵰搏狐

羡爾英雄姿，羌中獨來往。摩雲葱嶺低，拂波蒲海廣〔一〕。蛟螭入水搏，虎豹出山攘。藐兹狐狸群〔二〕，聊以煥爪掌。

【校記】

〔一〕拂波：《三州輯略》作『沸波』。

〔二〕狐狸：《三州輯略》作『狐兔』。

獲大白玉〔一〕

天璞盈鈞重，重三十八斤〔二〕。攜從闞勒東。韞藏山有力，滌蕩水居功〔三〕。未必連城貴，由來任土供。昔年曾抵鵲，爭識氣如虹。

【校記】

〔一〕詩題：《三州輯略》作『獲白玉，重三十八斤』。

〔二〕『重三』句：《三州輯略》無。

〔三〕蕩：《三州輯略》作『宕』。

觀回俗賀節

怪道花門節，刲羊血濺腥。翔雞充棧里，隻鼓震羌庭。酋拜摩尼寺，《唐書·回鶻傳》：『元和二年，回紇請於河南府、太原府置摩尼寺，許之。』即今禮拜寺。僧喧穆護經。《通鑒》注：『大秦穆護，釋氏之外教也。』火祆如啖蜜，唐制，祠部歲祀。磧西州火祆，即今阿渾所供奉之摩尼神。石槨信通靈。《輟耕錄》：『回回地，年七八十歲老人，自願捨身濟衆者，絶飲食，惟澡，身啖蜜。經月，便溺皆蜜。死則殮以石棺，用蜜浸。百年後啟封，則蜜劑也，名木乃伊，治人損傷肢體。』

甲子歲前十月，調參贊大臣

喀什噶爾巡邊〔一〕

霾雲土雨釀花天〔二〕，默克人家和卓園。早是莎車登衽席，更於疏勒樹屏藩。葉爾羌，漢莎車國；喀什噶爾，古疏勒國。邊沙夜靜馬蹄印，嶺雪春消雁爪痕。憑仗天戈揮月䯊，此邦永睹舊兒孫。

【校記】

〔一〕詩題：《三州輯略》作『巡邊宿阿斯圖阿爾圖什』，並題下自注『乙丑』。

〔二〕花天：《三州輯略》作『花繁』。

布魯特酋長獻鷹馬，却之，賦絕句〔一〕

絡馬鞲鷹羨使君〔二〕，使君笑却意何云〔三〕。穹廬夜不驚雞犬，便是祥麟威鳳群。

【校記】

〔一〕詩題：《三州輯略》作『布魯特酋長獻鷹馬，却之』。

〔二〕羨：《三州輯略》作『獻』。

〔三〕笑：《三州輯略》作『答』。

喀浪圭卡倫〔一〕通安集延部〔二〕

不見人烟只見駝，一叢田鼠拜荊窠。罕玕路趁經商遠，古罕玕，即今安集延〔三〕。勃律名傳別種訛。古勃律，即今布魯特，訛名布露〔四〕。此日罽帷懸庫露，幾年駻酪憶蓬婆。磨牛步步皆陳迹，爭比崎嶇歷落多。

【校記】

〔一〕詩題：《三州輯略》作『喀浪圭』。

〔二〕『通安』句：《三州輯略》無。

〔三〕『古罕』句：《三州輯略》作『古稱罕玕，即今安集延部』。

〔四〕自『古勃』至此：《三州輯略》作『布魯特，即古之勃律，音譯訛也』。

哀葉爾羌阿奇木阿克伯克二首

玉水冰山戰績存，傷心矍鑠老花門。獨憐白塚春原草，不及功成一弔魂。葉爾羌陣亡官兵合葬二塚，在城東。

束帛牽羊望夕曛，憑教祆正慰忠魂。渠莎城畔摩尼寺，添個西濛效順墳。

乙丑巡查各城

山房晚照觀音閣西，高及閣之半，名『亦足以山房』

山房創號奇，未審何足以。亦似題閑軒，如眼不自視。知止乃不辱，知足差可喜。殘照半銜山，發省應在此。青年若木光，回首一彈指。無咎貞於吉，多譽甚於毀。易爲君子謀，所務含章美。我輩敦古處，千里對面比。努力崦嵫景，幽情遥叙耳。

城堞春陰大樹亭西南隅，牆如雉，堞上有小樓，宛然城市

土堞陰陰雁齒排，長風如雨鬧蕭齋。從今悟得風能潤，一洗晴空布穀皆。

澄碧新秋亭在水中央，舟橋俱可達

兀坐湖心裏，澄澄一水清。由來繪天影，難得畫泉聲。静止逾三笑，涵空亞四明。况逢秋月印，何處不含情。

百尺垂紅澄碧亭前，長橋起伏，長十丈以達岸

平湖倒影朱闌干，蝃蝀没空水椿殘。螭腰鯨背跨碧瀾，使君屧響游魚觀。憶昔普陀持節還，繩橋棧梁難述殫。蕪詞竊比鄘經看，自愧腐儒多素餐。側聞瀚海無險灘，崑崙快睹奇峰巒。君不見，藍關雪磴嘲迂韓；又不見，玉門沙幕娱老班。此園池沼足盤桓，那須武騎題柱端，古來利濟名不刊。

孤舟釣雪

昔聞溯清流，餌魚鈎莫上。渺兹丈尺水，萬斛誠難放。官聲慕梁毗，邊策戒任尚。瀹予冰雪甌，充君書畫舫。

小桃源

知閑覓閑境，何如化工閑。桃花隨水去，自待春風還。

望春臺

騎驢覓驢偈，迷悟何時了。人在春風中，却望高臺表。

妙空禪院畫板爲之，遠望如寺

至妙豈能名，真空究莫狀。刻畫作禪林，妙空乃皮相。

瓜菜園

種菜悟生理，澆瓜息爭機。脱手滿園緑，不知春水肥。

徠寧城臥遊閣即事〔一〕

北牖壺天景，丹青筆筆留。夕陽孤塔滿〔二〕，遠岫一房收。臥治才無補，遊觀興足侔。揮弦頻悵望，塞雁已横秋。

【校記】

〔一〕詩題：《三州輯略》作『壺天園臥遊閣』，並題下自注『喀什噶爾』。

〔二〕孤塔：《三州輯略》作『孤榻』。

巡阿克蘇城有懷松湘浦將軍

穆蘇南北望崚嶒，聖德如天信可憑。豈有含沙能射影，由來誤筆偶成蠅。籌邊自用驅山鐸，涉世須燃照魅燈。安得比丘施六法，口風吹散雪巖冰。

烏什城遠眺

百戰經營漫負嵎，尉頭幾換古名區。泉開楊柳枝頭水，城南有柳樹泉，水自樹孔中流出，盖千百年奇景也〔一〕。城抱驪龍頷下珠〔二〕。山勢自東而西，婉蜒如龍，西面突起一峰，烏什城當其壁〔三〕。絶國牛羊今受牧，降王雞犬昔全屠〔四〕。謂賴黑木圖拉之變。叮嚀旌節花開處〔五〕，長使春暉入畫圖。

【校記】

〔一〕千百年：《三州輯略》作『數千年』。

〔二〕城：《三州輯略》作『上』。

〔三〕自『婉蜒』至此：《三州輯略》作『婉蜒如龍形，東向突起一峰，城當其壁』。
〔四〕全：《三州輯略》作『遭』。
〔五〕叮嚀：《三州輯略》作『丁寧』。

丙寅

咏乳燕

老燕雙雙四乳肥，夜來齊帶夕陽歸。纖禽解識天倫樂，不肯分巢各自飛。

奉召還都恭紀〔一〕

天西兀兀守殘暉，許拜温綸駟馬歸。臺選身名叨齒錄，冠加孔翠勝牙緋。心清不厭升沈夢，力定能占下上飛。六十猶癡臣未老，年開七秩勉知非。

【校記】

〔一〕詩題：《三州輯略》作『恩召還都恭紀七律』，並題下自注『丙寅』。

寄別湘浦將軍、瘦石參贊四首

郭李同聲世所罕，守邊叔子惟輕緩。古賢志在推車行，別贈一言勝撲滿。

穆蘇天畔玉壺清，雅爾山頭夏雪明。最是名場添故事，夕陽多處可吾城。喀什噶爾，名徠寧城。

風恬月骴無偏側，坐鎮香牛通默克。漫道壺中日月長，光陰試看磨人墨。

檢點巾箱正及瓜，歸心匆匆過龍沙。何當力挽滄浪水，澆遍西濛旌節花。

巢燕去而復返，呢喃似作別意〔一〕

群離玉鵲與誰徒〔二〕，君子堂前托抱雛。小智漫誇明戊己，世間他事了然無〔三〕。

曉起喃喃教語頻〔四〕，定要秋去返來春〔五〕。誰知燕燕秋爲客，送客還鄉作主人。

【校記】

〔一〕詩題：《三州輯略》作『別巢燕』。

〔二〕群離：《三州輯略》作『離群』。

〔三〕他事：《三州輯略》作『他日』。

〔四〕喃喃：《三州輯略》作『嚶嚶』。

〔五〕定要：《三州輯略》作『相要』。

越祁連山東抵三堡口號〔一〕

一派霜林近小春，荒亭容膝意何親。六千沙磧開顔處，得見黄花似故人。

【校記】

〔一〕詩題：《三州輯略》作『三堡口號』，並題下自注『哈密西』。

苦水驛守風，簡哈密成誤庵侍郎〔一〕

土口截祁連，空輪一噫旋。輜車輕似羽，沙石颺如綿。水絶猶名海，風行自信天。莫愁平地險，説艘穩於船。

【校記】

〔一〕詩題：《三州輯略》作『苦水守風，簡成誤庵侍郎』。

自涼州返轡，出關馳驛，再宿苦水驛〔一〕

玉門重出感殘年，都護恩綸降自天。遥指北庭心膽壯，烏魯木齊在北天山之北，唐曰庭州〔二〕。再嘗苦水是甘泉。

【校記】

〔一〕詩題：《三州輯略》作『馳驛返宿苦水』，並題下自注『自涼州復出關』。

〔二〕『烏魯』二句：《三州輯略》無。

丁卯

鞏寧城望博克達山〔一〕

博達神皋擁翠鬟，北天山之中，三峰合抱〔二〕，高出群巒。行人四望白雲間〔三〕。南路土魯番望之，在北；蘇巴什臺望之，在東北；巴里坤望之，在西南；烏魯木齊望之，在東南〔四〕。遥臨地澤千區潤，高捧天山一掬慳。彌勒南開晴雪圃，彌勒岱玉山在葉爾羌西南，與北山同脈〔五〕。穆蘇西接古冰顔。穆蘇爾達巴罕，即冰山，在伊犁、阿克蘇之間，亦與此山同脈〔六〕。鍾靈脈到伊州伏，爲送群峰度玉關。山至哈密北鹽池山，截然而止，伏入戈壁。自星星峽過脈東南，復出爲嘉峪關内之南祁連山〔七〕。

【校記】

〔一〕詩題：《三州輯略》作『博克達山』。

〔二〕合抱：《三州輯略》作『聳抱』。

〔三〕行人：《三州輯略》作『晶瑩』。

〔四〕自『蘇巴』至此：《三州輯略》作『蘇巴什臺望之，在東北路；巴里坤望之，在西；烏魯木齊望之，在東』。

〔五〕自『彌勒』至此：《三州輯略》作『彌勒岱，又名鬬勒山，即玉山，葉爾羌西南』。

〔六〕自『穆蘇』至此：《三州輯略》作『穆蘇爾達巴罕，在阿克蘇、伊犁之間，即冰山，與此山相連』。

〔七〕自『伏入』至此：《三州輯略》作『伏入地中，所謂錫爾哈戈壁也。由星星峽過脈東南，復出爲嘉峪關内之南祁連山』。

九日書懷和顔岱雲制軍，用陶詩《擬古》韻

冬雪厲松柏，秋霜汰蒲柳。盤錯處其常，弱植烏得久。不見晚節花，誰作晚香友。良友淡如水，面朋歡以酒。光陰駛駒隙，所學期不負。剝月號重陽，乃識天心厚。爭比空桑流，萬事付烏有。通介不改常，君子貴有終。忠信以爲本，此道一華戎。我來祁連北，高寒氣增雄。紅山繞白水，颯颯來天風。天風發人籟，豈怕工詩窮。努力事筆硯，結交反掌中。

大雪書懷和顏岱雲元韻

相彼冀北馬，嘶風越祁連。駕鼓終利用，强於皂櫪捐。奔馳天池側，蹀跌雪山巔。垂老湛乃識，空群歎則憐。康莊與阬塹，往復天何言。一蹶不再振，凡材吾恧焉。幽人發深省，視其後者鞭。

宿松樹塘

蒼松傲雪青霄上，六尺方牀對松放。清秋月照松間雪，雪月交光松心壯。四時盤錯不改柯，夭矯虬龍茁無恙。憶自天戈西北指，大木斯拔疾雷將。旦旦伐之四十年，梁棟盡供都料匠。賴有相傳不朽根，迸發孫枝排翠浪。不材偃蹇空山者，剝鍊香膏醫俗瘴。老松皮厚尺餘，取鍊之，名『松齡膏』，可以療疾。堅貞木性足千古，任爾行人目皮相。

題巴里坤南山唐碑

庫舍圖嶺天關壯，沙陀瀚海南北障。七十二盤轉翠螺，馬首車輪頂踵望。高昌昔並兩車師，五世百年名號妄。高昌王麴嘉傳至智盛，凡五世，百三十四年而滅。雉伏於蒿鼠噍穴，驕而無禮不知量。唐貞觀時，高昌麴文泰多遏絶西域朝貢。上遣使問狀，文泰曰：『鷹飛於天，雉伏於蒿，貓遊於堂，鼠噍於穴，各得其所，豈不能自生耶？』上怒，遣侯君集伐之。事見《唐書》。寒風如刀熱風燒，易而無備胥淪喪。文泰聞唐兵起，謂國人曰：『唐去我七千里，而砂磧居二千里，地無水草，寒風如刀，熱風如燒，安能致大軍乎？』及聞唐兵臨磧石，憂懼發疾卒。子智盛繼。賢哉柱國侯將軍，王師堂堂革而當。文泰子智盛即位，刻日將葬，諸將請襲之。侯君集曰：『天子以高昌無禮，故使吾討之，今襲人於墟墓之間，非問罪之師也。』於是鼓行而進，詰朝攻之，及午而克。智盛出降，遂建碑於巴里坤。吁嗟韓碑已仆段碑殘，猶有姜碑勒青嶂。碑文姜行本撰。豈知日月霜雪今一家，先是，其國童謡云：『高昌兵馬如霜雪，漢家兵馬如日月，日月照霜雪，回首自消滅。』文泰捕其初唱者，不得。俯仰騫岑共惆悵。漢張騫碑在伊犁，裴岑碑在巴里坤城上。

過昂吉圖淖爾鹽池

夙沙初煮海，粒民五味厭。青齊伯圖繼，江淮鹺政添。奇哉祁連頂，天池珠漾簾。停車問野老，野老語安恬。此中饒白鹵，往來勞一枚。輪臺不淡食，萬斛充閭閻。官無榷税擾，民無私販嫌。售錢斗三十，八口温飽兼。予聞野老語，斂容感至諴。玉華漉北詔，水晶斸南巖。山南百里名鹽山口，產鹽如水晶，堅於石。不費煬竈烈，更省火井炎。地道不愛寶，頓教水石鹹。天道施美利，絶塞民夷霑。敲詩笑東坡，三月食無鹽。

九日土魯番送玉達齋還都

番城九日駐旌旄，老健心朋此會豪。別贈一枝花晚節，天山登後莫登高。

雪後下亂山子

遥俯雙城帶夕曛，亂峰峛崺盡冰紋。從今識得天山景，雪裏寒烟蕩作雲。

己巳

輪臺餞馬行有序

輪臺都護秩滿，例貢馬數匹，在德不在力也。己巳孟春，予將東歸，遣馬先行，爲賦此詩。

天風吹落天山高，天星毓此天馬驕。渥洼西下六千里，大宛異産萬古標。周八駿，漢九逸，競説追風更逐日。唐家十驥瀚海來，遠邁秦皇名馬七。我朝武功萬里昭，輪臺蒲類牧豐饒。天閑六飛固不少，拔尤聊爾充前鑣。一馬戴星一踏雪，一馬青葱一茌鐵。騧驪皇駁三五駿，赭白桃花疑汗血。東野子，九方皋，權奇逸力空群豪。豈如幻青知馬性，性同君子相獨超。相肉鼠輪方者疾，相骨三封要齊一。愧予未讀相馬經，憑仗圉人細品騭。山嶢嶢，路迢迢，禡以餞之騰雲霄。此去錦韉玉勒三品料，孰與沙泉雪草凌寒饕。馬兮馬兮駿駛似解語，首昂耳卓鳴蕭蕭。

庚午

恭翼齋大宗伯饋黄鯝魚

君子養正吉，奚事小體養。身雖與物遊，不復落物網。黄姑棽尾鮮，嘉名過鰣鯗。雪肪不盈寸，嗜者舍熊掌。俗重五侯鯖，豪侈爲口爽。何如故人意，雙魚可用享。

晨粥

止酒信及夢，黄庭豈能廉。晨興穀氣作，聊服舌下㴒。人艱儋石儲，我富黄白兼。淅米井華挹，鐺銷宿火炎。摻以鄒氏霜，藏府安香黏。世味百無一，解徹中邊甜。便便腹不負，尺宅榮光添。氣長春笋節，露上秋禾尖。寒熱不因人，庯受寒熱痁。兒女憐我老，肉飽亦不嫌。饘粥樂於是，淡泊欺梅鹽。問余遵何道，得之張文潛。

咏螢火

一點陳根熠，中涵剝復機。照書庸誤老，司馬札詩：『青螢一點光，曾誤幾人老。』近日却藏輝。巧任稀星亂，慵呼小扇揮。宵行誠不揜，何必背人飛。

膟火孅如粒，安能照夜清。孤光時黯澹，陰熠柱分明。自衒功何補，含章覺有情。乘時歸大化，如棗亦虚名。

追和陶淵明《形影神》三首元韻

影贈形

吾有待而然，雙陸無休時。苦逸多往復，夢覺難兼之。脱略世所罕，混然宛在兹。天地塞其體，日中與予期。冠簪等泡幻，昕夕漫相思。恐子無特操，日昃泣漣洏。百年駛駒隙，消息理勿疑。所待又有待，罔兩前致詞。

形答影

不悟處陰休，舉足一生拙。日月麗乎天，繼照原不絶。此端彼亦直，奚事相愉悦。神凝夢想清，宴息暫時別。我本無增減，嗟子有生滅。生滅固有時，幸不因人熱。舟行水自摇，冰消水不竭。繼晷將没身，莫笑黽行劣。

神釋

聖言並乾坤，道比楊墨著。陰陽不測理，楊墨妄參與。鍊形務其粗，幻化如影附。個中有真諦，聊爲形影語。元牝衆妙門，三華有聚處。了然大佛頂，圓靈無所住。二氏苦相韲，未解天地數。全理盡性人，是爲三才具。涉世齊易險，持身無咎譽。真元抱以静，年華任來去。無爲常欣欣，無爲徒懼懼。落落與天游，何思復何慮。

咏梔子花

不愛黔黄不愛紅，禪關色界一時空。秋來結得柔金子，慣向人間醫熱風。

食蟹

食料由天數不誣，偶嘗此味得霜腴。丹陽江上漁家樂，太守從無索蟹夫。予守丹陽，俗漁家得蟹，先以百枚上郡守，然後轉售。予償其值，以爲利市焉。秦關不識蟹堪茹，百計郵傳似羽書。川陝用兵，巨賈販活蟹，入連雲棧，達軍營。帥幕一餐千户賦，軍中省得匣馱魚。

自述

種樹十年計，而今綠滿庭。自無殘夢續，時有異聞聽。譎水窮三幹，江河中幹，西南徼外南幹，祁連山北北幹。奇山越五經。東西南北中，山分爲五經。見《山海經》。客塵多不住，得住便惺惺。

秋熟

雨樹風亭坐晚涼，果然熱似老年强。諺云：『老健春寒秋後熱。』蒸騰月桂花無恙，消徹冰壺水不妨。直道一生庸鑄錯，小心百事總知常。《老子》：『知常則明，不知常妄作凶。』天公不靳人清福，一點丹心拜夜香。

費補之云：有士人夜露香祈天。一夕，空中語曰：『上帝憫汝誠，何所欲？』曰：『願此生衣食粗足，逍遥山水間耳。』神笑曰：『此上界神仙之樂，天之靳惜清福，百倍於功名爵禄也，汝何能遽得？』

咏法船

解脱冥門厄，超乘大願船。放燈般若眼，施食梵王筵。此會昉王縉，逢人説目連。桑乾如可艤，生渡萬靈全。近聞渾河堤決，漂没民居。

咏蟬

轉化良非偶，時哉飲露清。華林共野樹，得蔭總同聲。

蜘蛛

喜子依人巧，垂絲影許長。經綸儲滿腹，何事網羅張。

叩頭蟲

此蟲無他能，咸賦懲倨慢。叩頭總無心，頗爲入耳患。《墨客揮犀》：『叩頭蟲能入耳爲患。』

狗蠅

既同蠅之營，更附狗之苟。潛毛作卵形，噬比匏無口。

絡緯

多少農家婦，秋窗夜火明。倦來停紡績，又作促寒聲。

蠍

螫人過滿百，斯言良足嘆。固知修樹易，但覺省身難。宋嵇含《遇蠆賦序》云：『客有戲余者，曰：「諺云過滿百爲蠆，所螫雖内省不疚。」而逢此害，遂作賦。』

中秋玩月

濛中坐嘯倚娑羅，葉爾羌節署，乃回酋和卓木舊園，有娑羅樹，大四十圍，高十餘丈，相傳有神氣。予志載『娑羅挂月』，爲十景之一。影過天山却冷波。烏魯木齊，爲車師北庭，在天山之北，地極高寒。圓滿一輪看此夕，光華應是帝城多。

易簡齋詩鈔卷四

辛未

正月上辛祈穀南郊，迎送聖駕，恭紀五律二首

原筮春旬吉，初辛祀典虔。是年，正月十一日辛酉夜子初一刻立春，故以二十一日辛未爲立春後初辛。仗移新絜日，輦映蔚藍天。樹裏鯨鏗度，墀旁鷺序聊。甘泉嘉氣頌，寰宇兆豐年。

太液池南北，冰紋軟半消。曉寒猶帶臘，春旭漸分韶。馬趁金麾肅，人馳玉節遥。天顔瞻拜處，喜色溢鸞鑣。

二月，孫恒福出痘一顆，花朝喜而賦詩

稚子神峰骨，天花一粒開。暈看桃放蕊，結喜蠟凝荄。七寶還丹熟，三華聚頂培。老夫舊衣鉢，傳爾法門胎。

喜雪二首

帝里開韶景，花朝雪不妨。豈同西硬雨，西藏伏夏，時多冰雨。更異北明霜。輪臺冬春，晝降明霜。地溥來牟潤，人歡耒耜忙。三壇舒聖𥦗，瑞兆仰心香。

喜拭涵星硯，明窗意興饒。軟風飄玉碎，煦日作霖消。靜裏心花妙，閑中氣海潮。那須驢背咏，詩思發湖橋。

三月三日雨後，聖駕耕藉田禮成，恭紀

月額霑時雨，剛逢吉亥辰。青旗雲影濕，翠幄露華匀。拱立卿班肅，群瞻御耜巡。氣涵千畝潤，膏墢一犂新。浴種縹緗滿，投轅緫犗馴。不沿修禊典，惟示劭農身。埽陌停豳雅，盈阡拜甸民。四推踰古制，上凡四推四反，俱盡隴。無逸頌長春。

丹醫行

神丹本烏有，浩浩滄海迷。小還復大還，古來成者誰。坎離作鑪鼎，乾坤爲鍛鎚。三百六十爻，爻

爻候丹期。自有《參同契》，致啟千載疑。神農嘗百草，方劑和高岐。百草具本性，性徹人心脾。五行有制化，診其偏者治。無奈瞽矇流，望切多失宜。肩頭三斗火，熱者猛加脂。指上一盤冰，寒者堅凍澌。冰火不相濟，誤投吁可悲。陰陽和平人，寒熱惡能欺。慎疾於未然，勿藥真良醫。如常不妄作，妄作凶則罹。長生亘得致，失足悔何追。我讀《黄庭經》，合丹等管窺。又閲《醫易義》，論醫皆目皮。丹醫兩家術，往往竊孔羲。孰知大易道，萬物體不遺。試近取諸身，百年無成虧。保元地雷復，安神澤雷隨。祛邪山澤損，攝生山雷頤。伯陽扁鵲起，我願前致辭。

咏蓮房子玉暖手

牡丹秋無實，黄菊春不華。獨此水中蓮，華實兼可嘉。雪蓮凍澗底，木蓮老林椏。何如一片玉，琢就芙蕖葩。我友王北垞，贈言天一涯。乾隆癸丑，予奉使西藏，陝西鳳邠道王文湧所贈。養心蓮未開，守身玉無瑕。隨予二十載，坐臥盈掬挐。堅光越晶瑩，湖目疑吐芽。玩物比君子，娱老堪咨嗟。

過漕河慈航寺方恪敏公祠

崛起青雲客，驚心落魄時。翳桑人豈少，漂絮嫗難期。未著王臣蹇，安知國士奇。苾芻真具眼，千載護名祠。

雨宿樺皮村，米生餉熟雞子，以京筆答之

甘澍通宵萬姓娱，不妨旅客濕行厨。劇憐啖我雞丸子，減爾茅檐幾個雛。

涿州偶憶黄相士，五十餘年矣，感賦

白閣仙翁骨法神，憑將尺宅相終身。月波洞裏今藏記，水鏡門前昔問津。試劍始知歐冶子，按圖恐誤九方歅。何當鶴睫毛經眼，認取凡間幾世人。

大風拜別祖墓

盤盂雜沓楮紛紜，楊雨松濤振不群。爲護孫兒天馬壯，故教一酹起風雲。

玉田道上

茂密平原麥，真如玉種田。莫教村婦泣，賤售出租錢。

沙流河村市

熙熙野老聚村阿，宛轉平沙涉淺波。記取此鄉豐潤景，趁墟菽粟布棉多。

渡河抵永平府

元武來幽塞，灤河，爲京師元武水。青龍匯似螺。府西北有盧龍河匯焉。朝宗同軌日，正值海無波。

出山海關作長歌

梯山不見海，航海不見山。合睹山海雄，天下無此關。憶予舊遊秦漢壘，金陡玉門東西峙。洋瑪噶遜古陽關，更出玉門五千里。連雲棧閣達魚通，不及提茹去天咫。西下堤茹路七千，雪窖冰城數難紀。方今四海爲一家，白霫黄番盡赤子。勃律廓喀不設險，無人敢窺虎落鄙。此關屹立山海間，劍屏森列洪濤起。絶頂長城萬里袤，有似渴虹飲海水。我朝山海效靈日，啟關不費天戈指。巍巍帝闕望陪京，柳往雪來户闥耳。今我叱馭瀋陽道，不復候繻憑一紙。欷歔往代誇武功，笑渠未見遼東豕。

望海店

淼淼横天際，傾蠡側一灣。澄光鋪似練，浩氣立如山。四瀆原無擇，三神詎可攀。大方應見笑，垂老怕清閑。

途中絶句

天風瑟瑟强舒眸，一派涵空萬象收。水到盡頭無盡日，須知還發水源頭。

宿松山述事

皇圖締造艱，肇基薩爾滸。我太祖高皇帝，天命四年大破明師於薩爾滸山，明萬曆四十七年也。亦越崇德年，松山振神武。我太宗文皇帝，崇德六年大破明師於松山。躬乘二白龍，軍氣一作鼓。睿謀決勝奇，黄盖麾素羽。帥師丈人吉，績著宗臣五。鄭親王、睿郡王、肅郡王、貝勒多鐸、貝勒杜度，具有大功。驍騎競歡騰，爪牙越祈父。松山攻腹心，杏山夷左股。高橋聲援壯，乳峰餘勇賈。夜半樹雲梯，擒渠縶以組。擒明總督洪承疇。孤軍懸錦城，叩額軍門虜。明總兵祖大壽出降。兩甄合長蛇，烏忻聯海浦。奪糧筆架山，因敵成倉庾。嗟彼驅羊群，爭敵驕貔虎。抗者螳奮車，困者魚游釜。覆軍十三萬，孱明乃自取。神皇體好生，秋肅涵春煦。誅宥俘帥洪，縛釋降將祖。全活數萬口，虜卒樂安撫。不誠失前禽，吴逆何足數。明總兵吴三桂孤身得脱。海隅聖人出，聲教溢梵宇。遂航南溟來，職貢修如縷。崇德七年，西藏達賴喇嘛、班禪喇嘛、藏王固實汗遣使泛南海，達盛京入貢。至今烏斯藏，聖迹共仰睹。西藏繪圖猶存。世頌天人師，首出萬國主。敬述松山側，有徵信千古。

大風渡巨流河

此水流真巨，因風起怒波。操舟風定後，庸奈穩如何。

四月二十一日朝謁福陵恭紀

萬古鍾靈地，飛龍仰在天。脈從崑幹結，氣到艮維全。福壤饒甘露，神皋暈紫烟。城環松蔭密，門啟日華鮮。臺署陳嚴具，卿官告禮虔。趨蹌人默爾，瞻拜思悠然。佛影豐碑現，碑陰有觀音大士立像生成石紋也。皇心奕禖傳。漢唐功德頌，何若海無邊。

朝謁昭陵恭紀

鳳翥龍驤勢，橋山坦蕩中。元勛窺石馬，神武紀彤弓。覆載乾坤並，光明日月同。萬年增式廓，佳氣鬱葱葱。

早朝大政殿即事

東夏皇居創，扶輿王氣隆。林鴉迎曉日，海燕舞春風。制度三韓控，華光八表通。殿形八角。翹瞻勤政處，肅肅兩京同。

登威虎渡河

刳木舟從古，聯成比目游。乘虛非有觸，破浪了無憂。遠泛山光淨，空涵水態幽。衣袽終日戒，利涉漫夷猶。

中元節朝謁永陵恭紀

兆域郃邰古，天然啟運山。山後五峰環抱，俱似龍形朝拱。神榆垂湛露，神榆生興祖寶頂上，亭亭如盖，枝葉常滴露，階下涓涓成流。靈虎護嚴關。內有虎，三五成群。夜出巡，不嘯，絶不傷人。不改崇封舊，方知列聖艱。龍淵瞻拜肅，林外雨潸潸。

巡海雜詩九月初四日出省，十一月十六日旋省

柳河溝道上

西極來天馬，東溟問海人。遨遊三十載，解脱百千身。巨水魚龍靜，閭山虎豹馴。更傳豐稔瑞，禾穎獻楓宸。秋穀秀雙穗，將軍觀明恭呈御覽。

抵廣寧城

無慮城頭日半斜，炊烟深處辨人家。劇憐繞郭霜菘圃，頗勝河陽一縣花。

九日登醫巫閭山

四岳方遊畢，今登北鎮高。予惟南岳衡山未到。名山緣未了，老我興彌豪。雲日移嵐影，天風靖海濤。會須淩絶頂，暫得遠塵囂。

補天石

天豈石能補，媧皇鍊乃神。功成千劫後，此石獨全身。

觀音閣二首

輕兜步上翠微巔，琴筑泠泠響細泉。活水靈山真自在，十年重到小壺天。泰山有壺天閣。

慈雲高護萬山秋，洞偃蛾眉晚更幽。洞口闊十數丈，形如眉，内莊嚴佛像。空相不離諸法相，何須海上覓神洲。

旅館夜坐

指點閭山景，虛無望海堂。遼時，東丹王讀書處。談經人已邈，懷古夢應長。怯對簪花鏡，慵銜醉鶴觴。寶階糕正好，酬節伴茶香。

天橋廠海口謁天后宫

幽事心香祝，天吴膜拜初。甌閩傳聖迹，箕斗奠神居。伏地涵元氣，連山撼太虚。願招河伯使，履順赴歸墟。

海船

秋晚落寒潮，雲屯賈客橈。洪波貯寶母，稗販養花妖。決鳥翔千里，揚帆快一朝。爲謀三倍利，那顧半洋焦。

旅食

旅食猶家食，盤餐絶鼎烹。蠣花鮮入饌，鰕子嫩調羹。食料供何補，詩腸洗更清。肥甘量所受，足飫老書生。

海上雨甚，逆旅主人款留未許，賦詩二首

野店無更漏，惺惺夢未成。水村人語寂，海舶旅魂清。寒淺淩孤枕，風微暗短檠。那堪秋雨急，兼聽夜潮聲。

海天風雨窟，羈旅困如何。信宿中人賦，尋常十户多。棲巖憶巴蜀，戊申夏，雨阻於蜀棧。守渡記滹沱。辛酉夏，大雨阻於正定河南岸。宿命躭辛苦，襟懷老不磨。

釣魚臺

瀾汗瀰天際，誰投獨繭綸。長鯨奔駭浪，條鮒混齋淪。地紀安如軸，天綱運似輪。莫愁無釣餌，却少釣鼇人。

覺華島

碧海真圖畫，蓬壺隔水涯。波瀾成雉堞，耕鑿隱人家。時放桃源棹，堪尋菊谷花。何當乘蹻往，絶頂飲流霞。

咏人参

神卉鍾南北，亭亭百草王。元功資國老，淑氣秉瑶光。椏葉尋時苦，根株製處良。海腴驚水府，慎勿渡滄洋。

野寺聾僧

衲子聾而壯，逡巡過耄年。僧八十二。一根真寂滅，萬籟省留連。不入聲聞道，惟參目聽禪。鞠通無所用，此老得天全。

過遼陽城，訪故傳臚王瑶峰同年宅，並索齒錄及其遺稿

華表峰高宿草扃，杳無鶴唳到空庭。青年昔共趨三殿，辛卯會試，今四十年矣。白髮今存聚五星。庚午冬，予與馬朗山、邵海圖、鄭秋圃、李雲門會於京都，俱年近七旬，同年存者五人。千里關山慚挂劍，一門衣鉢許傳經。書田不没生前草，滄海遺珠信有靈。

連雲島商船候風

巨艦連閩越，生涯仗孟婆。相烏驚處少，候熟穩時多。殘雪明孤嶼，寒雲隱大渦。送歸風有信，廣莫快如何。

復州咏古三首

崔蕘陜觀察，政聲古所無。庭樹緑葉滿，階下空號呼。世俗避嫌怨，迂哉汲長孺。持節不救火，發粟胡爲乎。救民不救官，埋輪羨張綱。那堪一路哭，聲斷九回腸。

小平島

曉日挂扶桑，琉璃拖影長。半蠡窺宿海，即西域星宿海。一勺小蒲昌。西域闢展南，名羅卜淖爾，即蒲昌海。放眼無蓬塊，澄懷接混茫。齊州烟九點，指顧上帆檣。

和尚島

學海通禪海，難超最上乘。江河無量數，涓滴總含宏。欲滅潛然火，須懷不治冰。石僧今到岸，彼岸有誰登。

海口十月見菊，有懷松湘浦制軍並簡寄

海南十月領梅香，海北剛逢菊傲霜。花信兩開人萬里，老年風味許分嘗。

曉發永定磵

四野村無犬，孤城竈少烟。遥傳深閣裏，飯熟正安眠。

兩物

蜃豈愛駏驉，采食充其口。駏驉非愛蜃，見人負之走。兩物利己心，異類爲群友。

壬申

冬獵雜詩

馬上口占

踏雪興隆阪，罷駑斗上坡。年開第八秩，努力效廉頗。

鐵嶺有懷高且園畫虎

先生畫虎不畫鼠，陶鑄山君超凡侶。黑章黄質尚皮相，電眼風毛乃機杼。定遠能飛少師病，克肖厥相絶千古。論畫不以形似論，天虎人虎豈同語。我聞龍華裴軍使，射虎山前遇老父。竟日纔斃三十彪，真虎一吼栗雙股。公從何處覘雄態，百里威生手指五。吁嗟世少真虎多黠鼠，黠鼠習見畫不數。試倩先生畫虎手，畫鼠要令鼠變虎。

出威遠堡

狩典熙朝重，初冬肅氣揚。豐碑傳迹古，邊外二十里，有碑刻班達山神之位。密樹護營長。振武原常習，從禽豈任荒。爲充三品貢，班達鎮巖崗。行圍官兵至此，祭神歃血畢，然後入山。

勒福得恩初圍

拜賜鮮麋脯，三驅仰木蘭。九月，上幸木蘭，恩賜鹿肉。敢辭擐甲老，孰與枕戈寒。辛酉，予由西藏告赴川楚軍營，上以臣年過六旬，未許。呷醋容人易，刲羊擇客難。邠豐肩鉅任，一德勉同官。

哈蘇爾罕博業二圍

百里圍堅重，和門一面開。《周禮》：『大司馬以旌爲左右和之門。』山君銜月去，仙客戴星來。細柳軍容肅，長楊聖武恢。《通志》：『太祖、太宗每歲行圍之地，將軍世守此典。』萬方猛巧服，狐兔漫相猜。

得奇三圍

雪霽旂門曉，傳呼獻五豝。是日，獲野豬五。孱丁單殺恥，驍卒疊雙誇。

愛新尼雅木招四圍

茇舍靡常所，圍兼易險謀。驅之雲幕合，得也毳帷收。直使熊難蟄，何妨鹿有由。吕温《由鹿賦》言：縶一鹿至，由此鹿可以致群鹿也。一朝殲百十，切莫逞虔劉。

賡克依五圍

午夜重申令，銜枚越嶺東。任酣無量酒，爭却不周風。五校威儀整，千夫苦樂同。割鮮歡此日，是日，大饗軍士。纘武竟叨功。

察庫蘭六圍

老健穹廬興，貪搜鹿豕群。馬回菜野雪，旗捲凍山雲。未滿安懷願，難堪飢溺聞。省城西南，間有偏災。將軍不負腹，腹肯負將軍。

石人溝拔營

半世功名路，全憑天馬行。梵城冰作毯，濛地土爲羹。見獵心情喜，裁詩意氣平。石人終不語，應笑老書生。崖畔有石人，南向立，高丈餘，漢丞相衣冠，兩手以劍拄地。

年班入覲，冰上過巨流河

驀地淩銀漢，兢兢履凍紋。神皋回首望，古郡此河分。即古遼河，以此分遼東、遼西。蔀屋迷宵雪，烟樓破暮雲。寒暄聊一割，前路愛斜曛。

一齒落有感

脱盡羅千寶，方參不露鋒。自甘牛齕豆，却勝鼠穿墉。豁白何堪恥，昌黎《落齒》詩云：「豁白殊可恥。」齠齔豈再逢。老饕艱肉食，饘粥且從容。

癸酉

度天橋嶺

步步高寒路，消嘶繞澗流。山丁少完裋，旅客重披裘。寥落村雞咽，稀疏隴麥抽。梨花開向暖，爛漫那知愁。

哀瑞芸卿學士伊犁將軍、宗室晉齋之子，以進士爲翰林學士

芳草王孫婕夢猜，忽驚片玉掩輕埃。鵬摶鶚立期無限，桂折蘭摧吁可哀。揮翰聲華誇吉士，落戈門第哭英才。最憐碎葉江邊雁，萬里難堪叫月來。

洋鼠踏輪歌

奇哉洋鼠大如擘，赤眼紅足毛雪白。疑是上方金玉精，好事攜來海客舶。君不見，冰鼠不寒産朔方，火鼠不熱出南荒。蒙鼓織布傳悠謬，定知遷地弗能良。惟有此鼠不晝伏，不穴處，木作樊籠方尺許。飼以細穀藉以緜，安飽優游儼大廡。咀吁跂脈不畏人，倏忽躍入繅車輪。排虛蹠實千百轉，駛若

旋渦聚翕淪。翹尾攀援不肯下，列子乘風尻禦馬。乃知化機元無一息停，子神生肖通靈者。個中運動小乾坤，五枝幺蟲安足論。吁嗟仙人袖裏藏心源，《春渚紀聞》：『孫道人居嚴州天慶觀，袖中嘗蓄十數白鼠子，每與人共飲，酒酣出鼠爲戲，欲捕取，即走投袖中，了無見也。』試探月窟躡天根。

和蔣丹林《貓侍母食歌》韻

君不見，鄱陽貓將鼠群哺；又不見，隴右貓與鼠同乳。獨此貓兒侍母食，無忝所生邁千古。君家孝徵感中孚，絶勝才名壓綉虎。側輥横眠具天性，天性豈勞人摩撫。憶昔召南雞狗傳，又聞三瑞楓橋睹。兩賢著作表嘉祥，白玉狻猊未暇數。吁嗟哺鼠乳鼠事反常，侍母定知天意取。請看忍飢小於菟，眼窺白老花陰午。物猶如此享天倫，豈不懷歸歌恃怙。鄰家錦帶青驄輩，卜食溪鮮貪厚膴。繪入潁王十玩圖，洗面過耳樂栩栩。此事君比董姚奇，此詩我愧韓蘇補。

咏竹葉蘭

蘭品重海内，第一名都梁。四時幽谷裏，素心抱孤芳。雅癖羅滁州，移叢植書堂。朝襲復暮擷，賢朋恣徜徉。老愛夕陽紅，少喜緑衣郎。此花著上品，紫色恨無香。初疑趙師博，再擬陳夢良。我欲訪花神，花神譜其詳。粵東渥丹種，葉闊柔而長。含笑花半開，朱槿同凋傷。異葩産絶島，海賈載重洋。

托名君子竹，幻作美人妝。無香免紉佩，庸遭蜂采房。願讀《爾雅》熟，箬蘭名乃彰。《群芳譜》：「箬蘭，葉似箬，花紫，形似蘭而無香，産海島谷中。」

咏松花糕·行香子

春不芬芳，秋不凋傷。産千山、貞性蒼蒼。花同艾納，蕊結鵝黄。經一番雪，一番雨，一番霜。愛迎日暖，怕受風揚。埽粉屑、品著遼陽。團以檽印，和以沙糖。嘗一分甘，一分苦，一分香。

續紀遊行有序

前詩紀遊起乾隆丙午，止嘉慶己未，盖行十萬餘里。自庚申至癸酉，閲十四載，又歷四萬餘里。其間，景物聊可更。僕兹留守陪都，公餘倣李義山轉韻二百句，爲《續紀遊行》，恐陽里子華未免操戈逐儒生也。

詩癡符作風雅軥，茗柯蓬鬣驚時流。放眼鵾鵬九萬里，蒙莊快著《逍遥遊》。憶予白鳳年更酉，擯影瑶池一回首。太液秋風刷羽鮮，嬉娱尚及鴛鷺友。潞河烟艇罨畫開，連檣萬斛明珠堆。筦籌强奮黿鼉力，詔書頒下趨蓬萊。蓬萊仙人艤舟待，勤民先務輶軒采。泰山絶頂樂登臨，壯懷恨未及觀海。觀海豈如遊聖門，庭羅商鼎加周罇。天通神道真不朽，摩挲楷檜盤古根。覆餗折足桑榆晚，聖主憐才勤策蹇。車書隨我作歸裝，撫膺尚覺雲程遠。灤陽村塢咽晨雞，似怯秋霜不敢啼。三藏川前宿賓雁，天風吹送玉門西。瀚海茫茫彌天際，解利西南告初筮。不須三疊譜陽關，定知雙陸無休勢。蓮花井子月牙泉，南祁連更北祁連。伊吾守歲孤燈影，温綸飛下九重天。布幹登曹程一線，白霫如雲今内面。勸投承嗣旋風箏，願借光庭驅蚊扇。白龍堆北連高昌，闞麴黑子曾僭王。自從勒勛侯君集，日月千載照雪霜。戈壁驚砂卷遼曠，輜車輕起瓢篷颺。火州城當火山前，故壘久傳虎頭將。馮耆飛出惰蘭鵰，開都河上愁冰消。南接沮洳蒲昌海，萬馬競渡葦湖橋。丁谷浮圖出雲表，車不旋輪路窱窅。當年面縛龜茲王，班門不愧將軍小。温宿短垣白水澄，源瀉穆蘇百丈冰。三軍懸渡夜迷道，淩晨雪竇呼神鷹。銜枚疾走棘沙徑，尉頭小醜皆嚮應。開門縛獻達瓦齊，折其太首全濛定。旌節花榮烏什城，《蘇摩遮》唱柳泉清。持重安邊舊元老，端資敏幹兼廉平。娑車城裏娑羅影，閑吟和卓園十景。花瓜冰果草龍珠，安得梁毘哭金餅。崑崙玉圃高嶙峋，團丁五百撈河濱。漫道羌兒少知識，下馬羅拜璞千鈞。彌勒岱前排劍盾，帳外雄風試鵰隼。間勞自古勝勞勞，那辭抹月批風引。廁乩納瑪牛羊群，高樓羯鼓餞夕曛。慘淡雙封瘞白骨，扶疏大樹傳將軍。身處膏沐不自潤，伊里齊城布恩信。于闐獨表定遠侯，馬足抱時難發軔。疏勒孤城葱嶺排，籌邊樓創永心齋。大小勃律雜回種，書生愧我戎羌懷。驅車遥指古依奈，巴達克山亘徼外。當年不誡失前禽，樹領蛾伏乾坤大。峭頭帕腹拜閑庭，偃蹇山入一房青。垂楊倒印水心鏡，雜花四照天繪亭。節鉞名叨鐺脚政，三年報最許朝請。野店黄花逢故人，生入玉門僮僕慶。《伊州》唱罷唱《涼州》，旅夢題詩竹葉舟。脚底天山自東轉，眼前弱水還西流。郵傳天語輪臺守，匆匆重別金蘭舊。祝我天馬壯秋風，土飯塵羹而今又。回車嘉峪沙漫漫，强支幹力弓刀寒。簡書叱馭折羅坂，庫舍圖下七二盤。嶺上姜碑讀浩汗，功並貳師兩重案。西望靈山白骨堆，浪傳十萬阿羅漢。木壘連岡萬株松，參天翠幄霜雪封。遥呼石老人識道，石老終古不龍鍾。崎嶇滑蹉行客恐，馱載全憑馬背腫。孤城舊説湧神泉，耿恭端不讓班勇。膏腴甌脱虎爪東，岑碑寺鐫永和中。連宵蒲類海邊睡，苦樂人間夢覺空。堪笑癡頑踏破瓮，私厨飾傳相獻弄。震遥山岳一筆勾，夜鬼揶揄人喧閧。北庭重鎮古車師，簿書叢脞無了期。白水紅山冷日照，明霜硬雨嚴飈吹。戊己營田五城帥，歸入虎牙一方寄。博克達峰一掬慳，冰雪寫成宦遊記。漫空烟火暈萬家，罷舞金剛歌夜叉。野雉肥於壓油鳥，勸予多啜柳花茶。山農處處勤耕稼，百里寒暄割冬夏。黑河再渡古陽關，稻畦綉隴江南亞。書生都護兩鬢斑，挽不能留東入關。歡然三到酒泉郡，不圖脱輹皋蘭山。涇渭源頭尋討慣，腐儒怕負崇途宦。牛頭抝鼻欲觀風，犬足生氂惟思患。鉛刀試割虚頭銜，黥髡爭如老畢諴。還家孫稚初識面，繞膝窺我檢書函。屋角招提聽放梵，閑笥征袍更匣劍。却埽不妨馬作齋，所樂開襟無一欠。翠華西幸禮文殊，婪春膏雨中山濡。敝車笑指盧龍塞，五花城畔眠腐儒。山海雄關披雲睹，塊視九州真樂土。扶筇快陟醫巫閭，日色海濤互吞吐。曾臣翰墨老不廉，杏松揚厲神武嚴。湧思右浥三水汊，拓懷左挹千山尖。保障昏昏秋省斂，飲溺懷磚一按劍。渤澥島嶼安足齒，白章夜草貔窩店。幽營稗傳誇遼金，空炊尾熖酌蹄涔。龍祥勝迹邁萬古，邠岐豐鎬孰如今。淩河雙帶西環錦，句驪南下渾連衽。留都雉堞八門開，山依東牟水近瀋。橋山脈發長白嵐，源尋萬丈之深潭。黄瓦朱甍擁翠幄，三才竇穴真神龕。百年佳話憑鉛槧，蓬瀛罔底恣周覽。浹辰年續《紀遊行》，乾艮兩維增百感。

詠珍珠梅

一路梅花萬斛珠，清高富貴兩名俱。不知摇落春風後，純盜虚聲恨也無。

甲戌

題遼陽刺史安雲亭母節孝欒恭人手卷

男冠女笄叙彝倫，冠笄一一還天真。我著不冠而笄者，三千年得二百人。側聞襄平安刺史，侍養慈顔今逝矣。節孝賢明壽考全，灑淚成編述終始。吁嗟靈椿凋於彌月前，送母不逮三時延。兒生罔極恨如此，士林應發《蓼莪》篇。幸捧旌章剛及見，冰蘗此生無一欠。漫傷無復仗金魚，詩人擬補笄男傳。

姜女廟

山有名神海有靈，荒祠天地有常經。詩人莫唱《圓圓曲》，吴梅村《圓圓曲》：『一代紅顔照汗青。』爭比長城照汗青。

入山海關

卅載梯雲客，而今第八還。官同蕉鹿幻，人共海鷗閑。塵鏡隨心拂，風花過眼删。守符予老矣，三字仰賢關。

出古北口

九邊三面紀遊行，西嘉峪關、東山海關、北古北口。利馬圖中一線程。西洋利馬竇地圖，九萬里分爲五線。欲辨皇輿天左界，游環以外是長城。

僧官帽山

是真空相混茫間，何用毘盧挂此山。料得禪心無所住，大師聊且放頭閑。《古今詩話》：『有成都僧文鑒及主簿張唐甫同在客次，唐甫脱巾置僧首，僧大怒。唐甫曰：「某方頭痒，取巾，無處頓放，見大師頭閑，故權放少時耳。」』

羅漢山

杖履曾傳古賀州，後藏西拉爾塘寺，爲羅漢修練之所，内有羅漢皮履、水晶拄杖，寺僧寶之。曷來飛錫到營幽。巍巍不語阿羅漢，頑石從教暗點頭。

磬錘峰

石人獨立千年雪，巴里坤松樹塘北，有石人，直立山麓，行人賴以不迷。砥柱平分九折河。獨有此峰淩雪表，摩天長得夕陽多。

删注《黄庭經》成題句

漆園枉著《養生》篇，一卷《黄庭》尚可詮。莫訝松梢甘露降，《漁隱叢話》：『熙寧六年，甘露降松上，如濃酒，民以爲瑞。一道人笑曰：「如人身精液，流通周布於六十年中，若其壽短促，則湧迸於未死之前，此木迨將槁矣。」驗之，果然。』任誇槿樹好花妍。《抱朴子》：『木槿横倒植之，最易生。然埋淺，未久津液不充，若刻削揺拔之，立枯矣。人身亦然。』壬夫丁女元無鼎，癸穴庚渦信有泉。刊落蕪辭存奥旨，丹經從此不流傳。

乙亥

二月五日，友人以書索鹿胎七絶

即鹿林中遠見猜，木蘭守禁早安排。側聞秋獮猶開網，豈有春蒐肯殺胎。

春分日祭興安山神

北望興安嶺，虔修祀典崇。坤靈占止艮，春氣孕嚴冬。黑頂無根柏，《金梅志》：『仙修道黑頂山，有無根柏一株，令其徒栽之，即見茂盛。』陰山落葉松。山後松，秋時落葉，與凡木同。莫愁生意盡，雪底紫芝封。松根，冬産赤芝。

祭畢出柵口

一覽群峰秀，天然鐵四圍。不辭霜氣重，春旭滿征衣。

喜雨十二日，穀雨

不貸東牆子，春忙播土多。一旬甘澍足，萬户有年歌。穀雨催新麥，桐風茁早禾。皇心關稼穡，花樹沐餘波。

會龍山閱操

地奮春雷壯，沿堤火陣明。早銷戎伏莽，却幸老能兵。爾習父兄業，予聊子弟情。風雲長會合，莫負此山名。

雨中度平臺嶺

滑蹉平臺嶺，穿雲小七盤。形勢類蜀中七盤山。翠淋牛舌草，香涴馬蹄蘭。澗溜涓涓細，籃輿側側寒。萬家歌飯瓮，敢念瓦衣單。

鳳凰嶺喜晴

六溝烟雨扈山莊，挑盡殘燈趣曉裝。跋到嶺頭無點翳，果然鳳翽喜朝陽。

下祥雲嶺

祥雲東下入平泉，曲水泠泠繞縵田。更上層樓舒望眼，樹黏山色草黏天。

平泉慮囚

驛館躬行讞，兢兢獄不留。日暄風澤緩，雨足電雷收。法網原無漏，生門自可求。白雲亭不達，此去漫夷猶。

過大寧故城

城在平泉州東北一百八十里，今喀喇沁札薩克公境老河之北。遼之中京大定府，金之北京，元改爲大寧路，明置大寧衛，永樂時廢。土城高丈餘，周二十里，東西二門，南北四門，無雉堞城樓，僅存周垣。

夕陽西下古城陰，八部名都迹可尋。契丹八部，此其一也。豈有龍樓淹歲月，遼聖宗過七金山土河之濱南望，雲風有龍樓鳳闕之狀，遂議建都。實以漢户，號曰中京。更無佛塔鎮園林。城内有浮圖二，城外有浮圖一。蒙古名察罕蘇巴爾漢，今無存。山如捲幕巢春燕，水似彎弓射宿禽。四十九藩歸化宇，不須懷古問遼金。

喀喇沁札薩公瑪哈巴拉宅晚餐

自變穹廬俗，居然安樂窩。筵開綽爾濟，座獻馬思哥。野牧牛羊少，山村稼穡多。久招民户，開田輸租。皇仁同一視，齊政在人和。

赤峰詠古

賢哉王叔能，仁聲著番陽。名克敬，大寧人。世俗勿認真，公獨矢剛腸。行年五十九，優游老河旁。鈔書有所得，與古相徜徉。穴趾崇墉危，再實木根傷。漏盡夜行人，斯言烏可忘。天意全民命，楚材識大體。得地無人民，一言資沃啟。又如塔都帥，白晝壺漿徯。不肯堅敵心，十萬雄師抵。我學傅平東，常年六十九。庫露不離身，鞶鞢不脱手。敝帚享千金，那管覆醬瓿。殫心秉燭遊，難答主恩厚。

食苦菜

甘菊餐延齡，苦薏啖如意。我嘗荼苦味，癖同甘薺嗜。采之未秀前，脆美等芳餌。世味別酸鹹，由來移素志。苦茗結人少，甘醴交朋易。口腹本殊途，沁入心脾異。貪食中邊甜，苦蜜誰曾試。物類難終窮，聖教原一致。苦節不可貞，甘節無不利。聊作苦菜咏，雅合醋芹義。

荷包牡丹

晝錦真堪賞，連珠綴十枚。一聊荷紫佩，八座袷囊開。差比桃含笑，低宜杏見猜。著緋藏密葉，不負色香魁。

馬蹄蘭

綠葉平鋪翠蕊齊，賞心天北又天西。西藏、回疆最盛，花大而香。幽香深谷無人問，爭比全生逐馬蹄。

蠍子草葉有毒，人馬畏避之

螫尾傷人易見猜，托根平野認蒿萊。世間小草原無忌，生怕群呼哈拉垓。蒙古語，畏懼之意。

烏蘭哈達北渡老河

烏梁海境跨營幽，土護真河繞北流。曾到句驪冰上渡，不圖更渡水源流。

大雪過杜梨溝梁

冬令行於夏令中，重經嶺雪禦天風。昨朝柳絮辭深綠，今日鵝毛壓落紅。華土漫稱三月瑞，塞垣偏兆一年豐。龍公作意除煩熱，白戰來迎鶴氅翁。

八溝咏古

攝官非攝庫，羨餘義弗取。關課有浮金，留備後人補。今人罕此等，窕貨更不數。好酒徹底清，此語足千古。

過東六溝金莊頭家

落落田園居，高閭倚山隈。烟嵐四圍合，㶁波中瀠洄。繚垣盡同姓，楊柳手自栽。放眼渺無極，錦綉平疇開。雨足黍麥長，日夕牛羊來。稚子候門望，主人步遲徊。問渠世農業，百頃無荒萊。少不攖塵網，老更避喧豗。聚族百餘口，温飽勤護培。鑒彼陶荅子，肯作虜守財。顧此豈不樂，侅溺吁可哀。塞上苦寒冽，爾獨登春臺。清福錫自天，健羨良悠哉。

五月朔日還署作

雜花發滿地，郁郁前人栽。別時挂荷紫，今看放玫瑰。草木欣有托，膏雨景風催。我行豈不遠，千里淩崔嵬。北嶺冒寒雪，南山碾輕雷。變態倏如幻，筋力未肯頹。途長夜寐穩，食少心氣開。駑馬騁騏足，十駕詎不材。得薪慎保耀，西崦流光回。吾廬小有山，亦足以徘徊。

九月望前二日，恭送聖駕進古北口，回署古城川途中作

楓葉連崗錦綉紋，翠華南望擁祥氛。人歡留斡門中路，古北口，舊爲長城留斡門。馬壯烏梁海上群。喀喇沁，姓烏梁海。小草盡霑淋露雨，八月白露，雨名淋露雨。有年全賴護霜雲。九月多陰，爲護霜雲。今年霜遲，大稔。鞭絲帽影情何限，且看飛鴻帶夕曛。

噴雲虎

大化如環山澤通，天教此意孕微蟲。詩人漫道風從虎，吐氣還應扈御龍。

金蓮花

布地黄金映淺沙，五臺勝迹老烟霞。本出五臺山，今熱河處處有之。塞垣點綴非無意，輦路長迎佛座花。

夜光木杏木根，入水年久，其光夜照物

塞垣古木免消沈，水面來從不朽林。老幹枯時傳碩果，堅光發處見多心。豈同腐草生宵熠，絶勝明珠獻海琛。要識神功玄妙訣，不須鑽燧照山陰。

木蘭古長城

一段崇墉亙木蘭，流沙直抵黑江干。見乾隆年御製詩注《熱河志》。自從御翰標靈迹，古有陽關信不刊。烏魯木齊西五百里，瑪納斯有城一段，名洋巴爾噶遜，漢名古陽關。

突厥雞即沙雞，予六十年前嘗此味，如雌雉而微有土氣

鶏産風沙鎮可憐，褐身毛足羽翩翩。群飛兩獻熙朝瑞，天聰七年（一六三三），沙雞群集遼東。國人曰：『遼東向無此鳥，今蒙古雀來，必蒙古歸順之兆。明年，察哈爾來降。又，乾隆癸酉（一七五三）、甲戌（一起五四）連年冬月，京師東北一帶，此鳥群來萬計。次年，準噶爾來降。』禽鳥由來得氣先。

土人參《五代史》：『奚王依北山射獵，常采北山土人參，五椏五葉。』今豐寧西境諸山皆有之

頑仙漫著烟蘿子，老學難逢椵樹翁。常此寄生甌脱野，精華終古遜遼東。

丙子

大雪度鳳凰嶺

舊説南田望杏開，北田開望雪滋培。不須鶴氅誇風雅，鳳嶺人傳白鳳來。

櫻桃溝

三出平泉雪載塗，總開詩思發籃輿。更逢簫鼓宣村社，鄭綮當年見此無。

家僮釣魚不獲，戲成五律三首

武列真廉水，纖鱗不上鈎。背人慵結網，呼侶羡臨流。影亂長竿掠，波旋寸餌收。柳根傳異産，熱河産柳根魚，最鮮美而難得。緣木豈能求。

食料曾何限，難禁口腹謀。南江供玳背，東海索槎頭。未解觀魚樂，焉知得餌憂。《外史》：『甫亦樂魚之樂，而亦憂魚之憂也。不得，則縱；得魚，則烹；魚樂於縱而憂於烹。今魚得其餌，而吾得其魚，故憂。』相忘任河渚，《外史》：『魚之在渚也，安於渚而不知海；其在海也，又安於海而忘渚。』物我總優遊。

自放西河籊，群歡免一烹。墨含充内史，骨鯁憶名卿。鯽鮒看同隊，鱒魴任獨行。更防漁者和，數罟亦愁城。

賦得家在江南黄葉村歸都十月作

坡老題名迹，秋風憶故園。短箋山有色，淡墨水無痕。摩詰圖中客，淵明記裏村。江天萬里夢，家室五更魂。落葉應懷友，扁舟欲到門。空林歸未晚，荒徑喜猶存。筆筆抒閑趣，聲聲見寓言。那徒歌李氏，詩畫悟真源。

辛巳

病中喜雪

自别禪天雪，於今兩紀周。風華憑爛漫，塵迹任夷猶。病示維摩榻，神安寓簡樓。慶豐欣老健，勉冀聖恩酬。

春分前一日雪

燠雪成膏雨，陰陽限此時。彌天生意足，獨有老農知。

太庵詩集

丙午存三十三首

揚州舟次

淩晨雨歇臥烟艭，初聽揚州欸乃腔。誰識太庵新太守，太平人渡太平江。

太平府署八景詩八首（存目）

贈雲在和尚（存目）

五溪橋望九華山二絶

其一（存目）

其二

誰將華岳三峰擘，却作蓮花九朵開。次日憑欄多古意，謫仙遮莫倚雲栽。

生日池州登舟

拙守丹陽客，澄江騁冶遊。青山照滿眼，算髮任盈頭。

黄湓渡江遇風（存目）

再贈雲在和尚

其一（存目）

其二

萬六忙中日，銷磨半宦場。行年紀丙午，古郡守丹陽。句俚才輸白，心勞政愧黄。果然塵劫外，佛地最清涼。

其三

清齋兼味得，一飽復何貪？法是金針度，禪須玉版參。早嫌籬菜俗，頗厭水花甘。太守饞應爾，還傾般若酣。

其四（存目）

金陵夜雨，有懷周霽堂幕友

案牘遥憐筆獨扛，景陽閣且對銀釭。逢人姑孰才能擅，快我濂溪士得雙。時霽堂、夢溪昆仲，皆在府幕。半老春蘭對秋菊，霽堂長余一年。倚天北雁渡南江。寒酸客共清貧守，慣聽瀟瀟夜打窗。

靈谷寺八景詩八首（存目）

夜來香三絶

烟愁露泣過長夏，青碧琢來紅紫謝。籠燭銜杯笑捺時，春情脈脈含秋夜。

蜂癡蝶醉信無媒，有脚陽春到處開。爲試比丘除結習，故教天女散花來。

休憎桂馥妒蘭芳，數朵盈盈也佐觴。禪榻不妨留幾宿，夢魂猶記枕邊香。

雪中遊青山歌

青山去郡城三十里，齊謝眺故居也，舊名謝公山，石皆青色。山上保和庵内謝公石尚存，山下有李青蓮墓，米元章題石『第一山』。余蒞姑孰半載，未暇遊。仲冬下浣，學使徐條甫邀余偕毛別駕、顧明府往遊。大雪竟日，雖背山起樓，攬勝未盡，然把濁酒、聽清唱，亦頗盡歡云。

謝公知我看山來，山中恨少江南梅。作花六出倩雲母，傾刻撲向籃輿開。俯瞰寒溪折如綬，衆山峛崺成培塿。雪中犖确盡堆青，山得青名乃不朽。山名不朽人名昌，謝公舊住山之陽。我來幸迓瀛洲客，文旌再駐蘭池旁。此池聞有赤鯉躍，一泓淨碧堪漱瀹。臨池如讀謝公詩，澄之常清撓不濁。愷之鎮日喜垂簾，雙鳧未到五馬先。偷閑半日忙三日，引舟頗感易于賢。座有西河詩家烈，更似周卿默禱雪。此山能得幾回來，論戰不妨持寸鐵。吁嗟楚峰吴岫迷雲端，頹石廢井悲荒園。銜杯快續玄暉句，無奈鹽絮皆陳言。惟有絲竹密如縷，陶寫不妨邁前古。未容雪積曲先高，吹作陽春變膏雨。雨濛濛兮水潺潺，山冥冥兮石斑斑。君不見青蓮有墓山之足，咳唾九天散珠玉。又不見襄陽好石有米顛，千古留題第一山。

周夢溪幕友招遊不果，見和前詩，答賦原韻

宣城舊賦歸去來，結廬看遍青山梅。偃蹇不肯入官府，穿雲朱盖松杉開。短竹臥幢草垂綬，雪壓龍山玉培塿。江山不遊貪晝眠，有如圬糞兼雕朽。豈不聞，孫仲謀樊口鑿道通武昌。又不聞，謝靈運永嘉直入臨海陽。而我不到玄暉宅，他年恨恐澄江旁。昨宵代漏龍曾躍，一卷清詩性靈瀹。縹囊歸贈未遊人，君詩更洗心源濁。乃知君平日日垂肆簾，槎犯斗牛覺獨先。此遊却被桓温笑，當年不失袁宏賢。保和剩刹於今烈，座少周郎顧白雪。薄書少暇莫辭頻，與君聯轡馬踣鐵。君家虎踞清涼端，古城川北窺田園。我家紫塞來麾守，雪泥鴻爪吁何言。青山拳石胡覼縷，傳人祇爲風騷古。倘教看盡浙西山，會須灑邊江南雨。遮那殿前檐溜潺，華嚴法相頭斕斑。青蓮脱韡醉翹足，雅稱含暉石韞玉。此景再寫兔毫顛，勝玩窗前筆架山。

金陵大雪，宿毗盧庵，見壁間默默禪師『飢時吃飯，困時眠』之句，因作偈語二十四韻，以廣其意

太庵信宿毗盧庵，毗盧示相維摩龕。龕傍傳法設禪榻，繞榻覺花法雲曇。雲曇密冪隔窗紙，窗外誰料青女驂。青女散花皆六出，六出合凍成冰蠶。冰蠶吐絲作玉繭，玉繭取向梅棕探。梅花佳人粉臉䐹，棕葉夜叉青頭鬖。花葉無情雪消水，有情酌雪松泉耽。松泉酌盡剛面壁，面壁却對老僧談。老僧苦談稱默默，默默又愛说老禪。老禪一語勝千萬，飢時吃飯困時眠。飢每欲吃固其理，困每欲眠人皆然。不吃則飢體胡胖，不眠則困神烏全。飢不得吃氣海餒，困不得眠睡魔煎。不飢而吃如淘河，不困而眠如臥鱣。飢時便吃省百藥，困時便眠值萬錢。不吃不眠人必死，不飢不困乃真仙。子房辟穀不飢耳，希夷常睡豈困焉。夢悟子房希夷術，毗盧鐘鼓聲韽韽。鐘聲鼓聲聽作兩，飢心困心合爲三。鐘鼓那如雪聲冷，飢困難比醉心憨。乃知粥鼓飯鐘飽餓鬼，晨鐘暮鼓夢覺關。真飽真餓驗尺宅，是夢是覺憑寸田。要耕寸田修尺宅，飢時吃飯困時眠。

丁未存二十一首

太平府童試賦得磨兜堅銘得言字五言八韻

洛廟垂遺像，賢名著謹言。千秋陪祀重，一語勒銘存。慎爾緘維密，欽哉舌莫捫。興戎惟自口，召福豈無門。但使人爲鑑，何殊耳屬垣。自周陳俎豆，於座展瑤琨。義備磨圭雅，箴偕欹器尊。典謨昭睿思，綸綍焕乾坤。

潁州府試院即事贈諸廣文（存目）

潁州府童試賦得龍華會得光字五言八韻

妙相原無垢，龍華建會場。清和傳誕佛，澡浴似銘湯。濯以空明水，薰之無礙香。現身真潔淨，灌頂足清涼。未識塵根脱脱，偏招俗慮忙。皈依憑後覺，洗滌總相忘。偈説摩羅什，禪參替戾岡。不愁凡眼肉，舍利有奇光。

潁州劉秀才勺園牡丹盛開，擕榼邀賞。會大風作，席未終，戲成四絶（存目）

又次嵇春波韻七律二首

柴門端不受繁華，剩得天香第一誇。富貴叢中須冷眼，子孫看到有貧家。敲詩怯比臨風錦，酌酒頻酣落日霞。記取江南春信穩，幾番細雨灑梅花。

酴醾架繞鼠姑叢，嬌艷難禁雀趠風。瓊島移根遇山甫，村園得地訝驪宮。色香到眼空無盡，寒瘦爲詩窮後工。更有回春殷七七，會看傾刻放妖紅。

旌烈婦陳佑亭元配李儒人（存目）

六月二日，郡中野人報蝗僵死秫上，持獻，書以志喜二首（存目）

清潁書院課士畢，偕張松泉、裴西鷺兩明府勸農西湖，燕集會老堂三十二韻（存目）

宿阜陽馬家店吴育亭貢生小齋，見架藏名集數百卷，院落花木叢鬱，生意勃然，得閑雅趣，因名曰『一掌園』，兼志以詩

夜來泛清潁，鬚眉瘁郵驛。燒炬歇蕭齋，忽睹豐神逸。頗怪風塵中，詩書富斗室。舉頭月印川，是萬皆歸一。

其二

咫尺叠蒼翠，墻檐薜荔上。朱榴夏月開，丹桂秋風長。小桃憶春陰，短松候冬響。化工妙無言，四時運諸掌。

其三

孔顔樂何事，寡矣得其門。莊叟知此樂，惠子悟斯言。寸鮒江湖遊，卵石星斗捫。吴生信達士，撫

以歸田園。

題蔡予嘉同年遊黄山詩集

昔聞畫龍點睛破壁能飛空，人所未見筆可窮。又聞畫鬼刳目全力在拇指，筆所未到神已充。羨君黄山七日遊，有如列子乘天風。蓬壺方丈不可過，君何幸此淩鴻濛。發爲歌詩纔一本，千巖萬壑光熊熊。我讀君詩身在黄山裏，幻若奇鬼夭矯如遊龍。乃知人所未見筆未到，衆皆皮相達者觀其通。何須畫龍更畫鬼，畫家難比詩家工。

和富春樓韻二絶

彈指别經春，晴蘭咏尚真。漫將冰雪意，留取落花因。

其二

桃李發濃春，拈花笑豈真。衹緣禪榻冷，結習盡來因。

滁陽懷歐陽文忠公二絶（存目）

聖仁廣被西藏，廓爾喀投誠，召大將軍班師，恭紀五律八首

神武遠揚　壬子

其一

鹵穴邏沙外，《通典》：『吐番國都號邏沙城，即今拉撒，華言佛地也。』《西藏志》：『札什倫布之南接巴爾布界，又西接廓爾喀界。』崑崙更有西。《明史》：『吐番邀阻烏斯藏使者，掠其輜重，鄧愈爲征西大將軍，覆其巢穴，窮追至崑崙山，斬獲不可勝計。』《西藏志》：『甘不拉，即崑崙山。巴爾布、廓爾喀，又在西南也。』不甘封垤螘，又作觸藩羝。巴爾布久爲廓爾喀所並。已西，與衛藏唐古忒搆衅，皇上命大臣安撫之。其部長拉特納巴都爾投誠，遣使納貢表詣京師，辛亥夏負約，與唐古忒爭地界，侵擾至札什倫布。棘道霜戈淬，棽春日羽齊。辛亥冬，皇上命大將軍、大學士公福，參讚大臣公海，領侍衛巴圖魯等率索倫勁旅，由青海一路進發；又調四川屯番土練兵，由打箭爐一路進發；刻期壬子暮春齊集衛藏，併力征剿。氍毹鳴萬鼓，聖武護招提。

其二（存目）

其三（存目）

其四（存目）

其五

一月傳三捷，揚威熱鎖橋。秋七月，大將軍統師進剿，連戰克捷，奪取熱鎖橋，直入賊境，進攻帕郎古等處，賊極震懼。索倫真虎蹴，番練果猿超。詔赦長鯨戮，軍銜黠鼠跳。從征無苦樂，問罪肯忘梟。

其六（存目）

其七（存目）

其八（存目）

冬至後三日，華州郵館送戴七可亭同年由蜀督學使任滿赴闕詩四首壬子

蘭譜緣前定，交情淡更悠。使星環萬里，客夢穩三秋。惜別分秦蜀，歡逢數葛裘。梅花開數點，斗憶古香留。庚戌，余於蜀藩署西園栽梅花數十本，起亭名『古香書屋』。

其二

問訊桐花鳳，殘春幾到庭。蜀臬署且園有桐華書屋，么鳳春月來集。玉蘭香可炸，丹桂釀初醒。劍閣雲容淡，江橋月色泠。成都南，名江橋。錦城多少樹，繞屋喜冬青。

其三

介節甘如此，珊珊鶴立群。化流三峽雨，名出萬山雲。意氣新桃李，生涯舊典墳。瀛洲仙客滿，班馬待濃薰。

其四

千佛路朝天，文旌駐老禪。蜀南棧龍門閣，有千佛巖，即朝天闕。清齋飫慈笋，淨慧飲廉泉。誼任魚書達，

心隨雁陣騫。送君高潔意，惟有華峰蓮。

寶雞懷古詩二首

其一（存目）

其二

天際開晨嶺，風來凍麥香。孤城陶穴古，殘寺硐雲藏。野闊懷蒐鼓，臺空憶釣璜。斯民勞問政，那獨舊甘棠。

壬子中秋夜棘闈喜雨詩十二韻

社翁快絶霜娥愁，到窗濕鼓沉奎樓。半環直到蟾兔滿，陰精離畢寒光收。疑有神鞭叱鬼馭，一吸再呬灑靈湫。今歲關中偶乾暵，田毛賤賃無人售。鄠杜南山幸豐稔，販糴頗稍仰鄰州。況逢連日詹天雨，三戊種麥鋪荒疇。憶我中丞省郡縣，行部閲實報前騶。整頓溝塍茫幾稜，見之可以消百憂。獨有風檐對燈客，文鯨掉尾寒颼颼。鮑詩謝賦盡無用，所賴拔取爲霖尤。辪辪燮燮雜繁響，空庭徹夜鳴檐溝。雅娘咒歲呻復嗹，那管衣瓦憐衣油。

奉和芝軒中丞聽雨詩元韻

其一

秦民寧云悍，歲饑拙而安。蝸盧播皇仁，所賴司牧官。布政學僑惠，輿濟空勞倌。新麥綉原野，無奈村竈寒。饘粥省晨炊，所過鶴雁歡。賢哉我中丞，秋省心力殫。裒益兼稱施，仁術飛毫端。

其二（存目）

太庵詩草

壬子九月至十月

查賑道上雜詩

咸陽令（存目）

馬刨泉

登埸此日少黄堆，麥苗平疇渴望梅。自古魚飢真費餌，漫誇曾活萬人來。

興平令二首

其一（存目）

其二

茂陵豪户本蕭然，况置荒時賤賃田。賢宰何勞示糠餅，封椿詔已緩緡錢。

興平粥廠（存目）

馬嵬

生不長生死不休，興亡一代史傳留。明妃青冢虞姬墓，寄語香魂恨也不。

望人腰塘

庭前解帶計無聊，窮谷深村舉手招。騎鶴揚州誰到此，郵亭名著望人腰。

武功令（存目）

乾州

北指梁山古道紆，池陽城堞尚唐模。那堪衆口成鵝雁，群向午清堂下呼。州署堂，名午清。

醴泉（存目）

學使周廉堂邀酌兼以志別三原

關西清德繼名賢，不愧濂溪舊愛蓮。最喜垂雲摶萬里，好將時雨化三年。散花有酒懷江夏，看竹逢人話渭川。歸檢書箱少長物，定知藏壁一經全。

訪王恭壽山長留酌三首

其一

之路尋來街隔山，當門有木且題閑。漫山桃李休嫌俗，猶有寒花足解顔。

其二（存目）

其三（存目）

蒲城

蒲原膏壤甲秦關，歲偶無禾却病瘝。金粟從教連萬斛，不妨飢户守堯山。

韓城謁太史公墓（存目）

宿上漲渡民舍見白菊花四首

其一（存目）

其二

雪彩冰姿見晚香，掃除赬紫厭分黄。漫驚顔色隨人改，移燭離離影上墻。

其三（存目）

其四

粉本描來暈未真，移栽老圃更精神。不眠放我償詩債，况對籬邊送酒人。

温泉濯足

心境澄於古井瀾，此泉何事急鳴湍。任他甃底温無比，却作滄浪一水看。

癸丑

渡象行（存目）

贈夏縣魯、聞喜四兩明府同年

皖水岷山思渺然，丁未，遇魯公於安慶；　戊申，遇四公於成都。西來河岳路朝天。石渠舊許多君子，蘭譜重開少少年。遒採不妨唐魏儉，歲豐可喜晉秦連。旗亭此會還相勖，珍重斯民共一肩。

獲鹿道上

飽暖斯民計，秋豐始快哉。雲屯禾稼廩，雪軋木棉堆。賽社人爭避，窺籬婦見猜。不妨粗識面，孰與縣官來。

滹沱河

北達恒山郡，長橋欲撼波。驚風下黄葉，返照入滹沱。水性無童皺，人生幾剎那。千年經佛眼，柳往雪來多。

掃墓二首（存目）

曉發涿州

涿鹿京南郡，衝繁第一程。經環歸蕩蕩，柳雪重行行。喚起燈前僕，聽殘夢裏更。不愁人寂寞，朗月照平生。

安肅白菜

玉束闌珊足汗牛，清於雪片膩於油。烟畦快剪瓢兒菜，味比菘羹遜一籌。

清風店

古店清名事可猜，長途十里柳新栽。僧迦梨角真能悟，到處清風拂面來。

定州郵館遇鄂制軍話舊

驊騮端不囿風塵，齊物莊生解脱真。曉入清風隨薄宦，夜來明月照閑人。余宿州北清風店，鄂公宿州南明月店，約會於此。三年夢繞烏斯國，百戰生還白髮臣。此會博陵拚一醉，何年重話錦城春。

田車

没脛沙無際，肩輿舁費撑。何如任牛力，負重隱無聲。

過正定城市

買犢人喧市，稱棉婦背墻。此邦休問歲，定是足餘糧。

鐵菩薩正定府城

無量根身現，巋然丈十三。大河流入鉢，層閣小於龕。相是毛端著，禪須鐵面參。空心無礙物，聊以示瞿曇。

旅夜有懷沈九奕師

相對了無語，余心每爽然。滿盤誰得算，當局爾爭先。簟掩夏無暑，燈敲夜忘眠。更煩參寫照，舒卷共年年。余小照有沈公對弈、何公指點，頗肖。

懷徐琴友（存目）

過獲鹿，蓬溪舊令劉進士德懋見訪旅社兼饋酒肴，寄以志謝

民社關心試小鮮，書生猶記阻寬川。戊申夏，同赴蜀任，阻雨於南棧寬川峽。庾郎鮭菜情偏篤，錦里蛾眉味有緣。蜀多蠶豆，一名蛾眉豆。解組壯懷覘往日，盍簪老况卜何年。己酉，劉令因公罷任，今已捐復。客窗剪燭增離緒，祖逖由來快著鞭。

宿井陘

亂峰四圍起，孤城一線通。蹊穿心境辟，井坐眼波空。未解竇墻續，難開器界蒙。蒼巖山寺裏，鐘鼓徹城東。

水磨

聒聒分清溪，水磨運魁柄。激之物隨轉，逝者心不競。上下固其理〔一〕，東西各從令。何怪告子言，湍水喻人性。

【校記】

〔一〕理：《太庵詩草》初作『性』，後墨批如是。

石炭行

我聞女媧煉石補天空，刦灰萬古沉崆峒。識者望氣産石炭，利用橐籥火生風。當其鑿硐巉巖艱於九仞井，鬼燈穿穴人如綆。蟻盤蜂聚烏銀堆，烏銀燒處光熒熒。噫嘻石炭之用等薪芻，非土非木驢駝驅。迨將從事乎，釜鬵良者登洪爐。君不見金在鎔，神光赫赫成鼎鐘。又不見歐冶子，鑄劍萬叚長鯨芒。掣雷未聞石炭躍，冶誇曾費爐中千百鍊。千百鍊，義云何。火輪風輪空輪摩，變化功能歸大造，吾願證諸富樓那。

固關途次，遇保礪堂司馬自衛藏旋都，小飲，賦成七律

三秋雁羽戢天涯，皤髮蒼髯興未乖。兩度佛場分苦樂，礪堂駐藏兩次，一任滿，一罷還。一般賢路闊朋儕。礪堂丙子入泮，後宦轍各分。談心直透三千界，下酒全虛廿七鮭。猶有山光壯行色，東西分帶夕陽佳。

寄友人王恭壽山長

秦關誰播舊才名，白髮狂生隱麴生。老健口傳兒女輩，平安信報友朋聲。晤猶子定之於京舍，晤姪女及兩甥孫於聞喜，均平善也。怕吟宦轍成詩讖，喝破禪關是筆耕。記取青門一回首，銷魂橋畔月三更。

南天門

掃空烟勢遠嵐低，望入平潭日色齊。背郭人家皆處穴，半山田畝盡成梯。寺僧避客閑蹲犬，村豎朝陽臥牧羝。不似飛鴻留爪印，天門纔下又關西。

壽陽曉發經大樹堙

霜氣重於雪，人增愛日心。涉川驚履薄，陟巘怖臨深。倦役無驕馬，單飛有凍禽。古村名大樹，餘味靜堪尋。

駝

一線能穿自在鼻，雙峰却跨天然鞍。北人見慣南人怪，駝固不知行路難。

大安驛立峰

衆山皆偃仰，此峰獨立奇。青標千古意，猶憶樊川湄。蜀棧馬道驛爲樊侯故址，溪邊有石高十餘丈，刻『青標獨立』四字。

赤脚仙李老人詩有引

老人没於七月既望，囑余龕髒於咸陽北之山厂間，爲勒石焉。疑老人不生不滅，使余心耿耿，漫成五律四首，非吊非挽，聊以述其梗概云爾。

此老誰云死，無生定有生。但從聽古迹，不復問年庚。老人相傳數百歲。《道德經》曾熟，滄桑世幾更。興亡堅不語，付與太虚評。吐屬多具至理，然堅稱不識字，亦不談休咎。

其二

皺面方瞳叟，安閑肯到門。時過我清談。麥莖陳簟笠，棉布舊衫褌。寒乞韜真相，自稱爲乞人。温顔露道根。風塵幾百載，脚板淨無痕。冬夏不著履韤。

其三

樓觀傳經地，功成第一臺。募修樓觀臺於余，余捐助成功。派從張果出，相傳爲仙人張三丰之門人，修祠於咸陽北。係自老聃來。肉食何妨伴，山童許共陪。不知官長貴，笑語漫相猜。

其四

不盡燈無盡，依崖寄肉軀。愴然通饋遺，時以瓜果見贈。邈矣墊崎嶇。嘗募修石路於涇陽。早是拋雙舄，何由見兩鳧。耳奇堪作傳，那論課虛無。

扇車

扇風面不受，車箱腹轉輪。頓教糠粃盡，立見米糧真。

平遥縣

沃野平如砥，山圍百里遥。歲豐民氣古，俗儉市聲饒。

仁義鎮

旅店雞鳴沉澗底，人家犬吠在雲間。高閑上策無如懶，堅臥牀頭只看山。

食野雞

山雞愛惜羽婆娑，肉點鍘羹味足多。寄語虞人勤著眼，倘逢白者不須羅。

霍州旅舍，見鄭板橋《水墨蘭竹》自題云『山中閉户親蘭竹，不把春光賣與人』，因賦絶句二首

蘭蕊披離竹戛摩，板橋潑墨興如何。六十年來纔見此，世間名士不容多。

那論孤節與孤芳，大造何曾有盡藏。九畹蘭香千畝竹，是誰賣把與春光。

趙城旅舍憶青門歌郎五首

新妝十五態盈盈，雲出無心却有情。條脱子虚休掩恨，誰教銀甲不彈箏。秀雲。

卿卿覿面兩緣虚，無限琴心弄佛廬。不是維摩親約束，早應奔赴渴相如。四喜。

清歌端的屬吴門，唱到情癡月有痕。閧座一聲和淚飲，牡丹亭畔爲招魂。馬雙喜。

慵於中酒懶梳頭，辜負筵前杏子眸。曾對芙蓉呼小字，浣花溪面月中秋。二桂。

作態風流作曲忙，清徵清羽又清商。多情若問誰相似，半老佳人半老郎。年冬。

晚發侯馬鎮

野曠天無際，霞吞夕照勻。樹濃看米畫，山晚辨荷皴。戍堠昏行馬，村闤暗旅塵。不須忙列炬，明月伫來親。

早度潼關

蒲坂依空盡，條岑過眼刪。靜吟千慮減，無夢一身閑。暗識風陵水，晴開太華山。雞鳴何太促，伴客度重關。

僧

不住方長住，無空乃見空。問僧僧不語，阿堵納溪翁。

武功道上喜雪

一髮山無迹，雲酣雪意催。隨輿聲颯颯，逐馬白皚皚。作絮冬欺柳，飛花臘妒梅。所欣風定後，隴麥暗滋培。

奉和嵇春波贈别詩東寄二首

三度偕君出帝京，而今獨賦壯哉行。萬重山納須彌小，一握天開北斗横。潁水濠梁成往事，蜀雲秦樹感餘情。七年風雨連牀夢，賴有相思寄管城。

醉不成歡兩手持，陽關唱罷馬驕嘶。漫隨孤鶴參禪偈，忍使飛蓬賦别離。朋席新交安此日，文房舊侶忘何時。三秋踵息如彈指，江有歸舟伫俟之。

冬至日，奉命以副都統銜出使衛藏，嘉平望前二日，復蒙恩旨除内閣學士兼禮部侍郎，恭紀（存目）

千佛崖

妙相如來現，層層峭壁懸。江流觀自在，塵劫聽因緣。若也心皈一，居然佛化千。登臨施無畏，艱險不須傳。

夜過梓潼嶺拜文昌帝君廟

天漢指文昌，盤陀七曲藏。雲山同浩淼，水月共蒼茫。北斗光依近，仙臺夢應長。洗心陰隲訓，那覺是他鄉。

補山相國招飲絳雪書堂（存目）

林西崖廉訪招飲且園即事（存目）

聞鶴村、徐玉崖兩同年招飲亦園（存目）

姚一如太守偕諸寅好再集絳雪書堂小酌

名園水竹喜平分，再會芳筵興不群。顔謝風流依絳雪，龔黄姓字入青雲。不關裙屐歡留席，爲愛琳瑯横掃軍。問政他年過此郡，錦城猶有鶴殷勤。

王秋汀觀察偕同人招飲新構華館

燕賀宏梁促膝歡，醉鄉分袂酒初闌。清歌自信雲鬟簇，别緒頻驚雪鬢殘。入定禪心探衛藏，一空凡眼度甘丹。鑿冰我去須彌外，更作琉璃看世界。

城南野望（存目）

年景花

剪破紅綃點絳霞，迎春避臘續年華。巴人若解添花譜，合取嘉平號此花。

新津

清江三折渡平津，霧樹烟嵐潑墨勻。麥豆萬畦春熟早，少陵應是買山人。

嚴君平故居（存目）

卓文君舊宅

牽輿百丈入崔嵬，水滿清畦面面開。高節未忘邛筰竹，冷香纔別錦江梅。誰憐異日平羌使，不愧當年作賦才。猶有王孫卓氏女，知音千古築琴臺。

望蒙山（存目）

除日雅州道上（存目）

雅州守歲

停驂黎雅占風光，爆竹聲傳此夕良。遥憶兒孫皆繞膝，不嗔僮僕有歡腸。囊書且共黄柑下，柏酒容銷絳蠟長。更喜梅花翻舊曲，科頭椎髻跳鍋莊。

瓦屋山初三

虹梁雲棟接邛崍，惠遠師曾説偈來。瓦屋若將窑片盖，劍門應自匣囊開。不愁陰雨迷前路，自有神燈照上臺。欲倩普賢勤示相，娑羅花下問如來。

大關山（存目）

板屋

板屋崚嶒貼竹墻，皚皚積雪壓斜梁。不須綉假裝檐額，却把琉璃作瓦當。

相嶺（存目）

清溪縣夜坐

沈黎古郡舊知名，夜半清泉繞砌鳴。除管寒山無一事，政聲合在水流聲。

曉發清溪

羽騎黎城出，山光照眼濃。回看相公嶺，已被白雪封。

飛越嶺（存目）

喜晴初六

曳雪牽雲後，新晴暖氣奢。化林排曉嶂，冷磧靜晨霞。鳥語村帘外，溪喧戍堠涯。春回陽谷裏，開遍野梅花。

瀘定橋初六

中天飛越閬風驕，行人到此疲脚腰。化林坪下春回谷，蠻村歷落排層刁。土司感舊跪迓道，賓男笮婦歡充傜。暮投山館面贔屭，瀘江一枕驚寒宵。亭長戒僕匆鹵莽，鈴騾背橐謀詰朝。此水鎮日建瓴下，不比江海信汐潮。奇哉鐵鎖三百丈，五丁挽作浮空橋。橋上木板平似砥，但見人馬凴虚超。銜枚急走響特特，羸騎那敢鳴蕭蕭。俯瞰深杳鼋鼍靜，奔湍蹴浪蛟龍跳。我乃力爭上游渡，礧硌見底清謬謬。咱哩挽舟短衣擷，有如晴湖快蘭橈。天光倒影眼波滉，又如仙槎遊紫霄。憶昔武侯親戎旅，五月渡瀘擒孟苗。毒烟瘴霧士卒困，千載令人嘆寂寥。

頭道水觀瀑，步孫補山相國、惠瑶圃制軍壁間元韻二首

其一

環宇奇觀運化機，西南重險客經稀。溯從瀘水沿崖駛，瞀仰虹流貼壁飛。元圃注應歸道岸，耳根響合入禪扉。劇憐咳唾潺亭畔，玉濺珠跳上我衣。

其二（存目）

再次徐玉崖觀察同年元韻四絶

其一（存目）

其二（存目）

其三

塵根洗脱此情深，闢就烟霞太古音。逸興如君矜老壯，玉崖時年七十有二。高吟何必定山陰。

其四

曾觀魚樂自濠梁，余戊申自皖江之任蜀臬，玉崖已官建南觀察。天末相思夜月涼。余庚戌移秦藩。再別江城春尚早，不愁徼外是他鄉。

打箭爐（存目）

折多過提茹山至阿娘壩〔一〕

逶迤折多腰，舉步防磊磈。薄暮宿荒館，未眠神已殆。此山産藥物，蘆屋透如采〔二〕。冲塞鼻觀間，屏氣喘不改。滅燈避山鬼〔三〕，悄悄手承頞。不如催旅裝〔四〕，夜半去崔嵬〔五〕。識道任老馬，那怕雪團皠〔六〕。烟霾夾笋輿，頂踵後先待。上嶺格里著〔七〕，下嶺吉古篋。耳聽番語奇，蹶趺亦無悔。跋到提茹巔，隧出驚身在。始覺朝日升，俯瞰水西匯。有如黄山遊，眼光放雲海。

【校記】

〔一〕詩題：《衛藏詩集》作『曉出提茹山頂』，並題下自注『自折多夜行』。

〔二〕『蘆屋』句：《衛藏詩集》作『蘆屋疑擷采』。

〔三〕滅燈：《衛藏詩集》作『吹燈』。

〔四〕催：《衛藏詩集》作『束』。

〔五〕去：《衛藏詩集》作『走』。

〔六〕團：《衛藏詩集》作『堆』。

〔七〕自『著』字至詩末：《衛藏詩集》奪，且衍《端陽後二日，松湘浦寄到角黍，賦答書懷》『敬齋、和希齋統帥湖南。小別天中節，同懷冀北群。九重宣露布，絶檄幾時聞』句。

東俄落至臥龍石（存目）

中渡至西俄落（存目）

咱馬納洞至裏塘

鎮日登玉臺，停驂火竹跼。卡同音。岃嵐邁連岡，望入裏塘野。四圍山作城，迎客住廣廈。少婦阿郤錯，老嫗卓爾馬。錦帛賚有差，羅拜歡階下。三千黄毳僧，合掌皆襲赭。中有老堪布，梵唄來祝嘏。念余行路難，示相宗卡把。

頭塘（存目）

喇嘛丫至立登三壩

生男不事耕，遊手鶉奔奔。頗怪喇嘛丫，居然有田園。凝睇識景物，變態恒多門。北嶺冰雪璨，南崖草樹繁。咫尺判冬夏，半空割寒暄。番兒拍健馬，插刀還腰鞬。馳驟險岡上，輕捷如飛猿。所樂息荒柵，糌粑迎風吞。

松林口（存目）

大所山《通志》作『大朔山』

我聞度朔山，猙獰多巨傀。陰崖逼行人，此間無乃是。裹棧入青冥，沉霧迷頳紫。前驅雁字排，歷落銀光紙。連朝胥震怒，今晨娥更喜。萬里一身輕，助余穩乘檋。直抵崩察木，填平路嵔𡼏。尺雪軟於綿，瑟勒聞聲耳。

甲寅

答希齋由宜黨寄懷元韻〔一〕

招西入夏冷如秋，繫念文旌賦遠遊。握別童山環毳帳，歸來弦月滿僧樓。敲詩興共忘醒醉，選佛場宜聽去留。惆悵瓜期先鹿馬，憐吾東望更搔頭。

【校記】

〔一〕詩題：《衛藏和聲集》作『答寄懷元韻』。

答前韻〔一〕

碩畫籌邊費兩秋，壯哉佛土不虛遊。歡逢客裹芝蘭室，喜結天涯棣萼樓。倚馬縹緗頻傳寄，渴人醽醁且封留。性真見處唯詩酒，何必禪關棒喝頭。

【校記】

〔一〕詩題：《衛藏和聲集》作『寄答前韻』。

疊前韻〔一〕適别蚌寺僧送白牡丹至〔二〕

番俗何曾麥有秋，天教鹿韭上方遊。春寒耐盡驪山寺，雪艷初登謝客樓。頑僕插瓶聊我伴，殘僧護檻爲公留。地謀園花未放〔三〕，公旋猶及玩也。定知布算同心賞〔四〕，富貴花中有白頭。

【校記】

〔一〕詩題：《衛藏和聲集》作『前詩既成，適别蚌寺僧送白牡丹至，復用前韻寄懷』。

〔二〕『適别』句：《衛藏和聲集》無。

〔三〕地謀：《衛藏和聲集》作『第穆』。

〔四〕知：《衛藏和聲集》脱。

疊前韻〔一〕

釋迦院裏度春秋，蘊藉冰容待冶遊。節近天中猶見雪，園開地母且登樓。霜根欲倩韓仙染，玉蕊全憑殷士留。空到色香真妙喜，何妨簪上老人頭。

【校記】

〔一〕詩題：《衛藏和聲集》作『代白牡丹答疊前韻』。

答希齋元韻〔一〕

禪語華夷化豈分，無私端合際風雲。從教宦轍迷鴻爪，却喜天涯靖野氛。黄毳千家當晝唄，青稞萬隴趁晴耘。隨車雨更懷中土，不負蒼生望使君。

【校記】

〔一〕詩題：《衛藏和聲集》作『答前韻』。

疊前韻〔一〕

遥傳西極望豐秋，恨未聯韁共雅遊。客枕夢歸千里雁，佛燈花結五更樓。敲詩驛騎情何恨，攜酒登龍話少留。最是關心吟賞日，郊原指顧麥昂頭。

【校記】

〔一〕詩題：《衛藏和聲集》作『答前韻』。

濟嚨禪師祈雨輙應志喜〔一〕

佛力真無量，高名夷夏聞。相逢評震旦，伴我慰離群。法咒龍窺鉢，翻經石觸雲。會消千嶺雪，嘆雨靖塵氛。

其二〔二〕

芸閣籠烟樹，清溪曲遶門。兼衣人忘夏，罷射鳥爭喧。柳眼開新碧，苔心洗舊痕。快逢霖雨望，小試到鑾村。

【校記】

〔一〕詩題：《衛藏和聲集》作『濟嚨禪師祈雨輙應志喜二首』。

〔二〕詩題：《衛藏和聲集》脱。

第穆園牡丹將謝，遂不果遊（存目）

曉望即事

五月寒猶峭，遥空雪嵌山。馬嘶青草陌，鳩唤綠楊灣。釋子巢雲静，番兒出寨閑。塔鈴風定後，不語挂闌干。

賦得虞美人限愁字

佛子拈花笑，虞兮得好休。根隨天女散，名向楚宫收。帳下曾憐舞，風前尚解謳。低枝含露泣，弱蒂背人羞。夜半三軍奪，霜飛一劍投。香消寧戀蝶，色正肯輸榴。似倩湘魂染，還同蜀魄留。紅顔千載駐，應脱奈何愁。

大招掣胡圖克圖即事（存目）

喜雨

祈霖上策感天和，甘澍霏霏入夜多。四面曉雲酣未了，萬家宿麥醒如何。鬼能爲厲癡應解，雨獨稱師化不訛。試問山川靈也未，澤加枯骨勝刑鵝。

答希齋元韻〔一〕

漫空碉寨似星羅，却遣愁魔入酒魔。問政犬羊天外俗，翻經龍象教中囮。忘形射圃分籌樂，得意詩壇共硯哦。莫盼瓜期先代日，忍教惆悵想嗚珂。

【校記】

〔一〕詩題：《衛藏和聲集》作『答前韻』。

夜雨屋漏呼童戽水

牀下波瀾屋上泉，三更驚起泛槎仙。剛逢甲子澆淋雨，誰向招提補漏天。書畫沾濡忙掩護，枕衾潮濕怕移遷。喜無戲瓦閑童子，一水泠泠入定禪。

六月二日〔一〕夜雨滂沱，喜而不寐，偶憶夢堂先生『雨聲不放夢還家』之句，拈以爲韻，作聽雨詞七首〔二〕

番市連朝忙社鼓，靈童出海商羊舞。果然入夜勢滂沱，有客天西呼法雨。

依稀疊鼓送殘更，枕手思眠背短檠。遮莫瀟瀟空外響，樓高檐滴却無聲。

天涯宦寄耆闍崛，責在司民兼選佛。禁當人定雨淒淒，萬里懷歸心豈不。

旅窗漫作愁霖唱，萬井倉箱須滿望。爕爕窸窸聒耳根，甘津却勝天花放。

讌罷南樓春滿瓮，歸鞍曾踏濃雲空。蛟龍索鬭夜鳴驕，爲破詩人孤枕夢。

一洗塵氛靖百蠻，臥聽繞閣水潺潺。萬喧沈寂難成寐，留取鄉心午睡還。

山南輕轉阿香車，布穀聲聲鬧曉衙。收歛神功緣底事，慈雲歸入梵王家。

【校記】

〔一〕詩題：《衛藏和聲集》作『六月二日，夜雨滂沱，喜而不寐，偶憶夢堂先生「雨聲不放夢還家」之句，拈以爲韻，作聽雨詞七首』。

〔二〕自『夜雨』至此：《衛藏和聲集》無。

答希齋捐資撥兵護送民夫回川元韻〔一〕

哀鴻鳴萬里，旋定無人招。雲天入絶眦，雪嶺排嶕嶢。嗟哉巴蜀民，孰非襁褓么。流離瑣尾態，坐視真魂消。我駐瓦合山，艱途强半遥。孤館困僮僕，瘦馬嘶不驕。忽傳陸負卒，空手愁饑枵。司空助裹糧，得以來今朝。當其初出役，泣别妻兒嬌。父母握手囑，生還繼宗祧。仁者念及此，草木回枯焦。昔聞范承吉，名以代輪要。歸者數千人，所仗公厨饒。如君助貲斧，更使潤脺膋。充兹不忍心，願以曹隨蕭。寄語還蜀者，布告司民僚。

【校記】

〔一〕詩題：《衛藏和聲集》作『答前題元韻』。

題袁子才詩集

名園曾訪白雲隈，虎踞關南看竹來。丙午秋，余遊金陵，訪隨園未遇。文苑韶年欽宿老，吟編萬里得奇瑰。脱離塵迹堪稱子，道盡人情信是才。風雅摩娑過半百〔一〕，心花從此賴君開。

【校記】

〔一〕娑：《衛藏和聲集》作『婆』。

分賦賞心十咏

射得身字

懸弧男子志，萬里試遊人。鵠設青蔬圃，曹分綠樹津。發而由正己，失則反求身。即此堪循省，休誇破的神。

弈得先字

梵地羈遲日，楸枰事足賢。理原規戰守，數自起勾弦。不語心謀合，無爭算得先。願師蘇子意，勝負總欣然。

讀得通字

萬卷何能破，群書在會通。挾來蠻嶂外，攤入梵樓中。寧比窮經伏，聊希識字雄。開編心賞處，一洗俗塵空。

吟得高字

豈作寒蟲響，生涯琢句勞。律慚垂老細，思入遠人騷。風雨懷逾曠，江山助更豪。清詩堪供佛，敢詡曲彌高。

書得心字

少廢鍾王學，於兹霜鬢侵。荒山看乞米，清書展來禽。未識揮毫興，長懷執筆心。蘭亭真有骨，且近墨池臨。

飲得歡字

般若湯何貴，移空絶域難。香知開瓮少，醉覺數杯寬。偶對春花晚，能消夏雪寒。況逢良友共，兀兀有餘歡。

談得清字

别有如蘭契，非關四座驚。日長閑拂麈，花落静挑檠。話任搜神遠，言歸論世平。箇中抽妙緒，不讓晉人清。

歌得諧字

一發穹廬興，清謳足寫懷。心隨黄鵠落，響入白雲諧。絲竹聽偏泥，宫商譜任乖。莫愁聲乍起，連臂唱蠻娃。

静得爲字

不到塵勞息，憧憧寧久持。寸田芟蔓草，一水淨方池。定慧誰曾見，操存祇獨知。况當禪寂地，政合在無爲。

睡得甜字

自入迦維域，真成吏隱兼。年華分鹿幻，仕路典槐占。事簡神能守，心齋夢自甜。誰知栩栩蝶，先我得虚恬。

旅館小酌聯句

禪心小住蜜羅天，太。有計逃禪訂酒仙。伯雅紅酣燈燼短，希。越甌緑認茗旗先。不妨得句頻呈草，太。敢以藏鈎任拍肩。輕轉阿香風送雨，希。晴隨羲馭柳飛棉。烏蠻鬼俗真難變，太。白蛤家聲訝竟傳。守法曹公欽坐鎮，希。知人蕭相感推賢。金蘭欲譜同心卦，太。玉節今撑半壁邊。漫道旅情增悵觸，希。君恩未敢正華年〔一〕。太。

【校記】

〔一〕敢：《衛藏和聲集》作『報』。

聯句

文墨論交醉亦應，敲詩喚酒共寒燈。壯懷不讓饕英使，雅韻全無本淡僧。安穩蒼生聊爾耳，超離苦界果何曾。吟成漫聽空階雨，一枕黄粱最上乘。

夏日遣懷即事，以少陵『燈花何太喜，酒綠正相親』爲韻五律十首

其一

佛轉迦維國，天西最上層。山河超兩戒，龍象説三乘。地闢韋皋績，人傳定遠能。劫來妖祲靖，無盡禮燃燈。

其二（存目）

其三

那用輪鈴相，荒酋樂止戈。廓藩成赤子，法域普春和。干羽誠應爾，詩書教若何。悉曇章萬部，空比六經多。

其四

蚩蚩綉面人，叩額招門外。毛地産無多，毳僧食已太。牒巴慶彈冠，噶倫知束帶。銓除辨等威，事更勞沙汰。

其五（存目）

其六

男女市闤間，百貨通無有。捻麨酥糊口，飲泉泥在手。性如狗國狗，歡入柳溪柳。褻露不爲羞，群酣阿拉酒。

其七（存目）

其八（存目）

其九

雙節童山駐，威聲壯藏王。籠官登衽席，社衲穩繩牀。列部依天宇，繁星近太陽。不愁兵燹劫，古殿保金相。

其十（存目）

食菜葉包[一]得包字

菘芥如蹯掌，兜來十指交。肉疑青箬裹，飯訝綠荷包。入口知兼味，沾唇免代庖。不曾勞匕箸，一飽漫相潮。

【校記】

〔一〕詩題：《衛藏和聲集》作『食菜葉包戲成五律』。

挽雲巖李大司馬四首

其一（存目）

其二

憶昔清江浦，沉痾勿藥瘳。丙午，余之任皖江。時謁先生，病劇，幾不能言。需賢重鎮蜀，有客送臨洲。丁未，先生復節制四川，余送至臨淮。二載親顏色，三巴起頌謳。戊申，余遷蜀臬。從先生遊者，二載餘。芙蓉誰作主〔一〕，萬樹錦城留。先生鎮蜀，曾栽芙容數千株〔二〕，今已成陰。

其三

南省司戎歲，官場五十年。一朝輕解組，綠野許歸田。庚戌，遷大司馬，告歸還里。黔水魚游樂，秦關雁信傳。余自庚戌冬調秦藩，時通音問。長空雲斷日，回首意茫然。

其四（存目）

【校記】

〔一〕蓉：《衛藏和聲集》作「容」。
〔二〕容：《衛藏和聲集》作「蓉」。

答祝止堂師見寄元韻並簡玉崖觀察同年

髡山四面炎天雪，鴉飛不到音書絶。忽傳郵騎魚通來，掃𢋈老將霓旌回。緘開細字寒暄問，道自崑山寄巖信。信中遥及客雕題，關情數語投筌蹄。井瓶消息何所有，浩氣蟠空歌一首。錦箋字字訝驪珠，猶是當年射鵰手。自古文章盟寸心，文章知己難兼金。因緣契分叨衣鉢，免教白蠟悲銷沉。劫來泥爪費推詳，年華六九誇身彊。江雲渭樹空過眼，蜀棧重經徂且長。而今選佛天西會，掃除智水昏波愛。優曇文比六經多，安心且學禪宗派。何曾投筆更懸刀，簿書廿載抽身勞。欣逢黑子銷氛日，喜園低護梵雲高。側聞五柳達天命，定知夫子貧非病。香芹新掇桂枝媒，趨庭笑看文燈映。雲間自昔多才人，魚魚雅雅爭扶輪。馬帳數千生徒樂，董帷半百丹鉛辛。噫嘻白苧城邊花滿溪，巖疆六月兼衣時。人生出處等蕉鹿，佛場事業通華夷。不嫌桃李冰銜罣〔一〕，尚有同聲霜鶴在。平羌江上興不淺，蒓鱸雖好休招退。新詩一寄塞垣中，鑾陬萬里如驚鴻。何當吟作莊生蝶，遊遍江南廿四風。

【校記】

〔一〕銜：《衛藏和聲集》作『街』。

次徐玉崖同年見寄元韻

吴淞江上憶三鱣，廿載花磚步上賢。門下我曾名附尾，寰中君更老籌邊。帝鄉舊雨人如昨，蠻語新詩夢也牽〔一〕。萬里鳴沙無雁使，憑將禪味好風傳。

【校記】

〔一〕夢也牽：《衛藏和聲集》作『也夢牽』。

大暑節後，得食王瓜、茄子，喜賦十二韻，兼以致謝

君不見大官綺席侈膳御，日費萬錢無下箸。鸞脯腥唇錯海珍，艱難生理輕菜茹。烏斯水冷夾山童，不施草木光熊熊。幸有官園儲畦井，富哉蘆菔饒秋菘。知君淡泊風流客，政聲噉薤能留白。忽傳山外寄珍蔬，誰道天涯生意窄。亭亭青玉束王瓜，累累紫癭盛蓄茄。落蘇依法和鹽豉，雪片瓝絲濺齒牙。喜無專饗分甘每，瓜未瓠瓤茄未餒。會教夷夏儼同風，氣味吾鄉終不改。清腴見晚恨難勝，煸爛佐酒共挑燈。此邦此味誰得似，冰壺先生玉版僧。

立秋日遣懷〔一〕七月十三日，得奉召希齋東還信〔二〕

焦暑三旬雪未融，知秋一葉省元功。野無蟋蟀藏深綠，屋有山花泣晚紅。近滿喜看天畔月，輕寒初試塞垣風。新詩那用商聲報，人在西南第八宫。

【校記】

〔一〕詩題：《衛藏和聲集》作『答前韻』。

〔二〕『七月』二句：《衛藏和聲集》無。

答吴壽庭學使同年見寄元韻四首

蘭膏綺席唱驪歌，一别蠶叢似轉螺。夢入雲山高有路，春深雪海淨無波。蠻程每滯烏拉平聲〔一〕少，旅橐還欣楷粑多。踏破禪關三月暮，艱難歷盡感如何？

一幅濤箋出錦城，愁腸初放眼花明。詩中蘭蕙薰班馬，客裏神仙憶島瀛。文陣君憐通亞榜，吟壇我喜步名卿。希齋司空雅興頗豪，朝夕唱和。風雷竺國如潮信，不似裴張判雨晴。

巴山鷲嶺兩分岐，念我知交競一時。寄語錦官人箇箇，高眠佛閣日遲遲。醁醽佳釀儲盈缶，檐葡名花供幾枝。百丈禪師應許可，清涼世界在無爲。

夢魂銜結聖恩褒，萬里巖疆佐鎮叨。寒士却慚香案吏，丈夫須佩赫連刀。教獠詩書知政簡，理藩案牘少形勞。殷勤道向文昌使，留取都門答解袍。

【校記】

〔一〕平聲：《衛藏和聲集》無。

扎什城大閱番兵，希齋司空招遊色拉寺，小酌即事四十韻（存目）

七夕遣懷

黃姑此日鎮多情，最喜天開放午晴。釋子漫誇經曬閣，須知曬腹有書生。
布達拉前百丈碉，當年贊普渡銀橋。人間天上逢茲夕，叵耐愁雲鎖寂寥。
平明灑淚雨淒淒，入夜微雲掩未齊。遙憶深閨增惆悵，牽牛獨見在河西。
客途生怕說良辰，鶴駕緱山事豈真。夢裏還家鬚髮黑，笑看兒女學浮針。
生涯萬里致空瓶，綺節消愁酒一經。天末兩星看柳宿，更無情緒看雙星。
鑾風那解磨睺羅，囊布停機也擲梭。旅館不妨孤興遣，梵聲權作步虛歌。
清宵衣冷欲披裘，養拙人眠乞巧樓。且學汾陽初出塞，不勞織女下銀州。

蠻謳行

博穆女恨不生中原，世爲墨賽百姓隸西番。阿叭父阿媽母盡老死，撈烏角角弟兄趨沙門。剩有密商單身年十五，早學鍋莊踏地舞。胭脂粉黛通麻瓊不見，拉撒佛地認通永遠充役苦。蘇銀誰歡樂柳林灣，連臂叶通唱聲關關。自尋擢卡夫索諾木造化，幾迷妻坐就時開顔。上者確布富者饒塞藕金銀，木的珍珠角鹿珊瑚綴囟首。薩通飲食豐盈褚巴衣服新，甲嗆黄酒阿拉清酒不離口。次者買布貧者嫁農商，畢噶春動噶秋勤稞秧。閑時出瑪街市售囊布氆氌，貢達晚樵汲無燈光。一朝擢卡夫還育密中國，亢罷房屋蕭條誰憫恤。生兒攜去塔戎布遠方，陳各尼參晝夜淚如潩。忽聽傳呼朗仔轄管地方頭目，安奔大人達洛今年修官衙。剗泥築土莫共澤懶惰，鳩工火速董打來加。阿卓早晨胼胝落呢馬日落，費盡涉磨氣力薩糌粑食炒麵。更番倘悮端聶兒公幹，章喀銀錢親交業爾把管事人。達楞今日無奈起蠻謳，相思苦楚端情交愁。播依番音那用吹令卜笛，咿唔敕勒動高樓。高樓索勒銀錢賞，棕棕笑也越唱青雲朗。來朝忙布多多買瑪拉酥油，燃燈喇谷佛像前供養。禱祝來生多搶錯叩頭，男身宫脚保佑轉中華。不然約古跟隨河伯婦，烏拉差徭躲却隨魚蝦。

關帝廟拈香口號

蠻雨鎮紛紛，秋寒破曉雰。麴塵波漲野，絮帽嶺披雲。人肅千年像，心隨一瓣芸。忠貞兼義勇，洵足靖邊氛。

中元夜感懷（存目）

達賴喇嘛浴於羅卜嶺往候起居

黄雲麥熟遶諸巒，覽興初登筆洞山。絶巘晴開天北路，大江流折海西灣。牧羊石叱羊群起，調象人依象教閑。月骴從今成外户，那憑達賴扣禪關。

芝徑雲林響碧湍，錦牀趺坐當蒲團。杉槽漆斛全無用，白鴿黄鴛且共歡。活水探源來石甃，野花隨意數雕欄。笑渠離垢何緣洗，我欲臨流把釣竿。

叠前韻〔一〕

我聞浴佛日，佛生白靜巒。三昧栴檀海，十方甘露山。吐水降二龍，冷暖各一灣。本來無垢身，灌頂心自閑。噫嘻千載後，流化沙門關。

我聞浮圖澄，臟腑洗流湍。一孔照室光，六塵隨波團。法力嘆幽渺，滄浪歌餘歡。達賴坐僧牢，困頓如牛欄。逝放江湖興，却勝鮎魚竿。

【校記】

〔一〕詩題：《衛藏和聲集》作『再賦前題元韻』。

答希齋祝壽元韻〔一〕

吟君雅什眼花新，屈指同科祝老椿。閲世已看飛鳥過，論交難得飲醪醇。懸門弧矢當年賀，下坂輪蹄此日珍。夢裏雍陶添暮齒，詩中張翰有鄉蒓。一生心印還千佛，百歲秋光聚兩人。最喜白雲關不住，雙林猶賦上林春。

【校記】

〔一〕詩題：《衛藏和聲集》作『答前韻』。

中秋日磨盤山口號

閶闔風無極，中秋度曉凉。野溪澄見底，壟麥刈登場。禿髩山容赭，披離樹色黄。定知今夜月，七寶合成霜。

中秋無月〔一〕

萬里月同秋正滿，如何怯被兩人看。霜娥乍掩青鸞鏡，雲母輕遮白玉盤。天柱峰頭思道術，趙知微有道術，中秋無月，備酒肴登天柱山賞玩〔二〕，天開月瑩。下山，則陰晦如前。梅花風裹憶詞官。永樂時，中秋賞月，雲陰，召學士解縉賦詩，遂口占《落梅風》詞一闋，飲過夜半月復明。太清點綴非無意，收斂光芒魄裹安。

【校記】

〔一〕詩題：《衛藏和聲集》作『答前韻』。

〔二〕看：《衛藏和聲集》作『看』，誤。

食桃偶成〔一〕

靈鷲峰頭秋氣高，何年彈核結仙桃。珍疑西母青衣捧，竊免東方白首搔。亦有酸風知俗改，聊憑鄉味憩神勞。食瓜剝棗無消息，碩果中秋入彩毫。

【校記】

〔一〕詩題：《衛藏和聲集》作『答元韻』。

小恙頓愈

其一（存目）

其二（存目）

其三

天涯淡泊有同儕，饋我山蔬處士鮭。玉版説禪聊爾耳，肯教萬里學長齋。晨惠素肴，頗適口。

答希齋元韻〔一〕

釃酒乾餱羚牡肥，早知口腹論交非。百年心迹閑居士，半世勛名老令威。奈有歸期催秣馬，豈無別淚點征衣。正須陶寫分陰惜，遮莫劇談物外機。

【校記】

〔一〕詩題：《衛藏和聲集》作『答前韻』。

連珠體答希齋〔一〕

無人調護自扶持，絶塞風霜苦自知。百病須防從口入，瘳於未病是良醫。

默默禪師最上醫，無人調護自扶持。飯到飢時眠到困，盤冰斗火復何知。

風來閶闔鵲先知，鎮日垂簾且當醫。此去更饒冰雪路，無人調護自扶持。

【校記】

〔一〕詩題：《衛藏和聲集》作『連珠體答三首』。

希齋司空奉命節制全川將東歸，爲賦韻詩三十首，述事志別

其一

廿載青雲路，歡逢出處偕。山川周雍蜀，波浪辨江淮。傾盖皇都近，張旌梵國諧。陽關三疊曲，回首漫傷懷。

其二

戎馬倥偬日，青門送使驂。恨乖挾策願，竟少末籌參。月窟烽烟息，天邊法雨涵。盍簪馳蕩節，虔卜利西南。

其三（存目）

其四

化宇番王服，含生豈異邦。乍驚雷震榻，叵耐雨淋窗。鵲尾香爐重，鴟夷國器雙。不勞更柝急，守户賴群龙。

其五（存目）

其六

最好花時節，香曇第穆園。隔山酬小別，匝月慰重論。拓羯爭跳澗，山羝怕觸藩。歸來春滿瓮，數數冷卿温。

其七（存目）

其八（存目）

其九

撥悶彈棋子，閑修方寸平。但希忘物我，非復較輸贏。入夢消殘局，微醺理敗枰。却嫌心陣苦，手舞出奇兵。

其十（存目）

其十一

無等維摩偈，殫心我亦曾。取懷談六度，饒舌説三乘。雪竇參儒戒，金瓶衍法燈。煩君燒佛手，懾盡紫衣僧。

其十二

學本安懷願，遐荒教孝慈。一朝言出室，萬户口成碑。刻影重天惠，瘳夷撲地思。化城方便力，普度有羌兒〔一〕。

其十三（存目）

其十四

草檄傳諸部，群懷鄧使君。後漢鄧叔平爲護羌校尉，皆言鄧使君待我以恩信，咸叩頭曰：『唯使君所命。』永無東向馬，豈有北來軍。雪巘封千叠，關河界兩分。書生叨坐嘯，鎮日賦閑雲。

其十五

宿緣堪異處，厥誕一秋齊。隔紀年同酉，重申命宅西。晚香憐野菊，孤影放山鶊。倘結華巔會，家山印佛梯。

其十六

不受菩薩縛，禪通學奧儒。覆盂參妙諦，博塞悟浮圖。鶴版尚書舄，鸞箋刺史符。竚看歡喜界，夷夏鼓烘爐。

其十七

黄色眉間起，敲詩興更豪。三年貪佛日，九月熟仙桃。白社思攀寇〔二〕，彤庭議代曹。瓜期欣早及，先我脱征袍。

其十八（存目）

其十九

百首和聲集，聊吟似彈丸。縹囊侵露冷，彩筆澁霜寒。社燕棲纔穩，秋鴻送欲酸。西窗頻剪燭，别淚不輕彈。

其二十

挹翠屹山莊，平分射柳堂。夜來添好夢，客裏送還鄉。芸閣風吹榻，蕭齋月照梁。蜀山遮萬點，疑是屋連墻。

其二十一

把袂了無語，翹瞻墨竹東。赭山分雁使，白髮憶壺公。遮道銅鉦帽，連郊鐵印驄。錦江春水緑，一洗塞塵空。

其二十二（存目）

其二十三

窶藪不容穴，藏身鼠自銜。文章叨命達，勛業愧才凡。養拙能存道，推心在至誠。所欣蘭臭合，與世別酸鹹。

其二十四

書劍孤懸地，都忘雪鬢侵。不言交似水，自有調如琴。旅況蝸藏殼，離情鶴在林。定知分虇後，難遣獨歸心。

其二十五

萬木凋黃葉，羲和馭轉冬。算程催夜警，愁雪及春濃。漫醉離群酒，常懷攬照容。百年修尺宅，唯有豁心胸。

其二十六

別後無他計，磨丹演六經。界天慵望雪，入夜祇看星。任冷陳蕃榻，還登汲黯庭。與君分慧業，蕭寺守空青。

其二十七

雞犬同中夏，人偏重譯交。鬼巫難作厲，生肉竟充肴。放梵聊從俗，翻經當解嘲。棘林香萬束，藉以護僧巢。

其二十八

尺五天光近，歡停帝里車。風流羊叔子，倜儻馬相如。得意揚君旆，關心過我廬。西崑憑細説，勝寄百行書。

其二十九（存目）

其三十（存目）

【校記】

〔一〕自《其七》詩末『牀人』至此：《衛藏和聲集》無。

〔二〕寇：《衛藏和聲集》作『準』。

夜抵僵里（存目）

曲水見雁

怪爾離群雁，卑飛渡藏江。陽春回谷暖，曲水合流瀧。豈爲稻粱飽，聊憑信義雙。天西諳月令，燕雀已心降。

過巴則山（存目）

海子周行四十八日，中有大山谷〔一〕

萬頃澄無底，西南海一杯。蛟鼉潛伏矣，鵜鴨樂悠哉。震澤漁檣入，昆明戰艦開。倘興舟楫利，從古涉川來。

【校記】

〔一〕『周行』二句：《衛藏和聲集》無。

亞喜茶憩軍行之後，流離甫集〔一〕

匝繞勾弦路，停驂亞喜村。覆碉藏哺燕，突竈集懸鶉。家室經年復，牛羊望歲蕃。此邦旋定後，曷策撫諸番。

【校記】

〔一〕『軍行』二句：《衛藏和聲集》無。

宿浪噶子此夕得希齋書及家信〔一〕

毳帳燈花結，歡浮大白忙。別腸三宿久，續夢五更長。畏酒臨觴訴，拚詩得句狂。書生舊習業，垂白未相忘。

【校記】

〔一〕『此夕』句：《衛藏和聲集》無。

宜椒道上（存目）

曉發江孜此地暖甚〔一〕

鑾閣起觚稜，朝暾曜上層。四山無點雪，一水見流冰。樹影環輿馬，炊烟繞谷陵。會看春景暮，隴麥綉千塍。

【校記】

〔一〕『此地』句：《衛藏和聲集》無。

札什倫布（存目）

班禪額爾德尼（存目）

次希齋韻

鬅山開錦字，述別隔由旬。聚散風花夢，浮沉雪爪身。珠緣瞧蚌採，劍豈刻舟循。欲訪真西子，無鹽恐效顰。

春堆口占寄希齋也〔一〕

千里相思萬里飛，連天火炬促征騑。歸心却忘身爲客，未得歸時且當歸。

【校記】

〔一〕『寄希』句：《衛藏和聲集》無。

望多爾濟拔姆宫（存目）

登舟即曲水藏江，以皮船渡〔一〕

鐵鎖橋邊渡，爭呼蟹殼船。一灣松緑水，萬里蔚藍天。彼岸登何易，迷津問足賢。百年真泡影，回首意茫然。

【校記】

〔一〕『即曲』二句：《衛藏和聲集》無。

古柳行（存目）

乙卯

上元立春，以齋西隙地爲太平街燈市，縱番民遊觀，如三夜放燈之制，以『春燈』二字爲韻，賦詩十五首，以紀其盛云〔一〕

其一（存目）

其二

俄碞兼金下坂輪〔二〕，離家兩度斗逢春。上年在雅州守歲。劇憐獨宿寒巖寺，一掬歸心一掬春。

其三

西南三倍俯崑崙〔三〕，重譯詩書有四民。廓藩遣人在藏讀漢書。膏澤覃敷須萬里，寒亭暖谷一般春。

其四

鹿苑龍城隱法身〔四〕，黃金布地未爲貧。憑將六度千迷道，一度無迷總是春。

其五

雁户依依托土民，佛心安集感斯辰。藏中多流民，達賴喇嘛出貲安集之，湘浦司空偕余勸諭之力也。〔五〕不慚絶幕空匏繫〔六〕，乩馬天邊有脚春。

其六

捲旆韜章靖塞塵〔七〕，兵事凱旋纔二載。靈花忍草看重新。伽陀鼓吹余非佞，阿颰經傳萬里春。先是，曾延喇嘛誦經兩日。

其七

抱影蝸廬認妄真〔八〕，瓶醐騂酪敢辭頻。雲開節醉傳生酒，都爲元宵火迫春。

其八（存目）

其九

年催蒲柳近山僧〔九〕，太乙青藜照我曾。意樹心花開萬朵，不妨香界試饞燈。

其十

花藕魚龍結彩繒〔一〇〕，南油西漆影分朋。一弓寂圃攢星火，何用貧家一盞燈。

其十一

本覺何如今覺增，虚空萬象半儒僧。少年行樂渾如夢，不信青燈是法燈。

其十二

衎賓月竁古何曾〔一一〕，自是山濤天骨應。毳帳共傾三昧酒，醉於俗典炳心燈。

其十三

籠官此夕會毛氈〔一二〕，設醼刲羊酒似澠。縷鹿蠻娃休愛月，世間好女不觀燈。

其十四

茶清肴䏶列如塍〔一三〕，西弄喧闐處處膺〔一四〕。袙腹帩頭趨亥市，大家爭看廣陵燈。

其十五

鐵圍山色耀層層〔一五〕，豁落圖看直似繩。竺國從今添佛史，婆陀未許獨燃燈。

【校記】

〔一〕詩題：《衛藏詩集》作『上元立春，以齋西閑地爲太平街燈市，縱番民遊觀，如放夜之制，以「春燈」二字爲韻』。

〔二〕是詩：《衛藏詩集》無。

〔三〕是詩：《衛藏詩集》無。

〔四〕是詩：《衛藏詩集》無。

〔五〕自『藏中』至此：《衛藏詩集》無。

〔六〕慚：《衛藏詩集》作『慊』。

〔七〕是詩：《衛藏詩集》無。

〔八〕認妄真：《衛藏詩集》作『妄認真』。

〔九〕是詩：《衛藏詩集》無。

〔一〇〕是詩：《衛藏詩集》無。

〔一一〕是詩：《衛藏詩集》無。

〔一二〕是詩：《衛藏詩集》無。

〔一三〕昲：《衛藏詩集》作『昲』；『茶清』句下：《衛藏詩集》詩人自注『番民飲食無直』。

〔一四〕『西弄』句下：《衛藏詩集》詩人自注『扮諸色雜劇』。

〔一五〕是詩：《衛藏詩集》無。

答和希齋由巴塘簡寄元韻

鄉心隨鹿馬，寥落望春回。蟄户雷偏震，初七夜，雷發聲最壯。花朝草未荄。河蚌爭鼓吹，山魅兢喧豗。念九日，看跳布扎。初六日，達賴喇嘛下山，聚僧二萬餘。尚友唯書史，由他没脚埃。

閏二月一日〔一〕答裘靜齋先生春分雪後小集元韻，並簡松湘浦司空〔二〕

一夜西崑雪〔三〕，司分別有天〔四〕。冬春皆無雪〔五〕。蝶周方栩栩，鹽絮共翩翩。罷會金鋪地，達賴喇嘛攢招佛事方畢〔六〕。爭開玉種田。歡墾工布塘荒田初作〔七〕。髡山消冷骨，秃柳茁寒烟。白戰忘賓主，清談酌聖賢。最憐雙鶴舞，慷慨萃中年。

【校記】

〔一〕詩題：《衛藏詩集》作『閏二月一日，春分雪後小集松湘浦、裘靜齋』。

〔二〕『答裘』二句：《衛藏詩集》無。

〔三〕西崑：《衛藏詩集》作『司分』。

〔四〕司分：《衛藏詩集》作『西崑』。

〔五〕『冬春』句：《衛藏詩集》無。
〔六〕『達賴』句：《衛藏詩集》作『攢招佛事方畢』。
〔七〕『歡壂』句：《衛藏詩集》作『時工布塘壂田二千餘畝』。

靜齋架上墨梅攜歸，再用前韻（存目）

答松湘浦咏園中雙鶴韻（存目）

端陽夏至，雨中燕集龍王塘閣二首〔一〕

擔榼提壺綠樹汀〔二〕，濃雲羃䍥隱山青〔三〕。兩三人渡一溪水，重五日來百丈庭。噀酒豈憑黃衲咒，刲羊權作白鵝刑。月前祈雨輒應〔四〕。神龍會我爲霖意，夏至日雨，爲霖時雨〔五〕。喜雨他年號此亭。

佛閣澄心更鑒空，無緣難得會天中。笙簫耳泥抽身早〔六〕，林壑人閑放眼同。亦有飛鳧銜檻外，以皮船作競渡戲〔七〕。不妨拍板唱江東。座中鄒斛泉、鍾秀峰歌最妙〔八〕。白頭漫訝青山雪〔九〕，四望，遠山皆雪〔一〇〕。熱惱清涼變此翁。

【校記】

〔一〕詩題：《衛藏詩集》作『端陽夏至喜雨，偕同人小酌龍王塘閣上』。

〔二〕綠樹：《衛藏詩集》作『繞綠』。

〔三〕羃歷：《衛藏詩集》作『幕歷』。

〔四〕『月前』句：《衛藏詩集》無。

〔五〕『夏至』二句：《衛藏詩集》作『夏至，雨爲霖時雨』。

〔六〕泥：《衛藏詩集》作『詎』。

〔七〕『以皮』句：《衛藏詩集》作『以皮船作競渡之戲』。

〔八〕『座中』句：《衛藏詩集》作『座中鄒斛泉、鍾秀峰各清歌一曲』。

〔九〕漫：《衛藏詩集》作『却』。青山：《衛藏詩集》作『漫山』。

〔一〇〕『四望』二句：《衛藏詩集》無。

磨盤山廟碑

文殊皇帝，真天人師。大千普育，法輪護持。阿耨波淨，耆闍雲垂。憬彼廓番，蝸觸坤維。皇帝震怒，乃命麾戈。大將軍福，大司空和。軍籌戰律，秉算靡訛。巴圖魯海，霹靂摧柯。克震克捷，壬子之秋。元戎奏績，虎將陳猷。爰發願力，仰答神庥。布金五千，作廟山陬。載謀載度，濟嚨浮屠。鳩工閲歲，蕆厥宏謀。翼翼輝輝，寶像金軀。於萬斯年，永祝皇圖。

達賴喇嘛邀遊羅卜嶺岡浴塘（存目）

答楊明府九日詩元韻〔一〕

兩度重陽節，登臨意最賒。四圍看鷲嶺，萬里駐星槎。迷雪征鴻杳，依風客燕斜。與君南北侶，容易聚天涯〔二〕。

僧格山前藏布江，高樓收取映寒缸。休驚霜圃花容老〔三〕，且對雲霄鶴影雙。把酒西風吹客榻，敲枰落葉打禪窗。著書漫遣他鄉日〔四〕，江總《衡州九日詩》云：『聊以著書情，暫遣他鄉日〔五〕。』遮莫題糕興未降〔六〕。

【校記】

〔一〕詩題：《衛藏詩集》作『次韻楊覽亭同年九日詩』。

〔二〕聚：《衛藏詩集》作『共』。

〔三〕花容：《衛藏詩集》作『秋容』。

〔四〕漫遣：《衛藏詩集》作『爲遣』。

〔五〕暫遣：《衛藏詩集》作『漫遣』。

〔六〕遮莫：《衛藏詩集》作『况有』。

九月望日（存目）

九月既望，浴馬於藏江，馬銜巨魚擲岸，僮攜以歸，戲賦長篇，以志其事云（存目）

秋閲行（存目）

喜聞劉慕陔太守代戍有人〔一〕

四稔烏斯客，瓜期一指彈。紫光來日角，黄色起眉間。舊政魚梟國，新詩鹿馬山〔二〕。自經歡喜界，蜀道不知難。

其二〔三〕

花信風傳日，三年話錦城。雪來惟伴鶴，柳往恰聞鶯。白髮今同照，青雲昔共程〔四〕。一肩民社重〔五〕，再借老書生。

【校記】

〔一〕詩題：《衛藏詩集》作『喜聞劉暮陔刺史秩滿將歸』。

〔二〕『新詩』句下：《衛藏詩集》詩人自注『藏東鹿馬嶺，陂去平來』。

〔三〕詩題：《衛藏詩集》無。

〔四〕『青雲』句下：《衛藏詩集》詩人自注『予任蜀臬時，慕陔任資陽』。

〔五〕重：《衛藏詩集》作『任』。

慰問鄒斛泉先生患痔〔一〕

禪榻淒涼挽鬢絲，維摩病示現身醫〔二〕。連朝叵忍跏趺結，就枕閑觀幾局棋。

一盞寒燈一卷書，尻輪神馬近何如〔三〕。山莊座少鄒和尚，此病真難跨白驢。鄒和尚者，文殊化身，跨白驢，登繖山，隱居修道。白驢，乃白象也。

【校記】

〔一〕詩題：《衛藏詩集》題作『鄒斛泉患痔戲贈二絶』。

〔二〕『維摩』句下：《衛藏詩集》詩人自注『斛泉精岐黄』。

〔三〕近何如：《衛藏詩集》作『困何如』。

丙辰

上元燕集山莊，觀番童跳月斧，次楊覽亭同年韻（存目）

答謝一如姚太守見惠蜀紙〔一〕

老楮凝霜出益州，千金難得到蠻陬。冰文藡合山經注〔二〕，玉版箋宜佛史留。汲古少年成雅癖，著書絶域豈窮愁。郵筒萬里殷勤謝，快似鸞箋造鳳樓。

【校記】

〔一〕詩題：《衛藏詩集》作『謝成都太守姚一如見寄蜀紙』。

〔二〕冰文：《衛藏詩集》作『冰紋』。

《唐棣之華》述懷〔一〕

何事棠華句〔二〕，悠然萬里心。瑞香迷絶徼，晴雪憶遥岑。夢入彌天界，芳曇覺樹林〔三〕。孔懷兄弟咏〔四〕，言念友生吟。室遠人伊邇，詩成思更深〔五〕。尃樓多古意，好與共幽尋。

【校記】

〔一〕詩題：《衛藏詩集》作『答松湘浦《唐棣之華》元韻』。

〔二〕棠華：《衛藏詩集》作『唐華』。

〔三〕芳曇：《衛藏詩集》作『思縈』。

〔四〕咏：《衛藏詩集》奪。

〔五〕思：《衛藏詩集》作『語』。

登樓即事，次湘浦元韻〔一〕

不怕登樓泥〔二〕，天光放眼清。江山護羌國〔三〕，書劍繫鄉情。四諦觀人世〔四〕，三餘味我生。招遊多雅意，花事趁春晴。

【校記】

〔一〕詩題：《衛藏詩集》作『湘浦招飲次韻』。

〔二〕泥：《衛藏詩集》作『記』。

〔三〕羌國：《衛藏詩集》作『番國』。

〔四〕『四諦』句下：《衛藏詩集》詩人自注『佛書：苦集滅道，謂之四諦』。

暮春大雪，謾成七絶，以『一片花飛減却春』爲韻〔一〕

其一

鑾鄉別有陽和日，一夜東風飄六出〔二〕。金殿暉暉作玉妝，皓然林岫看如一〔三〕。

其二（存目）

其三（存目）

其四（存目）

其五

小圃方方寒入檻，麪堆玉滿憑揮摻。敲詩切務去陳言〔四〕，莫教梁園樂事減〔五〕。

其六

黨家風味陶家樂，雪裹誰看雙白鶴〔六〕。熱惱清涼一洗空，卧袁訪戴都抛却。

其七（存目）

【校記】

〔一〕詩題：《衛藏詩集》作『暮春大雪七絶』，並題下自注『以「一片花飛減却春」爲韻』。

〔二〕一夜：《衛藏詩集》作『昨夜』。

〔三〕如：《衛藏詩集》作『成』。

〔四〕切務：《衛藏詩集》作『難得』。

〔五〕莫教：《衛藏詩集》作『免教』。

〔六〕雪裹：《衛藏詩集》作『萬里』。

四明樓吟（存目）

巡邊四十八首

天壁大佛聶黨山

鼉縛金身囓壁妝，跏趺嘿嘿指津梁。長年不放優曇鉢，一任江流得得忙。

喇嘛鴛鴦（存目）

野帳〔一〕曲水

銅角震天地，營開古柳東。拂蘆花罽滿，服匿乳酥豐。落落鳴雞月，蕭蕭牧馬風〔二〕。夢回羊胛熟，前路問摩穹〔三〕。

【校記】

〔一〕詩題：《衛藏詩集》作『曲水野帳』。

〔二〕牧馬風：《衛藏詩集》作『馬立風』。

〔三〕穹：《衛藏詩集》作『窮』。

虞美人花

瓦缶花含笑，嬌嬈號美人。無知任草木，天地一般春。

渡江（存目）

鐵鎖橋（存目）

將抵巴則

五百曉驛驂，遥看雪嵌嵐。麥畦分水緑，花徑滿山藍。絶少風塵逐，欣饒蔬菜甘。蠻程逢道泰，到處有書龕。

夜雨〔一〕

一夜漫山雨，蟾帷動客豪。却忘雲臥冷〔二〕，且喜麥流膏。

【校記】

〔一〕詩題：《衛藏詩集》作『巴則嶺夜雨』。

〔二〕却忘：《衛藏詩集》作『不知』。

大雪度嶺〔一〕

滑跶石頭路，蕭疏銀海迷。昌黎共坡老，此地恨無詩。

【校記】

〔一〕詩題：《衛藏詩集》奪。

宜椒道上〔一〕

北轉宜椒路〔二〕，春寒料峭多。禿髯山積雪，鐵髮草臨坡。每食無求飽，因心養太和。自來除病藥，秘密養黃婆〔三〕。

【校記】

〔一〕詩題：《衛藏詩集》作「宜椒道上野飯」。

〔二〕宜椒路：《衛藏詩集》作「宜椒口」。

〔三〕養：《衛藏詩集》作「在」。

宿春堆（存目）

喇嘛丫頭谷洗道旁，一喇嘛一丫頭持牛乳，飲緯夫各一勺，盖夫妻充斯役也〔一〕

莫怪東坡併一身，科頭赤脚本相親。昌黎詩『一奴長鬚不裹頭，一婢赤脚老無齒』，此記盧仝之一奴一婢也。東坡絶句云『更煩赤脚長鬚老，來趁西風十幅蒲』，併作一人矣〔二〕。優婆夷配優婆塞，梵言，優婆夷，善女也；優婆塞，善男也〔三〕。也作天涯施濟人〔四〕。

【校記】

〔一〕自『谷洗』至此：《衛藏詩集》作『一夫一妻路旁施酥茶』。

〔二〕自『東坡』至此：《衛藏詩集》作『東坡詩云「更煩赤脚長鬚老，來趁西風十幅蒲」，則是併作一人矣』。

〔三〕自『梵言』至此：《衛藏詩集》無。

〔四〕天涯：《衛藏詩集》作『蠻鄉』。

札什倫布朝拜太上皇帝聖容恭紀（存目）

懷松湘浦大司空〔一〕

輕輿到處六番迎，絶徼山川畫有聲〔二〕。余有紀行詩草〔三〕。此日談經虛博士，古來布陣盡儒生〔四〕。憐君寂寞金剛窟，快我周遊舍衛城。第穆園中花本色，賞心多插掬香瓊。

【校記】

〔一〕詩題：《衛藏詩集》作『寄懷松湘浦』。

〔二〕絶徼：《衛藏詩集》作『絶幕』。

〔三〕『余有』句：《衛藏詩集》無。

〔四〕盡：《衛藏詩集》作『有』。

懷裘静齋〔一〕

最喜才年壯，如君萬里裘。静中能悟妙，樂處可忘憂。書簏應懷沈，齊沈麟士遭火，燒書數千卷，年過八十，鈔寫書數十簏〔二〕。談天尚近鄒〔三〕。鈔編無太促，十紙足閑休。

【校記】

〔一〕詩題：《衛藏詩集》作『裘静齋』。

〔二〕自『齊沈』至此：《衛藏詩集》作『時淇園隨營』。

〔三〕『談天』句下：《衛藏詩集》詩人自注『斛泉在前藏』。

懷鄒斛泉〔一〕

佛界來尋如意珠，雲霞纔結贈文無〔二〕。感君寫我修羅照〔三〕，傳作瀛洲學士圖。

纖山誰識老瞿曇，中酒敲枰興正酣。同作鷓鴣聲裏客，怕聽高唱望江南。

【校記】

〔一〕詩題：《衛藏詩集》作『鄒斛泉』。

〔二〕『雲霞』句下：《衛藏詩集》詩人自注『時斛泉將歸』。

〔三〕『感君』句下：《衛藏詩集》詩人自注『寫予梵相，以十八羅漢爲友』。

懷劉慕陔刺史〔一〕

儒術原通釋，三年學睡仙。華胥吹別調，混沌譜真詮。鬼笑貧何病，人言富在天。松枝東向後，前路正悠然。

【校記】

〔一〕詩題：《衛藏詩集》作『劉慕陔』。

懷楊覽亭明府〔一〕

甌駱才名手八叉，也隨瓶鉢訊蘭奢。勤看白選爐中火，省放黄紬被裏衙〔二〕。刀蜜肯教沾廣舌〔三〕，陶輪且得擲恒沙。成都織女如求卜〔四〕，靈運今年可在家。

【校記】

〔一〕詩題：《衛藏詩詩集》作『楊覽亭』。

〔二〕『省放』句下：《衛藏詩集》詩人自注『時監鑄寶藏錢局』。

〔三〕蜜：《衛藏詩集》作『密』。

〔四〕『成都』句下：《衛藏詩集》詩人自注『覽亭有妾在成都』。

班禪額爾德尼共食（存目）

佛母（存目）

拉爾塘寺（存目）

騾子天王拉爾塘寺西北岡堅寺，供奉最稱靈驗〔一〕

天王何事跨神騾，彈壓山川伎倆多。智慧若除煩惱賊，何難一劍斬千魔〔二〕。傳云：天王除賊時，手劍一揮，千人頭盡落，遂成聖，供爲護法〔三〕。

【校記】

〔一〕自『拉爾』至此：《衛藏詩集》無。

〔二〕何難：《衛藏詩集》作『何勞』。

〔三〕自『傳云』至此：《衛藏詩集》作『俗傳，天王一劍一揮，千人頭盡落』。

札什岡道上

札什岡前路轉螺，一灣沙磧水昏波。炫人刀火窮垂仲，夾道幢幡走杜多。北陸日行天漸遠，南針車指路無訛。荒邊不記天中節，觧粽無心吊汨羅。

曉發彭錯嶺（存目）

轄載道上（存目）

甲錯山（存目）

野花（存目）

端陽述懷，奉簡松湘浦大司空（存目）

脅噶爾（存目）

定日書事（存目）

松湘浦寄瓮頭春酒至，喜賦七絶〔一〕

寒颸毒瘴入雲隈，天上難逢麴秀才。踶倒軍持打破瓮，一封春色自空來。

【校記】

〔一〕詩題：《衛藏詩集》作『湘浦寄瓮頭春酒至』。

楊覽亭賦九言《跨馬行》寄沈淇園，戲步元韻以答之〔一〕

跨馬風塵不若乘飛艫，坐船波浪不若乘飛車。要知人生勞逸皆分定〔二〕，請看擔夯行脚呼謣輿。今吾與子縱控萬里餘，有如老馬奔趹學赤駒。年庚白雞君早門前弧〔三〕，科名戊子我騎陌上驢。伏獵侍郎來佩乙字虎，瘦羊博士先思丙穴魚。休文腰瘦沈家脾無恙〔四〕，拍馬操刺不讓老柏塗。清詩寄到九字梅花格，頗念遠人下得轉語無。吁嗟百年聚散如撲滿，贈言他日無忘出塞圖。君轉半藏而我轉全藏，宅西和仲更遊坤之隅。蹇蹇匪躬卜曰西南利，腐儒事業自笑籌邊迂。豈比少游款叚騁鄉里，逝將鳴鼓攻之非吾徒。

【校記】

〔一〕詩題：《衛藏詩集》作『楊覽亭思歸，賦九言詩，名《跨馬行》，寄沈淇園，遂次韻以答之』。

〔二〕自『生』字至詩末：《衛藏詩集》錯簡於《端陽後二日，松湘浦寄到角黍，賦答書懷》詩後。

〔三〕雞：《衛藏詩集》作『鳳』。

〔四〕『休文』句：《衛藏詩集》作『沈郎腰瘦落得脾無恙』。

贈項午晴刺史抵前藏任（存目）

熱水塘自拉普平地出泉，池徑丈餘，水如沸湯，旁穿小池，疏水以浴〔一〕

丁女壬夫配，平泉沸似湯。火輪旋地軸〔二〕，燃鼎出天堂。浴此身離垢〔三〕，澄之背放光。誰家冰氏子，挾炭冶爐旁。

【校記】

〔一〕自『自拉』至此：《衛藏詩集》作『在拉普地方』。

〔二〕旋：《衛藏詩集》作『隨』。

〔三〕離垢：《衛藏詩集》作『無垢』。

咱拉普夜雨不寐，默憶山莊景物，漫成六絶〔一〕

軍門咱拉普前和〔二〕，背枕寒燈睡作魔。閲武歸來洗兵甲，不須壯士挽銀河〔三〕。

訊方有麥竟無禾〔四〕，梵宇年來樂止戈。九月吃糕秋尚早，雨中齊唱飯牛歌〔五〕。

一滯淋成瀰渃江，神龍幽贊果無雙。西來夢入三摩地〔六〕，剩有獼猴應六窗。

伽陀咒鉢下方塘，玉女披衣見斗鄉。却憶小園淋雨鶴，蹣跚也學舞商羊。

鸚鵡呼名養翠雛，啄餘香稻灑庭隅〔七〕。能言不及知時鳥，喚雨聲聲叫勃姑。

三白林間阿閦居，花畦蔬圃近何如。潑天法雨彌天釋，添箇真丹處士爐。

【校記】

〔一〕詩題：《衛藏詩集》作『夜雨不寐憶山莊景物六首』。

〔二〕『軍門』句：《衛藏詩集》作『營屯雜喇普之阿』。

〔三〕不須：《衛藏詩集》作『勝教』。

〔四〕竟：《衛藏詩集》作『古』。

〔五〕雨中：《衛藏詩集》作『大家』。

〔六〕夢入：《衛藏詩集》作『夢穩』。

〔七〕隅：《衛藏詩集》作『除』。

曉發咱拉普〔一〕

雨霽殘星曉，前旌指薩迦。風光酣麥隴，烟火暈人家。銅角牛鳴窖，銀驄鳥印沙。樂觀童叟聚，膜拜點松花〔二〕。

【校記】

〔一〕詩題：《衛藏詩集》作『曉發雜喇普』。

〔二〕膜拜：《衛藏詩集》作『處處』。

薩迦廟（存目）

薩迦呼圖克圖〔一〕娶妻生子後，乃坐牀掌紅帽教〔二〕

天尺西南蹇六爻，修多羅近裸人郊〔三〕。山南，即野人國交界〔四〕。愛河難得生龜脱，覺樹還須野鵲巢〔五〕。丹轉辟邪聊我贈，以藥九萬顆合作一丸贈余，云能辟邪〔六〕。珠藏如意恐君拋。在家僧宿來飛錫，莫笑天西有繫匏。

【校記】

〔一〕詩題：《衛藏詩集》作『贈薩迦呼圖克圖』。

〔二〕自『娶妻』至此：《衛藏詩集》作『僧有妻室，爲紅帽教』。

〔三〕裸人：《衛藏詩集》作『野人』。

〔四〕自『山南』至此：《衛藏詩集》作『山南有洛獝茹巴，即野人國也』。

〔五〕還須：《衛藏詩集》作『從教』。

〔六〕自『以藥』至此：《衛藏詩集》作『以萬靈辟邪丸贈予』。

班禪額爾德尼設宴畢，精舍久談，爲賦長篇以志其事（存目）

留别班禪額爾德尼（存目）

生多喜雨獨酌青梅酒

日驀江流急，沙村野望通。潑天鳴駛雨，撲地捲光風。酒瀉銀瓶緑，花開瓦缶紅。興酣梅子熟，那復論英雄。

徐玉崖觀察同年寄贈詩集、南酒，簡謝二首

一樹旃檀片片香，澥來薇露挹芬芳。雲程漫道同年老，雪棧猶憐少婦狂。集中有咏裏塘土婦阿郃錯氏風流事詩。對壁三霜勤翰墨，披裘五月獲琳瑯。時端陽，經甲錯山，重裘猶覺凍噤，適《寒玉山房詩集》寄至。自慚雪嶺閑塗抹，不及徐妃半面妝。

挏馬椎牛臓腑腥，圓間無物盡空瓶。逃禪座少歌三雅，佞佛門無問五經。萬里江湖春色到，廿年風雨夢魂醒。孤斟似對天池老，人在平羌月在庭。

草壩即景

北轉蓬婆迴，陀道阻長。人烟疎墨帳，居民皆住黑帳房，無田廬。梵宇闢銀岡。四面雪山。野曠烏攢犉，山空白點羊。自無天外路，何處是他鄉。

將抵麻爾江桑乃，冰雨驟至

穇粒硬頭雨，顆顆水銀珠。故知空結習，冰蕊到身無。

不寐（存目）

巴乃道上

毛雨毳毳拂面斜，漫山開遍盜庚花。奇香異草風能逆，不見菩提娑力叉。

陽八井喜青菜寄至

雪嵓飛到綠雲筐，行庖鐐子喜氣揚。雨中韭葉剪鍾乳，露下萵笋擘蒼莨。白葵圓融辣底玉，翠菘滑膩甜底霜。水芹菠薐含餕餡，晶葱銀蒜薫椒薑。噫嘻五菜甘腴皆真味，一弓兩席鋤芬芳。民間此色不可有，書生此味不可忘。自古瘠地牡肥羊，清如苕帚掃枯腸。膻風難得菜園踏，五臟神快還故鄉。

喇嘛噶布倫堅巴多布丹從余巡邊勤慎，賦詩書扇以獎之

本是頭陀性，真源悟狹寬。業儒吾選佛，出世爾爲官。身受四知戒，心希二諦難。不爲乾没計，省慮子孫寒。

送別劉慕陔、鄒斛泉中表東歸，即席賦六言（存目）

九日遣懷

三度重陽日，秋光壯鐵圍。露葵千佛座，霜菊老僧衣。攬鏡羞云暮，停杯羨曰歸。是日，楊覽亭東歸。小莊饒異趣，鶴鹿久忘機。

書劍童年興，今懸北斗西。江山留逸客，風雨咽鳴雞。止酒談何卓，湘浦大司空戒飲。簪花老不羈。更懷劉夢得，糕字錦城題。劉慕陔已抵成都矣。

湘浦大司空喜雪元韻（存目）

項午晴刺史以弈負餉蒸鴨漫成五律

陸子能言鴨，天西比鳳難。偶憑方罫局，似彈使君丸。味足金羹泛，香浮玉飯摶。烏衣知有夢，一隻舉羅寬。

范六泉明府燕客，乃藏地閏九日也

鑾曆何人著訊方，小陽春是閏重陽。三秋白月高無比，萬里黄楊厄不妨。客裏題糕歸似夢，雪中插菊傲於霜。天涯此會茱萸少，省作明年醉後狂。

以自煎白菜羹饋湘浦司空（存目）

慎躬中秋寄懷元韻（存目）

賦得大悲超宗湘浦大司空手書四字，顏於布達拉經堂

龍象招提古，山河絶幕通。育仁超淨覺，普濟化頑空。一念蒼生穩，千年法界同。雁堂輝鐵畫，花雨落珠宫。大願船留想，無心椀易窮。舉頭銘震旦，摩頂振鴻蒙。佛佞人施力，儒兼墨有功。蒼松西向日，怕見一枝東。

祭竈書懷二首（存目）

謝午晴刺史饋紹酒

闊别南江酌，霞漿到梵樓。自開夫子瓮，又泛謫仙甌。有德何須頌，無功欲罷籌。洞庭春色好，聊作釣詩鈎。

六泉明府饋火鈷（存目）

除夕，時憲書不至，感賦長篇（存目）

丁巳

七夕濃陰述懷（存目）

賦得飼池魚（存目）

見和飼魚詩，答項午晴刺史（存目）

八月十五日夜小集同人玩月，並簡湘浦司空四首

其一

皎皎彌天月，團團四仲秋。華夷同此照，今古復何愁。似水明僧舍，如霜冷戍樓。恩光依北斗，那論犬羊州。

其二

南嶺鬱蒼蒼，兼衣八月涼。舉頭金鏡滿，回思玉鈎藏。達者觀盈縮，佳人愛景光。蘭閨今夕夢，切莫到蠻鄉。

其三（存目）

其四（存目）

中秋玩月有懷靜齋先生、六泉明府

其一

西來月竁更天西，仙有虹橋佛有梯。欲識閻扶空樹影，梵樓應問小芻尼。

其二（存目）

其三（存目）

其四

玉局平鋪一指禪，冰壺清徹冶爐烟。秋光灑落渾無事，莫把詩名讓子遷。

九月初三日迎霜降（存目）

九月初五日傷友二首

艾夔庵孝廉（存目）

和希齋宣勇

封侯星使壯，選將月卿聯。雪棧嘶風馬，蠻溪跕水鳶。淩烟青汗簡，宿草白經年。剩挂殘詩句，塵封淚愴然。

秋興初七

西地好秋光，貪書夕照長。雀喧窗影亂，花落硯池香。過眼詩千首，經心字萬行。生涯富如此，幸得守蠻疆。

其二

木落寒山見，園畦步一巡。啖蔬麛識主，添料鶴依人。葵子霜前熟，菘根劚處勻。更藏花晚節，點綴小陽春。

早起初八

睡起蠻雞喔，燒檠助曉光。靜殊僧舍鬧，閑覺隴雲忙。世故隨年減，鄉心展卷忘。自存平旦氣，今古思茫茫。

重陽九咏（存目）

哀鸚鵡

海南靈羽挂庭除，黄口青衿養漸舒。豈爲《心經》通梵本，不勞蠻語報鄉書。蘭燈黯黯狸眠熟，香稻零零雀啄餘。惆悵呼名曾識主，欲將舍利訪蘧廬。

謝項刺史書梵相

龍騰鳳集狂浮屠，鍾王之筆敵韓蘇。玉環飛燕信手得，公孫舞劍神光殊。縑繒莫怪裁半段，怕君完取充袍襦。君書字匹絹，我文字一珠。珠絹豈難得，書文千載都。文覆醬瓿子雲快，書换羊肉東坡娱。東坡飲酒不盡器，天涯醉少蛾眉扶。

放魚詩用東坡韻（存目）

書事漫成

血刃飄零稚子魂，殺人横道主名論。頭陀幾誤沉智井，刀削何由訪郭門。空望寒林無鐸語，欲尋梵寺少鐘捫。佛圖澄倩觀油掌，可許蘩亭雪此冤。

波羅狗

字犬波羅蜜，全殊善噬能。偶疑花徑客，偏識肉山僧。守夜眠牀角，聞聲吠閣棱。舐誰殘藥鼎，雲裏憶飛昇。

阿爾湛酒歌（存目）

送别范六泉明府秩滿還蜀二首

其一

佛界雲程共一班，希文家世好追攀。逃名客代裘居士，勵節心同項仲山。憐我白烟通鼻觀，喜君黄色起眉間。六千僰棧冬無雪，快及春浮玉壘關。

其二（存目）

衛藏詩集

甲寅

打箭爐（存目）

曉出提茹山頂（存目）

脅噶爾（存目）

定日書事（存目）

湘浦寄瓮頭春酒至（存目）

楊覽亭思歸，賦九言詩，名《跨馬行》，寄沈淇園，遂次韻以答之（存目）

乙卯

上元立春，以齋西閑地爲太平街燈市，縱番民遊觀，如放夜之制，以『春燈』二字爲韻（存目）

閏二月一日，春分雪後小集松湘浦、裘静齋（存目）

静齋架上墨梅攜歸，再賦前韻（存目）

答松湘浦咏園中雙鶴韻（存目）

端陽夏至喜雨，偕同人小酌龍王塘閣上（存目）

達賴喇嘛邀遊羅卜嶺岡浴塘（存目）

次韻楊覽亭同年九日詩（存目）

九月望，布達拉朝拜聖容，訪達賴禪座（存目）

浴馬藏布江涘，馬銜巨魚擲岸上，僕攜以歸，戲賦長篇，以志其異（存目）

鄒斛泉患痔戲贈二絕（存目）

秋閲行（存目）

喜聞劉暮陔刺史秩滿將歸（存目）

丙辰嘉慶元年

上元山莊燕集，觀番童跳月斧，次楊覽亭韻（存目）

謝成都太守姚一如見寄蜀紙（存目）

答松湘浦《唐棣之華》元韻（存目）

湘浦招飲次韻（存目）

暮春大雪七絶（存目）

四明樓吟（存目）

喇嘛鴛鴦（存目）

曲水野帳（存目）

虞美人花（存目）

渡江（存目）

鐵索橋（存目）

巴則嶺夜雨（存目）

大雪度領（存目）

宜椒道上野飯（存目）

宿春堆（存目）

喇嘛丫頭（存目）

札什倫布朝拜聖容恭紀（存目）

班禪額爾德尼共飯（存目）

佛母（存目）

寄懷松湘浦（存目）

裘靜齋（存目）

鄒斛泉（存目）

劉慕陔（存目）

楊覽亭（存目）

拉爾塘寺（存目）

騾子天王（存目）

札什岡道上（存目）

曉發彭錯嶺（存目）

轄載道上（存目）

甲錯嶺（存目）

野梅（存目）

端陽後二日，松湘浦寄到角黍，賦答書懷（存目）

聞項午晴刺史抵前藏任（存目）

熱水塘（存目）

夜雨不寐憶山莊景物六首（存目）

曉發雜喇普（存目）

薩迦呼圖克圖寺(存目)

贈薩迦呼圖克圖(存目)

灤源詩集

珍珠泉恭和高宗純皇帝御製詩（存目）

登城望千佛山（存目）

珍珠泉喜雪（存目）

登岱（存目）

泰山雜咏

漢柏（存目）

唐槐（存目）

白騾將軍

騾有天王號，將軍秩尚卑。定知雲棧裏，試馬得神騅。

萬仙樓

寶籙傳名字，飛昇濟濟誇。萬仙齊跨鶴，天上果繁華。

壺天閣

一線通陵谷，壺中日月長。對松山入畫，聊可躍身藏。

二虎廟

聞道禪師法，能呼大小空。過溪如肯嘯，泥馬也嘶風。

飛來石（存目）

五大夫松（存目）

斗母宫

化冢西南徼，今傳妭姥宫。自從神滅度，洋卓海邊宫。

南天門

卅載青雲路，天門快此登。回看城市裏，萬竈晚烟凝。

一拳石

泰嶽真形石，何從辨有無。菜花能現佛，竹葉也書符。

無字碑（存目）

七柏一松歌（存目）

和沈舫西太守登岱元韻（存目）

闕里恭謁聖廟

千里宫墻遠，今升夫子堂。杏壇鐘鼓設，玉殿鼎彝張。拜跪虔階下，瞻依凛座旁。更摩手植檜，聖澤思彷徨。

金絲堂聽樂（存目）

恭謁聖林（存目）

古楷

剪刦浮枝葉，觚稜鐵色沉。有生師弟表，不朽聖賢林。廬墓心同古，焚書慮早深。固知端木子，埋石應鳴琴。

顔子廟（存目）

衍聖公府

華胄珪璋望，心希大雅群。衣冠傳漢制，簠簋尚周文。學愧通家誼，名慚好古聞。此邦勞問政，敢負主殷勤。

南池杜子美像

其一

遺像重逢主簿園，記曾三到草堂門。閑吟風雪嘲花草，難與先生細討論。

其二（存目）

望太白樓（存目）

賦贈任城孟別駕同年

桂譜聯南北，南池藹會難。一麾雲路别，萬里海隅寬。丙午，余出守江南，别駕歸閩。夜月琴聲杳，秋風弈局殘。余聽陳一峰琴，又與魏原庵對弈，别駕時在座。集公山下客，寥落更神酸。

一命榮堪重，常存利物心。樓邊狂客醉，池畔藎臣吟。與子期師古，爲官最鑒今。齊名曾黜李，老杜有知音。

宿黄河堤上

其一

西望風陵水，黄河掌上來。五更驚客夢，二月聽春雷。浩氣崑崙轉，狂瀾砥柱迴。心香予下拜，順軌祝康哉。

其二（存目）

曹城道上喜雨

靈雨三農望，當春沛澤初。一旬知應縠，百里見隨車。星月宜稽範，干支肯信書。莫愁雄甲子，瘠土盡膏如。

仰瓦占時澍，今逢月正三。麥膏沉綠濕，花醉落紅酣。豈藉呼香女，何須起少男。無聲飛霢霂，萬户有餘甘。

喜晴

鎮日霑衣雨，皇天爲洗兵。塵氛靖秦蜀，露布有先聲。

濮州口號

時雨間時暘，觀民古濮陽。傳爭君子國，史載帝丘鄉。遺直今逢李，乖崖舊羨張。宋張咏，濮州人。入疆無訟牒，問政此揄揚。

和吴蠡濤方伯賦海棠元韻

海棠結巢客登木，花有神仙名所獨。名花名士兩契投，爲愛無香真不俗。鐵幹亭亭飽霜雪，豈比幽蘭萎空谷。漫山桃李總出群，却笑牡丹貯金屋。春風作意遲其艷，令人一洗凡眼肉。歸來剛及半開時，雨鬐烟鬟看不足。公乃先得我心者，七字琳瑯韻清淑。莫問根從海外來，了事敲詩不負腹。性淡公如友止水，心虚我更師修竹。星星白髮色相空，豈怕繁華過眼目。坡公有情吟定慧，杜老無詩傳巴蜀。此花顯晦遇不遇，太液幾人歌黄鵠。黄鵠六翮千里飛，岱之阿兮瀛之曲。君不見，青齊名士泯子午，懷文却恐巍巍觸。

雨中耕耤禮成志喜（存目）

廉訪運使、太守和詩不至，戲賦前韻以催之

久歇催詩雨，晴光月盡三。風塵驅博士，花柳送瞿曇。童叟千門候，來牟萬户甘。愛吟生活老，無夢黑甜酣。未必陽春寡，還須冷淡諳。連篇將什襲，一句也濡涵。案牘非勞勛，名園漫樂耽。重逢榆莢潤，休使片雲慚。

穀雨節冒雨旋省，再賦前韻志喜

岱北知時雨，清明候過三。一句催布穀，千里潤優曇。破曉犁雲濕，迎風麥氣甘。烏驚烟柳滴，花落戍樓酣。河策中流穩，農功夾道諳。天膏兵甲洗，帝澤海隅涵。斗運人稱快，車隨我正耽。太平三十六，應聽野狐慚。

前詩既成，輿中又賦短句

昨報詩催雨，今歡雨送詩。風旛心孰動，付與老禪知。

丁方軒鹺使饋海鰕（存目）

次韻吴蠡濤方伯登岱喜雨

岱嶽名禋降玉音，瓣香捧出式如金。雲興壺閣虔雙使，偕沈舫西太守。□落天門省萬黔。問政車應隨白鹿，談經社更咏青林。七柏一松軒，余亦有作。劇憐南海觀瀾集，却費芸窗細討尋。予序《榮性堂詩集》。

五月朔，東郊觀麥，泛大明湖，讌集小滄浪，用東坡《遷魚西湖》韻（存目）

吟碧山房修竹成林，笋勝往年，次蠡濤方伯韻

其一

山房玉立灤源東，散步常披料峭風。畫擬清臞思白老，詩尋寒碧憶坡公。慈根舊悟三節幻，文籜新開萬个豐。醒眼不須移醉日，滿腔生意此園中。

其二（存目）

盧鳳珠觀察購靈石磬二十四枚，賚東雅樂大備，賦詩以志其盛（存目）

惜花次蠡濤方伯韻用東坡韻

縵華日晒乾雪堆，鏤冰漱玉香幽哉。薝蔔林中白鳳來，趵突泉訝龍門雷。木蘭舟放鏡湖開，白髮簪花春光回。老柏塗任誰可咍，縱觀萬物風霜催。喜園樂樹蒙蒿萊，海棠安榴比擲栽。當年意蕊心花

裁，祇今臺榭渾雜擇。斥仙空倒流霞杯，獨有琅玕竹盈齋。旌節了無蜂蝶猜。竈丁猶自爨枯梅，旦旦伐之吁可哀。

夜雨書懷，和鑫濤《西園夜月》韻（存目）

題德㕓圃太守《寒香課子圖》（存目）

題㕓圃太守《五峰禱雨圖》，用東坡《張龍公詩》韻（存目）

序《榮性堂詩集》，吴鑫濤方以詩致謝，答次元韻

其一（存目）

其二

嘯卷吟披信自誣，公衙了事怕官粗。不愁阪下車輪駛，未放蹊間路徑蕪。吏隱昔曾耽雪海，仙凡今得快雲湖。清詩卷稱題辭筆，探取衣中如意珠。

季夏望玩月次蠡濤方伯韻

一洗圓靈鏡，奩開嫫姆羞。灤源城不夜，瀛海夏如秋。素彩籠烟樹，寒光徹綺樓。花前梅雨足，琴裏澗泉幽。有夢輕過鳥，忘機近狎鷗。談經神御馬，説劍氣吞牛。薝葡香頻嗅，芙蕖艷屢掫。自緣空鑑照，可許慧珠求。珍重千潭印，荒唐七寶修。九霄憐左省，五字羡蘅州。逐隊笙歌詎，開心唱和稠。鳳池光朗朗，魚藻興攸攸。南僞金藏伏，西戎物納婁。不須愁點綴，的是普窮陬。掬水輪歸手，窺人雪上頭。湖山淨如此，良夕好明眸。

題鍾馗畫扇，次吴巢松公子韻（存目）

衛藏和聲集甲寅

答寄懷元韻（存目）

寄答前韻（存目）

前詩既成，適別蚌寺僧送白牡丹至，復用前韻寄懷（存目）

代白牡丹答疊前韻（存目）

答前韻（存目）

答前韻（存目）

濟嚨禪師祈雨輒應志喜二首（存目）

第穆園牡丹將謝，遂不果遊（存目）

曉望即事（存目）

賦得虞美人（存目）

大招製胡圖克圖即事（存目）

喜雨（存目）

答前韻（存目）

夜雨屋漏呼童戽水（存目）

六月二日，夜雨滂沱，喜而不寐，偶憶夢堂先生『雨聲不放夢還家』之句，拈以爲韻，作聽雨詞七首（存目）

答前題元韻（存目）

題袁子才詩集（存目）

分賦賞心十咏（存目）

旅館小酌聯句（存目）

夏日遣懷即事，以少陵『燈花何太喜，酒綠正相親』爲韻五律十首（存目）

挽雲巖李司馬四首（存目）

答祝止堂師見寄元韻並簡玉崖觀察同年（存目）

次徐玉崖同年見寄元韻（存目）

聯句（存目）

食菜葉包戲成五律（存目）

大暑節後，得食王瓜、茄子，喜賦十二韻，兼以致謝（存目）

答吴壽庭學使同年見寄元韻四首（存目）

札什城大閱番兵，遊色拉寺，書事四十韻（存目）

七夕遣懷（存目）

答前韻（存目）

鑾謳行（存目）

關帝廟拈香口號（存目）

中元夜感懷（存目）

達賴喇嘛浴於羅卜嶺往候起居（存目）

再賦前題元韻（存目）

答前韻（存目）

中秋日磨盤山口號（存目）

答前韻（存目）

答元韻（存目）

小恙頓愈（存目）

答前韻（存目）

連珠體答三首（存目）

希齋司空（存目）

夜抵僵里（存目）

曲水見雁（存目）

過巴則山（存目）

海子（存目）

亞喜茶憩（存目）

宿浪噶子（存目）

宜椒道上（存目）

曉發江孜（存目）

札什倫布（存目）

班禪額爾德尼（存目）

次希齋韻（存目）

春堆口占（存目）

望多爾濟拔姆宫（存目）

登舟（存目）

古柳行（存目）

和瑛詩文輯錄

祈雨博克達山文

嘗聞雲行雨施，大造所以無私；山澤通氣，萬物以之有賴。博克達者，神靈之謂也。雄鎮一方，佑兹萬姓。歲時柴望，載於典章。蓋澤在山上，山之體虚而受澤，澤之氣升而爲雲。雲從龍，龍致雨，是龍之靈，以尊神之靈爲靈。邇者，雨澤愆期，暵乾遍野。和奉天子命，保釐兹土，厥職與尊神等。政不就理，咎在都統；澤不下逮，咎在尊神。心之憂矣，民何與焉。敢布告於博克達山神，其鑒之無，或私乃龍湫，屯其膏澤。謹虔誠致禱。

禱風神文

致告於風神之前，曰：嘗聞大塊之氣，噫而成風。蓋巽主風，陰在内，陽在外，周旋不舍，而風作焉。其神曰飛廉，曰折丹。其地爲風門，爲風井。司天之號令，而人事應之。時則爲休徵，恒則爲咎徵，此不易之理也。邇來，望澤情殷，密雲屢布，輒以風輪自南來，而雲向空飛，澤不下央。意者，大吏失中正之道，號令不端於上與；抑或小民失柔順之道，號令不從於下與。不然，是箕畢之好不齊，而風將爲虐也。敢敬告於司風正神，其速止之，庶甘霖大沛，用慰三農。謹禱。

告城隍文

致告於城隍之神，曰：聰明正直而一之謂神。神也者，妙萬物而爲言者也。往者，以雨澤稀少之故，禱於龍神，望於山鎮，祝於風伯，乃霽晴罔應，或雲捲若席，或雨灑如珠，隱憂滋甚。今再告於尊神：如有冤獄，神其雪之；如有虐魃，神其除之。有官守者，無素餐；享廟食者，無尸位。恐惧修省，幽明共一肩也。謹禱。

螻蟻賦 葉爾羌

葉爾羌署果木最繁，而螻蟻若恒河沙數。自三月至八月，往來如織，無處不有，無時不然。雖李德裕蚍蜉之賦、沈鎔喻白蟻之文，不能盡此情態也。予感而賦之，曰：

維西濛之域，螻蟻屯雲；和卓之園，蚍蜉成陣。藏身土壤，了無蜂甬之痕。遺迹垣墉，微辨蝸涎之印。感陽氣之潛萌，聞雷聲而始振。一拳之宮乍啟，寸塊之臺未峻。

其始也，趑趄三兩出，暄暖旭之暉。其繼也，遊奕百千行，避淺池之潤。號其衆，則旅雁偕來；得其門，則貫魚并進。勢迅乎郵傳，候同乎花信。其爲物也，等身之鐵，舉若秋毫，識玄駒之多力；九曲之珠，穿如熟路，訝蛾子之通靈。蕞爾樓臺，勝立江潮之廟；豁然天日，漫開礓石之庭。扛百足之蟲，亶其逸獲；咂一臠之肉，綽有餘腥。乃復奮緣林木，泮奐畦町。豈舍館之未定，何羈旅之靡寧？垤上昂頭，似登壟斷而罔利；蹊旁偶語，如問道途於已經。且也納牖巡檐，升堂入室，遊官圃而神疲，羨高齋而時術。牀榻蒙茸，盤盂洋溢，倏爾沾衣，忽然造膝，嚙足困乎蛟鯨，嚐僅同乎蚤蝨。

其來也巧於花鷹入户，過駒隙而無聲；其去也捷於蜂子投窗，伺針芒而徑出。爾乃一麾使去，去而復還，如日月之擬於繞磨，不招自來，來而不往；若園林之收以養柑，駢頭并進，銜尾齊探。花罽盤旋，恍行獵於綉塍之野；硯池縈遶，將觀漁於紫石之潭。脈脈兮暗依琴軫，訌訌兮漸逼書函，點綴乎雲箋鋪翠，掩映乎筆架層嵐，遜白魚之藏編，豈識神仙之字非。

金蟣之蝕壁，聊親大士之龕，斯固雅人所不怪，而爲貴客之難堪。於是主人作色，赫然震怒，恚曰：『禁鳴蛙而不辭，杖放蠅而不顧。』家童改容，忿然若鶩，詈曰：『撼大樹而不量，鑽枯梨而弗住。長亭短亭，列於千步；正兵奇兵，動以萬數。』或掃以竹篲，或粘以棉布。其遠者，決其封則百隊千行，暗度盧龍之塞；泥其户則四通八達，罔迷花度之樓。其近者，塞以絮則如陰平之裹氈；而墜繚以灰，則如霸橋之踏雪而遊。

或云『防其隙布之炭屑』，又云『偵其徑膩以桐油』。審物理之相制，假客氣以爲讎。然而，日曝油乾，似黄河合凍；風飄屑散，似黑水絶流。履之坦坦，度之擾擾，揮赤幘而直前，竟無須乎編竹。擁烏衣而飛越，更何待乎登舟？主人歛衽而嘆曰：『感造物之無私，體好生之大德。』康節齠齡窺穴，曾傳羲畫之圖；淳于醉夢爲官，遂化槐安之國。階除救蟻，報於宋祁；棘刺標蠅，戲於成式。或白或黑，或足或翼。族種既繁，更僕難極。矧犬羊之地，逐臭而來；果蓏之鄉，攫蟲而食。密雲不雨，詎辭負土而嚳譚；寸壤得泉，徒托遷居而偃息。防患是其先幾，慕羶乃其本色。

若夫數其罪，則善攻櫟楝；摘其害，則慣潰堤防。焚以徐元之之烈火，澆以朱應子之沸湯，雖不留其遺孑，實有虧於慈祥。乾之道，各正性命；坤之德，萬物化光。未聞因毒螫而絶蜂蠆，爲搏噬而蔑虎狼。夫奚恨乎螻蟻，又何論乎戎羌？

放狐賦 喀什噶爾

客有以生黄羊、山雉、野狐爲予壽者，予封羊、烹雉，而蓄狐於庭前。狐足跛，跧伏階除，朝暮飼以粱肉。旬餘，環柱跳踉，輕捷如故。然非家畜也。吾聞好生以及物者，乃自生之方；施安以及物者，乃自安之術。況狐之爲物，不生於城市，而生於山林；不安於家食，而安於野捕。予故放之北山，以生之安之而已矣。戲爲之賦，其辭曰：

維蒼龍之宿，大火之精，載瞻狐相，厥肖心星。既本天而親上，復在地而成形。喙尖尖而噬利，眸炯炯而光稜，足循循而成内，體縮縮而披氄。伏土兮知雨，渡河兮聽冰，涓珠兮譎變，丹寶兮通靈。何居乎弋人之篡，獵士之能，乃取彼在穴，而縶爾於庭？

憶夫田有苗兮，迎虎以保；室有鼠兮，畜狸以搜。狐兮狐兮，一臠之腥，不登於鼎；隻皮之腋，不足於裘。饕釜飧兮素飽，啖機肉兮無謀。倘脱身於杙索，且爲害於厨芻。不如聽潛藏於阡陌，希幻化於髑髏。於焉釋其銜橛，放之丘墟，飲流泉兮甘洌，攫橡栗兮清腴。或狎鼪鼯，或友猿狙。或號參軍，贈誰家之妓；或稱博士，講何氏之書。毋遊犬隊兮，而爲臨江之鹿；毋假虎威兮，而爲黔水之驢。爾其率幽草兮翹彗尾，突叢棘兮理雪毛。時竦身而拜月，偶散髮而吹簫。全天年以終老，適野性以自豪。尚其感吾文之解祟，無或逞爾智以爲妖。

甘州歌（存目）

戈壁道上

其一（存目）

其二

汲得澄泉載後車，不堪滿腹惜如珠。陰陰默禱同雲雪，却勝東坡調水符。

宿安西州贈胡息齋同年

其一（存目）

其二

不唱陽關曲，安西更有西。風沙隨地轉，雪嶺與天齊。僕馬貪能壯，琴書老仕攜。子高原曠達，揖別漫愁淒。

沙泉

地寶澄泉湧，平沙月臥簾。有孚占習坎，不滿見流謙。率土甘漿渥，行人潤德沾。一瓢期飲服，那復問貪廉。

哈密度歲簡胡息齋癸亥

其一（存目）

其二

涇渭真源譜，天教二妙成。李石渠觀察著《渭源記》，胡息齋著《涇源記》。談經逾鄭叟，注水邁酈生。信有文章價，能傳事業名。河源探取日，更話月氏城。

風戈壁吟（存目）

吐魯番（存目）

喀喇沙爾大玉（存目）

海都河冰橋（存目）

庫車（存目）

阿克蘇渾巴什河（存目）

葉爾羌（存目）

洗箔（存目）

咏園中五雁

其一

天末隨陽鳥，呼群韻不孤。稻粱寧素飽，信義總同符。曾軼淩霄鶴，聊親泛水鳬。故應馴野性，得桷也嬉娱。

其二（存目）

其三（存目）

其四

年華催雪羽，小憩共園林。點落書空字，聲希别調琴。南翔饒旅夢，北鄉識歸心。願起能鳴侶，天衢送好音。

其五

見説隋軒舞，依依戀我池。似窺蘇武節，更繫郝經詩。養翮修翎日，眠沙宿鷺時。帝鄉春色好，太液好棲遲。

玉河采玉（存目）

觀鵰搏狐（存目）

獲白玉，重三十八斤

其一（存目）

其二

聖主賢惟寶，長城倚四隅。漫誇虞愿石，敢詡孟嘗珠。絶域人磨玷，遐方象載瑜。豐年寰海報，多勝玉膏輪。

闢勒山書事二十四韻

玉圃東南蜕，撑霄彌勒臺。闢勒山，又名彌勒臺，崑崙東幹。河源三疊上，河源自温都斯坦西北大山中流出，至此五千餘里，勢若建瓴。出峽爲玉河，曲屈流三千餘里，至闢展東南入羅卜淖爾，即蒲昌海也。潛行地下，至星宿海復出，遶積石山，名黄河。天柱九區開。《龍魚河圖》云：崑崙山，天中柱也。此其東麓，凡内地諸山皆從此分脈。鱗次龍沙坦，《漢書》：白龍堆，沙漠也。今考吐魯番、闢展、哈密迤西戈壁，悉在北天山之陽。暈飛鷲嶺嵬。山勢東行，至和闐分爲二，南支通後藏西北之岡底斯雪山，古稱鷲嶺，佛書耆闍崛，又名阿耨達山。巴延山似礪，山自和闐東行，逕七十九番族，名巴延喀喇達巴罕。山南爲草地，金沙江南幹諸水之源。山北爲星宿海。羅卜海如杯。羅卜淖爾，一名黝澤，又名鹽池。禹力不能到，酈經猶未該。閉關元宋小，遺壘漢唐猜。阿里瑪斯梁噶爾西南十餘里，有頹垣百餘堵，如營壘，或云漢，或以爲唐。聖德敷光遠，神謨決勝裁。馬懸葱嶺度，人跨斗牛來。四紀銷侵侮，雙星重撫徠。澤臨宜不雨，回地賴渠水灌田，歲不過微雨數次，多則傷稼。地豫豈無雷。葉爾羌，古號無雷國。近年，春亦發聲，夏有霹靂。戎俗休輕革，羌心在久培。歲時知有慶，年穀未聞災。厥貢輝千仞，其琛並五材。靈山寧愛寶，頑石也爭魁。犖确披無算，瑕瑜辨幾枚。漫矜懷璞客，愧少勒銘才。牙帳占烏靜，霜皋獵騎厖。維婁依樹底，烟火入雲隈。百寨安温飽，千夫聽溯洄。不須刁斗衛，更絶羽書催。籠瀉青珠掛，謂葡萄。盤盛火齊堆。謂石榴。花瓜方蜜醴，甜瓜、西瓜，秋後更佳。冰果亞瓊瑰。冰蘋果，經夏雪凍復長青，赤若琉璃，香芬耐久。役罷秋容老，詩成午夢回。崑崙人罕到，咫尺問瑶臺。

祭河神

水伯來天上，中原四瀆宗。清摇銀漢影，淺步玉沙踪。萬里奔如馬，千年矯若龍。星池穿一線，砥柱拆三峰。宕石功猶小，安瀾德最崇。心香祝靈府，順軌佐皇封。

英吉沙爾（存目）

壺天園臥遊閣（存目）

四照軒澄心潭

欲洗囂塵眼，澄澄水一方。清虚觀内景，靜泰發奇光。倦鳥憑空宿，游魚徹底忙。莫輕投片瓦，童皺總汪洋。

巡邊宿阿斯圖阿爾圖什（存目）

伊蘭烏瓦斯河

春林繫馬戍城閑，椽帳團團緑水灣。無限長蛇全蟄户，其地多蛇。定傳啞虎會巡山。

布魯特酋長獻鷹馬，却之（存目）

圖舒克塔什河

輕車軋軋碾金波，水面春寒料峭多。縮地黄河穿九曲，一朝九渡快如何。

喀浪圭（存目）

烏什城遠眺（存目）

恩召還都恭紀七律（存目）

別巢燕

其一

林間幕上繫危情，自到閑堂夢少驚。卵育一方真樂國，不勞銜土更培城。

其二

渡海茫茫事見猜，寒冬應蟄白龍堆。邊庭絶少屠酤汁，豈有爭巢野族來。

其三（存目）

其四

梁上棲遲弱羽拳，烟霄直達喜聯翩。徠城別爾先秋社，記爾飛曾過酒泉。

其五（存目）

其六

明窗几硯飽窺予，萬里爭煩繫足書。此日相抛情脈脈，剩看靈羽集承廬。

其七

回首春明路正遥，鷭鴯舊壘恐漂摇。歸心欲倩烏衣使，助我雲軒勝馬軺。

其八

西塞荒凉四度秋，裁詩權作蠟丸留。他年偶憶呢喃語，含翠堂前到也不。

三堡口號（存目）

苦水守風，簡成誤庵侍郎

其一（存目）

其二

水以甘爲美，無端耐苦泉。風饕低撼地，雪虐遠兼天。貼席仍成寐，行李未至。挑燈不碍眠。寒窗吾舊業，得句興依然。

馳驛返宿苦水（存目）

聞城上海螺烏魯木齊

書劍孤懸物外身，曉窗寂寂少閑塵。忽傳別調西風裏，喚起天山渴睡人。祁連南北兩吾城，咫尺鄉音萬感生。春度玉門關外滿，不須聽作戰場聲。

博克達山（存目）

西藏赋

粤坤維之奧域，實井絡之南阡。西藏距京師一萬三千里爲前藏，由前藏至後藏又千里，由後藏至西南極邊又二千餘里，乃坤維極遠之地。按《星經》井宿三十度〔一〕，爲二十八宿中度數最多者。以陝西、四川分野推之，當在井宿之南。風來閶闔，日躍虞淵。八風，西南曰閶闔風。今藏地西南風最多。若東風，非雨即雪。《淮南子》：日在虞淵，是爲黄昏。今藏地日西垂，景最長。斗杓東偃，月竁西聯。四時觀北斗，祇見其半，人在其右。通南海、西洋各部落，西北通葉爾羌。三危地廣，五竺名沿。《禹貢》：導黑水，至於三危。舊注：三危，山名，不知其地。今考三危者，猶中國之三省也。察木多爲康，布達拉爲衛，札什倫布爲藏，合三地爲三危，又名三藏。竄三苗於三危，故其地皆苗種。《南州異物志》：天竺國地方三萬里，佛道所生。《括地志》：天竺國有東、西、南、北、中央五天竺，大國隸屬者二十一，在崑崙山南。今考康、衛、藏在天竺之東，爲東天竺。吐蕃種別，突厥流延。《唐類函》：吐蕃在吐谷渾西南，不知國之所由。或云禿髮利鹿有子樊尼，其主爲傉檀，爲乞伏熾盤所滅。樊尼率餘種依沮渠蒙遜。其後子孫西魏時爲臨松郡丞，甚得衆心。魏末招撫群羌，日以强大，遂改姓爲窣勃野。始祖贊普自言天神所生，號鶻提悉補野，因以爲姓。其國都號邏沙城，雄霸西羌。隋開皇中，其主羅卜藏索贊普都牂牁西匹播城，以五十〔二〕。國西南與婆羅門接。今考前藏名拉薩藏，舊有石城，即古邏沙城也。藏布江，即古贊普名也。又考青海所屬七十族，並四川打箭爐，明正司迤西各土司至西藏附近各部落，其語言文字皆同，名唐古特。唐古特者，即唐突厥之遺種也。其名突厥者，以其先世居西域之金山，工於鐵作。以金山狀如兜鍪，俗呼兜鍪爲突厥，因爲國號。今考唐古特及青海各番，其帽狀如鐵釜，高屋短沿，上綴紅纓，與兜鍪同，是其證也。明成化時，烏斯藏大寶法王來朝。今稱衛藏，蓋烏斯二字合讀〔三〕，與衛字合音。又前藏地名拉薩者，番語拉，山也；薩，地也，蓋山中之平地，俗云佛地也。古所云邏沙，云羅娑，云樂些者，與拉薩音相近耳。烏斯舊號，拉薩今傳。其地四圍皆山，南北百餘里，東西百五六十里〔四〕。

【校記】

〔一〕星經：張丙炎《榕園叢書》本（以下簡稱「榕園本」）作「星極」。

〔二〕以五十：《通典》作「已五十年」。

〔三〕合讀：李光廷《反約篇》從書本（以下簡稱『反約本』）、榕園本均作『合之』。

〔四〕六十：反約本、榕園本、華陽王秉恩《元尚居匯刻三賦》本（以下簡稱『元尚居本』）均作『十六』。

其陽則牛魔僧格，搴雲蔽天；札拉羅布，俯麓環川。前藏南面山高二百餘丈，名牛魔山。連崗環抱者，名僧格拉山。唐古特謂獅曰僧格，以山形似獅，故名。與僧格拉相連者，名札拉山。又西名羅布嶺岡。藏布江遶其下西流，江北岸平野叢林，開砌池沼。達賴喇嘛歲於伏後秋初下山澡浴於此，住月餘乃還山。此清涼聖境也。其陰則浪蕩色拉，精金韞其淵；根柏洞噶，神螺現其巔。前藏北面山名浪蕩山，平險參半。其東名色拉山，唐古特謂金曰色、山曰拉，以山產金，故名。又根柏山爲布達拉北屏障，其西北三十里相連，名洞噶拉山，聳峭沖霄，巉巖如削，高四百餘丈。唐古特謂海螺曰洞噶，以山形似海螺，故名。上舊設碉卡，爲前藏西之關隘也。左脚孜而奔巴，仰青龍於角箕之宿；前藏東北脚孜拉山極高峻，山背建呼正寺。東南奔巴拉山，高聳群山〔一〕。唐古特謂瓶曰奔巴，以山形似瓶，故名。山勢起伏相連。東面東方七宿曰〔二〕：角、亢、氐、房、心、尾、箕。右登龍而聶党，伏白虎於奎觜之躔。前藏西三十里名登龍岡，過大橋折西南名聶黨山，山勢陡峻，有通後藏大道。西方七宿曰：奎、婁、胃、昴、畢、參、觜。夷庚達乎四維，羌蠻兑矣；西南通江孜赴後藏大道，西北通羊八井草地，東北通喀喇烏蘇赴西寧大道，東南通江達、拉里赴打箭爐大道。《左傳》：以塞夷庚。注：往來要道也〔三〕。鐵圍周乎百里，城郭天然。四面崇山峻嶺，不施草木，聳矗如城垣，故俗名鐵山。《藝林伐山》云：鐵圍山，佛經所稱，不知的在何處。唐初宋昱詩云：梵宇開金地，香龕鑿鐵圍。今以前藏大小招、布達拉考之，即鐵圍山也。

【校記】

〔一〕高聳：圖考本作『高出』。

〔二〕東面：圖考本無。
〔三〕要道：榕園本、反約本、元尚居本均作「大道」。

藏布衍功德之水，布達拉南〔一〕，自東而西南流，名藏布江，又名噶爾招木倫江，其源委詳後山川節注。《廣輿記》：梁番僧隱鍾山，值旱，有龐眉叟謂曰：予，山龍也，措之何難哉？俄而，一沼沸出。後有西僧至，云：西域八池已失其一〔二〕。其水有八功德：一清、二冷、三香、四柔、五甘、六淨、七不饐、八蠲疴。機楮湧智慧之泉。機楮河發北山下，自東北經布達拉前，上建琉璃橋，其水澄澈縈碧，南入藏布江。唐古特謂水曰楮，一曰機，言一道河也。拉薩田苗資其灌溉。五祖偈云：巍巍七寶山，常出智慧泉。回爲真法味，能度諸有緣。池映祿康插木於後，布達拉後有池，周約四五里，中築高臺，上建八角琉璃閣三層，中供龍王，爲祈雨處。唐古特謂龍爲祿，故祿康插木名之。峰擁磨盤筆洞於前。布達拉西南孤峰聳出，名招拉筆洞。上住喇嘛醫生。其西連崗稍低平，名磨盤山，上建關聖帝君廟。山陽建喇嘛寺，乾隆六十年賜號衛藏永安寺，爲濟嚨胡圖克圖焚修之所。普陀中突，布達名焉。梵書言天下普陀山有三：一在額訥特克國之南海中，山上有石天官〔三〕，乃觀自在菩薩游舍處，此真普陀也；一在浙江定海縣南海中，爲善才第二十參觀音菩薩處；一在圖伯特之布達拉，亦觀音化現處。今考圖伯特即唐古特，布達與普陀音相近也。

【校記】

〔一〕南：圖考本作「河」。
〔二〕西域：盛昱《八旗文經》本（以下簡稱「八旗本」）作「西城」。

〔三〕天官：榕園本作『天宮』。

厥維沙伽吐巴綽爾濟，傳寫貝多；唐古特謂釋迦牟尼佛曰沙伽吐巴；綽爾濟，通經典之稱，俗名曲結。江來孜格陀羅尼，降攝妖魔。唐古特謂觀音菩薩曰江來孜格；陀羅尼，咒也。泥梨速昭五戒，《釋氏要覽》：泥梨，地獄也。佛家有五戒：不殺、不偷盜、不淫邪、不妄語、不飲酒。聞思修入三摩。《心經注》：一切禪定攝心者皆云三摩提，譯言正心行處，謂是心端正也。觀音聞思修入三摩地。聚頑石而點頭，風行身毒；《十道四蕃志》：生公，異僧竺道生也。講經於虎丘寺，人無信者。乃聚頑石爲徒，與談至理，石皆點頭。《後漢書·西域傳論》：佛道神化地曰身毒。《史記·大宛傳》：大夏東南有身毒國。注：《索隱》曰：身音乾，毒音篤。孟康云：天竺也。放屠刀而摩頂，花雨曼陀。《果徑山書》：廣額屠在涅槃會上放下屠刀，立便成佛。《法華經》云：天雨曼陀羅花。四十二章流傳震旦，《括地志》：王舍國有靈鷲山，山有小姑石，石上有石室，佛坐其中。天帝釋以四十二事問，佛一一以指畫石，其迹尚存，即《四十二章經》也。《樓炭經》：葱嶺以東名震旦，蓋西域稱中國之名也。又初祖達摩曰：當往震旦，設天法樂。遂泛重溟，達於南海傳法。今考漢明帝時白馬馱經，即《四十二章經》也。三十二相化本修羅。《楞嚴經》：是名妙淨三十二應入國土身，皆以三昧聞薰聞修，無作妙力，自在成就。注：觀音俱現三十二應，現十法界身而爲説法也。佛氏以修羅爲經，梵語也。

遂有宗喀巴雪竇潛修，金輪懺悔；明番僧宗喀巴名羅布藏札克巴，生於永樂十五年，幼而神異，精通佛法，號甲勒瓦宗喀巴。在大雪山修苦行。《穆隆經》，其所立也。《穆隆經》者，即今之《摩羅木》也。無上空稱，喇嘛緇改。梵書釋子勤佛行者曰德士，又曰無上士，謂空也。唐古特謂上曰喇，謂無曰嘛也。喇嘛者，無上也。持團墮之盋，披忍辱之鎧。釋氏團墮，言食墮在鉢中也。梵言儐茶波，又曰儐茶夜。華言團。團者，食團，行乞食也。今考番僧食糌粑，皆手團而食之。盋，音窺，鉢也。忍辱鎧，袈裟也。又名離塵服，又名清瘦衣〔一〕。紫裓韜光，黃冠耀采。宗喀巴爲番衆所敬信，衣紫衣。其受戒時，相傳染僧帽諸顏色不成，惟黄色立成，遂名爲黄教。**薩迦開第一義天**，宗喀巴初出家時，學經於薩迦廟之胡圖克圖，乃元時帕思巴之後，爲紅帽教之宗，布達拉經簿載其爲仁育菩薩之後人也。其教有家室，生子後坐牀掌教，不復近家室矣。其始祖名昆貢確嘉卜，通達經典，見薩迦溝之奔布山風脉佳勝，欲創建廟宇。向業主降雄固喇娃、班第仲喜納、密酌克敦三人乞售，伊三人乃施捨其地，不取直。遂建廟，供釋迦牟尼佛，附近土地、人民、廟宇、僧衆皆其所屬。世代相傳，至今七百餘年。其廟平地起閣，周牆甚固，中殿楹柱皆古樹，三人合抱，高三丈餘，不加雕飾，其皮節文理如生樹然。又有海螺，堅白如玉，左旋紋，向明吹之，背現觀音像，寺僧寶之。又有藏經數萬卷，架函充棟。廟北依山，僧樓梵宇約數千間。亦有浮屠金殿，供諸佛像，皆紅帽喇嘛居之。其所誦經與黄教無異。西南通拉孜大道，山南通野人國界。**拉薩漲其三昧海**。宗喀巴修行既成，其教大行〔二〕，最盛於前藏。今拉薩各廟咸供奉其像。**龍象遴於沙門**，《達摩傳》：波羅提，法中龍象。《傳燈錄》：水中行，龍力大；陸中行，象力大。負荷大法者，比之龍象。**衣鉢傳諸自在**。《傳燈錄》：釋迦佛生四十九年，將金縷僧伽黎傳與一祖摩訶迦葉。六祖慧能衣鉢南奔嶺外，有明上士追至大庾嶺。《六祖傳》注：傳衣，乃西域屈眴布，緝木棉花心織成者。

【校記】

〔一〕清瘦衣：反約本、榕園本作「清瘦服」。

〔二〕教：榕園本作「數」。行：圖考本作「興」。

此達賴傳宗，班禪分宰。達賴喇嘛，宗喀巴之大弟子也；班禪額爾德尼，宗喀巴之二弟子也。頭輩達賴喇嘛名根敦珠巴，生於明洪武二十四年辛未，在喀那木薩喀木青熙饒巴處出家，二十歲受大戒，創建札什倫布廟宇，誦《穆隆經》〔一〕。其時有博洞班禪在雪地修行，聞名信附，遂號根敦珠巴爲湯澈清巴，壽八十七歲。第二輩名根敦嘉木磋，生於明成化十二年丙申，創建群科爾汪廟宇。第三輩名索諾木嘉木磋，生於明嘉靖二十二年癸卯，親赴各蒙古地方布行黄教，蒙古王等咸稱爲達賴喇嘛班禪雜爾達拉，明萬曆間封爲大國師。第四輩名雲丹嘉木磋，生於明萬曆十七年己丑，生蒙古地方敬格爾家，十五歲到藏，在噶勒丹寺坐臺之桑結仁慶處出家，班禪羅卜藏曲津處受大戒，萬曆間封爲沙布達多爾濟桑結。能驅邪逐祟，曾於石上踏留足印。第五輩名阿旺羅卜藏嘉木磋，明萬曆四十五年生於前藏崇結薩爾合王家，其生之日時與釋迦牟尼佛同，在班禪羅卜藏曲津處出家，受大戒。國朝太宗文皇帝崇德七年，達賴喇嘛同班禪喇嘛差烏巴什台吉達盛京進貢，約行善事。順治元年，達賴喇嘛差人赴京進貢。九年入覲。世祖章皇帝賜居黄寺，封爲掌天下黄教西方自在佛足墨多爾濟嘉木磋喇嘛，金册十五頁。第六輩名羅卜藏林沁倉洋嘉木磋，康熙二十一年生於蒙巴拉沃松地方〔二〕。第七輩名羅布藏噶勒桑嘉木磋，康熙帝四十七年生於裹塘地方，在察漢諾們罕家出家十三歲。康熙五十九年，賜達賴喇嘛名號，統領黄教敕書、金印。雍正二年，賜西方湯澈清巴巴木載達賴喇嘛掌天下釋教金册金印。第八輩名羅藏丹碑旺楚克江巴爾嘉木磋，乾隆二十三年戊寅生於後藏托結地方，現住布達拉。班禪第一輩名刻珠尼瑪綽爾濟伽勒布格爾，生於明正統十年乙丑。第二輩名珠拜旺曲索諾木綽爾濟朗布，生年缺。第三輩名結珠拜旺曲羅布藏敦玉珠巴，生於明弘治十八年乙丑。第四輩名班禪羅卜藏綽爾濟嘉勒參，生於明隆慶元年丁卯，國朝崇德七年遣使進貢。太宗文皇帝詔令班禪、達賴二人内年少者拜年長者爲師〔三〕，學習經典。壽九十六歲。第五輩名班禪羅布藏伊喜，生於康熙二年癸卯，五十二年聖祖賜金册、印，注明札什倫布各廟宇、地方屬班禪管理。第六輩名班禪哲布尊巴勒丹伊喜，生於乾隆三年戊午，三十年賜金册，四十五年入覲，高宗純皇帝賜四體字玉册、玉印。第七輩生於乾隆四十七年壬寅，現住札什倫布。擬北山之二聖，化西土於千載也。《魏書》：僧法度、法紹，遊學北山，綜習三藏，靈迹異事，皆得見聞於世，時號北山二聖云。於是金妝寶像，玉綴珠聯。示相如來，本今皆覺。《道院集》：本覺爲如，今覺爲來也。現身菩薩，普濟爲緣。釋典菩，普也；薩，濟也；言能普濟衆生。拈花仗劍之殊觀，金剛救度；金剛力士皆目仗劍，若救度佛母則拈花善相也。五臺二嵋之異品，曼殊普賢。五臺清涼山，文殊菩薩；四川峨眉山，普賢菩薩。德木楚克，乃陰陽之秘密；陰陽佛也。雅滿達噶，實心性之真筌。護法佛也。桑堆滿座，安樂佛也。天王接肩。天王之像最多異品。蓋奇顔譎狀，累萬盈千，名不可以殫述，義不可以言傳也。

【校記】

〔一〕誦：反約本、元尚居本、榕園本均作『創』。

〔二〕康熙：八旗本作『唐熙』。二十一：反約本、榕園本作『二十二』。

〔三〕內：榕園本、反約本、元尚居本均作『約』。

其寺則兩招建自唐朝，豐碑矗矗；西藏番王傳七世至綽爾濟松贊噶木布，迎唐公主爲妻。又迎巴勒布王鄂特色爾郭恰之女拜木薩爲妾。唐公主帶來釋迦牟尼佛像，拜木薩帶來墨珠多爾濟佛像，藏王擇地興建大招供奉之。大招門前有唐德宗時和親盟碑，字迹尚真，碑文載入《通志》。萬善興於公主，古柳娟娟。大招前有古柳二株，相傳植自唐時〔一〕。填海架梁，西開梵宇；《經簿》：拉薩地乃海子也。唐公主卜此地爲妖女仰面之形，海子乃妖女心血，是爲海眼，須將海眼填塞，上修廟宇如蓮花形，乃得吉祥。藏王遂興工將海子四面用石堆砌。海眼中忽現出石塔三層，用石抛擊，然後用木接蓋，其空隙處，鎔銅淋滿，海眼平涸。時有龍王獻洋船式樣，用石堆之，大招始成，至今一千八百四十餘年。坐東向西，樓高四層，上有金殿五座，闌干、瓦片皆銅胎溜金。左廊下有唐公主、藏王松贊噶木布及巴勒布王之女拜木薩之像。東南隅有甲噶爾僧拜拉木像。燃燈供奉，神靈赫奕，番人敬畏之。內藏古軍器，鳥槍有長八九尺至一丈者，弓鞬箭袋亦甚長。大殿內有明萬歷時太監楊英所立碑。廟前壁上繪唐玄奘法師取經師弟四人像〔二〕。背山起閣，東望雲天。小招在大招北半里許，地名喇木契，坐西向東，背布達拉，樓高三層，上有金殿一座，唐公主建。公主悲思中國，故東向，內供墨珠多爾濟佛。或云內有塑像，乃唐公主肉身。座上書『默寂能仁』四字。鳥革翬飛，範金作瓦；殿上金瓦光輝奪目。蓮花地湧，罘鐵爲簾。門前挂鐵網以爲簾。不盡燈，銅缸酥點；無尋香，鵲尾螺煎。禪關寂寂，梵唄淵淵。佛心無漏於恒沙，奚止九百六十；佛書：心竅九百六十，毛孔八萬四千。法會皈依於獅座，能容三萬二千。每年孟春，集喇嘛三萬餘衆在大招誦《摩羅木經》，名曰攢招。《維摩經》：舍利佛來見，其室中無有牀坐。維摩現神通力，須彌燈王遣三萬二千獅子座來入維摩方丈室。爾乃桑鳶色拉，別蚌甘丹。前藏四大寺也。桑鳶寺，在拉薩山南行二日薩木葉地方。唐時，藏王綽爾濟松贊噶木布之第五世孫名綽爾濟赤松特贊，欲修禮瑪正桑廟，赴甲噶爾延請班第達，擇地興修，未成。復令藏地能習經咒之人，赴甲噶爾請祖師巴特瑪薩木巴娃降收妖邪。在薩木葉地方斬毒蛇五條，池水盡赤。乃仿照甲噶爾阿蘭達蘇哩廟宇式樣修造，五頂，四面八方，以象星宿。後有噶瓦拜勒孜覺囉累嘉木磋等數千人，教化大行，修立十二處大寺，安設喇嘛道士誦經，至今一千四十三年。又舊志載，桑鳶寺樓閣經堂與大招相似，內供關聖帝君像。相傳唐以前，其方多鬼怪爲害，人民不安。帝君顯聖除之，人始蕃息。番民奉祀，尊號曰草塞結波。色拉寺，在拉薩北十里色拉山，宗喀巴建。因其弟子甲木慶綽爾濟沙克伽伊喜明時入中國爲禪師，賜物甚盛。還藏後，宗喀巴令其在色拉山建立大寺。所供佛像係旃檀香雕刻釋迦牟尼佛、十八羅漢及諸佛像〔三〕。其寺依山麓建金殿三座，層樓高聳。寺中供降魔杵一，長不足二尺，頭如三稜鐗，其上狀如人頭。唐古特語名多爾濟，相傳爲飛來者，漢人呼爲飛來杵。歲一出巡，番衆朝禮。其寺堪布喇嘛珍之。別蚌寺，本名布賴蚌寺，布達拉西二十里，依北山麓。宗喀巴之弟子札木洋綽爾濟札什巴勒丹在聶烏地方居住，夢神人語以此地宜修寺院，賜與五千徒衆，現出無量水泉數處，覺而告其師。宗喀巴乃令修寺，有聶烏富户那木喀桑布出資施建廟宇，又修郭莽等七處札倉，乃蒙古、吐蕃、西番各土司、布爾哈等處，凡出世之呼畢勒罕及遠近大小喇嘛初學經者，皆聚處於此。甘丹寺，本名噶勒丹寺，在拉薩東五十里噶勒丹山，其形勢與布達拉略同，其經樓、佛像與大招略同，乃宗喀巴坐牀之所，示寂於噶勒丹寺彌勒前，爲黃教發源之地，黃教堪布主之。垂仲神巫，木鹿經壇。垂仲殿，一名噶瑪霞寺，大招東半里許。寺內塑神像，猙獰惡煞。內居護法，喇嘛裝束，仍娶妻生子，世傳其術，乃中國之巫類也。每月初二、十六下神，頭戴金盔，上插雞羽，高二三尺，背插小旗五面，周身以白哈達結束，足穿虎皮靴〔四〕，手執弓刀，坐法壇。番人叩問吉凶，托神言判斷禍福。出則從人裝束鬼怪，執旗幡，鳴鼓鈸導之，亦有女人爲之者。最爲唐古特敬信。木鹿寺，在大招之北，小招之東，樓高四層，又名經園，刊刷藏經〔五〕，頒行各處，悉取給於此焉。沙彌班第，尊者阿難。駢頭玀狱，釘坐團圝。醍醐夕瓮，麩麨朝盤〔六〕。禮雪巖之彌勒，拜海嶼之旃檀。鎗鎖阿閦，寶供珠龕；鎖，音鈎鎖，千佛名，見《賢愚經》。阿閦，音初六切，出《字统》。釋典：阿閦，佛名，見《釋藏》。考《華嚴》、《彌陀經》：

東方有阿閦鞞佛。阿閦，此云無動。經云：有國名妙喜，佛號無動。疏云：阿之言無，閦之言動。又《法華經》云：其二沙彌，東方作佛，一名阿閦，在歡喜國。經又云：一名須彌頂。**玉耶阿魃，雨集雲曇。**釋典：《玉耶》，佛經名。又有《阿魃經》。**莫不畫花刻楮，鏤蛤雕蚶；蛙噪牟尼，鼃語和南。火宅居，塞夷兩兩；頭陀住，前後三三。**《番禺記》：僧有家室者，名火宅僧。梵書：優婆塞，善男也；優婆夷，善女也。無著問文殊衆幾何。曰前三三，後三三。蓋九九八十一也。頭陀者，抖擻也。言抖擻凡塵也。**衍六通之法，**僧肇謂：騁六通之神驥〔七〕，乘五衍之安車。**播五印之談。**五印度，佛國名。唐扶詩云：沙彌去學五印度〔八〕，靜女來懸手足幡〔九〕。**皆由創三身之偈誦，**《傳燈錄》：六祖曰：三身者，清淨法身，汝之性也；圓滿報身，汝之智也；千百億化身，汝之行也。若悟三身〔一〇〕，即名四智。**啟四大之伽藍也。**梵書：《圓覺》以地、水、風、火爲大，四大也。《釋氏要覽》：梵語云伽藍摩，此云衆園。園者，生植之所也，佛弟子居之，取生植道木聖果之義〔一一〕。今考衛藏，凡喇嘛所居，名曰伽倉。

【校記】

〔一〕植：榕園本作『值』。

〔二〕師弟：圖考本作『徒弟』。

〔三〕釋迦：榕園本作『釋家』。

〔四〕皮靴：榕園本作『皮鞋』。

〔五〕藏經：榕園本、元尚居本作『經藏』。

〔六〕麨：圖考本作『麫』。

〔七〕騁：榕園本作『聘』。

〔八〕五印度：《全唐詩》作『五印字』。

〔九〕來：圖考本作「末」。手足：《全唐詩》作「千尺」。

〔一〇〕三身：榕園本作「三百」。

〔一一〕生植：榕園本作「生値」。

若夫達賴之居於布達拉也，唐吐蕃王綽爾濟松贊噶木布好善信佛，頭頂納塔葉佛，在拉薩山上誦《旺固爾經》，因名爲布達拉。西藏番衆瞻仰，每日焚香，坐禪入定，不思他往。唐公主同拜木薩恐有外侮，遂修布達拉，城垣上挂刀鎗，以嚴防禦。後因藏王莽松作亂，經官兵拆毀，僅存觀音堂一座。至五輩達賴喇嘛掌管佛教兼理民間事務，修立白寨。又有代辦事務之桑結嘉木磋修立紅寨，又内外房屋、金殿佛像重修，至今一百四十餘年。平樓十三層，盤磴而上，其上有金殿三座，下有金塔五座。西殿有宗喀巴手足印，世爲達賴喇嘛坐牀之所。豐冠山之層硐，奧轉螺之架閣。浩劫盤空，埤堄錯落。路轉千迷之道，心入摩提；《梁書》：曇鸞見梁武帝於殿中，曲曲二十餘門，一一無錯。帝曰：此千迷道也，何乃一度，遂而無迷也？佛書：一切禪定攝心者，皆云三摩提。譯言正心性處，謂是心端正也。人登百丈之梯，神棲般若。新吴百丈山懷海禪師創立清規，今禪門依此。梵書般若，智慧也。《晉書·曇霍傳》：霍持一錫杖，令人跪，曰：此波若眼。妙高峰頂，遠著聲聞；文殊師利言：南方有國名勝樂，有山名妙高峰。離垢幢前，近銷魔惡。有一菩薩名離垢幢，坐於道場，將威正降，有惡魔前來惱亂也。食則麥屑氈根，糌粑、乾羊。飲則鳩盤牛酪，茶塊、酥油。衣則黄毳紫駝，居則彩甍丹臒。優鉢淨瓶，玉盂金杓。三旛比以離離，百玩燦其愕愕。孫綽《游天台賦》：泯色空以合迹，忽即有而得玄。釋二名之同出，消一無於三幡〔一二〕。注：色，一也；色空，二也；觀，三也。言三幡雖殊，能消令爲一，同歸於無也。須菩提譯語將將，《禪門規式》：道高臘長，呼須菩提，如曰長老。闍黎耶念吽各各。吽，音鍾。張昱詩云：守内番僧日念吽。兜羅哈達訊檀越如何，唐古特禮，凡賓主相見，俱手持白絹哈達，互相問慰。檀越，施主也。檀，謂能施；越，謂能越貧窮海也。富珠禮翀答蘭奢遮莫。舊俗：駐藏大臣見達賴喇嘛，以佛禮瞻拜。乾隆五十八年奉旨：欽差駐藏大臣與達賴喇嘛係屬平等，不必瞻禮。欽此。以後，皆賓主相接也。元文宗時，以西僧年札克喇實爲帝師，大臣俯伏進觴，帝師不爲動，惟國子祭酒富珠禮翀舉觴立進，曰：帝師，釋迦之徒，天下僧人師也；予，孔子之徒，天下儒人師也，請各不爲禮。帝師笑而起，舉觴卒飲。衆爲之凜然。山無蜂子投窗，《高僧傳》：古靈行脚回，參受業師。師窗有經，適有蜂子投窗求出。古靈曰：世界如許闊，不肯出，鑽他故紙。塔有孟婆振鐸。孟婆，風神也。鹿野華池，雞園花萼。浴象游魚，語鸚舞鶴。靜觀撫序，頑空即是真空；梵書貴真空，不貴頑空。頑空者，木石是也〔二〕。惟真空乃不壞。與物皆春，行樂豈如勝樂。梵書樂行不如苦住，富客不如貧主〔三〕。南方勝樂國。

【校記】

〔一〕三幡：榕園本作「三旛」。

〔二〕木石：反約本、榕園本、元尚居本均作「石木」。

〔三〕貧主：元尚居本作「貧王」。

班禪之居於札什倫布也，招提結蟹螯之穴，祖山依龍背之陽。拉藏西南行九日，乃後藏也，寺名札什倫布，頭輩達賴喇嘛根敦珠巴所建。其寺依山麓起閣，山形如蟹螯夾抱。其後山自西北來，蜿蜒隆突〔一〕，如蜀棧之龍洞背也。樓高四層，上有金殿三座，亦係金瓦，宏敞壯麗，爲班禪額爾德尼坐牀之所。其外來瞻禮布施者，與布達拉同。僧規謹嚴，戒律清淨，番僧必於此山朝禮，爲受大戒。沙明遠岍，其地平敞曠達，南北六七十里，東西百餘里，遠山爲岸也。雪冒連岡。其北大山後又有崇巖峻嶺〔二〕，冬夏積雪不消。智水環流，浪紆徐而練淨；其東有大江，自南北流，入東北山後。幻峰囿野，形峛崺以綿長。其西山勢遠亘，西北達彭楚嶺，西南入薩迦溝。金刹青鴛，占仍仲寧翁之脈；《舊志》：此寺名仍仲寧翁結巴寺。石門寶塔，韫額爾德尼之光。其下有地穴，前數輩班禪圓寂金塔列其中，最爲華麗。月晝隱而故躔留，寸絲不挂；前輩班禪，乾隆庚子示寂於京師。蘇東坡《題佛滅度吴畫詩》云：隱如寒月墮清晝，空有孤光留故躔。注：月墮清晝以譬佛之滅度，光留故躔以譬佛之雖寂滅而猶在，如月之晝隱也。《傳燈録》：南泉師問陸宣大夫：十二時中作什麽生？陸曰：寸絲不挂。師云：猶是階下漢。樹秋凋而真實在，拳棗應嘗。《涅槃經》：娑羅林中有一樹，一百年其樹皮膚、枝葉悉皆脱落，惟真實在。《魏書·釋老志》：諸佛法身有二種義：一者真實，二者權應。此言佛生非實生，滅非實滅耳。《高僧傳》：洛陽香山寺鏡空遊錢塘，至孤山寺西，夜餒甚，因臨流出涕。有梵僧顧空笑曰：頗憶講《法華》於同德寺否？僧又曰：子應爲飢火所燒，不暇憶故事。乃探囊出一棗，大如拳。曰：吾國所常産。食之者，上智知過去未來事，下智止知前生事耳。空因啖棗，枕石而臥，乃悟同德寺講《法華經》如昨日事。既無生而無滅，爰非壽而非殤。懷璉焚乎龍腦，圓澤識夫錦襠。蘇東坡《宸奎閣碑》：廬山僧懷璉持律甚嚴。上嘗賜以龍腦鉢，璉對使焚之，曰：吾法以瓦鐵食，此鉢非法也。《僧圓澤傳》：李源居洛惠林寺，與圓澤遊甚密。一日相約遊青城、峨眉〔三〕。至南浦，見婦人錦襠負罌而汲者，澤望而泣曰：吾當爲此婦人子。孕三歲矣，今既見，無可逃者。後十二年中秋夜月，杭州天竺寺外當與公相見。至暮，澤亡而婦乳。後十二年，源自洛至吴，赴其約。聞葛洪川有牧童扣牛角而歌，乃圓澤也。源問澤：公健否？答曰：李公真信士！然俗緣未盡，慎勿相近也。現在班禪於乾隆四十七年壬寅四月八日生於後藏囊吉雄地方，今十六歲，聰穎秀異，端重不佻，初無童心也，僧衆悦服。肩浮戒衲之縧，事非悠謬；《高僧傳》：天竺辯才，姓徐氏，名元漢，字無象，杭之於潛人。生而左肩肉起袈裟縧，八十一日乃滅。十歲出家，二十五歲賜紫衣。師終實八十一歲。掌握明珠之襯，説豈荒唐。《傳燈録》：廿四祖師比丘，有長者引一子，曰：此子生當便覺拳左手，願聞宿因。師以手接曰：還我珠來。童子遽開手奉珠。師曰：吾前生有童子，名婆舍，吾赴西海齋受襯珠，付之，今見還矣。遂爲法嗣。刀劍一揮，禪座詎傷乎法濟；金衣兩設，邪人何畏乎初昌。乾隆五十六年辛亥，廓爾喀犯順，擾後藏邊界。七月，占據聶拉木、濟嚨。八月，班禪移住前藏。九月，賊入札什倫布，掠財物以歸。《高僧傳》：法濟大師名洪諲，姓吴，烏程人。遇黄巢之亂，偏師率卒千人而見，師晏坐不起。以劍揮禪座者再，師神思湛然。乃異之，獻金寶，再拜而去。今禪座尚在，二劍迹猶存。六祖傳衣，爲天下所宗，有張初昌受囑，潛懷刀入室，將欲加害。置金衣兩於方丈，張揮刀者三，都無所損。祖曰：正劍不邪，邪劍不正。只負汝金，不負汝命。張驚仆，久乃蘇，求哀。祖與金乃去。法嗣橫枝，聲傳絶幕；《傳燈録》：禪宗謂之法嗣，而禪家旁出謂之橫枝。黄梅謂道信師云死後橫出一枝法是也。大師還竺，輝生道場。乾隆五十七年壬子五月，班禪額爾德尼仍還札什倫布住錫。蘇子由《辯才塔碑》云：沈公遘治杭，以師住天竺。靈感觀音院有僧靈捷者，利其富，倚權貴人奪而有之。遷師於下天竺，又逐師於潛。逾年而捷敗，復以上天竺與師。捷之在天竺也，巖石草木爲之索然，及師之復山中也，草木皆有喜色。趙公抃親見而贊之曰：師去天竺，山空鬼哭。天竺師歸，道場光輝。芻尼子之孟年，已具食牛之量；野鵲子。《傳燈録》：二十四祖母夢吞明暗二珠而孕。一羅漢曰：當生二子，一即祖，二即芻尼。昔如來在雪山修煉，芻尼巢於頂上。佛成道，芻尼受報，爲那提國王。《佛記》曰：汝後與聖同脱。今不爽矣。迦陵仙之妙韻，定知吞象之王。《楞嚴經》：迦陵仙言遍。迦陵，水界仙禽，在鳥卵殼中，鳴音已壓衆鳥。佛法音亦如之。《法華經·偈頌》：聖主天中王，迦陵頻迦聲。注：迦陵頻迦，妙音鳥也。鳥未出㲉時，即音微妙，一切天人聲皆不及，惟佛音類之，故以取名也。

【校記】

〔一〕蜒：反約本、元尚居本、榕園本均作『蜓』。

〔二〕峻：榕園本作『唆』。

〔三〕青城：榕園本作『青衣』。

至於牙簡書名，根塵寂靜；金瓶選佛，意想空無。自達賴喇嘛、班禪額爾德尼、大小胡圖克圖、沙布隴等，凡轉世初生幼童，皆曰呼畢勒罕，神異之稱也。喇嘛舊俗，凡呼畢勒罕出世，悉憑垂仲降神指認，遂致賄弊百出。乾隆五十八年，欽頒金奔巴瓶一具，牙籤六枝，安放大招宗喀巴前供奉。如有呈報呼畢勒罕者，將小兒數名生辰書籤，入瓶掣定，永遠遵行。赤子徵祥字阿練，曰呼畢勒罕；《冥祥記》：晉王珉有番僧及門曰：若我後生得爲此人子，足矣。頃之，僧病卒，珉生一子。始能言，便解外語及識外國珠。故珉字之曰阿練云。修因智果號苾芻，曰胡圖克圖。《善覺要覽》：僧曰苾芻。注：苾芻，草名，體性柔軟，引蔓旁布，馨香遠聞，不借日光，故以喻出家人，又名比丘。今唐古特語名格隆，蓋戒僧也。今考西藏所屬大胡圖克圖九名，小胡圖克圖十名。名冠元班，練心擯影；學通神講，續祖希盧。諾們罕轉全藏之秘奧，蒙古語，諾們，經也；罕，王也；蓋通經典之稱。沙布嚨達一度之迷途。修行未深，初轉一兩輩者。文咱特，鳥轂音洪，牛呼牟而駝鳴圂；誦經聲音最洪大者。温都遜，石屏咒顯，山入芥而海成酥。精通梵咒者。《廣輿記》：僧惠崇謁徑山欽法師，自謂誦觀音咒，功無比。師曰：吾坐後，石屏能咒之令破否？曰：可。遂叱之，石屏裂爲三片，今名喝石巖。堪布掌赤華佛事，如内地漢僧之方丈。托音充香界浮圖。喇嘛弟子通稱。乃有歲琫、森本巢釋門之鳩鵲，歲琫，近侍之最大者，森本次之。曲琫、孜仲結法侶之鴛鴻。曲琫，司經卷，作佛事。孜仲，服役及奉差委各廟宇作佛會。卓尼爾效茶齋之奔走，司商上用度者。羅藏娃司喉舌之異同。達賴喇嘛前通傳譯語者。此皆持瓶堅子，捧鉢財童，侍維摩於七寶，等善覺之二空者也。《鶴林玉露》：裴休訪譚州善覺禪師，問：侍者有否？師曰：有一兩個。乃唤大空、小空，二虎自庵後出。師曰：有客，且去。）

爾其伏臘歲時，演甘露化城之會；《涅槃經》：諸大比丘等於晨朝日初出，離常住處，嚼楊枝，遇佛光明，疾速漱口澡手。《華嚴經·行品》：手執楊枝，當願衆生，皆得妙法，究得清淨。釋典手把楊枝，遍灑甘露水。法華導師多諸方便，於險道中化作一城，是時疲極之士衆前入化城中，生已度想，生安穩想。云見《法華經》。普門佛頂，會瞿摩行像之期〔一〕。《元史·世祖紀》：作佛頂金輪會。《佛國記》：僧伽藍名瞿摩帝，是大乘學，王所敬重。最先行像，四月一日爲始，作四輪車，如行殿，其中菩薩諸天神侍從，散花燒香，至十四日行像乃訖，王及夫人乃還宮也。天神降而山鬼藏，窮野人之伎倆；《傳燈錄》：道壽禪師在壽州，三峰山有一野人作佛形及羅漢、菩薩等天仙形。師告衆曰：野人作多色伎倆惑人，只消老人不見不聞。伊伎倆有盡，吾不聞不見無盡。岡洞鳴而巴陵送，誇幻術之離奇。鎗洞噶，海螺也，佐以鐃、鼓、長號。岡洞，人脛骨也，吹之以驅鬼祟。巴陵者，以酥油和麵爲之，高四尺，如火焰形。除夕前一日，布達拉衆喇嘛妝諸天神佛及二十八宿像，旋轉誦經。又爲人皮形，鋪天井中央。神鹿、五鬼及護法神往捉之。末則排兵甲、幡幢，用火鎗送出布達山下，以除一歲之邪。達賴喇嘛御樓以觀，四面環睹者男女萬人〔二〕。此除夕之跳布札也。此即古方相氏黄金四目大儺之遺意也。履端肇瑞，方丈延師。展金渠之榻，開花藹之帷。幢懸慢折，衲卷塵離。羅闍粥、儐茶波，爛盈釦器；庵摩果、伊蒲饌，粲設雕榹。排舍衛之籠官，魁頭膜拜；進梨軒之嗢末，合掌思維。搥乾蓮而唵葡萄，感騂乳猊糖之惠；噉牢丸而噙粔籹，答狸奴白粘之施。腥甌膩椀，羊脊牛臁；麼醯大嚼，掬溢歸遺。吹頞人之雲簫，聲喧兜率；舞倀童之月斧，樂奏侏儷。此元旦之宴衆番也。

【校記】

〔一〕行像：榕園本作『行象』。

〔二〕環睹：反約本、榕園本作『環觀』。

乃有挺身縋險，撒手飛繩。正月二日，作飛繩戲，從布達拉最高樓上繫長繩四條，斜墜山下，釘樁拴固。一人在樓角，手執白旗二，唱番歌畢，騎繩俯身直下，如是者三。繩長三十餘丈，後藏花寨子番民專習此技，歲應一差，免其餘徭。內地緣竿、踏繩，不足觀也。落風鳶之一線，搏霜鶻於千層。百尺竿頭，誰進無窮之步；九重天上，今超最上之乘。復有平原馳騁，角力爭能。狪狁花驄，喜與駑駘爭道；渥洼名產，肯輸款段驍騰。正月下旬，達賴喇嘛及噶布倫、公、台吉等各遣所屬唐古特在大招前拍馬馳騁，先到者爲勝。抵戲翹關，五指之神獅出現；又番人舉重石〔一〕，又裸衣撲跌以角勝〔二〕。《涅槃經》：阿闍王令醉象蹋佛，佛以慈善根力舒其五指，遂爲五獅子兒，醉象惶懼而退。御風追日，萬回之脚馬先登。又番人於七八里外爭以步行跑遠，以先到大招者爲勝。《傳燈錄》：萬回法雲者，虢州人也，俗姓張，嘯傲如狂。唐武則天時賜萬回和尚錦袍玉帶，八九歲始能言。其兄戍安西，師持信朝往夕返萬餘里，故號萬回云。厥惟元夕，競尚燃燈。煎萬户之饞膏，星流月偃；燿百華之寶樹，霞蔚雲蒸。青鸞彩鳳，靈鷲仙鵬。法象吼獅，神光夜炳；木牛泥馬，業火宵興。琉璃世界，點長明大千活佛；堅固庵羅，傳不昧十萬高僧。烟煤徹於重霄，雲間沃雪；灰燼餘於徼道，地上銷冰。此則太乙祠壇之伊始，金吾馳禁之明徵也。《七修類稿》云：上元張燈，諸書以爲沿漢祀太乙，自昏至明，今其遺事。《容齋三筆》既辯《史記》無此文，尚未得其實。《事物紀元》又引《僧史略》〔三〕，以西域十二月三十日乃漢正月望日，彼地謂之大神變，故漢明帝令燒燈表佛。夫事既無據，時日又非〔四〕，不足信也。《春明退朝錄》以爲梁簡文帝有《列燈賦》、陳後主有《山燈》詩，以爲起自南朝。《唐書·嚴挺之傳》云〔五〕：睿宗好音律。先天二年正月望日，胡人婆陀請燃千燈，因弛門禁。帝御安福門縱觀，晝夜不息。韋述《兩京新記》：正月十五夜，金吾弛禁，前後各一日看燈。則是始於睿宗，成於玄宗無疑。宋乾德五年正月，詔以朝廷無事，區宇乂安，令開封府更增十七、十八兩夕。五夜之俗因此也。今以十三易十八者，聞太祖初建南都，盛爲彩樓，招徠天下富商以實國本，元宵放燈多至十餘日，後約中定爲五日耳。今考《史記·樂書》云：漢帝以正月上辛祀太乙、甘泉，以昏時祀到明。徐堅謂今人正月望夜觀燈是其遺事。又《劉向外傳》云：上元夜，人皆遊賞，向獨在家讀書，太乙神燃青藜以照向。蓋因漢武祭五畤，通夜設燎，取周禮司爟燒燎照祭，後世沿以爲佛事耳。且上元張燈不獨京師爲然，如廣陵觀燈、西涼燈影，羅公遠擲杖化橋，或以爲潞州，或以爲西川，則是天下同風，相沿已久。是知元宵放燈始於漢，盛於唐宋，其原本於西域。郎仁寶以爲起自南朝，始於唐睿宗，成於玄宗，皆非也。予謂本於西域者，何也？今考衛藏每歲正月十五夜，達賴喇嘛及各胡圖克圖、噶布倫、公、台吉等，於大招四面各設彩燈，以青稞麵捻成佛仙之像及鳥獸、花卉各種供品，燃以酥油，照以松炬，火光燭天，如不夜城。男女數萬，縱遊徹曉。其燈架高至二三丈，番僧團坐誦經其下。是《僧史略》所言不爲無據，仁寶以爲不足信，過矣。惟《僧史》以西域十二月晦爲漢之正月望，則失於考證。何也？今考衛藏時憲名朱爾亥，於内地正朔不同者，衹以置閏不置閏，相差一月，朔望則無不同者，何至以晦爲望耶？蓋除夕前一日，則止於送祟，名曰跳布札，並不燃燈也。至於三日、五日之不同，則唐宋以後事耳。

【校記】

〔一〕重石：榕園本作『重名』。

〔二〕又：圖考本作『並』。

〔三〕元：《七修類稿》作『原』。

〔四〕又：《七修類稿》作『尤』。

〔五〕嚴挺之：諸本均作『嚴挺』，據新、舊《唐書》補。

蓋自孟春初吉，卜達賴而啟行；長住晨離，望大招而爰處。先期戒事，步馬之鼓節雍容；繼踵望塵，塞巷之人群延佇。前驅伍陌，備戕殺鍠鉞之儀；但馬旄頭，夾旌節幡麾之侶。翠葆遠翔，孔雀降自天台；黃繖高耀，金輪詣於佛所。則有絳韝赤幘，白帢朱纓，貂珥鷺纕，毳衣蟒褚。盼傔從之如雲，映晨暉而若炬。亦有帩頭帕腹，露頂披肩，犵老羌童，賓男嫫女。口灑灑而噤寒，手林林而高舉。俯地訝似伏章，叩額連如春黍。乞食於沙瓶國，托鉢如斯；飽衆於舍衛城，共揵若許。雁堂信宿，桑門之法供頻加；鳥道由旬，須達之布施可茹。夥够十方之衆，千偈伽陀；糅粲四梵之天，一錢投予。賓頭盧之遍赴，比户逢春；白脚僧之高閑，阿誰縛汝。此波羅蜜之譯自古經，摩羅木之訛於番語也。孟春上旬，達賴喇嘛下山赴大招住錫，齊集遠近大小喇嘛於大招各經堂誦經，約三萬餘衆。摩羅木，唐古特語也，漢人謂爲攢招，即宗喀巴之穆隆經會，佛書之波羅蜜也。梵書六波羅蜜：一布施，二持戒，三忍辱，四精進，五禪定，六智慧。《頭陀寺碑》：波羅蜜者，猶言到彼人也。《字典》：波羅蜜，果名，梵語也。因此果味甘，故借喻之。

於焉毗盧會罷，瑪尼功成。托度於肉真人，金繩覺路；求福於木居士，寶輦行城。邁達裝嚴，螺髮偏單而磊落；垂忠作態，兜鍪比甲而峥嶸。雷門韸韸其逸響，銅角嗚嗚其長鳴。哱囉雜吼，梵貝喧聲。杜多拍鈸，衲子敲鉦。乾松吐瑞於憑霄，辟邪稱賀；方帛紛披於拉木，大壤群賡。攢招佛事畢，則出大小喇嘛。邁達爾佛，即彌勒佛。載以四輪車，數百人曳之，垂仲裝束，爲之先導，繞大招一匝，番人爭挂哈達。漢名轉寺。

乃有克馬魔王，厥號羅公甲布。鮮毒龍之技，角抵觸而虛驕；乏醉象之能，鼻拗轉而不悟。棄田廬之訛寢，欲登摩竭之城；逞狼虎之鴟張，思斫菩提之樹。昧羊跪之生全，《陳書·王固傳》：清虛寡欲，居喪以孝聞。又崇信佛法，及丁生母憂，遂終身蔬食，夜則坐禪，晝則誦佛經，兼習《成實論》義，而於玄言非所長。嘗聘於西魏，因宴饗之際，請停殺一羊，羊於固前跪拜。枉鹿趨之保護。《梁書·何允傳》：至吴，居虎丘西寺講經論學，復隨之。東境守宰經途者，莫不畢至。允常禁殺，有虞人逐鹿，鹿徑來趨允，伏而不動。雞卵呼大士之音，《宣室志》：唐文宗命有司詔中外，罷緇徒説佛書義。又有請斥其不修教者。詔命將行，會尚食厨吏修御膳，以鼎烹雞卵。方燃火於其下，忽聞鼎中有聲，極微，如人言。迫而聽之，乃群卵呼觀世音菩薩也。吏異之，具以聞。翼日，敕尚食吏無以雞卵爲膳。因頒詔州郡，各於精舍中塑觀世音菩薩像。鵲巢避金剛之塑。《洛陽伽藍記》：修梵寺有金剛像，鳩鴿不入，鳥鵲不巢。菩提達摩云：得其真相也。投之六花皆赤，卓錫如飛；笞以再擲全么，輸山不住。二月下旬，送羅公甲布。相傳牛魔王作祟，與達賴喇嘛爭布達拉。是日，一人扮作達賴喇嘛坐於大招門前，一人扮作牛魔王，衆喇嘛扮諸佛，環跳誦經。牛魔王服羊裘，反衣作不服狀，乃與達賴喇嘛賭擲骰子。達賴喇嘛一擲成六，牛魔王一擲成么，再擲又么，爲輸却布達拉，乃逃走。觀者齊手揶揄，力者合聲攫捕。無患之棒若林，《古今注》：拾櫨木，一名無槵木。昔有神巫，名寶眊，能符劾百鬼［一］，得鬼則以此棒殺之。世人以此木爲鬼所畏，故名無患也。無孔之椎如注。《語録》：古禪師曰：無心即是道，如寒灰死火，枯木石頭，又似一箇無孔鐵椎，始得，莫學佛法，但是休心。雷轟轟兮火炮沖霄，塵壓壓兮童山隱霧。於是雷公驅逐牛魔王，喇嘛誦經，施放鳥鎗，番衆隨之送過藏河，逃至南山乃止。

【校記】

〔一〕劾：榕園本作『刻』。

爾乃香阜清寧，蒼生安穩。挂三禪之綉佛，日慧雲慈；現十丈之金身，風行草偃。陳寶叢林，獻花翠巘。畢切齊能書記者滴金壺之墨，紀勝會於龍華；朱爾亥曉時憲者衍玉氈之文，卜法遊於鹿苑。三月初一日，布達拉懸挂大佛二軸，悉以彩緞堆成者，長十餘丈。又盡出大招庫貯、寶供、樂器、幡幢，奇形怪狀，鼓吹遶行布達拉，謂之亮寶。一春佛事乃畢也。爰修祓禊，厥兆初秋。南依江涘，北望山陬。擔夯行脚，匒合前騶。拂廬星布，支烓雲稠。盈箱麥豆，比櫛維婁。嚴更夜警，稱娖外遊。祇園精舍，大士瀛洲；帛和挂錫，乞士巢鳩。霞天綉幄，錦地花溝。清涼入樹，大願維舟。意樹心花，歲進佛桑之供；《異名記》：佛桑，其花丹，重敷柔澤，葉如桑，花五六出，大如蜀葵，有蕊一條，長如花葉，上綴金屑，日光所爍，凝爲焰，朝生暮落。喜園忍草，人欣衣影之留。《伽藍記》：水東有佛曬衣石。初，如來在烏場國行化，龍王瞋怒，興大風雨。佛僧迦梨表裏通濕。雨止，佛在石下東面而坐，曬袈裟。年歲雖久，彪炳若新，非影非直條縫明見，至於細縷亦彰。假令刻削，其文轉明真也。即此悟因，處泥滓而不染；《楞嚴經》：十六開士白佛，言我等於浴僧時忽悟水因，既不洗塵，亦不洗體，中間安然，得無所有。本來無垢，入濁水以何求。襄州鷲嶺善本禪師，因入浴室，有僧問：和尚是離垢人，爲什麼却洗？師曰：空水瑩然徹，浴此無垢人。蘇東坡《海會寺僧浴堂》詩云〔一〕：本來無垢洗更輕。一指頭禪灌頂心，則淵源徹底；《高僧傳》：有僧過天龍，天龍豎一指，僧大悟。後示寂曰：吾得天龍一指頭禪，一生受用不盡。四大海水入毛孔，則宇宙浮漚。《維摩經》：以四大海水入一毛孔中，不撓魚鱉，而彼本相大海如故。唐古特俗，夏秋之交，無論男女，群浴於藏布江之汜，以祓除厲疫，乃古所謂秋禊也。布達拉西南十五里名羅卜嶺岡，藏布江北岸，密樹周阿，綠苔曲徑，中有方池石甃，引江水注之。達賴喇嘛每歲下山澡浴於此，群僧誦經於外。居然一玄陰池也。又有平樓敞樹，畫舫花臺。信宿約二十餘日，始還山。

【校記】

〔一〕浴堂：榕園本作『玉堂』。海會寺僧浴堂：《蘇東坡全集》作『宿海會寺』。

其設官也，商上統僧衆之宗，布達拉一切收納、度支、辦事之公所名曰商上。噶厦馭蠻疆之廣。噶布倫等辦理通藏事務公所名曰噶厦。噶布倫領四方之政治，權居岳牧之尊；噶布倫四名，總理通藏。錢穀、刑名、兵馬及升調大小番目，悉稟於欽差衙門，以定行止。乾隆五十八年《欽定章程》：内外番目議給三品至七品頂戴。噶布倫係三品銜，歲支俸銀、緞匹，由京理藩院按年支領。倉儲巴綜五庫之藏儲，職等金倉之掌。商卓特巴，俗名倉儲巴，係四品銜，管理商上及大招庫藏〔一〕。希約第巴秸粟徵科，即碩第巴，係五品銜，管理地方徵收錢糧，其辦事之公所名曰碩裏〔二〕。業爾倉巴廩糈給養。亦係五品銜，管理支給各僧衆口糧。浪孜轄稽市井之奇衺，亦係五品銜，管理拉薩地面及刑名。脅爾邦聽閭閻之直枉。亦係五品銜，聽番民詞訟。卓尼奔走，鳧侶維勤；係六品銜，供雜職事。孜琫會要，漆書無爽。係四品銜，掌庫藏出納簿籍。密本司版户之登，係五品銜，掌番民户口册。達本任馬閑之長。係六品銜，管理馬廐。第巴分治於外寨，厥品惟三；分管各寨落地方事務，即營官也，分大、中、小三等缺。大第巴五品，中第巴六品，小第巴七品，俱依次升調。中譯書記於公衙，其階有兩。司書寫計算者，大中譯，六品銜；小中譯，七品銜。

【校記】

〔一〕大招：圖考本作『太招』。

〔二〕曰：榕園本作『口』。

其治兵也，古創軌里連鄉之制，今有戴如甲定之名。壯獠科頭，團三千之勁旅；瞎巴嚆矢，分五百之屯營。習之以步伐齊止，表之以旗旐旄旌。刃鍛矛礪，干比戈稱。射侯破的，長垛飛堋。一鼓兩甄，江濤卷浪；五花九子，火陣連城。奈國提陀作一夫當關之氣，仁祠菩薩備百年不用之兵。乾隆五十八年《欽定章程》：戴琫，四品，管兵五百名；如琫，五品，管兵二百五十名；甲琫，六品，管兵一百二十五名；定琫，七品，管兵二十五名。共額設番兵三千名。前藏駐劄一千，後藏駐劄一千，江孜五百，定日五百，俱隸綠營。將備隨時，一律操演。

其人民疆域之殊也，圖伯特其舊名，唐古特其今號。地闢坤兑之隅，疆拓西南之奧。其西鍋拉納、都畢納，石崙森森；自札什倫布西行，由拉孜、脅噶爾、定日、宗喀、薩喀通狹巴嶺山、鍋拉納山、都畢納山一帶，均設立鄂博，此內爲唐古特境，此外爲洛敏湯、作木朗二部落境。熱索橋、鐵索橋，江流澳澳。自宗喀通濟嚨，至熱索橋設立鄂博，此內爲唐古特境，此外爲廓爾喀境。自定日通聶拉木，至鐵索橋設立鄂博，此內爲唐古特境，此外爲廓爾喀境也。丈結雅納之巔，波底羊瑪之陝。自甘壩至丈結山頂，設立鄂博，此內爲唐古特境，此外爲哲孟雄境。自拉孜至絨轄，通波底山頂，設立鄂博，此內爲唐古特境，此外爲哲孟雄境。自定結至薩熱喀山一帶，羊瑪山頂設立鄂博，此內爲唐古特境，此外爲哲孟雄境。臧猛谷，帕哩獨經；日納宗，竹巴同好。帕克哩，俗名帕哩，自帕克哩至支木山一帶，臧猛谷、日納宗官寨，此內爲唐古特境，此外爲哲孟雄境。其東爲布嚕克巴境，俗名竹巴云。其西南帕爾、結隆、業朗，鳥道難通；西南至布嚕克巴、廓爾喀二部落爲界。一由納格爾行八日至帕爾，與布嚕克巴交界，山川險阻，難以出入；一由業爾奇木樣納山業朗地方至結隆，與哲孟雄宗里口交界；一由業爾斯卡祿納山業郎塞爾交廓爾喀界，亦甚險阻。咱義、阿布、瀾滄，人烟可到。西南又自怒江北咱義、桑昂却宗、瀾滄各處至阿布拉，通南墩大道。其南狢㺄茹巴，食人犵狫；札拉噶押〔一〕，天險怒江。南至狢㺄、茹巴、怒江爲界，又名老卡契，番名羅喀卜占。由前藏南行一日，過鍋噶拉大山至松布堡，過宋噶拉大山至押噶〔二〕，交藏江至怒江，其地廣闊無垠，不能悉載。怒江之水，不知其源，江闊數里，兩岸石壁峭立，中流湍急，不可以舟楫。其地名工布。其東南春奔邊卡，古樹金塘。東南由前藏朗陸山轉出達克孜，經珠貢寺及沙金塘草地、古樹邊卡，至春奔色，入類伍齊，番部境内可通察木多大道。其東南墩分界，寧靜朝陽。東至巴塘之南墩寧靜山爲界。雍正三年，松潘鎮總兵官周瑛勘定界址，於南墩寧靜山嶺上建立界牌。自前藏至南墩，跬步皆山，崎嶇險仄，計行程二千五百里。其東北南稱巴延之邊，西寧草地；木魯烏蘇之渡，玉樹冰岡。東北至西寧所屬之那木稱、巴延番族爲界。由前藏北行十五里，向色拉山之東，過鍋拉山至浪蕩，由隆竹松過彭多河有鐵索橋，由脚孜拉山呼正寺僧頂工至木魯烏蘇，通青海西寧大道。又由玉樹接西寧、松潘、泰寧三處大道。又通洛隆宗、類伍齊。其北羊八井、噶勒丹、噶爾藏骨岔，乃青海屬番之界；前藏西北行，出羊八井口，至新橋平川，西通後藏，東接噶勒丹，北行草地，至木魯烏蘇、噶爾藏骨岔，交青海界。其西北克哩野、納克産、騰格哩諾爾，乃達木遊牧之場。西北俱係草地，有克哩野大山、納克産隘口，北通哈真得卜特爾，其東接玉樹界。又由羊八井至桑托羅海〔三〕，越紅塔爾小山，過拉納根山，即騰格哩諾爾，蒙古語天池也，乃達木蒙古遊牧之處。又由吉札布至僧格物角隘口，東北至噶勒藏骨岔、阿勒坦諾爾一帶，皆塔斯頭難行。經沙雅爾小回城，過木蘇爾達巴罕，通準噶爾境。又由後藏西北至阿哩城，交拉達克罕、庫努特外番界，可通和闐及葉爾羌，新疆其路有半月戈璧〔四〕，無水草。左通準噶爾，西達葉爾羌也。以上總叙西藏所屬八方界址〔五〕。

【校記】

〔一〕噶押：圖考本作『押噶』。

〔二〕宋噶拉：《西藏通志》作『宗噶拉』。

〔三〕羅海：榕園本作『海羅』。

〔四〕戈璧：榕園本、元尚居本、八旗本、圖考本作『戈壁』。

〔五〕界址： 榕園本、元尚居本作『界趾』。

其風俗政令之殊也，減凶辰而閏日，戥曆真奇； 藏中朱爾亥如初一、初二、初三，初二日凶，則減去初二日，閏初三日，故無小建。《十六國春秋》有《趙戥傳》，河西燉煌人，善天文算數，據云傳自西域。 別正朔以爲年，梵書考最。 其正朔與中國不同，止有八大節。其交節之日，亦前後差數日。三年置閏，亦與中國異。考：舊説西藏用地支而不用天干〔一〕，非也。今見藏中紀年，如甲子年則云木鼠，乙丑年則云木牛，丙寅火虎，丁卯火兔，戊辰土龍，己巳土蛇，庚午鐵馬，辛未鐵羊，壬申水猴，癸酉水雞，以此推之，亦六十甲子，仍用天干也。 理絶人區，事由天外。 貴少賤老，沿成羅漢之名； 《赤雅》：貴少賤老，染髮剃鬚，喜作羅漢。羅漢者，惡少之稱也。 厭死輕生，誤墮尸陀之害〔二〕。 西藏人死，棄尸不埋。佛經有尸陀林，又名寒林，今其遺俗。 出家則荼毗成灰， 喇嘛死，用火焚燒，砌石塔藏之。荼毗〔三〕，燒也。東坡詩云：荼毗一箇僧。燒，又名闍維。 在家則碎刲成膾。 藏地俗，人死則負尸於野，以刀碎刮其肉，以喂鷹，名曰天葬。以杵搗其骨，以喂犬，名曰地葬。延喇嘛誦經，作好事。無力者棄於水，以爲不幸。其俗相沿已久。乾隆五十九年出示嚴禁之，並刻石於大招前，教之葬埋，其風稍息也。 畏天花而棄子如遺， 藏地小兒向不出痘，近歲傳染甚盛。遇有出痘者，遂棄之荒山僻野，凍餒而死，其俗甚慘。自乾隆五十九年勸諭達賴喇嘛，捐資於離藏幽僻處所建蓋房間，供給糌粑、酥茶，以資撫養。又派妥幹番目經理。如此數年來，全活甚衆，藏風稍變。其札什倫布暨察木多照此行之，有效。 信烏鬼而妖言如繪。 唐古特俗，多信鬼神、詛咒、鎮厭之術。 三男共女，罔有後先； 弟兄兩三人共娶一女爲妻，爲其和也。關中語謂妯娌爲先後，見昌黎詩。 十户養僧，勢難沙汰。 古人云十户不能養一僧，此就中國而言耳。若藏地，民户不過十萬，喇嘛則有三十萬也。 飲食不識烹飪，疾病不親蕭艾。 優婆夷之錦綉金銀，優婆塞瓔珠賏貝。 生之年，願乾没於僧牢； 死之日，盡輸將於佛會也。 且頭會箕斂，累及牛驢； 屋粟口錢，禍延婦子。 布帛、粟米、力役，撲地齊徵； 氈土、雁户、凶年，彌天追比。 藏地賦納既煩，差徭又重，民多逃散，皆營官、第巴剝削重徵所致。

乾隆六十年，嚴明立禁，革除重賦，裁減科徭，招集流亡，俾紓耕作。商上僧衆浮食冗費，亦量加删節，非不足用也。税及鵝卵楊花，《見聞錄》：李主國用不足，民間鵝卵生雙子、柳條結絮，皆取税錢。波逮月華雨水。唐李茂貞在鳳翔榷油，城門禁納松明，以其可爲炬。或曰：請並明月禁斷尤好。《江表志》：申漸高嘗與曲宴，因天久無雨，烈祖曰：四郊之外皆言雨足，惟都城百里之地亢旱，何也？漸高曰：雨怕抽税，不敢入城。異日，市徵之令咸有損除。藏地舊俗，掃地、割草、烏拉折錢徵，比歲輒數萬。嘉慶元年概予删減。乃有別蚌行商〔四〕，纏頭居市〔五〕。此兩部落番回，常川赴藏貿易，藏中亦有安家室者。貨則珊瑚松石，蜜蠟青金，蠙珠之奇；采玉文貝，琉璃瑪瑙，象牙之美。毭[illegible]毾㲪之精，金線花毯之綺。毛罽氍毹，毳布麻枲。茶塊充閭，銀錢遍里。藏地行使銀錢，向由廓爾喀鑄造，販運至藏，易銀而往。乾隆五十八年《欽定章程》令達賴喇嘛自行鑄造『乾隆寶藏』錢文，由川省派文員監鑄。

【校記】

〔一〕舊説西藏：榕園本作『舊藏』，元尚居本作『舊西藏』，圖考本作『西藏』。

〔二〕誤墮：榕園本作『誤隨』。

〔三〕茶毗：圖考本作『茶毗』。

〔四〕行商：榕園本作『行商』。

〔五〕纏頭：八旗本、榕園本作『躔頭』。

其物産則天藏女池，鹽晶瀉鹵；藏西北阿哩地方有鹽池，達木蒙古地方亦有鹽池。仙山寶礦，金屑流華。金礦在阿哩地方，色拉山亦有之，今封閉。藏香貴盛安貢恰，盛安貢恰，後藏所屬地名，此處所製紅黄香最沉速。木椀重札木札鴉。此木紋理堅細，能解毒，故重之。銅鐵鉛錫，有目雲南來〔一〕，有自甲噶爾來者。硫磺硇砂。工布産硫磺，巴勒布産硇砂，以色赤者爲佳。須磁瓶封貯，風吹即飛。松脂檀末，苦庫唵巴。苦庫，黑香也；唵巴，白香也；皆松脂所爲，類芸香。草則吉祥書帶，吉祥草，如蓍草而多細杈，直上如穗，深黄色，名曰藏草，蒙古人以之供佛。紫茜紅花，馬藺牛舌，羊草蘆葭。木則松柏珍貴，西則濟嚨，東則工布，多松柏樹，他處不植。楊柳杈枒，楊柳最盛，種類不一。胡桃結核，火榴綻葩。山南帕克哩多有之。花則牡丹傲雪，牡丹惟白色者甚香，五月開〔二〕，亦有紫色者。桃杏鋪霞。色拉寺、别蚌寺山溝中花最盛。剪秋羅，幽芳滴露；色淺紫，瓣如鋸齒，香如桂，番人名纏頭花。虞美人，妙舞風斜。此花最盛，有黄、白、紅、紫色。罌粟盤，盛玉盂之雲子；萬壽菊，披金粟之袈裟。黄色，自五六月開至十月，京師六月菊也。石竹映文章之草，紫、白色俱有，大如錢，五出。蜀葵開旌節之花。花大如盤，莖七八尺高，黄色，結子可食，又名向日蓮。又有二種大小紫色如旌節者，蜀葵也。又有金盞花，黄色，與内地同。果則長生競掬，形如小螺，生地中，絳色，番名角瑪，漢名長生。蒸熟拌糖，食之甚甘。達賴喇嘛以此果相餉〔三〕。百合紛拏。似蒜頭而甘，色白，與内地無異。番人初不知可食，今方掘售焉。毛桃流液，酸橘軟牙。蘋婆似卵，哀梨比樝。穀則青稞大麥，糌粑俱以青稞麨爲之，故多種。秈稻香秔。稻米産布魯克巴，山南亦可種。麻烏米扁，芝麻多黑色者，山南種之。扁米出廓爾喀。蠶綠豌頳。蔬則菠薐夏脆，菘葉秋榮。王瓜架綴，萵苣畦盈。蔥挺蒜抱，韭帶荽英。芹釵茴穗，茄癩芄瑛〔四〕。辣冰萊菔，甜玉蔓菁。禽則曲水宿鴻，前藏西南行二日，地名曲水，多暖，雁於冬月在此處避寒。南山翔鶴。前藏東四十里南山凹多白鶴。羊卓鵝鳧，過巴則嶺，即羊卓雍錯海子，其中多天鵝、野鴨。濟嚨雕鶚。濟嚨山中多鷹鷂。寺住黄鴛，似鴨而大，色黄，能高飛，必雙翔，水食樓棲，俗名喇嘛鴛鴦。頂巢鳩鵲。烏鬼號空，大嘴老烏最多。鴿王棲閣。鴿不避人，以其不打牲也。洋雞咮朱，形如小鳥，深青揚赤色，綠脛，長距，朱喙，生澤中。雪雞羽皭。雞大如鵝，白羽如雪，可食，味似野雞。象鼻鷹裙，象鼻雞，五色羽，形如鬬雞，其鼻連冠，長五六寸，如肉鼻，時紫、時赤、時白。魚鷹扁喙黑羽，紋如魚鱗，尾如裙，俗名皂裙娘。雉頭鴨脚。雉小而嫩，名半翅子，冬月可食。鴨惟山南帕克哩始能乳。蟄燕遯藏，燕灰色，早秋即蟄於藏江南土崖中。雄雞劣弱。雄雞育卵，西南以陽微陰盛也。鸚鵡蠻聲，山南工布一帶多有之，但能蠻語耳。鵪鴣客惡。自四五月飛鳴，至八月止。林杪聽鳩，門前羅雀。獸則獂羊猘犬，蕃馬氂牛。騎驢禪覓，《傳燈錄》：參禪有二病，一是騎驢覓驢，一是騎驢不肯下。注：不解即心是佛，真是騎驢覓驢也。跨騾神留。藏中護法騾子天王最稱靈驗。狼豹爲贄，鹿豖與遊。獐麅獵獲，猞猁生囚。野饒狐兔，家畜貓猴。獅聞風於西海，象負法於神州。獅子出西海外，未之見也。象本甲噶爾所產，廓爾喀兩貢於京師。達賴喇嘛、班禪亦各畜其一。魚則慈音噴浪，白小隨流。土魚如鯰魚，白魚似細鱗。蟲則蜻蜓鬧夏，斑毛卜秋。土俗，斑毛蟲來者多，歲則大熟。

【校記】

〔一〕目：其餘諸本均作『自』。

〔二〕開：榕園本作『間』。

〔三〕餉：圖考本作『敬』。

〔四〕茄：榕園本作『茹』。

其部落五百餘户之蒙古，駐自丹津；青海蒙古王於五輩達賴喇嘛時帶領官兵赴藏護衛，留駐五百三十八户在達木地遊牧。協領八員，佐領八員，驍騎校八員，聽駐藏大臣調遣。丹津，蒙古王之名也。三十九族之吐蕃，分從青海。那木稱、巴延等處番民共七十九族。其地爲吐蕃之舊屬，居四川、西寧、西藏之間，昔爲青海奴隸。自羅卜藏變亂之後，漸次招撫。雍正九年勘定界址〔一〕，近西寧者四十族，歸西寧都統管轄；近西藏者三十九族，歸駐藏大臣管轄，設總百户、散百長，歲納貢馬、銀兩。其西阿咱遊手於邊陲，小西天一部落，名阿咱拉，其喇嘛亦赴藏朝佛。卡契精心於賣買。西域回部名克什米爾，又名纏頭，又名卡契，以白布纏頭，精於貿易。在藏住者，有頭目三人彈壓之。布延業楞庫木，巴勒布之三罕；藏西南行計程月餘，其部名巴勒布，俗名别蚌子，又名白布，其地和暖，産稻穀。本分三部：一曰布延罕，一曰業楞罕，一曰庫庫木罕。雍正十二年進表貢一次，後爲廓爾喀所併。今巴勒布在藏貿易有成家室住數輩者。頭目二名管轄。噶畢諾彦林親，布嚕巴之兩解。藏南行程月餘，其部布嚕克巴，其長名諾彦林親，乃紅帽教之傳。天氣和暖，物産與中國相似。再南行月餘，即南天竺交界也。唐時賜與册印，其文曰『唐師國寶之印』六字。又有噶畢一族，爲諾彦林親所分者，日久勢漸昌大。後諾彦林親之呼畢勒罕楚克賴那木札勒至噶畢地方，噶畢羈留不放歸。由是兩家成隙，互相仇殺。經駐藏大臣遣人和解，雍正十三年噶畢束嚕布喇嘛卒，於是土地人民仍歸諾彦林親管轄，呈進奏書、貢物。乾隆元年，賜與額爾德尼第巴印信。今考布嚕克巴爲紅教喇嘛之地，其掌教札爾薩立布嚕克谷濟呼畢勒罕與額爾德尼第巴諾彦林親類拉布齊俱住布嚕克巴蚌湯德慶城内，轄百姓四萬餘户，大小城五十處，寺廟一百二十座，共喇嘛二萬五千餘衆。其界址東至綽囉烏嚕克圖部落，計程八日；正南至額訥特克國爲界，計程十日；正西至巴木嶺鍾爲界，計程十日；正北至帕克哩城爲界，乃西藏屬地。額訥克横行，梵字之源；額訥特克國，西南海中，大西天也。《楞嚴經咒》乃額訥特克字譯爲唐古特文也。甲噶爾平寫，繙經之楷。甲噶爾部落在南海。貝葉經皆平頭垂露文，譯出唐古特字也。其地能織金銀絲紗緞，産孔雀。明成化時，乩伽思蘭國進貢，即此地也。乩音伽，又名乩馬天國。拜木戎，賽爾之一線纔通；《舊志》：由前藏至後藏賽爾地方，緊走十日，係白木戎交界。由賽爾向西南緊走十八日，到宗哩口子，有一崖，高約十五丈，以木搭梯，往來行走，馬不能通。由宗哩緊走八日，到白木戎住處。其王所居屋名曰勞丁宰，俱在山上。其先之王名義多朗結，生一子名局密朗結，承襲所屬。百姓種類不一，有一種名曰總依，生子，幼時即五色塗面，成花面；一種名曰納昂，無論男女俱不穿衣服，下以白布纏之；一種名曰蒙身，穿布衣，不遵佛教，不行善事；一種名曰仍撒，男子止穿中衣，不穿上衣。惟白木戎本地人民皆披藏綢偏單。有大寺二座，一名白馬楊青，一名札什頂。小寺十五座。所管地方七處。其方亦呼爲小西天也。與布嚕克巴連界，中隔大江，名曰巴隆江。南至歪物子〔二〕，西至巴勒布，北至後藏日喀孜。由白木戎再行十日，到小西天布爾雅王子住處。從此上船行半月，由海中至大西天矣，相傳漢張騫曾至其地。今考西南外番並無白木戎之名，乃知白布纏身者，作木朗也。披藏綢偏單者，巴勒布也。通宗哩口子者，哲孟雄也。哲孟雄，臧曲之千家尚駭。後藏西南邊外一小部落，其地今爲廓爾喀所侵，尚有臧曲大河北岸迤東三處寨落也。作木朗，唇亡齒寒；後藏西邊外一小部落，在哲孟北界，亦爲廓爾喀所併，今與唐古特以熱索橋爲界。洛敏湯，皮存毛在。作木朗北一小部落，其地爲廓爾喀所併。庫努屏藩，在藏，屬阿哩地方之西界，其地與甲噶爾、廓爾喀兩部落交界。其部長名熱咱烏爾古，生嘉慶元年二月，遣人赴藏通好。拉達邑宰。阿哩之西小部落，名拉達克罕。第哩巴察，人隔重洋；西南徼外一大國也。曰噶哩噶達，曰枝楞，曰阿咱拉，皆其所屬。乾隆五十七年，廓爾喀侵犯藏境，求伊助兵。該部長果爾那爾覆云：我國人常在廣東做買賣，蒙大皇帝看待，恩典甚厚，豈肯幫汝與唐古特打仗，得罪天朝。詞嚴義正。曾通信與達賴喇嘛。噶哩噶達，道通近載。自布嚕克巴取道，通各部落，約百日可到。惟廓爾喀之投誠，乃唐古特之樂愷。後藏西南邊外，其地名陽布，乃廓爾喀所併巴勒布之舊城也。天氣和暖，産稻穀、花果。其王名拉特納巴都爾。自乾隆五十七年，經大將軍福康安、參贊大臣海蘭察等統師進剿，深入其境。震懾天威，投誠恭順，每五年一次，遣噶箕頭人等赴京，恭進表貢。

【校記】

〔一〕界址：榕園本作『界趾』。

〔二〕歪物子：八旗本作『咼物子』。

其東工布、達布、江達，險憑隘口；前藏東南七百四十里，名工布、達布二隘口，原隸藏屬。準噶爾擾藏時，工布人民堅壁防守，敵不能入。康熙五十八年，大兵進取西藏，總統撫綏。工布一帶番民始通，酋長帥所屬迎師就撫，嚮導進藏。雍正四年，會勘地界，將江達地方仍隸西藏，委第巴二名管轄。其地去成都五千七百三十五里。東至拉哩四百五十里。憑山依谷，地氣温暖，守險要區也。波密、拉哩、邊垻，隸屬西招。工布、江達東南行十五日，名上波密，係甘南木第巴管轄；下波密係由藏派營官管轄，乃現在濟嚨呼圖克圖之本籍也。拉哩在達隆宗西北七百三十里，原隸西藏，委堪布喇嘛掌管寺院兼第巴事務。自準噶爾徹淩敦多布侵占西藏〔一〕，該處黑帽喇嘛附逆助謀，僞稱河州喇嘛，迎師嚮導，陰遣番人截邀軍糧。康熙五十八年，定西將軍噶勒弼計擒黑帽喇嘛，即行正法，另委堪布管理。其地兩山危峻，三水會同，氣候惡劣，民情悍野。北通三十九族番部〔二〕。邊壩在碩板多之南二百九十里，自拉哩大山根至其地，二山横跨，四水環襟，藏東遼闊之區也。碩板多之么麿，宰桑就獲；準噶爾占據西藏，遣陀陀宰桑至碩板多一帶，剝削僧俗。康熙五十八年，定西將軍統師進剿，陀陀宰桑潛回藏。遣外委等追索馬郎，擒獲送京。雍正四年，將碩板多仍歸西藏管理。其地則四山環繞，二水合襟，進藏之要路也。洛隆宗之孔道，第巴輸徭。類伍齊之西南，原隸西藏，東至察木多五百九十里〔三〕。其地二山對峙，兩水合流〔四〕。類伍齊紅帽之流，土城寺建；察木多西北草地，進藏之路也。築土爲城，周二百餘丈。內建大寺一座，佛像經堂，巍焕整齊，紅帽胡圖克圖居之。雍正年間頒給印信，其印文曰：『協理黄教諸們罕之印』。乃清字、蒙古字、唐古特字三譯篆文。類伍齊，亦供應差徭。察木多三藏之一，喀木名遥。西至類伍齊二百二十里，南至結黨，北至隆慶，昔屬闡教胡圖克圖掌管。康熙五十八年，頒給帕克巴拉胡圖克圖諸們罕之印，亦係三譯篆文。其印文曰『闡講黄教額爾德尼第巴諾們罕之印』。其二胡圖克圖號錫瓦拉，三胡圖克圖號甲喇克。大小寺院五十座，喇嘛四千五百名，百姓七千六百餘户。其俗崇信浮屠，生子半爲喇嘛。其地則層巒叠嶂，怪岫奇峰，乃西藏之門户。古所云康、云喀木者，即此。合前、後、衛藏爲三藏，俗名昌都也，其投誠番地隸之者二十處。乍丫多盜，察木多東五百里，昔爲闡教正副胡圖克圖掌管。康熙五十八年頒給印信，住持乍丫大寺。其地三山環偪，二水交騰，窮僻荒涼。其俗樂劫好鬬，婚姻多不由禮。桑艾爲梟。阿足塘東北江卡塘，正北名桑艾巴，番部，其人兇狠，好劫奪行旅，俗名夾垻云。巴塘授宣撫之司，二山界定；西爲藏界，舊屬拉藏罕，有大喇嘛寺一座。達賴喇嘛委大堪布一名掌管黄教，拉藏罕委第巴二名管東地方百姓。康熙五十七年，護軍統領温普帶領官兵入境，宣布聖朝德威。兵至大朔地方，該第巴等赴營投見，願附版圖。五十八年，呈開地方寨落三十三處，頭人二十九名，百姓六千九百户，大小喇嘛二千一百名，納糧承應差徭。五十九年，定西將軍至巴塘，番民竭力爭趨，隨軍轉運。至雍正四年，會勘界址，分歸滇、歸川、歸藏疆界。南墩適中有寧靜山，於山頂建立界牌。又喜松工山與達拉山兩界〔五〕，山頂亦立界石。山以内均爲巴塘所屬，山以外爲西藏所屬。雍正七年，將巴塘土官札什彭楚克授爲宣撫司，大頭人阿旺林沁授爲副。土官頒給印信號紙。有土目二十五名，大小頭人四百二十六名，百姓二萬八千一百五十户，喇嘛九千四百八十名。每年上納折銀三千二百兩零。所管轄安撫司十一名，長官司七名。裏塘屬營官之長，五寨塵消。打箭爐之西，六百五十里。西至巴塘，五百二十里。東至雅隆江，交明正司界。西至諸噶里、布察多，交瓦述土司界。南至唖杓竹，交雲南、中甸界。北至雄熱泥，交瞻對界。昔隸青海岱慶和碩齊部屬。該處喇嘛寺一座，堪布一名掌管。康熙五十八年，大兵道經裏塘，青海差人陰謀把持名達瓦藍古巴，裏塘營官遂有逆意。前鋒都統法喇誘達瓦藍古巴營官二名至營，擒以斬之，革去堪布。頭人、百姓等咸凛軍威，令其各舉所知素所悦服之人，議立堪布一名，專立黃教。設立正副營官，董率大小寨堡十五處，頭人二十名，百姓五千三百二十户，大小喇嘛寺四十五座，喇嘛三千二百七十餘名。附近裏塘之瓦述崇喜、毛丫、毛茂丫、長坦、曲登五處酋長各呈户口，上納糧馬。雍正七年，頒給正副營官印信，安奔授爲宣撫司，康確嘉木磋授爲副。土官瓦述崇喜、毛丫、毛茂丫、長坦、曲登授爲土百户，世代承襲，各給印信號紙，其户口六千五百二十九户，喇嘛三千八百四十九名，歲輸貢賦。其管轄地方大小三十六處。近瞻對之族，上、中、下三瞻對，夾壩多出於此。達中甸之苗。通中甸、雲南麗江府，屬苗。打箭爐雪嶂重開，巖四川之門户；明正司衣冠内附，樹六詔之風標。昔爲南詔地，去成都西南一千二十里，東西徑六百四十里〔六〕，南北徑八百三十里。東至瀘定橋，交冷邊土司界，一百二十里；西至瞻對，抵熱泥塘界，五百二十里；南至雅隆江中渡，交裏塘界，二百八十里；北至小金川界，五百五十里；東南至冕寧縣，五百里；西南至喇滾，抵瀾滄江界，四百八十里。自後漢諸葛武侯征孟獲時，遣將郭達在此造箭，故名打箭爐。舊屬青海部落〔七〕，明永樂五年，土目阿旺甲木參向化歸誠，授爲長河西、魚通、寧遠軍民宣慰使司，頒給印信號紙，世代承襲。國朝因之。至康熙三十九年，藏差營官昌策集烈等戕害占據其地。四川提督唐希順克復河西之猴子坡、扯索咱威杵泥子、牛磨、威杵垻咱哩土司烹垻等處，昌策集烈調聚乍丫、工布番兵嘯聚牛磨西面大岡處，恃險負隅，禦拒官兵。提督唐希順大破之，殺昌策集烈，安撫被害漢、土人民。已故宣撫司奢札察巴乏嗣，其妻工喀承襲，即今甲勒參達爾結之外祖母也。管轄十三鍋莊番民，約束新附土司及土千、百户五十六員。上納貢馬，徵解雜糧。其明正宣慰使司管轄安撫司六，土千户一，土百户四十八名。

【校記】

〔一〕侵占：榕園本、元尚居本作『侵佔』。

〔二〕三十九：八旗本作『三十七』。

〔三〕九：八旗本作『六』。

〔四〕水：元尚本作『山』。

〔五〕達拉山：榕園本作『建拉山』。

〔六〕東西：榕園本作『東南』。

〔七〕青海：榕園本、反約本作『青梅』。

其山川，岡底斯鬱其岧嶢兮，西條山之祖脈；岡底斯者，阿哩東北大雪山也。周一百四十餘里，峰巒陡絶，積雪如懸崖，千年不消。山頂百泉聚流，至山麓仍入地中。乃諸山之祖脈，梵書所謂阿耨達山也。遠近番民悉以朝禮此山爲幸。不能登也。阿耨達淼其瀲漫兮，南幹水之真源。阿耨達池，相傳即王母瑶池也。梵書所云四大水者，此其源也。達木珠而朗卜切兮，象與馬之番語；岡底斯之東有泉流出，名達木珠喀巴普。達木珠者，馬王也。喀者，口也。巴普者，盛糌粑木盒也。以山形似馬口，故名。岡底斯之南有泉流出，名朗卜切喀巴普。朗卜切者，象也。以山形似象，故名。此東南二大水之源也。僧格喀而瑪卜伽兮，獅孔雀其譯言。岡底斯之北有泉流出，名僧格喀巴普。僧格者，獅子也，以山形似獅名也。岡底斯之西有泉流出，名瑪卜伽喀巴普。瑪卜伽者，孔雀，以山形似孔雀名也。此西北二大水之源也。通拉之罡風烈烈兮，彌勒之神通具現；第哩浪古又名定日，後藏西南行十二日。又自定日西行二十餘里，上通拉大山。其山巔風勁異常，怪石陡崖，偏坡溜沙〔一〕，長百餘里。相傳彌勒與達摩在此山絶頂鬭法。帕甲之石洞杳杳兮，達摩之骭迹猶存。通拉山迤西，聶拉木境内，名帕甲嶺，有喇嘛寺，寺旁有石洞，洞上一隙透光〔二〕，内有達摩坐像，乃面壁處也。紫日、彭楚，經脅噶爾而環繞；紫日山、彭楚河，在脅噶爾。達結、佳納，窵聶拉木而淍桓。達爾結嶺、佳納山，俱在聶拉木。納汝克喀袤其連岡兮，維定日之保障；定日沿邊山名納汝克卡。杏撒熱卡嶔其叠嶂兮，乃定結之屏藩。自定結通杏撒熱卡山，此外爲哲孟雄境。甘壩登洛納而雪消兮，定日之南名甘壩，通洛納山，地氣稍暖，亦哲孟雄境。帕哩上支木而日暄〔三〕。甘壩之東名帕克哩，天和地暖，産稻穀花果，通支木山、臧猛谷，此外亦哲孟雄境。擦木卡之煦嫗兮，暖谷人烟簇簇；滚達、卓党適中之地有卡名擦木，有長橋三座，爲藏界保障。由此西行，山明水秀，其瀑布更勝於打箭爐之頭道水，林木參天，直抵濟嚨。天時温暖，稻畦遍野，一歲再熟。由濟嚨西南行計程十日，可抵廓爾喀之陽布城也。甲錯嶺之滭泼兮，炎天雪嶂昏昏。過拉孜一站〔四〕，至甲錯嶺，五六月間，重裘寒噤，雹雪時至，風尤勁烈，瘴烟偪氣，令人作喘。約百二十里，東望積雪插空，忽聞雷聲，乃雪塊消落也。鞏湯、薩爾、江納、常桑之迤邐兮，由宗喀之玄仗；鞏湯拉山在宗喀〔五〕，薩爾山赴薩迦溝大道，江納山在湯谷，常桑山在常桑。浪卡、日蚌、拉古、碩布之絡繹兮，周後藏之四垠。札什倫布之西及北有浪卡山、日蚌山、拉古隆古山、碩布巴拉山，皆圍後藏也。岡堅兮天王劍躍，岡堅山由札什倫布西行一日，山陽有岡堅寺，内供騾子天王像。相傳天王除藏中妖賊時，手劍一揮，千人頭盡落，成神於此，至今奉爲護法。拉耳兮羅漢經翻。札什倫布西行三十里，山根有拉耳塘寺，内供彌勒佛、十八羅漢像，收貯全藏經板。又有小銅塔，内藏舍利，斜長寸許，如牙，黄色。又有古銅鉢，徑尺餘，以手摩之，聲如長號。又有水晶拄杖、羅漢履，云古羅漢所遺。又刻羅漢足印，以金妝之。札什納雅之踔踸兮，彭錯嶺之險奇鸜鵒；札什岡、納雅山，赴彭錯嶺大道，嶺極險峻，偪仄臨河。有名鸜鵒嘴者五處〔六〕，尤險。札洞日洞之拱伏兮，甘布拉之名著崑崙。札克洞山、日洞山，赴巴則嶺大道，曲水過河，上甘布拉，古稱西崑崙。噶如路轉於宜椒兮，望多爾濟帕姆之寺；噶如山，出宜椒東溝口。望多爾濟帕姆宮，在海子山東岸山麓，世有女胡圖克圖居之。其海子名曰洋卓雍錯海。甘壩嶺踰於巴則兮，直洋卓雍錯海之門。此海本名雅木魯克玉木楚海，廣四百五十六里，周岸行四十八日。其中有三大山：一曰密納巴，一曰鴉波士，一曰桑里。其水時白時黑，或成五彩〔七〕。過甘布拉嶺，沿海岸經白地亞喜、浪噶孜始進宜椒山口二百餘里，僅其西北角耳。嘛里噶布之拗折兮，聶黨之西，山極峭峻，江水環流其下。巴圖鄂色之高捫。登龍岡之西，爲前藏西屏。墨羽拉兮雪窖，前藏之西，積雪冬夏不消。克哩野兮沙屯。前藏西北，途長淤沙積雪，烟瘴逼人〔八〕。由羊巴井至草地，過巴延圖河，皆大山難行。克哩野者，烏雅也〔九〕，蒙古語。其地多大嘴烏鴉〔一〇〕，故名。沙羽克岡兮，連喇根拉之北障；皆前藏北大山。乳牛郎路兮，接噶勒丹而東奔。乳牛山、朗路山，皆前藏東北山也。噶勒丹山，俗名甘丹山，前藏正東噶勒丹寺之後山也。札洋宗兮札古，前藏山南行二日，山名札洋宗，上建多爾濟札古寺。附近桑鳶寺在札羊宗山頂，寺内有洞高二千餘丈，梯木而上。洞内有石蓮花佛座，座前有石几，盒内有白土，可食，味如糌粑，次日復生。其洞須燃火可入。座後有一大海。唐古特人云作惡之人至此，必失足墮海中。由是僧俗畏憚。鍋噶拉兮奈園。前藏南山，在桑鳶寺背後，南路要道。鹽池兮浩浩，阿哩、達木，兩處皆有。陸海兮澐澐。自札什倫布西至阿哩，夏月隨地皆水，故俗名陸海。澎湃澄泓兮凹渟海淀，唐古特，凡渟水處皆曰海子，凡泉皆曰海眼。一曰洋卓雍錯海，在甘布拉南；一曰納錯海，過定日一站〔一一〕；一曰補泥海，在宗喀赴薩迦溝大道；一曰甲木海，在熱曨；一曰廓拉海，在星克宗；一曰春艮諾爾，在前藏北九日。氤氲沸燠兮野突泉温。唐古特謂温泉曰熱水塘。一在前藏山南，一在羊八井，一在拉孜東南薩迦溝之咱拉普，一在熱曨，一在拉哩，一在巴塘東。惟裏塘之温泉有三：一在裏塘西十里，一在裏塘南二十里，一在喇嘛丫熱水塘汛。三泉之水，四時常温。内有紅蟲，長二三寸。有患瘡疾者，浴之即愈。彼處番人珍重之。一在打箭爐東南五十里榆林工地方，水性温暖，能除積疾。爾其卓書特之西鄙兮，大金沙之神瀧，衍達木楚克之派兮，成雅魯藏布之江。舊卓書特部落在阿哩北。大金沙江，唐古特名雅魯藏布江，源出岡底斯，即達木珠喀巴普也。受庫木岡前山水、受伽木蘇拉水、受查爾河水、受阿拉楮河水、受那烏克藏布河水、受郭雍河水、受尼雅陸岡前山水、受薩楮河水、受瓮楮河水、受式爾底河之水、受滿楮藏布河水、受岡里窐甘山水、受牛拉嶺水、受薩噶藏布河水、受嘉木磋池水、受瓜查嶺水、受雅噶魯山水、受隆左池、受莽噶拉河水、受鍾里山水、受鄂尼楮河水、受婆色那木山水、受特楮河水、受達克碑彭楚河水、受薩布河水，東逕日喀則城，在拉薩西南班禪之所住也。又東受年楮河水、受商河水、受烏兩克河水、受龍前河水、受聶木河水、受噶爾招木倫江水、受噶勒丹廟德慶西水，曲曲流拉薩南。至西南，又受羊八井河水。經薩木陀廟布東城，受巴楮河水。逕桑里城、野爾庫城、鄂克達城，受亭里麻楮河水。逕察木哈廟，受薩木陸嶺水。逕森達麻廟，南流入羅喀布占國，會岡布藏江、彭楚藏布江，西南流入額訥特克國，歸南海。受東西南北之源源兮，會岡布彭楚之雙雙。岡布藏布江自拉哩廟會察拉嶺水、努工拉嶺水、章阿拉山水、尼楮河水、牛楮河水，逕地雅爾山，入岡布部落〔一二〕，俗名康巴也。又受博藏布河水，又呼爲噶克布河。逕貢拉岡里山，南入羅喀布占國界，入雅魯藏布江。彭楚藏布江，在薩喀東南，有三源，一西出舒爾穆藏拉山，一東出錫爾仲麻，一東出瓜查嶺。又受羅楮河、羅卜藏河、牛楮藏布河、帕克哩藏布河、札木珠河水，東南逕珠拉來部落，入額訥特克國界，入雅魯藏布江。繞班禪之法座兮，環達賴之禪幢。納百川兮逕羅喀布占之界，入南海兮由額訥特克之邦。雅魯藏布江自達木楚克環回往復，達前、後藏，幾及萬里而入南海。有岡噶之滸須兮，出阿哩之崆峴。發達賴而浮湍兮，合麻楮而始洚。乃達克喇之分支兮，經作木朗而流淙。岡噶江源出岡底斯山東南，名朗布切喀巴普山，匯諸水爲瑪木匹達賴池。池南北百五十里，東西百里，受狼楮河水，又受拉楮河水。拉楮河者，乃僧格喀巴普山所出也。又受西北大雪山所出水，又西南逕畢底城，爲阿哩極西界。又受瑪楮河水。瑪楮河者，乃瑪布伽喀巴普山所出。會狼河，又會拉河、瑪河，水勢盛大，名岡噶江也。江水東南流出阿哩界，逕瑪木巴、作木朗部落，至額訥特克國，入南海。今考此河至作木朗南流，應即爲臧曲大河，爲衛藏邊界之西條水也。喀喇烏蘇兮，流沙之黑水；布哈鄂模兮，雍望之嘉湖。喀喇烏蘇自前藏東北行十日，皮船可渡，乃蒙古語黑水。《禹貢》：導黑水至於三危，即此。爲潞江上游，番名鄂尼爾楮。其源出薩喀，北有巨澤，名布哈鄂模，在流沙之東，廣二百餘里。其西南隔山即騰格哩諾爾，乃蒙古語天池也。布哈鄂模，布哈者，鹿也。其水東南流，又成一澤，曰額爾濟根鄂模，廣百餘里。東南流，又成一澤，曰伊達鄂模，廣亦百餘里。又東南爲喀喇池，廣百二十里，其水色黑，即古雍望之嘉湖也。又受布倫河水、喀拉河水、魚克河水，又受駭拉河水、沙克河水、布克河水、庫蘭河水。東北始入察木多境，受索克占旦索河水，東南得索克薩瑪木橋，又東南折西南流，始名鄂尼爾楮河也。其逕洛隆宗東南，得札木雅薩木巴橋，東南逕喀朔圖廟，西又受鄂楮河水。又東南逕密納隆境。又東南入怒夷界，名曰怒江。又南流入雲南麗江府界，名曰潞江也。

溯瀾滄之上游兮，古鹿石之名區；會鄂木楮而水盛兮，繞察木多而流紆。 瀾滄江，番名雜楮河。有二源，一出察木多之雜坐里岡城西北格爾噶那山，即古和甸之鹿石也，其水東南受庫克噶巴山水，又受大小三池水，始名雜楮河。東南折蘇噶莽城，西南逕察木多廟東境，又西南而與鄂木楮河水會。二水既合，統名雜楮河也。至察木多廟，名墨楮河。西南得札什達克咱木橋，乃喀木地方之大橋也。又受孜楮河水，又南得札什達薩瑪橋，又西南逕察哈羅巴西，又受雅爾瑪山水，又受噶塔噶里布嶺水。東南逕曲崇第滾廟，逕蒙番怒夷界，又東南至雲南塔城關，入麗江境，曰瀾滄江。此察木多境由北向東南流之大川也。

金沙兮木魯烏蘇，色楮兮俄隆拜圖。 金沙江，番名色楮河，亦名犁牛河，古麗江也。番名木魯烏蘇，蒙古語也。源出巴薩通拉木山東麓，山形高廣，形似犁牛，故名。其西麓水名雅爾嘉藏布河，西流入卡契國者是也。東麓水爲金沙江，亦曰布倫楮河，亦曰色楮河。東北流與西北源合。其水出巴薩通拉木山之數百里，又東北與南源合。其水出拜圖嶺，曰拜圖河。三源既合，水受阿克達木河，又受托克托乃烏蘭木倫河。自此山綿亘而東，繞木魯烏蘇之北，數千里皆稱巴延喀喇山。其陰乃黄河重源也。江水北折而東，受波羅河水，又受洞布倫山水。又東，逕那木唐隆山、古爾般波羅吉山，受圖虎河水，東南受烏聶河水，又受那木齊圖烏蘭木倫河水。又東，受庫庫烏蘇河水。又南，逕殷得勒圖西勒圖山及特們烏珠山之西南麓，受古爾般托羅海山水。又南流，受伊克庫庫色河水。又東南，受巴罕庫庫色河水。又東南，受尼林哈喇烏蘇水。又東，受齊齊爾哈納庫庫烏蘇水，又受特墨圖水。又南，受足蘭達租山水。又東南，受雜巴延喀喇山水。此水隔山，東北即雅龍江之源也。又南，受角克池水。又東南，入察木多境，始名布倫楮河也。又東，逕仲果廟。又西南折流，至里木山西南，受拉都格巴水。折西南，至巴塘西境。江水至此亦有巴塘河之稱也。東南，又受敦楮、馬楮、索楮三河水。江水又東南，入雲南麗江府西北塔城關，名曰金沙江。今考《舊志》，言金沙江源出俄隆拜圖，乃鄂倫巴都爾山也，流數千里至巴塘琫孜勒，入麗江，歷寧番、涼山，會雅龍江，總匯於四川叙州府。大江出夔州府巫峽，爲三江之上游。其巴塘渡口名竹巴籠，乃通西藏之大道也。

雅龍之三渡兮，中渡界乎川爐；叙府之大江兮，寧番入於馬湖。 《舊志》載雅龍江在裏塘，源出青海之釀磋地方，流入霍爾咱地方，用牛皮船渡，通林聰安撫司。至甘孜，用木船渡，通德爾格部落，直達察木多。至上、中、下閘壩，亦用皮船渡，通裏塘，通會鹽營之木哩土司及雲南中甸地。由寧番會金沙江，入馬湖，歷叙州府，歸川江。今考金沙江，《漢書·地理志》之繩水也，雅龍江則若水也。源出巴延喀喇山，其山在裏塘西北，雜佛洛巴延喀喇山之東南，有東西二源〔一三〕：一曰雜楮河，一曰齊齊爾哈河那河。又東南，受巴延圖呼木達巴罕山水，又受瑪木齊齊爾哈那河水。又南，受脅楮河水。又折西南，又西南，受鄂楚爾古河水。折西，又受噶義格拉嶺水。又西南，濟渡曰伊爾瑪珠蘇木渡，即中渡也，在打箭爐西界二百餘里。通裏塘、巴塘、察木多大道，自此而南，江東爲四川境，江西爲西番境也。

【校記】

〔一〕偏坡：榕園本、元尚居本作『遍坡』。

〔二〕一隙：榕園本作『之隙』。

〔三〕日喧：榕園本作『日暄』。

〔四〕一跕：圖考本作『一站』。

〔五〕鞏湯拉山：榕園本作『鞏陽拉山』。

〔六〕鸚鵡：圖考本作『鸚䳇』。

〔七〕或成：榕園本作『或承』。

〔八〕逼人：八旗本、榕園本、圖考本、元尚居本作『偪人』。

〔九〕烏雅：圖考本作『烏鴉』。

〔一〇〕烏鴉：八旗本作『烏雅』。

〔一一〕跕：圖考本作『站』。

〔一二〕岡布：反約本、榕園本、元尚居本作『江布』。

〔一三〕東西：八旗本作『西南』。

若夫喇哩險滑，喇哩大山在大寺西，上下五十里，極險滑，積雪四時不消。北接玉樹，乃通青海要道。濯拉峥嶸。瓦子山，番人呼爲濯拉山，層層石片，狀如瓦，故名。上下五十里，積雪崎嶇。距江塘二日程。魯工雪頂，多洞塘率水滸而上，大山雪淩險滑，長百餘里，東與沙貢拉相連，去拉里一日。丹達冰城。本名沙貢拉。由邊壩至丹達塘六十里，上丹達山，頗側難行，俯臨雪窖，西望峭壁摩空，門通一線，乃冰雪堆成也。行人蜿蜒而上，過閻王堝，凜冽刺肌奪目，無風乃可過也。丹達塘有丹達神廟，相傳雲南某參軍於康熙年間押解軍餉至此，没於雪窖中，屢著靈異，土人祀焉。過此山者須虔誠禮禱，乃得平穩云。朔馬風烈，巴里郎進溝三十里，上賽瓦合山。《通志》作『朔馬拉山』。邊風獵獵，亂山皆童。二十五里至索馬郎寨，又四十五里至拉孜。多溜沙，足却難行。鐵凹霄撐。洛隆宗漫坡上山，陡險。九十里，過鐵凹大山。二十里，至曲齒，又名紫駝。鼻奔足窘，嘉裕橋西南行，上得貢拉山，山勢陡峻，上下約二十五里。過橋至鼻奔山根。瓦合魂驚。恩達寨西二十里過恩達塘，二十里過喇貢山，二十里至牛糞溝，過瓦合山，高峻百折，上有海子，雪瘴迷離。設望竿堆三百六十，合周天度數，至大雪時藉以嚮導。過此，戒勿出聲，違則雪雹立至。山中鳥獸不棲止，四時嚴寒。上下百九十里無炊烟草木。過肐膊嶺，至瓦合塘。下山又二十里，至瓦合寨，有類伍齊番目供役。乍丫雨撒，寒瘴交並〔一〕；洛隆宗沿溝而上〔二〕，傍山狹側，多偏橋。四十里至俄倫多，又四十里至乍丫廟，石徑梗塞，過大雪山，甚陡險，積雪如銀。烟嵐瘴氣，中人往往作病。阿足石板，夾垻猙獰。石板溝過雪山二座，八十里至阿足。其地多劫盜，番名夾垻也。黎樹江卡，惡跕吞聲；江卡西四十里至滄河。又十里，上大雪山。又七十里，至黎樹溝。番民獷猂，勾通夾垻。古樹莽里，毒阱巖坑。莽里過新龍山，春夏積雪不消。八十里，至南墩。又四十里，至古樹，雲霧四垂，亦多瘴厲。四十里，至普拉宿。大朔鬼哭，三垻山鳴。大朔山，即古度朔山〔三〕，其地多鬼。進溝三十里，上大雪山，巔峭異常，冷瘴彌漫。踉蹌而下，至琫擦木。又立登三垻，亂石如林，風雪搏空，瑟瑟有聲，不聞鳥雀。五十里，至松林口，則萬樹參天，千崖蔽日。又五十里，至大朔塘。阿拉柏桑，銀海迷盲。裹塘西南行三十里，過大橋，上阿拉柏桑山，雪日射目，須用青絲罩眼。二十里，至厄凹奔松。折多提茹，藥氣如酲。打箭爐出南門十里，至貢竹卡。四十里，至折多山麓。藥瘴逼人，氣候殊常，令人喘哽。五十里，至提茹山，大黃薰塞尤甚。過此山頂，回首望，成雲海。下山，坡水盡西流。飛越穿雲，筰笮懸霙。飛越嶺，雅州府屬。唐置飛越縣，旋廢。山勢陡峻，懶雲下垂，內地第一險阻也。筰笮山，名相公嶺，諸葛武侯屯軍於此，故名。山頂冰澌木介，如兜羅錦，冬夏不消，極稱險滑也。以上自成都至藏，奇險怪俗，不能殫述也。此皆赴三藏之要路，駭孤旅之前旌。一自魚鳧通鹿馬，萬重山裏萬重程也。

時嘉慶二年，歲次丁巳五月，衛藏使者太庵和寧著

【校記】

〔一〕交並：榕園本作『交井』。

〔二〕洛隆：《衛藏通志》作『落加』。

〔三〕度朔山：榕園本作『度朔內』。

草堂寤

草堂寤填詞目錄

脚色

藍采和生　漢鍾離淨　賀知章　汝陽王

曹國舅副　何仙姑旦　左　相　崔宗之

韓湘子小生　吕洞賓正生　蘇　晋　李　白

張果老外　李拐仙淨　張　旭　焦　遂

東方朔老生盧　生生　杜子美

間色

仙童二　仙姑二　驢　美人　柳樹精　鶴　鹿　白猿

曲牌

折桂令二　月上海棠一　普天樂一　快活三一　點絳唇三　混江龍二　得勝令二　八聲甘州二

禿厮兒一　賞花時一　粉蝶兒二　迎仙客一　油葫蘆二　新水令二　沉醉東風一　石榴花三　端正好一　醉春風一

仙降　第一折

〔内吹細樂，旦扮玉帝昭儀捧旨，侍女持羽扇、旌節隨上。〕〔旦白〕玉帝有旨，天目星官查奏，八洞神仙在西王母蟠桃會上酣醉失儀，有干仙律，罰降凡間去者。〔八仙急上聽科，拜稱聖壽〕〔旦下〕〔雜扮朵雲十六人上，外吹打繞場畢，八仙高排正面，朵雲護前〕

【折桂令】〔藍采和唱〕瑶池嘯傲醉瓊漿，好將這百寶花籃化作濟世青囊。〔朵雲四人護下。内吹細樂，倒退入下場門，換出賀知章上，外吹打繞場，向上拱手，從上場門下。後皆效此。漢鍾離唱〕獨領仙班不合潦倒霞觴，我暫別離蓬壺方丈，到人間看他花帽斫光。〔下仝前，換出汝陽王仝前。曹國舅唱〕檀板笙簧，鈞天奏響，便是列鼎重裀渡宦海茫茫。〔下仝前，換出左相仝前〕

【月上海棠】〔何仙姑唱〕飽餐雲母陪仙仗，今則脱化靈童倍倜儻。〔下仝前，換出崔宗之仝前。韓湘子唱〕短笛好春光，百花頃刻放，屠蘇賞，不作跏趺僧像。〔下仝前，換出蘇晉仝前。吕洞賓唱〕劍鋒繞指，金箋上爛醉紅塵又岳陽。〔下仝前，換出李白仝前。張果老唱〕鼓簡拍清詞，去破桃花磯浪。〔下仝前，換出張旭仝前。李拐仙唱〕葫蘆樣，駕小舟江湖蕩。〔下仝前，換出焦遂仝前〕

【普天樂】〔生扮賀知章上，唱〕大羅天，空修煉，〔淨扮汝陽王上，唱〕金雞玉犬，蕙圃芝田，〔副扮左相上，唱〕來試探，名場險。〔旦扮崔宗之上，唱〕黄塵碧海千年變，〔生扮蘇晉上，唱〕高華通貴，優鉢花曇。〔生扮李太白上，唱〕天池簫鼓裏，月窟風塵外，真路認靈竿。

【快活三】〔外扮張旭上，唱〕轅中客，渴睡漢，〔淨扮焦遂上，唱〕兜元國，醒時看，〔飲中八仙合唱〕漫流連，南柯穩黑甜，大家作麒麟楦。

〔仝下，內大鑼鼓打場，朵雲十六人，繞場耍舞後，團團堆起，中露盧生，捩掌觀望，仝朵雲下。〕

塵遊　第二折

〔賀知章上，唱〕

【點絳唇】一曲剡川，千秋道觀，遂心願，風月湖山，豈許簪纓管。

〔白〕下官賀知章，曾授集賢院學士，才疏性懶，雖然伴鷺隨鴛，不廢吟披嘯卷。蒙聖上敕歸田裏，又賜鏡湖一曲，以任徜徉。正是『相逢便道休官去，〔諾〕林下何曾見一人』。〔唱〕

【混江龍】想都門祖餞，蘭交竹友共流連，香醪呵盈琖，秀句呵連篇。我本是三到鳳池香案吏，題作了四明狂客飲中仙。

〔白〕我曾遇賣藥老人，欲求黄白之術，贈以寶珠一顆。老人隨手以珠易餅一枚，我心焉惜之。老人怒道俺慳吝未除，難以學道。真乃當頭棒喝也。〔唱〕

明珠看似餺飥賤，何必投珠去學丹。誰曾見紅塵盪地，白日升天。〔下〕

〔汝陽王上，唱〕

【點絳唇】東閣雲開，龍驂鳳蓋，天潢派，玉釀醅，助俺伊蒲塞。

〔白〕孤汝陽王璡，雖不能五經在口，却也六律陶情。蒙聖上傳宣内宴，須率走遭也。内侍看酒過來。〔内侍答應〕哦，〔斟斗酒介。王飲三斗，云〕伺候。〔雜扮安車、翣蓋、鳳扇、金瓜、旌節上，護衛内侍引王登車科，吹打繞場三匝住。唱〕

【得勝令】寶輦過天街，華園羯鼓催。説甚麼雅道東平邁，文章高北海，我麴部尚書來。

〔丑扮賣酒推車而過，喝云〕賣酒啊，賣酒啊。呀，驀地不衝著釀王瘵徘徊，怎能勾酒泉封郡改。〔下〕

〔左相上〕

〔白〕下官李適之，昔爲左相，今出爲宜春太守。到任以來，正是門無熱客，庭可張羅也。〔唱〕

【八聲甘州】三蟬雅望，八座名場，玉案宣麻，金甌卜相，須當峭整嚴方。〔左右進酒觴連飲科。唱〕想當初晨鳧夜鯉備屠門，桂髓蘭漿滿華堂。渤澥吸長鯨，玉液金漿。〔飲科，白〕想起華山金礦一事，早被李林甫所賺，真箇笑裏藏刀也。〔唱〕

【禿厠兒】則見他臉兒上如惠風和暢，誰想他心兒裏百萬欃槍，恨則恨謀身謀國欠光昌，爭先著墮機囊。荒唐。

〔左右金觴，命撤去科，白〕避賢初罷相，樂聖且銜杯。爲問門前客，今朝幾箇來。〔下〕

〔崔宗之上〕

〔白〕下官崔宗之，世蔭齊國公，被謫金陵，吏肅民安，風清政簡。你看鐘山秀氣，淮水歌舞，亦是陶寫性情也。〔唱〕

【賞花時】世蔭華簪孰可攀，金陵薄宦意蕭然，豪飲放青年，雨花臺畔，楊柳奈何天。

〔白〕聞得李青蓮喬寓丹陽，恣情曠達，我正好駕舟過訪。那青山白紵，堪共醉聯飲也。〔末扮漁人駕舟上，登舟繞場，唱〕

【粉蝶兒】公子翩翩，玉堂學士偏青眼，向翠螺捉月亭前，牛諸溪、燃犀處，江光燦爛，要訪那才子青蓮，把手話平生，相逢恨晚。〔下〕

〔蘇晉上〕

〔白〕下官蘇晉，少舉進士，授中書舍人，歷任吏、户二部侍郎，今左遷太子庶子。自幼澄心觀道，擯影空門，然却不肯聽野狐禪，又不肯受菩薩縛也。〔唱〕

【迎仙客】說甚麽才一石，手八叉，後來王粲齊聲價。眼生花，神似馬，覷我這官銜竟是雪嶠裏青鴛刹。

〔懸綉佛禮拜科，白〕我想周澤一年三百六十五日齋，一日不齋醉如泥。又道孔生一月二十九日醉，勝人一月三十日醒，其神全也。這如來化相示人，無言爲教，我蘇晉即心是佛，以醉爲醒，却兩無滯礙也。〔唱〕

【油葫蘆】般若湯來供釋迦，轉法華。養鑽籬菜，釣水梭花。圓光綉佛庭前挂，屠沽酒肉何曾納。說偈談禪，如同嚼蠟。何如傾米汁，紫薇架下，强似那庶子奏琵琶。〔下〕

〔李白上〕

〔白〕下官李白，蒙聖恩自夜郎赦回，取道岳陽，欲訪匡廬山水，直是不堪回首也。〔唱〕

【新水令】月鈎虹線餌金鼇，望長空，虹消月落，游絲翻畫錦，叠絮滚晴濤。御宴羹調，都只爲清平調。

【沉醉東風】心兒裏，玉堂客豪。夢兒裏，金馬門遥。只落得夜郎城，獨歌嘯。望巫山，鳳銜丹詔。正是海天空闊，鳶飛魚躍。李殤彭少，不如杯杓裏烟霞吸老。〔下〕

〔張旭上〕

〔白〕末吏張旭，字伯高，吴郡人也，官帥府長史。只爲簿書叢裏藏身，悟得梨園三昧，麴生風味佳哉。翰墨場中作怪，人人都唤我作張顛、張顛。正是春草青青萬里餘，城邊落日見離居。情知塞上三年別，不寄雲間一紙書。〔唱〕

【石榴花】喧闐鼓吹氣如虹，人籟與天通。興酣揮灑快如風，腕力假神功。全憑白墮雄，鬼穎松烟山岳動。三杯後，萬象溟濛，豪端怪道多驚衆，公孫娘舞劍悟淩空。〔下〕

〔焦遂上〕

〔白〕散人焦遂，自幼學書（學書）不成，學劍學劍不成，參禪參禪不得，談玄談玄不得，不如飲酒。〔唱〕

【得勝令】浪迹狎崑山，伴麋鹿野人閑，可喜那烟雨湖天暖，舴艋珠簾捲，簇擁著金鬟，多只爲好客陶公峴水仙，不肯把酩酊狂客管。〔下〕

感莊　第三折

〔東方朔上，作大笑科〕

〔白〕諸仙大仙，俱謫降凡間。小老兒，用隱身法，偷摘仙桃，幸而無人知覺。勾了勾了。〔内吹細樂，朔驚聽科〕

〔旦内云〕玉帝有旨，日昨天府星官查奏，御苑仙桃，東方朔盜吃數顆，又折取大枝，法在不宥，詔貶下界，多受飢寒困苦者。速退。

〔朔驚云〕呀，天上果無愚懵仙官，真可謂疏而不漏也。〔唱〕

【折桂令】蒼龍閣上御牀前，曾將那玉管金箋寫成琳札鬮編。出入靈州，却隨鷺序鴛班。養神芝，在玉圃瓊田。泛紅泉，採地日芊芊。咳曼都斥仙流霞一盞，好似啖肉先生踏破紫雲扇。

〔白〕也罷，人間天上，一日百年，此去不過半盤棋局，一枕黄粱耳。〔唱〕

【石榴花】只因爲風聲木汗見三番，靈童駐少顔。蟠桃結實九千年，碩果更三餐。金液大還丹，照魅神光毛髮鑒，枉費了影遁形潛。人言天上苦仙官，畔牢愁抒寫到塵寰。〔下〕

〔杜子美上，愁嘆科〕

〔白〕萬里橋西一草堂，百花潭水即滄浪。欲填溝壑惟疏放，自笑狂夫老更狂。老夫杜甫，字子美，長安少陵人也。學比蹄涔，才同蟬翼，年四十六官拜左省拾遺，與賈幼鄰、岑嘉州、王摩詰諸名賢唱和篇章，頌揚明聖。但職列諫垣，循名責實，衮職曾無一字補，許身愧比雙南金。數十年來，不料顛沛流離，似萍蹤雪爪。正是萬里悲秋常作客，得歸茅屋到成都。猛想起金蘭舊契，雲散風流，好不感傷人也。秘書外監呵〔唱〕

【賞花時】賀公吴語號清狂，乞度黄冠歸故鄉。茅宇鏡湖旁，秋山氣爽，江海鎮淒凉。

〔白〕草聖張顛呵〔唱〕

【端正好】顛老東吴精，意氣層霄上。墨池酣興，筆掃鍾王。山蟠筆力滄溟漲，留一幅草聖圖增惆悵。

〔白〕汝陽王呵〔唱〕

【混江龍】眉宇天人様，虬髯兒標俊彷文皇，襟懷呵月朗，器度呵風光。則道他張弓巧試驚鴻手，誰想他叩馬徐陳諫獵章。氣味深藏寵樹思，才華合領文壇將。爭不嘆舊遊衰謝，觸影回腸。

〔白〕李青蓮呵〔唱〕

【油葫蘆】海岱偕道緣不淺，自别後又幾年。白也呵跨岳陽，窺彭蠡，嘯廬山，敏捷詩千首，水面芙蓉剪。飄零酒一杯，風角孤蓬轉。巢父過江東，禹穴應齊採，石尤風未順，何時返，血淚灑遥天。〔傷感拭淚介〕

〔白〕此四子外，尚有李左相、崔齊公、蘇舍人、焦布衣，皆當代名賢，膾炙人口。正是酒酣耳熱忘頭白，神仙中人不易得也。〔呵欠科，歎云〕此地雖有花竹莊園，叵耐南村群童欺吾老；雖有鄰翁笑語，亦不過隔籬呼取盡餘杯。想昔年客遊東郡，座對賢人酒，門聽長者車，是何等興會。到今日，寄寓錦城，蜀酒禁愁得，無錢何處賒，又是何等淒凉。你看數間茅屋，早爲秋風所破，安得大厦千萬間，大庇天下寒士俱歡顔，風雨不動如安山，好不悶煞人也。〔呵欠科〕小竪。〔丑扮家僮上，應哦〕情思昏昏，不如睡去。〔扶丑，仝下〕

應夢　第四折

〔内作細樂，安設草堂、桌凳、牀帳，外設花盆翠竹，圍繞籬笆蓬門〕

〔盧生上〕

〔白〕小仙盧生，只因爲邯鄲一夢，悟道修真，得成正果，玉帝封我爲應夢真君，掌管人間三夢。童兒，捧定遊仙枕，到成都草堂去者。〔唱〕

【新水令】三山五竺御輪尻，望明河，浮槎可到。還鄉强竹葉，遊月勝虹橋，襆被蟬貂盡都是黄粱覺。

〔白〕來此已是草堂。童兒，將遊仙枕送入帳中者。〔童應聲安枕科。唱〕

【粉蝶兒】忠藎詩豪，絳宫田長金燈草。到蓬門，指點寒號。水藻屏，柔豪褥，鏤雲枕靠，撮合你文雅風騷。三峽湧詞源，千軍横掃。〔下。内起更鼓，至三更止。〕

〔杜子美上，掀帳出，作夢中觀望科。唱〕

【點絳唇】山郭朝霞，浣花溪下，春風乍，燕子飛斜，客睡何曾著。叶〔緩步玩花竹科〕

〔知章、汝陽、左相、宗之、蘇晉、李白、張旭、焦遂暗上。唱〕

【八聲甘州】知章集賢儁雅，汝陽射雁雄誇，左相黄閣三蟬，宗之金陵五馬，蘇晉慣批如意袈裟。李白詩卷常留天地間，張旭書法從來笑墨鴉，焦遂麈尾好清談，合來訪通家。

〔白〕知章騎馬似乘船，眼花落井水底眠。〔下〕汝陽三斗始朝天，道逢麴車口流涎，恨不移封向酒泉。〔下。杜行聽科〕左相日與費萬錢，飲如長鯨吸百川，銜杯樂聖稱避賢。〔下。杜云好奇怪，又聽科〕宗之蕭灑美少年，舉觴白眼望青天，皎如玉樹臨風前。〔下。杜云是何人，又聽科〕蘇晉長齋綉佛前，醉中往往愛逃禪。〔下〕李白斗酒詩百篇，長安市上酒家眠，天子呼來不上船，自稱臣是酒中仙。〔下。杜云咄咄怪事，又聽科〕張旭三杯草聖傳，脱帽露頂王公前，揮毫落紙如雲烟。〔下〕焦遂五斗方卓然，高談雄辨驚四筵。〔下〕〔杜云〕呀，此吾《飲中八仙歌》也，是何人在此朗誦，好奇怪。〔丑扮家僮斥紅全柬，急跑上云〕外面有一伙高官貴客，無數車馬，不知從何處來，口口聲聲説來拜見老爺。〔呈柬帖科〕〔杜看柬帖念云〕四明狂客賀知章，麴部尚書、釀王李璡，宜春太守、前左相李適之，齊國公兼守金陵崔宗之，太子庶子、前吏部侍郎蘇晉，海上釣鰲客李白，帥府長史張旭，布衣焦遂仝拜。〔杜看畢，哈哈大笑云〕豈有文章驚海内，漫勞車馬駐江干，快快道有請。〔八人進門，杜迎揖，答揖入座。杜云〕列位大人，別來無恙，到此何干？

〔八人唱。衆卒安設果盤斟酒科〕

【石榴花】只因爲少微星照百花潭，丹心白髮添。〔合曰〕我等不約而同特來移樽就教。花邊立馬簇金鞍，北風天正寒。子美請酒啊。棲息一枝安，致身福地何蕭散。〔衆呼卒云〕換大斗，奉敬杜老先生者。興來今日盡君歡，不枉我竹裏行厨洗玉盤。

〔杜子美唱，舉斗飲科〕

【粉蝶兒】漂泊西南，列位尋花問柳來山館。〔飲酒科〕請啊。記顛狂，一醉先判。〔衆云〕再斟來。〔仝飲科〕呀，酒杯寬，恨則恨春山無伴，市遠盤餐。〔衆云〕老先生説那裏話來。憶昔少壯時，遲回長嘆。

〔杜大醉介。衆云〕老先生放開懷者。〔杜唱〕

【醉春風】我每日裏寂寞望江天，吾與誰游衍。〔衆云〕我輩來得正好。肯訪浣花老翁無，杯中物，

忍斷斷。呀，醉矣。這百傾風潭，竹深留客，落日放船。〔隱几睡科〕

〔衆白〕杜翁醉也，扶入帳中去者。〔卒扶入帳科，仝暗下。收陳設，内打四更〕

〔盧生上，白〕童兒，收取遊仙枕者。〔童取枕科。内打五更〕

〔杜子美帳中大叫〕快斟酒，回敬衆位大人。小豎，小豎。

〔家僮忙應上云〕舍南舍北皆春水，但見群鷗日日來，那裏有什么大人。〔杜呆半晌科。云〕原來是一場大夢。〔下〕

附錄

附録一　和瑛年譜簡編

編寫説明及體例：

和瑛年譜，目前孫福海《衛藏方志雪域奇葩——〈西藏賦研究〉》後附有《和寧年譜初稿》（西藏民族學院，二〇〇九年碩士論文）、馬濤《和瑛〈易簡齋詩鈔〉研究》後附有《和瑛年譜》（内蒙古大學，二〇一四年碩士論文），前者以和瑛『涉藏詩歌』爲重點，後者側重於時代背景與詩歌創作，基本勾勒出了和瑛一生主要之軌迹。但他們對和瑛年譜的編纂主要依據《清史稿》、《國朝耆獻類徵初編》、《易簡齋詩鈔》以及和瑛其他著作而成，而對更確切記載和瑛生平事迹的《清實録》、和瑛相關奏摺、《乾隆朝上諭檔》、《嘉慶道光兩朝上諭檔》等相關史料却未能予以重視與利用。筆者在他們二譜的基礎上，以和瑛生平政事爲主，以求更爲真實、確切地展現和瑛之生平歷程。

一、本譜以和瑛生平政事爲主，次學術創作，次交遊。因拙著《和瑛西域著述考論》（北京：學苑出版社，二〇一八年十月）已有《和瑛生平考論》、《和瑛著述叙録》、《和瑛疆臣宦績考述》，故此處亦不再注出處，詳見拙著相關内容。

二、本譜采用干支紀年，爲便於閲讀，於年份下注明公曆，以《二十史朔閏表》、《近世中西史日對照表》爲準。日月確定者，按日爲記；　月份不能確定者，按年爲記，附於後。

三、關於和瑛詩文繫年，《易簡齋詩鈔》爲其子壁昌、奎昌校對，外侄吴慈鶴編纂並作序，繫年較爲可信，故譜文中不再贅述。

四、本譜所列之政事，主要依據《額爾德特氏家譜》、《清史稿》、《清實錄》、《國朝耆獻類徵初編》、和珅相關奏摺、《乾隆朝上諭檔》、《嘉慶道光兩朝上諭檔》以及和珅相關著述等書，不再注出處。

五、本譜所引文獻有明顯錯誤者，皆回改直錄，不再出注。

六、本譜受益孫福海、馬濤二君頗多，不敢掠美，銘感不忘，特志謝忱。

乾隆六年　辛酉　一七四一　一歲

和瑛，原名和寧，因避清宣宗旻寧之諱改『寧』爲『瑛』。字潤平，號太庵，額爾德特氏，蒙古鑲黄旗人。乾隆六年辛酉七月二十七日酉時生。

乾隆十二年　丁卯　一七四七　七歲

投入紹興俞敦甫門下讀書。

乾隆十八年　癸酉　一七五三　十三歲

讀畢五經後轉益多學，其後數易其師。

乾隆二十二年　丁丑　一七五七　十七歲

受業於名師何嵩堂。

乾隆二十六年　辛巳　一七六一　二十一歲

開始創作《太庵詩稿》相關詩歌。

乾隆三十三年　戊子　一七六八　二十八歲

順天府學廪生，並於當年參加順天府鄉試，中第二十名舉人。

乾隆三十六年　辛卯　一七七一　三十一歲

會試中式第三十一名。

五月，太后八旬恩科中進士殿試第三甲第九十六名進士。授户部主事。

乾隆三十八年　癸巳　一七七三　三十三歲

以户部主事督糧入蜀，回京後，因有勞績升任户部員外郎。

乾隆四十七年　壬寅　一七八二　四十二歲

充張家口税務監督。

乾隆四十九年　甲辰　一七八四　四十四歲

充理藩院内館監督。

乾隆五十一年　丙午　一七八六　四十六歲

京察一等，六月授安徽太平知府。赴任途經揚州時作《揚州舟次》，上任後作《太平府廨八咏》；與太平府大青山石隱禪寺詩僧雲在上人交遊，賦《贈雲在上人》。

七月二十七日，途次池州，作《生日池州登舟》。

十二月，調潁州知府。

赴潁州任，經五溪橋作《五溪橋望九華山》，過黄溢浦作《黄溢浦渡江遇風》，宿三里甸作《宿三里甸再贈雲在上人》，停留南京期間作《金陵夜雨，有懷周霽堂幕友》、《周夢溪幕友招遊不果，見和前詩，答賦原韻》、《金陵大雪，宿毗盧庵，見壁間默默禪師『飢時吃飯，困時眠』之句，因作偈語二十四韻，以廣其意》，過鍾山作《鍾山靈谷寺八咏》、《夜來香三絶》，遊青山作《雪中遊青山歌》。

乾隆五十二年　丁未　一七八七　四十七歲

正月，憶太平府，作《太平府童試賦得磨兜堅銘》。巡潁州府試院，作《潁州府試院賦贈諸廣文》、《潁州府童試賦得龍華會》。

四月十日，城北劉秀才勺園牡丹盛開，阜陽張松泉大令攜榼邀賞。坐未定，暴風大作，遂罷燕還，賦絶句四首。

五月，督賑潁州水災。感陳佑亭元配李儒人事，作《陳烈婦詩二首》；與幕友嵇春波唱和，作《又次嵇春波韻七律二首》。

六月二日，郡民報飛蝗僵死稭上，持稭以獻，因賦詩二首自警。

六月，清潁書院課士畢，偕張松泉、裴西鷺兩明府勸農西湖上，燕集會老堂，即席賦詩。宿阜陽馬家店吳育亭貢生小齋『一掌園』，見架藏名集數百卷，院落花木叢鬱，得閑雅趣，賦詩以贈。得同年蔡輝祖《遊黃山詩集》，爲之賦詩。與好友富春樓唱和，作《和富春樓韻二絶》。遊滁州醉翁亭，作《題醉翁亭二首》。

李世傑節制全川，送至臨淮。

八月，賑災畢，擢鳳廬道道員。

乾隆五十三年　戊申　一七八八　四十八歲

正月二十日作《壽鳳陽太守谷竹村》，紀乾隆四十七年谷竹村落水事，序云：『正月廿日，乃竹村壬寅歲河決落水之期，著《餘生紀略》，遂以是日爲生日，作詩壽之。』

春，遊賞廬州、六安、無爲、和州、滁州、宿州、徐州等地。行前，鳳陽府府學教官魯研川等人前來送別，作《魯研川廣文送別，賦詩二首，次韻並留別諸君子》。

四月，遷四川按察使。

乾隆五十四年　己酉　一七八九　四十九歲

正月，與時任四川總督李世傑唱和，作《成都題〈雞雛待飼圖〉呈李雲巖制府》

二月，四川布政使林儁招遊杜少陵草堂，放船錦江，訪薛濤井，登同慶閣，作詩四首。

三月初六日，代李世傑耕耤東郊，作《三月六日雨中代制府耕耤東郊四首》。

乾隆帝令工匠仿製唐韓幹《明皇試馬圖》畫自警，並題御詩一首，和瑛和作《御製題明皇試馬，恭次元韻》。

李世傑右遷兵部尚書，臨別贈詩，和作《奉和李雲巖制府留别元韻四首》。

因四川按察使任内所辦秋審失出多達七起，和瑛身爲臬司，係刑名總匯，交部議處。

乾隆五十五年　庚戌　一七九〇　五十歲

二月，徙安徽布政使。

三月，尚未赴任安徽之時，因四川布政使王站柱中風，勢難驟痊，清廷命和瑛暫署四川布政使司印務。

其後，乾隆帝以和瑛對四川事務較爲熟悉，且係蒙古人員，於藩情甚爲熟悉，將其調補四川布政使。

九月前，作《咏史十七首》。

九月，轉任陝西布政使。

赴陝西布政使任，過馬道驛作《馬道驛口占》，經煎茶坪作《題煎茶坪吾泉》，過韓信嶺作《韓侯嶺遇安邑山長王恭壽孝廉》。

乾隆五十六年　辛亥　一七九一　五十一歲

九月，廓爾喀入侵西藏，奉命料理清廷平叛大軍途經陝西境内之驛站。

十一月，因戰事日緊，又奉命經理援軍途經陝西時所需車輛馬匹，頗得乾隆帝賞識。

十二月，送海蘭察入藏作戰，作《嘉平月護送參贊海公統軍赴藏》。

乾隆五十七年　壬子　一七九二　五十二歲

五月，與時任陝西巡撫秦承恩合資捐辦馱騾一千頭，補孫士毅督辦西藏軍務急需之馱馬。

八月十五日夜，棘闈喜雨，作《壬子中秋夜棘闈喜雨詩十二韻》。其後，與秦承恩唱和，作《次韻秦芝軒中丞聽雨》。

九月，陝西咸陽、長安、武功等地被災，上摺奏請撥濟倉糧，分别賑災。賑災途中作《咸陽令》、《興平令》、《興平粥廠》、《武功令》等詩，過禮泉時作《學使周廉堂邀酌兼以志别》、《禮泉令》，勉勵地方官員救濟百姓須『均荒良策仗公完』，怒斥興平令賑災時過著『一餐十户中人賦』的奢侈生活，責備武功令『平籴虚張策尚存』。其後，過蒲城作《蒲城》，在韓城拜謁司馬遷墓作《韓城謁太史公墓》，訪王恭壽作《訪三原山長王恭壽孝廉》；九月九日，宿上漲渡民家作《宿上漲渡民家咏白菊花》。過寶雞，作《寶雞懷古》、《温泉濯足》。得清軍平定廓爾喀戰爭勝利喜訊，作《喜聞廓爾喀投誠，大將軍班師紀事》八首。

冬至後三日，華州郵館送同年戴書紳由蜀督學使任滿赴闕，爲之賦詩四首。

乾隆五十八年　癸丑　一七九三　五十三歲

八月，因時任陝西巡撫秦承恩始終回護陝西歉收、地方賑濟之事被革職，和瑛署理陝西巡撫。

九月，因廓爾喀事靖，上摺奏請撤前設驛站，得乾隆帝嘉獎。感廓爾喀入侵西藏，作《渡象行》。揚州陳老人贈竹雕壽星，賦詩以謝。回京述職，與夏縣魯、聞喜四兩同年詩別，經獲鹿、滹沱河至京。

十月初九日，事畢，歸鄉掃墓，作《九日還都省墓二首》。案，據《清實錄》，乾隆帝曾明令和瑛不必回京，此次回都仍需考按。

十月，回任陝西，途中曉發涿州，過安肅，經定州宿清風店，定州郵館遇鄂輝。此後，乘田車過正定，遊覽正定府鐵菩薩，旅夜懷沈九奕師、西安徐琴客。過獲鹿，蓬溪舊令劉德懋見訪旅社並饋酒肴。經井陘，作《宿井陘》、《水磨》、《石炭行》。途次固關，遇同知保泰自衛藏旋都，小飲，並贈詩與王恭壽。經五臺山、壽陽、大安驛、平遥縣、仁義鎮，逢李姓老人去世，爲之治喪並作《赤脚仙李老人詩》。至霍州，見旅社有鄭板橋《水墨蘭竹》自題云『山中閉户親蘭竹，不把春光賣與人』，賦絶句二首。趙城旅社，憶馬雙喜、秀雲等青門歌郎，賦詩五首。經侯馬鎮、潼關、武功等處至西安，途中與幕友嵇春波唱和。

十一月，時任駐藏幫辦大臣成德年力就衰，且非能辦事之人，清廷賞和瑛副都統職銜，充駐藏幫辦大臣，詩人作《冬至月，奉命以内閣學士兼副都統充駐藏大臣恭紀》。赴任途經千佛崖，夜過梓潼嶺，拜文昌帝君廟。至成都，時任四川總督孫士毅招飲絳雪書堂，作《孫補山相公招飲絳雪書堂》。席間另有林儁、聞韻、徐長發等人志別，又作《林西崖廉訪餞席志别》、《留别聞鶴村、徐玉崖兩同年》。其後，姚一如偕友人再集絳雪書堂小酌，王秋汀偕同人招飲新構華館。離成都時途中作《城南道上》，經新津至過嚴君平故里、卓文君舊宅，作《年景花》、《新津》、《過嚴君平故里》、《卓文君舊宅》等。經今四川雅安市名山區作《望蒙山》。

除夕，赴藏途至四川雅州府，作《除日抵雅州度歲》、《雅州守歲》。

乾隆五十九年　甲寅　一七九四　五十四歲

正月，赴駐藏幫辦大臣任，經今四川洪雅作《瓦屋山》，經今四川滎經時作《大關山》、《板屋》、《相公嶺》，過清溪作《清溪縣夜坐》、《清溪縣夜坐》，過今四川瀘定作《飛越嶺》、《喜晴》、《瀘定橋》、《頭道水瀑布次孫補山相公韻》、《次建昌觀察徐玉崖同年韻四首》，經打箭爐作《出打箭爐》，經噶察克拉嶺作《曉出提茹山頂》。

二月，過今四川康定作《東俄洛至臥龍石》，過今四川雅江作《中渡至西俄洛》，經阿喇柏桑山由咱馬納洞至裹塘、頭塘，喇嘛丫至立登三垻，過多雄拉山近山頂作松林口小歇，經大所山至瓦合山，大雪封山，阻察木多寺。雪後，下丹達山。

三月，經噶爾招木倫江抵前藏，任事駐藏幫辦大臣。授内閣學士兼禮部侍郎，仍兼副都統，留藏辦事。和琳由宜黨寄懷，又逢蚌寺僧送白牡丹至，作《答希齋由宜黨寄懷元韻》、《答前韻》、《叠前韻》、

《答希齋元韻》等詩。適旱，濟嚨禪師祈雨輒應，爲之賦詩二首志喜。

四月，遊賞大昭寺、小昭寺、布達拉宫與木鹿寺經園，分别以其爲題賦詩。其後，因未及遊藏地活佛第穆呼圖克圖園中牡丹，作《第穆呼圖克圖園中牡丹將謝遂不果遊》。

五月，參與金瓶掣簽選取轉世靈童，作《金本巴瓶簽掣呼畢勒罕》。覺天寒，作《曉望即事》、《賦得虞美人》。月末，久旱逢霖，爲之作《喜雨》。雨過甚，作《夜雨屋漏呼童戽水》。

六月初二日，夜雨滂沱，喜而不寐，偶憶夢堂先生『雨聲不放夢還家』之句，拈以爲韻，作聽雨詞七首。

六月，和琳捐資撥兵護送民夫回川，和瑛助貲並賦詩《答希齋捐資撥兵護送民夫回川元韻》。得袁枚詩集，作《題袁子才詩集》。以『射』、『弈』、『讀』、『吟』、『書』、『飲』、『談』、『歌』、『静』、『睡』爲題，作《分賦賞心十咏》。與和琳旅館小酌，作《旅館小酌聯句》、《聯句》，其後和作《前藏書事答和希齋十首》。巡邊途中食菜葉包時，聞李世傑於貴州黔西去世，作《食菜葉包》及挽詩《挽李雲巖制軍四首》。

七月初七日，作《七夕遺懷》七首。大暑節後，得食王瓜、茄子，作《大暑節後，得食王瓜、茄子，喜賦十二韻，兼以致謝》。七月十三日，和琳奉召東還，恰逢立秋，爲之作《立秋日遣懷》。七月十五日，作《中元夕書懷》。七月二十七日，適逢和瑛生辰，和琳寄詩以壽，和瑛作《答希齋祝壽元韻》。

七月，與祝德麟、徐長發唱和，作《答祝止堂師見寄元韻並簡玉崖觀察同年》、《次徐玉崖同年見寄元韻》。與吴壽庭唱和，作《答吴壽庭學使同年見寄元韻四首》。遊色拉寺，作《色拉寺題喇嘛諾們罕塔》。有感藏地民情，作《蠻謳行》、《關帝廟拈香口號》。候達賴喇嘛浴於羅卜嶺起居，作《達賴喇嘛浴於羅卜嶺往候起居》、《叠前韻》。

八月十五日，巡查至磨盤山，作《中秋日磨盤山口號》、《中秋無月》、《食桃偶成》。

八月，小恙方愈，得和琳贈藥慰問，作《和希齋贈橄欖並放生青羊致謝三首》、《答希齋元韻》、《連珠體答希齋》。

十一月初十日起，出巡後藏，過聶當、僵里、曲水、巴則嶺、洋卓雍錯海、亞喜、浪噶子、宜椒時，分別作《出巡後藏夜宿僵里》、《曲水見雁》、《過巴則嶺》、《海子》、《亞喜茶憩》、《宿浪噶子》、《宜椒道上》，宿浪噶子時，得和琳書及家信。經江孜抵後藏過札什倫布，作《曉發江孜》、《抵後藏宿札什倫布》，會晤班禪額爾德尼作《晤班禪額爾德尼》。

十二月，返前藏途次春堆，作《次希齋韻》、《春堆口占》。經洋卓雍錯海，作《望多爾濟拔姆宫》。至曲水，以皮船渡江，作《登舟》、《古柳行》。

和琳遷四川總督，作《送别和希齋制軍之蜀三十首》爲别。

是年，編與和琳酬唱集《衛藏和聲集》。

乾隆六十年　乙卯　一七九五　五十五歲

正月十五日，遊拉薩太平街燈市，作《上元春燈詞十五首》。

正月，和琳自巴塘寄詩，和作《答和希齋由巴塘簡寄元韻》。

閏二月初一日，與時任駐藏辦事大臣松筠、西藏地方官員裘靜齋聚會，作《閏二月一日，春分雪後小集松湘浦、裘靜齋》。其後，作《以詩索裘靜齋墨梅畫幅》、《和松湘浦司空咏園中雙鶴元韻》。

五月初五日，與友人小酌龍王塘，作《端陽夏至喜雨，偕同人小酌龍王塘閣上》。其後，作《擬白香山樂府三十二章》。

六月，奏唐古忒番民刀斃廓爾喀商民案，審明正法，乾隆帝親批『所辦甚是』，予以嘉獎。

七月，會同駐藏大臣松筠奏准豁免藏民本年應交糧石及尚欠錢糧，並捐獻白銀四萬兩，以撫恤失業窮人。經磨盤山巡羅卜嶺岡，作《磨盤山廟碑》、《再遊羅卜嶺岡》。

八月，會同松筠商定改善藏地經濟之《十條章程》，由和瑛親自督率辦理，併於全藏施行。

九月初九日，與時任西藏鑄寶藏錢局主事楊覽亭唱和，作《次韻楊覽亭同年九日詩》。九月十五日，前往布達拉宮瞻仰乾隆帝畫像，事畢與達賴喇嘛禪室茶話，作《九月望登布達拉朝拜聖容禮畢，達賴喇嘛禪室茶話二首》。

十月，再巡後藏，作《馬銜魚歌》咏藏地奇觀；作《秋閱行》表達自己治邊思想。

十一月，下屬官員鄒斛泉患病，賦贈《鄒斛泉患痔戲贈二絶》。

十二月，西藏地方官劉蔭萱任期届滿歸京，贈詩《喜聞劉慕陔太守代成有人》送別。

嘉慶元年　丙辰　一七九六　五十六歲

正月十五日，觀藏傳佛教宗教節目，作《上元觀番童跳月斧，次楊覽亭韻》。成都知府姚令儀寄來蜀箋，作《謝成都太守姚一如見寄蜀紙》。

二月，與駐藏辦事大臣松筠唱和，作《答松湘浦〈唐棣之華〉元韻》、《湘浦招飲次韻》。

三月，作《暮春大雪七首》。松筠『四明樓』築成，和瑛爲之作《四明樓吟》。賞藏地僧人所養鴛鴦，作《咏喇嘛鴛鴦》。

四月，三巡後藏，經曲水、拉爾塘寺、彭錯嶺、甲錯嶺等地，於札什倫布朝拜乾隆帝聖容，再會班禪，作《曲水野帳》、《虞美人花》、《皮船渡江》、《咏鐵索橋》、《巴則嶺夜雨》、《宜椒道上野飯》、《宿春堆寨》、《喇嘛丫頭》、《札什倫布朝拜太上皇帝聖容》、《班禪額爾德尼共飯》等詩。班禪之母自後藏來訪，作《佛母來謁》。有懷友人，作《寄懷松湘浦》、《裘靜齋》、《鄒斛泉》、《劉慕陔》、《楊覽亭》。遊拉爾塘寺，作《遊拉爾塘寺》、《騾子天王》。巡查事畢，返程途經札什岡、彭錯嶺、轄載、甲錯嶺等地，作《札什岡道上》、《曉發彭錯嶺》、《轄載道上口占》、《甲錯嶺風雪凛冽，瘴氣逼人，默吟》、《咏山花》等詩。

五月初五日，有懷松筠，作《端陽書懷，寄前藏湘浦司空二首》。

八月，巡脅噶爾寨、定日營，作《宿脅噶爾寨》、《定日營書事》。松筠寄來瓮頭春酒，作《湘浦寄瓮頭春酒》以謝。下屬楊覽亭思歸，爲之作《楊覽亭思歸，賦九言詩，名〈跨馬行〉，寄沈淇園，遂次韻以答之》。項午晴抵前藏糧臺任，寄贈《聞項午晴刺史抵前藏糧臺任寄贈》。經拉普温泉，作《熱水塘》。夜雨不寐，作《夜雨不寐憶山莊景物六首》。

九月初九日，和瑛第三次在藏度重陽，作《九日遣懷》、《喜雪次湘浦韻》。

九月，經薩迦廟返後藏札什倫布寺，途中作《曉發雜喇普》、《宿薩迦廟》、《贈薩迦呼圖克圖》。項午晴以弈負餉蒸鴨，作《項午晴刺史以弈負餉蒸鴨漫成五律》。

閏九月九日，范六泉燕客，赴飲。

三見班禪，作《班禪額爾德尼燕畢，款留精舍茶話》、《留别班禪額爾德尼》。其後，作《不寐》。此次巡邊，喇嘛噶布倫堅巴多布丹甚勤慎，和瑛賦詩書扇贈之。

劉蔭萱、鄒斛泉秩滿歸京，作《送别劉慕陔、鄒斛泉中表東歸六言詩三首》。

松筠巡前藏時賦詩相贈，詩人和作《喜雪次湘浦韻》、《手煎白菜羹餉湘浦，並致以詩》。

十二月二十二日，好友高慎躬《中秋見懷詩》寄至，詩人和作《高慎躬解元寄中秋見懷詩，冬至日始到，遂次韻答和》。二十三日，作《祭竈書懷二首》。松筠手書『大悲超宗』四字顔於布達拉經堂，爲之作《賦得大悲超宗》。其後，項午晴饋紹酒、范六泉饋火鉆，作《謝午晴刺史饋紹酒》、《謝范六泉饋火鉆》。除夕，曆書未至，作《除日，時憲書不至，寄蜀中諸友》。

嘉慶二年　丁巳　一七九七　五十七歲

遊藏地佛寺，作《梵楼遺興二首》，告誡僧人多讀書，勿虚念佛。

挹翠山莊築成，作《山莊落成，題曰『挹翠』，用杜少陵〈遊何將軍山林〉韻賦詩十五首》

作《署圃雜感五首》，咏藏地物産風俗。

七月初七日，作《七夕濃陰》。

飲馬奶酒，作《馬挏酒歌》。其後，作《飼池魚》。

與項午晴唱和，作《項午晴和前詩賦四韻答之》。

八月十五日，與松筠唱和，作《中秋玩月，簡後藏湘浦司空四首》。其後，作《簡裘靜齋、范六泉四首》。

九月初三日，適逢霜降，作《九月三日迎霜降》，關注川楚戰事。九月初五日，好友艾夔庵去世，爲之作挽詩《傷艾夔庵孝廉》；知和琳在平隴戰役中染病身亡，爲之作挽詩《和希齋宣勇》。九月初七日，作《秋興》二首。九月初八日，作《早起》。九月九日，作《重陽九咏》。

所養鸚鵡逝，作《哀鸚鵡》。項午晴繪佛像以贈，作《謝項刺史書梵相》。放生魚苗，作《放魚用東坡韻》、《書事漫成》。見達摩波羅藏狗，作《波羅狗》。

屬員范六泉秩滿歸蜀，爲之作《送別范六泉秩滿還蜀二首》。

《西藏賦》書成。

嘉慶三年　戊午　一七九八　五十八歲

作《雜感五首》、《署圃雜咏十八首》。

春，藏地牡丹盛開，作《咏白牡丹》、《再用前韻》。

友人圖謙齋去世，作《哭圖謙齋太守》。

八月十五日，與友人裘梅亭唱和，作《中秋和裘梅亭寄懷元韻》。

嘉慶四年　己未　一七九九　五十九歲

夏，作《園中桃熟》、《對月懷湘浦制軍》。

七月二十五日，奉詔熬茶使至，作《七月二十五日奉詔熬茶使至，恭紀五律》。

八月十五日，作《中秋對月書懷二首》。

八月二十二日，上摺《奏爲續獲行劫番犯倉吉，審明辦理完結事》。其後，作《八月聞軍中小捷，賦雷始收聲》。

秋，前藏糧臺項午晴秩滿還蜀，爲之作《對菊書懷，送項午晴秩滿還蜀八首》。

作《紀遊行》，敘其自乾隆五十一年至嘉慶四年間行遊經歷。

《杜律精華》書成。

嘉慶五年　庚申　一八〇〇　六十歲

二月，時任駐藏大臣英善因教匪滋事久未平事革職，和瑛擢任駐藏大臣。

二月，《躬讀心經》書成。

七月二十七日，於札什倫布慶生，作《札什倫布六十初度二首》。巡城至柳泉浴塘，邀班禪額爾德尼傳餐閱武，作《柳泉浴塘邀班禪額爾德尼傳餐閱武二首》。經擦嚨，作《擦嚨道上口占》。至定日營閱兵，得廓爾喀王拉納巴哈都爾書信，有感松筠赴任伊犁將軍，作《定日閱兵得廓王信，有懷松湘浦赴伊江二首》。薩迦呼圖克圖因事遣使致歉，作《薩迦呼圖克圖遣使謝過書事》。其後，作《脅噶爾寨》。

七月，召爲理藩院右侍郎。

立秋日，返京途次工布塘，觀民稼穡，作《立秋日觀稼工布塘》。其後，作《賦得鶡旦不鳴》、《少年行》。

十月，返京途中得旨，兼任鑲白旗蒙古副都統。

十一月初二日，返京途中上摺《奏爲川省都司戴文星接駐後藏又屆期滿，照例出具考語，請照實缺人員邊俸報滿注册升用事》。

嘉慶六年　辛酉　一八〇一　六十一歲

正月二十日，返京途中上摺《奏爲審明外委蒲順有殺斃兵丁案，按律定擬事》。

正月，返京途中得旨，調爲工部右侍郎。

四月，返京途中得旨，轉爲工部左侍郎，兼任正紅旗滿洲副都統。

五月，返京途次打箭爐，作《五月還都，進打箭爐口，再賦爐城行》。

七月，調爲户部左侍郎，仍兼工部左侍郎。

九月，因通州糧倉事，調倉場侍郎，並奉命徹查通州糧倉事。

十月，補授安徽巡撫。

十一月，調補山東巡撫。

遊濟南珍珠泉，作《濟南珍珠泉恭和高宗純皇帝御製詩元韻》。登濟南城墻，作《登城望千佛山》。

珍珠泉邊賞雪，作《珍珠泉上玩雪四首》。

嘉慶七年　壬戌　一八〇二　六十二歲

正月，遊泰山，作《登岱》、《泰山雜咏》。巡泰安試院，作《泰安試院七柏一松歌，用少陵〈古柏行〉韻》。與時任泰安知府沈琨唱和，作《和沈舫西太守登岱元韻二首》。

二月，遊曲阜，作《闕里恭謁聖廟》、《金絲堂聽樂》、《古楷》、《謁顔子廟》、《衍聖公府》。巡濟寧，作《題南池杜子美像》、《望太白樓》、《賦贈任城孟别駕同年》、《宿黄河堤上》。

三月，巡曹州，作《曹城道上喜雨》、《喜晴》、《濮州口號》。返程至濟南後，與時任山東布政使吴俊唱和，作《和吴蠡濤方伯賦海棠元韻》。聞嘉慶帝雨中耕耤禮成，作《雨中耕耤禮成誌喜》。與友人唱和，作《廉訪運使、太守和詩不至，戲賦前韻以催之》。

四月，穀雨節冒雨省親，作《穀雨節冒雨旋省，再賦前韻志喜》、《前詩既成，輿中又賦短句》。

四月，時任山東鹽運使丁階饋海鰕，作《丁方軒鹺使饋海鰕》。與山東布政使吴俊唱和，作《次韻吴蠡濤方伯登岱喜雨》。金鄉縣生員李玉燦訐告皂隸曾孫冒考，知縣汪廷楷棄置不糾，致該縣四百餘童生罷考。嘉慶帝命和瑛提齊案證秉公審辦，毋得稍有偏徇。

五月初一日，濟南東郊觀麥，泛大明湖，作《五月朔東郊觀麥，泛大明湖，燕集小滄浪，用東坡〈遷魚西湖詩〉韻》。

五月，觀吟碧山房竹勝往年，與山東布政使吴俊和詩《喜吟碧山房竹勝往年，次吴蠡濤方伯韻》。

盧鳳兵備道員珠隆阿寄贈靈璧石磬，作《盧鳳珠觀察寄到靈璧石磬廿四片，喜而賦詩》。山東布政使吴俊所植海棠凋謝，作《惜花次蠡濤方伯韻》、《夜雨書懷，用蠡濤〈西園夜月〉韻》。山東學政劉鳳誥參奏和瑛並未鞫審金鄉冒考案，僅委時任濟南府知府德生審理，以致德生徇情誣斷，幾生民變。

六月，濟南知府德生《寒香課子圖》畫成，爲之作《題濟南太守德㕫圃〈寒香課子圖〉》。德生《五峰禱雨圖》畫成，爲之作《題㕫圃〈五峰禱雨圖〉，用東坡〈張龍公詩〉韻》。爲山東布政使吴俊《榮性堂詩集》書序，又賦《序〈榮性堂詩集〉，蠡濤以詩謝，次韻》詩。與吴俊唱和，作《季夏望玩月次蠡濤方伯韻》。與外侄吴慈鶴唱和，作《題鍾馗畫扇，次吴巢松公子韻》。作《飛蝗行》，述山東境内間有飛蝗，但不傷禾稼。

七月，作《月令詩》八首。給事中汪鏞彈劾和瑛對清廷特旨交辦童生冒考案並不親提審訊，在署日事文墨、廢弛政務。刑部左侍郎祖之望奉命往按之，據實上奏。

七月二十六日，嘉慶帝接祖之望奏後，親下御旨：『和寧自任山東巡撫，聞其在署日以文墨爲事，於屬員亦不輕易接見，朕即恐其於地方不無廢弛。今以奉旨特交事件，並不親提審訊，一聽委員偏袒徇私，任情誣枉。伊若罔聞知，直同木偶，即此一節，已不勝巡撫之任。和寧著即解任來京候旨。』

八月二十七日，新任山東巡撫祖之望查勘山東蝗災嚴重，經吏部議奏，將和瑛照溺職例革職。

八月三十日，祖之望奏濟南、泰安、沂州、東昌、濟寧等府州屬五十餘州縣均被蝗災。山東全省，被蝗處所竟有十之六七。因六月直隸、河間蝗孽滋生，嘉慶帝親命和瑛徹查山東災情。和瑛只稱濟寧、金鄉等州縣，間有飛蝗，不傷禾稼。復經降旨嚴飭確查，和瑛仍不行據實奏聞。嘉慶帝大怒：『和寧身任巡撫，即因地方官不行申報，漫無覺察，已屬形同木偶。及經朕嚴詢批諭，和寧竟毫不知畏懼，始終回護，則是有心諱匿。封疆大吏，於此等民瘼攸關之事，竟敢視同膜外，實屬辜恩溺職。和寧前於金鄉縣皂孫冒考一案，並不遵旨提訊，其咎止於袒庇。至匿蝗不報，其罪更重。僅予罷斥，不足蔽辜。和寧前已降旨革職，著發往烏魯木齊，自備資斧効力贖罪。』

貶謫新疆，途經山西洪洞，得印川和尚小照，作《題印川和尚小照》。

途中得好友管世銘遺稿，爲之序，並作《讀管韞山侍御遺稿二首》。

途次平凉，作《渡涇河》。過古浪縣，作《經古浪峽》。

夏至日，宿甘肅雙泉子，作《長至日宿水泉堡》。

途次甘州，作《甘州歌》。過嘉峪關，作《出嘉峪關》。經茫茫戈壁，作《戈壁道上載水》、《戈壁喜雪》。至安西府，見胡雪齋知府，作《宿安西贈胡雪齋刺史》、《沙泉》等詩。

十一月，和瑛進疆途至哈密，清廷賞其以藍翎侍衛充葉爾羌幫辦大臣。

除夕，哈密度歲，作《哈密度歲簡胡雪齋》，述其由戴罪之身變爲重新提拔，重新激起政治熱情。

嘉慶八年　癸亥　一八〇三　六十三歲

正月，由哈密赴任葉爾羌幫辦大臣途次鴨子泉驛，見驛壁有安西道員常鈞所題《題敦煌古寺》，和作《鴨子泉和常中丞原韻》。自梧桐窩十三間房至齊克騰木臺遇大風，作《風戈壁吟》。至吐魯番，作《小歇土魯番城》。途次喀喇沙爾，見嘉慶四年二月間嘉慶帝親命棄置路旁之分別重萬斤、八千斤、三千斤大玉，作《題路旁于闐大玉》。

正月二十八日，過喀喇沙爾西開都河，遇雨，作《度海都河冰橋》。

二月，經庫車，作《宿庫車城》。過阿克蘇，作《渡渾巴什河》。

任事葉爾羌幫辦大臣，作《葉爾羌城》、《咏螻蟻》、《洗箔》、《闢勒山書事二十四韻》、《英吉沙爾》，分咏將軍兆惠率清軍平定大小和卓之亂事。作《咏園中五雁》、《鷹》、《河干采玉》、《觀鶻搏狐》、《獲大白玉》、《祭河神》、《觀回俗賀節》、《螻蟻賦》，咏葉爾羌風俗物産。

十月，清廷調葉爾羌幫辦大臣和瑛爲三等侍衛，擢喀什噶爾參贊大臣。

十二月十三日，上摺《奏爲查明章京寧山原案係聽從永舒私改册籍，奉旨發往喀什噶爾以來頗知愧悔，請旨釋回事》。

嘉慶九年　甲子　一八〇四　六十四歲

二月二十四日，上摺《奏爲伊犁錫伯營革退藍翎莫爾根太到戍已滿三年，循例請釋回事》。

七月，賞三品頂戴，授理藩院右侍郎。

九月，轉左侍郎，仍留喀什噶爾辦事。

十一月初三日，上摺《奏爲調劑倉貯餘糧以慎兵糈事》，調整協餉，以節軍費。如所請行。

在喀什噶爾參讚大臣任，作《四照軒澄心潭》等詩。

巡西南邊境，作《喀什噶爾巡邊》、《伊蘭烏瓦斯河》等詩。

布魯特族部落首領前來拜謁並獻鷹馬，作《布魯特酋長獻鷹馬，却之賦絶句》。

巡邊至喀浪圭，作《喀浪圭卡倫》等詩。

維護國家統一的維吾爾族上層人物阿克伯克去世，爲之作挽詩《哀葉爾羌阿奇木阿克伯克二首》。

《回疆通志》書成。

嘉慶十年　乙丑　一八〇五　六十五歲

喀什噶爾參讚大臣任内。

春，作《山房晚照》、《城堞春陰》、《澄碧新秋》、《百尺垂紅》、《孤舟釣雪》、《小桃源》、《望春臺》、《妙空禪院》、《瓜菜園》、《徠寧城臥遊閣即事》，述喀什噶爾城景。

初夏，巡查各城至阿克蘇，作《巡阿克蘇城有懷松湘浦將軍》。至烏什，作《烏什城遠眺》。

六月十八日，與喀什噶爾阿奇木郡王伊斯坎達爾、英吉沙爾阿奇木伯克阿爾他什氏聯名上摺《奏報收齊平糶錢文等事》，以喀什噶爾、英吉沙爾倉儲糧石足支官兵口糧，請將從前減運伊犁布匹改徵雜糧四千石，減價出粜。並請嗣後將此項糧石折收錢文，以免運費。意在澄清積弊，改善民生。經户部覆奏，奉旨依議。

七月初二日，上摺《奏爲恩賞御製勤政殿記墨刻謝恩事》。

八月十九日，喀喇沙爾糧餉局章京伊精額病故，喀喇沙爾辦事大臣來齡派人盤查伊精額生前經手倉庫、錢糧、庫貯銀錢等項，發現巨額虧空，隨即上奏：『查得伊精額虧短庫存正項銀三千六百六十九兩四錢六分八厘，普爾錢九百七十七千七百三十八文。又虧庫寄故民遺存銀八百八十一兩九錢九分五厘，普爾錢七十八千六百二十一文。倉貯糧石有無虧短，俟盤清時，另文呈報等情具報前來。』是爲喀喇沙爾虧空案。案發後，和瑛奉命前往查辦。此後陸續上摺奏辦此事。

九月二十一日，上摺《奏請調歲需經費銀兩事》，再次奏請據喀什噶爾收支實際情况調整内地協餉。如所請行。

十月二十五日，因喀喇沙爾庫銀虧空巨大，以致無法按時發放官兵鹽菜銀、餉銀，上摺《奏報撥庫貯銀兩接濟喀喇沙爾支放官兵鹽菜事》，奏請從喀什噶爾庫内備用銀中提出元寶四十個，先行支放官兵鹽菜。嘉慶帝讚其『所辦甚是』。

十一月初七日，和瑛認爲喀喇沙爾虧空如此巨大，絶非伊精額一人所爲，上摺《奏爲接奉諭旨欽遵察辦已故糧員伊精額虧短庫銀數目事》，奏請追查伊精額前後任主管官員。

十一月十六日，查出前任喀喇沙爾辦事大臣麒麟保不僅接受伊精額賄賂，强索庫銀，其家人劉大等六人亦私借庫項，上摺《奏爲查訊喀喇沙爾虧空案内供出前任辦事大臣麒麟保等得贓聚賭等據實參奏事》。

十一月十六日，上摺《奏爲原委查庫章京鐸明等即係通同挪借庫項之人，不肯切實舉發事》。

十一月十六日，查明伊精額共虧短庫存正項銀三千六百六十九兩，普爾錢九百七十七串七百零。又虧短庫寄故民遺存銀八百八十一兩，普爾錢七十八串六百文。上摺《奏爲查明喀喇沙爾虧空實數，著落歷任大臣分別追賠事》。

十二月十八日，釐清喀喇沙爾虧空真相：乾隆五十五至五十九年，喀喇沙爾糧餉局章京雙祥因修理衙署及置辦日用傢俱虧空庫銀二百餘兩，並私借官兵銀二百餘兩，離任時曾向繼任章京伊精額交代虧空，並告之官兵時有賒欠，但爲數不多。但時任辦事大臣德勒克札布因不識漢字，漫無覺察，而雙祥亦未曾向其交代虧空之事，其咎止於失察。自此，伊精額始貪挪庫銀，並陸續放貸於所屬之兵丁、商户及少數民族民衆非法牟利。嘉慶二年至四年，辦事大臣阿爾他什第查庫時僅總册點驗開除，並未能查出虧空之事。六年，綳烏布繼任辦事大臣，見有官兵借欠，因伊精額稱『係舊章，已載印册』，以爲相沿辦理，雖飭令伊精額追繳，但並未據實參奏查辦，僅於離任時交代繼任大臣明興。因此，伊精額虧空案在綳烏布繼任大臣時已列入印册，以致後任大臣相率效尤，公然入册交代。七年，明興繼任辦事大臣，伊精額因官兵借欠過多，無力墊補，始將所欠銀錢列於點册開除，呈堂造册。但明興既經綳烏布告知，又不據實查參查究，僅將印册點驗，實屬有心庇護，以致其家人蔣大借伊精額、鐸明降調離任敲詐勒索銀四百餘兩。八年，納清保任辦事大臣，亦未參奏嚴糾，且其家人欠銀六兩。九年，麒麟保任該管大臣後，不僅接受伊精額饋送，並强索庫銀，邀屬聚賭，同時其家人劉大等六人私借庫項。在這期間，喀喇沙爾官兵、商民借欠銀兩，均按季在應領項下扣還，自綳烏布任辦事大臣始列入賬簿，一季一清。每遇上級盤查，則預借商民銀兩，蒙混過關。十年，來齡到任盤查，伊精額請商民湊齊銀兩備查，不僅又一次蒙混過關，更使來齡將官兵等借欠册簿視爲常例，並未查參，率以倉庫無虧具奏。歷任喀喇沙爾大臣的瀆職，最終導致伊精額公然貪挪庫銀長達十一年之久，直至其病故之後，如此驚天之大案纔浮出水面。上摺《奏報查辦喀喇沙爾已故糧員伊精額虧空庫項事》。

十二月，兼任正紅旗漢軍副都統。

嘉慶十一年　丙寅　一八〇六　六十六歲

正月，調爲吏部右侍郎兼鑲藍旗滿洲副都統，留疆專職查辦喀喇沙爾虧空案。

正月十一日，上摺《奏爲提到喀喇沙爾虧空案内章京鐸明訊取確供，咨部歸案辦理事》。

二月二十二日，上摺《奏爲審明楊化祿刃斃兵丁路潤案，按律定擬事》。

三月初四日，上摺《奏報查明喀喇沙爾糧員擅借庫項等事》。釐定喀喇沙爾虧空案涉案官員責任，並上奏朝廷議處：喀喇沙爾歷任辦事大臣除普福、訥音、納清保因病故免於追究外，其餘六任大臣中，額勒登扎布，革職，以理藩院七品筆貼士起用；阿爾他什第，降三級調用；綳烏布，發往吉林充當苦差；明興，革職，以吏部七品筆貼士起用；麒麟保，革職，發往伊犁效力贖罪；來齡，因查明參奏此案，尚無明知故縱等情，特旨寬免。

三月十九日，上摺《奏爲恩賞南北兩路大臣物件非關外各軍臺遺失，咨明陝甘總督轉咨各省一體嚴查事》。

四月初六日，上摺《奏報遵旨核定喀喇沙爾歷任大臣分賠銀數事》。對虧空銀錢的補償問題提出處理建議：伊精額共虧空四千五百二十二兩，除抄没其家産償補四百六十五兩外，實虧四千五十七兩，統行著落九任大臣在任年月核計，分別攤賠，以歸原款。其中，麒麟保雖已發遣，亦不得置身事外，其名下應賠銀若干，俟其長子寶英將來升至食俸之日如數扣繳。此外，伊精額濫行私借該城文武官弁、兵丁、商民、土爾扈特、回子等一百九十餘人共銀五千三百餘兩，在案發後，該處商民、土爾扈特、回子等深知畏懼，已呈繳銀二千三百三十餘兩。和瑛向朝廷提出建議：『至商民、土爾扈特、回子等所借銀錢，業已趕緊交清，尚知畏法，合無仰懇聖恩，免其究治。其筆帖式、備弁、兵丁等所欠銀錢，可否准其在於春夏兩季應支鹽菜内清還，免其究治，出自皇上天恩。仍嚴諭該處官兵、回夷等嗣後勿得再向糧員借支庫項，違者重懲。』

四月十六日，上摺《奏爲遵旨查辦回疆八城軍流以下遣犯分別減等，造册咨部核辦事》。

五月十八日，上摺《奏爲遵旨覆訊喀喇沙爾糧員擅借庫項，案犯高大順等確供並人卷解京起程日期事》，對其他涉案人員提出具體處理建議。

五月，嘉慶帝回覆和瑛：『現在此案前後虧欠情節，業據和寧等分晰查明，毫無疑義，著照所請。』至此，喀喇沙爾虧空案結。和瑛因頗有政績，調任倉場侍郎，作《咏乳燕》、《奉召還都恭紀》。

回京啟程前，贈詩時任伊犁將軍松筠、塔爾巴哈臺參讚大臣達慶，作《寄别湘浦將軍、瘦石參贊四首》。其後，作《巢燕去而復返，呢喃似作别意》。

返京途次哈密三堡，作《越祁連山東抵三堡口號》。經苦水驛，遇風，不得行，作《苦水驛守風，簡哈密成誤庵侍郎》。

十一月，和瑛返京途次涼州時，因前任烏魯木齊都統奇臣遭劾免職，詔命其爲烏魯木齊都統，未及赴任倉場侍郎即反轡西域，並奉命徹查奇臣、那靈阿貪腐案，作《自涼州返轡，出關馳驛，再宿苦水驛》。此後陸續上摺奏辦相關事宜，革除積弊，整頓吏治。

十二月十五日，進疆履任途次阜康，該縣户民柴元德等呈控知縣達楷浮徵累民。

十二月二十四日，上摺《奏爲恩賞御製文初集一函謝恩事》。

十二月二十四日，上摺《奏爲奇臣管門家人已於八月初六日護送伊主眷屬進京等事》。

十二月二十四日，上摺《奏爲遵旨議覆吐魯番雅爾湖葡萄溝一帶回疆曠地不宜招商開墾事》，據實駁斥吐魯番領隊大臣玉衡招商開墾事。

十二月，就任烏魯木齊都統，作《聞城上海螺》。

嘉慶十二年　丁卯　一八〇七　六十七歲

正月十五日，釐清達楷浮徵累民案，上摺《奏爲特參阜康縣知縣達楷營私漁利盤剝民糧，請旨革職交部按律定擬事》。

正月十五日，上摺《奏爲遵旨查明前任都統奇臣對調糧員情形酌核定議事》。

正月十五日，上摺《奏爲體察新疆烏魯木齊等處地方浮收勒派積弊實在情形，酌擬更正各款事》，據烏魯木齊實在情形並參考官成《奏爲呈控烏魯木齊積弊事》摺，提出改善民生建議五條。著照所請。

正月二十八日，上摺《奏爲遵旨審明已革外委馬能具控庫爾喀喇烏蘇正署遊擊守備福隆阿等營私舞弊案，按例定擬事》。

正月二十八日，親往鎮迪道庫、迪化州庫查驗庫貯銀兩，發現州庫道、庫均數目相符，並無虧空，上摺《奏報盤查鎮迪道庫貯銀兩無虧等事》。

三月十二日，發現迪化州庫清單上有『應接收前任知州那靈阿任内墊支銀兩作爲交代事』，那靈阿稱此爲慣例。和瑛調查甘肅藩司所發往鎮迪道之咨文，發現其數目相符合，所有那靈阿已交還司庫銀兩均無誤。上摺《奏爲訊明前任迪化州知州那靈阿墊支交代銀兩及盤查現任知州景崧倉貯無虧事》。

三月十四日，調查發現奇臣並無涉案貪贓之事，但其人『寬厚有餘，嚴明不足。訪查輿論，毫無貪鄙聲名……但該部都統係新疆重任，不知檢身率屬，廢弛地方，實難辭咎，應請旨交宗人府嚴加議處』，上摺《奏爲訊取原任都統奇臣確供並訪察聲名，據實覆奏事》。

三月十四日，和瑛認真釐清歷年官府檔案，繼續加緊核查，並傳訊前面十三起控訴那靈阿之一百六十餘名農民，逐項反復訊問、核對，逐步查明官成《奏爲呈控烏魯木齊積弊事》所控舊弊七條、新弊六條之真相，並按《大清律例》提出具體處理建議：那靈阿因『前在知州任内，連年虛報，出借籽種口糧，既不支給本色短價折發錢文，又不徵收正糧增價，折收一倍，除因公科斂及短給價值等款罪止杖徒絞候輕罪不議外，所有已革知州那靈阿應照侵盜倉庫以監守自盜論斬監候律，擬斬監候。其失察之歷任各上司，應查取職名咨部議處』，上摺《奏爲審明迪化州户民呈控已革知州那靈阿各款，按律定擬事》。

三月十四日，上摺《奏爲審明李名成刃斃人命案按律定擬事》。

三月二十二日，上摺《奏爲查明官成原控那靈阿各款内關係錢糧六條分別定議結案事》。

四月十六日，上摺《奏報派員護送換防兵丁至塔爾巴哈臺交界收管過境日期事》。

四月十六日，上摺《奏報迪化州鎮迪道庫貯課金委員解交内務府事》。

四月十六日，上摺《奏爲已革雲南按察使李鑾宣到戍日期事》。

四月十六日，上摺《奏爲審明韓勉刃斃人命案按律定擬事》。

四月十六日，上摺《奏爲審明宋潮英因奸刃斃人命案按律定擬事》。

五月二十四日，上摺《奏爲贖罪官犯原防禦瑪哈那等三年期滿，請旨釋回事》。

五月二十四日，上摺《奏爲原普洱鎮總兵書成奉旨枷號一年期滿事》。

五月二十四日，上摺《奏爲原署浙江東江場鹽大使謙益效力十年期滿，循例請旨釋回事》。

五月二十四日，上摺《奏爲由京解到陳大審明遊蕩留門情節，按律定擬事》。

五月二十四日，上摺《奏報停調十三年份經費事》。

六月二十八日，上摺《奏爲參革迪化州知州那靈阿實係因患風痰病症身故委，無畏罪自戕情弊事》。至此，那靈阿貪腐案案結。

七月二十四日，上折《奏爲審明兵丁徐張貴因淘井桶落過失打傷其父身死案，按律定擬事》。

十月，《三州輯略》書成。

作《鞏寧城望博克達山》。

與烏魯木齊廢員顏檢和詩，作《九日書懷和顏岱雲制軍，用陶詩擬古韻》、《大雪書懷和顏岱雲元韻》。

巡城至巴里坤，作《宿松樹塘》、《題巴里坤南山唐碑》。

遊柴窩堡湖，作《過昂吉圖淖爾鹽池》。

巡城至吐魯番，適逢時任烏什辦事大臣玉德回京養病，贈詩《九日土魯番送玉達齋還都》。

冬，遊烏魯木齊南山，作《雪後下亂山子》。

嘉慶十三年　戊辰　一八〇八　六十八歲

五月，塔爾巴哈臺參贊大臣愛興阿以屯糧不敷支用，上摺請求調取瑪納斯兵丁四百名赴塔爾巴哈臺屯田輪班更换，嘉慶帝命和瑛詳查。隨後，和瑛上摺《籌議塔爾巴哈臺參贊大臣愛興阿商調瑪納斯眷兵屯田事》，據實反駁，嘉慶帝以其『所奏甚是』。

十月初四日，嘉慶帝降旨：『和寧在新疆年久，著來京另候簡用。』

年末返京。遣馬先行，作《輪臺餞馬行》。

嘉慶十四年　己巳　一八〇九　六十九歲

正月，和瑛返京途次甘肅時，因原陝甘總督長齡涉嫌貪腐被革職，旋又臨危受命爲陝甘總督。嘉慶帝特旨勉勵和瑛：『汝應竭力整頓，莫負委任。』

五月，實授陝甘總督。

六月，因草率推薦西寧知縣圖善調補綏來知縣，遭嘉慶帝旨斥。隨即又因嘉慶六年倉場侍郎任内黑檔舞弊，降補五品京堂。

嘉慶十五年　庚午　一八一〇　七十歲

補大理寺少卿。

恭阿拉饋贈黄鯝魚，作《恭翼齋大宗伯饋黄鯝魚》。

追和陶淵明詩，作《追和陶淵明形影神三首元韻》。其後，作《咏梔子花》、《食蟹》、《自述》、《秋熟》、《咏法船》、《咏蟬》、《蜘蛛》、《叩頭蟲》、《狗蠅》、《絡緯》、《蠍》等詩。

八月十五日，作《中秋玩月》。

嘉慶十六年　辛未　一八一一　七十一歲

正月，迎送嘉慶帝祈穀南郊，作《正月上辛祈穀南郊，迎送聖駕，恭紀五律二首》。

二月，孫兒恒福出痘，作《二月，孫恒福出痘一顆，花朝喜而賦詩》。

三月初三日，嘉慶帝耕藉田禮成，作《三月三日雨後，聖駕耕藉田禮成，恭紀》。其後，病中作《丹醫行》、《咏蓮房子玉暖手》。

三月，遷爲盛京刑部侍郎。

赴任盛京，途次保定，作《過漕河慈航寺方恪敏公祠》。過范陽，作《涿州偶憶黄相士，五十餘年矣，感賦》。

途中返鄉省親，作《大風拜别祖墓》。其後，途次玉田、沙流河、永平、山海關、松山、巨流河，作《玉田道上》、《沙流河村市》、《渡河抵永平府》、《出山海關作長歌》、《望海店》、《途中絶句》、《宿松山述事》、《大風渡巨流河》等詩。

四月，任事盛京刑部侍郎。

四月二十一日，謁清太祖陵，作《四月二十一日朝謁福陵恭紀》。其後，謁清太宗陵，作《朝謁昭陵恭紀》。

五月，作《早朝大政殿即事》。其後，巡城至敦化，作《登威虎渡河》。

七月十五日，謁清永陵，作《中元節朝謁永陵恭紀》。

九月初四日至十一月十六日，巡柳河溝、廣寧城、醫巫閭山、天橋廠、覺華島、遼陽、連雲島等地，作《柳河溝道上》、《抵廣寧城》、《九日登醫巫閭山》、《補天石》、《觀音閣二首》、《旅館夜坐》、《天橋廠海口謁天后宫》、《海船》、《旅食》、《海上雨甚，逆旅主人疑留未許，賦詩二首》、《釣魚臺》、《覺華島》、《咏人參》、《野寺聾僧》、《過遼陽城，訪故傳臚王瑶峰同年宅，並索齒録及其遺稿》、《連雲島商船候風》，統爲《巡海雜詩》。

十一月，復州、寧海等地遭受災荒，因盛京將軍觀明怠忽職守革職，和瑛調補。抵任後，作《復州咏古三首》。其後，奉命於小平島、和尚島、海口、永定磵賑災，作《小平島》、《和尚島》、《海口十月見菊，有懷松湘浦制軍並簡寄》、《曉發永定磵》、《兩物》。

調熱河都統，未及任事，又召爲盛京禮部尚書，旋調盛京兵部尚書。

嘉慶十七年　壬申　一八一二　七十二歲

正月，盛京邊門章京塔清阿等怠忽職守、匿災不辦，致使復州等地災情加重，和瑛奉命查辦。

三月，朝鮮義州府境内土匪滋擾，和瑛秘派官兵於邊境各卡嚴密堵禦。

四月，因山東受災，大批災民出關謀生，雖盛京亦遭災未復，但和瑛亦設法調劑。

五月，因部分宗室移居盛京後生活匱乏，和瑛奏請爲其搭建房屋、撥給地租。又因流放盛京宗室養贍不敷，奏請賞給錢糧等以資養贍。嘉慶帝認爲流放宗室皆爲緣事獲罪發往盛京充當苦差之人，移居盛京宗室爲並非有罪發遣而爲駐防，若如和瑛所請，則移徙宗室竟與獲罪發遣之人無異，殊乖政體，特下旨申斥。

八月，奉命爲八旗子弟在盛京尋找可墾之地，會同松筠勘探大凌河牧廠、柳河溝一帶，並悉心籌辦屯種。冬，冬獵，沿途作《馬上口占》、《鐵嶺有懷高且園畫虎》、《出威遠堡》、《勒福得恩初圍》、《哈蘇爾罕博業二圍》、《得奇三圍》、《愛新尼雅木招四圍》、《賡克依五圍》、《察庫蘭六圍》、《石人溝拔營》，統爲《冬獵雜詩》。

年末，年班入覲，作《年班入覲，冰上過巨流河》。途中一齒落，作《一齒落有感》。

嘉慶十八年　癸酉　一八一三　七十三歲

六月，主持開墾土地千餘畝，屯種卓有成效，清廷命其專管移居宗室事務。

巡城至天橋嶺，作《度天橋嶺》。

友人瑞林去世，爲之作挽詩《哀瑞芸卿學士》。

與蔣祥墀唱和，作《和蔣丹林〈貓侍母食歌〉韻》。

作《續〈紀遊行〉》詩，叙其自嘉慶五年至嘉慶十八年行遊經歷。

嘉慶十九年　甲戌　一八一四　七十四歲

正月，誤拿屯民張觀瀾，任聽屬員濫刑誣枉，後經刑部會審，爲其平冤。和瑛雖未有受賄故勘情事，但聽任屬員用刑，草率入奏，部議革職，嘉慶帝加恩改爲留用。

二月，調熱河都統。

閏二月，轉盛京禮部尚書，兼鑲紅旗滿洲都統。

三月，調盛京兵部尚書。

四月，因在盛京將軍任内失察宗室裕瑞買有夫之婦爲妾，降補盛京副都統。隨後因晉昌未能及時赴盛京將軍任，清廷命和瑛署理盛京將軍事務。

五月，遷熱河都統。

九月，奉天學政書敏允許前朝偽官子孫參與科考，和瑛上摺駁斥，深得嘉慶帝贊許。

十一月，因大淩河墾地私墾私放事，和瑛被清廷降一級留任。

遼陽知州安平阿寄贈其母手卷，作《題遼陽刺史安雲亭母節孝欒恭人手卷》。

進京述職返熱河，經虎北口作《出古北口》，過山海關作《入山海關》。

作《僧官帽山》、《羅漢山》、《磬錘峰》，述熱河山色。

嘉慶二十年　乙亥　一八一五　七十五歲

正月十五日，《熱河志略》書成。

二月初五日，友人索鹿胎，作《二月五日，友人以書索鹿胎七絶》。

三月春分，祭興安山神，作《春分日祭興安山神》、《祭畢出柵口》。

四月十二日，適逢穀雨，作《喜雨》。

四月，奉命查勘興辦熱河挑修旱河工程，因年老不能騎馬，遣人進哨查看。同時，因有交辦案件，嘉慶帝命其辦理秋審完畢，再前往巴林翁牛特等處審辦。

四月，檢閱士兵操練，作《會龍山閲操》。巡查各城，經平臺嶺、鳳凰嶺、祥雲嶺、平泉、大寧故城、喀喇沁、赤峰、烏蘭哈達、杜棃溝梁、八溝、東六溝，作《雨中度平臺嶺》、《鳳凰嶺喜晴》、《下祥雲嶺》、《平泉慮囚》、《過大寧故城》、《喀喇沁札薩公瑪哈巴拉宅晚餐》、《赤峰咏古》、《食苦菜》、《荷包牡丹》、《馬蹄蘭》、《蠍子草》、《烏蘭哈達北渡老河》、《大雪過杜棃溝梁》、《八溝咏古》、《過東六溝金莊頭家》。

五月初一日，巡城畢，還署，作《五月朔日還署作》。

九月十三日，恭送聖駕進古北口，作《九月望前二日，恭送聖駕進古北口，回署古城川途中作》。

九月，遣犯七薩在圍場道旁叩閽，列款翻控前案，經和瑛審理，係刁詐全虚。嘉慶帝御批「甚是」。

十二月，和瑛查辦土默特蒙古莊頭傳習邪教，從重治罪。同月，和瑛駁斥托津《分析土默特貝勒分析家産》一摺。嘉慶帝均御批『甚是』。

遊噴雲虎、木蘭，作《噴雲虎》、《木蘭古長城》。

嘉慶二十一年　丙子　一八一六　七十六歲

初春，作《大雪度鳳凰嶺》、《櫻桃溝》。

家僮釣魚不獲，作《家僮釣魚不獲，戲成五律三首》。

七月，調授工部尚書，兼任正黄旗漢軍都統。

九月，充滿洲翻譯鄉試正考官，賞紫禁城騎馬。

十月，作《賦得家在江南黄葉村》。

十二月，奉命赴甘肅查辦西寧道陳啟文參奏西寧知縣楊毓錦虧空倉庫、總督先福徇私不糾事，得實，治如律。

嘉慶二十二年　丁丑　一八一七　七十七歲

二月，上摺《西寧縣私運倉糧並捏報采買大概情形》，沈仁澍、先福貪腐案結，詔命和瑛署理陝甘總督印務。

六月，遷兵部尚書，加太子太保銜。

七月，署理藩院尚書。

七月底，爲禮部尚書，兼任鑲黃旗滿洲都統。又因熱河兵丁步射較遜往年，交部察議。

十一月，復爲兵部尚書。

嘉慶二十三年　戊寅　一八一八　七十八歲

正月，任領侍衛内大臣。

二月，以太子少保、兵部尚書在軍機大臣上學習行走，同時署爲户部尚書。

三月，嘉慶帝謁西陵，留京辦事。隨後，赴保定查勘案件。

六月，充《明鑒》總裁官。

七月，啟鑾，留京辦事。

八月，充崇文門監督。

九月，充正黃旗領侍内大臣、閱兵大臣。

十月，充上書房總諳達。

年末，於河南村關帝廟南北大路建房二十四間，以作暫安處。

嘉慶二十四年　己卯　一八一九　七十九歲

正月，轉刑部尚書，專任本部事務，毋庸在軍機大臣上行走。

閏四月，命領侍内大臣正使。

七月，秋獮木蘭，和瑛留京辦事。

十月，因武舉張元英、郭建章俱不能開弓，和瑛身爲復試大臣，交部議處。

嘉慶二十五年　庚辰　一八二〇　八十歲

正月，嘉慶帝以和瑛年老，爲優恤老臣，著和瑛除本管部旗值日之期照常來園外，其餘加班奏事引見之日不必來園，兼署經筵講官。

三月，嘉慶帝謁東陵，留京辦事。

四月，改正黄旗領侍内大臣爲内大臣，兼滿洲繙譯會試正考官。同月，因兵部行印被竊，和瑛連帶，被拔去花翎，降爲二品頂戴，所管本部旗務交副都統管理。

七月二十五日，嘉慶帝駕崩。同日，愛新覺羅旻寧繼位，和瑛因避其諱，改原名『和寧』爲『和瑛』。

八月，卸事上書房總諳達。

九月，主管宗人府銀庫。

十月，調爲正藍旗滿洲都統。

十一月，署鑲紅旗漢軍都統。

恩賜八十壽辰。

道光元年　辛巳　一八二一　八十一歲

任刑部滿尚書。

作《病中喜雪》。

作《春分前一日雪》，爲《易簡齋詩鈔》所錄絶筆之作。

六月二十九日巳時，卒。時年八十一。

七月十八日，賜太子太保，賜祭葬，謚簡勤，賜簡勤公祭文。

附錄二　《清實録》和瑛資料

《高宗純皇帝實録》卷八八四　乾隆三十六年五月己酉

内閣翰林院帶領新進士引見。得旨，新科進士一甲三名黄軒、王增、范衷，照例授職。王爾烈、黄瀛元、吴震起、林澍蕃、吴覃詔、周興岱、張明謙、李簣、周厚轅、馬啟泰、李潢、吴昕、曹城、陳源燾、項家達、吴俊升、倉聖脈、李光雲、朱誥、陳昌齊、閔思誠、朱依魯、顧葵、孔廣森、錢灃、包愫、龔大萬、陳國璽、江琅、馬慧裕、章銓、佛爾卿額，俱著改爲翰林院庶吉士。楊以湲、熊枚、鄭柟、蔡輝祖、謝宜發、饒崇魁、程世淳、程晉芳、張華甫、史積容、楊芳春、姜開陽、孔繼涵、蔣泰來、祝昴、勞宗茂、馮堉、邱文愷、鄭澂、洪朴、崔脩紳、徐長發、敷森布、周元鼎、李鏡圖、田鳳儀、胡世銓、沈廷獻、方昂、邵洪、劉文徽、楊九思、沈榮嘉、林其宴、朱鍾麒、陸蒼霖、牆見龔、郎若伊、楊淮、謝肇渚、毛晉登、陳懷仁、吴元琪、宋昌芹、趙來震、戴書紳、趙永禐、和寧、韋典治，俱著分部學習。胡紹嶧，著以教職即用。餘著歸班銓選。

《高宗純皇帝實録》卷八八四　乾隆三十六年五月辛亥

吏部帶領分部之額外主事引見。得旨，此次分部之額外主事楊以湲、程世淳、孔繼涵、鄭澂、崔脩紳、劉文徽、沈榮嘉、林其宴、毛晉登、陳懷仁、吴元琪、和寧，著派户部學習。熊枚、謝宜發、張華甫、楊芳春、姜開陽、祝昂、田鳳儀、胡世銓、方昂、牆見龔、郎若伊、趙永禐、韋典治，著派刑部學習。餘著派吏、禮、兵、工四部學習。

《高宗純皇帝實録》卷一二四七　乾隆五十一年正月丁卯

吏部帶領京察保送一等之内閣侍讀學士富崑等二百八十四員引見。得旨，富崑、季學錦、蔡廷衡、黄軒，俱准一等。西精額、圖畢赫、隆興、方大川、達年、雙慶、富勒赫、那淇、永啟、景昌、富克進、愛星阿、常明、揆文、阿霖、傅勒赫、潘奕雋、顧宗泰、沈琨、吴樹萱、隆善、富勒善、佛住、瑚唐阿、薩喇善、富倫達、舒祿、宗室吉爾通阿、宗室廣敏、宗室玉慶、宗室伊冲阿、宗室雅爾通額、宗室明繩、宗室多善、張敦培、宗室蹈福、富勒琿、齊克慎、恒寧、金汝珪、李鏡圖、宜經額、覺羅哈豐阿、福克精阿、阿爾景阿、德興、承熙、經文、良柱、圖桑阿、包憬、崔脩紳、沈丙、李鉉、和寧、吉陞保、圖桑阿、安盛額、李廷敬、雷輪、慶元、阿克楝阿、福昂、鄭安詳、窩陞額、圖明阿、保住、查郎阿、俸祿保、存住、關明、多隆阿、常善、持廉、常齡、觀麟、薩炳阿、六十九、秀林、覺羅恒慶、成林、和騰額、覺羅體德、德超、玉麟、明安、德文、德明額、扎拉豐阿、賡音布、甘立德、嵩慶、岳興阿、常格、覺羅德興、舒山、舒昇阿、濟蘭、海福、王慶奎、富盛、福至、福慶、百慶、奇明、徐長發、阿彰阿、那郎阿、福重、和精額、王錕、穆爾薩理、白琳、景善、長齡、福德、福昌、福炳、赫本、蘇蘇爾通阿、覺羅麟祥、明安泰、懷謙、五格、明禄、祥林、牆見龑、陸瑗、范鏊、張華甫、姜開陽、李大翰、同興、德敏、瑭瑞、楊芳春、清安泰、伍爾恭阿、那繒、覺羅德銘、希明、舒進、公峩、武陵岱、德寧、特通阿、伽藍保、五英阿、長春保、老格、羅山、永保、德昌、恩慶、重安、邱文愷、王慶長、和琳、廣厚、恭安、薩克素、嵩齡、覺羅福壽保、覺羅永興、海洪阿、慶安、慶城、富色賀、穆英、福來、柏潢、榮德、全福、湛露、特克慎、奎舒、常齡、貢楚克扎布、臨保、奎保、四達色、雙德、景昌、豐盛額、安福、温都遜、永善、佛爾卿額、佟福、覺羅麟喜、評德、宗室禄康、阿爾呼達、馮堉、李翮、潘曾起、圖敏、和齡、王廷瑛、峻鳴、達冲阿、富爾德赫、盛露、英保、文溥、武什杭阿、安福、陳昌圖、宗室僧保住、德成、孟生蕙、德賓、訥清額、伯岱、隆安、八忠阿、伊精阿、扎拉芬、鄂祺、陞額圖、馬廷模、劉種之、俞大猷、曹城、汪如藻、戴均元、五泰、孫玉庭、善寶、庫蒙額、赫倫泰、九德、明啟、張曾效、倭什洪額、巴彦布、本善、富保、多永武、永良、博爾多、福興、覺羅和泰、那沛、文通、官亮、台澤布、彩柱、慶格、果興阿、德慶、圖敏、張景運、景文、木通阿、虞友光、揚桑阿、田起莘、伊克坦布、明泰、何廷瓚、金廣義、德靈阿、伊存、和隆武、鄂雲布、赫保、泰費音、毓通、克蒙額、書勳、巴尼泰、科布通武、覺羅百善、陳守詒、鄭成基、馬雲龍、那蘇圖、善保，俱准其一等加一級。員承寧，准其於教習七品官任內一等加一級。

《高宗純皇帝實録》卷一二九八　乾隆五十三年二月癸卯

調四川按察使陳奉兹爲河南按察使，以安徽廬鳳道和寧爲四川按察使。

《高宗純皇帝實録》卷一三三八　乾隆五十四年九月乙未

諭，本日勾到四川省秋審人犯，内該督原定緩決，經刑部改入情實者，共有七起。一係朱希商因向龔大義索欠無償，令伊子朱子俸等趕上，將龔大義攢毆，該犯復刃傷龔大義殞命。一係謝起賢與胡義俱與馮白氏通奸，適在奸婦家中邂逅相遇口角，謝起賢用刀叠戳胡義致斃。一係王瓏玉因蔣世哀醉後謾駡，持棍追毆，該犯既用刀戳傷蔣世哀左胳膊，透過肐肘，又傷其左脇殞命，情近故殺。一係吴秀元與陶添名索債起衅，陶添名係屬徒手，經該犯金刃連戳斃命。一係劉守科與伊兄劉守均，將徒手之伍世華逞凶刃斃。一係唐宗位與夏文名鬥毆，於夏文名倒地後，該犯奪取尖擔回毆致傷殞命。一係宋二娃因索欠未還，將年逾七十徒手之廖安元刃斃。

核其情節，俱無可緩之理，刑部所改，均爲允當。所有朱希商等七犯，業經概行予勾，秋讞大典，自應悉心斟酌，俾無寬縱。今四川省所辦秋審，竟失出至七起之多，總督、臬司何漫不經心至此？四川民風好鬥，正宜强弗友剛克之地。李世傑，念其年老，且辦理地方事件，向來尚肯留心認真，著加恩免其議處。至臬司，爲刑名總匯，乃於罪無可逭之犯，輕縱多起，實屬錯誤。和寧，著交部議處。

《高宗純皇帝實録》卷一三四九　乾隆五十五年二月辛未

又諭，前據巡城御史穆克登額等奏稱拏獲建昌縣盜犯王二等，供出隨同馬十等行劫錢鋪一案。此事已閲二年之久，該省既將正犯拏獲，迄今尚未審辦完結，殊屬遲延。富尼善原係直隸臬司，且曾爲熱河道員，建昌縣是其所屬，此案正伊任内之事，乃以劫盜重情，一任要犯狡展，懸宕多年，置不速結，非尋常玩忽可比。昨已降旨，將該司交部嚴加議處。富尼善，著即解任來京，聽候部議，所有安徽布政使員缺，著和寧補授。其四川按察使員缺，著聞嘉言補授。湯雄業，著補授廣西按察使，所遺廣西左江道員缺，著黄符彩補授。

《高宗純皇帝實録》卷一三五〇　乾隆五十五年三月乙丑

又諭，昨據孫士毅奏，王站柱現患中風，勢難驟痊，暫委和寧署理藩司印務等語。王站柱染患風痰，一時不能就愈，該員本係旗員，即著解任回旗調理，俟病痊後，候朕另行簡用。至和寧，前已升授安徽布政使，今聞嘉言調補四川按察使。今聞嘉言到任尚需時日，該省大員乏人，和寧於川省事務尚爲熟練，且係蒙古人員，於番情更屬諳習，所有四川布政使員缺，即著和寧調補。其安徽布政使員缺，著周樽補授，所遺甘肅按察使員缺，著張誠基署理，俟服闋後，再行實授。

《高宗純皇帝實録》卷一三五二　乾隆五十五年四月己未

諭軍機大臣等，本年朕八旬壽辰，各省文武大員情殷祝釐。前已經朕派定，所有豫省派出之梁肯堂，現已升任直隸總督。川省派出之王站柱，亦因病解任，該省督撫藩臬内，自當另派一員，令其届期來京。著即傳諭新調豫撫穆和藺、新授四川藩司和寧前來叩祝。其河南巡撫印務，著穆和藺於起程時交景安護理。四川布政司印務，著孫士毅於和寧赴京時，委員接署。朕於七月二十三日，自熱河起程旋蹕，伊二人均於二十九日以前到京，隨班祝嘏，並可面聆訓示也。

《高宗純皇帝實録》卷一三六三　乾隆五十五年九月庚子

諭，湖北巡撫員缺，著福寧補授。和寧，著調補陝西布政使，所遺四川布政使員缺，著英善補授。湯雄業，著補授廣西布政使，其廣西按察使員缺，著善泰補授。

《高宗純皇帝實錄》卷一三八七　乾隆五十六年九月庚寅

又諭，現在廓爾喀與唐古忒因賬目不清，在後藏邊境有滋擾之事。經鄂輝等帶兵前往剿捕，所有自京至後藏一帶，沿途驛站馳遞文報，關係緊要，必得大員專司經理，方無貽誤。直隸著派張誠基、山西著派蔣兆奎、陝西著派和寧、四川著派英善，務各督飭所屬實心料理，毋致遲誤。

《高宗純皇帝實錄》卷一三九〇　乾隆五十六年十一月丁丑

又諭，現派海蘭察帶領巴圖魯侍衛章京一百員，副都統烏什哈達、岱森保帶領索倫達呼爾兵一千名前往西藏，由直隸、河南、陝甘前赴青海一路行走。經軍機大臣酌擬日期，分撥起數，陸續起程前往。所有經過各省沿途需用車輛、馬匹、廩給等事，自應專員經理，無稍貽誤，俾行走得以迅速。直隸著派阿精阿、河南著派吴璥、陝西著派和寧、甘肅著派鄭製錦，各該員務須督率所屬來往照料，以副委任。

《高宗純皇帝實錄》卷一四一三　乾隆五十七年九月乙丑

陝西布政使和寧奏，咸陽、臨潼、渭南災五分，長安、乾州災六分，武功、興平災七分，均因大路糧多，糴食稍易，無論正賑加賑，銀米兼放。其涇陽、三原、高陵、蒲城、韓城災七分，醴泉災八分，係偏僻地方，糧食較少，應請正賑全支本色，加賑仍銀米兼放。不敷，飭鄰邑撥濟倉糧。得旨，諸凡皆妥，仍應查察，俾受實惠。

《高宗純皇帝實録》卷一四一四　乾隆五十七年十月丙子

諭軍機大臣等，據秦承恩覆奏，前次開報糧價及收成分數聲叙錯誤一摺，已於摺内批示。該省米糧等項，既稱耀州等處地居偏僻，糧販鮮到。榆林地多沙磧，素不宜麥，民間全仗小米糜穀買食等語。是此項米穀，爲該處小民口食攸關，每石價至三兩有餘，已屬昂貴，何得尚以價中開注？秦承恩所奏，仍不免於回護，此時亦不復再加詰詢。惟所開收成分數清單内，收成僅止五分以下各州縣，雖前據和寧奏，業經查明災分輕重，分别賑濟。該撫自應將如何分别賑濟之處，詳悉聲明，乃所奏單内並未聲叙。地方災務糧價，最關民瘼，該撫於所報糧價，始終回護。其歉收地方賑濟之事，又未詳悉奏明。秦承恩不應如此，著再傳旨嚴行申飭。

《高宗純皇帝實録》卷一四三三　乾隆五十八年七月辛亥

諭軍機大臣曰，秦承恩覆奏，陝西通省自六月下旬暨七月初一日，連得透雨，渠井充盈，實於秋禾大有裨益等語。覽奏欣慰，陝省既已普得甘膏，收成自可望豐稔。惟是本年秋禾約收分數，如福建、湖北較遠之省，已據該督撫陸續奏報。陝西距京較近，何尚未奏及？想該撫進京展覲，於起程時業經交與和寧查辦。著傳諭秦承恩接奉此旨，即迅速行知和寧，將秋禾約收分數據實速奏，勿稍遲延。

《高宗純皇帝實錄》卷一四三五　乾隆五十八年八月庚寅

護理陝西巡撫、布政使和寧奏，前因進剿廓爾喀，往來文報緊要，陝省地方安設正腰各站，添派員弁，多備馬匹。現軍務已竣，文報漸稀，先經將各站減徹一半，兹據四川督臣知會，川省各臺，奏准裁徹，陝省事同一例，擬即全行徹回。得旨嘉獎。

《高宗純皇帝實錄》卷一四四〇　乾隆五十八年十一月甲午

諭曰，成德在外已久，年力就衰，且非能辦事之人。陝西布政使和寧，係蒙古人員，人尚明白，亦稍諳衛藏情形，著賞給副都統職銜，即由彼處馳赴西藏，更換成德，幫同和琳辦事。不必來京請訓。

《高宗純皇帝實録》卷一四四〇　乾隆五十八年十一月丙申

諭軍機大臣等，刑部題駁陝西省靳青愧悔拒奸，扎傷范生玉身死，比照婦女拒奸殺死奸夫例擬流一案，所駁是，已依議行矣。靳青被范生玉雞奸時，年已十六，並非力不能拒者可比。既已甘心疊被奸宿，自不得與良人子弟拒奸殺人擬流者同論。乃該省遽將靳青比照婦女悔過拒殺奸夫之例，問擬杖流。以强壯男子，比擬孱弱婦女，已屬不倫，且與未經被奸者漫無區別。設遇良人初次拒奸，又將憑何定擬？刑部所駁，殊爲得當。此係和寧護理撫篆時具題之件，著傳諭秦承恩，即將此案一面按照部駁情節，另審具題；一面詢問和寧，將因何援引錯誤之處，據實登答具奏。

《高宗純皇帝實録》卷一四五七　乾隆五十九年七月甲辰

又諭，前因全德參奏，巴寧阿在兩淮鹽政任内有與商人往來交結各款。而書麟於奉旨查詢時，並未查明參奏，是以將該督交部嚴加議處，並令將因何徇隱不奏之處，據實具奏。兹據奏稱，巴寧阿在鹽政任内，所行無恥之事，因平素不與商人接見，毫無聞見，實爲辜負委任等語，實不成話。書麟於奉旨查詢時，既未經據實陳奏，今復經飭詢，尚以素不接見商人爲詞，意存回護。

書麟係兩江總督，例當兼管鹽務，豈不當留心稽查？非若巡撫之專管地方事務，不兼管鹽政猶可諉爲不知者比。乃既經徇隱於前，仍復飾詞回護於後，竟同聾瞶，罰銀贖罪，更不成話。且伊在總督任内有年，於地方事務何曾有一件整飭？實爲辜恩溺職。書麟，著革職，摘去翎頂，即行來京，候部定罪。所有兩江總督員缺，著富綱調補。

雲南小錢充斥，局錢存積甚多，現在停止鼓鑄，查辦小錢等事，甚爲緊要，正資幹材調劑。富綱人尚謹飭，而才具未能開展，此等事件，非伊所能辦理。兩江地方雖屬遼闊，究非邊要繁劇可比，且距京不遠，或可隨時指示，是以將伊調補。富綱惟當倍加奮勉，實心經理，以副委任。

福康安曾任雲貴總督，於該省情形素爲熟諳，且平日辦事認真，於調劑銅務錢法、鎮撫邊陲，皆所優爲，著即調補雲貴總督。福康安接奉此旨後，將督篆交孫士毅暫行署理，即馳赴雲貴新任。福康安到雲南後，富綱即行交代，速赴兩江總督之任。第滇省路遠，富綱到任尚需時日，所有兩江總督印務，著蘇淩阿由京馳驛，速往清江浦摘取印信，暫行署理，並於接奉此旨後，即行起程，不必前來行在請訓。蘇淩阿於兩江總督本可勝任，念其年届八十，精神究恐不能周到，是以令其暫署，俟富綱抵任，再行回京供職。現在留京事務，相距回鑾之期不遠，不必添派。刑部現有阿桂管理，所有滿尚書缺，亦不必另行簡署，其刑部印鑰，即著交阿桂帶管。户部及三庫印鑰，著交金簡帶管。

和琳奉差以來，辦理一切衛藏邊疆軍需各事宜，定立章程，撫輯各部落，訓練番兵，均能實心整飭，經理妥協。且於四川口内、口外地方各情形，皆爲諳悉，軍需款項，亦係熟手，所有四川總督員缺，即著和琳補授。松筠此次奉差湖北，經過衛輝府時，適遇地方被水，即能體朕如傷在抱之意，留駐該處，督率撫恤，並不置身事外，深堪嘉獎，足資倚任。現在衛藏甫經和琳整頓之後，正須妥員接代，慎守成章，以期更臻寧謐。雖有和寧在彼，伊係甫用之人，恐未能經理裕如。松筠，即升授工部尚書，前往駐藏辦事。其荊州審辦關税一案，本非緊要，無難即日完結。著松筠於審案事畢，拜發奏摺後，即由荊州就近馳驛，前往西藏辦理駐藏事務，實心任事，用副委任。

《高宗純皇帝實錄》卷一四八〇　乾隆六十年六月庚辰朔

諭軍機大臣等，據和寧奏唐古忒番民刃斃廓爾喀商民審明正法一摺，所辦甚是。此案噶爾達因向穆吉賴索討房租不給，兩相爭鬧，噶爾達輒用小刀將穆吉賴刃傷殞命。前藏爲各部落番民聚集之所，似此逞凶斃命，自應立正刑誅，以彰國憲。和寧於審明後，即將噶爾達正法，所辦尚爲迅速。但穆吉賴係廓爾喀商民在藏貿易，今被内地番民刃傷致斃，將來便中不妨將此案情節厓略告知拉特納巴都爾，俾知天朝法律森嚴，中外一體，毫無枉縱。自必益深敬畏，於藏地更爲有益。將此諭令知之。

《仁宗睿皇帝實錄》卷六〇　嘉慶五年二月丁未

諭内閣，教匪滋事，起於湖北，沿及河南、陜甘、四川地方，往來逃竄，迄今四載有餘尚未蕩平。朕心日深焦廑，推其蔓延之故，總緣領兵大員及各督撫等未發天良，既不能即在本境將賊匪剿滅，任其奔逸，而鄰省又未能實力堵禦，縱賊入境。即有能拏獲一二賊首者，輒思藉此邀功，仍置餘黨於不問，以致輾轉滋蔓，復行勾結。所至之處，荼毒生靈，勞師糜餉，不可勝計。伊等貽誤之咎，實屬百喙難辭。

今當列其罪狀，再行明白宣諭，俾衆知之。如湖北教匪在枝江宜都起事時，惠齡係湖北巡撫，在彼剿辦並未設有總統，嗣因永保由烏魯木齊回京，在西安地方具摺請赴湖北軍營。而福康安又保奏其人尚可用，是以授爲總統，專剿湖北賊匪。乃永保坐擁多兵，毫無調度。賊匪在鍾祥屯聚時，明亮駐劄鍾祥之正南，合之東南西南三路，祗有兵三千餘名，不敷防堵。永保在鍾祥之北面，帶兵九千餘名，多寡懸殊。明亮與永保以此遂生嫌隙，詎知賊匪不由明亮一路兵少處竄逸，轉向永保北面兵多處奔逃，自此由鍾祥北竄，焚掠滹河鎮，竄至黃龍壋。皇考因明亮與永保彼此齟齬，恐誤軍務，令明亮前赴湖南專辦苗匪。而永保仍前怠玩，不將賊匪在湖北境内殄滅，縱令偷渡滚河，闌入豫境，此永保首先縱賊之罪。其時，景安若能在豫省各要隘督率堵禦，則賊匪前有攔截，後有追兵，亦不致肆力衝突。乃景安畏葸怯懦，有心避賊，僅在南陽株守，不發一兵，賊匪遂從武關竄往陝西，毫無阻擋。雖有慶成在河南盧氏一帶打仗，稍挫賊鋒，而已不能遏其西竄，此景安縱賊入豫，又復擾及陝境之罪。迨賊匪已竄至陝，秦承恩並未督率文武扼要堵截，聽其由商州、鎮安逃往石泉、紫陽，而漢江船隻，又未盡泊南岸，使賊匪得以搶船徑渡漢江，從漢中直竄川境，此又秦承恩縱賊入陝，又復擾及川省之罪。

至四川教匪，其始不過王三槐、徐添德二人在東鄉、達州滋擾，爲數無多。彼時係英善、勒禮善剿辦，若即能奮力攻擊，原不難立時撲滅，乃亦因循遲緩，致賊匪四出勾結，日聚日多，勒禮善旋在東鄉被賊戕害。英善雖帶兵未久，尚未縱賊出境，辦理遲誤之罪，亦無可辭。至宜綿，以陝甘總督總統軍務，自到川省後，惟知在大城寨盖房居住，一年有餘，並未與賊接仗，使賊匪得以從容裹掠，肆擾頻年，至今未能剿盡。伊即年老多病，亦應及早切實奏懇解任，乃貪戀因循，致滋貽誤，其罪實不可恕。至惠齡，係接辦永保總統之事，帶兵總不出力，因其在湖北時曾將聶傑人、張正謨、劉啟榮生擒，在四川時曾將羅其清、冉文儔拏獲，尚有微勞可錄，且在軍營尚無婪索贓私之據，前已降爲侍郎，姑免追問。此外貽誤諸人，除永保業經定擬應斬監候外，景安現已拏問，俟解京時交軍機大臣會同刑部審訊定擬具奏。秦承恩前已革職，因伊有母喪，加恩令其回籍，今已將服闋，豈可任其安居故里？著費淳傳旨，將秦承恩發往伊犁效力贖罪，押令即由籍起程。英善，著革去吏部侍郎，加恩賞四品頂帶，隨同和寧仍在西藏辦事。宜綿，若仍令以三等侍衛辦理烏里雅蘇台參贊事務，不足示儆，著綿佐傳旨，將宜綿革職，發往伊犁效力贖罪，即由該處發往。

以上各員，經朕此次分別懲辦，罪狀昭著，嗣後各路領兵大員督撫等任剿賊之責者，總須在本境將賊匪殲盡，不得縱令他竄。任堵禦之責者，亦須在本境嚴密防守，不得任賊闌入，當以永保、景安、秦承恩、宜綿等爲戒，以期共知儆惕，奮勉成功，無負諄諄告誡至意。將此通諭知之。

《仁宗睿皇帝實錄》卷七一　嘉慶五年七月癸巳

轉理藩院右侍郎貢楚克扎布爲左侍郎，以內閣學士和寧爲理藩院右侍郎。

《仁宗睿皇帝實録》卷七五　嘉慶五年十月癸亥

以鑲白旗蒙古副都統國霖爲京營右翼總兵，駐藏大臣和寧爲鑲白旗蒙古副都統。

《仁宗睿皇帝實録》卷七八　嘉慶六年正月乙巳

轉工部右侍郎成書爲左侍郎，調理藩院右侍郎和寧爲工部右侍郎，以内閣學士佛爾卿額爲理藩院右侍郎。

《仁宗睿皇帝實録》卷七九　嘉慶六年二月丙寅

諭内閣，和寧等奏駐防外委蒲順殺傷兵丁段貴等核擬具奏一摺。此案外委蒲順在恩達寨地方駐防，膽敢向所轄番民任意需索，已屬有罪之人。迨該管遊擊何得方訪查屬實，蒲順因需索之事係由兵丁田俸説出，心懷氣忿，即用刀連砍田俸。適兵丁段貴上前抱救，蒲順遂拔取小刀及菜刀、木器、柴斧等先後砍打，致將段貴斃命。核其情節，該犯先既婪索番民，又復逞凶洩忿，一死一傷，情節甚重。乃和寧等將該審明後，自應一面奏聞，一面即恭請王命，在於該處正法，方足以肅營伍而靖邊防。

犯蒲順擬斬，仍復請旨正法，實屬拘泥。且據另片奏稱，察木多至前藏計程三十二站，山路陡險，營汛稀少，恐有疏虞，請即於該處正法等語。此等要犯，焉有解回正法之理？何用復行奏請耶？蒲順，著即在該處正法。

至和寧等自請處分一節，和寧、英善雖失察於前，既經查獲審辦，尚無不合，本可免其交議，惟拘泥請旨，轉有應得之咎。和寧、英善，均著交部察議。遊擊何得方，風聞蒲順有需索情事，即訪查究辦，著從寬免其議處。

《仁宗睿皇帝實錄》卷八二　嘉慶六年四月丁未朔

以睿親王寶恩爲正黄旗領侍衛内大臣，調鑲黄旗漢軍都統成德爲鑲藍旗滿洲都統、鑲藍旗蒙古都統達椿爲鑲黄旗漢軍都統，以正黄旗護軍統領阿蘭保爲鑲藍旗蒙古都統，調正白旗護軍統領德麟爲正黄旗護軍統領，以鑲黄旗蒙古副都統珠爾杭阿爲正白旗護軍統領，調正白旗蒙古副都統和寧爲正紅旗滿洲副都統，以頭等侍衛慶長爲正白旗蒙古副都統。

《仁宗睿皇帝實錄》卷八二　嘉慶六年四月戊辰

命兩廣總督吉慶協辦大學士，仍留兩廣總督任。大學士慶桂管理吏部，調工部尚書琳寧爲吏部尚書，以兵部左侍郎緼布爲工部尚書，轉兵部右侍郎那彦寶爲左侍郎，調工部左侍郎成書爲兵部右侍郎，轉工部右侍郎和寧爲左侍郎，以鑲紅旗滿洲副都統蘇楞額爲工部右侍郎。

《仁宗睿皇帝實録》卷八五　嘉慶六年七月己亥

又諭，前據高杞、莫瞻菉奏，勘挑護城等河，請於户、工二局豫領錢文二萬串。朕以局錢經費有常，一切工程需用，豈能概行取給？莫瞻菉係工部右侍郎，錢局是其專管。高杞雖未管錢局，但現任户部左侍郎，於本部局錢多寡，亦應知悉。乃率爲此請，殊屬不曉事體，當經降旨申飭。昨即據户部奏稱，因七月兵餉搭放錢文六成，現在局中存錢較少，除八月兵餉仍行搭放三成外，其九月以後兵餉請搭放一成，並將官員秋俸概用銀兩給放。已依議准行。

此摺高杞亦復列銜具奏，經朕將原摺交軍機大臣詢之高杞，既知局錢不敷，何以前奏請發錢文至二萬串之多？始據高杞、莫瞻菉二人聯銜奏請交部嚴議，伊二人於本管部分事務漫不經心，其所請多發錢文，不過自圖省便之計。若人人皆圖省便，則那彦寶等現辦河工請銀一百萬兩，亦當奏請俱給發錢文，有是理耶？似此即再添數百卯，仍屬不敷支給。而添卯一事，詢之户部堂官，僉以爲難行。詢之工部堂官，則云較之户局更難添設。

昨大學士、滿漢尚書等議覆御史汪鏞條奏請添卯鑄錢一節，亦均議駁高杞、莫瞻菉，均係與議之人，是竟如御史游光繹所奏，不過挨次畫題，又安用此堂官爲乎？户、工二部職任較繁，高杞、莫瞻菉憒憒乃爾，豈能勝任？所有户部左侍郎，著和寧調補。那彦寶，著調補工部左侍郎，伊現在出差，仍著和寧兼署。其兵部左侍郎，即著高杞調補。蔣曰綸，著調補工部右侍郎，管理錢法堂事務。劉躍雲，著調補工部左侍郎。其禮部左侍郎，著莫瞻菉調補。高杞、莫瞻菉所請嚴議之處，著加恩改爲交部議處。

《仁宗睿皇帝實錄》卷八六　嘉慶六年八月乙丑

諭内閣，御史鄭敏行奏請磨勘刑部新例一摺，據稱纂修官楊曰鯤妄將乾隆年間欽定條例肆行改删，並將己意添入，頗多牽混，各省督撫礙難遵行等語。刑部修改律例，所派纂修不止楊曰鯤一人，各纂修官擬纂例條，又必經各該堂官公同商訂，始行纂入，自非出楊曰鯤一人之手。今該御史所奏，但稱得自輿論，並無指實，難以核辦。仍著鄭敏行將新例内何條係楊曰鯤删改及添入己意牽混難行之處，黏簽進呈，再降諭旨。嗣命劉權之、和寧、莫瞻菉、初彭齡會同該御史，將新例内改纂各條詳核磨勘具奏。

《仁宗睿皇帝實錄》卷八七　嘉慶六年九月乙亥朔

諭内閣，和寧、祖之望奏，前赴通州查明達慶、鄒炳泰於軍船回空挂欠米石，將餘米抵補一事，未經彼此會商，各用單銜先後具奏，請將達慶交部嚴加議處、鄒炳泰交部議處等語。所議尚屬公允。前此金山等四幫軍船短缺漕糧，達慶因奏事來京，曾經面奏，以此項挂欠米石，原應勒令買補，並將旗丁杖責，運弁議處。但回空程期已迫，若照例買補完交，未免有需時日，即將該旗丁等交部責懲，亦須輾轉稽時，恐於回空有誤。彼時達慶之意，以此次丁船守水日久，需用食米較多，挂欠有因，欲請將餘米抵補，而又不敢遽行陳奏，懇朕特降諭旨加恩。當經面諭，達慶於摺内夾片聲明，以便降旨。

達慶面奉諭旨，回署後自應向鄒炳泰詳悉告知，聯銜會奏。乃伊等同辦一事，達慶並不將夾片聲明之處豫告之鄒炳泰，迨至宫門呈遞奏摺時，始令閲看，已屬非是。及至此次奏報三進南糧回空時，鄒炳泰欲將軍船有無挂欠一併查明具奏，亦屬正辦。而達慶並不向鄒炳泰商定，即將軍船回空單銜具奏，於漕糧虧欠細數，並不陳明，有何迫不及待而匆遽乃爾？是其任意自專，目無同寅，實非和衷共事之道。

達慶，著交部嚴加議處。至鄒炳泰於二進軍船挂欠，既經奉旨將餘米抵補，三進軍糧，事同一例，焉有歧視之理？而鄒炳泰因與達慶意見不合，輒稱豫防旗丁等年年積壓，雖似因公起見，實不免偏執使氣，亦屬不合。鄒炳泰，著交部議處。至三進各幫挂欠漕米至六千餘石之多，照例本應著追，但該旗丁等因沿途陰雨連綿，河水盛漲，較之二進幫船行走在後，守候尤爲日久，計三進船隻共有十幫，所欠米六千餘石，比較二進船隻四幫欠米二千餘石，尚不爲多，所有該旗丁等挂欠米石，亦著加恩准其以餘米暫抵，著令下年全數補運本色。其旗丁杖責、運弁議處之處，並著加恩寬免。至達慶、鄒炳泰，平日辦事俱尚認真，此次意見齟齬，一則以料理回空爲急，一則以查明挂欠爲要，尚非因私事忿爭。但伊二人同任倉場，既各存意見，於公事恐無裨益，此事達慶之過較重，著來京聽候部議，所遺倉場侍郎員缺，著和寧補授，即在通州接印任事，遇奏事之便再行來京請訓。祖之望，著即回京供職。尋以達慶署禮部右侍郎，帶降二級留任。

《仁宗睿皇帝實錄》卷八七　嘉慶六年九月丙子

諭内閣，日前御史游光繹條奏内稱大臣未盡和衷一節，經降旨詢問，據稱即如會議事件，由一衙門主稿，别衙門長貳竟茫然不知，不過挨次畫題，該御史並未實有所指。而近日倉場侍郎達慶、鄒炳泰於軍船回空挂欠米石，將餘米抵補一事，未經會商，各用單銜先後具奏，顯屬意見齟齬。是游光繹所稱大臣未盡和衷之言，不爲無見，殊屬可嘉。至伊二人素日辦事，俱能認真，此次雖非因私忿爭，而達慶目無同寅，迹涉自專，其咎較重，是以令其來京聽候部議，將和寧調補倉場侍郎。

因思，從前和珅總理吏、户、刑三部，事無鉅細，俱係伊一人主見，其餘祇隨同畫諾，專擅已極。朕親政以後，曾明降諭旨，裁去總理之名，年來各部院大臣，尚能小心謹飭。而吏、刑兩部及理藩院，政務較繁，是以特派慶桂、董誥管理，此亦不過多設堂官一員，俾收集思廣益之效。若一衙門大小事件，俱由一人主持，則其他長貳皆成虚設，此在管理之員，尚不可有自專之事，况並非管理者乎？嗣後，部院大臣遇事務宜互相商酌，不得偏執己見，若有獨斷獨行實迹，許監察御史指名嚴參，不得緘默，總期以公事爲重，和衷共濟，同寅協恭，以副朕諄諄訓諭至意。

《仁宗睿皇帝實録》卷八七　嘉慶六年九月丁亥

諭内閣，前因鐵保奏張灣一帶水溜沙淤，漕運不能迅速；另有超河一道，比正河較近，懇請疏濬改運。彼時，朕即恐有妨礙之處，因降旨令倉場侍郎帶同通永道前赴該處詳細查勘。兹據和寧、鄒炳泰覆奏，通州南八里許温家莊北，舊有旱河溝一道，本名康家溝，南北直衝，並無超河之名。該處水底高於正河三尺，若挑濬深過正河，則溝水奪溜直行，而張灣必致淤淺，商賈水陸馬頭，均屬不便。設遇旱年，上挽逆流重運，轉費周章；若逢雨潦，水衝力猛，下游村莊必遭淹漫；並繪圖貼説進呈，所見甚是。

張灣一帶，前人開濬運道，故紆其途，本有深意，盖因地勢北高南下，土鬆沙活，不能建設閘壩，全賴河道灣環，得以蓄水轉運。若溜勢由北直向南趨，恐不免一洩無餘，殊於運道有礙。鐵保前次經過時，未經詳察地形水勢，徒見今歲雨水漲溢，重運偶可抄道行走，遂欲酌改舊制，實非經久無弊之策，其議斷不可行。所有通州運道，著照和寧等所請，仍舊辦理，毋得輕議更張。

《仁宗睿皇帝實録》卷八九　嘉慶六年十月己巳

諭内閣，荊道乾奏近因胸氣喘逆，精神驟形委頓，恐致誤公，請解任調理一摺。荊道乾官聲素好，自簡任封疆，辦理地方公事，均屬妥協。今年老患病，著准其解任，或回山西本籍，或即在江省就近調理，俟病痊來京，另候簡用。所遺安徽巡撫員缺，著和寧補授，即行來京請訓，速赴新任。其倉場侍郎員缺，仍著達慶補授。

達慶前任倉場時，於辦理公務尚屬認真，惟因各幫糧船挂欠漕米一節，鄒炳泰以查核挂欠爲重，達慶以料理回空爲急，以致意見齟齬，均爲公事起見，並非因私忿爭。是以令達慶來京，即命其署理禮部侍郎，並授副都統。兹復用爲倉場侍郎，務當與鄒炳泰彼此和衷，期於漕政有裨。倘仍各懷意見，有心執拗，或致誤公，則自取罪戾，必當嚴行懲治。其達慶所遺右翼税務，著瑚圖靈阿管理。

《仁宗睿皇帝實録》卷九〇　嘉慶六年十一月丁丑

又諭，前據長麟節次奏陳患病情形，屢經降旨令其安心調理。近聞該督病體尚未就痊，勉力辦公，且因老母在京，於病中時深繫念。前召見伊兄長琇，并稱伊母年逾八旬，亦時常思念長麟等語。長麟久病未痊，伊因陝省正在辦理善後事宜，不敢遽行奏請解任，但母老子病，兩地心懸，殊堪憐憫。長麟，著加恩令其來京，另候簡用。所有陝甘總督員缺，著惠齡補授，惠齡接奉此旨後，即將巡撫印篆暫交藩司吴俊護理，速即來京請訓，再赴新任。長麟俟惠齡到任交卸後，再起程來京。其山東巡撫員缺，著和寧調補，并著即赴東省接印任事。所有安徽巡撫員缺，著李殿圖補授。

《仁宗睿皇帝實録》卷九〇　嘉慶六年十一月辛巳

諭軍機大臣等，陳大文奏故城縣刁家門漫口堵築合龍一摺。刁家門漫口，現經該督飭令地方官戧堵合龍，並將新堤加高培厚，自臻穩固。但朕近聞景州大道積水，雖由刁家門漫口所致，亦因山東臨清之屈家渡、孟家口一帶漫水下注，泛濫爲患。是景州上游、下游，皆應一律疏消。現在和寧前赴山東新任，著順道親往查勘，如有應須辦理之處，即飭屬設法趕辦。其景州大道積水，仍著陳大文飭令該州等上緊疏濬，將道路妥爲修墊，以便文報行旅。將此諭令知之。

《仁宗睿皇帝實録》卷九一　嘉慶六年十一月壬辰

又諭，英善、福寧奏川省應撥前後藏餉銀未經解到，現向前藏達賴喇嘛等、後藏班禪借銀支發等語。所辦殊不成事。前後藏應支兵餉銀兩，由川省撥解，係屬經費，豈容稍有遲誤？如果逾期不到，駐藏大臣等即當上緊咨催。倘再催而不應，即應據實參奏。豈有任聽遲延，轉私向喇嘛、班禪等借用，甚至向其再借即有難色，尚復成何事體乎？

此事在和寧起身以後，福寧未到之前，係英善任内之事，辦理實屬錯誤。現在軍需支用雖多，無不源源接濟，何至缺此數萬例餉？川省督藩等辦理不善，實難辭咎，已有旨申飭勒保、揚揆，並令其上緊撥解矣。此項銀兩解到後，所有英善向前藏達賴等所借銀一萬四千兩，向後藏班禪所借銀六千兩，俱即如數撥還，並當諭知伊等，以此次解藏餉銀，前因途路遥遠，雨雪難行，偶邇遲誤。今已解到，立即撥還，令其一體知道。將此諭令知之。

《仁宗睿皇帝實録》卷九七　嘉慶七年四月癸亥

諭内閣，據劉鳳誥奏，濟寧州屬金鄉縣縣考時，有生員李玉璨等攻告童生張敬禮、張志謙係皁隸曾孫混考，知縣汪廷楷並未詳查，率准考送。迨州試時，該州王彬又不據控審明扣除，致闔邑童生不肯進場，未考者多至四百餘人等語。童試，爲士子進身之階，原應區别流品。隸卒子孫，不准與考，載在學政全書，遵行已久。該州縣考試時，遇有紳衿等攻告混考之案，自應即時徹底清查，照例扣除。即或紳衿等有挾嫌誣控情事，亦當質訊明確，以服其心。今知州王彬、知縣汪廷楷，於此案攻告之初，並不核實查辦，以致闔邑童生赴考寥寥，殊屬不成事體。

濟寧州知州王彬、金鄉縣知縣汪廷楷、教諭黄維璺、訓導楊价，俱著解任，交與和寧，提齊案證秉公審辦，毋得稍有偏徇。至該縣童生未赴州考者四百餘人，其中即有一二刁健之徒，祇應就案懲辦，豈可因此波累闔邑文童？著加恩仍准其補行考試。該學政奉到諭旨，即飭知遵照辦理。倘補試童生内審明後果有把持扛幫之人，何難按例治以應得之罪？即倖邀取進，仍可斥革辦理也。

《仁宗睿皇帝實録》卷九八　嘉慶七年五月丙申

又諭，御史王寧奏，山東高密縣徵收錢糧每銀一兩折收制錢一千四百五十文，昌邑縣折收一千六百五十文，其餘改折之處尚復不少，請旨嚴禁等語。州縣徵收糧賦，原應遵照定例，令糧户封銀投櫃，間有零星小户，聽從交錢者，亦以便民。若將額定糧銀概行改折錢文，則各州縣官以錢無定額，勢必任意加增，浮收虐取，朘削小民，伊於何底。著通諭各直省督撫，嚴飭徵糧州縣將以銀折錢之弊永行禁革，並著和寧將現在高密、昌邑二縣折錢滋弊之處，秉公確查。如果屬實，即指名嚴參，勿稍徇隱。

《仁宗睿皇帝實録》卷一〇一　嘉慶七年七月甲午

又諭，山東金鄉縣皁孫冒考一案，前經學政劉鳳誥參奏，降旨交和寧秉公審辦，乃三月之久，尚未審結。旋據給事中汪鏞參奏，承審此案官員將原告刑逼認誣，並據武生李長清在都察院衙門控告，交刑部訊問録供具奏。朕以此案劉鳳誥參奏於前，今該省地方官挾私偏聽，該學政豈無見聞？諭令據實查奏。

兹據劉鳳誥覆奏，此案金鄉縣皁孫張敬禮等冒考，經李玉燦攻揭及舉人王朝駒等呈控，該學政按試兖州，訪問該處生童，僉稱是實。且乾隆七年、二十年張姓子孫冒考，曾有兩次斷逐舊案，控詞底稿現存呈驗。乃承審官有心黨庇，並不追究被告人證，轉將原告刑求挫辱，誘令將呈稿燬滅，盛暑笞箠，並株連鄉民紳士，械繫多人，衆心飲泣，士論沸騰。且以奉旨解任之知縣汪廷楷不行質審，竟令其借捕蝗爲名回縣，協同署任提拏人證，報復搜求，尤堪駭異。

除此案已交祖之望等秉公嚴審外，和寧自任山東巡撫，聞其在署，日以文墨爲事，於屬員亦不輕易接見，朕即恐其於地方不無廢弛。今以奉旨特交事件，並不親提審訊，一聽委員偏袒徇私，任情誣枉，伊若罔聞知，直同木偶。即此一節，已不勝巡撫之任，和寧，著即解任來京候旨。所有山東巡撫員缺，著祖之望補授。

《仁宗睿皇帝實録》卷一〇二　嘉慶七年八月乙丑

諭内閣，祖之望等奏審明金鄉縣阜孫冒考一案，分别定擬一摺。此案係朕特降諭旨，交與和寧審辦之案，和寧並不親提研鞫，一任承審之員偏袒徇私，將原告刑求挫辱，以致株累多人。況據祖之望等奏稱，候補同知張繼榮承審此案時，將原告李玉璨掌責，藩司面加呵斥，伊即告病；迨銷假時稟見巡撫，和寧亦曾斥其鍛鍊，臬司亦加抱怨等語。是張繼榮刑訊原告，逼令誣認，和寧等既知其鍛鍊，即當將該員參奏，親提鞫訊，乃仍聽委員等始終朦蔽，竟若罔聞，豈非有心袒護？

至飛蝗入境一事，經朕節降諭旨，飭令詳查，而和寧祇稱濟寧等州縣間有飛蝗，並不食稼。封疆大吏，諱災不報，實屬玩視民瘼。前經吏部議奏，將和寧照溺職例革職，實爲咎所應得。和寧，著照部議革職。藩司吴俊，除已另案革職外，臬司陳鍾琛職任刑名，未經秉公督辦，著交部嚴加議處，餘著交刑部核議具奏。

《仁宗睿皇帝實録》卷一〇二　嘉慶七年八月戊辰

諭内閣，前因直隸景州、河間一帶蝗孽滋生，該處與山東境壤毗連，朕即慮及東省不免亦有飛蝗，當經降旨詢問和寧，諭令詳查具奏，並於和寧摺内再三批示，且令熊枚於查勘直隸蝗蟲至河間地方時，寄知和寧一體查辦。而和寧覆奏摺内，祗稱濟寧、金鄉等州縣間有飛蝗，不傷禾稼。復經降旨嚴飭確查，和寧仍不行據實奏聞。

迨和寧解任後，即令新任巡撫祖之望覆加查勘。兹據祖之望奏到濟南、泰安、沂州、東昌、濟寧等府州屬五十餘州縣，均被蝗災。是山東全省，被蝗處所竟有十之六七。如此重災，殊深惻憫。和寧身任巡撫，即因地方官不行申報，漫無覺察，已屬形同木偶。及經朕嚴詢批諭，和寧竟毫不知畏懼，如終回護，則是有心諱匿。封疆大吏，於此等民瘼攸關之事，竟敢視同膜外，實屬辜恩溺職。和寧前於金鄉縣阜孫冒考一案，並不遵旨提訊，其咎止於袒庇。至匿蝗不報，其罪更重，僅予罷斥，不足蔽辜。和寧前已降旨革職，著發往烏魯木齊，自備資斧效力贖罪。

《仁宗睿皇帝實錄》卷一〇五　嘉慶七年十一月己卯

户部議准，前任山東巡撫和寧疏報諸城縣開墾旱田一十六頃七畝有奇，照例升科，從之。

《仁宗睿皇帝實錄》卷一〇五　嘉慶七年十一月庚寅

以烏里雅蘇台參贊大臣永保爲雲南巡撫，葉爾羌辦事大臣富俊爲烏里雅蘇台參贊大臣，葉爾羌幫辦大臣多善爲辦事大臣。賞已革山東巡撫和寧藍翎侍衛，爲葉爾羌幫辦大臣。

《仁宗睿皇帝實錄》卷一二二　嘉慶八年十月戊子

調葉爾羌幫辦大臣和寧爲喀什噶爾參贊大臣。賞降調倉場侍郎達慶頭等侍衛，爲葉爾羌幫辦大臣。

《仁宗睿皇帝實錄》卷一三〇　嘉慶九年六月辛巳

諭内閣，和寧、隆福奏請，將駐防喀什噶爾現報丁憂之涼州永昌協副將夏福留於防所守制等語。

所奏非是。新疆地方駐防各員，與現在軍營帶兵者不同，遇有丁憂事故，自應飭令回籍。况據稱該副將夏福到防以來，訓練兵丁尚無貽誤，是夏福祇係循分操防，並非該處必不可少之員，何必遽行奏留？此風一開，將來新疆各處遇有應行回籍守制人員，俱援照此例，紛紛瀆奏，成何政體？所有和寧等請將夏福留駐之處，不准行。

《仁宗睿皇帝實錄》卷一三二　嘉慶九年七月庚戌

轉理藩院右侍郎明興爲左侍郎。以喀什噶爾參贊大臣和寧爲理藩院右侍郎，仍留喀什噶爾辦事。調正藍旗滿洲副都統英和爲鑲黄旗滿洲副都統，以刑部右侍郎英善兼正藍旗滿洲副都統。

《仁宗睿皇帝實錄》卷一三四　嘉慶九年九月丙午

以工部右侍郎瑚圖禮爲湖北巡撫，調理藩院左侍郎明興爲工部右侍郎。轉理藩院右侍郎和寧爲左侍郎，仍留喀什噶爾辦事。調正紅旗漢軍副都統多永武爲正黄旗滿洲副都統，以内閣學士廣興兼正紅旗漢軍副都統。

《仁宗睿皇帝實録》卷一三八　嘉慶九年十二月甲子

諭内閣，和寧、伊斯堪達爾奏調劑喀什噶爾、英吉沙爾兩屬倉貯餘糧一摺，據稱該處倉貯三色糧八千四百餘石，並備貯小麥一萬石，足敷支放官兵口食。請將從前減運伊犁布匹改收之糧四千石，照烏什糶糧之例，於明春青黄不接之時，按市價酌減錢文出糶。並請將此項糧石自嘉慶十年秋季爲始，改收錢文，小麥每石交錢一百四十文，大麥、高粱每石交錢一百文，以免各小回子馱運，以平回莊市價等語。著照所請行，仍將每年折收糧價錢文，搭放官兵鹽菜，報部核銷。

《仁宗睿皇帝實録》卷一四二　嘉慶十年四月庚申

又諭，和寧奏，葉爾羌已故阿奇木伯克邁瑪特阿布都拉之妻子，情願居住葉爾羌地方看守墳墓。該回子向無産業，請俟葉爾羌六品伯克缺出，以邁瑪特阿布都拉之長子二等台吉邁瑪特阿散補授，俾得養贍家口等語。著照所請，葉爾羌六品伯克缺出，加恩即著邁瑪特阿散補授，俾資養贍。

《仁宗睿皇帝實錄》卷一五二　嘉慶十年十一月丁巳

諭内閣，據和寧奏，喀喇沙爾已故糧員伊精額虧空庫項，請將經手人證提取研訊，並請將該管大臣來靈交部嚴議一摺。所奏甚是。已故糧員伊精額在喀喇沙爾辦理糧餉十一年之久，虧短庫項至一萬兩之多，何以來靈於本年接任時並不據實嚴參？轉以盤查倉庫無虧，飾詞入告。及至伊精額身故後，始行參奏。又未自請議處，殊屬不合。或係來靈因從前曾受伊精額賄賂，代爲隱瞞，此時接手之員，未肯接收交代，是以奏明辦理，亦未可定。

來靈，著先行交部嚴加議處。至此案虧短庫項，來靈既已徇隱於前，豈可復令審辦，所有應訊人證，著交和寧親提嚴鞫，按律定擬具奏。如訊明來靈有染指分肥情事，即著據實嚴參。其歷任辦事大臣，除普福、訥音、納清保三員業經病故外，所有德勒克扎布等五員，任内如何盤查交代，必有册檔可稽，並著逐一詳核，如有得受伊精額饋送賄賂扶同捏飾之處，一併據實參奏。

《仁宗睿皇帝實錄》卷一五五　嘉慶十年十二月己亥

以理藩院左侍郎和寧兼正紅旗漢軍副都統。

《仁宗睿皇帝實録》卷一五五　嘉慶十年十二月壬寅

軍機大臣等奏審擬前任喀喇沙爾辦事大臣麒麟保等收受饋送一摺。諭内閣，此案來靈初次奏到時，朕即以麒麟保曾任該處辦事大臣，斷難諉爲不知，並恐有通同染指情事，降旨令軍機大臣傳到詢問。繼復於召見麒麟保時，親加垂詢。麒麟保堅稱，伊在任時，盤查庫項無缺，且稱伊在彼一年，不但不需索饋送，即遇公出之時，亦從不准屬員豫備飯食等語。

今據和寧查到，麒麟保曾向伊精額私挪庫項未完，並常與屬員聚賭，現已審訊屬實，無可狡卸。麒麟保敢於朕前匿不吐實，是其欺誑之罪，較之侵帑聚賭之罪尤重。即著照擬發往伊犁效力贖罪，飭令於一二日内即行起程，毋許逗遛。明興訊無收受饋送情事，惟於伊精額托伊家人饋送盤費時，止於斥出，並不參辦。又失察屬員虧空及家人撞騙各情，其咎雖不至革職，仍應照例降二級調用。現已另降諭旨，賞給頭等侍衛，派往新疆換班，以示懲儆。

《仁宗睿皇帝實録》卷一五六　嘉慶十一年正月丁巳

調吏部左侍郎托津爲户部左侍郎，轉吏部右侍郎玉麟爲左侍郎，調理藩院左侍郎和寧爲吏部右侍郎，工部左侍郎蘇楞額爲户部右侍郎，户部左侍郎那彦寶爲工部左侍郎，以内閣學士英和爲理藩院左侍郎。

《仁宗睿皇帝實録》卷一五六　嘉慶十一年正月壬戌

調正紅旗漢軍副都統和寧爲鑲藍旗滿洲副都統，以工部左侍郎英和兼正紅旗漢軍副都統。

《仁宗睿皇帝實録》卷一五六　嘉慶十一年正月庚午

諭内閣，和寧奏查明喀喇沙爾庫内虧欠銀兩，請將歷任辦事大臣交部嚴加議處一摺。各處庫貯銀兩，專備辦公，豈容該大臣等任意私借？喀喇沙爾庫貯銀兩，自乾隆五十九年歷任大臣官員等，不但私行借用，並放給該處兵丁、商民、土爾扈特、回子等使用，殊堪駭異。歷任辦事大臣，均應懲辦，除明興、阿爾塔錫第、來靈、德勒克扎布等，均已另降諭旨交部嚴加議處、來京聽候部議外，此事始自乾隆五十九年，著和寧詳查始自何人任内，嚴行參奏，餘俱照和寧所請行。將此通諭西北兩路將軍大臣，嗣後凡遇應查各處庫項，務當親往嚴查，仍嚴飭管庫官員，詳稽出入，務須實貯。倘有似喀喇沙爾任意借用情弊，一經查出，不但將該官員等嚴行治罪，仍將該將軍大臣等一併治罪，斷不輕宥，明興等是其前轍也。

尋議上，得旨，兵部奏議處前任喀喇沙爾辦事大臣來靈等一摺。前據和寧奏喀喇沙爾虧空庫項一事，因係來靈查明參奏，尚無明知故縱等情，當經降旨將來靈處分寬免。昨據和寧查出該城官兵、商民、土爾扈特、回子等零星借欠，積習相沿，來靈摺内並未據實奏明，乃於現在商民、土爾扈特、回子所繳銀錢，捏稱嚴追葉布肯繳出，冀圖掩飾本任知情及同官挪借處分，顯係有心朦混，著照部議革職。其歷任喀喇沙爾辦事大臣，除德勒克扎布另降諭旨外，明興、阿爾塔錫第明知屬員有虧挪情弊，並未參奏，實屬徇隱，均著照部議降三級調用。

《仁宗睿皇帝實録》卷一五九　嘉慶十一年四月乙酉

諭内閣，和寧奏查明喀喇沙爾糧員擅借庫項緣由一摺。此案，德勒克扎布在任最久，乃於前任糧員雙祥借挪庫項，漫無覺察，復將伊精額保升主事銜，辦理糧餉，接收雙祥交代，以致續虧纍纍，咎實難辭。至明興到任盤查時，伊精額將官兵借欠造册呈堂，明興不行查究，轉將印册點驗開除，是明知有虧短情弊，而故爲開除，致滋弊竇，其咎更重。除德勒克扎布業經革職外，明興著即革職，與德勒克扎布一併交軍機大臣，會同刑部審訊，定擬具奏。

《仁宗睿皇帝實録》卷一六〇　嘉慶十一年五月己酉

以倉場侍郎賡音爲都察院左都御史，調吏部右侍郎和寧爲倉場侍郎，禮部右侍郎德文爲吏部右侍郎，以内閣學士桂芳爲禮部右侍郎。

《仁宗睿皇帝實錄》卷一六〇　嘉慶十一年五月辛酉

又諭，本日，慶桂等奏將失察糧員私挪庫項之歷任喀喇沙爾辦事大臣分別議擬一摺。此案糧員伊精額私行挪借庫項，豫支鹽菜等款，現據查明，係綳武布任内始行入册。彼時綳武布即當據實陳奏，乃因該糧員飾詞欺隱，並未即行參辦，以致後任相率效尤，公然入册交代，其罪較重。綳武布前已另案革職，遷住盛京，此次著改發吉林，交該將軍秀林責令充當苦差，以示懲儆。

至明興，係綳武布後任，於接收交代時，既經綳武布告知，且點驗册内即開列豫支各款，伊曾任巡撫卿貳，非未曾更事者可比，是其徇隱不奏之咎，較之德勒克扎布等尤難輕貸。向來上司徇庇屬員，例應降調，今明興業經革職，姑念其平日辦事尚可，不至遽行廢棄，著加恩以七品筆帖式用。現在伊弟明亮係兵部尚書，應照例回避外，著交吏部先令於五部掣籤行走。至德勒克扎布，任内亦有虧缺庫項之事，是科罪當自伊始。但彼時並未列入册内，且伊本不識漢字，致被朦混，情稍可原，亦著加恩以理藩院七品筆帖式用，伊於蒙古語尚能熟習，其未得缺之前，先著在該衙門行走。

現在此案前後虧欠情節，業據和寧等分晰查明，毫無疑義，所有前次行提質訊之高大順、葉布肯等及一切册檔，均著毋庸再行解京。如業已起解，亦即就近截回，以省跋涉。和寧於接奉此旨後，即將案内各犯定擬罪名完結，所有歷任大臣應行分賠銀數，均著照議辦理。

《仁宗睿皇帝實錄》卷一六九　嘉慶十一年十月癸巳

命英吉沙爾領隊大臣達凌阿回京。賞已革鑲黄旗漢軍副都統扎勒罕布三等侍衛，爲英吉沙爾領隊大臣。以户部右侍郎和寧爲烏魯木齊都統。

《仁宗睿皇帝實錄》卷一八〇　嘉慶十二年五月庚午

又諭，和寧奏接准部咨將徵收春借耔種、籌運州倉糧石二款分晰聲覆一摺。據稱，烏魯木齊所屬州縣，並無地丁錢糧，祇按地畝徵收糧石，支放官兵口食，與内地情形不同。所借耔種，係爲農民及時播種春田，體恤邊黎起見，亦與内地常平社倉偶因歲歉借給耔種者有别。詢據該鄉民等，僉稱春借耔種本色，秋成後情願每石加糧一斗交倉。

又，撥運昌吉、呼圖壁兩處倉糧十萬石，分作五年運赴州倉，仍用官駝一百八十九隻馱運，約需餧飼及牽夫口食銀二千五百餘兩，即在加糧一斗充公項下支銷等語。著照所請。該處户民春借耔種，准其照社倉之例，每石於秋成後加收一斗。所撥昌吉、呼圖壁倉糧十萬石，准其分作五年，用官駝馱運。所需運費，即於各户民領借耔種每石加糧一斗充公項下支銷。

《仁宗睿皇帝實録》卷一八二　嘉慶十二年六月庚寅

諭内閣，和寧奏審擬奇臣家人陳大擅留城門一款，請發往伊犁給駐防官兵爲奴等語。所辦過重。陳大前在烏魯木齊，於那靈阿向伊主詳借庫銀一事，並未干與。至其擅留城門一款，如果該犯出外遊蕩，任意留城，直至夜深始歸，以致下鑰稽緩。甚或於業經下鑰之後，又復擅叫城門，誠爲横行無忌。然按律，亦不過問擬杖徒。

今陳大祇係於出城之時慮及歸晚，向管門兵丁等聲稱暫留鎖鑰，而是日回城尚早，並未屆閉門之時。是該犯初非詐傳本官之語，實犯門禁，今加等予以杖徒，已足嚴示懲創。又何至改發伊犁給駐防官兵爲奴？設如所奏辦理，將來若有詐傳一二品衙門官言語，或夜深留城擅自叫門者，又將如何從重擬罪耶？陳大一犯，著即按杖徒本律定擬完結。

《仁宗睿皇帝實録》卷一九五　嘉慶十三年五月己亥

諭内閣，和寧奏接准塔爾巴哈臺參贊大臣愛星阿咨商調取瑪納斯兵丁四百名，赴塔爾巴哈臺屯田輪班更换一摺。朕披閲時，即覺其事窒礙難行，及召見慶桂、達慶，當經詢問，伊二人俱曾任該處參贊大臣，於應否調兵屯田情形素所熟悉，慶桂等皆以爲不可。且據達慶奏稱，伊上年交卸來京時，愛星阿曾經商及添兵事宜，伊即面爲阻止等語。

今和寧接據咨會，據實奏駁，所見甚是。塔爾巴哈臺屯田兵丁原有一千名，前經慶桂因該處糧石充裕，奏裁二百名，嗣又撥出三百名在彼差操。現在塔爾巴哈臺存貯倉糧，尚有五萬餘石。每歲所穫屯糧，計有七千餘石，足資官兵口食。愛星阿即因屯糧不敷，勢須動用倉糧搭放，豫籌開墾，亦應在差操兵三百名内就近酌撥。若因差務繁多，或酌量於陝甘内地换防官兵奏明調撥數十名，俾資屯種。乃計不出此，輒思調取瑪納斯駐防眷兵四百名，赴該處分班屯田，不惟事涉更張，且恐該官兵等素事操防，不諳耕作，一經調换屯種，必致技藝生疏，於邊防殊有關繫。愛星阿冒昧議改舊章，殊屬非是，著傳旨嚴行申飭。所有該處屯兵，應否於差操兵内及陝甘换防官兵酌量調撥之處，著松筠會同愛星阿悉心妥議具奏。

《仁宗睿皇帝實録》卷一九七　嘉慶十三年六月丁酉

諭内閣，松筠奏酌籌塔爾巴哈臺撥兵加屯一摺。塔爾巴哈臺屯兵每年收穫糧石既不敷支放，而烏魯木齊一帶官兵爲數尚多，且距該處較近，自應量爲調撥。著照所請，准其於烏魯木齊提屬各營徹屯歸操兵内調撥二百名，赴塔爾巴哈臺屯種。其如何詳立章程定期調撥之處，著松筠會同和寧、祥保悉心妥議具奏。

尋議，此項調撥屯兵二百名，撥酌派守備一員，千總、經制外委各一員，額外外委四名，三年更换一次。先借給該官兵治裝銀兩，於應領俸餉内分年扣還。其口糧由倉支領，每月鹽菜銀由鎮迪道庫經費項下解支。農具耕牛，官爲給用。定於來年春暖起程赴屯，白露前後趕種秋麥，至十五年方可普行耕種。至農隙操演所需軍伙、器械、號衣、號帽等項，亦照例撥給備用。從之。

《仁宗睿皇帝實錄》卷一九七　嘉慶十三年六月戊申

諭軍機大臣等，據愛星阿覆奏塔爾巴哈臺屯田所穫兵糧不敷歲支，歷年將奏明備貯八年之糧含混搭放，從前存倉十萬石，現在止存一半等語。該處官兵，每歲以屯糧計口授食，何得遽將奏明備貯之糧含混搭放，竟用至五萬石之多？愛星阿到彼已非一日，於抵任時既知備貯倉糧止存一半，即應據實查辦，何以遲至此時始行具奏？或者伊從前明知虧短，含混接收，迨接奉申飭嚴旨，恐致掣回，自料離任在即，故爲此奏，以掩飾扶同之咎，亦未可定。

至所稱和寧未悉塔爾巴哈臺情形，亦不知伊如何籌辦，率行先奏，實所不測之語，殊不成話。所有塔爾巴哈臺備貯糧石，著松筠帶同愛星阿前赴彼處。愛星阿如已起程，著即飭令馳回，將歷年應存備貯糧若干石，現在實存若干石，因何含混搭放兵糧，以致止存一半，從前愛星阿如何接收具奏，並搭放兵糧始於何年之處，詳細查明，據實參奏，毋得瞻徇。將此諭令知之。

《仁宗睿皇帝實録》卷一九七　嘉慶十三年六月戊午

又諭，松筠以皇長孫誕育叩賀摺内惟稱叩賀聖主大喜，所奏甚是。皇長孫誕育，諸臣摺内衹宜如此稱賀，豈宜敷衍吉言？松筠此摺甚屬懂事得體，伊之見識，實遠勝於興奎、和寧等輩。昨興奎、和寧、愛星阿、來靈等摺内，俱稱不勝踴躍欣忭等語，甚屬無謂，不曉事體。除興奎、和寧等業經申飭外，愛星阿、來靈亦著申飭。嗣後誕育皇子、皇孫，内外王大臣不必再行具摺叩賀。將此通諭知之。

《仁宗睿皇帝實録》卷二〇〇　嘉慶十三年八月己酉

諭内閣，松筠奏審擬偷挖金砂民人，並查明歷年失察之領隊大臣、統轄大臣等分别嚴議、議處一摺。此案陝省民人龐順，因跟隨伊父龐義武在瑪納斯地方傭工度日，輒敢前赴達爾達木圖山地偷挖金砂，换易銀兩，開張店鋪，實屬違禁滋事。著即照從前辦過成案，先行枷號三箇月，滿日重責，發往黑龍江給兵丁爲奴，以示懲儆。

除將該犯貲財賬目查追核辦外，其查出零星衣物等件，僅估折錢三十五吊，既據查明伊父龐義武年已七十八歲，著加恩賞還，俾資養贍。其所請將專司巡查金廠失察之領隊大臣七員嚴議之處，内豐昇額、岐山二員，赴山巡查，係在已經破案之後，維時偷挖人夫業已藏匿不見，該二員未經查出，尚屬有因，俱著從寬改爲議處。

其特克慎、雅滿泰、安林、台斐音四員，著交部嚴加議處。烏雅勒達一員，如查明其人尚在，亦一併嚴加議處。其失察之歷任塔爾巴哈臺參贊大臣及歷任烏魯木齊都統各員內，愛星河一員，業已另案革職審訊，不必再行交議。其貢楚克扎布、策拔克、興肇、達慶、富俊、興奎、扎勒杭阿、明亮、奇臣、和寧，俱有統轄之責，均著交部議處。松筠係屬總統之員，其自請交部議處之處，著加恩交部察議。餘著照議行。

《仁宗睿皇帝實録》卷二〇二　嘉慶十三年十月丙午

命烏魯木齊都統和寧來京，另候簡用。以直隸提督色克通阿爲烏魯木齊都統，調江南提督薛大烈爲直隸提督，以河南南陽鎮總兵官田永稠爲江南提督、京營副將台隆阿爲南陽鎮總兵官。

《仁宗睿皇帝實録》卷二〇三　十三年十一月戊寅

烏魯木齊都統和寧奏，古城地方貯糧不敷供支，請於濟木薩盈餘糧石撥貯古城四萬石，以資籌備。允之。

《仁宗睿皇帝實錄》卷二〇六　嘉慶十四年正月丙子

諭軍機大臣等，昨經降旨將邱庭瀧革職拏問，交大學士、刑部嚴訊。本日據奏，訊問邱庭瀧，供稱：欽差到濟寧時，張鵬昇等稟請暫借各府州縣養廉以備支應，邱庭瀧因關繫庫項，曾經具稟長齡，長齡當下將稟帖交還，旋於是晚差家人告知藩司，令其暫行借給。邱庭瀧隨借給銀四萬九千餘兩，伊任内尚未歸款完結。並據張鵬昇、金湘同供：伊等曾將支借養廉墊辦供應回明巡撫等語。

實出情理之外，庫項關繫國帑，絲毫不容挪移，如果藩司違例借支，巡撫尚當加之參劾，豈有藩司徑稟巡撫，巡撫遽准藩司將庫項借給屬員，俾資供應欽差之理？廣興貪婪不法，恣意横行，固屬可恨。而外省一味以供應欽差爲名，擅動庫項，上下一氣，扶同弊混，該省吏治又豈可問？究竟伊等平日辦理地方公事有何弊竇？慮其指摘，而爲此逢迎消弭之舉。此而不嚴行懲辦，法紀安在？

現在和寧已卸烏魯木齊都統之任，將届回京，著伊於接奉諭旨後，即速馳驛前往蘭州，署理陝甘督篆。一面傳旨將長齡革職拏問，嚴行審訊具奏。如果長齡供認屬實，並無狡賴，即定擬發往伊犁，由驛具奏將長齡監禁候旨。如長齡堅不承認，竟與邱庭瀧等供詞互異，即一面具奏，一面派員將長齡押送來京，與邱庭瀧等對質，另候核辦。將此諭令知之。

《仁宗睿皇帝實録》卷二〇七　嘉慶十四年二月辛卯朔

諭内閣，本年朕五旬萬壽慶辰，各直省督撫並將軍、都統、副都統、提鎮等均情殷祝嘏，届期自必奏請來京。惟是外省文武大員，俱有統轄地方之責，若彼時紛紛赴京，非所以重職守，特命軍機大臣等，將外省大員内近有曾經年班陛見來京者，詳悉查明。兹據開單進呈，已於單内用硃筆圈出，所有文職之督撫，著派温承惠、和寧、阿林保、勒保、汪日章、吉綸、成寧、阮元、先福、常明、韓崶、章煦；其武職之將軍、提督、副都統，著派富俊、德楞泰、薛大烈、田永稠、恒福、斌靜，届期均各前來叩祝。此外，未經派出各員，俱毋庸復行瀆請。即有奏請之摺，朕亦斷不允准。將此通諭知之。

《仁宗睿皇帝實録》卷二〇七　嘉慶十四年二月甲午

諭軍機大臣等，前據佛倫保奏，伊謝恩奏摺交和寧遇便遞發，經和寧擅行拆閲，將白摺代换黄摺等情。當即降旨，著和寧明白回奏。兹據和寧覆奏，稱上年八月内，佛倫保接奉諭旨，補放烏什辦事大臣，隨寫清字信一封，將謝恩摺一件，寄交伊處，囑其細閲，如有措詞不妥之處，求爲改正，遇便遞發。查看摺袋，並未封口，因原摺清文妥適，未曾更改一字。惟計算遞到日期，恭值萬壽聖節前後，代爲更换黄摺，以符體制，並將佛倫保所寄原摺、原信及寄覆信稿一併呈覽等語。

閲和寧覆奏情節並進呈各信件，斷非出於捏造。佛倫保自具謝恩奏摺，本應緘封照例交遞，乃不將摺袋封口，寄信浼求和寧酌改。迨和寧代爲更换黄摺，轉隱匿前情，參奏和寧。此等陰險小人，可惡已極。佛倫保懷欺賣友，其過尚小。乃敢於朕前爲此謊奏，其居心實不可問。佛倫保前已另案革職拏問，著松筠即將抄出和寧覆奏之摺並原寄各信件，俱給伊閲看。傳旨將佛倫保先責四十板，問伊捏詞具奏是誠何心。所有積拉堪前奏伊貪鄙妄爲各款，松筠逐一審訊明確，即遵旨加等定擬，并將此次挾詐捏奏情節，一併歸入問擬罪名請旨。將此諭令知之。

《仁宗睿皇帝實錄》卷二〇九　嘉慶十四年四月壬辰

諭内閣，前因廣興奉差東省，邱庭瀍於藩司任内稟明長齡動支庫項辦理差務，事關挪移公帑，撫藩上下扶同一氣，不可不徹底根究。當經降旨，令和寧馳赴蘭州署理督篆，將長齡革職拏問在彼候質。茲據和寧奏，訊據長齡供稱：　邱庭瀍稟借庫項曾經阻止，後來張鵬昇等回明已借庫存養廉墊辦，並未説明銀數，惟當時既不參劾，事後又未稽查，實屬湖塗。

至李臨控案，係升任陝甘以後之事，廣興婪索歌謡，實不知情等語。長齡身任封圻，既經藩司稟請動支庫項，有干例禁，並不立時參奏，已屬溺職辜恩，衹知朋友私情，不明君臣大義。迨事後，張鵬昇等曾經回明係借用養廉銀款，長齡又不詳詢細數，據實參劾，直與知情授意無異。

至李臨控案，廣興威嚇取財，雖事在長齡升任以後，但該省吏治廢弛，長齡在彼毫無整頓，且地方官爭以逢迎爲事，自因辦理公務多有弊竇。慮及廣興指摘，因而任聽屬員借帑辦差，以爲消弭地步。長齡實屬有負委任，罪無可辭，著即由甘省發往伊犁效力贖罪，以示懲儆。邱庭漋現無應行質對事件，不必留羈刑部，著遵照前旨即行發遣。

《仁宗睿皇帝實録》卷二一一　嘉慶十四年五月丁卯

實授和寧爲陝甘總督。

《仁宗睿皇帝實録》卷二一二　嘉慶十四年五月辛巳

又諭，和寧奏莊浪土司魯紀勳懇請進京叩祝一摺。據稱乾隆五十五年，高宗純皇帝八旬萬壽，有洮州土司楊宗業懇請來京，荷蒙恩允等語。可見土司叩祝萬壽，本係曠典。我皇考高宗純皇帝壽躋八秩，慶爍敷天，始俞允邊徼遠人抒誠赴闕。今年係朕五旬萬壽，並不舉行慶典，所有莊浪土司魯紀勳，著無庸令其來京，以示體恤。將此諭令知之。

《仁宗睿皇帝實録》卷二一二　嘉慶十四年五月丁亥

陝甘總督和寧奏謝。得旨，汝本中才，不過小心謹慎耳，因簡用乏人，姑用汝以觀後效。方今大弊，在因循疲玩，汝應竭力整頓，莫負委任。然汝以望七之年，恐不能當此重任，若精力不及，身體委頓，據實具奏，即有恩諭。

《仁宗睿皇帝實録》卷二一三　嘉慶十四年六月乙未

又諭，漕儲爲天庾正供，每歲徵收七省漕糧，連檣轉運，自漕運總督以下，分設多官，專司其事。經由大江河湖，運道遇有汛漲淺阻，多方疏導，需費帑金，不下數十百萬，誠以京師王公、百官祿糈及八旗官兵俸餉，胥仰給於此。且舟行附載南省百貨，若遇行走迅速，貨物流通，商賈居民咸資其利。偶值糧艘中途阻滯，則商船均不得越渡，京師百貨亦因以昂貴。每年自春徂秋，申誡漕臣疆吏，經營催趲，不遺餘力。是漕糧爲國家重大之務，勞費孔繁，乃趲運如此其難，而自抵壩貯倉以後，該倉場侍郎以及監督等官，均不知慎重職守，歷任相沿，因循廢弛，怠忽疲玩，遂至攙和抵竊，百弊叢生。

前因上年所運北倉米石潮溼蒸變，將辦理不善之倉場侍郎達慶、蔣予蒲革懲，並將坐糧廳監督等分別降革著賠。旋因清理倉儲，特派大臣、侍衛等分班盤驗，查出虧缺數目。其從前短收、浮出、重領、偷竊等弊，均由此破案。歷任倉場侍郎總司積貯，毫無整頓，咎無可辭。其中，雖間有一二素稱明察留心防範者，亦總未能查出積弊及早剔除，亦不過虚有其名，毫無實迹，皆屬誤國負恩，必應懲治。

今奸胥蠹役種種贓私全行敗露，自應將歷任倉場侍郎，按照年月久暫及失察弊竇重輕分別懲處。現就該花户、甲斗等供明舞弊年分扣算，特令自嘉慶三年以後，將歷任各侍郎職名查明，開單進呈，除宜興、傅森、劉秉恬均已病故，達慶、蔣予蒲先已黜革懲治外，鄒炳泰、賡音、托津在任較久，著交部嚴加議處。薩彬圖、德文、吴璥、李鈞簡任内均有黑檔重領米石之事，失察較重，亦俱著交部嚴加議處。貢楚克扎布、吉綸、額勒布，在任均止數月，著交部議處。和寧到任在一月以上，那彦寶不及一月，著交部察議。其該倉監督，著交部詳查在任年月，另行奏明，分别懲處。

《仁宗睿皇帝實録》卷二一三　嘉慶十四年六月丙申

諭内閣，前據和寧奏請，以西寧縣知縣圖善調補新疆之綏來縣，摺内並聲明甘省别無旗員可調等語。朕閲該督所開圖善參罰清單，共有八十餘案，因令吏部詳查該省是否再無可調之員。據吏部查明，新疆邊遠，緊要旗缺，定例於陝甘兩省旗員揀選調補。甘省除圖善外，尚有德恒一員；陝省共有得禄、和保、永佑三員，是該省可調新疆旗缺者並不乏人。和寧甫經接印，何以即知綏來之缺非圖善不能勝任？且並未詳查輒行聲叙，辦理殊屬草率。和寧，著傳旨申飭。其綏來縣知縣一缺，除圖善不准調補外，著該督於陝甘兩省旗員知縣四人内揀選一員，另行奏請調補。

《仁宗睿皇帝實録》卷二一四　嘉慶十四年六月丁未

又諭，古先聖王重農貴粟，國家經久之計，首重倉儲，天庾正供，顆粒不容短少。每歲漕船抵壩，起卸歸倉，收貯謹嚴，按時支放，特設倉場侍郎，總司其事。該侍郎等經朕委任，自當督率所屬，慎重鈎稽，進米時不容偷減，出米時不容浮溢。此外一切弊竇，尤應隨時查察，逐處清釐，使奸胥蠹役共知畏憚，無從措手，方爲無忝厥職。乃自嘉慶三年以來，歷任倉場侍郎，俱各怠玩因循，毫無整頓，以致已革倉書高添鳳竟敢在彼盤踞，串通甲斗、花户、攢典、倉書人等，一氣把持，無弊不作。

現在研訊之下，據該犯等逐層供吐，始而多出斛面，少收斛面，既而乘運送土米出倉之時，夾帶好米，以至將王、貝勒、貝子等俸票重支冒領。加以鈞扇偷竊，甚至私出黑檔，朦混盜領，出米尤多，作弊尤大。而監督等亦復通同舞弊，得賄分肥，明目張膽，毫無顧忌。近日，甫將白米各廒派員盤驗，尚未查竣，已虧短至十數萬石之多，殊可駭異。似此積蠹横行，官吏骫法，不知該倉場侍郎所司何事？此而不嚴加懲辦，何以肅紀綱而釐職守？本應一律褫革，惟念同時出缺過多，且人材實難，若概予擯斥，亦覺可惜。因命軍機大臣查明各員在任年月，並諸色弊竇係起於何人任内，詳悉開單進呈。朕親加核辦，按其任事久暫，弊竇輕重，分别懲處，以示公允，不必再交部議。

除達慶、蔣予蒲先已懲辦外，鄒炳泰在任最久，於少收多放情弊全無覺察，咎有應得。姑念其現在吏部辦事尚屬認真，且黑檔盜米之弊係在伊離任之後，著從寬革去宫銜，降爲二品頂帶，革職留任，八年無過，方准開復，著落分賠。賡音在任亦久，黑檔盜米之弊，係起於伊任内，其咎較重，且年力已就衰老，著降爲三品頂帶，即予休致，著落分賠。吴璥在任亦久，又黑檔出米之弊，亦起於伊任内，其咎亦重。但伊諳練河工，自簡任南河以來，辦事出力，朕方欲加之恩獎，兹著稍示薄懲。吴璥，著革去宫銜、花翎，降爲三品頂帶，革職留任，八年無過，方准開復，著落分賠。李鈞簡，在任亦久，且任内有黑檔舞弊之事，出米較多，著於服闋後降補五品翰林，著落分賠。和寧雖在任未久，但任内有黑檔舞弊之事，出米亦多，伊年齒已老，於邊疆重任本非所宜，著降補五品京堂，著落分賠。托津在任一年，未能查出弊竇，但黑檔舞弊，非伊任内之事，著從寬革職留任，著落分賠。薩彬圖、德文，雖均在任未及一年，但失察黑檔等弊，其咎較重，均著降補三品京堂，著落分賠。

其餘任内無黑檔舞弊各員，貢楚克扎布在任九箇月，著於補官日仍帶降三級留任，著落分賠。額勒布、吉綸在任均祇五箇月，著降二級留任，著落分賠。那彦寶在任祇一箇月，著降一級留任，著落分賠。至福慶、許兆椿均有失察黑檔之咎，但到任未久，即能認真查訪，將十餘年積弊據實奏聞，一朝破案，尚爲留心，著加恩寬免處分，仍著落分賠。其已故之劉秉恬、宜興、傅森並先經革職之達慶、蔣予蒲，亦均著落分賠，其如何分賠之處，將來俟白米各廒盤竣之後，交户部查明確數，亦著按照其在任之久暫及任内弊端之輕重，分别辦理。至秦瀛，到任不及一月，並無失察之咎，著加恩免議免賠。

《仁宗睿皇帝實録》卷二四〇　嘉慶十六年三月乙亥

轉都察院左都御史王集爲工部尚書，以盛京刑部侍郎崇祿爲左都御史，大理寺少卿和寧爲盛京刑部侍郎。

《仁宗睿皇帝實録》卷二五〇　嘉慶十六年十一月丙申

又諭，據和寧奏經過復州及寧海縣各處村莊，查看荒歉情形，據實奏聞一摺。本年奉天復州及寧海縣被災歉收，本月初十日，據博慶額等奏到，懇將本年出借米石及帶徵上年緩徵民欠未完等項銀米，一併緩至十七年秋收後徵收，並聲明本年額徵各項銀米仍請照額徵收等語。當經照依所請，降旨加恩。

兹據和寧奏稱，該處村屋荒涼，男婦遷徙，被災情形較重，災民環訴，懇請將新舊錢糧一併緩徵，並呈訴復州因鄉約等報災，嚴責鎖押各情。又查訪該處旗户散處村莊，雖不敢呈報災荒，除有力之家交糧十分之一，其無力者實難措交等語。自係實在情形，何以博慶額等前奏仍請將本年額徵各項銀米照額徵收，而觀明於旗户無力完糧之處亦未經奏明請旨。觀明、博慶額、繼善，俱著傳旨嚴行申飭。是否該州縣有心諱匿，或州縣已具禀，而觀明等匿不具奏，著該將軍、府尹等據實查參，明白回奏。

所有復州及寧海縣本年額徵各項銀米，著加恩一併緩至明年秋收後徵收。該二處旗户，並著查明已經交過糧石若干，其實在無力完納者，加恩一律緩至明年秋成後交納。該將軍、府尹等，接奉此旨，即迅速遍貼謄黄，宣示災區，俾旗民早霑恩澤，共臻寧輯。又岫巖屬濱海被災地方，經觀明等於九月二十七日奏到，先行撫恤一月口糧，其應蠲應緩各事宜，俟查明疏題等語。當經批令查明速奏，何以至今尚未題到？現據和寧奏稱，該處業已確勘成災，著該將軍、府尹等即行照例題請蠲緩，毋稍稽遲。

《仁宗睿皇帝實録》卷二五一　嘉慶十六年十二月癸丑

諭内閣，賽冲阿奏沿途目擊奉天災民遷徙情形一摺。奉天、岫巖、復州、寧海等處，被災歉收，前和寧於經過該處時，據實奏聞，朕當經降旨，將該處應徵各項銀米加恩緩徵，並飭令觀明等將有心諱匿之州縣查參。該將軍等至今尚未奏到，殊覺延玩，昨於奏請停止采買倉穀摺内，僅聲叙該省糧價增昂，而於地方之荒歉，百姓之流離，全不聲叙，始終匿未陳奏，漠不關心，實屬溺職，無能已極。

今賽冲阿途次，親見各災民挈眷出邊，絡繹在道，可見該處被災情形較重。將軍、府尹等統轄郡邑，察吏綏民，乃諱災不報，玩視民瘼，其咎甚重。觀明、博慶額、繼善，俱著交部嚴加議處，即來京聽候部議。盛京將軍員缺，著和寧補授。盛京工部侍郎員缺，著富俊補授，並兼管奉天府府尹事務。著由四百里傳諭和寧、富俊，於接奉諭旨後，即將被災地方迅速確查，除業經緩徵外，如有應行蠲免撫恤之處，上緊妥籌。先將辦理情形亦由四百里覆奏，勿稍稽緩。並查明地方官曾否申報，如報而不奏，責在將軍、府尹。若州縣官匿不詳報，查明嚴參。該處副都統、城守尉等知而不舉，一併參處。

再，本年岫巖城等處武職官員，如有年班應行來京者，著無庸前來，或業已起程，亦著該將軍飭令各回本任，協同地方官將應行撫輯事宜，認真經理。至盛京侍郎薩彬圖、花尚阿、哈魯堪等，均有奏事之責，該處年歲荒歉，災民流徙，豈竟毫無見聞，形同木偶，緘默不言，大屬非是。薩彬圖、花尚阿、哈魯堪，均著交部議處，並各明白回奏。尋議上，得旨，觀明、博慶額、繼善，俱著革職；薩彬圖、花尚阿、哈魯堪，均著加恩改爲降四級從寬留任。

《仁宗睿皇帝實錄》卷二五一　嘉慶十六年十二月丙辰

諭軍機大臣等，本日據博慶額等奏，盛京所屬各城民倉缺額米石，前經奏請，於秋後買補十二萬石，今查明該處本年秋成歉薄，加以直隸、山東商販來奉販運，以致糧價日昂，請再減去二萬石，酌買米十萬石以備支用等語。博慶額等摺內，前云秋收大半豐稔，後又云本年收成歉薄，已屬自相矛盾，且該處既已歉收，焉得復有外來商販絡繹不絕？豈奉省之人多儲糧石足供販運，而本境之人乃口食無資輾轉流徙乎？

博慶額等於地方年歲情形至今猶未明悉，實屬矢口混説，昏憒糊塗。著和寧、富俊，即遵照前旨，將被災地方情形確實查明，有應行蠲免撫恤之處，迅速由四百里覆奏。其各城采買缺額民倉米石，該將軍等分別確查，或通省各廳州縣收成分數尚有堪以采買者，或糧價增昂即應奏請停買者，詳查妥酌，一併據實覆奏。

《仁宗睿皇帝實錄》卷二五一　嘉慶十六年十二月丁巳

諭軍機大臣等，博慶額、繼善覆奏復州、寧海縣各村莊荒歉情形一摺，據稱該二處得雨稍遲，間遭風信，行據復州知州敖時汴、署寧海縣知縣胡紹祖、委員通判豐盛額先後禀稱秋收並不成災。又據稱，和寧所經地方俱係山僻濱海，烟户較少，多屬外來流寓，向無恒産，一遇歉收，勢必他出謀食，其土著各户，委無遠去情事等語。所奏均屬飾詞，地方偶遇荒歉，司牧者自應體察情形，據實勘辦，無令小民失所。即流寓民人，既在該處托業，一切户婚、詞訟等事，俱歸該管官聽理，獨至年歲饑荒，則視同膜外，任其紛紛流徙，不加綏撫，有是理乎？

著和寧、富俊，遵照前旨確查速辦。其知州敖時汴、知縣胡紹祖所禀係在和寧未奏以前，抑係先經諱匿，聞和寧具奏後始行詳報？所報是否確實？委員豐盛額有無扶同徇隱情事？查明據實參奏。又，和寧、賽冲阿兩次所奏岫巖被災民人遷徙情形，與復州、寧海二處相同，博慶額等摺内亦未聲叙，岫巖通判曾否禀報？著和寧等一併詳查具奏。

《仁宗睿皇帝實錄》卷二五二　嘉慶十六年十二月甲子

又諭，和寧等奏籌辦復州、寧海、岫巖三處被災旗民大概情形一摺。據稱，該三處被災情形略有不同，而地方官辦理情節亦異。岫巖本年被海水潮淹之後，良田已成鹵地，非三二年不能耕種，是以居民紛紛攜眷北徙，通判訥泰確勘成災具報，現經觀明等辦理賑恤、蠲緩事宜。其寧海、復州二屬，秋禾突被風災，寧海縣知縣胡紹祖已據實具報府尹查辦。

惟復州知州敖時汴，不准鄉約呈訴，並押令捏報秋收六分等語。奉天被災各屬，觀明等於岫巖、寧海兩處具報到時，尚非心存諱匿，竟置不辦。惟一經地方官具報到時，應即核明撫恤、蠲緩事宜，由驛迅速具奏，朕降有恩旨，百姓聞知，自可安心待賑，不致紛紛流徙，絡繹不斷。

乃觀明等拘泥勘報限期，具題待覆，窮黎迫於飢寒，遂各輕去其鄉，莫由安集。是其辦理遲延之咎，實無可辭，但究與諱災者有間，觀明等昨已照部議革職。觀明，著加恩賞給二等侍衛，在大門上行走，仍留雲騎尉世職。博慶額，亦著加恩賞給二等侍衛，在大門上行走。繼善，年力衰邁，著加恩賞給四品頂帶，原品休致。其熊岳副都統祿成，於復州民人呈訴荒歉時，即親赴省城告知將軍、府尹，借給口糧，尚屬關心民瘼。岫巖通判訥泰、寧海縣知縣胡紹祖，既將本境被災情形據實勘報，均無不合。

惟復州知州敖時汴，於鄉約呈訴災荒時，駁飭不准，且押令捏報六分收成，照舊開徵，以致小民不勝追呼，流離蕩析。身爲牧令，罔恤民艱，厥咎甚重。敖時汴，著革職拏問，交和寧、富俊嚴行審訊。該革牧必欲於災地催徵，其意何爲？如查有侵蝕貪冒情弊，即著查抄治罪。城守尉金福、伊合哩，於旗户艱苦匿不呈報，俱著交部嚴加議處。

現在和寧等遵旨籌辦賑恤，已將前奉恩旨謄黄曉諭，並於奉天城外開設飯廠，流民足資餬口。其明春耕作之時，著再加恩將旗民極貧户口賞給三月口糧，俾資接濟。如尚有應行撫恤事宜，並著查明，由驛具奏。

《仁宗睿皇帝實錄》卷二五二　嘉慶十六年十二月丙寅

又諭，據觀明覆奏查明復州等五城旗户秋收歉薄情形一摺。本年復州、寧海等州縣被災歉收，旗户所穫秋糧不敷餬口，其應交錢糧無力完納。觀明前此竟爲屬員朦蔽，毫無見聞，迨奉旨飭查，始據查明覆奏，時已歲暮，辦理實屬遲延。除復州、寧海二城旗户無力完交地糧，前於和寧奏到日，當即加恩緩徵，其兵丁春間所借倉糧，亦著加恩一律緩至明年秋後交納。

岫巖、熊岳、鳳凰城三處歉收情形，與復州、寧海相等，並著加恩將該三處應徵各項銀米普予緩徵，與復州、寧海一例辦理。明春青黄不接之時，並著賞給該五城旗户一月口糧，以助農作。

其所參詳報不實之城守尉伊合哩等五員，除伊合哩、金福昨已降旨交部嚴議外，岫巖城守尉傑信、署鳳凰城城守尉協領諾莫色楞、熊岳協領果勒敏，俱著交部嚴加議處。觀明業已降爲二等侍衛，毋庸再交部議。

《仁宗睿皇帝實録》卷二五三　嘉慶十七年正月甲午

又諭，據和寧等參奏疏懈職守之邊門章京一摺，奉省災民紛紛攜眷出邊，經和寧等飭行邊門章京查報，該章京等乃以秋冬之間曾經巡獲數十餘起，派兵押令回籍，並有附近邊栅旗民包攬偷送出邊等情禀覆。所言全不足信，該章京如果巡獲多起，何以數月之久從無一字禀報，顯係於奉文飭查後捏詞支飾，並欲諉過附近旗民，以掩其失察之咎。所有管理威遠堡章京員外郎塔清阿、防禦雙喜，俱著革職，交和寧、富俊嚴審。如有賄縱情弊，仍奏明治以應得之罪。若無别項弊竇，衹係失察於前掩飾於後，亦訊明據實具奏。

《仁宗睿皇帝實録》卷二五四　嘉慶十七年二月癸丑

諭内閣，和寧、富俊奏遵旨訊取州縣協領等供詞並確查案據緣由一摺，據稱查明胡紹祖於寧海縣屯社被災，田禾歉收情形，曾經親詣查勘，禀請緩徵兩次，原禀經博慶額、繼善批令徵收本年錢糧，胡紹祖並未開徵。委員豐盛額委勘復州、寧海災區，均經據實會禀，亦無扶同捏飭情弊。熊岳協領果勒敏，於上年八月間具報旗户所種田地秋收歉薄，該將軍觀明僅批令妥爲安慰，並未委員查勘。嗣復誤行參處，請將協領果勒敏、通判豐盛額、署知縣胡紹祖可否量予革職留任，三年無過開復等語。

上年，盛京、復州等處被災歉收，居民流徙，前此朕以觀明等辦理遲延，降旨將觀明、博慶額革去將軍、侍郎，仍賞給侍衛差使；繼善以四品頂帶休致。兹據和寧等查明，觀明於果勒敏禀報後，僅批令妥爲安慰，並不委員查勘。博慶額、繼善於胡紹祖、豐盛額禀報後，仍批令徵收本年錢糧，是該處諱災不辦，全係該將軍、府尹等主見。觀明等玩視民瘼，厥咎甚重，本應斥革治罪，姑念或年老衰積，或庸懦無能，從寬免其治罪。觀明、博慶額，俱著革職，此二人永不叙用，以爲不實心爲國者戒。繼善，著革去頂帶。至協領果勒敏、通判豐盛額，俱經據實呈報；知縣胡紹祖，詳禀於前，及府尹等批令徵收本年錢糧，該員仍未開徵，尚屬曉事。果勒敏、豐盛額、胡紹祖，均著加恩開復原官，無庸再帶革職留任。其敖時汴有無侵虧情弊，仍著確查具奏。

《仁宗睿皇帝實錄》卷二五五　嘉慶十七年三月丙子

諭軍機大臣等，和寧等奏：接據朝鮮國義州府尹馳報，該國境内有土賊滋擾，當即飛飭鳳凰城城守尉福寧密派官兵，於邊門及沿江各卡巡查防守，嚴密堵禦等情一摺。朝鮮國臣服本朝，最爲恭順，今該國有土賊嘯聚，據城劫掠，現經該國將勦捕情形移報，誼難漠視。該國與鳳凰城邊界接壤，僅有一江之隔，該處土賊被勦緊急，或逃竄過江，逸入邊門。和寧等現雖飭令城守尉福寧密派官兵巡查防守，恐福寧一人督辦不能得力，著派祿成前往鳳凰城督率弁兵，於邊門及沿江一帶嚴密巡防。如有朝鮮國土賊潛行竄入，其面貌服色易於辨諳，立即擒拏，訊問大概情形，一面報明將軍具奏，一面將賊匪解至邊界，交該國押回自行辦理。並嚴飭各處邊門守卡官弁，毋許容留土賊一人。將此諭令知之。

《仁宗睿皇帝實錄》卷二五六　嘉慶十七年四月丙午

諭軍機大臣等，據和寧等奏稱，奉天海口自開凍以來，山東民人攜眷乘船來岸者甚多，咸稱因本處年成荒歉，赴奉謀生，各貧民已渡至海口，人户較多，勢難阻回，酌擬於省城飯廠加米煮賑散放。請飭令山東巡撫嚴飭登、萊各屬，毋准再放流民上船渡海等語。

山東省上年登、萊等處地方歉收，節次降旨，令該撫督飭地方官妥爲撫恤。昨同興前來陛見時，朕曾諄諄面諭，並慮及該處災民有渡海赴奉省謀食之事。兹和寧等具奏情形，果不出朕所料，總由山東地方官於撫恤事宜，全不認真經理，以致災黎流離遠徙。上年奉省收成本不豐稔，冬間即有災民出邊就食吉林，曾將觀明等懲辦。今山東災民又赴奉省，是奉省本境米糧尚不能自給，又益以外來就食之户，豈不更形拮据？

現在和寧等已設法調劑，著傳諭同興，即督率登、萊各地方官，將該處窮民上緊賑恤，但令餬口有資。人情重去其鄉，亦孰肯遠涉海洋，自干例禁？並曉諭各海口，以東省現已多方賑恤，禁止該處民人再航海前赴奉省，該撫務即實心經理，毋再玩泄爲要。至和寧等奏稱現來奉省貧民，除有親友可依外，其窮苦者，擬加米煮賑，於省城飯廠散放，至四月十五日停止，届期工作大興，兼值耕耘多需人夫，則災民儘可傭工度日等語。著即照依所奏，妥協辦理，毋令失所。將此傳諭同興，並諭和寧等知之。

《仁宗睿皇帝實錄》卷二五七　嘉慶十七年五月戊子

諭軍機大臣等，温承惠奏訪獲傳教惑衆邪匪嚴拏究辦一摺。據稱，灤州民人董懷信，因伊父董太於乾隆三十八年拜平谷縣人張榮爲師，傳習金丹八卦教。嘉慶二年，張榮之子張思勝與董太等在密雲縣地方募錢修廟，經縣拏獲，分別問擬軍徒，未經究出傳教惑衆情事。嗣董太故後，董懷信復與余旺玉等商同惑衆斂錢，令林自貴等分管八卦各宫，經該州訪聞，將董懷信等拏獲，起出經符板片等件。其所存入教男婦名册，乾隆年間有二千二百餘人，嘉慶年間有二千九百餘人，該督現將拏獲之犯親提嚴審等語。

畿輔重地，有此匪徒倡立邪教，惑衆斂錢，自乾隆三十八年至今已及四十年，現始破案。此在初起之時，不過三五莠民，邪説煽誘，如地方官留心查拏，立時翦除淨盡，原屬易辦之事。乃漫無覺察，聽其流毒數十年，漸傳漸廣，以至從教者至五千餘人之多，礙難全辦。四十年以來，一味因循姑息，歷任大員，均無良心，實堪痛恨。即如從前三省邪匪，其初亦不過念經斂錢，迨黨與既多，州縣官查拏不善，遂至釀成亂階。

今董懷信等爲首各犯，俱經拏獲，務須從嚴懲辦；其教内分管卦宫及幫同傳教緊要之人，俱當按名查緝務獲，依律重懲，不可又存姑息。若不忍用刑，何不削髮出家？既登仕版，當以國事爲重，豈可存婦寺之見？至册載五千餘人，斷無悉數查拏之理，若州縣官辦理不善，或胥役人等仇扳賄縱，紛紛滋擾，必至激成事端。著該督即將首要各犯迅速嚴拏重懲，定擬具奏。其僅止入教者，即照所請，俟定案後剴切曉諭，收繳經符，令出具改悔甘結。仍存記姓名，時時稽察，有犯即懲。伊等見首惡殄除，群知畏懼，自可革面革心也。

其楊得坡一犯，已降旨諭知和寧、富俊等密拏，解直歸案辦理。至直隸失察之總督藩臬，除乾隆年間者免究外，其自嘉慶元年以後歷任各員，另有旨交軍機大臣，會同吏部詳查具奏，分别治罪。將此諭令知之。

《仁宗睿皇帝實録》卷二五七　嘉慶十七年五月庚寅

諭軍機大臣等，昨因宗室綿墉在城門逞凶滋事，將伊交宗人府會同刑部審訊治罪。因思，國家宗支繁衍，天潢中秀良醇樸者固多，而人數既衆，如綿墉之不知自愛者亦復不少。盛京爲本朝發祥之地，風俗醇厚，若將不安本分之閑散宗室，酌量挑出送往，妥爲安插，令其照舊支領養贍錢糧，伊等在彼觀摩善俗，或能奮勉自新，仍可擇其才堪造就者，隨時咨送回京，挑選差使。

已明降諭旨，令宗人府詳查辦理矣。但念伊等到彼後，棲止無所，自須豫爲籌及。著傳諭和寧、富俊，會同量度該處有無入官閑曠房屋，或有可建盖之處，計可得若干所，能容若干户，熟籌妥議，先行具奏。再，伊等在彼，雖照舊支食錢糧，或恐養贍不敷，如該處有閑曠地畝，可以量爲撥給，俾裕生計，更爲有益。著一併詳查議奏。

《仁宗睿皇帝實録》卷二五七　嘉慶十七年五月丙申

諭軍機大臣等，據同興奏，登、萊所屬州縣連年收成歉薄，小民素鮮蓋藏。上年，奉天省因歉收，奏明將高粱停運，登、萊市集糧價異常昂貴。現聞奉省豐收，牛莊、錦州等處存有商販高粱數十萬石，朽腐堪虞，請敕盛京將軍等查明可否准令商販照常載運，俾沿海生民得資口食等語。東省登、萊各屬，向藉奉省高粱以資口食，上年因奉省歉收，經該將軍等奏明將高粱一項暫停商販海運，以裕本地食用。茲據同興奏，奉省現在豐收，牛莊等處積有高粱數十萬石。奉省、東省，皆係朕之赤子，奉省春收豐稔，商販積有高粱，自可量爲流通。著和寧等查明牛莊、錦州等處，果否商人現有積存高粱數十萬石。如奉省民食充足，即著出示弛禁，聽該商等自行販運，俾東省沿海一帶貧民，藉資口食。如奉省仍須將高粱停留接濟，著將實在情形具奏。將此傳諭知之。

《仁宗睿皇帝實録》卷二五八　嘉慶十七年六月戊申

諭内閣，和寧等奏請將奉省囤積高粱酌分一半，聽商販運接濟東省一摺。上年奉省歉收，經該將軍等奏准，將牛莊等處積存高粱暫停商販。嗣據同興奏，東省登、萊二府糧價昂貴異常，現聞奉省豐收，請將積存糧石仍准商販照常載運，俾沿海生民得資口食。特降旨，令和寧等將此項積存糧石，現在奉省是否仍須留食之處，查明具奏。

茲據覆奏，各海口商户囤積高粱現有三十餘萬石，惟各屬册報糧價未甚平減，請分半調劑，兩省均無乏食之虞等語。著照所請，將海口現存高粱三十餘萬石，酌分一半，令各商户由海船販運登、萊等處售賣。仍留一半以備奉省民食，俟奉省收成豐稔，糧價平減，即照常馳禁，俾商販流通，共資樂利。

《仁宗睿皇帝實録》卷二五八　嘉慶十七年六月癸丑

諭軍機大臣等，據温承惠奏，接奉諭旨，擬移會和寧等，將奉省傳教、買符各犯詳加研訊，如係傳徒惑衆，法難寬貸之犯，仍解直隸歸案辦理。如僅止被惑入教買符，情罪較輕者，由和寧酌量辦理，免滋株累等語。所奏是，已有旨諭令和寧分別查辦矣。至摺内稱上年查辦鉅鹿縣一案，曾究出孫維儉與劉美奐先拜吴洛興爲師，於嘉慶五年趙州破案，前督臣僅將劉美奐、吴洛興杖責遞籍。現辦灤州董懷信一案，亦究出董懷信之父董太立教賣符，於嘉慶二年在密雲縣破案，前督臣亦僅將張思勝、董太等修廟騙錢情節，就案完結。皆未將倡立邪教徹底究辦等語。

此案莠民，其初倡爲邪説，傳徒斂錢，若地方大吏隨時查辦，將爲首者按律重懲，則被誘者立時悔悟解散，必不致煽惑多人，釀成鉅案。乃前此地方官於破案後，仍不認真究辦，一味回護處分，顢頇了事，實堪痛恨，不可不加以嚴懲。所有嘉慶二年及五年辦理此二案之總督，温承惠豈不知爲何人？乃摺内止叙言前督臣而不及其姓名，豈非官官相護惡習？君前臣名，寧該督備官而未之聞耶？著交吏、刑二部，將二年辦理密雲縣張思勝、董太修廟騙錢一案、五年辦理趙州劉美奂、吴洛興杖責遞籍一案之該總督及按察使查明，如業已身故，將該員子孫現在曾否出仕，一併詳查，開單具奏，候旨核辦。將此諭令知之。

《仁宗睿皇帝實録》卷二五八　嘉慶十七年六月己巳

諭軍機大臣等，和寧等奏酌議建蓋宗室房間，並撥給地租各緣由一摺。此項宗室房間地基，據稱在省城内外，委員查丈，合計可得百所。現已降旨，交管理宗人府王、貝勒等，查明宗室内可以移往者，約有若干户，俟查明奏上後，再飭知該將軍等照數建蓋。至於房間款式，將來建造時，著倣照京中八旗健鋭等營房規制，比户聚處，外仍繚以垣牆，安設總門，俾出入有所稽考。其圍牆内並於適中處建造官廳，以便派員在彼約束，方爲妥善。其建房工料銀兩動用蔆餘款項，並分撥地租銀兩俾資養贍之處，均照所議辦理。將此諭令知之。

《仁宗睿皇帝實録》卷二五八　嘉慶十七年六月己巳

又諭，據和寧等另片奏稱，緣事發到盛京宗室九名内，除恒伯曾任大員，不敢擬請賞給住房錢糧外，其餘八人養贍不敷，可否賞給全分錢糧，並量給房屋地租，以資養贍棲止等語。所奏大屬非是，和寧等單開宗室恩福等八人，皆係緣事獲罪，發往盛京充當苦差及嚴加管束圈禁之人。其原犯案情俱重，俟伊等各届年滿之時，該將軍查明案由具奏，核其情罪，或留或釋，再行分別辦理。

至現擬移往盛京之宗室各户，事同移徙駐防，並非有罪發遣，若如和寧所奏，先將犯事發往之恩福等賞給房屋地租，則此後資遣之各閑散宗室，所有賞給房屋地畝，均不以爲恩，竟與獲罪發遣之人毫無區別，殊乖政體。和寧等冒昧陳請，太不曉事。和寧、富俊，均著傳旨申飭。將此諭令知之。

《仁宗睿皇帝實録》卷二五九　嘉慶十七年七月戊寅

諭軍機大臣等，前據和寧等奏，酌議建盖宗室房屋，並撥給地畝章程。曾降旨，諭令該將軍等飭知照數建盖房屋。兹據管理宗人府王、貝勒等查奏，現在應行移往者共有五十五户，計算每户人丁，多者不過八口。著該將軍等即計數建盖房間，寬爲豫備，至六七十所，亦無不可。務遵奉前旨，倣照京中八旗健鋭等營房規制，比户鱗次，繚以垣牆，安設總門，稽查出入。於適中處所，建造官廳，俾派往在彼約束之員。有所棲止，或再添建更樓，以資守望。現又派松筠前往盛京，該將軍俟松筠到彼時，即會同籌度，妥協辦理，可也。

《仁宗睿皇帝實錄》卷二五九　嘉慶十七年七月壬辰

諭内閣，本日據慶桂等奏查議穆騰額等請減稻田廠租銀等款，請將穆騰額交部嚴議等因一摺。穆騰額自授爲總管内務府大臣管理奉宸苑以來，有意取巧見長，屢議更張，其請減稻田廠南花園額費等事，皆曾於召對時奏及。朕當即斥言其非，以稻田年歲豐儉不齊，若將銀數裁減，該佃人等必至用度不敷。其南花園支應花卉，若移至城外，運送亦多不便。乃穆騰額巧爲之辭，總稱該佃户等情願請減，與阿明阿合詞具奏。惟禧恩以意見不合，另摺請旨。彼時，朕若不派員查辦，無以服伊等之心。

茲慶桂等查明稻田廠各佃户本無願減租銀呈詞，係穆騰額派出庫掌廣寧代寫呈稿，勒令畫押。是穆騰額前此面奏之言，全屬欺詐。且伊管理三山，曾請將靜明園西門内涵漪齋大加興修，而以妙喜寺之群樓拆移添造，其餘不急工程，慫恿修辦者，尚不一而足，計其所費，不下十餘萬。俱經朕面加斥駁，伊計無復之，乃欲於此等纖細處所，設法裁減，以見其工於節省。若誤信其言，派辦前項工程，伊即得藉肆侵漁，所省不過數百金，所費轉需十餘萬，小處取信，大處牟利，其居心殊不可問。

穆騰額，無庸再交部議，著革去内務府大臣，賞給内務府主事職銜，即日前往盛京，交與和寧、富俊驅使，令其在原辦工程處效力，不准前來熱河。俟工竣後，由和寧等奏明，再令回京，在内務府當差。至阿明阿於裁減租銀一事，既與禧恩傳集各佃户面詢，明知衆情不願，若與禧恩聯銜具奏，伊毫無不合，乃心知其非，仍扶同穆騰額具奏，不過以穆騰額係管理大員，附會迎合。阿明阿人本無能，識見復如此卑陋，著革去奉宸苑卿，賞給員外郎，在工部行走。庫掌廣寧，抑勒佃户，代填五成數目，一味逢迎上官，著降爲内務府八品催長。其聯名具稟之員外郎永慶、常興二員，俱著交部議處。

《仁宗睿皇帝實録》卷二五九　嘉慶十七年七月丁酉

諭内閣，和寧、貴慶奏審辦宗室色布桑阿、覺羅巴彦等聚賭一案，例得罪名，應如何折罰圈責之處，請敕交宗人府議覆遵行等語。此案各罪名，著交宗人府、刑部會同核議具奏。至盛京居住宗室覺羅人數不少，遇有過犯，若必由京定議，豈不往返需時？著宗人府查明從前曾否將宗室覺羅犯罪則例頒發盛京，如曾經頒發，該將軍等不行援引，即將和寧等參奏。若向未頒發，著補頒一分，交盛京將軍衙門存貯，嗣後該處宗室覺羅有犯罪者，即由盛京刑部侍郎會同將軍援例定擬，奏到時，再交在京衙門核議。

《仁宗睿皇帝實録》卷二六〇　嘉慶十七年八月壬子

諭軍機大臣等，松筠等奏會勘大淩河牧廠餘地並柳河溝一帶，均可陸續移駐旗人墾種緣由一摺，朕因八旗生齒日繁，在京養贍不敷，生計日形竭蹶，欲規圖久遠之計。前經降旨，令賽沖阿等在吉林等處籌度曠閑地畝，欲令酌量移居。並派松筠前往盛京地方，會同和寧等相度地勢。此事計關久遠，必須籌度周備，或十年或五年移駐一次，從容調劑，逐漸疏通，方爲有益。且移往耕屯之處，亦必須附近將軍、副都統等駐劄之所十數里内，就近管轄稽查，勿任遊蕩滋事，則教養兼資，經久無弊。

今松筠等所勘大淩河、柳河溝一帶之地，距盛京省城皆遠在數百里之外，四面遼闊，並無官員駐劄。設旗人移往居住，憑何約束？和寧、富俊，皆曾任京城都統、副都統，松筠更係現任都統，豈不思在京旗人移駐外省，斷無將平素安分、有志、上進者先行挑往之理？若擇素不安分者，聚集多户，移之無人管轄之所，豈能日久相安？即使該將軍派委旗員前往稽查，而相距遥遠，終有鞭長莫及之勢。至摺内所叙東廠南北東西周圍不下百餘里，皆有積水，須自邊牆相地開河，使入大川歸海，方可涸出沃壤。

又，東柳河溝一帶，積水蕩漾，須自北山，東由拒馬流河，西至鷂鷹河，横開大渠，東水入海，方可闢墾耕屯等語。開渠引水，必須察勘地勢高下，方不至受水之患。十年前詣盛京，馬上遥見海水混茫，海舶來往，高仰之勢顯然。即使地勢合宜，而興舉鉅工，事豈易言？現在帑項不能寬裕，伊等豈不熟知？即使儲蓄充盈，朕亦不肯徒勞罔功，爲此無益之事。松筠等所議俱不可行，亦無庸繪圖呈覽。既據伊等奏稱，大淩河一帶地方多有閑曠地畝，向被遊民私墾，著即嚴行示禁，將閑曠之地造册存記，或日久另有需用之處，以備查考。

至鳳凰城一帶，松筠、富俊已往查勘，即使勘有可墾之地，亦無庸辦理。松筠前派往查盛京各工，並會籌宗室移居盛京之事，著即將各工敬謹查勘收驗。其籌辦宗室房屋分撥地畝一節，亦須先行籌度，將所需經費若干，詳悉估計，分别具奏，俟奏到酌量經費所出，再行降旨辦理。松筠於此二事辦畢後，即回京供職可也。將此諭令知之。

《仁宗睿皇帝實録》卷二六〇　嘉慶十七年八月丁卯

諭内閣，吉綸等奏閑散宗室麟鑑將官廳槍架扳壞，經步軍校拏送，詢據供稱，因欲移駐盛京，恐宗人府不派，是以將槍架扳倒等語。朕因八旗閑散宗室支派繁衍，生計維艱，是以降旨，令和寧等於盛京地方酌量建蓋房屋，挑派閑散宗室前往居住，照舊給與錢糧，並另行籌撥田畝，以爲添補養贍之需。原以優待宗室，裕其生業，俾日習陪都淳樸之風，藉資造就。將來挑派時，亦擇其食指衆多家計艱窘者先行派往，並非專取素不安分滋事獲咎者押往安插，致令加惠宗支之舉，鄰於發遣也。

乃宗室麟鑑欲移住盛京，慮及宗人府選派不與，輒將官廳槍架扳倒，冀因獲罪遣往，實屬不知主恩，糊塗膽大。若俱效尤，成何事體，必須嚴辦，以杜流弊。麟鑑，著交宗人府會同刑部嚴行究訊，審明後即奏請在京圈禁，不准發往盛京。將來圈禁期滿，宗人府遇挑派宗室移住盛京之年，所有伊全家子弟，永遠不准挑往。

《仁宗睿皇帝實録》卷二六一　嘉慶十七年九月甲申

諭内閣，松筠等奏查勘永陵前面河工情形會同商辦緣由一摺，據稱，恭查永陵右方鹿角迤外舊有石堤，現届深秋水落之時，石堤外尚有積水長十餘丈，亦須填墊石土，循舊栽柳。又，石堤西首鹿角外，僅餘地一丈，亦有積水，此一段亦宜填墊毗連石堤，永資鞏固，將擬辦緣由繪圖呈覽請旨等語。

永陵前面河工，前此和寧等原奏祇將南岸河身挑淤，北岸築堤一面八十五丈，今據稱陵西小河一道，夏日水長之時，衝汕大路三段，湊長二百九十一丈，行人多由陵西鹿角旁行走，實非慎重之道。伊等詳查舊制，亟須修築，著即按照舊勢修築護路攔水小堤，以資保障。並將衝汕道路二百九十一丈，逐段排插荊囤，内填河淤沙石，一律修墊平坦，俾行人於此往來，不致繞踐山脚。此項工程，著飭令穆騰額率同工員遵照妥辦，其需用銀兩，即著於蔆餘銀兩内動支辦理。至所稱附近鹿角有農民數户在彼開墾地畝，亦恐於風水攸關，請於蔆餘項下給價遷移，並將附近官地照數撥還之處，均著照所奏辦理。

又，松筠另摺奏查驗永陵明堂前各項工程一摺，永陵明堂前土岸迤外添修泊岸一道，雖釘樁排，下荊囤。而所填沙石，未經硪打堅實，辦理未免草率，著即照松筠所議，照例在十里外取土培厚尺餘。來春於東西下馬牌内，自鹿角木前至新舊泊岸，一律排栽樹株，並於泊岸周圍培土，多爲栽柳，俾令盤根束土，永資保護。此項工程，著責令穆騰額及該監督等賠修，毋許開銷，並著於工竣時交和寧等查驗。如再有草率，即行嚴參。其將來歲修，請於蔆餘項下動支修理，並隨時補種樹株，及每年大雨時派員駐守保護泊岸之處，均照所請行，即著該將軍、府尹等入於交代，每年年終，將保護泊岸情形具奏一次，以昭經久。

《仁宗睿皇帝實錄》卷二六九　嘉慶十八年五月甲午

以盛京堂子神幪被竊，私造頂補，革前任盛京禮部侍郎花尚阿頂帶，將軍和寧下部議處。

《仁宗睿皇帝實錄》卷二七〇　嘉慶十八年六月壬子

諭内閣，前因宗人府奏移居盛京宗室户口，酌派宗室官員前往駐劄，誠恐未經歷練之人不足以資彈壓，特令揀選宗室覺羅中曾任大員緣事黜退者數員，帶領引見。本日已派出文弼、傑信二員，以四品頂帶作爲郎中前往矣。但該二員係司員職分，不能具摺奏事，著派盛京將軍和寧、户部侍郎潤祥、禮部侍郎誠安專管移居宗室事務，統轄彈壓。遇有應奏事件，文弼等二人具報，該將軍、侍郎等奏聞，以專責成。

《仁宗睿皇帝實錄》卷二七二　嘉慶十八年八月丙申

又諭，慶惠等奏查明大淩河牧群馬匹情形分别定擬一摺，前據福疆阿奏，大淩河牧群本年倒斃及生癩馬匹爲數過多，經朕派令慶惠、阿勒精阿前往確查，據實具奏。兹據慶惠等詳細訊明，該牧長等尚無盜賣揑飾情弊，奏請分别革職賠補等語。該處牧群馬匹，經慶惠等查明現在生癩者一千六百四十餘匹，倒斃者一千三百二十餘匹，雖訊無盜賣揑飾情事，該牧長等餧養失宜，以致生癩倒斃竟有如是之多，其咎甚重。

牧長多倫布等七員所管四群馬匹盡數損傷，若照慶惠等所奏僅予革職，尚屬寬縱。牧長多倫布、音德訥、多儀，副牧長穆特恩布、常布、德陞額、保德七員，俱著革職，在該處枷號三箇月，滿日充當牧丁差使。其爲數較多之牧長巴哈那、興德、勇伸、穆京阿，副牧長秋德、烏爾登額、烏金泰、舒金泰八員，著照所請，革去頂帶，四年無過，方准開復。其爲數較少之牧長扎青阿、富倫泰，副牧長七十三、他思哈、塔隆阿、西勒們六員，著加恩免其降革。至圈養不善之莊頭杜文遠等十三名，著全行斥革，應賠馬價著照慶惠等所奏，按其在圈在廠，責令官丁、莊頭等勒限六年分别賠補。翼領圖善泰、格爾特，有總管馬群之責，漫無經理，殊屬怠玩。圖善泰、格爾特，俱著革職，作爲牧丁，在該處效力，無庸交部嚴議。副都統福疆阿，人本軟弱，於所管牧務不能早爲妥辦，以致馬匹損傷過多，應行示懲。福疆阿，著革去副都統，降爲宗人府副理事官，戴用宗室頂帶，回京當差，仍罰出職任俸四年，賠補馬價，無庸交部嚴議。所遺錦州副都統員缺，著慶惠補授。慶惠於途次接奉此旨，即速赴新任，令阿勒精阿前來復命。慶惠抵任後，著和寧前赴大淩河，將現在應辦牧群各事宜，會同慶惠悉心籌辦。慶惠此時無庸前來謝恩，俟辦理妥協後，於十月十一月間將副都統印務交緒莊署理，慶惠再行來京謝恩。

語。

《仁宗睿皇帝實録》卷二七二　嘉慶十八年八月丁酉

諭軍機大臣等，温承惠奏奉天省應撥粟米二十萬石，請循照向例，仍由奉省委員押運赴直交兑等語。奉天省每遇撥運米石，皆係奉省委員由海運送，循辦已久。今若令直隸派員前往領兑，事屬創始，所派之員不能熟悉海運，難期妥協。所有此項粟米，著和寧查照歷辦章程，委員押運赴直交兑。至移居宗室出關後，奉省須派員照料，恐該省人員不敷差遣，著照温承惠所請，移居宗室出關後，即令直隸所派文員按起徑行送至盛京，奉省無庸另行派員接護，較爲兩便。將此各傳諭知之。

《仁宗睿皇帝實録》卷二七二　嘉慶十八年八月甲辰

又諭，和寧等奏會議移居宗室章程一摺。此次移居盛京宗室，事當創始，該宗室等甫經移往，自應派員彈壓，迨住居日久，即與舊居宗室無異。該宗室等有事出入，祇應令其報明彈壓司員，俾資稽核，無須給發照票。所有派出彈壓司員，三年回京後，無庸另行更换。一切稽查約束事宜，應仍由該將軍等妥爲管理。文弼、傑信二員，前經賞給郎中派往，著一體關支俸禄，該處仍按月支給鹽菜銀兩。餘俱照所議行。

至另摺所奏派員沿途照料等語。此次移居宗室户口人數衆多，前已有旨，令直隸總督温承惠遴委妥員，分起護送，至盛京交卸，和寧等無庸派員赴山海關迎候接替。其沿途行走，並尖宿處所，仍應該地方官照料豫備，和寧等即飭知該地方官豫爲尋覓房間，酌量人數多寡，分別安置。其所住客店房屋，無令與來往商民雜處，致滋事端。

《仁宗睿皇帝實錄》卷二七三　嘉慶十八年九月庚午

軍機大臣會同上駟院，議覆錦州副都統慶專等奏大凌河牧馬事宜：

一，牧廠莊家散在各處，請添派錦州、廣寧兩處協領及寧遠佐領、義州城守尉，就近查察。竊以十羊九牧之弊，不可不防，總當責成盛京將軍暨該副都統認真經理，不時查驗。至馬匹立夏出圈，責在牧丁；立冬歸圈，責在莊頭。每當交替，將膘分及有無殘傷患病之處，派員驗明，造册具報。應如所奏。再，向來莊頭領馬，俱派牧丁一人前往照料馴練、騸割等事。今議徹回，歸牧長等分率經理。查，莊頭既任餧養，即可責其馴練。其騸割一事，似應即於點交莊頭時登記，届期派人前往騸割，以杜藉端擾累。

一，每群馬匹，請設圈領二人，於莊頭中擇家道殷實、老成明白者充當，就近兼管，凡同群馬匹殘傷倒斃，令其一體分賠。查，村莊遠近不齊，一二人勢難遍查，此在安分者既苦波累，而不肖者或藉充圈領，向各家陵壓擾累，應毋庸議。

一，嗣後請將四歲以上兒馬，責令牧長等及時騸割、調馴，歸入騸馬群内餧養。按月具報，不得逾期。應如所奏。

一，馬匹如有患病難痊，具報副都統驗明，即酌量變價。至每年倒斃馬匹皮張，向係十月内解交武備院，請改於五月間全數解京，並於摺内劃清月日，以免牽混。應如所奏。

至額設騸馬十群，今據奏，祇有一千一百四十三匹，實計所留不及三群，應如何按數補足及此外有無釐剔之處，並請敕交和寧等確核情形，妥議具奏，請旨遵辦。從之。

《仁宗睿皇帝實錄》卷二七五　嘉慶十八年九月己丑

諭軍機大臣等，據和寧奏查勘大凌河養息牧曠地初年試種著有成效一摺，大凌河東岸一帶及養息牧空曠廠地，經該將軍等派員劃定地界，分投試種。現在大凌河一處，墾成熟地五十頃，計四年加墾，可得熟地一千頃。養息牧河一處，墾成熟地一百六十八頃，計五年加墾，可得熟地八千四百頃。該旗佃等甚爲踴躍，和寧辦理此事，一年已有成效，著即循照辦理，自可冀地利日闢也。

《仁宗睿皇帝實錄》卷二七七　嘉慶十八年十月丙辰

御製《訓移居盛京諸宗室》，曰：於鑠大清，龍興東海，肇基盛京，世祖入關敉亂，定鼎京師。諸王、貝勒、貝子、公及衆宗室，除奉祀留都者，攀龍附鳳，隨至北京，屏藩輔翼，雲集景從，至於今一百七十餘年矣。天潢蕃衍，日月引長，仰惟皇考錫類推恩，淪肌浹髓，親親渥澤，不可殫述。朕祇承庭訓，首重展親，教養多方，終難遍及也。

我八旗子弟，生齒益繁。億萬黎民，輻輳京邑。物産昂貴，此必然之勢也。設官分職，經費有常，豈能歲增祿糈乎？亦未能盡用宗室，置滿洲、蒙古、漢臣於閑地，非善政也。封建直省，其失具在前史，更不必論矣。宵旰殷懷，迄無良策，敬讀我皇考《盛京賦》，啟佑予衷，以祖宗之心爲心，思惇本睦族之道，莫若移居故土，習我舊俗，返樸還淳，去奢從儉，誠良法也。

人情狃於閑逸，同乎流俗，漸染之日深也。可與樂成，憚於謀始，巧宦之長技也。宗室中之明理曉事者，必知感鞠謀綏衆之深恩。而一二不肖者，遂訛傳爲竄逐流放之重罰，是不但不知予求舊之心，亦非乃祖、乃父之克家良嗣矣。

朕志先定，詢謀僉同，乃命將軍和寧、工部侍郎富俊，於盛京小東門外擇地建房。文學、武廟、衙署、戍樓咸備，總計八十區，周以垣墉，聚族而居，肄武習文，各恭爾事，以待器成，出爲廟廊良佐，所得不亦多乎？宗室頂戴考慈自幼即有養贍，今移居故國，儘可自備路費。

然長途千五百里之遥，惟恐力有不逮，特命官雇大車，各付官價。宗室共七十户，皆諸王遴選安分樸實、深可造就之人也，逐日給盤費，先期備行裝，下及僕役，皆畀以金，共用帑項萬有一千有奇。擇吉季秋上旬、中旬，分三隊起程，言歸故鄉，欣然就道，其歡樂之情，自應出於至誠所格。況每起簡大臣照料，關内直隸、關外盛京，各派文武官吏沿途護送，亦可謂殫思竭慮，惠我宗人矣。

乃有出乎意想之外，竟倡爲發遣之説，煽惑人心，不可不闡明其理也。夫犯罪之人，徒流軍遣，律有明條，必申明所犯何罪，所配何省，從未有發遣至本省之軍犯，軍流道里表具載其詳，内地則發往新疆，新疆則發往烟瘴，遠離故土，投諸四裔，遇有慶典，始赦還鄉。我大清百有七十餘年之律例，天下皆知，宗室轉不知耶？

今以衣錦還鄉之樂事，轉謂斥放遷徙之虐政，稍有人心者，何忍出此言哉？試問犯罪發遣之人，豈有有受此重賞者乎？不辨自明矣。願我宗人，還我故國，安常處順，念昔先人，武備宜勤，家語須熟，行有餘力，學於古訓。此日爲家之賢子弟，他年作國之好大臣，拭目以俟，可不勉乎？

自此次移居著有成憲，間十餘年踵行一度。我朝本支百世，蕃衍熾昌，留都北京，王氣連屬，上慰列聖在天之靈，普錫宗室無疆之福，誠盡美盡善之政也。爾衆永思予訓，尚慎旃哉。

《仁宗睿皇帝實録》卷二八一　嘉慶十八年十二月壬戌

是月，盛京將軍和寧等奏拏獲張世傑等，訊無習教謀逆情事，即予省釋，現在奉省地方安静，仍嚴飭地方官毋得妄拏無辜，違者立即懲辦。得旨，嚴緝餘匪，立予恩施；妄拏邀功，决不姑恕。勉力辦理，勿因循，勿張皇。逆賊豈容漏網，良民何忍株連，爾等須善體朕意。

《仁宗睿皇帝實録》卷二八三　嘉慶十九年正月己丑

又諭，松寧等奏審訊張觀瀾等畏刑誣認謀逆一案，將承辦各員請旨革審，並和寧、緒莊等自請治罪各一摺。奉天承審各委員於誤拏到案之張觀瀾等，不虛衷研鞫，輒任意刑求，逼認謀逆重情，咎無可辭。但尚無受賄故勘情事，佐領四德、佛德，治中呂士淳，著免其革審，交部嚴加議處。協領恒慶，驍騎校武訥璽、穆承泰，著免其解任，交部議處。和寧、慶惠、誠安，任聽屬員濫刑誣枉，草率入奏，著交部議處。緒莊、貴慶、華連布，明知案情未確，不據實平反，著一併交部議處。

《仁宗睿皇帝實録》卷二八四　嘉慶十九年二月丙午

調熱河都統高杞爲烏魯木齊都統，以前任盛京將軍和寧爲熱河都統。

《仁宗睿皇帝實録》卷二八六　嘉慶十九年閏二月甲子

以熱河都統和寧爲禮部尚書，兼鑲紅旗滿洲都統。吏部左侍郎文寧爲熱河都統，轉吏部右侍郎秀寧爲左侍郎，調禮部右侍郎佛住爲吏部右侍郎，工部右侍郎穆克登額爲禮部右侍郎，理藩院右侍郎那彦寶爲工部右侍郎，以内閣學士英綬爲理藩院右侍郎。

《仁宗睿皇帝實錄》卷二八八　嘉慶十九年三月甲寅

調兵部尚書明亮爲都察院左都御史，禮部尚書和寧爲兵部尚書，左都御史景安爲禮部尚書。

《仁宗睿皇帝實錄》卷二八九　嘉慶十九年四月己卯

諭内閣，朕聞裕瑞在盛京不能約束移居諸宗室，諸宗室亦皆不服。並聞伊初到時，即有蕩檢踰閑之事，當降旨令和寧、緒莊查明參奏。兹據和寧等覆奏，裕瑞初到盛京即欲買妾，經民人張二等商令民人徐恭休妻，假揑姓名，賣與裕瑞爲妾。伊等未經查參，請交部察議等語。裕瑞獲咎謫居盛京，不知安分思過，復買有夫之婦爲妾，即此一端，已屬無恥妄爲。其别項劣迹，亦無庸再行查奏。裕瑞，著在盛京嚴密圈禁，派弁兵看守，不拘年限。張二等，照例治罪擬結。和寧、緒莊先未參奏，迨降旨查詢，仍意存掩飾，僅自請察議，不足示懲。緒莊，身係宗室，不免有心袒護，著交部嚴加議處，即來京聽候部議。其所遺盛京副都統員缺，即以和寧降補，無庸交議。晉昌未到任以前，盛京將軍事務仍著和寧署理。禄康在盛京居住，頗知感畏，約束衆宗室亦甚妥協，著加恩賞給主事，戴用四品頂帶，與文弼、傑信一同辦事。

《仁宗睿皇帝實録》卷二九〇　嘉慶十九年五月癸巳

諭内閣，文寧署理古北口提督數月以來，未曾拏獲要犯，並從犯亦未拏獲一名，實屬無能。嗣簡放熱河都統來京陛見，先即力辭，並稱伊有管見條奏，如不蒙俞允，伊即不能辦理。本日伊具摺陳奏，朕詳加披閲，語多偏謬。

如扈從官員人役由本衙門給與印票以憑盤詰一條，朕每年巡幸熱河，扈從文武官員出口，所帶人役衆多，各該員均係職官，所帶之人，皆當自行查驗。若必藉印票爲憑，徒滋紛擾，轉屬有名無實，况亦斷不能辨之事。去年宋家莊造逆，與此事毫無干涉，可鄙之極。

又，各省流民一概不准出口一條，國家生齒日繁，無業貧民出口傭趁謀食，勢難一概禁止。但於關口嚴設禁令，不過使貧民多罹於法，其繞道偷越者，仍所不免。既於民生有礙，亦於關政無益。

又，口外商民赴熱河生理及由此廳赴彼廳者，悉由各廳給票查驗一條，口外各廳，境壤相連，若商民來往均須領票報查，是使胥吏日飽囊橐，商民被累，必群相裹足不前，其弊豈可勝言？

此三條苛細淺陋，皆斷不可行之事，無庸再行置議。其餘，如廳員保升知府，税員保留久任，亦事多越俎。外此間有一二可行者，著總理行營王大臣會同各該部院核議具奏。

文寧貌似認真辦事，而實則苛刻不曉事體，不勝熱河都統之任。文寧，著降補盛京副都統，並傳旨申飭，令其即赴新任，無庸請訓。熱河都統員缺，著和寧補授。文寧到盛京後，和寧將副都統任内事務交代，仍署理盛京將軍，俟晉昌到任，和寧來京陛見，再赴熱河新任。和寧未到任以前，熱河都統事務，仍著毓秀署理。

《仁宗睿皇帝實録》卷二九四　嘉慶十九年八月丙寅

諭軍機大臣等，前據潤祥等奏請停止大凌河牧廠試懇地畝，將旗民人等徹回，此項廠地照舊分撥三營添補牧放，當交軍機大臣等會議。兹據富俊奏稱，此項試墾地畝實與三營牧群無礙，若將已墾成熟之地全行廢棄，領佃旗人、雇工等一千六七百人全行失業，於旗人生計大有關礙等語。此項試懇廠地，若有礙牧群，自應停止。如三營牧地本無不敷，新墾地畝原屬閑荒，可裕旗人生計，一旦廢棄，亦覺可惜。

所有潤祥等前奏，請勒令領佃旗人等進邊，以及拆卸窩鋪平毁溝壕等事，著和寧等飭令暫行停止，無庸辦理。晉昌即日到京，陛見後即令赴任。文寧於此事未經查辦，無所回護，著派晉昌於到任後，會同文寧，親往該處覆加履勘，詳悉妥議具奏，候旨遵行。將此諭令知之。

《仁宗睿皇帝實録》卷二九四　嘉慶十九年八月戊辰

又諭，和寧等奏拏獲越邊偷砍木植人犯一摺，此案張洪基等各犯，私越邊門，偷砍木植至數千件之多，實屬藐法，著交盛京刑部嚴審定擬具奏。其該管邊門章京及坐卡官弁，並該管地界旗民地方各官，以及總巡協領等漫無覺察，難保無通同徇隱情弊，著查明據實嚴參。佐領托永安督率番役訪緝認真，著施恩賞加一級。番役孫成等，著和寧等重加獎賞，以示鼓勵。

《仁宗睿皇帝實錄》卷二九六　嘉慶十九年九月乙未

諭內閣，和寧奏總管請借俸銀買置公寓一摺，該總管等督率官兵護守陵山，例應就近居住，便於稽察。因向無隨缺官房，均出貲租賃民房當差，未免拮据。著加恩准其照盛京副都統、侍郎借款置房之例，福陵、昭陵總管二員，各借給四年俸銀五百四十兩置買住房，作爲隨缺官房。所借銀兩，即由盛京户部庫貯湊餘項下動支，分限二十年，在現任及後任總管名下俸銀內，按照住房年月，扣完歸款。

《仁宗睿皇帝實錄》卷二九七　嘉慶十九年九月丙午

又諭，和寧等奏拏獲偷砍偷運木植各犯，請旨嚴審一摺，此案譚克仁等犯膽敢雇倩多人，私越邊門偷砍木植；其船户張永付等駕船裝運，私至邊外高麗溝地方。均屬大干法紀，著將現獲各犯解交盛京刑部，嚴審定擬具奏。城守尉宗室福寧拏獲案犯多名，起出木植有三千四百餘件之多，緝捕奮勉，著加恩賞戴花翎，仍交部議敘，以示鼓勵。

《仁宗睿皇帝實録》卷二九七　嘉慶十九年九月庚戌

又諭，禮部議駁書敏奏請站丁考試一摺，所駁甚是。前此書敏奏到時，並未將站丁原委奏明，復據和寧等查明具奏，此項站丁係從前吴三桂名下逃丁家人及僞官子孫，與盛京户、工兩部所屬官丁由徹藩時安插者不同，豈容濫與考試？書敏並未詳查，率行陳請，殊屬冒昧，著交部議處。

《仁宗睿皇帝實録》卷二九七　嘉慶十九年九月壬子

又諭，和寧等奏審訊越邊偷砍木植人犯並參處該管各員一摺，已明降諭旨分别革職解任議處矣。此項偷砍木植數千件之多，出入邊門，衆目共睹，非他物之易於藏匿者可比，其管門坐卡官弁豈得諉爲不知？僅止失於覺察之理，顯有得贓徇縱情弊，不可不徹底根究，著晉昌等提齊人犯，詳加鞫訊，務得確情，分别定擬。

又另片奏防禦海寧阿捏病外出，不知去向等語。該防禦自係畏罪潛逃，必須弋獲究辦。該處近通海口，伊或私自航海，逃往山東地方，亦未可定。晉昌等除飭令總巡各員，並附近邊栅地方官上緊查緝外，一面行文山東巡撫，並移咨山海關副都統，一體訪拏，歸案辦理。

至所稱查獲木植按照市價變賣一節，盛京應辦工程甚多，木料宜廣爲儲備。此項木植大小不齊，如有財大可用者，此時若一併銷售，將來需用時再行發價購覓，又屬費事。著即於此中選擇成件材料，留貯聽用，其餘零星小件，即行估價變賣可也。將此諭令知之。

《仁宗睿皇帝實錄》卷二一九八　嘉慶十九年十月丙戌

諭內閣，晉昌等奏勘明養息牧河牧廠試墾情形一摺，此案養息牧河牧廠，前經松筠、富俊、和寧於會勘大淩河西廠試墾摺內，請將該牧廠查丈，歸官開墾。其時，因經費不敷，降旨停止勘辦，惟令將大淩河西廠試墾。續經和寧、富俊將該牧廠地畝撥給錦州、義州各界旗人，及陳新蘇魯克認領試墾。嗣據潤祥等於審辦烏特拉丹撇等控案，查明該處牧廠試墾不便情形，並將松筠、和寧、富俊參奏。當經降旨，令軍機大臣會同該部議奏，未及議上，復據富俊奏稱開墾此項牧廠，不糜經費，而於旗人生計有益，廢棄實屬可惜等語。復經降旨，令晉昌會同文寧確勘具奏。

茲據奏稱，該牧廠地在邊外，距錦州、廣寧、義州皆三四百里，旗人無力者不能開墾，有舊業者又不肯捨舊圖新，現在試墾者多係內地民人，包攬分種，於旗人生計無益，徒爲奸民牟利之藪等語。所見甚是，該牧廠開墾於旗人生計無益，且與牧政有礙，著即裁徹。其潤祥等原奏各事宜，仍著軍機大臣會同該部議奏。松筠、和寧，仍著議處。富俊固執不通，呶呶瀆奏，著嚴加議處。

《仁宗睿皇帝實録》卷二九九　嘉慶十九年十一月己酉

諭軍機大臣等，本日軍機大臣會同該部議奏烏特拉丹撤等罪名，已依議行矣。此案養息牧廠閑荒地畝，松筠等於奉旨停止勘辦之後，復行試墾，並未詳悉奏明，乃伊等之咎。至此項地畝，原在三營牧廠之外，其陳新蘇魯克黑牛群，原定牧廠界址，各寬二十餘里至八十里，長四十里至一百數十里不等，本屬寬餘。近年，又撥給養贍地一萬四千六百晌，於生計更爲充足。此項曠廢馬廠，與牛羊廠毫無干涉，該牧丁等前此藉以牧放私有牲畜，並私自開墾地畝，駕詞誣控。

兹審明分别治罪，若仍聽該牧丁等占據牧放，刁風斷不可長。即如軍機大臣等所議，令該將軍每年派員巡察，嚴禁私墾私放。但地既閑曠，又與三營廠界相連，恐稽察難周，仍復多滋訟端。上年九月内和寧具奏，養息牧曠地現已開墾成熟一百六十八頃，五年加墾可得熟地八千四百頃。曾經降旨，以此事辦理一年，已有成效，著循照辦理。

本年該處秋收豐稔，旗佃均霑利益，此時若盡行裁徹，平毁溝濠，拆逐窩鋪，轉多紛擾。此事既不糜國家經費，每年又增收租穀，竟以仍行開墾爲是。地既開墾，則松筠等處分亦可稍減。松筠、和寧，俱改爲降一級留任；富俊，改爲降二級留任，仍准抵銷。此事著專交晉昌，仍派和忠前往該處，將界址、溝濠逐一覆勘。其應如何分給旗丁等照舊耕作，並經理妥善，歷久無弊之處，著晉昌詳查妥議具奏。將此諭令知之。

《仁宗睿皇帝實録》卷三〇五　嘉慶二十年四月丁巳

又諭，那彥成奏請派員驗收旱河工程一摺，熱河挑修旱河工程，前經派令和寧查勘興辦。兹據該督奏稱挑辦完竣，著派禧恩前往查驗收工。再，本年哨内擇定營盤，内有二處尚未妥協，自應另行選擇。和寧前在朕前奏稱年老不能騎馬，伊本擬親赴哨門外暫駐，遣人進哨查看。現有交辦案件，和寧俟辦理秋審事畢，即應前往巴林翁牛特等處審辦。著遴派官兵留於熱河，俟禧恩到時，隨帶進哨，會同喀喇沁王滿珠巴咱爾、圍場總管安福相度地勢，另擇營盤二處，豫備行圍。

《仁宗睿皇帝實録》卷三一〇　嘉慶二十年九月庚戌

又諭，向來蒙古人從無叩閽之事，此案七薩本係遣犯，在配脱逃，已應加罪，膽敢在圍場道旁叩閽，列款翻控前案。經和寧審，係全虚，實屬刁詐可惡。七薩，著在本旗地方枷號三箇月，滿日發往伊犁，交該將軍嚴加管束。奈曼王巴勒楚克將銀物饋送理事司員，雖非營私行賄，亦屬不合，著交理藩院議處。司員岳祥，於巴勒楚克致送銀兩即用公文駁回，體面可嘉，賞加一級。餘依議。

《仁宗睿皇帝實録》卷三一三　嘉慶二十年十二月壬戌

諭内閣，和寧奏緝辦土默特旗地方蒙古莊頭蓋周等七人，拜傳習邪教之郝得來爲師一摺，除已交該部議奏外，並著將失查之該管扎薩克等交理藩院議處。蒙古等習氣素尚淳樸，惟敬喇嘛，並無沾染漢民習氣持齋作會等事。

近年，蒙古漸染漢民惡習，竟有建造房屋、演聽戲曲等事，此已失其舊俗。兹又習邪教，尤屬非是。愚民習教，乃前明流傳惡習，豈可流傳蒙古地方？以致壞其淳樸之風。著交理藩院通飭内外諸扎薩克部落，各將所屬蒙古等妥爲管束，俾各遵循舊俗。仍留心嚴查，倘有遊民習學邪教，即拏獲報理藩院治罪。倘該管扎薩克不行查辦，另案捕獲時，將扎薩克等從重治罪不貸。

《仁宗睿皇帝實録》卷三一四　嘉慶二十年十二月壬辰

諭内閣，托津等奏核議和寧奏土默特貝勒旗酌擬分析家産一摺，所駁甚是。理藩院管理蒙古事務，向無與該王、貝勒等議析私産之例。此案事關訐訟，本與分産無涉，若如和寧所奏，將原任貝勒根敦扎布之妻格格原分産畜與承襲貝勒之人另議分析，此端一開，各蒙古王公遇有析産之事，紛紛赴院呈訴，不特於事體未協，日久易滋弊竇。嗣後，蒙古王公等有以析産私事涉訟者，理藩院概行駁回，無庸准理。

《仁宗睿皇帝實録》卷三二〇　嘉慶二十一年七月乙卯

以熱河都統和寧爲工部尚書，兼正黄旗漢軍都統。調正黄旗漢軍都統慶祥爲熱河都統，鑲藍旗滿洲都統崇祿爲鑲紅旗漢軍都統。

《仁宗睿皇帝實録》卷三二二　嘉慶二十一年九月辛亥

以工部尚書和寧爲滿洲繙譯鄉試正考官，内閣侍讀學士良輔爲副考官，刑部左侍郎熙昌爲蒙古考官。

《仁宗睿皇帝實録》卷三二二　嘉慶二十一年九月庚午

命工部尚書和寧在紫禁城内騎馬。

《仁宗睿皇帝實録》卷三二五　嘉慶二十一年十二月癸未

命工部尚書和寧、刑部左侍郎帥承瀛，馳往甘肅查辦事件。

《仁宗睿皇帝實録》卷三二七　嘉慶二十二年二月壬午

諭内閣，和寧等奏查明西寧縣私運倉糧並捏報采買大概情形一摺，此案河州知州、前任西寧縣知縣沈仁澍與已革西寧縣知縣楊毓錦交代轇轕不清。沈仁澍離任三年之久，忽遣家人董幅赴西寧縣私自開倉，搬運豌豆二千九百餘石，實屬膽大妄爲。沈仁澍，著革職拏問。楊毓錦任聽沈仁澍遣人私搬豆石，且該縣倉儲現在查明實貯糧九萬八千餘石，應撥兵糧不過八千一十餘石，儘敷支放，乃隱匿糧款，另估采買。楊毓錦，前已革職拏問，著和寧、帥承瀛提集該革員等，並沈仁澍家人董幅及倉書人等，秉公嚴審確情，按律定擬具奏。西寧道龍萬育、知府錦明近在同城，並不據實稟揭，難免扶同徇隱情弊，俱著解任歸案質訊。先福於陳啟文稟揭楊毓錦隱匿倉糧，不行查究。沈仁澍侵冒銀糧，龍萬育徇隱不辦，亦不據實嚴參，實屬有心徇庇。先福，著先行革去頂帶，交部嚴加議處，即在蘭州聽候部議。所有陝甘總督印務，著和寧署理。

《仁宗睿皇帝實錄》卷三二七　嘉慶二十二年二月丙戌

諭軍機大臣等，本日吏部議奏，將先福照溺職例革職，已依議行矣。此案先福於陳啟文稟揭楊毓錦隱匿倉糧，不行查究。沈仁澍侵冒銀糧，龍萬育徇隱不辦，亦不據實嚴參，實屬有心徇縱。著和寧等密加查訪，先福有無得受該革員等賄賂，因而徇情袒庇。

再，先福在陝甘總督任内已將三載，其平日聲名若何？此案之外有無別項貪婪劣迹？並著留心密訪。如查有婪贓實據，一面嚴行審訊，將伊任所貲財先行查抄；一面據實由驛參奏，奏到之日，以便派員抄伊在京家産。

和寧等於定案時，再將先福按律擬罪。若查無贓款，和寧等於本案審結時摺内聲明。令先福在蘭州候旨，帥承瀛先行來京覆命。和寧署理督篆，俟長齡到任交代後，再行起程回京可也。將此諭令知之。

《仁宗睿皇帝實錄》卷三二七　嘉慶二十二年二月壬辰

諭軍機大臣等，和寧等奏審明參革知州沈仁澍侵蝕倉庫銀糧，畏罪自盡；該管道員龍萬育有派累需索情弊，請旨革審；並查出沈仁澍侵虧承運倉糧脚價，請將督運知府黄方革審各一摺。

本日早間，先據先福奏到摺内，稱革職知州沈仁澍於正月二十八日早出門，未刻回寓即氣悶不言，吃粥躺臥，面色漸次改變，子時氣絶。沈仁澍常帶小荷包一箇，或者藏有毒藥，實不知係何毒物、何時服毒等語。情節甚屬可疑，沈仁澍於二十八日早間出門係往何處？先福摺内未經聲叙明晰，恐有情弊。其身帶荷包，素無事故，何至藏有毒藥？即藏藥在内，先福何由得知？更非情理。

沈仁澍是日出門，必有跟隨家人，著和寧、帥承瀛查明，提到嚴行審訊。沈仁澍二十八日如係在先福署中午飯，則是先福因曾得該革員賄賂，恐其到案供明，致死滅口，必有家丁、厨役人等串通謀斃。如集訊供證確鑿，即將先福鎖拏究問，審明治罪，不可稍存回護。倘訊明沈仁澍是日並未往先福署内，亦必有所往之處，其在何處中毒？或係先福指使授意，必須徹底根究。若係未刻回寓吃粥後臉色始行改變，則是沈仁澍在本寓服毒，其親屬家人必知，其遺紙是否親筆？務須查審明確，不可稍有含混。此一節關繫重大，切勿草率。

至沈仁澍前在皋蘭縣任内撥運鎮番糧二萬石，業經鎮番縣具報全數撥出，而皋蘭縣僅收貯三千石，其未運糧一萬七千石，並運脚銀三萬一千四百兩，均歸無著。先福近在同城，豈竟全無聞見？先福現已革職，著和寧等即傳提到案嚴審，並詢問陳啟文，伊既禀出沈仁澍銀穀兩空，其所領銀兩送與何人？如有見聞，令其據實指出。若係饋送先福，亦即將先福拏問嚴審。

沈仁澍任所貲財，著和寧等即行查抄。其原籍何省，查明迅即咨明該省督撫，一併查抄。龍萬育、黄方，均已降旨革職，著即歸案嚴行審辦。至案内應賠各項銀兩，統俟全案審明擬結時，一併分晰奏明，著落賠繳。將此諭令知之。

《仁宗睿皇帝實錄》卷三三八　嘉慶二十二年三月己未

諭軍機大臣等，和寧等奏查明已革知州沈仁澍實因盜賣倉糧，侵蝕運脚，畏罪自盡，並查訪先福並無婪贓款迹各一摺，沈仁澍服毒情由，據該親族家人供認，實係在寓自服金瘡藥毒發身故，其爲畏罪自盡，似無疑義。

惟沈仁澍既侵蝕運脚銀三萬一千餘兩，復又將撥運糧石賣與武威縣，得價銀二萬兩。此五萬餘兩究係作何用項？必須根訊明確。現訊據先福及伊家人供稱並無得受賄賂之事，僅係伊等一面之詞，難以憑信。且據沈仁澍家人供出先福署内器具鋪墊均伊主人供應，並先福生日曾送禮物，收受紬緞大呢，餘俱退回等語。是先福收受屬員禮物供應，已有確據。其退回禮物，是否即係銀兩，抑係别項禮物，亦須一一究明。

至先福在甘三年，聲名既不滿人意，仍須細加察訪。其沈仁澍撥運鎮番糧石，據先福供稱係高杞任内批准之事。高杞爲人聲名平常，尤不足信。著和寧等再逐細訪察，如有婪贓確據，均即據實參奏，不可瞻徇，倘查明實無贓款，先福僅止得受供應饋送，即於全案審明時按律定擬具奏可也。將此諭令知之。

《仁宗睿皇帝實録》卷三三〇　嘉慶二十二年五月己酉

諭内閣，和寧等奏請將降調試用同知沈鵬等十一員，加倍捐復原官，留甘補用一摺，試用同知沈鵬等十一員，均因甘省賑案出具空印册結獲咎，僅予降一級調用，已從輕議。前此本案内降調道員蘇成額，經該督撫奏懇捐復，降旨不准。和寧等豈不知之？今復爲此奏。此等劣員，俱請留於該省，於事何益？且外省州縣官，恃有捐復之例，在任時先不潔己奉公，或豫爲積蓄，以爲後日地步，亦於吏治有損。和寧等所奏不准行，沈鵬等十一員俱仍照部議降一級調用。

《仁宗睿皇帝實録》卷三三〇　嘉慶二十二年五月戊午

諭内閣，御史謝崧奏請飭禁外省於應行請旨之缺，違例保奏一摺，所奏是。近來，直省督撫遇有道府請旨缺出，或將本省候補人員開單保奏，即如甘肅蘭州道缺，經該署督和寧以試用道員吕嘉言奏請補授，實屬違例。嗣後，各省遇有道府請旨之缺，該督撫務當遵照定例，請旨簡放，毋許將分發試用人員開單保奏，以符定制。

《仁宗睿皇帝實録》卷三三一　嘉慶二十二年六月甲戌

命協辦大學士、兵部尚書明亮爲大學士，雲貴總督伯麟協辦大學士，仍留雲貴總督任。調工部尚書和寧爲兵部尚書，理藩院尚書伊冲阿爲工部尚書，以鑲黄旗領侍衛内大臣晉隆爲理藩院尚書。

《仁宗睿皇帝實録》卷三三一　嘉慶二十二年六月辛巳

晉大學士明亮太子太保。加協辦大學士、吏部尚書戴均元，兵部尚書和寧、盧蔭溥，太子少保。

《仁宗睿皇帝實録》卷三三二　嘉慶二十二年七月癸丑

以兵部尚書和寧署理藩院尚書，禮部尚書戴聯奎署兵部尚書，協辦大學士、吏部尚書戴均元署刑部尚書。

《仁宗睿皇帝實録》卷三三二　嘉慶二十二年七月丙辰

調兵部尚書和寧爲禮部尚書，工部尚書伊冲阿爲兵部尚書，以工部左侍郎蘇楞額爲工部尚書，内閣學士果齊斯歡爲工部左侍郎。

《仁宗睿皇帝實録》卷三三二　嘉慶二十二年七月丙辰

調正黄旗漢軍都統和寧爲鑲藍旗滿洲都統，鑲白旗蒙古都統伊冲阿爲正黄旗漢軍都統，正黄旗蒙古都統索特納木多布齋爲鑲白旗蒙古都統，以散秩大臣瑞齡爲正紅旗漢軍副都統。

《仁宗睿皇帝實録》卷三三二　嘉慶二十二年七月辛未

諭内閣，熱河兵丁向無普賞一月錢糧之例。皇考高宗純皇帝每年五月駐蹕避暑山莊，八月始行進哨，該兵丁等安設堆撥，直班日期較多，且射靶中箭人數亦多，是以特恩普賞一月錢糧。自朕巡幸熱河，兵丁步射尚好，是以照舊普賞。

去年、今年，均因兵丁等步射較前平常，中箭人數稀少，將都統和寧、慶溥交部察議，協領等議處，兵丁等仍賞一月錢糧。此二年内，該兵丁步射俱屬平常，自係倚恃賞項，平日並不留心學習。從前皇考高宗純皇帝五月間即來巡幸，該兵丁等直班日期較多，尚能乘暇操演。朕七月間始來熱河，豈轉無暇操練耶？此而不示以懲戒，恐兵丁等漸習偷安。

朕明歲恭詣祖陵，不克巡幸熱河。後年朕臨幸時，若該官兵等步射仍如此平常，不惟將該管都統、章京等從重議處，併將普賞一月錢糧之例永行停止，祇將中靶兵丁及額魯特兵丁照例賞給。此旨著交熱河都統傳諭章京、兵丁等，俾其家喻户曉，一體凛遵。

《仁宗睿皇帝實録》卷三三三　嘉慶二十二年八月乙亥

户部議准，前任陝甘總督和寧疏報，臯蘭、靖遠、靈三州縣並紅水縣丞所屬，開墾地二十八頃五十畝有奇，照例升科。從之。

《仁宗睿皇帝實録》卷三三六　嘉慶二十二年十一月乙丑

調禮部尚書和寧爲兵部尚書，以直隸泰寧鎮總兵官穆克登額爲禮部尚書。

《仁宗睿皇帝實録》卷三三八　嘉慶二十三年正月甲寅

諭内閣，大學士明亮自乾隆年間屢歷戎行，著有勞績。經朕簡擢綸扉，現年八十有四，精神矍鑠，步履强健，若令節勞頤養，必更益壽延齡，長資倚任。明亮，著不必分日赴内閣閲本，每日本章，著曹振鏞、戴均元、章煦三人輪流閲看。明亮現兼内大臣，亦不必進内直班，其所管兵部事務，遇有奏事，間一二次不到亦可。引見官員，明亮無庸承旨，即交和寧等帶領，用示朕優眷耆臣之意。

《仁宗睿皇帝實録》卷三三九　嘉慶二十三年二月辛未

命協辦大學士、吏部尚書戴均元，兵部尚書和寧，在軍機大臣上學習行走。

《仁宗睿皇帝實録》卷三三九　嘉慶二十三年二月甲午

以兵部尚書和寧署户部尚書，禮部尚書穆克登額署理藩院尚書。

《仁宗睿皇帝實錄》卷三四〇　嘉慶二十三年三月庚子

命莊親王綿課、大學士曹振鏞，尚書英和、和寧，留京辦事。

《仁宗睿皇帝實錄》卷三四〇　嘉慶二十三年三月辛酉

命兵部尚書和寧、右侍郎穆彰阿馳往保定查辦事件。

《仁宗睿皇帝實錄》卷三四二　嘉慶二十三年五月己亥

諭内閣，朕前降旨令纂輯《明鑑》一書，其體例本仿范祖禹《唐鑑》，乃史論一類，非編年紀事之書也。《唐鑑》卷帙本簡，今所輯《明鑑》殆倍過之。但圖篇帙繁富，於不應載者亦按年編入，其於體例先未精審，以致詞義紕繆，大乖立言之旨。昨已降旨，將總裁、總纂、纂修各官，交部分别議處。此書著改派托津、章煦、英和、盧蔭溥、和寧充總裁官，另派纂修承辦。所有原辦之書，無論已進呈、未進呈，俱著另行編輯改正，務歸簡要。其從前纂辦此書支過一應公費、紙張、銀兩，俱著曹振鏞、戴均元、戴聯奎、秀寧四人賠繳示罰。

《仁宗睿皇帝實錄》卷三四四　嘉慶二十三年七月甲子

命莊親王綿課，大學士曹振鏞、章煦，尚書英和、和寧，留京辦事。

《仁宗睿皇帝實錄》卷三四七　嘉慶二十三年九月丁巳

調正黄旗領侍衛内大臣鄂勒哲依圖爲鑲黄旗領侍衛内大臣，以兵部尚書和寧爲正黄旗領侍衛内大臣。

《仁宗睿皇帝實錄》卷三五三　嘉慶二十四年正月丁巳

調刑部尚書崇祿爲兵部尚書。兵部尚書和寧爲刑部尚書，無庸在軍機大臣上行走。命刑部右侍郎文孚在軍機大臣上學習行走。

《仁宗睿皇帝實録》卷三五五　嘉慶二十四年三月丙申

諭内閣，盛京、吉林、黑龍江三省，自國初以來，本無官拴馬匹。上年，朕親詣陪都，亦未見該處有缺馬情形。迨回京後，經誠安奏稱伊奉使吉林，與賽冲阿、松寧會商東三省馬匹短少，欲懇請添設官馬，以裕差操。賽冲阿等未及具摺，伊特於召對時面陳。

其時，適有年班到京之將軍德寧阿、禄成等，或生長其地，或莅官其省，經朕詳加詢問，並向籍隸東三省之侍衛等逐加體訪，或以爲應行加設，或以爲無庸增添，其説不一。隨降旨，令賽冲阿、富俊、松寧三人酌議。嗣據賽冲阿奏請盛京各城添設馬一千匹，松寧奏請黑龍江添設馬二千匹。富俊奏稱吉林兵丁皆有孳生馬匹，打牲爲業，並無不能騎馬之人。朕以三省所議兩歧，令富俊再議，富俊始有裁徹大凌河馬群，分撥各處之議。察富俊之意，亦明知大凌河馬群爲不可裁，强爲此説，其意仍主於無庸增設。因交軍機大臣與英和、松筠、和寧，會同兵部妥議具奏。

兹據托津等十二人會議，奏稱東三省添立官馬，惟有添至數萬匹，庶可布置周妥。而經費有常，斷難輕議。若但抽添三四千匹，兵多馬少，實屬無益，不若仍循其舊。朕因明亮、和寧俱曾任東三省將軍，且歷練營務，復加面詢，伊二人俱以爲添馬事屬難行。即戴聯奎、曹師曾，亦面奏不如仍舊。惟松筠單銜奏請盛京添棚馬一千匹，吉林添棚馬六百匹，黑龍江添棚馬四百匹，較賽冲阿等請添馬數更少，亦於操練何裨？朕辦理庶政，執兩用中，善鈞從衆，所有東三省官拴馬匹一事，竟可無庸辦理，仍循舊章，以安本俗。將此明白宣諭賽冲阿、富俊、松寧知之。

《仁宗睿皇帝實錄》卷三五七　嘉慶二十四年閏四月丁酉

命領侍衛内大臣和寧爲正使，内閣學士奕經爲副使，持節奉册寶封皇長孫奕緯爲多羅貝勒。制曰：履端肇慶，喜覘椒衍之蕃。錫羡延釐，眷念穀詒之厚。推恩自近，沛澤彌長。爾皇長孫奕緯，夙秉穎姿，克遵彝教。謀承燕翼，孫枝之秀先鍾。仁嗣麟振，公姓之祥允協。曩值昌辰聿啟，正見含飴。今欣周甲初逢，漸諳舞勺。爰邀茂典，式播洪慈。是用封爾爲多羅貝勒，錫之册命。於戲，筮用儀於此日，羽已粲夫三英。待授職於他年，詔載頒夫五色。尚懋厥德，益遠乃猷。

《仁宗睿皇帝實錄》卷三六〇　嘉慶二十四年七月庚辰

命肅親王永錫，大學士曹振鏞、章煦，尚書英和、和寧，留京辦事。

《仁宗睿皇帝實錄》卷三六三　嘉慶二十四年十月戊申

諭内閣，朕本日閲試中式武舉弓石，内張元英、郭建章二名，俱不能開弓，且昨日馬步射亦屬平常，俱著罰停殿試一科。其原圜監射大臣綿課、戴聯奎、穆克登額、曹師曾及覆試大臣永錫、英和、和寧、文孚，俱著交部議處。

《仁宗睿皇帝實錄》卷三六六　嘉慶二十五年正月壬申

諭内閣，國家於年老臣工，每宜格外矜憐，以安壽耇。然若遽令賦閑，伊等自以精力尚未至積唐，不免心存戀闕，莫如節其奔走之勞，俾宣力之餘，無妨頤養，庶於公私兩有裨益。現在大學士明亮年已八十有六，尚書和寧年已八旬，蘇楞額、景安俱將近八旬，尚能管理部旗諸務。明亮、和寧、景安三人，著於本管部旗直日之期，照常來園，其餘加班奏事引見之日，俱不必來園，各在本衙門辦事。蘇楞額兼管内務府事務，著於本管部旗及内務府直日之期，照常進内。其餘一應奏事引見之日，俱無庸進内，用示朕優養耇年至意。

《仁宗睿皇帝實錄》卷三六六　嘉慶二十五年正月乙酉

以刑部尚書和寧、工部尚書茹棻、吏部左侍郎恩寧署經筵講官。

《仁宗睿皇帝實録》卷三六八　嘉慶二十五年三月甲子

命肅親王永錫、大學士曹振鏞，尚書英和、和寧，留京辦事。

《仁宗睿皇帝實録》卷三六九　嘉慶二十五年四月癸巳

以正黄旗領侍衛内大臣和寧爲内大臣，伊犁將軍晉昌爲正黄旗領侍衛内大臣，伊犁參贊大臣慶祥爲將軍。

《仁宗睿皇帝實録》卷三六九　嘉慶二十五年四月甲午

以刑部尚書和寧爲滿洲繙譯會試正考官，吏部右侍郎常起爲副考官。

《仁宗睿皇帝實録》卷三六九　嘉慶二十五年四月壬寅

諭内閣，本年三月初七日，兵部查知行印被竊，初八日在湯山具奏。實屬奇事，必應立時嚴訊，刻不容緩，當即降旨，交綿課等會同刑部堂官審訊。乃綿課等因循怠玩，疲惰性成，遲至數日始將兵部吏役等傳齊到案。此數日内該部司員以及吏役人等，業經串就供詞，衆口如一，而承審之堂司各官又不及時認真推鞫。即如鮑幹，於初七日請行印時乍知失印，並無張慌情狀，轉以車駕司行印搪抵，並將同進庫之任安太指爲紀三。此等情節於到案時即應究出，乃延宕月餘，始行訊有此供，豈非故縱致令苟延乎？况既得此供，仍不加緊嚴訊，轉稱鮑幹氣體虚弱，未便刑求，藉詞展緩。綿課等於派審此案，因循疲玩，推委遷延，實屬咎無可辭。

本日，因日久未能審出實據，奏請議處，冀圖另派他人，脱然事外。此等伎倆豈能逃朕洞鑑乎？綿課等毋庸交吏部都察院議處。綿課、英和、和寧、韓崶，俱著先行拔去花翎。曹振鏞、和寧、韓崶，俱著降爲二品頂帶。英和素日辦事較勝於彼，姑留頂帶，俟五月再降。恩寧、王鼎、海齡，俱著降爲三品頂帶。所有派審司員等，俱著摘去頂帶，仍責令上緊研鞫。

此案經伊等集訊多日，犯供屢改，輾轉遊移，斷不能另行派人審辦，將來即將伊等全行斥革，仍必令將此案究出實情，方能卸責。著再限至五月初五日，綿課等三人每日赴刑部衙門，會同該堂官督率司員等，將各犯證晝夜熬訊。自降旨之日爲始，綿課等及刑部堂官，俱不准來園奏事。吏部引見人員，著托津帶領。刑部應奏事件，著司員送園交戴均元具奏。綿課、英和、和寧所管旗務，俱交該旗副都統來園具奏。步軍統領衙門應奏事件，著左右翼總兵具奏。内務府引見奏事，該總管大臣尚有數人，英和亦不准來園。

如初五日以前，或究出正賊，或起獲行印，奏上時必當立予開復。倘仍不能訊出實據，朕於初六日再降旨治伊等之罪。凛之！慎之！

《仁宗睿皇帝實録》卷三六九　嘉慶二十五年四月辛亥

諭内閣，兵部遺失行印一案，三月初八日兵部於湯山具奏。其時，朕即以行印專爲隨營攜帶鈐用而設，必係上年秋圍途間遺失，或被盜竊，當即傳旨，令將行在上年曾經隨圍之兵部書役莫即戈、他庫爾什等押解回京，交留京王大臣會同刑部審訊。綿課等查訊月餘，總稱行印確於上年九月初三日驗明貯庫，其遺失係在入庫以後，因而忽指爲偷竊舞弊，忽指爲藏匿陷害，疑竇百端，供詞日變，愈遠愈幻，舍正文而旁求，實可謂多才多藝矣，迄未究出實情。

經朕嚴旨，綿課等及派審司員分别降革頂帶，飭令晝夜推鞫。始據訊明，行印確於上年八月二十八日在巴克什營地方遺失，看印之捷報處書吏於失印後用備匣加封頂充，並賄囑兵部堂書鮑幹含混接收，當月之司官並未開匣驗視。入庫後，鮑幹復裝點在庫被竊情形，以圖抵卸，衆供吻合，歷歷如繪。現據綿課等呈遞各供，先請將松筠、裕恩及兵部堂官分别嚴議、議處、察議，司員分别革職議處。

此案，兵部當月司員何炳彝、慶祿二人，於行印交到時並未開看，乃初次到案，即合詞堅執開匣點驗，並捏稱慶祿以手彈印錚錚有聲，何炳彝戲言並非石頭何須彈試，以實其辭。且慶祿於訊供時，復稱如果收時匣中無印，願以頭顱作抵，抗言申辯。在伊二人衹圖規避未經點驗處分，造作謊言，以致承審之王大臣等俱信以爲實，專在入庫以後追尋被竊情由，而於收印以前形迹，轉以爲無須再問。是此案拖延日久，全爲伊二人所誤，其情甚爲可惡。何炳彝、慶祿，俱著革職。何炳彝發往吉林、慶祿發往烏魯木齊效力贖罪。慶祿又有願以頭顱作抵之言，直同光棍訛賴，尤爲可惡，著先行枷號一月，滿日即行起解，以示懲儆。捷報處郎中五福喜，輪直晚班典守行印，乃假手書吏，致有疏虞，並於書吏抵充舞弊，毫無聞見；送印之筆帖式中敏，並不點驗交代，致被欺朦；均著照所議革職。其輪應早班之郎中恒泰，在闈失察遺失印信，著交部議處。

至各部院行在印信，向係管帶印鑰之堂官自行存貯。此次松筠率委之捷報處司員，而該司員又委之書吏，以致遺失，松筠之咎甚重。松筠，著革去山海關副都統，以該旗公中佐領用，有缺補授，無缺在旗候補。裕恩，上年署理行在兵部侍郎，咎亦難辭，著退出乾清門，革去侍郎。前鋒統領、副都統，仍留鎮國將軍，隨旗上朝。和世泰、戴聯奎、常福、曹師曾、常英，前已分別降調，此次著免其議處。普恭，亦著免其察議。其交審此案之綿課等現已審出實情，綿課、英和，俱著賞還花翎。和寧、韓崶，著賞還頂帶花翎。曹振鏞、恩寧、王鼎、海齡，俱著開復原品頂帶。刑部及各衙門派審司員，俱著給還頂帶。

兵部行在印信，著交禮部即行補鑄。將印文印式，較舊印量爲改易，以示區別。應用銀兩及鑄造工費，著松筠、裕恩二人賠繳。所有案内舞弊捏供之書吏人等，仍交綿課等會同刑部按律分別定擬具奏。

尋議上，得旨，此案書吏俞輝庭因在帳房睡熟，以致行印被竊，若彼時即行禀報，其罪本不甚重，乃輒以備匣加封抵充，復賄囑堂書鮑幹朦混接收，實屬狡詐。鮑幹受賄，扶同隱飾，又裝點在庫被竊情形，詭譎多端，尤爲可惡。俞輝庭，著加枷號一月，滿日發往伊犁，給種地兵丁爲奴。鮑幹，著加枷號兩月，滿日改發黑龍江給兵丁爲奴。餘俱照擬完結。

書吏王振綱，首先供明行印另有備匣一分，從此究出實情，著審案之王大臣等公賞給銀十兩，並交兵部存記，俟王振綱役滿之日，咨送吏部，以應得之職儘先選用。

《宣宗成皇帝實録》卷二　嘉慶二十五年八月己丑

命刑部尚書和瑛無庸兼總諳達，以御前大臣索特納木多布齋、内大臣阿那保兼總諳達。

《宣宗成皇帝實録》卷四　嘉慶二十五年九月辛酉

諭内閣，托津所管咸安宫蒙古學、托忒學、唐古特學，著賽冲阿管理。宗人府銀庫，著和瑛管理。御藥房、太醫院，著和世泰管理，其管理户部事務，著暫停簡派。

《宣宗成皇帝實録》卷六　嘉慶二十五年十月己丑

調鑲藍旗滿洲都統和瑛爲正藍旗滿洲都統，鑲藍旗漢軍都統晉昌爲鑲藍旗滿洲都統，以貝勒綿志爲鑲藍旗漢軍都統，調鑲紅旗漢軍副都統全善保爲正藍旗蒙古副都統，正藍旗蒙古副都統朱毓瑞爲鑲紅旗漢軍副都統。

《宣宗成皇帝實録》卷九　嘉慶二十五年十一月乙亥

以刑部尚書和瑛署鑲紅旗漢軍都統。

《宣宗成皇帝實録》卷二一　道光元年七月庚戌

贈故刑部尚書和瑛太子太保，賜祭葬，謚簡勤。

《宣宗成皇帝實録》卷一八三　道光十一年正月己卯

諭内閣，富俊等奏查明克什克騰旗台吉拉西巴拉珠爾呈控巴林三旗侵占邊界一案，著照議交熱河都統轉飭該盟長會同巴林、克什克騰扎薩克，遵照從前和瑛、成格等奏明之案，確切指明界址，設立界牌鄂博，以期經久而杜訟端。

附錄三　中國第一歷史檔案館藏硃批和瑛奏摺選輯

奏爲續獲行劫番犯倉吉審明辦理完結事

奴才和寧跪奏，爲續獲行劫番犯審明辦理完結，恭摺奏聞，仰祈聖鑒事。

竊查，嘉慶二年二月，察木多迤東江卡所屬二道坪地方，有商民成體醇被劫，受傷殞命，當將爲首搶劫傷人之番犯羅布藏諾爾布拏獲，研審明確，正法梟示，並將爲從番犯卜羅布槍斃各緣由曾經奏明在案。

尚有逸犯倉吉一名未獲，嚴飭查拏。去後，嗣應於本年二月據察木多遊擊何得方稟報，據江卡營官策登扎什稟稱：逸犯倉吉經番民白馬澤登阿龍在曲踏地方拏獲，訊明實係從前同羅布藏諾爾布等行劫成體醇之犯，於事後逃往三暗巴地方，又搶過番民牛隻三次等情。具報前來，經松筠及奴才和寧飭委察木多遊擊何得方、江卡守備程褒會同確訊，如果實係正犯倉吉，則該犯搶劫得財，事後復又搶劫番民牛隻，即應於犯事地方正法梟示，以儆番衆，並將緝獲賊犯之人發去緞疋、銀兩量加賞賚，以示鼓勵。

茲據遊擊何得方、守備程褒稟稱，接劄後隨即會同審訊，據番犯倉吉供稱：小的年三十歲，前年同羅布藏諾爾布在二道坪放夾壩，見商民成體醇帶有行李，羅布藏諾爾布、卜羅布二人動手，小的在旁助勢，砍傷成體醇，立即殞命，刼得貨物值銀三百餘兩，小的三人均分，各自逃散。小的逃往三暗巴地方躲藏，這兩年記不得日子，小的一人在三暗巴附近地方搶刼過番民牛三隻，並未傷人，亦無同夥的人。今年走到曲踏地方，想要搶些牛隻，就被百姓白馬澤登阿龍拏獲，是實等語。該遊擊等隨傳集營官及江卡貿易年久漢番人等，認明實係逸犯倉吉正身，取具切實甘結。隨將該犯正法梟示，犯事地方其獲犯之營官策登扎什、番民白馬澤登阿龍業經獎賞等情具報前來。

奴才理合將續獲行刼番犯審明辦理完結緣由，恭摺具奏，伏乞皇上睿鑒。謹奏。

嘉慶四年八月二十二日

硃批：　知道了。

（檔號：　〇四—〇一—〇八—〇〇七七—〇〇九）

奏爲川省都司戴文星接駐後藏，又屆期滿，照例出具考語，請照實缺人員邊俸報滿注册升用事

奴才和寧、英善跪奏，爲接駐後藏都司邊俸期滿，循例保舉，仰祈聖鑒事。

竊查，駐防後藏候補都司戴文星，於乾隆五十八年以四川松潘中營守備駐防江孜汛，至嘉慶元年邊俸期滿，由部推升江西廣昌營都司，經松筠及奴才和寧以後藏地鄰邊界，最關緊要，該員操防得力，未便遽易生手。將戴文星即以川省都司轉補接駐後藏，該員如果始終奮勉，俟其接駐三年期滿，再行出

具考語，照例保題升用等因具奏。奉上諭：松筠等奏升任江西都司戴文星，在藏操兵勤奮，差委得力，請留駐後藏等語。著照所請，戴文星即以川省都司補用，接駐後藏，以重操防而資熟手，摺併發。欽此。經奴才等咨明四川督臣，將該都司遇缺即補，嗣因川省缺出先盡軍營人員補用，是以該員在藏候補三年，尚未得缺。

兹據該都司具報，自嘉慶二年八月十七日起，連閏扣至嘉慶五年七月十七日，接駐後藏三年期滿等語。奴才等伏查該都司戴文星，年五十歲由四川成都行伍出師金川、臺灣、廓爾喀，蒙恩賞戴藍翎，洊升都司。自接駐後藏以來，勤慎操防，熟諳夷務，頗爲得力，該員本係選有實缺之員，因熟悉邊防，留駐後藏。今三年邊俸又屆期滿，既不能補授實缺，又不能滿期更換，奴才謹將該都司三年期滿，照例出具考語，據實恭摺保奏，可否准實缺人員邊俸報滿，注册升用之處，出自皇上天恩，恭候命下。奴才等行文四川督臣，遵照至駐防後藏，乃留戴文星駐劄，俟川省軍務完竣，再行更换。

爲此具奏，伏乞皇上睿鑒訓示。謹奏。

嘉慶五年十一月初二日

硃批：即有旨。

（檔號：〇四—〇一—一六—〇〇九一—一四一）

奏爲審明外委蒲順有殺斃兵丁案，按律定擬事

奴才和寧、英善跪奏，爲駐防恩達寨外委殺斃兵丁，核擬具奏，仰祈聖鑒事。

竊因嘉慶五年十一月十九日，據察木多遊擊何得方稟稱，遊擊風聞駐防恩達寨外委蒲順有需索番民青稞、羊隻、銀兩之事，先差把總張文耀前往密查。旋據該把總查明，蒲順需索番民那木卡喇莫布等銀兩屬實，即委千總楊鈞、外委馬貴往提人證，赴察木多查辦。詎外委蒲順因跟役兵丁田倖將需索實情告知張把總，忿恨莫施，用腰刀砍傷田倖。時值兵丁段貴勸阻，因房屋黑暗，蒲順誤將段貴連砍身死，理合報明等因。奴才等當即飭外委察木多糧員、知縣雷應暢前赴恩達寨相驗屍傷，提齊犯證，訊取確供具報。

茲據該糧員報稱，如法相驗，得已死兵丁段貴小刀致命傷六處，不致命傷二處，十指俱帶劃傷。又菜刀致命傷二處，不致命傷四處；又木器致命傷一處；又鐵斧致命傷二處，不致命傷一處；實係生前被殺身死。又驗得兵丁田倖腰刀砍傷七處，皆皮破血出，查起各凶器與傷痕比對相符，並提齊犯證，當堂研訊。

緣該外委蒲順駐防恩達寨，曾因點充頭人，需索過羊隻、青稞、銀兩，經遊擊何得方風聞，差把總張文耀赴恩達寨，密向跟隨蒲順之兵丁田倖等查詢蒲順需索番民屬實，隨即稟覆。該遊擊復差弁提取人證質訊，蒲順因需索之事係田倖說出，始被遊擊提訊，一時氣忿，頓起殺機，在廚房用腰刀連砍田倖。

適兵丁段貴前往看視，見蒲順忿砍田俸，黑暗中將蒲順抱住，田俸走脱。蒲順因腰刀跌落，隨手拔取段貴所帶小刀，亂砍段貴額門等處。段貴奪刀，蒲順復又摸取牛耳菜刀亂砍頂心等處，段貴用手架落，蒲順復取小板凳打傷段貴太陽撲地。蒲順復拾劈柴鐵斧向段貴腦後連砍，當時殞命。千總楊鈞聞信前往，即將蒲順拏獲捆縛。該犯蒲順堅稱欲殺田俸，誤將段貴殺斃，理合録供具詳前來。

查律載，謀故殺人而誤殺旁人者，以故殺論。故殺者，斬監候等語。奴才等詳核此案供情，該外委蒲順始因需索番民事發，忿恨係田俸告知，起意將其殺死。迨田俸走脱，腰刀跌落，蒲順復因被段貴抱住，遂連用小刀、菜刀、木凳、鐵斧砍傷段貴，登時斃命。查該犯以番地駐臺微弁逞凶泄忿，一死一傷，未便依『誤殺旁人斬監候律』擬斬監候，相應請旨，即行正法，以肅營伍，而重邊防。

至該管遊擊何得方雖風聞蒲順有需索情事，當即查辦，究係失察於前。奴才等未能先事覺察，亦屬不合，應請旨一併交部議處。

除將呈案供詞咨送刑部外，理合恭摺具奏，並另繕該糧員驗訊傷供清單，恭呈御覽，伏乞皇上睿鑒。謹奏。

嘉慶六年正月二十日

硃批：即有旨。

（檔號：〇四—〇一—二六—〇〇一七—〇〇一）

奏爲查明章京寧山原案係聽從永舒私改册籍，奉旨發往喀什噶爾以來頗知愧悔，請旨釋回事

奴才托津、和寧、富明阿跪奏，爲請旨事。

竊奴才等接伊犁將軍松筠來咨，准刑部咨稱： 查原任知州永舒在塔爾巴哈臺糧員任内挪移庫項銀一千六百兩，年滿時無力措交，懇求章京寧山將册簿私商改爲朦混交代，迨調回内地後將銀送還，又被書吏姚殿甲等侵蝕事犯，奉旨發往伊犁充當苦差。 其虧缺銀兩，經永舒呈請，在伊胞兄廣東轉運司永慧名下代爲完繳，業經奏明在案。

今查永慧代繳之項，既於限内完全例得聲請，惟永舒係欽奉特旨發遣之犯，與僅止因公挪用官項者不同。 且聽從代爲改册之寧山業經發遣回城，若該犯遞請免罪，而寧山轉爲遣所，未免偏枯。 應行令該將軍將該犯犯案情節奏明，請旨定奪，導行可也。 查永舒於未奉部文之先，業經病故，毋庸查辦外。 惟寧山一犯，係發往喀什噶爾等處當差，應由喀什噶爾奏辦等因，咨行前來。

奴才查寧山原係因聽從永舒私改册籍，奉旨發遣南路，以示懲儆，於嘉慶六年二月發到喀什噶爾當差。 自到戍以來，頗知愧悔，幾遇差遣，不辭勞悴，實屬奮勉，並無過犯。

可否准其釋回之處，出自皇上天恩，謹將寧山獲罪情由恭摺奏請聖明睿鑒，訓示遵行。 謹奏。

嘉慶八年十二月十三日

硃批：另有旨。

（檔號：〇四—〇一—一二—〇二六九—〇二〇）

奏爲伊犁錫伯營革退藍翎莫爾根太到戍已滿三年，循例請釋回事

奴才和寧、隆福跪奏，爲據情循例奏聞請旨事。

竊查，伊犁效力各客犯由革職杖徒加重發往者，定例到戍三年期滿，奏聞請釋，准移咨遵照在案。兹有發遣回城充當折磨苦差之伊犁錫伯營革退空藍翎莫爾根太，係派管卡倫，誤認馬蹤，妄拿無辜哈薩克阿勒達雅爾等四人，擬將該犯先行枷號一年示衆，滿日發遣回城充當折磨苦差。

奉旨，將莫爾根太著枷號一年，滿日再發回城充當折磨苦差。欽此。欽遵解送前來，當將該犯分撥英吉沙爾收管，充當折磨苦差。兹據英吉沙爾領隊大臣達靈阿具報，該犯莫爾根太於嘉慶六年二月十五日到配，嘉慶九年二月十五日已滿三年。該犯到戍以來，勤慎當差，並無過犯，應否照依伊犁效力官犯三年期滿之例，奏聞請釋之處，祈爲核辦等因前來。

奴才等查，莫爾根太原係枷號期滿發往回城充當折磨苦差之犯，今到配已滿三年，據該領隊大臣咨稱當差勤奮，並無過犯，核與伊犁當差官犯三年期滿請釋之例相符，理合查明該犯原案事由，循例奏聞。

請旨可否釋回之處，出自皇上天恩，伏候聖明訓示。謹奏。

嘉慶九年二月二十四日

硃批：另有旨。

（檔號：〇四—〇一—〇八—〇一三九—〇一四）

奏爲調劑倉貯餘糧，以慎兵糈事

奴才和寧、伊斯坎達爾跪奏，爲調劑倉貯餘糧，以慎兵糈，以裕回民，仰祈聖訓事。竊查，喀什噶爾、英吉沙爾兩屬回民，每年額納三色糧八千四百餘石，以供官兵口食，盡收盡放，並無餘糧。嘉慶二年，經參贊大臣覺羅長麟奏請，采買小麥一萬石存倉，以備緩急。復因調取伊犂官兵六百餘員名前來駐守，歲收糧石不敷支放，奏請將運送伊犂布內減去七千疋，改收糧四千石，始足一年之用。嗣於嘉慶六年，伊犂將軍保寧因地方無事，奏請撤回滿洲官兵三百餘員名，每年已節省糧二千石。又於嘉慶八年，參贊大臣托津奏請，將索倫錫伯官兵三百餘員名全行撤回，每年又節省糧二千石。共計自嘉慶六年七月起，至本年十月止，除備貯小麥一萬石並撥出十年分應支官兵口食外，實積存餘糧一萬二千八百餘石。

奴才親身赴倉逐厫查驗，大小厫間俱已貯滿，再若全數徵收，年復一年，愈積愈多，回地雖無霉雨，而露屯風撓，易於朽敗，殊非慎重倉儲之道。奴才與阿奇木郡王伊斯坎達爾再四熟商，欲照烏什糶糧之例，於明春青黄不接之時，按市價酌減錢二三十文出糶四千石，是否可行？並詢之衆伯克等，僉稱情願出糴賣繳價，歸款於回民，亦可接濟等語。

奴才伏思，此次出糶糧四千石之後，尚有餘糧八千八百餘石，又小麥一萬石，俱係額放口食之外實貯在倉，足敷備用。其每年多交四千石之糧實無用處，與其徵而復糶，多費周章，莫若量爲調劑，與倉貯、回民兩籌裨益。因復面詢伊斯坎達爾等，若將此項糧石自嘉慶十年秋季爲始改收錢文，於回民有無益處？隨據大小伯克等當堂跪求，奏懇大皇帝天恩，俯准將此項糧石折收錢文，則闔屬回户仰沐高厚鴻慈，益無涯涘。其折交價值小麥，每石願交錢一百四十文；大麥、高粱，每石願交錢一百文。不獨小回子免勞駝運，踴躍輸將，而回莊多此餘糧，市價亦自能平減等語。

奴才核計該伯克等請定之價，與從前交布之數有盈無絀，尚屬有便於回民，爲此據實陳奏，如蒙恩允，則每歲折收糧價錢四五百千文，盡可搭放官兵鹽菜，報部核銷。且於歲調經費項下每年節省銀二千餘兩，如此略爲變通，於倉儲、民食均歸實濟，是否有當？

伏乞聖明訓示施行。謹奏。

嘉慶九年十一月初三日

硃批：另有旨。

（檔號：〇四—〇一—〇三—〇一四二—〇二三）

奏報收齊平糶錢文等事

奴才和寧、伊斯坎達爾、阿爾他什第跪奏，爲收起平糶錢文，並清查舊存新折錢款，歲有盈餘，酌擬駐防兵丁鹽菜加成搭放，以節經費銀兩，仰請聖訓事。

竊奴才和寧上年查明歷年節省餘糧，奏請照烏什平糶之例，按市價酌減出糶，以裕回民口食。並將歲收無項支銷之三色糧四千石，自嘉慶十年秋季爲始改收錢文，於回民實有裨益，所收錢文搭放官兵鹽菜等，因仰蒙恩准施行，欽遵在案。

茲據阿奇木郡王伊斯坎達爾派令四品商伯克等，於二月初旬領出三色糧四千石，每石照市價酌減二十五文，共糶錢四百一十四千，業已陸續交清，歸入正項，照例咨報户部備查。奴才等伏查，喀什噶爾每年由甘省調解經費銀一萬二千兩，又解送生息銀一千三百五十兩，又喀什噶爾所屬地方每歲額徵正項及房租地基抽收税務、綢緞變價等項錢，共三千七百餘串，原議官兵鹽菜俱按四成銀六成錢搭放，是以節年餘剩錢文積存貯庫，無可支用。

今查，存庫錢款除備貯錢五千串常存不動外，尚存餘錢三千七百五十餘串，又加每年餘糧折價錢五百一十二串，愈積愈多，似於錢法有礙流通。奴才等通盤籌畫，與其虛貯錢文，莫若搭放兵丁鹽菜，可以省調解經費銀兩。隨詳細核算，除官員等鹽菜仍照四成銀六成錢支發，毋庸更張。所有駐防滿洲、綠營兵丁等月支鹽菜，請自十一年爲始，俱按二成銀八成錢搭放，照例每銀一兩合錢二百二十文支給，既與市價相等，而該兵等亦可省零星易换之煩，合計官兵等每歲需錢四千三百三十餘串，尚不敷錢八十餘串，即在庫貯三千七百五十餘串餘錢内陸續添發，足敷三十餘年之支銷。奴才等請嗣後每年由甘省祇需調取經費銀八千兩，仍照例解送生息銀一千三百五十兩，足敷支放官兵鹽菜，尚有盈餘。如蒙俞允，奴才等將每年支用細軟數造册，咨報户部核銷。

是否有當伏候聖明訓示施行。謹奏。

嘉慶十年六月十八日

硃批：户部議奏。

（檔號：〇四—〇一—三五—〇七六四—〇二一）

奏請調歲需經費銀兩事

奴才和寧、阿爾他什第跪奏，爲請調歲需經費銀兩，仰祈聖鑒事。

竊查，喀什噶爾、英吉沙爾兩城，舊例每年由甘肅省調取經費銀一萬二千兩支放官兵鹽菜。本年，經奴才等核辦庫貯餘錢並糧石折收錢文，歲積爲數過多，奏請將兵丁鹽菜自嘉慶十一年爲始改爲二成銀八成錢搭放，每年只須調取經費銀八千兩，足敷支用等因。經户部議准覆奏，奉旨依議，欽此。欽遵在案。兹届應調十一年分經費銀兩之期，奴才等除咨明陝甘督臣由司庫撥解銀八千兩，以備支放喀什噶爾等兩城兵丁鹽菜之需，理合循例具奏。

伏乞皇上睿鑒。謹奏。

嘉慶十年九月二十一日

硃批：知道了。

（檔號：〇四—〇一—三五—〇九四一—〇三五）

奏爲恩賞《御製勤政殿記》墨刻謝恩事

奴才和寧跪奏，爲恭謝天恩事。

閏六月二十四日，接奉恩賞奴才和寧《御製勤政殿記》墨刻一卷，奴才恭設香案，叩頭祇領訖。欽惟我高宗純皇帝勤政，體乾健之行，統六十年如一日。我皇上持敬啟丹書之秘紹，十六字於一言，乃復以敬其事者，厚勵臣工；以勤其業者，下箴黎庶。盖敬者，勤之本；怠者，逸之由。恭繹天語，真醇非比尋常翰墨也。奴才俯慚譾陋，仰沐高深，既展卷而澄思，復反身而則己。謹懸室壁，□期□目，怵心擬對，天顏更切，洗瑕滌垢，勉桑榆而非晚，竭犬馬而不遺。奴才惟有（振刷精神，勉圖報稱，不敢因回疆僻遠，稍事偷安）（硃批：汝實有躭逸厭勞之癖，戒之），以冀無負聖訓諄諄之至意。

奴才感激微忱，理合繕摺具奏，恭謝天恩。謹奏。

嘉慶十年七月初二日

硃批：覽。

（檔號：〇四—〇一—一五—〇〇三二—〇三〇）

奏報撥庫貯銀兩接劑喀喇沙爾支放官兵鹽菜事

奴才和寧跪奏，爲酌撥庫貯銀兩，接濟喀喇沙爾支放官兵鹽菜，恭摺奏聞，仰祈聖鑒事。

竊查，喀喇沙爾本年夏季册報，實存銀七千八百四十餘兩，普兒錢一千四百九十餘串。兹據該辦事大臣來齡查出該故員伊精額虧短庫貯銀三千六百六十餘兩、普兒錢九百七十餘串等語，隨飭糧餉局章京白豐詳細核算該處官兵六百餘員名，計其現存銀數只敷支至十二月止。其春季應需鹽菜，向例俱在十二月支放，今查該處虧空銀數僅剩銀一百餘兩，其春季鹽菜實在無項可支，惟普兒錢現存三百餘串，尚敷搭放等語。

奴才伏思，該處官兵六百餘員名，於歲底不能照例關支鹽菜，而甘省應撥經費約在明年春方能解到，實係鞭長莫及。恐來齡張惶不知所措，若令近城居住之土爾扈特等知曉，甚屬不成事體。奴才查喀什噶爾庫内現存備用銀一萬六千兩，隨提出元寶四十箇，派委都司沙武德於查驗軍臺馬匹之便，帶解此項銀兩前赴喀喇沙爾交與來齡，令其不動聲色，照常支放明歲春季官兵鹽菜。俟甘省應撥該處經費銀兩到時，再行解還喀什噶爾庫内歸款。

所有撥解庫項接濟喀喇沙爾官兵鹽菜銀兩緣由，理合恭摺具奏，伏乞皇上睿鑒。謹奏。

嘉慶十年十月二十五日

硃批：所辦甚是。

奏爲接奉諭旨，欽遵察辦已故糧員伊精額虧短庫銀數目事

（檔號：○四—○一—三五—○九四一—○三七）

奴才和寧跪奏，爲奏聞事。

十一月初二日，據喀喇沙爾辦事大臣來齡咨内恭録欽奉上諭：據來齡查出已故糧員伊精額虧短庫貯銀四千四百餘兩、錢一千餘串，實堪駭異。現在該員雖已身故，自應將伊子及應管書吏人等一併革審，照例查抄，其未盤倉貯糧石亦著徹底清查，無任絲毫含混。至伊精額虧空累累，其生前究竟作何使用？是否伊一人花銷？抑有餽送上司之事？從前麒麟保在任時曾否向伊需索餽送？亦應一併參奏。著來齡徹底查明，嚴審定擬具奏。欽此。

奴才伏查此案，應訊人證經來齡於上月十六日派員押解起程，本月初六日已到喀什噶爾在案。奴才惟有欽遵諭旨，秉公查辦。兹據來齡咨稱，原虧數内續行追出伊精額私行出借銀一千七百九十二兩零，又繳還賒欠綢緞價錢一百一十九千八百三十九文等語。

奴才伏思，此外尚虧銀數千兩，誠如聖諭，伊精額究竟作何使用？恐有餽送上司之事。查該員管理糧餉已歷十一年之久，該管辦大臣等惟來齡到任半年，其前任大臣等如有收受餽送，未必止麒麟保一人矣。奴才隔別嚴訊，悉心推鞫，務究該故員節年使用銀錢賬目，徹底清查，如有前項情弊，即分晰據實參奏，斷不敢稍有瞻徇，自干罪戾以異，仰副我皇上整飭邊疆之至意。

所有接奉諭旨，欽遵察辦緣由，理合繕摺具奏，伏乞聖明睿鑒。謹奏。

嘉慶十年十一月初七日

硃批：秉公辦理，不可瞻徇。

（檔號：○四—○一—○八—○一一七—○一九）

奏爲查訊喀喇沙爾虧空案内供出前任辦事大臣麒麟保等得贓聚賭等，據實參奏事

奴才和寧跪奏，爲查訊喀喇沙爾虧空案内供出前任辦事大臣，得贓聚賭各種情由，據實參奏，仰祈聖鑒事。

竊查，喀喇沙爾已故糧員伊精額，自乾隆五十九年起，至本年八月止，庫内出入銀錢及發賣綢緞各項賬簿，均係該故員親手用紅筆標畫清文日期，存記在案。奴才自本年以前挨次查閱，查得九年正月二十一日，麒麟保借元寶四錠。二十九日，又借銀七百兩。後寫共收銀五百二十六兩，不敷銀三百七十四兩，下注『老爺賠』三字。隨提訊書吏高大順，供稱：麒大人兩次借銀九百兩之賬是小的寫的，後因兑支大人京城養廉，並劉管家等陸續還過，共銀五百二十六兩，下欠銀三百七十四兩並未還清，所以注明伊章京賠。是實。又，家人劉大等六人取用綢緞，價值普兒錢七串六百四十一文，劉大外借銀五兩，賬上都是有的。

又調訊伊精額之子葉布肯，供稱：　麒大人到任後，即差家人劉大來借銀二百兩，當即如數借給。後又差劉大來，庫内現有故民寄存銀款，大人要借一千兩，轉放與商民生息，自行使用。我父親嫌其太多，不肯借給，麒大人不依，只得將故民寄存銀内挪給七百兩。前後共借銀九百兩，内除要回銀外，尚欠銀三百七十四兩。是實。又供稱：　麒大人自上年正月至本年正月，時常約我父親並舍章京、鐸章京、托遊擊一同賭錢擲骰子，一年之間，我父親陸續輸過普兒錢一百五十餘串。是真。

又據書吏高大順供稱：　麒大人到任後，時常邀章京們擲骰子，伊章京輸了錢，即差馬兵陳登貴向小的取錢，共輸過錢一百五十七串九百四十六文，陳登貴送上去，賬上俱寫『老爺用的』。是實。又據陳登貴供稱：　麒大人起初喚伊章京們射鵠，後來擲骰子，伊章京輸了錢，俱是小的向高大順要錢送上去的，記不得數目了。又據書吏劉士賢供稱：　麒大人擲骰子解悶，人所共知，小的自上年八月接手寫賬，伊章京輸的普兒錢寫在賬上，至麒大人從前輸過銀兩，小的彼時未補額書。到今年三月麒大人進京時算賬，實欠銀三百七十四兩，有賬簿可查。各等語。

（奴才）伏查，該故員伊精額虧空庫項固非止此一款，而該大臣麒麟保一年之内實勒索銀三百七十四兩，又賭贏普兒錢合銀七百一十七兩，又家人取用綢緞未交普兒錢合銀十兩，又借銀五兩，以上銀錢各款供證確鑿，賬簿分明，均非捏造。麒麟保身任專城重寄，乃行同市井，射利盈千，尤非需索餽送可比，應請旨將麒麟保革職，交刑部治罪，以爲新疆大員貪鄙不法者儆。

又據高大順呈出扯下賬簿三篇，訴稱：　緣嘉慶七年，章京鐸明、伊精額二人因錯擬罪名，降調離任，求明大人奏請留任，餽送銀四百兩，鐸明於臘月二十八日由庫内借去元寶四個，在這賬上注明。今年伊章京病故後，來大人委鐸章京盤查庫項，我怕鐸章京見了他的欠賬，他必要銷毀，是必此項元寶無有著落，我經守的罪更大了，恐大人問我，我無對證，故此我撕下這三篇賬，呈請參贊大人。

又據葉布肯供稱：　我父親同鐸明因部議降調，明大人保留後，管門家人蔣大説大人要借銀四百兩。我父親與鐸明將銀送上，蔣大復又駁回，勒令我父親與鐸明各立借銀二百兩券約，造正月初十日。接奉諭旨，准留本任後，蔣大即催要前銀，隨將元寶八錠送交蔣大收了，鐸明在庫内借去元寶四錠。是實。今年我父親病故，查出虧空銀數千兩，又聞參贊大人提審，鐸明走來向我説，我欠局中銀三百多兩，你若將我欠的原賬帶去呈參贊大人，與我不便。今送你盤費一包，求你到案審訊時，切不可供出我借元寶四錠送明大人一節，案結後，自然照應你等語。葉布肯復又痛苦供稱：我父親已負皇上恩典，虧空許多，我若再受此銀兩，愈加重罪，謹將原銀一包絲毫未動，呈遞參贊大人。各等語。

奴才伏查，嘉慶七年十一月明興到任，未及一月，輒違例保奏章京二員，彼時原招物議，其家人蔣大設法勒索銀四百兩，明興是否知情？礙難懸擬，應請旨將明興家人蔣大拿刑部嚴審，定擬具奏。至章京鐸明賄囑葉布肯令其隱匿饋送一節，雖查有鐸明曾借元寶四錠，但是否同該故員伊精額面交蔣大？再，高大順所供情詞是否屬實？必須鐸明到案後質審相符，方稱浮獄，應奏請將章京鐸明解赴喀什噶爾，訊取確供，另摺奏聞，歸案辦理。

所有奴才現在審辦緣由，理合先行具奏，並繕寫各犯供單，恭呈御覽，伏乞皇上睿鑒。謹奏。

嘉慶十年十一月十六日

硃批：　即有旨。

（檔號：　〇四—〇一—〇八—〇一一七—〇二八）

奏爲原委查庫章京鐸明等即係通同挪借庫項之人，不肯切實舉發事

奴才和寧跪奏，查此案，該大臣原委查庫之章京鐸明、舍琿，遊擊托勒京阿等三員，即係通同挪借庫

項之人，各有回護私心，是以初次盤查不肯切實舉發，僅將虧空總數籠統具奏。迨至十月十二日，接准奴才提審之咨，已一月有餘，該章京等既不詳查庫簿，按款呈報，又恐人證到喀什噶爾供吐實情，隨揑稱嚴追故員之子葉布肯繳還歸款續行入奏，以爲預占地步，意欲遮掩現任官員挪借處分，兼可以消滅前任大臣劣迹。種種舞弊，該大臣始終受愚，自罹重咎。奴才與來齡未謀其面，大約止於不曉事體，却未聞別項不好聲名。

謹據實附片奏聞，伏祈睿鑒。

嘉慶十年十一月十六日

硃批：汝辦理此案，實屬可嘉。

（檔號：〇四—〇一—〇八—〇一一七—〇二〇）

奏爲查明喀喇沙爾虧空實數，著落歷任大臣分別追賠事

奴才和寧跪奏，爲查明喀喇沙爾虧空實數，著落歷任大臣分別追賠，恭摺奏聞，仰祈聖鑒事。

前准喀喇沙爾辦事大臣來齡咨抄，欽奉上諭，内開：已故糧員伊精額虧短庫貯銀錢，伊精額前任糧員又係何人？有無原舊虧空？均著來齡查明嚴審，定擬具奏。欽此。彼時准該大臣已將該故員庫簿賬目咨送喀什噶爾，來齡未及覆奏。

奴才查，乾隆五十九年，伊精額係接前任糧員、京城主事職銜雙祥交代，原虧銀二百八十二兩零，又

虧普兒錢五十串八百文，共合銀五百一十三兩零。該大臣渾入伊精額虧空數内具奏，並未聲明。今查，伊精額共虧短庫存正項銀三千六百六十九兩零，普兒錢九百七十七串七百零。又虧短庫寄故民遺存銀八百八十一兩零，普兒錢七十八串六百文。此係虧空總數目，應分別款項，訊取確供，核實查辦。

奴才詳查，庫簿内有該處官兵借支銀錢一款，隨提書吏高大順，訊問此項銀錢係借給何人？始自何年？據供：此項銀錢，實係陸續借給章京、筆帖式、遊擊以下員弁、屯兵等，均在各應領鹽菜内坐扣，自嘉慶六年借起，按季扣還。截至所有本年伊章京故後查出，借給官兵銀錢一款，其兵丁多係本年秋季借出，即在冬季鹽菜内扣還；其官員等有係本年借的，亦有二三年前積下的等語。

又查，有售賣綢緞一款，訊據高大順供稱：本處大人、官員、兵丁、圖爾扈特台吉等買用綢緞，其價錢俱係在應領項下扣還，俱有硃賬簿，一季一清，並非伊精額私將綢緞賒給外人等語。

查該大臣續奏，内稱：伊精額累年侵盜虧空，每遇盤查，俱係預借商民銀錢暫行備點。奴才隨詰問書吏高大順、劉士賢：本年三月來大人查庫時，伊章京借過買賣人多少銀錢預備點驗？高大順等仝供：今年三月大人查庫時，小的將官兵等借支鹽菜，並售賣綢緞未交價錢，造具總數細册，章京等呈遞來大人閲看。除此數外，其所虧銀兩，伊章京請商民十二家内九家湊成銀錢，共三千幾百兩，足備點驗等語。該大臣又奏稱：率同章京等嚴追葉布肯，追出私借賒價繳還銀一千七百九十一兩零，普兒錢一百一十九串八百零，將追出銀錢先行報部歸款。奴才隨提訊葉布肯，供稱：九月初六日來大人發摺後，將官兵所欠銀錢，大人交署糧員舍琿按册追討，官兵等即繳還銀錢，尚有未交的。是實。彼時已將我看守，焉能出去討賬呢？

奴才又查，故民寄庫銀錢一款，原備其親屬具領，隨時給發，雖非正項，本不應擅動絲毫。該故員伊精額以爲無憑查考，濫行花用，致與庫貯正款糾纏不清，此麒麟保所以挾制伊精額向其勒索也。

又查，有原任大臣訥音拖欠普兒錢三十二串三百零，納沁保家人欠銀六兩，又欠綢緞普兒錢六串二百零，均載在庫簿未還。其餘各任大臣，如德勒克扎布、普福、阿爾他什第、綳烏布、來齡等任內，除支領養廉外，並無拖欠銀兩。訊之葉布肯、高大順，僉供：五位大人實無需索饋送情事等語。

以上各款，奴才逐細核對原奏虧空數目，所有借與官兵等銀二千三百一十三兩零，又借與官兵等普兒錢及綢緞未交價錢五百一十二串一百零。除該大臣前次飭令該章京收回外，其官兵未完銀錢，行令該管大臣照數追繳，以清庫項。

此外，尚虧銀二千二百三十七兩零，普兒錢五百四十四串二百零，其爲該故員伊精額十一年之内零星花費，已無疑義。查律載，監臨主守將係官錢糧等物私自借用，或轉借與人者，並計贜以監守自盜論等語。此案，伊精額業已身故，其子葉布肯並非經手之人，書吏高大順、劉士賢謹係登記庫簿，應如何定擬之處，抄錄全供，咨送刑部核辦。

又律載，虧空人員，除查明家産盡數追繳外，如有借支、借領及同官挪借，將所借欠之項責令追還，以抵該員虧空，仍分別議處等語。查該處章京、筆帖式、遊擊等，明知係挪移庫項，累借多年，應交該管大臣照數追還，仍查取職名，咨送吏、兵二部議處。

又律載，屬官虧空，上司明知故縱者，令徇隱之上司各賠一分等語。此案該大臣來齡於本年三月查庫時，明知有官兵私借銀錢册簿，呈驗開除，彼時並不查究，仍聽該故員夏、秋兩季私行出借，實屬故縱，應照例著賠十分之一。

又律載，各省虧空實係侵貪入己者，本犯無力完交，令該上司分賠等語。所有伊精額虧空項，除已抄没任所衣物、原旗財産，僅變價銀四百六十五兩抵補外，其餘銀三千六百五十一兩零，無可著落，應照例著落歷任大臣，自乾隆五十九年起，至本年八月止，按照任事年月計數分賠，仍查取職名，咨送吏、兵二部議處。

奴才謹擬追繳分賠，核定細數，繕寫清單，恭呈御覽，伏乞皇上睿鑒。謹奏。

嘉慶十年十一月十六日

硃批：另有旨。

（檔號：〇四—〇一—〇八—〇一一七—〇二一）

奏報查辦喀喇沙爾已故糧員伊精額虧空庫項事

奴才和寧跪奏，爲欽奉諭旨，親提虧空經手人證，覆訊確供，併按册查明借欠庫項花名，據實奏聞，仰祈聖鑒事。

竊查，十二月初十日，恭接内閣奉上諭：據和寧奏喀喇沙爾已故糧員伊精額虧空庫項，請將經手人證提取研訊，並請將該管大臣交部嚴議一摺，所奏甚是，此案著交和寧親提嚴鞫，按律定擬具奏。如訊明來靈有染指分肥情事，即著據實嚴參。其歷任大臣任内如何盤查交代，並著逐一詳核，如有得受伊精額饋送、賄賂，扶同揑飾之處，一併據實參奏。欽此。

又，本月十二日，准軍機大臣字寄欽奉上諭：　閱來靈摺内稱，訊據葉布肯等供出伊精額自乾隆五十九年至本年八月，累年侵盜虧空，每遇盤查，俱係預備商民銀錢，暫補備點，亦有濫行私借銀錢及賒賣綢緞價錢等語。自乾隆五十九年至今已十餘年，該管大臣並非一任，豈竟毫無覺察，何以從未查參，是否有知情不舉、分肥容隱情弊？和寧當向葉布肯詳細秉公查究，歷任大臣果有别項情弊，即應據實嚴參，不可稍涉瞻徇。仍著和寧嚴究葉布肯，除抄没外，有無隱匿寄頓之處，據實查奏，毋致不實不盡。和寧前任巡撫時，辦事軟弱，未免好名，新疆係邊陲要地，惟當破除情面，實力辦理，以資整頓。來靈摺著抄寄閲看，此諭令知之。欽此。遵旨寄信前來。

奴才跪誦之下，荷蒙聖訓，最以實力整頓，感悚交深，且於虧空積弊洞察無遺，實深欽佩。伏查喀喇沙爾歷任大臣，如麒麟保、明興兩任，業將訊出需索、聚賭各款，據實參奏在案。其餘各任大臣，於盤查交代時，有無染指分肥、得受饋遺之處，自應欽遵諭旨，切實研究，毋致隱漏。

惟查來靈續奏摺内，有嚴追葉布肯追出私借賒價繳還銀錢之語。該故員究係借給何人？始自何年？當即札飭署糧員舍琿調到原借花名細册，逐一查閲。今查得册載該城文武官弁、兵丁、商民暨土爾扈特、回子等一百九十餘人，零星借欠，多寡不均，共計銀五千三百餘兩，殊堪詫異。緣該城陋習，官兵、回夷等由庫内借支銀錢、賒取綢緞，相沿十有餘年，每逢該管大臣到任盤查，先將借欠名册點驗開除。此外虧空之數，係糧員預備商民銀錢，以備盤查。是該處濫借庫項之弊，公然開列號簿，呈堂點驗，並非伊精額盜寄他所營私放債，亦非其子葉布肯指引私欠妄抵虧空，該大臣何得諉爲不知？且風聞伊精額出缺之後，來靈本欲題補筆帖式斐森布，因其不敢擔補虧空，是以中止。果不出聖明洞鑒也。

至借欠銀錢册簿，該大臣發摺後，交署糧員舍琿收去，按名查追。彼時，該處商民、土爾扈特、回子等深知畏懼，紛紛呈繳銀一千七百九十餘兩，普兒錢一百一十九千八百零，共合銀二千三百三十餘兩。其餘册内未完花名，多係本年賒借，並非積年陳欠，來靈自應將現在查追情形據實陳奏。乃接准奴才提審咨文，捏稱嚴追葉布肯，繳出銀錢若干，濛混入告，意圖掩飾本任知情及同官挪借處分，是其知情故縱之咎尚輕，取巧欺罔之咎更重。

其前任大臣等，並無一人查參禁止濫借，是伊等失於覺察之咎尚小，明知容隱之咎較大。查普福、訥音、納沁保早經物故，綳烏布業已革職，麒麟保另案嚴參毋庸議外，其德勒克扎布、阿爾塔什第、明興、來靈等四員，均應請旨交部嚴加議處。

再，章京鐸明、舍琿既已通同挪借於前，又不分晰查辦於後，鐸明欠普兒錢五十餘千，合銀二百餘兩，現因另案解任質審，尚未到案。舍琿欠普兒錢三十餘千，合銀一百三十餘兩，俱應勒限嚴追以歸原款，仍請旨一併交部嚴加議處。

至商民、土爾扈特、回子等所借銀錢，業已趕緊交清，尚知畏法，合無仰懇聖恩，免其究治。其筆帖式、備弁、兵丁等所欠銀錢，可否准其在於春、夏兩季應支鹽菜内清還，免其究治，出自皇上天恩。仍嚴諭該處官兵、回夷等，嗣後勿得再向糧員借支庫項，違者重懲。

至歷任大臣有無收受賄賂之處，奴才親提葉布肯、高大順、劉士賢等覆加嚴訊，並查對賬簿，除麒麟保、明興、納沁保、訥音四任外，別任並無需索拖欠情事，矢口不移，似無遁飾。

又嚴究葉布肯，據供除抄没家産外，並無隱匿寄頓。究係一面之詞，應行文烏魯木齊都統，再行訪查原旗，取具該管協領等印甘各結。咨覆到日，另行報部備查。所有奴才遵旨詳細查辦緣由，理合恭摺具奏，併繕寫覆訊各犯供單，恭呈御覽，伏乞皇上睿鑒。謹奏。

嘉慶十年十二月十八日

硃批：另有旨。

（檔號：〇四—〇一—三五—〇七六五—〇一一）

奏爲提到喀喇沙爾虧空案内章京鐸明，訊取確供，咨部歸案辦理事

奴才和寧跪奏，爲提到喀喇沙爾章京，訊取確供，咨部歸案辦理，恭摺奏聞，仰祈聖鑒事。

竊查，喀喇沙爾虧空案内，經奴才嚴訊葉布肯、高大順等，供出已故糧員伊精額同章京鐸明曾饋送前任辦事大臣明興銀兩一款，於十一月十六日具奏。該章京鐸明解任，質審在案，兹於正月初六日，據該管大臣將鐸明解任委員，解送到案。

奴才提同葉布肯、高大順等當堂對質，據鐸明供稱，嘉慶七年十一月，鐸明與該故員伊精額因錯擬罪名，部議降調，懇求明大人保留，改爲革職留任。彼時，管門家人蔣大勒索銀四百兩。是實。又，原欠庫内普兒錢五十七串，未能清還。上年十月，參贊大人提審葉布肯時，原送給盤費銀五十兩，囑其不可

供出鐸明借過銀錢一節。今既據葉布肯、高大順等供吐實情，鐸明不敢抵賴等語。

奴才伏查，該章京鐸明挪借庫項饋送上司，並將明興家人蔣大勒立借約索取銀兩情節，一一供認不諱。查與葉布肯等前供相符，自應抄錄鐸明供詞，咨送刑部，嚴訊蔣大其贓銀四百兩是否明興收受？抑係蔣大指騙？俱應查追入官，仍聽刑部審明，按律定擬具奏。

至鐸明賄托葉布肯贓銀一包，解交喀喇沙爾庫内充公。其原借庫内元寶四錠，據供折算普兒錢續行借用，共欠錢五十七串，核與署糧員送到原册沾簽數目相符。查普兒錢五十七串，合銀二百五十九兩，應奏請將鐸明革職，解回烏魯木齊，交與該都統勒限嚴追，報部歸款。

謹繕訊過鐸明供單，恭呈御覽，伏乞皇上睿鑒。謹奏。

嘉慶十一年正月十一日

硃批：另有旨。

（檔號：〇四—〇一—〇一—〇五〇二—〇三八）

奏爲審明楊化祿刃斃兵丁路潤案，按律定擬事

奴才和寧、阿爾他什第跪奏，爲拿獲民人刃斃營兵，審明辦理緣由，恭摺奏聞，仰祈聖鑒事。

本年二月初十日，據綠營副將富德禀報：民人楊化祿刃傷兵丁路潤身死一案，當經飭委印務章京等往驗嚴審。去後，據該章京等詳驗審明，錄供前來。

奴才隨即親提研鞫，緣楊化祿係甘肅寧夏府靈州回民，與已死兵丁路潤合夥趕車至喀什噶爾，同居共爨，素好無嫌。因閑居日久，陸續積欠普兒錢五千餘文，嗣因路潤允食守兵名糧，各自分居。二月初九日晚，楊化祿以兵丁魏伏安平素相好，因至該兵房内閑坐，魏伏安隨沽酒，與飲至起更時，適路潤亦至，即同讓坐共飲。楊化祿説及路潤日前同居共欠盤費錢文，應當各半分還，路潤多方抵賴，以致兩相爭吵，當經魏伏安勸解，楊化祿隨即走出，魏伏安送出。楊化祿回時，見路潤默坐，復行勸理，路潤不答，亦即走出。詎路潤趕上楊化祿，在潦壩岸旁肆行詈駡，楊化祿回身理論，見路潤持刀撲砍，當即閃過，順手奪取，見是裁紙馬蹄切刀，隨將路潤推壓倒地，即在路潤右腿上用力砍剁一下，以致腿彎筋斷骨露，登時殞命。適查夜弁兵聞聲趨視，已救不及，當將楊化祿拿獲報解，並提魏伏安到案。訊據供認不諱，其凶刀係魏伏安之物，不知路潤何時竊取，魏伏安委不知情。再四研詰，該犯楊化祿矢口不移，並無謀故別情，案無遁飾。

查律載，凡鬥毆殺人者，無論金刃、手足、他物，並絞監候。此案，楊化祿因路潤夥千細故口角微嫌，雖係路潤持刀趕砍，並未致傷。而該犯奪刀在手，輒將路潤推壓倒地，用力砍剁，以致腿彎筋斷骨露，登時殞命，凶惡已極。若按律定擬絞監候，新疆重地，不足以儆凶悍之徒。奴才等於審明後，即飭委副將富德將該犯綁赴城外，立即處絞，俾邊地兵民咸知畏懼。至兵丁魏伏安，雖訊不知情，但不合黑夜留飲。及該犯等口角之時，又不能加意防閑，以致疏失裁刀，釀成人命，亦有不合，應革去名糧，交營重責，以昭炯戒。

理合將審辦緣由恭摺奏聞，並繕錄供單，恭呈御覽，伏乞皇上睿鑒。謹奏。

嘉慶十一年二月二十二日

奏報查明喀喇沙爾糧員擅借庫項等事

硃批：刑部知道。
（檔號：〇四—〇一—二六—〇〇一九—〇一八）

奴才和寧跪奏，爲欽奉諭旨，通行各城欽遵辦理，並查明喀喇沙爾糧員擅借庫項緣由，據實奏聞，仰祈聖鑒事。

本年二月二十四日，奏到清字上諭，内開：喀喇沙爾庫項虧短，自乾隆五十九年該處大臣擅行出借起自何人，著交和寧查明，嚴参具奏。將此通行傳諭西北兩路將軍、大臣等，嗣後每遇查庫之期，務須加意嚴查，倘再有似喀喇沙爾任意濫行借支等弊，一經查出，不惟將該管官嚴加治罪，並將該管將軍、大臣等一併治罪。欽此。奴才當即恭録諭旨，通行南北兩路將軍、大臣等，各宜凛遵在案。

伏查，喀喇沙爾庫貯銀兩，乾隆五十九年以前，已無册案可稽。其書吏高大順，係五十九年充補糧餉局帖寫，正值前任糧員雙祥任滿之期，該管大臣德勒克扎布將該處筆帖式伊精額保奏，作爲主事職銜管理糧餉局，是該處庫項虧短情形，惟有書吏高大順可憑查訊。奴才隨監提高大順研訊，據供：已故糧員伊精額於乾隆五十九年接手，前任糧員雙祥交代有虧空銀二百八十二兩零，普兒錢五十串八百文。彼時，官兵雖有借欠，爲數無多。至嘉慶六年綳大人到任，見有官兵借欠，曾飭令該員完繳。至嘉慶七年明大人到任盤查，該故員伊精額因官兵借欠過多，無力墊補，始回明明大人，將所欠銀錢列於點册開除，現有明大人驗過印册可查等語。

奴才伏思，該故員伊精額濫借庫項，相沿十有餘年，詳查册案，該管大臣德勒克扎布係乾隆五十五年到任，六十年卸事，在任最久，前任糧員雙祥已曾將庫項借給官兵，漫無覺察。至五十九年，復將伊精額保升主事職銜辦理糧餉，雙祥交代原虧空銀五百餘兩，俱係德勒克扎布任内之事，咎實難辭。迨至嘉慶七年，明興到任盤查，該故員始將官兵借欠造册呈堂，現有明興點驗印册可憑，乃該故員伊精額因降調離任，恐其交代生手，敗露虧空，懇求留任，致有明興家人蔣大勒索銀兩之事，是明興之咎，實無可諉。至嘉慶十年，來齡到任盤查，隨時將官兵等借欠册簿視爲常例，並未查參，率以倉庫無虧具奏，亦有應得之咎。奴才復面詢阿爾他什第，嘉慶二年到喀喇沙爾接任作何盤查？據稱：彼時只將現存元寶、普兒錢查封，總册點驗相符，並未見官兵借欠册簿。是實。

以上四員，業經奴才於前摺内嚴參具奏，欽奉諭旨，令其來京聽候部議，理合將該大臣等獲咎輕重情形據實奏聞，恭候欽定，並繕寫書吏高大順供單恭呈御覽，伏乞皇上睿鑒。謹奏。

嘉慶十一年三月初四日

硃批：　另有旨。

（檔號：〇四—〇一—三五—〇七六五—〇三四）

奏爲恩賞南北兩路大臣物件，非關外各軍臺遺失，咨明陝甘總督，轉咨各省一體嚴查事

奴才和寧跪奏，爲奏聞事。

本年二月二十二日，准兵部火票遞到皇上恩賞福字荷包，並蓮子藕粉、南棗等物，奴才恭迎至署，叩頭謝恩祗領。惟有福字荷包，其蓮子食物並無一粒，僅係氈裹木板一捆，奴才當即咨行前途各城，嚴查究辦。去後，旋准葉爾羌辦事大臣盛住等來咨，所有該處及和闐欽賜物件，亦止有福字荷包，全無食物。咨查各城據：均係氈裹木片，按基遞送等語。

奴才正在查辦間，復准伊犁將軍咨據：吐魯番領隊大臣報明，該處基站遞到分送恩賞南北兩路大臣物件，除荷包匣尚屬齊全，其氈包食物均成木片等因，經將軍松筠、烏魯木齊都統奇臣會銜具奏在案。

奴才伏思，此項包件似非關外各軍基遺失，必係內地驛站漫不經心所致，除咨明陝甘督臣，轉咨各省一體嚴行查辦外，理合將遺失恩賞食物緣由，恭摺奏聞，伏乞皇上睿鑒。謹奏。

嘉慶十一年三月十九日

硃批：另有旨。

（檔號：〇四—〇一—一二—〇二七二—〇五四）

奏報遵旨核定喀喇沙爾歷任大臣分賠銀數事

奴才和寧跪奏，爲遵旨核定喀喇沙爾歷任大臣分賠銀數，恭摺覆奏，仰祈聖鑒事。

本年三月十七日，准陝甘總督咨准刑部，咨稱所有會議喀喇沙爾虧空一案，欽奉諭旨：此案，伊精額虧短庫項至三千六百餘兩之多，麒麟保前任喀喇沙爾大臣任內，不但失於察覺，並有向伊精額勒索情弊，日前查封家産，雖未抄有資財，若竟照慶桂等所擬麒麟保業經查抄治罪，毋庸置議，則麒麟保轉得置身事外，不足以懲貪劣。麒麟保業已發遣，查伊長子竇英現充護軍校，應俟伊將來升至食俸之日，將伊應領俸銀，照伊父麒麟保名下應賠銀若干，如數扣繳，以抵虧項。至來齡，係現任大臣，於所屬糧員伊精額虧空庫項，亦自應照上司攤賠之例，分別著賠。欽此。

欽遵知照前來，奴才伏查，伊精額實虧庫項銀四千五十七兩零，前因奴才奏來齡獨賠十分之一，故只以三千六百餘兩攤算。兹准部臣議駁，若令於攤賠之外再賠一分，不足以昭平允，自應仍照四千五十七兩之數，欽遵諭旨，統行著落九任大臣在任年月核計，分别攤賠，以歸原款。

又，原議内稱前任糧員雙祥交代原虧銀錢共合五百一十三兩零，是否將此項列入？其雙祥一員現任何職？該員當時因何虧空？是否應行著賠？並如何處分？摺内均未聲明，應仍敕令奴才查明，據實具奏，歸案清釐等語。查，雙祥原虧銀錢共合銀五百一十三兩四錢四分六厘，據來齡查明，係修理衙署及置辦日用傢俱之費，彼時伊精額業已接收，自應歸於伊精額虧空數内追賠。又據來齡查明，雙祥係京城正白旗蒙古永芳佐領下人，自乾隆五十九年五月交代回京，赴太僕寺主事之任，相應請旨飭交部臣，就近查訊。其所虧銀兩是否應行著賠？並如何處分？應聽部臣照例辦理完結。

謹將喀喇沙爾歷任大臣分賠銀數開列清單，恭呈御覽，伏乞皇上睿鑒。謹奏。

嘉慶十一年四月初六日

硃批：另有旨。

（檔號：〇四—〇一—三五—〇七六五—〇四四）

奏爲遵旨查辦回疆八城軍流以下遣犯，分別減等造册，咨部核辦事

奴才和寧跪奏，爲欽遵恩旨查辦回疆八城遣犯，造具清册，咨部核議減免緣由，恭摺奏聞，仰祈聖鑒事。

竊查，三月十六日，准陝甘總督咨稱准刑部咨，本年正月初四日，欽奉諭旨：各省軍流以下併發遣新疆人犯，分別減等發落，遵照乾隆十一年之例辦理，轉行各將軍、都統及新疆辦事大臣，一體查照等因知照前來。又欽奉上諭，内開：向來免死改遣吉林、黑龍江及伊犁、烏魯木齊等處人犯，爲常赦所不原者，終身不能原減釋回。因思，各該犯内情罪亦有不同，除特旨發遣不准減免各犯外，其餘照例改遣之犯，莫若定以年限，及本犯年紀爲斷，伊等到配年久，漸加約束，似可量加貫宥，予以自新。著刑部堂官檢核例案，參勘情罪，將此等人犯如何定立限期，分別減等，或改發内地，或釋回原籍，俾歸平允

之處，悉心妥議具奏，以示朕法外施仁至意。欽此。

奴才伏查，新疆地方，自乾隆二十四年歸入版圖，始有發遣爲奴、當差人犯分撥各城管束。此次欽奉恩旨，將伊犁、烏魯木齊等處人犯敕部檢核例案，定立限期，分別減等，則南路回疆自應一體遵照辦理。查喀什噶爾等八城，現在共有遣犯五百一十二名，內喀什噶爾、英吉沙爾兩城分管遣犯一百四十九名，除將部議不准減釋者六十九名另册造報外，其餘情罪稍輕、經刑部擬定年限者四十六名，又陸續收到各犯尚未定有年限者三十四名，均應摘叙案由，注明年歲，造具細册，咨部核擬具奏。並行文葉爾羌等六城辦事大臣，各將該城遣犯造册，咨部辦理，俾巖疆羈犯普沐恩慈，以□仰副我皇上法外恤刑之至意。

所有奴才查辦回疆遣犯緣由，理合恭摺具奏，伏乞聖明睿鑒。謹奏。

嘉慶十一年四月十六日

硃批：知道了。

（檔號：〇四—〇一—〇一—〇五〇一—〇四二）

奏爲遵旨覆訊喀喇沙爾糧員擅借庫項案犯高大順等確供，並人卷解京起程日期事

奴才和寧跪奏，爲遵旨覆訊確供，委員將人卷解京，起程日期先行具奏，仰祈聖鑒事。

奴才於本年五月初八日，接到軍機大臣字寄欽奉上諭：　昨據和寧奏到查明喀喇沙爾糧員擅借庫項緣由一摺，當經降旨將明興革職，同德勒克扎布一併交軍機大臣會同刑部審訊具奏。本日軍機大臣等將訊問明興、德勒克扎布二人供詞呈覽，其所供情節與昨日和寧所奏不甚相符，此時伊二人所供各語均係一面之詞，難於憑信，非將歷任印册及書吏高大順並伊精額之子葉布肯等當面質訊，尚難水落石出。和寧接奉此旨，著一面將明興、德勒克扎布在京所供提到高大順、葉布肯詳加訊問，得有確供，先行具奏；　一面即將高大順、葉布肯並該處歷年交代各印册，一併派員解京歸案訊辦，以成信獄。將此由四百里諭令知之。欽此。遵旨寄信前來。

奴才當即親提高大順等復加研訊，據供與從前所供並無異詞。奴才隨即檢齊高大順原呈出庫賬十六本，嘉慶七年明興驗過官兵借項印册一本，並抄錄奴才節次訊辦過全案，遵旨派委員外郎扎郎阿將高大順、葉布肯一併解赴京城訊辦，並飭扎郎阿路過喀喇沙爾提取該處歷任大臣查庫印册卷宗，封固解交軍機處備查。

現飭該員於本月十九日起程，謹繕寫高大順等供單恭呈御覽，伏乞皇上睿鑒。謹奏。

嘉慶十一年五月十八日

硃批：　此案已結，不必解京。

（檔號：　〇四—〇一—〇一—〇五〇〇—〇一八）

奏爲恩賞《御製文初集》一函謝恩事

奴才和寧跪奏，爲恭謝天恩事。

十二月十一日，奴才在奇台縣接奉欽賜《御製文初集》一函，當即恭設香案，叩頭祗領。訖欽惟皇上學貫古今，文輝日月，謹維頌紀，本敬天法祖之誠。細繹箴銘，抒勤政愛民之實，非僅遊心於翰墨，洵稱載道於斯文。鈞讀御論，所云『造化之理，通乎人事；性命之學，合乎治功』，師臨闡義畫之精勤，敬括虞書之奥，尤非臣子所能測其津涯者也。奴才雪嶺馳驅，捧函而忭舞，天顏咫尺，望丹闕而神依，自揣庸蹖，幸蒙寵錫。奴才惟有凛遵聖訓，勉竭駑駘，以冀仰答高厚鴻慈於萬一。所有奴才感激微忱，理合繕摺叩謝天恩，伏乞皇上睿鑒。謹奏。

嘉慶十一年十二月二十四日

硃批：覽。

（檔號：〇四—〇一—一二—〇二八一—一二六）

奏爲奇臣管門家人已於八月初六日護送伊主眷屬進京等事

再查，奇臣管門家人陳大，已於八月初六日護送伊主眷屬進京。又，那靈阿任所眷口行李，亦於十月初九日起程進京。

謹附片奏聞。伏乞皇上睿鑒。

嘉慶十一年十二月二十四日

硃批：另有旨。

（檔號：〇四—〇一—二二—〇二八一—一二七）

奏爲遵旨議覆吐魯番雅爾湖、葡萄溝一帶回疆曠地，不宜招商開墾事

奴才和寧跪奏，爲吐魯番招商墾地一案，遵旨議奏，仰祈聖明訓示事。

奴才於十一月十五日，在嘉峪關外接准軍機處字寄欽奉上諭：玉衡奏查明曠地籌酌辦理，並請將地租充公備用一摺。據稱，查閱吐魯番雅爾湖、葡萄溝一帶曠地頗多，當經派員勘量，得空地一千餘畝，宜於墾種，約計一年可收租銀三百餘兩，可否准其招商開墾等語。從前，吐魯番回衆原係內地內投，伊界內地畝俱應令其自行擇便耕種，各爲生計。今所丈得雅爾湖等處空地一千餘畝，如係回人之地，雖據稱離伊耕種地畝尚遠，並無關礙，究非官地可比。玉衡遽欲招商開墾，歲收租銀三百餘兩，所見未免太小。著傳諭和寧即查明雅爾湖等處曠地是否吐魯番回人之地，如查非回人地畝，即將該處是否可以耕種、應行招商開墾徵收租銀之處，據實詳悉奏聞，再降諭旨。將此諭令知之。欽此。遵旨寄信前來。

奴才伏查，吐魯番地方原係額敏和卓所屬舊地，乾隆年間額敏和卓率領全部内投，初設官兵駐守辟展。嗣因其子蘇賴滿獲罪，抄没其私産，田地分爲安展等七屯，派緑營兵七百名屯種收糧，設領隊大臣一員，移駐吐魯番管理在案。自此，吐魯番地方除建立城郭、市厘、軍臺、馬廠並七處屯工占用官地外，其餘高原下隰，仍令札薩克郡王、台吉等數下回人自擇所便，此我高宗純皇帝所遺普育群生於西域也。

奴才在南路總理八城，其各城所屬回莊曠地頗多，從未聞有招商墾種之事，其回人賃田於民人者，聽相安四十餘年。今玉衡創爲招商墾地之議，得田不過千畝，徵租不過三百，誠如聖諭，所見未免太小，且非官地可比，宜聽回人自便。睿慮所及，仁至義盡，實已無可移易，乃復特交奴才詳悉查明，據實議奏。竊思奴才職守新疆，惟在平心撫馭民夷，使之各安生業，與其更張舊制謀小利以集遊民，莫若仰體皇仁留餘地以處回衆。所有雅爾湖、葡萄溝一帶曠地，無論是否可耕，應請毋庸招商開墾，以杜煩擾回疆之漸。

是否有當恭候聖明訓示遵行，伏乞皇上睿鑒。謹奏。

嘉慶十一年十二月二十四日

硃批：所見甚是，另有旨。

（檔號：〇四—〇一—二三—〇一五一—〇四四）

奏爲特參阜康縣知縣達楷營私漁利，盤剝民糧，請旨革職，交部按律定擬事

奴才和寧跪奏，爲審明營私漁利盤剝民糧之知縣，據實參奏，革職請旨，交部治罪，以儆官方，仰祈聖鑒事。

奴才於上年十二月十五日路過阜康縣，據該處户民柴元德等呈控：該縣知縣達楷十一年二月出糶陳糧，每户發給京石二石，折合市石七斗二升，每市石作價銀二兩九錢，勒限五月内交清。如無力完交，又按每市石作價八錢，抵作采買。秋成後，每一石交市石糧三石六斗有零。現在小民受累，實屬無力完交，是以在大人前呈控等情。

奴才到任後，即飭委俸滿知縣楊光祖馳赴該縣摘印署理，並提齊鄉約、倉書、户書、斗級及該令管門家人等到案，親加研訊。據鄉約張仁等六人同供：達知縣每户發京石糧二石，折合市石七斗二升，每市石作價銀二兩九錢，限於五月内交清。衆户民五六月間交過市石糧一半，價銀其未完市石糧一半，達知縣定爲八錢一石抵作采買之價，秋成後折算每一石交市石糧三石六斗。是實。

又據倉書李世珍供稱：達知縣發出陳糧京石五千石，折合市石一千八百石，每石作價銀二兩九錢，衆户民五六月間交過一半的價銀，現有印册在户房田永年手收存。下欠糧石，每石作價銀八錢抵作采買，計每石應交三石六斗。今衆户民實止交本色糧一千三百九十九石五斗，下欠糧石並未完交。

又據户書田永年供稱：達知縣出糶倉糧市石一千八百石，每石價銀二兩九錢，自四月二十五日收起至八月十五日止，折收過市石糧一千二百六十三石六斗零，計銀三千六百六十四兩五錢零，每兩八百錢合，現有收過錢文印簿可查。是實。

又據達楷管門家人傅尹德供稱：小的主人糶糧市石一千八百石，每石價銀二兩九錢，五六月裏各户民交過市石一半的，價銀下欠糧石以八錢作價，抵作采買。至秋後交糧，小的得過各户錢合銀四十兩。是實。

又據該縣知縣達楷供稱：出陳倉糧由來已久，卑職到任後，循舊辦理，衆户從無異言。十一年，市價較昂，卑職不能體恤輿情，實是糊塗該死。伏查，阜康縣地處冲途，差使頗繁，每年全賴廉俸公費度用，無如内地，將卑職應領現任廉俸、書役、工食等銀内扣收應完之項銀四千九百餘兩，按年攤扣。其書役、工食，均須隨時墊發，即將出陳盈餘，以公濟公。實屬真情，不敢絲毫入己，總是卑職糊塗該死各等供。

奴才伏查，州縣官春間出糶倉糧，例應以市價爲準，秋成後買補還倉。查阜康縣十一年二月詳報，糧價每麥一京石值錢五錢八分，今該縣發出陳糧五千石，折合市石一千八百石，每石作價銀二兩九錢，該户民五六月間交納市石糧一千二百六十三石六斗，價銀三千六百六十四兩五錢零，除核計京石三千五百一十石，例價銀二千三十五兩八錢之數外，該縣實浮收户民銀一千六百二十八兩零。

又查，秋間采買倉糧，亦應以市價爲準，今令將户民五月間未完市石糧五百三十六石三斗零，每石定價八錢合爲三石六斗，滚作市價一千九百三十石零，勒令户民秋成交納，該户民秋間實交本色糧市石一千三百九十九石五斗收倉，其餘糧石委係力不能交，是以情急呈控。

奴才傳齊原被人等，督同鎮迪道同福當堂詳加覆訊，該縣達楷見供證確鑿，並有原收銀糧印簿可憑，不能矯飾。似此行同市儈、盤剝民糧之知縣，斷難一日姑容，謹據實參奏革職，交鎮迪道嚴行看守。恭候聖明敕下，部臣核覆，按律定擬。其失察之鎮迪道同福、迪化直隸州景峩，應請旨一併交部議處。

所有訊過全案人證、供詞，繕具清單，恭呈御覽，伏乞皇上睿鑒。謹奏。

嘉慶十二年正月十五日

硃批：另有旨。

（檔號：○四—○一—○一—○五一○—○二一）

奏爲遵旨查明前任都統奇臣對調糧員情形，酌核定議事

奴才和寧跪奏，爲查明前任都統奇臣對調糧員情形，遵旨酌核具奏，仰祈聖鑒事。

本年正月十一日，准軍機大臣字寄欽奉上諭：奇臣奏，糧員人地未宜，酌擬對調，請將喀喇巴爾噶遜糧員雙福改調精河，所遺員缺即請以清昌改補等語。前因員外郎官成呈控奇臣及那靈阿各款，已將和寧補放烏魯木齊都統，令其據實查辦。此次，奇臣所請對調之糧員雙福、清昌二人，於官成控案內有無應行質詢之處，尚難懸定，未便遽准所請。著和寧詳細查明，並將該員等是否人地相宜，酌核具奏，再降諭旨。將此諭令知之。欽此。遵旨寄信前來。

奴才伏查，精河在庫爾喀喇烏蘇之西，距迪化州城一千餘里，通伊犁、塔爾巴哈臺大道； 喀喇巴爾噶遜在迪化州城南三百餘里，通吐魯番小道； 均非迪化州所屬，與官成具控那靈阿之案不相關涉，並無應行質訊之處。惟查，精河糧員管理兵屯、民户，徵收糧石、房租，並供支過往官兵口糧，事務較繁，且與圖爾扈特比鄰，常有民夷交涉事件。前任都統奇臣奏請調補之糧員雙福，查係理藩院筆帖式出身，通曉蒙古語，又曾任承德府建昌縣知縣，以之調補精河，尚屬人地相宜。至喀喇巴爾噶遜糧員，僅管理徵收户民糧六百餘石，供支該處防汛官兵，事務最簡。該都統奇臣所調之糧員清昌，查係原任内閣中書，恐其不諳口外夷情，以之調補喀喇巴爾噶遜糧員，尚可不致貽誤。該員等俱以到任年月前後接扣，三年期滿，照例奏請派員更換。

所有奴才遵旨詳細查明，酌核定議緣由，理合恭摺覆奏，伏乞皇上睿鑒。謹奏。

嘉慶十二年正月十五日

硃批： 另有旨。

（檔號： 〇四—〇一—一二—〇二七六—〇八一）

奏爲體察新疆烏魯木齊等處地方浮收、勒派積弊實在情形，

酌擬更正各款事

奴才和寧跪奏，爲體察新疆實在情形，酌擬更正，以除積弊，以順民情，各緣由恭摺奏聞，仰祈聖明

訓示事。

竊查，烏魯木齊地方水土旺厚，民户殷繁，每歲豐收，並無荒歉。雖巴里坤、古城等處稍覺枯寒，然不過節候較遲，其麥豆收成亦一律豐稔，是以各鄉户民按畝輸糧，别無徭役，民力原無拮据，洵樂土也。惟地方官不知體恤民艱，踵增剥削，藉口采買倉糧出陳易新，並出借籽種口糧等款，一切短發浮收，催科勒派，百弊叢生，實非撫馭邊氓之道。奴才檢齊案卷，細察民情，謹擬五條，酌定行止，爲我皇上敬陳之：

一，州屬四鄉采買倉糧十萬石，宜亟行停止也。查都統奇臣原奏，因昌吉、綏來、吉木薩、呼圖壁等四處糧石過多，請撥解十萬石存貯迪化州倉以備緩急。此爲裒多益寡，充裕州倉，措詞近理，是以奉旨允行。但不應將糧石仍在四屬本處變價，復由該州領價采買，輾轉出納，致啟弊端。且州城人户衆多，豈不虞市價增昂，商民艱食，辦理未爲盡善。奴才查，昌吉縣現存倉糧二十二萬二千餘石，呼圖壁現存倉糧十九萬三千餘石，此兩處距州城不過一二站，儘可撥給官駝數百隻，每處撥解五萬石，分年陸續運貯州倉，以足十萬石之數。何必按户攤買，致累小民口食？請自十二年春季起，將采買糧石永行停止，其糶價銀兩存貯道庫作爲經費，庶官吏減一采買之名，則閭閻少一追呼之苦，而倉庫俱臻充裕矣。

一，夏間出借口糧，宜通行裁革也。查，乾隆四十四年，前任都統索諾木策楞因内地初到民人，量爲安插，議以借給口糧，俾資接濟。並非常例，乃各州縣相沿二十餘年，每年按户借給口糧，春放秋收，動至五萬餘石，殊屬不成事體。今查，烏魯木齊所屬一府一直隸州，各莊户民，安立家室，生計久遠，並無歉收之歲，何需借給口糧，徒爲官吏藉端短發浮收，致滋弊竇，應請嗣後通行裁革，以慎倉儲，百姓亦少拖累矣。

一，春間出借籽種，最便農民，宜禁止攤派也。查，乾隆三十二年，前任總督温福因户民甫經招徠，安插未定，春間恐乏籽種，有誤農時，酌議奏請借給籽種，及時播種，奉旨允行在案。此後，各州縣歷久遵行，雖與農民有益，但不應按户攤派，致啟弊端。請嗣後嚴飭各屬，詳查户民，其願借者借給，不願者聽務令支放本色，秋成後平斛收納，每石照例加收一斗，小民亦所樂。如有額外浮收並折價抵扣等弊，一經發覺，定將該地方官嚴參究治。

一，倉糧出陳易新，宜照舊例遵行也。查，迪化州並所屬及庫屯、精河等八處，存貯倉糧一百五十萬九千五百八十餘石。恐其日久霉變，虧缺額數，是以原定章程照内地出糶之例，每春將十年前存貯之糧按市價糶賣，秋成後買補還倉，雖無一定之數，約不過二萬八千餘石。請嗣後仍照舊例辦理，並嚴飭各屬，務須公平出納，以裕倉儲。

一，采買兵糧，宜照舊例遵行也。查，吐魯番、宜禾縣兩處，歲收糧石不敷支放兵餉，每年約采買糧一萬七八千石接濟兵食，應照舊例辦理。

以上五條，奴才悉心籌酌，分別行止，以除積弊，以靖地方。如蒙俞允，俟命下之日，奴才一面出示曉諭鄉民，並飭屬造具細册，咨報户部查核，永遠遵行，庶於新疆久住農民稍有裨益。

爲此恭摺具奏，仰祈聖明訓示遵行，伏乞皇上睿鑒。謹奏。

嘉慶十二年正月十五日

硃批：軍機大臣會同該部議奏。

（檔號：〇四—〇一—二三—〇一七六—〇一九）

奏爲遵旨審明已革外委馬能具控庫爾喀喇烏蘇正署遊擊、守備福隆阿等營私舞弊案，按例定擬事

奴才和寧跪奏，爲遵旨查辦庫爾喀喇烏蘇控告營員一案，審明定擬完結緣由，恭摺奏聞，仰祈聖鑒事。

竊照前任都統、宗室奇臣，將外委馬能具控庫爾喀喇烏蘇正署遊擊、守備營等官營私舞弊一案，訊取該革弁兵供詞具奏等因一摺，欽奉諭旨：此案著交和寧提集人證，秉公逐款研審，定擬具奏。其前任正署遊擊、守備任海、舒海、福隆阿、托克托布，著一併解任質詢。欽此。

奴才隨傳齊正署遊擊、守備福隆阿、舒海、托克托布、任海等到案，逐款詳加訊鞫。據遊擊、守備福隆阿供稱：向來供支差兵口糧，年底合算總數，於次年春間散放。八年上，發過領麥支帖，合麥子市石六十一石，存貯營倉。九年三月，守備調署瑪納斯都司，未將存貯麥石交代後任舒海。十年九月，扎提督到來，查閱營伍，馬能控告我克扣兵糧，經扎提督責打守備三十棍，將麥石盤出散放。又，八年秋後采買糧石，發給署守備毛鳳麟、把總宋天印等銀二千兩。是實。

據守備舒海供稱：我署福守備印務時，福隆阿並未將八年應放差兵麥石交代與我，是以未經散放。又，八年上，把總宋天印領銀買糧，被行户拐去銀一百三十八兩，該管托遊擊查出，我與衆兵情願

湊銀賠出銀一百三十八兩，以完官項。馬能控告後，扎提督説不該叫衆兵幫銀，將守備責打四十棍，令托遊擊賠出銀兩還了衆兵。是實。又，九年，守備所管屯田收成只有十二石，不足分數，衆兵情願賠補京石糧六百四十餘石，以足十六石分數。馬能控告，經提督責令守備賠出銀二百二十兩還了衆兵，又賠銀二百三十兩還了屯兵。是實。

據遊擊托克托布供稱：八年上，把總宋天印領銀買糧，被行户拐去銀一百三十八兩，總、千、把情願湊銀補買麥石，遊擊就依了。扎提督到來，説此項銀兩不應叫衆兵攤幫，遊擊是該管上司，賠銀一百三十八兩散還弁兵。是實。

據都司任海供稱：十年上，屯田收穫十分豐足，各色糧石除按每兵十六石分數具報交倉外，餘剩麥石二百八十四石，變價銀四百八十一兩五錢。除還補歷年修補車輛、添置農具費過銀三百四十八兩，又分賞屯兵銀一百二十兩，賞過屯長白玉書銀八兩，尚餘銀四兩五錢，作爲屯工酬神費用，並未絲毫入己。至馬能控告自己，自認錯記數目了。又控我上槽馬匹短少、采買兵糧吃虧、廟中戲戲布施、解送遣犯車輛、調補名糧不公、收存平餘銀兩等款，有本營弁兵等質證皆虚。惟都司交卸遊擊時，原有衆商民兵丁等送過匾一副，都司不能攔阻。是實。

據原告已革外委馬能供稱：十年九月，扎提督到庫爾喀喇烏蘇，我禀控營中情弊，上司、同寅都不喜歡。定提督到任，把外委調補吉木薩，我悶氣不過，所以又在定提督衙門呈控也。有眼見的，也有風聞的，並有錯記訛寫的，今蒙傳訊，不敢狡賴。是實。

各等供，奴才復詳加研究，並傳齊證佐白玉書、諾寧阿、叚義倫、郭芳、劉玉成等，當堂質對，虚實分明，所有該正署遊擊、都司、守備所供情詞，俱無遁飾。查《中樞政考》，內開：一營員克扣兵餉，或叙虛冒兵丁者，革職提問。該管各官不行揭報，將親標該管營官降三級調用。又，提督、總兵已經查處克扣、虛冒情弊不行題參者，將提督、總兵降三級調用。又，凡有職人員假借公事挾制官府報復私仇者，革職審明，按律分別治罪。又《户部則例》內開：烏魯木齊屯田，收穫以十五石爲額，及額者，官員議叙兵丁，賞給一月鹽菜銀兩。若收不及額者，該管各官均分別查議，兵丁責處庫爾喀喇烏蘇照烏魯木齊收穫分數辦理各等語。

此案守備福隆阿，將應支差兵口糧耽延未放，又不交代後任舒海，僅以疏忽爲詞，保無意存乾没。又，八年秋收後發采買糧石價銀，被行户拐去銀一百三十餘兩，今宋已故，行户在逃，無憑查考。但係福隆阿任內所發之銀，該守備焉能辭咎？

接任守備舒海，既不呈出拐去銀兩情由，輒斂湊弁兵餉銀一百三十八兩，賠補完項。又，九年屯田收成不足，並不據實呈報，乃斂湊衆兵餉銀添糧六百四十餘石，以足十六石之數，是其以少報多，冀圖冒邀議叙情弊。

顯然，該二員克扣兵餉雖無侵蝕入己，實據究係事後追還衆兵，均應照例革職。係事犯新疆，請旨將福隆阿、舒海發往伊犁效力贖罪，以示懲儆。遊擊托克托布，係親標該管營官，明知斂湊兵餉、捏報收成，並不據實揭參；都司任海，於馬能所控侵冒各款雖訊無確證，惟聽從兵民等斂銀，致送匾對，實屬有干例禁；該二員均應交部分別議處。

再查，前任庫爾喀喇烏蘇領隊大臣安麟，凡稽查營屯弁兵糧餉是其專責，該處差兵口糧係由糧員造册，呈賚領隊大臣挂發給領。乃該領隊於備弁指發差兵口糧，並斂湊兵餉，捏補收成分數等弊，毫無察覺，洵屬有乖職守。前任提督扎勒杭阿查閱營伍，既經馬能控告前情，並不據實參辦，僅將該備弁等責處賠銀，草草了事，殊屬不合所有。前任領隊大臣安麟、前任提督扎勒杭阿，應請旨交部議處。已革外委馬能，前次控告該管遊擊、都司、守備等款，該提督業已審明結案。此次，復因調補別任，心懷不忿，砌詞妄控，多係虛誣實，屬挾制報復、不安本分之徒，應發往伊犁充當苦差，餘無干省釋。除將全案供招造具細册，咨送兵部查核外，所有遵旨提集人證，秉公逐款研審定擬緣由，理合恭摺具奏，伏乞皇上睿鑒。謹奏。

嘉慶十二年正月二十八日

硃批：　該部議奏。

（檔號：〇四—〇一—〇一—〇五一〇—〇一八）

奏報盤查鎮迪道庫貯銀兩無虧等事

奴才和寧跪奏，爲盤查鎮迪道庫貯銀兩無虧，並聲請現任迪化州知州暫緩送部引見各緣由，恭摺奏聞，仰祈聖鑒事。

竊照清查庫項，例應以舊管、新收、開除、實在四柱清册爲準，核明例案，實發實收。查對現存數目相符，方無弊混。奴才於正月初八日親赴鎮迪道署，將庫内收貯銀兩逐一按款詳查，查得應存備用、雜項等款共錢二十七萬九千五百六十三兩零，又應存嘉慶十年前任都統奇臣奏羅四屬倉糧價銀五萬一千七百八十五兩，又應存八年起至十一年十二月底止課金五百兩三分一厘。當即點數，元寶抽對，碎銀核對，四柱清册數目相符，並無虧短。

初九日，赴迪化州署，查得州庫應存滿洲兵餉並經費銀等款，共銀二十一萬四千四百兩零，實存在庫。惟查該州册造開除項下，有應接收前任知州那靈阿任内墊支銀兩作爲交代。應俟那靈阿到案，詳加查訊，是否應墊支交代下任之款，質對分明，核定無虧數目，再行奏聞，庶不致捏款開除，虚懸庫項。

所有現任迪化州知州景嶔，本年二月例應送部引見。但正值查辦前後兩任接手庫項之期末，未便令其暫離本任，應（奏請展限，統俟前任知州那靈阿全案審擬完結後，再令景嶔起程赴部，照例辦理所有（硃批：是）。

奴才盤查道庫無虧，並知州暫緩進京之處，理合聲明具奏，伏乞皇上睿鑒。謹奏。

嘉慶十二年正月二十八日

硃批：知道了。

（檔號：〇四—〇一—三五—〇七六六—〇三三）

奏爲訊明前任迪化州知州那靈阿墊支交代銀兩，及盤查現任知州景嶯倉貯無虧事

奴才和寧跪奏，爲訊明前任迪化州知州那靈阿墊支移交銀兩，並盤量州倉額存糧石，恭摺奏聞，仰祈聖鑒事。

竊奴才於本年正月初九日赴迪化州署，查得州庫應存滿營兵餉並經費等款共銀二十一萬四千零，實存在庫。惟該州册造開除項下，有接收前任知州那靈阿任内墊支銀兩作爲交代。是否例應墊支交代後任之項？其時，那靈阿尚未到案，無憑查訊，請俟那靈阿到日，將前項墊支銀數質對，再行奏聞等因，奏蒙聖鑒在案。

今奴才提到那靈阿，將前項墊支銀兩按款訊問，據供：嘉慶十年，甘肅藩司於迪化應領廉俸、役食項下，扣留該參員前在河州任内未交銀二千兩，經該參員墊發書役、工食移交後任，旋於赴京道過蘭州時，將前項銀兩照數繳還司庫。又八、九、十等年，藩司扣留阜康縣知縣達楷前在西寧、泰安各任，核減軍需等項銀三千五百二十七兩零，亦經該參員墊發俸工移交後任，在達楷應領項内陸續扣還等語。隨調查該藩司移鎮迪道咨文，扣留數目均屬相符，所有那靈阿已交司庫銀兩，現在咨催遇便搭解，以還墊款。至達楷業已參革，其未完前項銀兩，亦經咨催藩司照數解歸迪化州，庶免虚懸庫項。奴才又於三月初三日前赴州倉，查得倉貯各色糧石截至三月初二日止，共應存京石糧九萬九千四百六十八石

零。奴才抽點厫口，親視訊光碟量，核對數目，並無虧短。

合將訊明那靈阿墊支交代銀兩，及盤查現任知州景峩倉貯無虧各緣由，恭摺具奏，伏乞皇上睿鑒。謹奏。

嘉慶十二年三月十二日

硃批：知道了。

（檔號：〇四—〇一—〇一—〇五一一—〇一一）

奏爲訊取原任都統奇臣確供，並訪察聲名，據實覆奏事

奴才和寧跪奏，爲訊取原任都統確供，並訪察聲名，據實奏聞，仰祈聖鑒事。

本年二月十五日，准軍機處字寄欽奉上諭，内開：奇臣既與那靈阿情好契密，必難保無餽送情事，著和寧將陳大在刑部所供各情節即向奇臣嚴加究訊，毋稍瞻徇。欽此。

奴才連日面詢奇臣，據稱：餽送一節，那靈阿在任時，偶然送些豬、牛、羊、果酒等物，實曾收受。從無餽送銀兩並貴重之物，我係宗室，年逾七十，斷不肯做無恥之事。現在官成、那靈阿俱已到案，請確切訊問，自然明白等語。

奴才與奇臣素不熟認，惟自接印任事，兩月有餘，細察其人寬厚有餘，嚴明不足，訪查輿論，毫無貪鄙聲名。質之原、被兩人，僉稱並無受贓款迹。但該部都統係新疆重任，不知檢身率屬，廢弛地方，實難

辭咎，應請旨交宗人府嚴加議處。至其家人陳大曾否受過那靈阿賄囑干預公事之處，應俟陳大解到時，與官成等質對明確，歸案辦理。

所有面詢過奇臣親供，另繕清單，恭呈御覽，伏乞皇上聖明訓示。謹奏。

嘉慶十二年三月十四日

硃批：另有旨。

（檔號：〇四—〇一—〇一—〇五一一—〇一三）

奏爲審明迪化州户民呈控已革知州那靈阿各款，按律定擬事

奴才和寧跪奏，爲審明户民呈控已革知州那靈阿衆款，按律定擬，恭摺奏聞，仰祈聖明訓示事。

竊照前任知州那靈阿，係嘉慶三年三月到任，至十年十月卸事。奴才調查歷年詳報文券，惟嘉慶五年烏魯木齊領隊大臣靈泰署都統任内，概不准該州糶賣倉糧，亦不准出借口糧並采買糧石。祇照例春借籽種，親筆批飭，委員監放本色。是以該年並無勒派、折價、短發、浮收等弊，今户民等呈詞内亦並無指控五年之款。

隨傳集各渠十三起户民一百六十餘名，連日逐款親加訊鞫，據供：前任知州自嘉慶七年起，至十年止，每户借給籽種、口糧五石，小的等並未領過本色，每京石折發銀二錢五分至四錢五分不等。秋成後，交折色銀六錢五分至九錢二分不等。又采買新糧，每户派糧一石至六石，發價銀三錢五分至四錢

五分不等。秋成後，收銀六錢五分或九錢二分。以上兩條，緣各渠納糧民户多寡不一，歷年發收，折色增減無定，均不能得其全數。又供稱：九年春，那知州每户派糧二石，共七千二百石，即在小的應領三石籽種内扣除；秋成後，將糧二石交倉。是實。

後提取原充户書之李福，即李兆麟，逐款研訊，據供：前任那知州出借籽種、口糧一款，每年約計發糧一萬五千餘石，抵上年户民欠糧六七千石，每年止找發八九千石。嘉慶七年，折糧二千二百四十五石，發銀五百六十一兩，收回銀一千一十兩。八年，折糧六千七百一十一石，發銀二千三百四十九兩，收回銀五千零一十二兩。九年，折糧三千四百六十八石，發銀一千二百一十三兩，收回銀二千二百五十四兩。十年，折糧七千二百九十五石，發銀三千二百八十三兩，收回銀六千七百一十二兩。又采買糧石一款，三年發過銀二百兩，買過市石糧二百石；四年發銀八十兩，買過市石糧一百石；此係外采買。六年采買糧二千石，七年采買糧四千石，俱係出陳易新，買補還倉之款。嗣因八、九等年未能買齊，是以十年九月，每户派買糧六石，每石發例價四錢五分。又每户派幫糧二石一款，九年上，因節年逃亡無著户民，未完地糧六千餘石，那知州因將届任滿，恐難交代，隨令各渠户民每户幫糧二石，在於應領籽種内扣除。秋成後，共收六千石交倉，並非七千二百石。是實等語。

奴才當即提那靈阿到案，按原告户民及户書李福等供詞，當堂給與閱看，嚴加究訊，初尚含混支吾，不肯確實承認。奴才恭宣諭旨，立傳大刑，竟欲嚴行夾訊，始據那靈阿供稱：每户勒派幫糧二石一款，緣嘉慶四年查出逃亡户民四百零六户，至六年止共短收糧四千七百餘石；至七年移坵旱地仍認糧者一百户，八年又查出有人有地者九十一户，其餘額糧無著者二百一十餘户，八、九兩年短收糧一千二百餘石。以上數年，共短收糧六千餘石。至嘉慶九年，將届任滿，倉貯虛懸，恐難交代，因勸令各渠户民每户捐糧二石，在於應領籽種内扣除六千石交倉，並無幫給盤費之事。奴才恐係該革員藉詞支飾，隨調查該州舊存册簿三本，實有逃亡各户並移坵認糧及實在無著之户，與所供數目相符。

又，糶賣陳糧、采買新糧一款，據供：歷年采買糧石俱係出陳易新之糧，報明有案，並非私行采買。詰問三年、四年發銀二百八十兩，派買市石糧三百石。十年九月，派買糧六石，俱係違例派買，尚復有何置辯？該革員竟俯首無詞。

又，借給籽種、口糧發收折色一款，據供：户民有情願折價具領者，秋後亦有情願交錢者，並非全數折價發收，現有抄出折色清單呈閱。查，單開：七年折過倉糧二千二百四十五石零，八年折過倉糧六千七百一十一石零，九年折過倉糧三千四百六十八石零，十年折過倉糧七千二百九十五石零。並稱革員署内一切出入銀錢賬目過多，一時不能記憶，全係户書李福經理，尚求質對等語。隨提李福當堂質對，原供糧石數目相符，令其按年核算，七年每石糧折發銀二錢五分，折收銀四錢五分。八、九兩年，每石糧折發銀三錢五分，折收銀六錢五分。十年，每石糧折發銀四錢五分，折收銀九錢二分。共倉糧一萬四千九百八十九兩，除發原價銀七千四百七兩外，實侵蝕户民銀七千五百八十二兩。該革員見供證確鑿，不能遁飾，乃藉口修理城工、廟工賠墊銀三千餘兩，謂非入己贓私，殊難憑信。

查律載，凡倉庫收受一應係官錢糧等物，其監守不收本色折收財物者，以監守自盜論斬監候。又，凡有司官吏人等非奉上司明文，因公擅自科斂所屬財物贓重者，坐贓論入己者，計贓以枉法論絞監候；不係入己者，杖一百，徒三年。又，各省采買一應倉糧穀石，務令州縣等官平價采買，不許轉發里遞買，苦累小民，敢有勒買及短給價值强派者，坐贓治罪入己者，絞監候； 不係入己者，杖一百，徒三年各等語。

此案，那靈阿前在知州任內，連年虚報，出借籽種、口糧，既不支給本色短價折發錢文，又不徵收正糧增價，折收一倍，除因公科斂及短給價值等款罪止杖徒、絞候輕罪不議外，所有已革知州那靈阿應照侵盜倉庫以監守自盜論斬監候律，擬斬監候。 其失察之歷任各上司，應查取職名咨部議處。

除將訊過全案供詞造册咨報户、刑二部外，所有奴才審明已革知州那靈阿各款按律定擬緣由，理合恭摺具奏。 是否有當伏乞皇上聖明訓示。 謹奏。

嘉慶十二年三月十四日

硃批： 軍機大臣會同刑部議奏。

（檔號： 〇四—〇一—〇一—〇五一一—〇一二）

奏爲審明李名成刃斃人命案，按律定擬事

奴才和寧跪奏，爲奏聞事。

嘉慶十一年十一月二十七日，據庫爾喀喇烏蘇糧員楊晙詳報： 客民李名成用小刀扎斃巖幗伏，並扎傷巖馮氏一案，驗得已死巖幗伏左太陽有小刀扎傷一處，斜長遺存寬一分，深一分； 咽喉間有扎傷一處，斜長八分，寬四分，深一寸五分； 又，右肩胛有扎傷一處，斜長八分，寬二分，深五分； 又驗

得巖馮氏左手腕有小刀劃傷一處，斜長一寸，寬二分，皮破等情。當飭鎮迪道同福提齊犯證，照例委迪化州訊供定擬。

去後，兹據該道詳稱：緣李名成籍隸甘肅武威縣，嘉慶十年來至庫爾喀喇烏蘇，租住巖馮氏鋪房，木匠營生，與巖幗伏素無嫌隙。嘉慶十一年六月，巖幗伏之母因修盖鋪房，央令李名成轉向木鋪代賒木植，共欠木價錢六千八百二十四文，約定在於李名成月給房租錢内陸續扣還。嗣後，李名成搬移另住，屢向巖馮氏討索木價，巖馮氏及其子巖幗伏總以無錢推緩。迨至十月二十六日，李名成因木鋪催索緊急，復往追討，巖馮氏仍推無錢給還，兩相爭論，適巖幗伏自外回歸，李名成即向逼討，巖幗伏出言不遜，李名成氣忿撲毆，巖幗伏揪扭回打，李名成知其力大，不能抵敵，順拔身帶小刀赫扎，致傷其右肩胛。巖幗伏益肆毆駡，又扎傷其左太陽，巖馮氏向前奪刀救護，李名成用手一推，致劃傷其左手腕。鄰人周士德聞鬧趨至，勸解不息，即出外喊救，巖幗伏仍不釋手，用力奪刀，李名成恐其奪獲，復向赫扎，致傷其咽喉倒地，移時殞命。

報經該糧員驗明，詳報該州，屢審供認不諱。查驗巖馮氏傷已平復，由道覆訊擬，議招解前來。奴才提犯親加研鞫，恐有謀故及起釁別情，再四究詰，堅稱實因巖幗伏揪扭情急，持刀迭扎，並非有心欲殺，矢口不移，案無遁飾。查律載，鬥毆殺人者，不問手足他物金刃，並絞監候等語。李名成一犯，合依鬥毆殺人律，擬絞監候，秋後處決。周士德訊係勸阻不息，應免置議。巖馮氏所欠木價錢文，伊子巖幗伏已死非命，照律勿徵。

謹將訊擬緣由，繕摺録供，敬呈御覽，伏乞皇上睿鑒。謹奏。

嘉慶十二年三月十四日

奏爲查明官成原控那靈阿各款内關係錢糧六條，分別定議結案事

奴才和寧跪奏，爲查明官成所控那靈阿十三條，並改立章程，分別定議，以結全案，恭摺奏聞，仰祈聖明訓示事。

竊照官成所控舊弊六條内，如采買糧石，出陳易新，借給籽種、口糧等四款，奴才業據迪化州户民呈訴各款審明，另案定擬，具奏在案。又新弊七條内，如該都統宴會、巡查該道、結姻等三款，業於前摺内取有親供，奏蒙聖鑒，亦在案。其餘六條，亦關係錢糧弊混，不可不徹底根究，當即傳到官成，逐款詳加訊問。據供，原控告各條俱係得自風聞，司官並未目睹，奴才謹將查明實在情形分晰定議各條，恭呈御覽：

一款，糶賣倉糧十萬石。據官成控告，那靈阿將四屬出糶盈餘銀兩於卸事以前俱已入己等語。查四屬糶賣糧石商民等陸續交銀，自十年九月起，至十一年十一月止，四屬始將糶價銀兩交清道庫，那靈阿離任年餘，並未經手。奴才詰問官成，四屬糶賣價銀兩盈餘若干？並不能實指其數。又詰問官成，何以知那靈阿於卸事以前將盈餘入己？又不能舉出確憑，實屬虚誣。

硃批：刑部議奏。

（檔號：〇四—〇一—二六—〇〇二〇—〇八七）

一款，侵蝕道庫銀二萬兩。奴才詳查歷年檔案，每年陝甘總督應解烏魯木齊滿洲兵餉銀共二十四萬九千餘兩，向係前一年先解二十萬兩以備本年支用，其尾數於十月間始能解到。嘉慶七年，因各省協濟甘省兵餉尚未解到，該州詳請借動道庫經費銀二萬兩，墊發六、七兩月兵餉；八年，該州復詳請借動道庫經費銀三萬兩，墊發四、五、六三箇月兵餉；均經該都統批准在案。至嘉慶十年截至九月底止，州庫實存銀二萬八千五百九十兩零，除墊發過本年三季廉費俸工銀二萬四千餘兩外，實不敷開放十月兵餉，是以該州詳請借動道庫經費銀二萬兩，亦經該都統批准。十二月，甘省餉銀解到，即將俸工銀兩解還道庫，詳明有案。奴才伏查，八旗滿洲兵餉，定例以每月初一日爲開放定限，不能改期，該州詳請借款，該都統批准動用，均無不合。乃官成遽稱該州賄囑該都統家人陳大，通同侵蝕道庫銀二萬兩，張大其詞，希聳聖聽，實屬冒昧誣訐。

一款，迪化州抽收牲畜税課。據官成控告，那靈阿凡上税者每銀一兩勒令交京錢二吊四百文等語。奴才親赴漢城南關外税局檢查抽税票根册簿，内開逐日徵收牲畜税錢，係按原賣價銀多寡之數，每銀一兩隻收銀四分，合錢三十二文，悉照前任知州舊例合算。商民各户相安已久，並未加增。官成又控稱那靈阿春秋兩季各發交商民等錢一萬四五千吊，每京錢一吊四百文勒令交庫平紋銀一兩等語。奴才傳集滿漢城商户、鄉約苟麟祥等，同供：那知州在任時，春秋兩季各發錢五千兩，按照市價以錢八百文還紋銀一兩，鋪户等俱限六箇月交銀，並無短發、浮收等弊。是實。是官成所控那靈阿以兩吊四百文錢收，以一吊四百發，盡屬虚誣。又妄加增税額，未免爲害商民。又妄議將税務交與巡檢管理，無此體制，並令綠營官兵監查，尤屬紛更，俱不可行。

一款，迪化州以碎銀搭放兵餉。據官成控告，那靈阿以元寶易换碎銀，支放滿洲兵餉等語。查，内地解到餉銀俱係元寶，只有滿營扣還制裝銀兩，係散碎紋銀解歸州庫，每月支放滿餉時搭放數封，乃係滿營解項，並非該州私易之銀。奴才復傳問八旗官兵等，僉稱每月餉銀除元寶外，其散碎者亦係庫平紋銀，並無短少，官成所稱該州私易碎銀實屬妄控。再查，歷年州署開庫放餉，例係該道會同各協領親詣監放，應仍照舊例辦理。

一款，原撥巴里坤駝五百隻，馱運迪化州供支糧石。據官成控稱，那靈阿縱令運户出境私馱貨物，其應發運價銀六千七百餘兩，該運户情願不領，該州全行入己等語。查，前任都統宜綿奏明，在巴里坤孳生駝内挑撥五百隻，交給殷實商民承運四屬撥糧四萬餘石，協濟八旗官兵口食，以省雇覓民車之費，議給工價銀六千七百餘兩，每年俱係該運户出具押領，照數給發，有案可憑。官成以爲該州將運價全行入己，實屬虚誣。又，控稱四屬應解糧四萬石，變價解州肥己等語。查，迪化州歲只徵糧一萬餘石，全賴四屬解到之糧支放官兵口食，官成所控四萬石糧全行變價，尤屬毫無影響。又，官成議將官駝五百隻燙烙官印，不准出境馱運私貨等語。查此項駝隻，例無倒斃，亦不取孳生，該運户若長年餧養，實在力不能支，是以向吐魯番、科布多等處運貨只徵沾潤。實係有便商賈，歷久相安，官成所議不准出境之處，事不可行。

一款，官成呈控那靈阿將遣犯李福，即李兆麟違例用爲本州户房經承等語。查，李福，即李兆麟，於本年正月初十日解到。據供：小的係甘肅布政司書吏，於乾隆四十七年因哈密廳經方案内給過册費銀兩，定擬發遣烏魯木齊。五十二年期滿，爲民報明捐資鐵廠。五十九年，入迪化州衙門充當户書。

於嘉慶四年，恩赦准其釋回原籍。是實事。該州用李福充當户書尚無不合，應仍照例釋回原籍。以上各條，奴才傳到官成逐一指駁，該員外即自認並未詳查明確，實係糊塗冒昧，上瀆聖聰。所有官成業經另案參奏議處毋庸議外，謹將議駁緣由，恭摺奏聞，伏乞皇上睿鑒。謹奏。

嘉慶十二年三月二十二日

硃批：覽。

（檔號：〇四—〇一—〇一—〇五一一—〇一四）

奏報派員護送換防兵丁至塔爾巴哈臺，交界收管，過境日期事

奴才和寧、定住跪奏，爲派員護送換防兵丁過境至塔爾巴哈臺，交界收管，恭摺奏聞，仰祈聖鑒事。

本年正月初三日，准陝甘督臣全保等咨稱：奏派寧陝鎮各營兵丁九百餘名，分起前赴新疆南北兩路各城換防，自嘉峪關以西，應按站派員接替護送等因。除移咨巴里坤鎮總兵閆俊烈多派大員先赴入境，首站分起護送各路兵丁，於交界處所交替外。查，塔爾巴哈臺兵丁共一百六十三名，係由哈密、巴里坤、古城、烏魯木齊、庫爾喀喇烏蘇一帶經過。奴才等當即派委鎮迪道同福、中營參將張大振等，督飭該營文武員弁一體彈壓前進。兹據陸續報稱，該兵丁等分爲三起行走，自二月初一日入境起，至三月二十九日出境止，全數送至塔爾巴哈臺交界處所，交該處派來守備鐵自榮接收。

該兵丁等於經過地方俱恪守營規，安靜行走，理合將派員護送換防兵丁過境日期，合詞奏聞，伏乞

皇上睿鑒。謹奏。

嘉慶十二年四月十六日

硃批：覽。

（檔案號：〇四—〇一—〇一—〇五〇三—〇三七）

奏報迪化州鎮迪道庫貯課金委員解交内務府事

再查，迪化州、庫爾喀喇烏蘇二處，歲收課金向係存貯鎮迪道庫，俟有便員帶解赴京交納。今協領傅興阿，十二年俸滿，赴部引見，應遵照往例，將嘉慶八、九兩年庫存課金二百九十七兩零九分，飭令該協領帶交内務府彈收。

謹附片奏聞，伏乞皇上睿鑒。

嘉慶十二年四月十六日

硃批：覽。

（檔號：〇四—〇一—三五—〇七六六—〇五一）

奏爲已革雲南按察使李鑾宣到戍日期事

奴才和寧跪奏，爲奏聞事。

卷查：嘉慶十一年，雲南巡撫永保參奏原任按察司李鑾宣，將審轉明道各件任意延擱不辦一案，經刑部議擬，改發烏魯木齊效力贖罪。奉旨，著照部議，以爲玩誤公事者戒。欽此。

茲李鑾宣，於本年三月二十七日到戍，例應酌給差使，奴才即派委辦理印房漢文一切事件。該革員前獲咎累，深負國恩，蒙皇上格外垂慈，不加重譴，猶令邊疆效力，以贖前愆，仰戴高深，感泣靡已。

奴才除察看其當差勤怠，遵照例限另行具奏外，所有該革員到配日期及派委差使緣由，理合恭摺奏聞，伏乞皇上睿鑒。謹奏。

嘉慶十二年四月十六日

硃批：覽。

（檔號：〇四—〇一—〇一—〇五〇九—〇三七）

奏爲審明韓勉刃斃人命案，按律定擬事

奴才和寧跪奏，爲奏聞事。

嘉慶十二年三月初一日，據迪化州詳報：客民韓勉，用刻木小刀扎斃柯進孝，並扎傷雍吉一案，驗得已死柯進孝胸膛左有小刀扎傷一處，斜長二分，寬不及分，深抵骨；心坎下扎傷一處，斜長五分，寬一分，深透膜。又驗得雍吉右胳膊有扎傷一處，斜長四分，寬一分，皮破等情。當飭鎮迪道同福提案審擬。

去後，茲據該道詳稱：緣韓勉籍隸甘肅張掖縣，早年出口來至迪化，同弟韓增木匠營生。嘉慶十一年十一月，韓增借用同鄉之孀婦陳何氏錢一千二百文，約定本年三月清還。至二月十一日，陳何氏欲往昌吉縣就女度日，尋至韓增住店索討前欠，適韓增外出，陳何氏即向韓勉討要，韓勉答以約期未至，無錢給還。陳何氏不聽，彼此爭論，經店主陳文勸歸。是日午後，陳何氏復來索欠，韓增尚未回店，韓勉已入醉鄉。該氏立逼清償，韓勉嗔其不情，出言嚷罵，陳何氏亦即回詈，以致兩相揪扭，店主陳文勸解不息，出外喚人幫救。陳何氏毆扭不釋，韓勉氣忿，順取桌上刻木小刀，欲與拼命。適巡役柯進孝聞聲，進內拉住韓勉胳膊奪刀，韓勉將手一摔，傷其胸膛。柯進孝復向撲奪，又戳傷其心坎倒地。巡役雍吉踵至奪刀，亦被扎傷其胳膊。店主陳文並同店居之民人呂雲伏趕回，將韓勉拏獲。報經該州詣驗，訊取柯進孝生供。

詎柯進孝受傷深重，延至次日殞命。復經往驗，屍傷填注圖格，提集犯證，屢審供認不諱。查驗雍吉傷已平復，由道覆訊，擬議招解前來。奴才提取韓勉，親加研鞫，據供：與已死之柯進孝並無起釁別情，委非有心欲殺。再四究詰，矢口不移，案無遁飾。查律載，因鬥毆而誤殺旁人者，以鬥殺論。又，鬥毆殺人者，不問手足他物金刃，並絞監候各等語。今韓勉與柯進孝素不相識，並無仇隙，實因陳何氏揪扭撕鬧，該犯酒醉持刀拚命，柯進孝拉勸，失手扎傷其胸膛、心坎等處身死。韓勉一犯，合依鬥殺律，擬絞監候，秋後處決。陳文、吕雲伏勸阻不及，均免置議。韓增所欠陳何氏錢文，照追給領。

謹將訊擬緣由，繕摺録供，敬呈御覽，伏乞皇上睿鑒。謹奏。

嘉慶十二年四月十六日

硃批：知道了。

（檔號：〇四—〇一—二六—〇〇二〇—〇七九）

奏爲審明宋潮英因奸刃斃人命案，按律定擬事

奴才和寧跪奏，爲因奸謀命重犯審明辦理，恭摺奏聞事。

嘉慶十二年三月二十日，據綏來縣詳報：客民宋潮英因與吴張氏通奸敗露，謀殺吴四娃身死泄忿一案，驗得已死吴四娃右太陽有小刀扎傷一處，斜長一寸六分，寬四分，深二分；咽喉偏右戳傷一處，斜長一寸一分，寬四分，深四分；右乳上刀傷一處，斜長一寸四分，寬四分，深透内；腦後侵入髮際有刀傷一處，斜長二寸四分，寬三分，深二分；左臂膊刀傷一處，斜長五分，寬三分，深三分等情，當飭鎮迪道同福嚴審議擬。

去後，兹據該道詳稱：緣宋潮英籍隸甘肅隴西縣，父母俱故，並無妻子，向在綏來縣地方剃頭營生，與民人吴奉先弟兄往來素識。嗣宋潮英以店内住居不便，借寓吴奉先家内，與吴奉先之兄吴榮先

及弟吴四娃同屋睡宿。吴奉先之妻吴張氏見面不避，宋潮英見張氏少艾，蓄意嗣便圖奸。本年正月，吴奉先前赴庫爾喀喇烏蘇地方討賬。二月初四日，吴榮先與吴四娃亦俱外出未歸，宋潮英見張氏獨宿，遂與調戲成奸。以後遇便宣淫，不計次數，吴榮先、吴四娃均不知情。二月十八日，宋潮英正同張氏在房内拉手嬉笑，吴四娃自外回歸瞥見，嚷罵，宋潮英隨即走避。及吴榮先回歸，吴四娃告知情由，吴榮先聞而氣忿，聳言：俟吴奉先回日再與理論。張氏從此遂不復與奸宿，宋潮英因其拒絕係吴四娃所阻，心懷忿恨，隱忍未言。迨至二月二十四日晚，吴奉先自庫爾喀喇烏蘇討賬旋回，先與張氏關門就寢。適吴榮先出外未歸，吴四娃復向宋潮英聳言：伊二兄吴奉先現已回家，來日定將奸情告知，鳴官處治。宋潮英愈觸前恨，起意殺死泄忿，即於是日定更後，俟吴四娃睡熟，該犯持取小刀戳傷咽喉，吴四娃翻身欲起，復□□傷其右太陽、胳膊。吴四娃跑出院外喊救，該犯追及，連□□其腦後、胳膊、右乳倒地。吴奉先同妻張氏聞喊，開門出視，吴四娃業已殞命，當將宋潮英捆縛，首知鄉約，報經該縣詣驗，屢審供認不諱，由道按擬招解前來。

奴才提犯親加研鞫，據供前情無異，委無同謀加功別情。再四究詰，矢口不移，案無遁飾。查律載，謀殺人造意者，斬監候。又例載，軍民相奸者，奸夫、奸婦各枷號一箇月，杖一百各等語。宋潮英合依謀殺人造意，律擬斬監候。該犯因吴四娃看破奸情，致阻舊好，復欲告知吴奉先鳴官究治，蓄意殺害，連扎斃命，淫惡已極。新疆重地，未便稍稽顯戮，奴才於審明後恭請王命，將該犯宋潮英綁赴市曹處決示衆，以彰國法而警凶邪。吴張氏訊不知情，止科奸罪，合依『軍民相奸，例枷號收贖杖罪』的決。吴奉先訊非知情縱容，應免置議。

謹將審明辦理緣由，繕摺録供，敬呈御覽，伏乞皇上睿鑒。謹奏。

嘉慶十二年四月十六日

硃批：刑部知道。

（檔號：〇四—〇一—二六—〇〇二〇—〇七八）

奏爲贖罪官犯原防禦瑪哈那等三年期滿，請旨釋回事

奴才和寧跪奏，爲廢員效力年滿，恭摺奏聞，仰祈聖鑒事。

竊照烏魯木齊效力官犯，由革職杖徒加重問發者，例應三年期滿具奏請旨。卷查：嘉慶八年，盛京高麗溝偷砍木植案内審係溺職及杖徒各官犯，均加等問發烏魯木齊，自備資斧，效力贖罪。所有第一起發配之原任佐領烏爾圖那蘇圖額勒經額並委官李景善，俱已效力三年期滿，奴才於本年五月初六日依限具奏，請旨在案。兹有第二起發配之原任防禦瑪哈那、原任驍騎校巴彦布穆克登額、原任委官全德居，於嘉慶九年六月十二日抵戍，扣至本年六月十二日，效力已滿三年。查該革員等，平素當差皆屬勤慎，並無貽誤。今届期滿，理合循例具奏，並另録犯事各案由，敬呈御覽。可否准其釋回之處，恭候聖訓，伏乞皇上睿鑒。謹奏。

嘉慶十二年五月二十四日

硃批：另有旨。

（檔號：○四—○一—○一—○五一一—○一五）

奏爲原普洱鎮總兵書成奉旨枷號一年期滿事

奴才和寧跪奏，爲廢員枷號期滿，派令當差，恭摺奏聞，仰祈聖鑒事。

卷查：嘉慶十一年，雲南督臣伯麟參奏普洱鎮總兵書成以優人項補兵糧，並拔補外委徇私，不加考驗及認監胡志量爲義子各款。奉旨：書成前已降旨發往烏魯木齊，著交該都統奇臣，俟書成到日，將伊枷號一年，再令其效力當差，俟六年後再行具奏請旨。欽此。

書成於十一年五月十三日到配，經前任都統奇臣遵將該革員枷號，具奏在案。今扣至本年五月十三日已滿一年，相應疎枷派委差使。查，有中營兵屯每歲督催耕作及操演技藝各事宜，均關緊要，奴才即派書成前往，會同營員小心料理，以贖前愆。除徐察其當差勤怠，依限據實具奏外，合將該革員疎枷派差各緣由，恭摺奏聞，伏乞皇上睿鑒。謹奏。

嘉慶十二年五月二十四日

硃批：覽。

（檔號：○四—○一—○一—○五一一—○一六）

奏爲原署浙江東江鹽場大使謙益效力十年期滿，循例請旨釋回事

奴才和寧跪奏，爲廢員效力年滿，恭摺奏聞，仰祈聖鑒事。

竊照新疆效力官犯，由原擬軍流加重問發者，例應十年期滿具奏請旨，歷久遵辦在案。卷查：原署浙江東江鹽場大使謙益，因私封竈舍，經前任浙江巡撫吉慶泰奏審，擬杖流從重，發往新疆效力贖罪。該廢員於嘉慶二年五月二十六日到烏魯木齊，扣至本年五月二十六日，效力已滿十年。該廢員平素當差勤慎，歷年已久，並無貽誤。今屆期滿，理合循例具奏，並另錄犯事案由，恭呈御覽。可否准其釋回之處，敬候訓示，伏乞皇上睿鑒。謹奏。

嘉慶十二年五月二十四日

硃批：另有旨。

（檔號：〇四—〇一—〇一—〇五一一—〇一七）

奏爲由京解到陳大，審明遊蕩留門情節，按律定擬事

奴才和寧跪奏，由京解到陳大一犯，審明定擬緣由，恭摺奏聞，仰祈聖鑒事。

本年正月二十五日，奉上諭：刑部奏訊取陳大供詞請交兵部，將陳大轉解交和寧審辦一摺。現

有旨，著該部解往矣。前據官成所控各條內，有陳大出外遊蕩城門不閉一節。茲刑部訊據陳大，供稱：曾到熱水泉洗澡，恐天晚不及進城，原叫城門上留門等語。即此一端，是該犯在伊家主人內倚勢横行，已可概見。著和寧將陳大在刑部所供情節一併歸案研訊，以成信獄。欽此。

茲於五月十二日，陳大一犯由臺遞解到案。奴才隨傳官成並户書朱雲章，與陳大當堂質對，逐款研訊。據官成所供稱：從前那靈阿詳借道庫銀二萬兩，係章京等畫押辦稿，其説控陳大吩咐朱雲章送稿，是錯聽的。陳大供稱：官成告我慫恿主人，我不曾干預公事，實不知情等語。是官成所控陳大受賄慫恿各情節，已屬毫無確據。

惟陳大出外遊蕩擅自留城門一款，不可不徹底根究，嚴行懲辦。復訊，據官成供稱：協領等曾否邀約同遊，得自風聞，既不能確指某人，亦不能得知何日。又面詢協領富順阿，堅稱：並未協同陳大往遊水磨。其爲陳大一人獨往，已無疑義。奴才將該犯在刑部所供情節覆訊，據供：十年五月底，記不得日子，曾往熱水泉洗澡，恐回來稍晚，出城時向城門上兵丁説將鎖鑰略留一留。是日，適路過富協領所管之水磨，該處兵丁留吃便飯，即速回城，尚未到關城門的時候等語。奴才伏查，烏魯木齊鞏寧城四門，向例派佐領、防禦等官，五日一换，輪班看守，其鑰匙俱在都統衙門收存，依時啟閉。如有緊急公務，非都統傳諭，該管官兵不得早開遲鎖，立法嚴肅，原爲慎重新疆。乃該犯陳大因出外遊蕩，擅留城門，在部供認不諱，其續供不記日期，尚未到關城時候進城，無憑查考。

查律載，各衙門親戚、書吏等遊船、演戲，夜半方歸，擅叫城門者，照越府州縣律，杖一百。又，詐傳一二品衙門官言語吩咐公事爲首者，徒三年。又，凡旗下家奴犯軍流等罪，乃依例酌發駐防爲奴，不准折枷外，其犯該徒罪者，照例鞭責發落各等語。今陳大以都統門上家人，不安本分，恣意遠遊，乃復恐其歸遲，輒敢傳語門軍留門等候。誠如聖諭，即此一端，其爲該犯倚勢横行，已可概見。若比照擅叫城門並詐傳言語之律，僅擬杖徒，未免輕縱，應將陳大依例發給駐防官兵爲奴，以爲大員家奴專權藐法者儆。至管理水磨兵丁款留一飯，尚無不合，該協領等並未約會同遊，守門官兵亦訊無夜不下鎖之事，均無庸置議。

所有奴才審明陳大遊蕩留門一款，比律定擬緣由，理合專摺具奏，恭候聖明訓示遵行。謹繕犯證供單，恭呈御覽，伏乞皇上睿鑒。謹奏。

嘉慶十二年五月二十四日

硃批：另有旨。

（檔號：〇四—〇一—〇一—〇五一二—〇四八）

奏報停調十三年份經費事

奴才和寧跪奏，爲停調經費銀兩，以節靡費，恭摺奏聞，仰祈聖鑒事。

竊照烏魯木齊所屬歲需經費銀兩，例應先一年五六月約估數目奏明，由陝甘督臣調取，解赴烏魯木齊應用，歷久遵辦在案。兹届應行調取之期，據各屬册報，十三年分應需銀六萬六千餘兩，由鎮迪道核轉詳情查辦等因。奴才批飭該道詳查現存道庫銀若干，是否敷明歲供支，毋庸内地調取經費，確查詳報，以憑核辦。

去後，嗣據該道詳稱：道庫現存經費糧價雜項銀兩，共一十八萬三千一百餘兩，足敷一二年之用，並造具細册申送前來。奴才覆核數目相符，應將十三年所需經費銀六萬六千餘兩，即在道庫現存銀款照數支發，毋庸由内地調取，以省長途挽運之費。此外，尚有餘剩銀兩，俟明年核定數目可否再停調取，另行具奏？

除將停調十三年分經費銀兩緣由咨報户部，並知照陝甘督臣外，理合恭摺奏聞，伏乞皇上睿鑒。謹奏。

嘉慶十二年五月二十四日

硃批：户部知道。

（檔號：○四—○一—三五—○九四三—○○三）

奏爲參革迪化州知州那靈阿實係因患風痰病症身故，委無畏罪自戕情弊事

奴才和寧跪奏，爲參革迪化州知州那靈阿實係患風痰病症身故緣由，遵旨覆奏，仰祈聖鑒事。

六月二十一日，欽奉上諭：和寧奏參革迪化州那靈阿於審明定擬後，在監暴中風痰身故，當即委員往驗屬實等語。所奏殊屬草率，那靈阿係因在知州任内科斂得贓，擬斬監候要犯，何以猝中風痰，遽

爾身故？無有畏罪自戕情事？和寧接據該州稟報，僅止委員往驗，而於那靈阿在監患病身故情形，並未親從確查，輒行具奏，殊難憑信。著和寧詳細查明那靈阿定擬監禁後，於何日猝中風痰？係何醫診視？所服何藥？其監卒人等有無疏縱情事？均需徹底根究。如有疑竇，即著開棺檢驗。倘有別項情弊，即將原報之該州並查驗之委員一併嚴參具奏。將此諭令知之。欽此。

伏查，迪化州户民具控知州那靈阿苛派浮收等款，經奴才審明定案，於三月十四日具奏後，將那靈阿交該州收禁，小心防範。嗣於四月初十日，據知州景嵚報稱：那靈阿在監陡中風痰，不能言語。奴才恐有揑飾情弊，面諭印房章京喀寧阿前往查驗，稟稱：驗得那靈阿神氣昏迷，目閉口噤，經官醫潘紹治診脈，云係中風之症，連服台烏湯藥劑罔效等語。奴才因那靈阿係擬斬重犯，必須加緊調理，飭將該犯抬至監門外之土地祠，以便醫治。並傳唤通曉脈理之前任都司任海暨、呼圖壁巡檢高炯，於十二、十三等日節次診視，俱稱那靈阿氣壅痰隔，係心臟中風，不敢下藥。延至十五日申刻，氣絶。奴才查鎮迪道同福，係那靈阿兒女姻親。另委理事通判固凝泰往驗，實係因病身故，委無畏罪自戕情弊，取具該州及各委員切結在案。是那靈阿自四月初十日患病起，至十五日身故止，其設法醫治情形，通城耳目所共見聞，委無別情疑竇。

但奴才於該州具報時，並未親身查驗，前摺内又不備悉聲明，實屬疏忽。恭讀聖訓周詳，不勝惶悚之至。謹將那靈阿實係患病身故緣由，繕摺覆奏，伏乞皇上睿鑒。謹奏。

嘉慶十二年六月二十八日

硃批：知道了。

（檔號：〇四—〇一—一二—〇二七八—一〇三）

奏爲審明兵丁徐張貴因淘井桶落過失，打傷其父身死案，按律定擬事

奴才和寧跪奏，爲審明過失殺命案，遵例請旨，仰祈聖鑒事。

本年五月初六日，據昌吉縣詳報：兵丁徐張貴因淘井桶落過失，打傷其父徐國威身死一案，驗得徐國威致命腦後木器傷一處，斜長二寸二分，寬六分，紅紫色，骨損等情。當飭鎮迪道同福提齊犯證，悉心研訊，依例定擬。

去後，嗣據該道詳稱：徐國威與長子徐張貴，俱係提標右營兵丁，派赴呼圖壁屯工當差。徐國威有妻趙氏和長子徐張貴，次子二愣子出外牧牛。徐國威見伊住房院内井水乾涸，起意淘挖泥沙。徐張貴先欲下井，徐國威自以氣力衰弱，不能提繩，令子徐張貴用繩繫桶，在上吊起泥沙，自己下井淘挖。徐張貴依言，先用繩將徐國威繫至井底挖泥，再墜木桶吊起，徐張貴正在回圈提挈之際，忽提至井身一半，桶端横樑脱落，桶内泥沙甚重，復墜入井。徐趙氏恐夫受傷，急喚堂兄徐國太，鄰人張雲、余成恩、劉大義等前來看視，張雲同徐張貴入井將徐國威救起，已被木桶連泥打傷腦後，不能言語，移時殞命。趙氏隨即稟知該營移縣往驗，屢訊鄰證，並查驗桶樑俱屬確實情形，由道覆審擬議，招解前來。

奴才以案關倫紀，親提犯證，反復研究，委係過失致死，並無隱飾別情。查律載，子孫過失殺祖父母、

父母者，擬絞立決。又，子孫過失殺祖父母、父母之案，定案時仍照本例問，擬絞決。核其情節，實係耳目所不及、思慮所不到，與律注相符者，准將可原情節，照服制情輕之例夾簽聲明，恭候欽定，改爲擬絞監候等語。此案徐張貴因淘井過失，殺其父徐國威身死，應照例擬絞立決。惟查徐張貴用桶起泥，忽提至井身一半，桶樑脱落，致傷徐國威腦後，與律注耳目不及、思慮不到語意相符。應遵例聲明，請旨恭候聖訓。

爲此，繕摺具奏，並另録犯供，敬呈御覽，伏乞皇上睿鑒。謹奏。

嘉慶十二年七月八日

硃批：刑部議奏。

（檔號：〇四—〇一—二六—〇〇二〇—〇五五）

後記

早在二〇〇九年朱玉麒教授尚未由新疆師範大學調至北京大學工作之時，我們新疆師範大學『西域文史研究中心』一衆青年教師即在他的帶領下開始了對西域文學與文獻的相關整理和研究工作。還記得，朱玉麒老師最初分配我的任務是整理和瑛所纂方志《回疆通志》，但是由于學力尚淺，無力負荷，朱老師便命我以和瑛詩集《易簡齋詩鈔》作爲古籍整理科目。二〇〇九年九月十日，按新疆師範大學工作安排，我赴和田地區策勒縣進行爲期半年的實習支教工作。在那段特殊的時間裏，每日伴隨我的便是朱玉麒老師所賜《易簡齋詩鈔》複印本，也由此開啟了我對和瑛及其西域著述的瞭解與學習之路。

隨著對《易簡齋詩鈔》整理的開展，我對和瑛及其西域著述的興趣與日俱增。和瑛雖係蒙古族人，但從小即接受中國傳統文化教育，具有較高的漢文化修養。他一生著述頗豐，有《杜律精華》、《經史匯參》、《讀〈易〉匯參》、《古鏡約編》、《和瑛叢殘》等數十種之多，於經義探究頗深。同時，和瑛一生爲宦五十餘年，足迹遍及大江南北，其中駐藏八年，在疆七年，具有文人與疆臣的雙重身份。因此，和瑛雖生於乾嘉之際，但又不同於乾嘉學派大多數學者那樣祇注重傳世文獻之考訂，而是更加留意民生、關注現實、關心邊防、思慮邊疆經營等有關國計民生之大事。可以說，在清朝治理新疆、西藏的歷史大背景下，和瑛最具價值之著述，不是那些經義之作，而是那些體現其執行清政府治理西域邊疆理念之著述：《易簡齋詩鈔》、《回疆通志》、《三州輯略》。作爲清代西北輿地學的重要組成，和瑛及其西域著述具有重要的學術價值，即使是其詩集《易簡齋詩鈔》，亦被符葆森譽爲『詩述諸邊風土，可補輿圖之闕』[一]。可以説，在風雲變幻的清代經略西域的歷史上，和瑛比魏源、林則徐更早地將顧炎武『經世致用』之思想應用於西北邊疆的經營治理之中，體現於文學創作與學術研究之内[二]。

也正是在這種認識的基礎之上，二〇一〇年我承乏主持國家社科基金項目『從《回疆通志》看清代中期中央政府對天山南路的管理與認識』。此後，在整理和瑛《易簡齋詩鈔》、《回疆通志》等西域著述的過程中，我撰寫了《和瑛詩歌與新疆》、《和瑛詩歌與西藏》、《和瑛詩歌與宗唐》等一系列有關《易簡齋詩鈔》的相關習作。

二〇一一年仲秋，在有了些許學術鍛煉之後，我考入北京師範大學文學院，跟隨郭英德先生攻讀博士學位。三年間，郭老師獨特的『過程監控法』不僅從許多方面糾正了我整理與研究《易簡齋詩鈔》、《回疆通志》、《三州輯略》、《西藏賦》等和瑛西域著述的錯誤，更是指明了正確的研究方向，繼朱玉麒老師之後進一步將我引進和瑛及其西域著述的學術研究大門。在郭英德師的指導下，我完成了博士學位論文《和瑛西域著述考論》的撰寫工作并由學苑出版社於二〇一八年出版。

在二〇一四年博士畢業返回新疆師範大學繼續工作後，由於學術興趣的轉移，我的關注點逐漸轉

[一] [清]符葆森《國朝正雅集》，咸豐七年刻本，九八一頁。

[二] 朱玉麒《徐松及其西域著作研究述評》，《新疆師範大學學報》，二〇〇四年第四期，一一二——一一六頁。

向了『滿文寄信檔與清代新疆的治理與經營』上，並於二〇一七年主持立項國家社科基金項目『從滿文寄信檔看清代中期伊犁將軍對新疆的管理與認識』。但對和瑛西域著述的整理工作一直在持續，《回疆通志》的整理本二〇一八年由中華書局出版。即將付梓的《和瑛集》是對和瑛文學作品的整理。

本書自著手迄於完成，歷時凡十年。其間，我盡可能地參考了學界的相關研究成果，對前賢時彦的工作雖不能一一致謝，但我永遠心存感激。此外，要特别説明的是，本書之版本搜集、資料完善、體例變更等事，所受益於朱玉麒師、郭英德師者至多，尤其是朱玉麒師在本書即將付梓之時轉贈的傅斯年圖書館藏和瑛《衛藏詩集》、《濼源詩集》的稿本，爲本書的出版避免了收錄不全的遺憾，銘感不忘，特志謝忱。

我還要特别感謝北京師範大學文學院杜桂萍教授長期的督促、鼓勵與指導，並將本書收入《清代詩人别集叢刊》。感謝北京師範大學文學院過常寶教授、李山教授、張德建教授、王東平教授，新疆大學周軒教授、管守新教授、孟楠教授，西藏民族大學嚴寅春教授、馬天祥教授，復旦大學唐雪康博士，新疆師範大學薛天緯教授、欒睿教授、星漢教授、周珊教授、舍敦扎布教授。在我向他們請益時，諸位先生均給予了我很多寶貴的建議和鼓勵，令我非常感動。新疆維吾爾自治區檔案館寧燕女史，新疆師範大學中國語言文學學院中國古典文獻學專業碩士研究生馬玲玲、鄭繼亮、劉丹霞，也爲本書的完成提供了諸多幫助。在此，向他們表示我最真誠的謝意。

本書的出版，是我一個階段的學習小結，但學無止境，我將在此基礎上繼續努力，不懈探索。唯本人學識有限，疏漏不足之處，在所難免，懇請方家批評指正。

孫文傑

二〇一九年八月二十六日